Introduction to Playwriting Narratology

编剧叙事学导论

刘艳卉 著

上海人民出版社

本书为教育部人文社科规划基金项目《经典叙事学与现代编剧理论的融通研究》的最终成果(项目编号(21YJA760039)、国家社科基金艺术学重大项目《中国话剧编剧学理论研究》的阶段性成果(项目编号:22ZD07),受上海市东方英才(2023)项目资助

序

陆 军

早上的阳光很好，打开电脑，泡上一壶带陈皮的普洱，茶香慢慢溢出，室内居然有了早春的气息，心情也渐渐舒缓起来。"文章随气运，不必论班扬"。我想，姑且按下《编剧叙事学导论》不说，先谈谈"编剧学研究中心"吧。因为我相信，这本书的诞生，包括许多书、许多项目的诞生，与这个中心，以及中心背后的编剧学科，应该都有着十分密切的联系。

依稀记得，2015年3月22日，上午10点，我将一块印有"上海戏剧学院编剧学研究中心"字样的长方形铝制小铭牌，用强力双面胶粘贴于101办公室的门板上。因为是周末，上戏第二教学楼里空无一人。没有仪式，无人喝彩，挂牌的过程不超过三分钟。完工以后，我静静地看着铭牌发呆，至少有半分钟吧。转身进办公室，关上门的一瞬间，一种奇妙的感觉涌上心头，自2007年启动中国编剧学创建工作以来，仿佛在此刻才有了"找到组织"的感觉。原来，人有天然的精神上的依赖性，即便是一个自拟的、后来曾被人半真半假地称为"非法"的机构，居然也能如一帖安定剂，令你从慌乱中走出，慢慢气定神闲起来。

中心挂牌以后，常有老师和学生问我，为什么要设立这样一个中心？这个中心是做什么事的？

我想，上戏戏剧影视文学系是一个传统深厚、影响巨大的二级院系，但如果不把"编剧"二字拎出来，在办学、教学、督学与就学上，很有可能偏重于"戏剧影视文学"的研究和分析，那么，上戏作为专业院校，也就泯然于综合类院校了。这想必是熊佛西校长等前辈们所不愿意看到的，与我校的导演、表演、舞美等专业院系相比，戏文系这一最重要的特质也消失了。

当然，促使我设立"编剧学研究中心"更重要的原因是，我有一种紧迫感。如果编剧学只作为戏剧学的附庸存在，不把它作为独立的研究对象，那么，关于编剧实践、编剧理论、编剧教学的研究，就永远笼罩在戏剧学的羽翼之下，不能展开，更不可能透彻。而这些年戏剧学的研究版图在不断扩大，从舞台到剧场，从剧场到社会，从社会到"元宇宙"，这又将进一步影响到编剧实践，如果不厘清其间的关系，对两者的发展都是一种妨碍。

编剧学研究中心既然已经建立，那就不能徒有虚名，"躺平""懒政"也不是我的作风，必须开展一些扎实的工作。编剧实践、编剧教学，还有编剧研究，是不可缺少的三驾马车，这一块我校已经积累了丰富经验，涌现出像顾仲彝、陈伯鸿、周端木、田雨澍、宋光祖、孙祖平、孙惠柱等一批蜚声中外的学者，然而，只躺在前人的成果上是绝对不行的。于是，我与团队人员一起，着手进行了一些新的部署。简单来说，就是把编剧学建设要做的事分成了八个筐，围绕编剧历史、编剧本体、编剧实践、编剧教学、编剧批评、编剧比较、编剧应用、编剧发展等的理论与实践做出诸多努力，并取得了较多成果。关于这方面的内容，我在多篇文章中都表述过（详见《戏曲·编剧学·青年——在"2022·长三角青年戏曲论坛"上的主旨演讲》，原载《中华艺术论丛》第28辑），不再赘述。其中最重要的收获是，2023年中国编剧学教师团队获评第三批"全国高校黄大年式教师团队"。

毫无疑问，《编剧叙事学导论》也一定是编剧学研究中心的一个重要成果。说它重要，一是因为，我主持的国家社科基金艺术学重大项目《中国话剧编剧学理论研究》正在有序推进，作为子课题负责人，本书作者的这本理论专著无疑是本课题举足轻重的阶段性成果。二是因为，严格说来，我这些年做的工作，还是在对原有的编剧理论、编剧技法、编剧教学等传统话题进行梳理与探讨，用一句经济学领域里很时髦的话来说，是内循环。但是，编剧学要想进一步发展，必须像戏剧学一样，勇于向外拓展，丰富自己的研究内容，革新自己的研究方式。而目前戏剧和演剧的形态已经发生极大改变，后现代戏剧、后戏剧剧场、类戏剧等层出不穷，用传统的编剧理论工具来解读五光十色的戏剧新业态，就显得捉襟见肘，力所不逮。所以，从这个意义上说，《编剧叙事学导论》作者抓住离编剧学最近的叙事学开展互鉴互融研究，打通两者之间的关联，是在编剧学理论研究上跨出的重要一步，具有开创性意义。当然，在这一领域里上，我的好友姚扣根教授是首倡者，这么多年来他坚持给研究生开设"编剧叙事学"课程，让许多硕士生和博士生都受益匪浅。他指导的多位博士，都尝试着在戏剧领域进行叙事学的研究，比如顾飞博士对林兆华的舞台叙事产生了强烈的研究兴趣，并做出了卓有成效的努力；刘思博士对"意境叙事"的研究，杜冬颖博士对"景观叙事"的探讨，都有可圈可点之处。而本书作者最早的研究领域是戏剧戏曲编剧理论的研究，跨到编剧叙事学的话题，也一定与姚扣根教授的叙事启蒙有着重要联系。

说《编剧叙事学导论》重要，还因为，本书在撰写上至少具有以下几个特点：

第一，本书在吸收中国古典编剧理论中的叙事思想上有新的斩获。比如金圣叹的"烘云托月"、毛声山的"生""抹"理论，就蕴含着对场面聚焦的不同叙事处理，也体现了叙事视点变化的书写策略。事实上，中国古典编剧理论中关于场面的变化、调剂的理论，对于今天的戏剧创作有着极高的应用价值。作者在分析戏剧"叙事时间""叙事空间""叙事话语"时，也多处引用《长生殿》《桃花扇》《清忠谱》《赵氏孤儿》的文本加以论证。这一方面是研究立场客观、平和、开放的需要，让结论立足于中外古今的剧作理论与实践之上，使之更为扎实全面；另一方面充分肯定了中国戏曲在叙事实践和理论上的贡献，有助于改变人们对中国传统编剧理论的刻板印象。

第二，本书区别于一般的编剧理论与叙事理论著作，在研究内容、研究方式上有新的突破。作者着眼的是编剧而不是戏剧，因此，打破了从主题、人物、题材等角度分析戏剧叙事的传统，也没有沦入讨论舞台叙事的"戏剧符号"窠臼。而是从编剧所侧重的冲突、场面、情境、情节等概念，讨论它们对于"如何编"的技术限制；同时结合叙事学的视点、视角、聚焦、时间、空间等概念，讨论它们对于"编得如何"的效果考察。这使得此书不同于一般的编剧理论或叙事理论的著作。比如从"叙事时间"的角度看待戏剧结构，对于如何挑选结构极有启发。再如编剧实践中，我们都知道人物塑造的重要性，都知道通过人物行动来刻画人物，但是，仍然有许多成功剧作中的人物形象塑造得不够鲜明、不尽如人意。问题有可能出在叙事视角上——是否我们忽略了用侧面视角去表现人物？也可能是在叙事聚焦的准确性上出现了问题——可能在主观视角中，我们所书写的内容不能够引起观众的共鸣，或者叙述视点有问题，没有让"合适"的人说"合适"的话；也可能是叙述者的不可靠性有损了人物真实。这样一来，表面上看是编剧技法的问题，本质上却是叙事规则的问题。所以，只有做到编剧技法与叙事规则的有机结合，才能打通表里之间的关系，实现从"技"到"道"的转化。

第三，本书在强化编剧叙事的特殊性上有新的解读。作者没有僵硬机械地将小说叙事术语加诸编剧叙事。比如将"视角""视点"与"聚焦"分开的观点，有别于小说叙事中三者的概念混用，更好地解决看者、说者、态度与内容之间的区别，令关于叙述视角的分析更为细致。书中提到同故事叙述者与异故事叙述者叙事效果的差异，这无疑受到了布莱希特"间离效果"的启发，而且叙述者对所述故事的点评、议论，对虚构世界的打破、同现实中观众建立联系的努力，在戏剧文本中显然更为明显。在嵌套结构的戏剧文本中，由不同叙述者引领的叙事层次，每个层次的转换和交流非常严谨，同时又有变化的空间以保证剧作的灵动性。这些在小说文本中或可被忽略掉，但在戏剧文本中是必须遵循的法度。从这个意义而言，这本书对于其他领域的叙事学者认识和理解戏剧编剧叙事也有极大帮助。

当然，这本《编剧叙事学导论》背后的整体思路，仍然是对剧本文学性的充分肯定。尽管剧本是舞台的前奏，尽管各种"后文本戏剧"的实践层出不穷，剧本的文学性回归势不可免。只是，这种"文学性"的探讨并非清词丽句，也并非仅是思想观念的植入，而是"叙事话语"与"戏剧语言"的结合——本书的第八章为我们再度认识剧本的文学性提供了另一条路径。此外，本书努力吸纳最新的研究成果，比如从"叙事空间"出发对戏剧结构的探讨，部分地涉及了"后戏剧剧场"等演出形式，令人耳目一新。

我们也要看到，毕竟"编剧叙事"偏重于文本，真正要解决"后戏剧剧场"，以及日新月异的新的演剧形态——剧本杀、文旅戏剧、博物馆戏剧、微信剧等，可能需要编剧学、符号学、现象学乃至大数据的融合。它们的研究比编剧学与叙事学的融合更为艰难，但我对此持乐观态度——因为如前所述，我们有编剧学研究中心，因为本中心拥有一批名头不响、默默无闻但却踏实肯干的青年学者，且都有在研的国家项目或其他项目：

比如，徐煜的《改革开放四十年中国话剧剧场性实践研究》，主要研究改革开放以来中国话剧演出在革新意识驱动下取得的实践成就、形成的美学认识，并探讨其在现代戏剧观念框架下的进一步发展空间；李世涛的《现实题材戏曲剧本创作研究（1979—2019）》，重点探讨戏曲在反映当代生活方面的成败得失，他领衔的上海戏剧学院创新团队启航计划，尝试开创编剧"学科—专业—课程"一体化建设的新思路；吴韩娴的《新时期以来福建戏曲创作研究》，通过考察"文人取向"与"民间立场"在"国家力量"影响下的关联与互动，对新时期以来的福建戏曲创作进行了整体把握和具体分析，为福建乃至中国戏曲的创作总结经验、提供借鉴；陈浩波的《〈旧编南九宫谱〉笺注及蒋孝生平研究》，研究明代曲家蒋孝生平及曲学成就，整理其编刻的《旧编南九宫谱》，并为该谱做笺注，都可视为编剧学年轻拓荒者潜在的学术实力与创新活力的阶段性表达。

可喜的是，因为使命使然与兴趣加持，这些年轻人不仅仅是在做一个个项目，而是都把学术当成事业，锲而不舍，乐此不疲。正因为如此，有时候一个看似小小的产出，背后有可能蕴藏着数年甚至十几年的努力，如本书作者长期专注于编剧学理论研究，只问耕耘，不问收获，这正是我编剧学研究中心年轻人的普遍特质。虽然你不会看到这些青年才俊常常在大会小会上做报告发言，也不会看到他们常常在报刊上抛头露面，但他们一出手，很有可能就是一本值得细读的著作，一篇经得起推敲的论文。当然，跟大咖们的巨著宏论相比，也许都只是小菜一碟，但他们笔下的文字，一定会闪烁着他们独一无二的思考的光芒。

最后要说的是，面对当下喧嚣而又有些清冷的学术圈，希望年轻的学者们始终立足于讲台，倾情于"田野"，并继续守住自己的冷板凳，不要被学术泡沫的海洋所淹没；希望有更多的年轻人能坚持独立思考，恪守学术规范，默默耕耘，潜心积累，早日拿出自己的心血之作，不鸣则已，一鸣喜人！

这既是一个编剧学老兵对中心的年轻人、包括本书作者曾经的忠告，也是对所有愿意加入编剧学研究队伍的青年才俊们今天的提醒。

话又有些多了，那壶热茶也已换了几回，那么，就此打住吧！

是为序。

2024 年 1 月 7 日于江虹陋室

目 录

绪论 编剧叙事学研究的历史与框架

　　叙事学的研究是从小说研究开始的，初期的研究属于经典叙事学范畴。我国研究者申丹从研究对象出发，将其为分三种类型。第一种以俄国形式主义普洛普为代表，着力于建构故事语法，探讨事件的功能、结构与情节发展规律；第二种以法国的热拉尔·热奈特为代表，重点探讨叙述话语及叙述故事的方式；第三种则以美国的杰拉德·普林斯和西摩·查特曼为代表，他们综合故事结构与叙事语法，是一种"总体的""融合的"叙事学。①

　　在小说叙事研究中，这三派均不同程度地关注了叙事的语法和叙事的内容。

　　法国的结构主义和俄国的形式主义者将故事的内容与讲述故事的叙事手段、方式区分开来，使得后者摆脱作品技巧分析的陈套而成为独立的研究对象。比如俄国形式主义美学家什克洛夫斯基和艾亨鲍姆将按照实际时间、因果关系排列的事件称为"故事"（素材），将从形式上经过艺术处理的素材称为"情节"（文本表达），在强调两者差异时，尤其提出了通过艺术手段对原有故事的"陌生化"变形的观点，这实质上强调了叙事手法的不同组织与不同的表达效果。再如法国学者托多罗夫提出"故事"（表达对象）与"话语"（表达形式）的区别，前者是作品的内容，后者是作品的组织样式；"故事"聚焦于事件与人物本身，而"话语"必须关注叙述者与故事的关系，叙事所占据的时空和观察事物的角度等问题。与"情节"或者"情节化"相比，"话语"一词更强调诸如叙述视角、叙事时间、空间等叙述方式的改变与差异。

---

　　①　申丹：《叙事学》，《外国文学》2003 年第 3 期。

受托罗多夫影响，法国叙事学家热拉尔·热奈特在《叙事话语》中，针对小说叙事的"话语"而非"故事"展开更深入的研究，富有开创性地提出包括故事时间与话语时间、叙述视点、叙述距离在内的一系列概念，这些术语成为经典叙事学的核心命题，后起的叙事学家多借用他的理论框架与范式，只是在研究领域上有所拓宽。

杰拉德·普林斯同样更重视"话语"在文本交流中的作用，叙述者、受述者及叙述过程中的各个变量，均是影响故事表达的重要因素。西摩·查特曼将叙事学拓展到了电影领域，认为故事是内容，而话语是内容的表达方式。他还将故事分为内容和实存两部分，前一部分指事件，后一部分指参与事件的人物和事件发生的背景环境。

文本研究从故事到叙事的变化，也意味着从"讲一个故事"到"如何讲故事"的变化。在"如何讲故事"中，除了情节的结构之外，视角、时间、空间等因素的重要性也越来越高。遗憾的是，运用经典叙事学理论，针对小说、电影的分析势如破竹、硕果累累，但在戏剧文本的分析中却举步维艰。导致这种现象的原因有二：

一是因为研究者对戏剧文本的偏见。在这部分研究者看来，戏剧的故事并非被讲述，而是直接发生在舞台上。罗勃特·施格尔斯和罗勃特·凯洛格在其《叙事的本质》一书中认为，"所有那些被我们意指为叙事的文学作品具有两大特点：一是有故事，二是有讲故事的人。一部戏剧是一个没有讲故事者的故事"，因为"剧中人物对我们在生活中的行动"直接进行"摹仿"。[①] 简单来说，就是戏剧文本中缺少一个像小说一样的作为中介的叙事者，因为戏剧文本主要由人物对话构成、以场景展示方式推进情节，并不存在像小说一样的话语叙事。

二是创作实践中的偏好。在戏剧创作中，编剧常以通过人物行动交代情节为上，而以话语交代情节为下，避免在作品中使用"叙述法"来讲述情节。在传统的编剧观点看来，借助人物语言的描述，不如借助人物动作和直接的情节呈现来得生动和鲜明，而且会因为叙述而导致情

---

① [美]罗勃特·施格尔斯、罗勃特·凯洛格：《叙事的本质》，于雷译，南京大学出版社 2015 年版，第 2 页。

节停顿。如亚里士多德认为，史诗采用的是"叙述法"，而戏剧则是用"动作"表达，① 贺拉斯也认为，"通过听觉打动人的心灵比较缓慢，不如呈现在观众眼前"②。这里拒绝采用叙述的原因主要出于风俗禁忌，有些情节（如"当众变鸟"）在当时的技术条件下也是难以做到的。

以上观点显然是有失偏颇的。

首先，运用话语交代情节在戏剧中由来已久。有见识的编剧们也煞费苦心，努力发挥语言形式上的美感，以减轻戏剧性不足的弊端。如塞缪尔·约翰逊（Samuel Johnson）认为，莎士比亚的剧作中有大量叙述，"他并不用简练的办法来减轻这个负担，反而努力使它庄严华丽，以便讨得读者欢心"③。在剧作实践中，"叙述"运用得当，不仅能成就文本独特的叙事风格，还能给观众和读者带来别样的审美感受。比如中国戏曲中或唱或念、用于交代情节、抒发情感的叙述片段，往往音韵铿锵、辞藻丰赡，其较高的艺术价值反倒成为戏曲的一大特色。

其次，戏剧文本的"独白""旁白"中就蕴含着叙述者和叙述话语。古希腊悲剧的"报信人"等角色，就其所报告内容来说是叙述者，中国戏曲中"自报家门"的发出者也是叙述者。除了上述的局部叙述之外，在许多戏剧文本中也存在着"叙述中介"的踪迹。比如莎士比亚剧中经常出现的"致辞者"，他们相当于小说文本中的叙述者，从形式上看，承担着将整个戏剧故事讲述给读者、观众听的功能。这些叙述者及叙述话语的存在，大大简化了背景故事的交代，拓展了叙事空间，使作者更方便将笔墨聚焦于主要情节。

再次，越来越多的研究者开始认为，应该也将戏剧文本纳入叙事研究的范畴。对于戏剧文本是否属于叙事文本、能够用经典叙事学的框架和术语进行研究，不同叙事学者的态度是不同的。一些研究者谈到叙事就强调作为中介的叙事者的存在，"另一些研究者却宽容得多，对他们来说，叙事者只是工具之一——演员和相机也是——均可以被运

---

① [古希腊]亚里士多德等：《诗学·诗艺》，罗念生译，人民文学出版社1962年版，第9页。
② 同上书，第146页。
③ [英]塞缪尔·约翰逊：《莎士比亚戏剧集》序言，转引自《李赋宁论英语学习和西方文学》，北京大学出版社1985年版，第300页。

用在讲述故事当中"①。莫妮卡·弗罗德里克（Monika Fludernik）也认为："缺少叙述者或者叙述行为，并不意味着戏剧不属于叙事文学之一种。"② 在后一类研究者看来，无论是叙述中介，或者是借由场景来呈现，都是讲述故事的一种手段，也应该都属于叙事。如果按照西摩·查特曼的理论，任何文本都可分为由具体事件、人物、环境构成的作为实存的故事，与代表现这些内容的话语的话，那么戏剧作为叙事文本，也理应具备自己的情节实存和叙述话语，从经典叙事学角度分析戏剧叙事文本是可行的。

从 20 世纪 80 年代开始，国外研究者开始将经典叙事学理论运用到戏剧领域。我国的相关研究始于 90 年代。以上研究主要围绕以下三方面展开：

1. 对戏剧文本的叙事性质展开的研究

较早将叙事学应用于戏剧领域的是布赖恩·理查逊（Brain Richardson）。他不仅注意到莎士比亚、田纳西·威廉姆斯剧作中的叙述中介，认为这是戏剧文本拥有叙述者的证明，还从更普遍的意义上说明戏剧中叙述的广泛性，认为"叙述是剧作家技巧的一个基本要素，在西方戏剧中都有出现"③。当然，将戏剧叙事局限于"叙述话语"这一类型，或者说，只把戏剧文本中局部的"叙述话语"及拥有"叙述中介"的作品纳入叙事学研究的范畴，仍旧无法从整体上概括戏剧文本叙事的特色，是削"戏剧"之足、去适"叙事"之履，所得必有限。戏剧文本作为叙事文本，不应只局限于拥有"叙述中介"的一种类型，其他类型的戏剧文本也应属于叙事文本，理应纳入叙事学研究的范畴。

德国戏剧理论家曼弗雷德·普菲斯特在《戏剧理论与戏剧分析》中运用结构主义理论和话语分析方法分析文本，借鉴英伽登的理论，将

---

① ［美］H. 伯特·阿波特：《剑桥叙事学导论》，北京大学出版社 2017 年版，第 13 页。

② ［A］. Fludernik, M. In J. Pier & J.A.García Landa (eds.). Narrative and Drama. *Theorizing Narrativity* ［C］. Berlin: Walter de Gruyter, 2008, pp. 355–383.

③ Brain Richardson. *Point of View in Drama: Diegetic Monologue, Unreliable Narrators, and the Author's Voice on Stage* ［J］. *Comparative Drama* 22(3), 1988, pp. 193–214.

舞台提示、动作提示等视为第一文本，而将角色对话视为第二文本。^①他的研究注意到了戏剧中存在两种不同类型文本的现象，视角较为开阔。

我国研究者赵毅衡意识到，不能将戏剧中叙述者等同于小说中的叙述者。他认为，寻找叙述者是建立一般叙述学的第一步，而找到叙述者的一般形态规律很难。他从广义叙述学出发，将叙述者的形态变化分为12 个类别，小说叙事诗属于"书面文字虚构性叙述"，而戏剧为"现场演示型的虚构叙述"，属于用"舞台演出、口述故事、比赛"等演示性的形式进行，将其排除在"文字、图画"等记录性的形式之外。^②他研究是针对戏剧演出而言，但"虚构叙述""口述故事"的提法，以及对叙述者一般形态规律的怀疑，为戏剧文本的叙事分析打开了一扇大门。同样，我国研究者申丹也提出应该将戏剧纳入叙事范畴进行讨论。^③以上研究从普遍意义上去看待、分析戏剧中的叙事，是戏剧叙事研究的一大进步。

2. 从戏剧作品出发，对戏剧中具体叙述现象展开的研究

戏剧叙事的研究，除了从宏观上扫清障碍，针对具体文本展开分析也势在必行。后者对于编剧叙事学的建立更有启发性。

马克·弗里曼（Mark Freeman）认为，有些剧本中充满着故事讲述，其中最典型的是哈罗德·品特的系列作品。在《回家》《生日宴会》的文本中，"讲故事"本身成为情节，取代了传统戏剧所关注的行动、冲突等情节要素，讲述故事的小片段连缀起来，构成整个戏剧文本，并由此产生意义。^④马克·弗里曼的研究，无疑为研究者考察、评价戏剧文本提供了新角度，也为创作实践开创了新的思路。

雨果·鲍尔斯（Hugo Bowles）认为，"讲故事"的异峰突起，使戏

---

① ［德］曼弗雷德·普菲斯特：《戏剧理论与戏剧分析》，周靖波、李安定译，北京广播学院出版社 2004 年版，第 19 页。
② 赵毅衡：《论叙述者的一般形态》，《文艺研究》2012 年第 5 期。
③ 申丹、王丽亚：《西方叙事学：经典与后经典》，北京大学出版社 2010 年版，第257 页。
④ Mark Freeman. Life "on Holiday"? In Defense of Big Stories [J] . Narrative Inquiry16(1) , 2006, pp. 131-138.

剧结构不再是围绕行动而是围绕被讲述的故事来构建。"讲故事"作为重要叙事策略，可以分为闲聊、目击证言、梦境等类型，不同类型的参与角色、互动模式和互动效果各有不同。①

我国研究者林克欢等也针对戏剧文本展开了叙事研究，在他写于80年代的一系列文章中，介绍分析了一些新剧目中使用叙述者和叙述形式的现象。

汤逸佩的《叙事者的舞台》和苏永旭等的《戏剧叙事学研究》，是结合具体剧目中的叙述现象，从整体上考察戏剧中"叙事"专著。苏著以中国古典戏曲为主，理论框架分为"潜在的戏剧叙述""显在的戏剧叙述"和"反戏剧式的意象性叙述"三部分，提出"演员演故事"与"演员讲故事"的不同，并提出"本源述体"（即作者）这一类型，敏锐地捕捉到戏剧文本中"场景展示"与"话语叙述"两种基本的叙事模式，认为作者叙事的部分也是戏剧叙事的研究内容。汤著运用热拉尔·热奈特的理论研究戏剧舞台叙事，通过舞台意象的建立、舞台符号、舞台时空的转换去考察戏剧中叙事话语的存在，实际上已经涉及了戏剧舞台演出的整体叙事而非局部的"叙述"。

以上研究也极大地纠正了轻视叙述的传统倾向，使人们意识到"叙述"也不妨成为编剧们积极主动的选择，成为交代情节、表达主题、传递氛围、形成风格的重要手段。

3. 针对戏剧叙事具体概念和术语的研究

在用"叙事"取代"叙述"时，又容易存在忽略戏剧文本自身特点、将戏剧叙事与小说叙事混为一谈的弊病。因此，一些研究者主要针对具体的叙事概念展开研究。

我国研究者严程莹、李启斌认为，目前的戏剧叙事研究以戏剧文学叙事和舞台叙事为主，研究框架包括叙事功能、叙事者、叙事视角、叙事方式、叙事观念等五个方面。②

---

① Hugo Bowles. *Storytelling as interaction in The Homecoming* [J] . *Language and Literature* 18(1), 2009, pp. 45—60.
② 严程莹、李启斌：《近年来戏剧叙事学理论研究述评》，《戏剧文学》2009 年第 12 期。

国外的研究方面，布赖恩·理查逊对戏剧中的叙述者进行了详尽的分类，分为框架叙述者、内心独白叙述者、独角戏叙述者、生成叙述者等几类。他的分类主要针对拥有"叙述中介"的文本，不过也可扩展到没有叙述中介的文本中。曼弗雷德·雅恩（Manfred Jahn）在理查逊的基础上又增加了"只闻其声不见其人"的"叙述声音"的类型，丰富了叙述者的类型。莫尼卡·弗卢德尼克运用戏剧叙事转喻理论，探讨了叙述者出入叙述层的方式，认为戏剧中拥有多个叙事层次。

在"叙述视角"的研究上，丹·麦克金太（Dan McIntyre）认为，叙述视角对于文本的结构和叙事效果有着重要影响。[①] 我国学者陈文铁在《戏剧文本视角实现与转换的认知文体学研究》中认为，舞台指示、戏剧对话中均体现了人物视角。

叙述话语上代表性的研究有者安斯佳·纽宁（Ansgar Nünning）与罗伊·萨马（Roy Sommer）。他们将戏剧叙事话语分为拟态叙事与话语叙事两类，对戏剧文本中两类话语的特点进行了说明。[②] 此外，鲍尔斯运用指示转换理论阐释了戏剧话语在文本中的指示作用。

需要注意的是，以上研究者的研究角度既有经典叙事学的，也有后经典叙事学的，甚至有语言学的，研究内容基本上涉及了经典叙事学叙述者、叙述视角、叙述话语等主要概念，奠定了戏剧叙事研究的基本框架，在研究思路和方法上也颇有启发。

从 19 世纪 80 年代开始的戏剧叙事研究，为研究文本的叙事提供了有益的思路和框架，然而，仍存在一些遗憾。其一，偏重于"解构"文本，而对如何"结构"文本认识不足，重"戏剧"而轻"编剧"，有些已经脱离经典叙事学的范畴，走向后经典叙事学，对编剧实践的引导性不足。其二，在叙事视角与叙事视点、叙事聚焦等要领的研究上存在盲区。此外，原有的叙事学概念系从小说文本中研究得出，在进行戏剧文本的研究时，必然要解决相关叙事概念在戏剧领域的适用问题，需要根

---

①   Dan Mcintyre. *Point of View in Plays: A cognitive stylistic approach to viewpoint in drama and other text-types* [M]. Amsterdam: John Benjamins，2006, p. 188.

②   [A]. Ansgar Nünning &, Roy Sommer. John Pier and GARCÍA LANDA, José Angel (ed). *Diegeticand Mimetic Narrativity: Some Further Steps towards a Narratology of Drama. Theorizing Narrativity* [C]. Berlin: Walter de Gruyter，2008, p. 331.

据戏剧文本的实际重新界定相关概念。

戏剧文本的创作拥有一套不同于小说创作的理论体系。这一体系滥觞于亚里士多德的《诗学》，经过布瓦洛、威廉·阿契等发扬光大，在中国传统剧论中也有与之对应的"关目""收煞""头绪"等概念。除了颠覆文本、语言文字的合法性的后文本戏剧和实验戏剧外，无论是理论研究者还是实践者，"行动""冲突""突转""场面"均是创作戏剧文本时不得不提的理论术语，也因此派生出一系列的编剧规则。然而，必须承认，一部具备着诸多要素的剧本未必是一个好剧本，一些著名的戏剧文本中，"冲突""行动"未必见得强烈，却不失为大师之作，而另一些剧本中虽然冲突强烈、突转连连，却仍旧让人感觉剧情散漫。"冲突""行动""突转"是对剧本外在形式的要求，如何结构"冲突"、如何去写"行动"等只有结合叙事效果及叙事学领域的"视角""聚焦""视点""时空"等概念加以分析，才有望得到精确的分析和评价。比如《雷雨》中"鲁贵讲故事"这一情节片段，从编剧理论出发，只能从凝聚时空、集中情节的交代前史去分析，从叙事学理论出发，必然要考虑到叙述者和叙述者对事件的关系。如果纯粹是交代前史，那么繁漪和周萍直接现身说法、四凤追问周萍都可以起到类似的作用。但是，当这一有悖人伦的前史从一个有道德瑕疵的鲁贵口中道出，并且带有猎奇和幸灾乐祸的口吻时，自然而然唤起读者和观众对鲁贵的反感，从而降低读者/观众对这一乱伦事件的负面评价，转而对人物生出同情，同时引发强烈的悬念，为接下来主要人物的出场做好了铺垫——前史的交代上虽没有差别，然而叙事效果上却有着重大差异。

因此，将经典叙事学体系与编剧学体系的加以融合，建立"编剧叙事学"，对于戏剧编剧创作很有必要。这种结合的目的在于探索戏剧冲突等元素等在叙事层面上的表现，总的来说包括四个方面的研究：（1）戏剧文本中的叙事元素及其演变研究。通过对国内外经典剧本的梳理，理清戏剧文本中的叙事元素，并对剧作的叙事特征进行总结。（2）编剧学视角下的经典叙事学理论概念的重新界定与梳理研究。通过案例研究，以编剧学视角观照经典叙事学理论，对相关概念加以重新解释和阐发。(3) 叙事学理论对传统剧作元素概念及功能的重新阐释研究。从叙事学视角出发，观照传统编剧理论中的戏剧元素概念，并对其进行重新阐发和建构。(4) 编剧叙事学理论的建构研究及其对编剧实践的影响研究。从编剧学与叙事学的交叉学科视角，观照戏剧文本创作与舞台实践，总结相关经验，构建编剧叙事体系，探索指导创作实践的新理论新方法。具体来说，又可细化为以下六项研究内容。

1. 戏剧叙事与戏剧故事

热拉尔·热奈特笔下的"叙事"有广义和狭义两种。狭义指"叙述"，而广义指"话语"和"话语描述的行为"："承担叙述的一个或一系列事件的叙述陈述，口头或书面的话语"，"真实或虚构的、作为话语对象的接连发生的事件，以及事件之间连贯、反衬、重复等不同的关系"。① 戏剧中的"叙事"亦可分为广义与狭义两种。广义叙事是指整个文本的叙事表达，即采取何等叙事安排、场景叙事还是话语叙事等，相当于热奈特的"话语"。狭义的叙事指具体叙述行为，主要聚焦于人物对话的如何组织和安排，如何在对话中控制视角、聚焦、视点的表达等；这也是热拉尔·热奈特"叙述"中的主要内容。戏剧故事则指构成文本情节的基本素材，同一个故事原型正是通过叙事方法与手段的差异而呈现不同主题与艺术风貌。

2. 戏剧中的叙述者与戏剧角色

在实践中，叙事者与叙述者密不可分，既可以指作者—虚拟作者甚至不同层次的叙述者的叙事安排，又可指具体的叙述行为。因此，当指某段话语的叙事安排操控者，而不是特定的叙述行为的发出主体时，会倾向于使用叙事者而非叙述者；当侧重于与"看者"相对应的"说者"概念时，则倾向于使用叙述者。对于许多研究者来说，认为戏剧文本是叙述文本比认定戏剧是叙事文本要困难得多，因此，在本书的第二章特意使用了"叙述者"来取代"叙事者"。但是，我们仍然要认识到，正是不同叙述者叙述故事的行为构成了戏剧文本的整体，不仅在拥有叙述中介的文本中有叙述者，没有叙述中介的文本中也有各

---

① ［法］热拉尔·热奈特：《叙事话语　新叙事话语》，王文融译，中国社会科学出版社 1990 年版，第 6 页。

种各样的叙述者。

3. 叙事视角、叙事聚焦、叙事视点与戏剧人物、戏剧冲突、戏剧情节与戏剧场面

叙事视角、叙事聚焦、叙事视点是三位一体的，分别解决"谁看""看什么"和"怎么看"的问题，与编剧理论中情节的集中、人物的刻画、冲突的发展有着密切联系。

叙事视角（perspective）解决"谁看"的问题，由人物对话构成的戏剧文本呈现了不同人物的叙事视角，因此，叙事视角成为除情节外塑造戏剧人物的重要手段。

叙事聚焦（focus）解决"看什么"的问题。聚事聚焦的集中，其实就是情节、主题与人物的集中，是在多重视角之上建立一个综合的、总体的认知。同时，叙事聚焦又要避免过于集中而造成单一、机械的弊病。

叙事视点（point of view）针对的是"怎么看"的问题，包括视点的空间转移、视点的心象和视点的认知。一般说来，固定视点场面变化较少，而流动视点场面变化丰富。叙事视点的限知与突破是营造戏剧冲突的主要手段。

4. 叙事时间与剧作结构

热拉尔·热奈特所说的故事时间和话语时间用于分析小说文体行之有效，而戏剧的对话常在场景展示中进行，话语时间与故事时间看似相等，其实并非如此。

曼弗雷德·普菲斯特指出存在三种戏剧时间，分别是第一、第二和第三的虚构时间。第一虚构时间为"演出时间"，指所有情节呈现在舞台上的时间，这相当于情节在舞台上所占据的时间，也就是本文所说的"叙事时间"。第二虚构时间是第一时间加上中间省略的故事时间。第三虚构时间指叙事中所指涉的所有故事时间。在划分三种时间的基础上，他将第二虚构时间与第一虚构时间相比，认为演出时间如果等同于故事时间，文本为封闭型结构；如果二者不一致，那就或多或少属于开放式时间结构。在曼氏的研究基础上，如果我们将叙事时间的起讫与故事时间的起讫加以比较，能清楚地看出，二者之间的差

异决定了剧作的基本结构。比如《雷雨》的叙事时间早于故事时间，结束时二者相同，是为锁闭式结构；叙事时间与故事时间首尾相等，多为开放式结构，比如莎士比亚的大部分剧作；叙事时间的起讫与故事时间完全相反，则为倒装式结构，比如哈罗德·品特的《背叛》；当叙事时间与故事时间在某些点上重合时，则多为散文式结构；当剧作中出现一个以上的叙事时间时，会成为同时拥有故事层与叙述层的叙述体结构或心理式结构。

5. 叙事空间与戏剧情境

戏剧文本的叙事空间与戏剧情境的关系密切，影响到人物的塑造和主题的表达，也直接影响着情节的发生。戏剧空间是经过叙事改造的空间，通过空间的符号化、空间的并列等对故事空间进行模拟或概括，心理空间的介入也让空间从有限转向无限。戏剧空间同时也是自然、心象和社会空间三位一体的意义生产的场所，是一个层层递进、不断发展变化的空间。当代戏剧中，戏剧结构也有向空间化发展的倾向。比如法国剧作家让-米歇尔·里博的《高低博物馆》的情节，在博物馆的不同展馆展开，而情节发生的时间点却是同一的。近年来兴起的"浸入式戏剧""后戏剧剧场"等也有向空间发展的倾向，这给研究戏剧的叙事空间带来新的机遇和挑战。

6. 叙事话语与戏剧语言

由于叙事者的多样性，戏剧中的叙事话语是由舞台提示、动作提示、人物对话、叙述者构成的多层次语言系统，在不同层次的叙事话语中，均可以涵盖戏剧对话、直接引语、间接引语及许多中间类型。由于叙事话语的存在，戏剧语言具有杂语性的特征，是多种文体的综合，同时也存在多个叙述口吻。

总之，从经典叙事学出发的编剧叙事研究，必须要把戏剧文本作有有机完整的研究对象，既重视"场景展示"，也重视"叙述话语"，扩大研究范围，丰富研究案例，既讲"解构"也讲"结构"，既重理论的推演，也重视对实践的指导。不仅要发现贴合戏剧文本实际的叙述者、叙述话语、叙述时空的研究重点与内容，还要进一步探讨叙述者叙述话语如何影响时空，并进而影响到剧作结构，视角如何影响戏剧人物以及冲突与行动的发展，将经典叙事学的视角、聚焦、视点等理论融入原有的主题人物论、时空结构论、情节冲突论，实现对编剧理论的真正变革，对未来的戏剧创作作出前瞻性的理论指导，也为一般的戏剧研究提供新的思路。

第一章　戏剧文本中的叙事

　　区分"叙述"与"叙事"、厘清在何等意义上使用"叙事学"与"叙述学",是进行叙事学研究时必须解决的问题。

　　在热拉尔·热奈特看来,"叙事"是能指与所指的结合。能指为讲述故事的话语体系,所指为故事本身。他笔下的"叙事"是"能指、陈述、话语或叙述文本",而"叙述"是"生产性叙述行为"以及"该行为所处的或真或假的总情境"。[①]"叙事"在英文中为"narrative",而指具体行为的"叙述"被称为"narrating"。

　　从"叙事"与"叙述"的整体与具体出发,也存在着"叙事学"和"叙述学"的争议。一般来说,"叙事学"比"叙述学"的内涵更广。申丹认为,国内将法文的 narratologie(英文的 narratology)译为"叙述学"或"叙事学"是一种混淆。"叙述"一词与"叙述者"紧密相连,宜指话语层次上的叙述技巧,而"叙事"一词则更适合涵盖故事结构和话语技巧这两个层面。因此,她倾向于采用含义较广的"叙事学"这一用语以突出对故事结构的重视。[②]

　　"叙述"或者"叙述学"都有"讲述故事"的一面,在英文中,强调"讲述"时,往往用"telling"一词,当采用"narratology"时,则偏重于宏观的"叙事"。在戏剧的叙事研究中,当用于表达与"场景"相对立的"话语"时,研究者倾向于使用"叙述"。比如林克欢的一系列文章中,均采用"叙述"一词来强调作品中人物"讲述"而非"展示"

---

① [法]热拉尔·热奈特:《叙事话语　新叙事话语》,王文融译,中国社会科学出版社 1990 年版,第 7 页。
② 申丹:《叙事形式与性别政治——叙事形式与性别政治》,《北京大学学报(哲学社会科学版)》2004 年第 1 期。

故事的行为。一般来说，在针对戏剧文本整体的叙事话语时采用"叙事"一词，在针对具体叙事行为、手段时使用"叙述"一词。比如汤逸佩的《叙事者的舞台》一书，书名用"叙事者"而第一章命名为"叙述者的登场"就是一例。

戏剧文本中的叙事同时包括场景展示与话语叙述两种类型，不仅"话语叙述"是"叙事"，"场景展示"也是在"叙事"。由于"叙述"偏重于具体的"生产性叙述行为"，因此本书将更多采用"叙事"一词来代指整个话语体系。当然，戏剧文本的叙事研究，尤其对编剧叙事研究而言，脱离故事层次、单单讨论话语层次是徒劳无功的，因此本书讨论的"叙事"同时涵盖"叙事"与"叙述"，是戏剧故事在戏剧文本中得以表达的话语方式和整体效果。

第一节　戏剧文本的叙事类型

古希腊的柏拉图在区分戏剧与史诗时，认为前者是"模仿叙述"，而后者是"单纯叙述"，前者为展示，而后者为叙述。[①] 此处的"叙述"其实指的是"叙事"。他的"模仿叙述"显然不能完全涵盖戏剧文本的全部叙述模式，却可以作为我们讨论的起点。

热拉尔·热奈特将小说中的叙事分为两类，一类为场景、展示、模仿，即人物言行的直接的"戏剧化"的呈现；另一类为概括、讲述、叙述，即叙述者用自己的话描述所发生的一切。这两类实际上就是场景展示和话语叙述。贺拉斯在《诗艺》中说："情节可以在舞台上演出，也可以通过叙述。"[②] 曼弗雷德·普菲斯特在论及戏剧叙事时，同样认为，"故事既可以通过场景直接表现，也可以通过话语叙述的方式传播"，这也说明戏剧叙事分为场景展示和话语叙述两类。[③] 叙事学家莫妮卡·弗

---

① [古希腊] 柏拉图：《柏拉图文艺对话录》，朱光潜译，人民文学出版社 1983 年版，第 47 页。

② [古希腊] 亚里士多德等：《诗学·诗艺》，罗念生译，人民文学出版社 1962 年版，第 146 页。

③ [德] 曼弗雷德·普菲斯特：《戏剧理论与戏剧分析》，周靖波、李安定译，北京广播学院出版社 2004 年版，第 261 页。

罗德里克将戏剧中的叙事元素分为五类：

 （a）与戏剧叙事性有关的元素，即虚构世界、人物、情节的存在；

 （b）剧中虚构世界中与叙述相关的元素——信使报告、人物相互讲述故事；

 （c）戏剧中引入叙述者形象或叙述者框架的元素；

 （d）戏剧中具有中介功能的元素，如开场白和尾声，舞台指示；

 （e）元戏剧特征（可以位于不同的层面）。[①]

  在她所述的五种戏剧叙事元素中，（a）所代表的虚构世界、人物、情节的存在属于场景展示的内容，其余的则属于话语叙述，同样说明场景展示和话语叙述是戏剧文本中的两类基本叙事手段。

  通过场景展示和话语叙述共同推动戏剧文本叙事的做法由来已久。比如中国戏曲中的"自报家门"，就是典型的话语叙述，而具体的、正在发生的故事情节则以场景展示在舞台上。直到今天这仍是戏曲剧作的常见手法，西方亦是如此。早在古希腊悲剧《美狄亚》中，老保姆以追叙的方式，通过话语叙述了美狄亚与伊阿宋相恋和结怨的由来，而美狄亚具体的复仇行动，则通过场景展示来体现。之后的文艺复兴时期，莎士比亚的剧作中常通过独白和旁白的技巧来进行话语叙述。比如《罗密欧与朱丽叶》每一幕之前都用开场诗对本幕的情节用话语进行简要概述，再在正文中用场景来展示二人相知相恋的具体情景。发展至20世纪，在叙述中介引导的叙述体戏剧中，通常由故事的叙述者运用话语进行叙述，而故事本身则通过场景展示来体现。比如贝尔托·布莱希特的《高加索灰阑记》中，歌手用话语连接内层故事，而格鲁雪与士兵的相恋、对婴儿的保护等则通过场景展示。

  有些戏剧文本中的话语叙述甚至会取代场景展示，成为主要内容。比如爱德华·阿尔比的《动物园的故事》中，并不存在叙述中介这一外在叙述者，全剧通过故事中的人物对话来呈现。流浪汉与中产者在公园相遇并为一张长椅争执时，采用的是场景展示，流浪汉对个人经

---

① [A] . Fludernik, M. In J. Pier & J. A. García Landa(eds.) Narrative and Drama. *Theorizing Narrativity* [C] . Berlin: Walter de Gruyter, 2008, pp. 355–383.

历的介绍则采取了讲述。这里包含了三段故事：第一段故事讲的是自己的家庭和求学的经历，第二段故事讲自己与邻居的故事，第三段故事则是狗的故事。杰瑞用大量篇幅讲述自己过去的生活经历、自己对生活的感受，相形之下，他与彼得相遇并激怒对方拔刀相向，只占很少的篇幅。观众的注意力更多集中在杰瑞的话语叙述的三个故事，尤其人和狗相爱相杀的故事。人物讲述的个人经历大大多于场景展示的内容。再如剧作家马丁·克里姆普在《生命的尝试》(*Attempt of Her Life*）中，干脆取消了"展示"，而选择让人物通过描述、讨论、猜测、评价来叙述一个个发生在"安妮"身上的故事。这些都是话语叙述取代场景展示的例子。

当然，戏剧文本中的场景展示与话语叙述并非孤立、静止、非此即彼的存在，通过梳理戏剧文本可以发现，场景展示与话语叙述在文本中的交织之深之广远超我们想象。

一、场景展示中的叙述

场景展示是戏剧文本中最常用的叙事手段和主要内容。然而，在戏剧文本所谓场景化的展示和模仿中，充满着各式各样的概括、讲述和叙述。"所有的文本都可以分成描述（descriptions），评述（commentaries）和叙述（narratives）三个范畴，译成中文就是三种'讲述'（discourses）。"[1] 这里的讲述其实是讲述的"话语"。在以人物对话为主的戏剧文本中，无论是一个人的内心独白，还是两个或更多人的对话中，都可以发现概括、讲述和叙述的存在。

以《推销员之死》（阿瑟·米勒）中，威利回家后同林达的一段对话为例。

林达　（耳听得威利在卧室外，有点惶恐不安地喊着）威利，威利，好了，好了。我回来啦。

---

① [美] 杰拉德·普林斯：《叙述学词典》（代序），乔国强、李孝弟译，上海译文出版社 2016 年版，第 6 页。

林达　怎么啦？出了什么事？（稍停一下）出什么事了吗，威利？

威利　没，没出事。

林达　你没撞坏汽车吧？

威利　（不由恼火了）我说了没出事。你没听见我吗？

林达　你觉得不舒服吗？

威利　我累得要死。（笛声消失。他在床边挨着她坐下，有点僵硬）我开不了车啦。我就是开不了车，林达。

林达　（非常小心、体贴）你整天在哪里？你气色很不好。

威利　我开到了扬克斯以北一段路。我停下车去喝杯咖啡。也许是咖啡作怪。

林达　什么？

威利　（稍停）忽然间我再也开不了车。汽车一直开上了路边，你知道吗？

林达　（帮着找原因）啊，也许是方向盘又出毛病啦。我想安吉洛不见得会摆弄史蒂倍克。

威利　不，是我，是我。忽然一下子我明白过来，我一个钟头竟开了六十英里，我记不得最后五分钟是怎么开的了。我——我觉得好像不能专心开车了。

林达　也许是你的眼镜作怪。你又不肯去配新眼镜。

威利　不，我什么都看得见。回来时我一个钟头开十英里。从扬克斯开来差不多花了我四个钟头。

林达　（委曲求全）得了，你非歇会儿不可。威利，你不能再这样下去了。

威利　我刚从佛罗里达回来。

林达　可是你的脑筋不休息。你用脑过度啦，脑筋可重要呢，亲爱的。

威利　我早上再出发。也许到了早上我会觉得好些。（她脱掉他的鞋）这副混账鞋垫把我脚板弯儿挤得痛死了。

林达　吃片阿司匹林。要我给你拿片阿司匹林吗？吃了就会好的。[①]

[①]　[美]阿瑟·米勒：《推销员之死》，选自《外国当代剧作选（4）》，陈良廷译，中国戏剧出版社1992年版，第1—140页。

这段文本初看是场景展示，实质上暗含了话语叙述。威利回家路上差点出了车祸一事属于话语叙述，威利回忆起此事时的惊慌和沮丧、林达听闻消息时的担心与心疼属于场景展示。叙述用于对发生在过去的事件的追忆，而展示则是人物在现在时空的反应。在当下场景展示中纳入关于过去的话语叙述时，发生在两个不同时空的事件得到了整合，人物此时此刻的忧心忡忡与回家路上因生意不顺的失落无助叠加在一起强化了叙事效果。

如果将"场景展示"看作是"直接"的叙事手段，而"话语叙述"是转述也即"间接"的叙事手段。相比较而言，场景更为形象直观，同时指意也较为丰富，话语叙述简单清晰，指意明了（可能在有些情况下，出于叙事策略的原因，话语更为模糊）。在话语叙述中，读者得知威利在回来路上发生了车祸，这一点是毋庸置疑的。在场景展示中出现了威利脑海里感受到的笛声，林达的胆怯、体贴、小心翼翼，还有威利的疲惫和困惑。这些反应和行动，有一些是观众看到的，有一些是观众感受到的，有一些纯粹是观众的猜测。辅之以人物闪烁其词的对话，读者能够感受到人物知道的远比讲出来的要多——威利其实明白自己的精神出了问题，林达心知肚明，但怕加深威利的失落而不能够说出来，她只能竭力回避，小心翼翼地安慰，营造出一种富含张力的人物关系。由于这种关系是通过人物对话和行动展示出来，不是借助明确的语言描述，观众并不能完全肯定自己的判断，因而产生探究的兴趣，也有了更多解读和玩味的阐释空间，导演和演员的二度创作也有了更多可能。

在场景展示的对话中，缺少了话语叙述则会变得空洞无物，适当的话语叙述有助于交代背景信息、人物心理，使对访内容变得丰富。比如《雷雨》中：

萍　（有些烦）那也不见得，我总怕父亲回来，您很忙，所以——

冲　你不知道母亲病了么？

繁　你哥哥怎么会把我的病放在心上？

冲　妈！

萍　您好一点了么？

繁　谢谢你，我刚刚下楼。

萍　对了，我预备明天离开家里到矿上去。

繁　哦，（停）好得很——什么时候回来呢？

萍　不一定，也许两年，也许三年。哦，这屋子怎么闷气得很。

冲　窗户已经打开了——我想，大概是大雨要来了。

繁　（停一停）你在矿上做什么呢？

冲　妈，您忘了，哥哥是专门学矿科的。

繁　这是理由么，萍？

萍　（拿起报纸看，遮掩自己）说不出来，像是家里住得太久了，
　　烦得很。

繁　（笑）我怕你是胆小吧？

萍　怎么讲？

繁　这屋子曾经闹过鬼，你忘了。

萍　没有忘。但是这儿我住厌了。

繁　（笑）假若我是你，这周围的人我都会厌恶，我也离开这个死
　　地方的。

冲　妈，我不要您这样说话。

萍　（忧郁地）哼，我自己对自己都恨不够，我还配说厌恶别
　　人？——（叹一口气）弟弟，我想回屋去了。（起立）①

　　这段看似场景展示的文本中，"叙述"无处不在。人物的对话大多
基于过于发生的事而展开，比如繁漪的病，比如周萍的矿科文凭，以
及"这屋子闹过鬼"，这些显然都是叙述而非展示。在《雷雨》中，类
似的例子还可以找到很多，比如在见到周萍之后，繁漪同四凤的交谈，
交代了大少爷的近况也预告了鲁妈即将到来，既有追叙也有预叙。这些
背景信息是营造当下戏剧情境的关键。如果不是曾经"闹过鬼"，那周
萍的"到矿上去"就稀松平常。缺少了这些背景信息的交代，只保留当
下"您好一点了么""我住厌了"，则会显得单薄且不知所云，不能够将

---

①　曹禺：《雷雨》，选自刘厚生等编《中国话剧百年剧作选（第 2 卷）》，中国对外
　　翻译出版公司 2007 年版，第 199—346 页。

读者和观众的注意力集中到二人的人物关系和即将发生的对峙、冲突上来。

展示中叙述的存在，需要编剧知晓如何在场景展示中巧妙嵌入读者需要了解的信息。要让信息的交代既阐明了人物当下的行动目的、符合当前情节的需要，同时成为后续人物展开行动、推动情节发展的必要铺垫。

二、话语叙述中的展示

话语叙述在戏剧文本中是广泛存在的。编剧们不仅以话语叙述的方式交代前史，一些舞台上不适合展示或者无法展示的情节也常通过话语叙述来交代。古希腊戏剧中常用歌队来介绍即将发生的情节、交代故事背景、抒发内心冲突以及交代暗场事件等叙事功能。如欧里庇得斯的《特洛伊妇女》中，由妇女构成的歌队追述帕里斯对海伦一见倾心的经过，以及天后赫拉与智慧女神雅典娜的恩怨由来，这些神及英雄的行为属于文本开始之前的前史故事，并不直接呈现在舞台上，而是通过人物的讲述来交代。

人物在以"场景展示"方式呈现情节时，总是不可避免地提及之前发生的故事或者当下的背景，因而必须采用叙述的办法；同样，人物在"叙述"情节时也必须借用"场景展示"。首先，叙述发生在特定的情境之下，这一情境就构成了叙述内容的大前提；其次，编剧为了克服叙述的枯燥与抽象，增加与观众的交流互动，会尽量融入情境、让故事生动、叙述富有个性以保持戏剧性。比如保姆讲述美狄亚与伊阿宋缔结婚姻的经过：

【保姆自屋内上。

保姆　但愿阿耳戈船从不曾飞过那深蓝的辛普勒伽得斯，飘到科尔喀斯的海岸旁，但愿珀利翁山上的杉树不曾被砍来为那些给珀利阿斯取金羊毛的英雄们制造船桨；那么我的女主人美狄亚便不会狂热地爱上伊阿宋，航行到伊俄尔科斯的城楼下，也不会因诱劝珀利阿斯的女儿杀害她们的父亲而出外逃亡，随着她的丈夫和两个儿子来住在这科任托斯城。可是她终于来到了这里，她倒也很受人爱戴，事事顺从她的丈夫——妻子不同丈夫争吵，家庭最是相安；——但如今，一切都变成了仇恨，两夫妻的爱情也破裂了，因为伊阿宋竟抛弃了他的儿子和我的主母，去和这里的国王克瑞翁的女儿成亲，睡到那公主的床榻上。①

这里的叙述由保姆的话语构成，是典型的话语叙述。叙述发生在美狄亚与伊阿宋的婚姻即将破裂、前者打算报复的情境之下，而美狄亚过去为爱抛舍一切，正是她今日对伊阿宋怒火中烧的根由，对于今天的悲剧有着至关重要的影响。在叙述的顺序上，叙述者依照历时性的规则，讲述了一个有情节的相对完整的故事，交代了美狄亚爱上伊阿宋、为帮助他取到金羊毛和成为眷属不惜杀害父亲的一系列过程。叙述者也并非客观中立地交代往事，介绍中叠加了保姆自身的倾向和态度，使得讲述成为一种现在时的讲述，具备了场景展示的色彩。

戏剧文本中常见大段抒发人物心理的"独白"，这种独白由于缺乏情节容易显得晦涩和枯燥，而有效的应对策略是将其置于情境之中、伪装成场景展示。比如《克拉普最后的录音带》中，主人公试图伪造出一种对话目标在场的对话体：

克拉普　（精力充沛地）哈！（低头翻看记录，找到想要的条目，念）第三……盒……第五盘……录音带。（抬头直视前方，贪馋地）录音带！（停顿）录——音带！（满意地笑着。停顿。低头查看那些盒子）第三盒……三……四……二……（出乎意料地）九盒！上帝倚仗！……七盒……啊哈！混蛋！（拿起一个盒子，窥看）第三——盒。（把盒子放在桌上，打开，察看里面的录音带）录音带……（他盯着账簿）……五……（他仔细看录音带）……五……五……啊哈！这下你跑不了啦！（他拿出一盘录音带，仔细看）第五盘。（他把录音带放在桌上，合上第三个盒子，放回其

<hr />

① 欧里庇得斯：《美狄亚》，选自《欧里庇得斯悲剧二种》，罗念生译，人民文学出版社1979年版，第1—62页。

他盒子中间，拿起录音带）第三盒，第五盘。（冲录音机弯下腰，又抬起头。贪馋地）录——音带！（满意地笑着。弯腰将录音带装到录音机上，搓着手）啊！（盯着记录，读最下面的一条）妈妈终于安息……嗯……那黑色的球……（他抬起头，茫然凝视前方。迷惑）黑色的球……（再次盯着记录，念）黑皮肤的护士……（他抬起头，沉思，再次盯着账簿，读）肠胃得到轻微改善……嗯……难忘的……什么？（凑近了看）秋分日，难忘的秋分日。（抬起头，茫然不解地）难忘的秋分日……（停顿。耸肩，再次盯着记录，念）再见了——（翻到下一页）——爱。①

布赖恩·理查逊认为，当人物对另一人物讲述故事时，这种叙述行为是包括在大的模仿框架之内。这种对话——讲述者的讲述行为——本身是故事的一种戏剧化呈现，包括在舞台上的模拟场景之内。他指出，这种讲述不同于一般的抽离式的讲述，而是在角色扮演的前提下进行的，追求拟真的而非叙述的效果。② 在上述话语中，克拉普以自我的视角来叙述内心活动，使得这种叙述实质上变成意志、行动的直接体现，读者能够从断断续续的话语当中，看到叙述者的心理活动与变化，感受到其内心的冲突。此外，这段对话从形式上仿佛有一个听者在场，读者和观众会自动补位成为交流对象，让这段本属叙述的对话具有了现场的交流意义和戏剧性。

另一种将叙述场景化的方式，是话语叙述辅以场景展示。在《高加索灰阑记》（贝尔托·布莱希特）中，歌手描绘着格鲁雪此时的动作与心理，而女主角格鲁雪在另一旁进行动作的展示：

【格鲁雪小心翼翼地从门洞里走出来，东张张西望望。她提着一个包裹走向大门，最后又转身看孩子是否还在那里。歌

---

① Samuel Beckett, Krapp's Last Tape and Embers, London: Faber and Faber, 1959, pp. 10–20.（后同）

② Brain Richardson. Point of View in Drama: Diegetic Monologue, Unreliable Narrators, and the Author's Voice on Stage [J]. *Comparative Drama* 22(3), 1988, pp. 193–214.

歌手 （唱）站在屋门和大门之间，她听见了，

或者自以为听见了轻轻的呼唤。

孩子呼唤她，并非啼哭，

而是呼唤得非常清晰，

至少她听来是这样。"女人，"他说，"救救我。"

他还说，并非啼哭，而是讲得非常清晰：

"女人，该知道，谁听不见呼救的声音，

让耳朵堵塞了径自走去，谁就永远听不见

情人呼唤他的低声软语，听不见

黎明时分山鸟的啼叫，也听不见

晚钟里疲倦的摘葡萄人愉快的叹息。"①

这种在话语叙述中补以场景展示的方式，有效地克服和减轻了叙述的枯燥和抽象，让戏剧呈现变得生动和丰富。

三、叙述与展示的风格追求

虽然说场景展示内部充斥着各种各样的叙述，然而，场景展示与话语叙述的"叙述"仍有所不同。场景展示中的"叙述"要服从于场景展示的错觉，是一种 showing，而话语叙述中的叙述则更偏向于 telling。

在传统观点看来，话语叙述的表达效果远不如场景展示。比如贺拉斯就认为诉诸听觉打动人较慢，不如诉诸视觉，因此尽量采用场景展示的做法，除非情节过于残忍——如美狄亚杀死孩子，或者技术难以实现——让卡德摩斯当众变成一条蛇。② 从贺拉斯的观点可以看出，场景展示更为直观、形象，能够迅速调动观众的同理心。不过，叙述也有存在的合理性和必要性。

---

① ［德］贝尔托·布莱希特：《高加索灰阑记》，选自《西方现代戏剧流派作品选（第 4 卷）》，张黎、卞之琳译，中国戏剧出版社 2005 年版，第 99—200 页。

② ［古希腊］亚里士多德等：《诗学·诗艺》，罗念生译，人民文学出版社 1962 年版，第 146 页。

首先，叙述简练扼要，有助于展示更为广阔的社会场景。通过叙述者交代前史，剧作家就可以采用压缩的方式讲述故事，以便将舞台空间留给故事的激变阶段。"话语叙述"通过对时空整一的超越，也使得戏剧获得一种史诗般广阔的表现能力。比如贝尔托·布莱希特《高加索灰阑记》的叙述部分，作者通过歌队交代背景、评述人物和剧情，在展示部分由演员加以表演，歌队"叙述"的存在，让发生在不同时空的情节获得了一致；叙述与展示的同时存在，即演员表演时歌队从旁叙述，在给予观众直观印象的同时，也揭示了人物心理的隐秘活动。这种旁观的、上位视角的介入，让叙述的内容具有了较高可信度，并易于引起观众的共鸣。

其次，在风俗禁忌的制约下，"叙述"代替"展示"，尽管是一种不得不选取的策略，却也有助于情感的渲染和主题的表达。曼弗雷德·普菲斯特列举了文艺复兴时期的剧作者、法国古典主义戏剧诉诸听觉的做法，当把发生的行动隐藏在暗场，明场展现人物的反应时，这种诉诸听觉的做法"会对观众产生一种特别强烈的效果，会导致特别揪心的悬念，而这是诉诸视觉的直接表现所不及的。正是这些不在舞台上公开的事件，引得观众朝着最可怕的方向去想象，体验极大的恐惧"①。比如古希腊悲剧《俄瑞斯忒斯》中，主人公弑母的情节没有直接出现在观众眼前，然而从幕后传来的痛哭声并没有减弱戏剧效果，反而激发了观众的联想、强化了戏剧悬念和张力。在汤显祖的《牡丹亭》的"惊梦""寻梦"这两折中，编剧同样通过杜丽娘对自己眼中春情春景的话语叙述，取代了对生旦二人交媾的直接描写，使得描写含蓄蕴藉，有着较高艺术价值。

最后，话语叙述与场景展示的多寡，更是编剧主动的风格追求。话语叙述的出现，意味着叙述者、视角、视点等的研究成为可能。侧重于话语叙述的文本，因为体现了叙述者的视角，更能够充分地表现不同人的不同观点，这与借助场景再现是不同的。"场景再现与叙述中——或曰"公开的行动"与"隐藏的行动"之间的差异是双重的：公开的行动

---

① [德]曼弗雷德·普菲斯特：《戏剧理论与戏剧分析》，周靖波、李安定译，北京广播学院出版社 2004 年版，第 263 页。

的表现形式是多中介的，也是非视角的，而隐藏的行动中的叙述表现完全是以语言为中介的，并且有着特定的视角。"① 在第一种情况下，观众较少受到人物视角的影响，多能从自己的立场去看待问题，而在后一种情况下，观众不得不先从他人视角看待问题，然后再加以判断和理解。比如《动物园的故事》中，被讲述的故事是从杰瑞富含感情的视角讲出的，观众也容易从杰瑞的视角去看待生命中这些并不光彩的经历，对他报以同情，并因彼得对杰瑞故事的猎奇和漠视而心生反感。

在话语叙述多于场景展示的作品中，文本的思辨性往往较强，带有强烈的诗情与个人视角。在强调叙述话语的文本中，编剧创作的重点也应放在故事的讲述上，而不必太在意情节的调度与安排。比如马丁·克里姆普在《生命的尝试》中，采用了多个叙述者，将场景展示化为采访交流的话语叙述。在第十场"有些滑稽"中，用一个演员的讲述取代了展示家人重逢的场景，第十一场"无题（100 词）"用一群人来评价自杀的艺术家"安妮"留下的遗作……作者并不像常规那样，直接展示安妮是谁及其与父母的关系，而将他人的讨论置于前景，其表达的重点在于——安妮的故事并不重要，人们对此事的讲述才更加重要。这也呼应了作者对人际关系冷酷、无情、隔膜的认知。相反，在重视情节与事件的作品中，则必须善用铺垫和伏笔，将看似不相关的线索集中到一起，为核心冲突与事件的发展与解决服务。比如《玩偶之家》（易卜生）中，在核心情节即柯洛泰威胁娜拉之前，必须要安排娜拉大手大脚买圣诞礼物、偷吃糖果、林丹太太来求助等一系列情节作为铺垫，否则柯洛泰的改弦更张和娜拉看清丈夫面目出走就不可能符合逻辑地发生。

话语叙述是对戏剧场景展示的极大丰富。在场景展示中，我们能够从对话中推测出人物的行动和反应，在话语叙述中，我们能得到更多暗场发生的故事背景。人物讲述的叙事性更强，而通过人物动作、行动展示的场景戏剧性更强。戏剧文本是叙事性和戏剧性相结合的文本，用叙事性来推动戏剧性，而戏剧性的目的又是为了完成叙事。伴随着话语叙

---

① ［德］曼弗雷德·普菲斯特：《戏剧理论与戏剧分析》，周靖波、李安定译，北京广播学院出版社 2004 年版，第 261 页。

述，戏剧文本产生了特定的叙述者与人物视角，随之又出现了视点与聚焦，于是，一种不同于模拟现实的叙述样式产生了，而戏剧的叙事也就大有可为了。

第二节　戏剧文本的叙事交流

戏剧文本是为舞台而创作，主要目的在于演出的文本，在分析和研究文本的叙事特点和叙事功能时，不能够忽略作者、人物与读者和观众的互动交流。查特曼在《故事与话语》中提出小说文本中的叙事交流图 [①]：

他认为在小说中存在真实作者与真实读者，虚拟作者与虚拟读者，文本中的叙述者与听者等多个交流主体。真实作者与真实读者、虚拟作者与虚拟读者处在外交际系统中，叙述者与听者处在中间交际系统中。后起的叙事研究者认为他的观点忽略了文本中的人物与事件的交流，因此又将此层次扩展为三层模式。比如曼弗雷德·雅恩认为，第一个层次属于非虚构（或"真实"）交流层（level of non fictional communication），真实作者与真实读者处于此层次，这一交流层亦被称为"超文本"（extratextual）层。第二个层次称为虚构调整层（level of fictional mediation）或"叙事话语"层，在这一层次上，虚构的叙述者向指明或未指明的受述者讲述故事。第三个层次则为行动层（level of action），故事中的主要人物在这一层次上交流。[②] 他所指的"超文本"的真实交流层，其实相当于外交际系统，虚构调整层相当于中间交际系统，比查特曼多出一个

---

① ［美］西摩·查特曼：《故事与话语：小说和电影的叙事结构》，徐强译，中国人民大学出版社 2013 年版，第 135 页。
② 参见谭君强：《再论叙事文本的叙事交流模式》，《河南师范大学学报》（哲学社会科学版）2012 年版第 6 期。

内交际系统。

传统观念看来，戏剧文本中缺少作为叙述中介的叙述者，因此，虽然有真实作者与真实读者的外交际系统，文本之内角色、人物交流的内交际系统，却缺少联通内交际系统与外交际系统，让文本故事与读者建立交流的中间交际系统。

这种说法并不是事实——戏剧文本中也存在中间交流系统，只不过与小说中的迥异。曼弗雷德·普菲斯特比较叙事文本（指小说文本）和戏剧文本的区别后，认为尽管戏剧文本中缺少了从叙述中介到读者的中间交际层次，但是戏剧文本从两个方面弥补了这种缺失，"第一，戏剧文本可以使用非语言代码和渠道……第二，某些叙述功能可以转移到内交际系统中去——例如，采用……相互问答、而非主人公自我讲述的方式，将有关内容告诉观众"①。曼弗雷德·普菲斯特的研究告诉我们两个结论：首先，非语言代码渠道也即舞台上具有象征、指示作用的符号实际起到了中间交际系统的作用；其次，内交际系统中人物/角色之间的对话，也能起到与观众交流的作用。从曼弗雷德·普菲斯特的结论出发，我们可以走得更远些。剧中人物面对观众发表议论、抒发情感时，实际上已经脱离了内交际系统的范畴，而在内外交际系统中建立了桥梁，形成了中间交际系统。事实上，在演出时，不仅中间交际系统的叙述者与观众、读者的交流，内交际系统的角色独白、旁白也具备与观众、读者交流的可能。

一、外交际系统的叙事交流——叙事层的隐藏叙事

首先，舞台提示应被纳入戏剧叙事的范畴。舞台提示的发出者毫无疑问是作者—虚拟作者，这与文本中的角色叙述者并非同一。从根本上说，作者—虚拟作者才是整个文本的掌控者，他可以在舞台提示中直接描写人物，也可以借用中间层的叙述者间接地定义人物。

---

① ［德］曼弗雷德·普菲斯特：《戏剧理论与戏剧分析》，周靖波、李安定译，北京广播学院出版社2004年版，第5页。

外交际系统中作者—虚拟作者的叙事虽是显在的，但其与读者—虚拟读者的交流却是隐藏的，不会像叙述中介那样在舞台上面对面观众产生交流。

外交际系统的叙事交流主要在作者—虚拟作者、读者—虚拟读者之间进行。虚拟作者的功能就像电影中的摄像机，看上去是一种"非人称"的客观性陈述，其实并非如此。戏剧文本中隶属于作者—虚拟作者的舞台提示、人物提示、动作提示在舞台上都会化作可视的形象。在舞台说明中，作者常常会回归现实的身份，用一定篇幅的文字阐述剧作主旨、排演和设想。比如保拉·沃格尔在《漫漫圣诞回家路》中，就用较长的篇幅介绍了此剧与魏尔德三部剧作的互文关系，日本传统艺术人偶净琉璃的风格和对造型、音乐的设想。如在《骂观众》（彼得·汉德克）中的"演员守则"：

演员守则

仔细倾听天主教堂里的连祷。

仔细倾听足球场上的助威声与群骂。

仔细倾听自由集会上的齐声呼喊。

仔细倾听一辆倒放的自行车上的轮子的转动，直至轮辐停转，同时注意观察轮辐，走到其最终停止。

仔细倾听马达启动之后混凝土搅拌机逐渐变强的声响。

仔细倾听辩论时的干扰与插话。

……

注意学习披头士的电影。[1]

当然，这是就表演风格而写给演员和导演的建议，同时有助于读者、观众了解本剧风格，但绝非针对剧中人展开的交流。

除了交代背景和人物、演出风格外，有时作者—虚拟作者还直接在舞台提示中交代剧情。比如《培尔·金特》（易卜生）中，舞台提示描写了船只触礁失事后的情节：

【离陆地不远，在暗礁乱石丛中。轮船正在下沉。烟雾中隐约可看

---

[1]　[奥地利]彼得·汉德克：《骂观众》，梁锡江等译，上海人民出版社2012年版，第27—80页。

到一条小船，上有二人。暗礁使它陷入漩涡。小船翻了。喊叫声。然后，一片寂静。过一会儿，船的龙骨浮出水面。培尔·金特在离翻了的小船不远的水面冒出头来……①

这段文字的描述内容与剧情有关，描述的类型接近于小说中叙述者的叙述话语，是与读者—虚拟读者展开交流。如前所述，舞台提示、动作提示在文本中以文字的形式出现，在舞台上时则以声音或者视觉符号出现。比如《塞浦路斯大道》（戴维·爱尔兰德）中，文本中提示被杀的人仍然躺在场上。在剧本中，这只是一句不易引起人注意的简短描述，难以给人带来强烈的情感体验，而当剧本被搬上舞台时，这一句话转变为可见的视觉信息。若干具由政治偏见而被谋杀的尸体，触目惊心地呈现在舞台上，不仅隐喻着被屠杀者的无辜，也象征着凶手因负罪感而承受的心灵折磨，这个直观可见的场面给观众造成的视觉冲击和心灵震撼，其强烈度是语言所不能描述的。

作者—虚拟作者在舞台说明中并不隐藏自己的踪迹。比如《萨勒姆的女巫》（阿瑟·米勒）中这段文本：

马丁·路德被指控同地狱勾结，可他也转而指挥他的敌人。他为了叫事情更加复杂化，竟然相信自己跟魔鬼打过交道，而且跟他辩论过宗教。我对这一点并不感到惊讶，因为在我进的那所大学里就有一位历史教授——顺便提一下，是一位路德派——经常把他的研究生聚到一块儿，拉上教室的窗帘，如招来哲学家伊拉斯莫斯的鬼魂，跟他交谈。据我所知，他从来没有为此受到官方的嘲笑，原因是校方的官员也跟我们大多数人一样，还都是处在一个吮吸魔鬼奶头的历史时期的孩子。在我写这个剧本的时候，只有英国在当代妖术的蛊惑面前退缩了。在那些共产主义思想的国家里，一切对外来思想意识的抵制都同邪恶透顶的资本主义恶魔牵扯到一块儿，而在美国，任何人只要在观点上不反动就容易被指控同红色的地狱有密切

---

① ［挪威］易卜生：《培尔·金特》，选自《易卜生文集（第3卷）》，萧乾译，人民文学出版社1995年版，第287—448页。

联系。①

如果说"我对这一点并不感到惊讶","我进的大学里就有一位历史教授"仍不足以让我们将这段话的叙述者与作者—虚拟作者本身对等的话,那么"在我写这个剧本的时候"则毋庸置疑地证明了叙述者是作者—虚拟作者,只是并不会在文本中标明"作者—虚拟作者"的字样,也不会在舞台上出现,作者—虚拟作者处在一种隐身的状态下,不能直接对观众施加影响。

二、中间交际系统的叙事交流——叙事层的显在叙事

中间交际系统的叙事交流是一种显在的交流。首先,以具体的形象呈现在舞台上。如果说作者—虚拟作者构成的叙事,主要以潜在的方式通过裁剪情节影响结构、表达观点的话,那么中间交际系统的叙述者因为直接面向观众,其对舞台时空、表达主题、点评人物上会呈现更为积极主动的姿态。其次,并不隐蔽自己的叙述中介身份。与作者—虚拟作者相比,中间交际系统的引导者,可以是虚构的剧中人物,也可以是现实中的演员和其他身份的人。

中间交际系统的交流,可以只发生在叙述中介与读者／观众之间,也可以扩展到叙述中介与剧中人之间。

例如布赖恩·理查逊所认为的框架叙述者,其作用仅限于开场白和剧终的收场白,他们只与观众发生联系,不介入剧中人出入的虚构世界。在被称为"叙述体戏剧"的中国戏曲中,② 叙述中介并非能够贯穿始终。在昆剧中,常会使用副末开场的形式。副末兼具演员行当和人物角色的双重身份,承担了构建内外交流的中间交际系统的功能,不过通常只有副末开场而鲜有副末收场。比如《长生殿》(洪升)第一出"传概"

① [美]阿瑟·米勒:《萨勒姆的女巫》,选自《外国当代剧作选（4）》,梅绍武译,中国戏剧出版社1992年版,第141—312页。
② 参见宋光祖:《戏曲写作教程》,人民日报出版社1992年版,第2页。

中的副末登场：

【南吕引子·满江红】（末上）今古情场，问谁个真心到底？但果有精诚不散，终成连理。万里何愁南共北，两心那论生和死。笑人间儿女怅缘悭，无情耳。感金石，回天地。昭白日，垂青史。看臣忠子孝，总由情至。先圣不曾删郑、卫，吾侪取义翻宫、徵。借太真外传谱新词，情而已。①

　　此时的副末是以剧团的演员而非剧中人身份向观众和读者介绍剧情梗概。当再次在剧中出现时，他的身份是剧中人而非现实中剧团工作人员。全剧结束时，他也并未再以演员身份登场，而是由其他角色代替他致结束辞：

（天女鼓乐引生、旦介）

【黄钟过曲·永团圆】神仙本是多情种，蓬山远，有情通。情根历劫无生死，看到底终相共。尘缘倥偬，忉利有天情更永。不比凡间梦，悲欢和哄，恩与爱总成空。跳出痴迷洞，割断相思鞚；金枷脱，玉锁松。笑骑双飞凤，潇洒到天官。

　　可见，这里的副末并非贯穿全剧，而仅仅是在开头部分出现。与之相比，孔尚任在传奇《桃花扇》中不仅使用了副末开场，还让他参与了侯、李二人的爱情故事，最后又出现在剧尾。作者试图通过这一亦真亦幻的人物，将戏里戏外打通。需要指明的是，这一人物在情节上贯穿了始终，但叙述功能并未贯穿始终，剧尾时他更多是与剧中人展开内交际系统的交流，而不再跟读者和观众交流。

　　承担沟通内外交流系统的中介叙述者类型在戏剧文本中更为普遍。比如《那年我学开车》中的中年小贝，处在深层故事之外——幼年小贝被姨父诱奸是过去的故事，是她要讲的故事；她面向观众讲话仿佛处于外交际系统，然而事实上她仍是一个虚构的将故事讲述给读者、观众的叙述中介，处在中间交际系统中。《我们的小镇》中的舞台监督并不处在剧情的故事层，而是凌驾于故事层的叙述者。他知道接下来的戏剧情节是虚构的，是真实世界里上演的一出戏剧，他是外交际系统与内交际

---

① 〔清〕洪升：《长生殿》，翁敏华、陈劲松评注，中华书局2016年版。

系统之间的过渡。

　　叙述者引入故事的手段各有不同，大多数情况下为话语的引入，有时借助更为戏剧性的"戏中戏"。比如莎士比亚《驯悍记》的序幕中，先安排了一出捉弄乡下人克里斯托弗·斯赖的场景，随后才进入正戏；《高加索灰阑记》中则先讲述两村村民争地的故事，为了解决田庄的归属，歌手才讲述作为"戏中戏"的格鲁雪的故事。

　　中间交际系统的叙事交流是一种流动的交流。叙述者通过一定的叙事手段与读者／观众和剧中人之间建立联系、共筑情境。一种做法是叙述中介将自己从剧中抽离，进入现实层面引导观众，像《玻璃动物园》（田纳西·威廉斯）中：

汤　姆　……西班牙发生了革命，这里则只有呐喊和混乱。

　　　　　西班牙有格尔尼卡战役，而这里有工人骚动，有时还相当激烈，即使在某些宁静的城市里，如芝加哥、克利夫兰、圣路易斯……

　　　　　这就是本剧的社会背景。

　　　　　……这一场是回忆过去。

　　　　　因为它是一出回忆的戏剧，场内光线要暗淡，造成感伤而不真实的气氛。

　　　　　在回忆中，每件事情都似乎随着音乐而发生。因此舞台的两侧要有小提琴伴奏。

　　　　　我是本剧的讲解员，也是剧中的一个角色。①

　　汤姆毫不掩饰自己的身份，不仅评价剧作风格，还针对故事背景和情境进行交代。此外，他也参与了母亲和妹妹在家请同事吃饭的内层故事。这里汤姆是把自己当作一个现实中的人物而非虚构的人物与观众交流，如果叙述中介所处的层次不变，也可将剧中人所处的层级改变，让双方在虚构的故事背景下产生交流：

汤　姆　（仍然站在帷幕旁）你怎么招待那些男客人呢？

阿曼达　我懂得讲话的艺术！

---

① 田纳西·威廉姆斯：《玻璃动物园》，选自《外国当代剧作选（3）》，东秀译，中国戏剧出版社1992年版，第1—98页。

汤　姆　我敢肯定你很会讲话。

阿曼达　我告诉你，那时候的女孩子都会说话。

汤　姆　是吗？

　　　　【映像：年轻的阿曼达在门走廊上迎接。

此时的汤姆仍是叙述中介的身份，联结现实与故事时空，汤姆的提问让阿曼达事实上抽离了原本所处的故事虚构时空。除了让剧中人提级外，让读者 / 观众降级也是常见做法。比如《毕德曼与纵火犯》中，合诵队在开场白中提道：

合诵队　市民们，你们看啊，

　　　　我们是城市的卫兵，

　　　　留神查看，侧耳细听，

　　　　对友好的市民

　　　　怀有亲切的感情——①

"市民们"的称呼，显然是将读者 / 观众认知为剧中的市民，而不是现实生活中的市民，这就将观众从外在交际系统带入到了内交际系统中，起到了中介叙事的作用。

三、内交际系统的叙事交流——故事层的显在叙事

内交际系统中的叙事交流也是一种显在的交流，有具体的人物形象，可以看到交流的双方。内交际系统中的叙事主要在人物 / 角色之间进行，比如《茶馆》(老舍) 中：

　　　　【唐铁嘴趿拉着鞋，身穿一件极长极脏的大布衫，耳上夹着几张小纸片，进来。

王利发　唐先生，你外边溜达吧！

唐铁嘴　(惨笑) 王掌柜，捧捧唐铁嘴吧！送给我碗茶喝，我就先给

---

① 　马·弗里施：《毕德曼与纵火犯》，选自《西方现代戏剧流派作品选 (第 4 卷)》，马文韬译，胡君萱校，中国戏剧出版社 2005 年版，第 471—544 页。

您相相面吧！手相奉送，不取分文！（不容分说，拉过王利发的手来）今年是光绪二十四年，戊戌。您贵庚是……

王利发　（夺回手去）算了吧，我送给你一碗茶喝，你就甭卖那套生意口啦！用不着相面，咱们既在江湖内，都是苦命人！（由柜台内走出，让唐铁嘴坐下）坐下！我告诉你，你要是不戒了大烟，就永远交不了好运！这是我的想法，比你的更灵验！①

　　表面上看，内交际系统中的叙事交流是一种单层的交流，即主要发生在剧中人之间，然而当非叙述体戏剧中处在故事层的人物跳出自己的角色，对观众和读者讲话时，也会短暂地出现中间叙述层。比如在莎士比亚的剧中，常常让剧中人描述并不存在的舞美和道具，这种做法其实把内在叙述者从交流系统中提升到中间交际系统中，与观众和读者建立了联系。除此之外，人物独白和旁白时亦可建立读者／观众和叙述者的交流。比如《莎乐美》（王尔德）中，借残暴的希律王之眼去观察莎乐美的美一段内心独白：

希律王　今晚月色十分怪异。不是吗？她就像是位疯狂的女士，一位四处寻找爱人的疯狂女人。她赤裸。她全身赤裸。云层想要为她遮掩，但她不接受。她高挂在天上展现自己。如同酒醉的女人，她在薄云之间跟踉游移……我确信她正找寻着爱人。她是否如醉客一般地摇晃呢？她是否如疯狂的女人呢？

　　这段叙述并非依时间展开的情节，而是一段色彩强烈的情感抒怀，通过描述在舞台之外的"月色"来指代美丽而疯狂的莎乐美，读者／观众变为叙述者倾诉嫉妒与绝望的对象。

　　当人物用话语叙述而非场景展示来交代情节时，即使没有进行形式上的独白和旁白也不妨碍实质上与观众的交流。戏剧符号学者基尔·伊拉姆（Keir Elam）将剧场中的交流分为两种，一种为直接的，指开场白、尾声、旁白等样式，另一种则是非直接的。他认为后者更

---

① 老舍：《茶馆》，选自《中国话剧百年剧作选（第9卷）》，刘厚生等主编，中国对外翻译出版公司2007年版，第327—387页。

为复杂，因为非直接的样式通常发生在剧本语境之下，需通过上下文推断而知，比如"虚拟的讲话者向虚拟的听众发表演说"①，以《美狄亚》中老保姆的讲述就是一例：

> 她的父亲——那可怜的人——还不知道这一场祸事。这时候他忽然跑进房里，跌倒在她的尸体上。他立刻就惊喊起来，双手抱住那尸身，同她接吻，并且这样嚷道："我的可怜的女儿呀！是哪一位神明这样侮辱地害了你？是哪一位神明使我这行将就木的老年人失去了你这女儿？哎呀，我的孩儿，我同你一块儿死吧！"等他止住了这悲痛的呼声，他便想立起那老迈的身体来，哪知竟会粘在那精致的袍子上，就像常春藤的卷须缠在桂树上一样。这简直是一种可怕的角斗：一个想把膝头立起来，一个却紧紧地胶住不放；他每次使劲往上拖，那老朽的肌肉便从他的骨骼上分裂了下来。最后这不幸的人也死了，断了气，因为他再也不能忍受这痛苦了。女儿同老父的尸首躺在一块儿——这样的灾难真叫人流泪！

当剧中人物／角色对另一个角色进行叙述痕迹更明显的讲述时，也可视作与观众进行交流。如《俄狄浦斯王》（索福克勒斯）的进场歌中第二曲的曲节：

歌 队（第一曲首节）宙斯的祥和的神示啊，你从那黄金的皮托，带着什么消息来到这光荣的忒拜城？我担忧，我心惊胆战，啊，得罗斯的医神啊，我敬畏你，你要我怎样赎罪？用新的方法，还是依照随着时光的流转而采用的古老仪式？请指示我，你神圣的声音，金色希望的女儿！

……

（第二曲首节）哎呀，我忍受的痛苦数不清：全邦的人都病了，找不出一件武器来保护我们。这闻名的土地不结果实，妇人不受生产的疼痛；只见一条条生命，像飞鸟，像烈火，奔向西方之神的岸边。

（第二曲次节）这无数的死亡摧毁了我们的城邦，青年男

---

① [意]基尔·拉姆：《符号学与戏剧理论》，王坤译，（台湾）骆驼出版社1998年版，第37页。

子倒在地上散布瘟疫，没有人哀悼，没有人怜悯，死者的老母和妻子在各种祭坛上的呻吟，祈求天神消除这悲惨的灾难。求生的哀歌是这般响亮，还夹杂着悲惨的哭声：为了解除这灾难，宙斯的金色儿女啊，请给我们美好的帮助。①

此处的歌队并没有承担叙述中介的功能，并没有将故事讲述给他人的意思，只有与剧中人交流的主观意图，但事实上也同时讲述给了读者／观众听。

不仅文本中讲述者与听者在交流，读者、观众与作者之间也进行着交流。谭君强认为，文本中的交流"不是一个单一传导的过程，而是一个双向交流的过程"，它"不限于两两相对的诸如真实作者／真实读者、叙述者／受述者、人物／人物之间的交流，而是各个不同成分之间可以有双向甚或多向交叉的交流"②。除了具体的文学作品内部，由于读者的分析评论而与作者建立的无形交流外，文本之间的互文性也让文学作品之间、不同时代的作者之间形成更为广泛和多向的交流。

当然，在某些极端情况下，三层交际系统只剩下一层，内交际同时是外交际和中间交际系统，那么此时的交流仍然是多维度的。比如彼得·汉德克的《骂观众》中，作者直接现身，与观众讲话，批判观众、批判幻觉主义的戏剧观。表面上看，这种情况中没有内交际系统，也取消了中间交际系统，现实身份的作者与现实身份中的观众实质上处在外交际系统中。然而，如果我们把剧场因素考虑在内，观众身处剧场的观演关系中，当舞台上演员对自己讲话时（虽然演讲者竭力否认自己是演员，但舞台之上的他们仍不妨碍观众将他们当成演员），观众已经无形中将自己从现实中的观众身份抽离出来，成为剧中演出的一部分。因此，看起来取消了的内、中交际系统又复活了，并且由于观演关系的存在，而又以更自由灵动的方式／形态存在于剧场之中。剧

---

① 索福克勒斯：《俄底浦斯王》，选自《索福克勒斯悲剧二种》，罗念生译，人民文学出版社 1979 年版，第 61—122 页。
② 谭君强：《再论叙事文本的叙事交流模式》，《河南师范大学学报》（哲学社会科学版）2012 年第 6 期。

场内的观众在接受文本内部传达的意义之时，也在同时思考着文本所传达的对外部社会的质疑，虚构世界与现实世界的交流仍然是多维度的。

第三节　戏剧文本的叙事层次与手段

戏剧中的叙事是由场景叙事与话语叙述构成、多维交流的叙事整体，为了顺利推动情节的进展，在叙事中需要结合具体情况实现由场景叙事到话语叙述的转换，我们称之为叙事转换。

叙事转换首先是叙述主体、叙述视角的转换，这部分将在第二章中详细介绍。此外，叙事在外交际系统、中间交际系统、内交际系统之间的切换，以及叙事手段的变化，均可以构成叙事的转换。叙事的转换发生在不同的叙事层次之间，也与不同类型的叙事交流有密切关系。

一、戏剧文本的叙事层次

戏剧中的叙事交流由多个层次构成。赵毅衡认为，在叙述作品中不止一个叙述者，这些叙述者之间会是多层的存在，这就产生了包含高叙述层次与低叙述层次的叙述分层。[①] 米克·巴尔认为小说中有多个叙述层次："第一层次的外在叙述者"指承担整个文本故事讲述的叙述中介，"第二层次的人物叙述者"是由第一层次所"引述"的人物，第一层次的说话人可以暂时退位，让第二层次的说话人说话。巴尔将第一层次的叙述者标记为 EN1（external narrator），第二个层次的说话人标记为 CN2（character-bound narrator）。[②]《一千零一夜》就是典型的插入叙事文本的案例，其"叙述是在几个层次上展开的"，最外一层

---

① 赵毅衡：《当说者被说的时候——比较叙述学导论》，广西师范大学出版社 2022 年版，第 57 页。

② [荷] 米克·巴尔：《叙述学：叙事理论导论》（第三版），谭君强译，北京师范大学出版社 2015 年版，第 45—47 页。

是山鲁佐德与国王的故事，这是外部的框架叙事，山鲁佐德每天晚上讲的故事属于插入的故事，最终会形成这样的结构："山鲁佐德讲述的 A 包括在 B 之中，而 B 又包括在 C 之中，等等，有时一直到第八个层次。"① 这就是一个包含多个叙述层次的文本结构。里蒙-凯南也讨论了叙述的套层问题。"一个人物的行动是叙述的对象，可是这个人物也可以反过来叙述另一个故事。在他讲的故事里，当然还可以有另一个人物叙述另外一个故事，如此类推，以至无限。"② 热拉尔·热奈特认为，处在最高叙述层次的是"超故事层"，在这个故事层之下，还可以有第二等级（故事内的叙述者）、第三等级（次故事叙述者）、第四等级（次次故事叙述者）等。③

以上观点对于戏剧文本的叙事研究很有启发。承认了故事中还有故事、叙述中还有叙述，也就等于承认叙述者之下还有叙述者，也就为戏剧文本中的每个人物都可以被认定为叙述者扫平了道路。在戏剧文本中，除最外层的作者—虚拟作者的叙事外，由人物对话构成的戏剧文本中，也存在着一个叙述话语被另一个叙述话语插入的情况，或者说一个场景展示被另一个场景展示插入的情况，或者是两者之间的混合情况，这就构成了戏剧文本中叙事层次的多重性。

外交际系统中的叙事交流，主要通过舞台提示、动作提示的话语，存在于作者—虚拟作者和读者之间，最终会化为舞台的肢体动作和形象在演员与观众之间展开。这种叙事交流持续整个文本及其演出过程，不会取代亦不会阻隔其他形式的交流。

在拥有叙述中介的文本中，中间交际系统的叙事交流与外交际系统则有所不同。当中间交际系统的叙事以场景展示或是以话语叙述进行时，内交际系统的场景展示通常会停止，反之亦然。这也即是说，中间交际系统的交流是与内交际系统的交流交替进行的。

在不具备叙述中介、人物主要进行内交际系统的文本中，当内交际

---

① ［荷］米克·巴尔：《叙述学：叙事理论导论》（第三版），谭君强译，北京师范大学出版社 2015 年版，第 53 页。
② ［以］里蒙-凯南：《叙事虚构作品》，姚锦清等译，生活·读书·新知三联书店 1989 年版，第 165 页。
③ 同上书，第 170 页。

系统中发生话语叙述时——比如像《雷雨》中鲁贵对周、繁二人私情的描述，外在的主叙事只是短暂地停止了，这种中止也是局部的。

无论是哪种情况，戏剧文本中均可构成不同的叙事层次。以《克拉普最后的录音带》为例，正在收听录音带的克拉普，与录音带上的克拉普之间，就构成了不同的叙事层次。最早的录音带是由二十多岁的克拉普录制，39 岁的克拉普在听这盘录音带时的感触录进了磁带，而 69 岁的克拉普在听 39 岁的感触时的感触又有所不同，也被录进了磁带。在这段文本中，录音带上的年轻克拉普属于过去的内层的叙事，外层的 69 岁的克拉普，则在收听过去录进去的感触。录音带中 29 岁时的感触构成最内层的叙事，39 岁时的构成次内层叙事，69 岁时的评价构成最外层叙事，整体上是一种典型的层级叙事。

在拥有叙述中介的叙述体戏剧中，叙事层次更为丰富。比如《六度分隔》中，除去最外层的作者—虚拟作者的舞台提示、动作提示的叙事，其余的叙事又分为三个层次。第一个层次是基特里奇夫妇叙述自己被黑人男孩保罗欺骗的事，是叙述的话语；第二个层次是基特里奇夫妇追查保罗的故事，包括夫妇俩对子女的调查，子女同学的父母给夫妇俩提供信息等情节，由人物行动展开；第三个层次则是特西和伊丽莎白的讲述，以话语和展示两种形式进行：

> 【夫妇离开了，他们无言以对，备受挫败。孩子们在高中纪念册上搜寻。特西盯住一张脸。

特　　西　肯特·康威。

所有孩子　肯特·康威。

> 【肯特·康威出现。

特　　西　肯特·康威。看看他这双贼溜溜的眼睛。这是肯特·康威。他在麻省理工。
（对观众）因此我去了麻省理工。他在自己的机房里，我不停地逼问他。我身上带了录音机。
> 【光暗。

录音带上肯特的声音　是的，我认识保罗。

录音带上特西的声音　你们之间发生了什么？

录音带上肯特的声音　不过是……也就是……

> 　　【光渐起。保罗和肯特出现。下着雨，隐隐的雷声。爵
> 　　士乐似有似无。保罗穿着牛仔，无袖紧身背心，以及一
> 　　双高帮运动鞋。

肯　　特　这是你要采用的说话方式。跟我的口音学，听我的声
　　　　　音。永远不要说"骑大马"。你要说"骑马"。不要说
　　　　　"长沙发"，要说"沙发"。你总是说"喝一品啤酒"，是
　　　　　"一瓶"。说一瓶啤酒。

保　　罗　一品啤酒。

肯　　特　不，是一瓶啤酒。①

　　在探听保罗来历、逼问孩子们无果后，父母离开现场。特西和其他
孩子的对话成为第二叙事层，并借助谈话录音，转入第三叙事层也即肯
特和保罗的相识经过。第三叙事层结束时，又回到第二叙事层，随后回
到第一叙事层，也即由基特里奇夫妇讲述完整故事的场景。这三个叙事
层中，除了第一个属于中间交际系统外，其余的均隶属于内交际系统。

二、叙事层次的转换类型

　　赵毅衡将小说中不同层次人物进入另一层次的情况称为"跨层"，
这里的层次指叙述者所操纵的超叙述层和人物所在的主叙述层。② 戏剧
文本中既然存在不同的叙事层次，自然也要存在不同的叙事转换。这既
可以是上位叙述对下层故事的叙述，下位叙述对上位叙事的入侵，也可
以是不同层级叙述的并列。

　　1. 上位叙述对下位叙述的打破

　　如果说非叙述体戏剧是通过丰富的场景展示实现情节的变化，而叙
述体戏剧是通过不同叙述的交织实现情节的变化。叙述者可以利用叙述
优势，随意剪贴情节、出入多个叙述层。仍以《六度分隔》为例：

---

① 译自 *Six Degrees of Separation*. John Guare, Vintage Books, New York, NY, 1994。
② 赵毅衡：《当说者被说的时候——比较叙述学导论》，广西师范大学出版社 2022
　　年版，第 68 页。

弗　兰　我们将此事投稿给《时代周刊》。

欧易莎　他们报道纽约的奇闻逸事。

弗　兰　他们回赠我们一瓶香槟。

　　　　【他们开怀大笑。

欧易莎　（对我们）我们不是在试镜，可我不断地想两百万美元两
　　　　百万美元两百万美元。

弗　兰　（对我们）这就像人们说"别想大象"，然后你脑子里只有
　　　　大象。

正是因为上位叙事对叙述形式的干预，作为叙述中介的弗兰和欧易
莎，既可以向观众讲述与南非朋友的谈话，也能自主跳跃到子女同学家
长的报警，还能切入与子女对话的场景，让情节摆脱时间次序和因果逻
辑，随着意识的流转来加以组合安排。

在彼得·魏斯的《马拉/萨德》一剧中，刺杀马拉的"戏中戏"在
上演时，担任编剧和排练的萨德随时可以介入打破剧情，让表现革命的
场面从严肃变为戏谑，从对革命观点的宣扬到揶揄和反讽。比如在"科
黛初次登门"中：

科　黛　我要跟他面述，没法写信。

　　　　我要站在他面前，眼睛盯着他

　　　　（用表白爱情的腔调）

　　　　我要看着他发抖

　　　　汗水淌下他的额头

　　　　我要用藏在胸巾下的匕首

　　　　插进他的肋骨。

　　　　（着了魔似的）

　　　　我要用双手紧握匕首

　　　　刺穿他的皮肉

　　　　随后我来听一听

　　　　（走近马拉的浴缸）

　　　　他回答我的是什么声音。

【他站到浴缸前，拔出匕首，举手要刺。西蒙娜吓呆了。

【萨德从他的座位上站起身来。

萨　德　还没到呐，科黛！

你得上门三回。①

按照剧情，科黛要在第三次见到马拉时才会刺杀他，但扮演这一角色的精神病人忽略了这一点，第一次上门就掏出了匕首，因此，承担导演一职的萨德打断了她。本应紧张的气氛突然被消解，产生了一种滑稽效果。

2. 下位叙述打破上层交际系统

下位叙述者打破上层交际系统，在很大程度上是让内层的叙述者直接面向人物，增加直观性和感染力。比如在《六度分隔》中，当伊丽莎白找到基特里奇夫妇俩讨要说法时，她处在中间交际系统之下的内叙事层。当她讲述自己与里克被保罗欺骗的故事时，里克已经跳楼身亡，因此里克只出现在女友的讲述中，处在第三叙述层：

里　克　（对观众）我们路过了银行。我取了钱。他拿走了钱。

保　罗　让我们庆祝一下！

【伊丽莎白出现。

伊丽莎白　我在取款机上取二十美元可一无所获。我的卡被吞掉。我打了紧急电话，里面的人告诉我，我的账户被关闭了。他们取走了所有的钱，关闭了账户。我去找那所位于第五大道上的公寓。我告诉看门人：我想要我的钱，我是个餐饮服务员。我辛苦工作。我存钱。我想要找到人。我无家可归。没有可以求助的人。"慈悲之心永不改变？"去他妈的，慈悲之心！

【她消失，里克出现在舞台上。

里　克　（对观众）他告诉我，他自己有一点钱。他想要招待我。我们去一家店租了燕尾服，打扮得有模有样。我们去了彩虹饭店。我们跳舞。在纽约的上空。我发誓。他站起

---

① [瑞典] 彼得·魏斯：《马拉/萨德》，胡其鼎译，选自《西方现代戏剧流派作品选》（第4卷），中国戏剧出版社2005年版，第233—348页。

身拉开我的椅子，我们跳舞，惹得四周一阵骚乱。我告
诉你，彩虹饭店肯定没发生过这样的事儿。有人要求
我们离开。我告诉你，这太有趣了。我们走出门来回
家，我知道伊丽莎白在等我，我得解释钱的事，安抚
她，因为我们会把钱拿回来。可是我忘记了，因为我们
在中央公园那儿租了辆旅游马车。他问我是否可以干
我，我从来没干过这样的事，于是他干了我，这滋味棒
极了。

　　这里二人所处的叙事层各不相同。伊丽莎白在讲述自己找到基特里
奇夫妇的由来，而里克则是在对伊丽莎白解释同保罗的一夜风流。伊
丽莎白讲述的事件在后，而里克讲述的事件在前。里克的讲述理应处
在伊丽莎白的讲述之中。此处作者将二者并列，让相隔一层的里克直
面观众，强化了人物所述故事的感染力，这也是戏剧文本的特殊魅力
所在。

　　中国戏曲中的角色常常跳出自己所处的内交际系统，到外交际系统
或中间交际系统中"插科打诨"，也属于下位叙事者对上位叙事的打破。

　　需要说明的是，上位叙述者对下位的打破、下位叙述者对上位叙述
者的打破，多以话语叙述的方式来进行。

　　3. 不同级叙述的并列

　　在以上两种情况中，存在着叙述者之间的互相取代情况，也即当上
位叙述者叙述时，下一级叙述者停止叙述，而下一级叙述者叙述时，上
一级叙述者则停止叙述。但也有不同层级的叙述者同时出现、同时叙述
的情况。比如在《狗儿爷涅槃》中，壮年狗儿爷和壮年的陈大虎同时出
现，代表两代青年的不同想法。狗儿爷年轻时，地主祁永年被解放战争
吓得落荒而逃，这给了狗儿爷拥有土地、摆脱被剥削的机会。狗儿爷的
儿子陈大虎成年后正逢改革开放的新社会，他恰恰是要改变土地只能种
粮食的单纯目的，要在土地上建厂房：

　　【枪声时而遥远，时而响在耳畔。

　　【狗儿爷身后是大片熟透了的秋粮，这会儿，他满头的白
发消失，复成壮年。

狗儿爷　说咱狗儿爷上炕认得媳妇，下炕认得鞋，出门认得地——不对！这地可不像媳妇，它不吵不闹，不赶集不上庙，不闹脾气。小媳妇子要不待见你，就蹑手蹑脚，扭扭拉拉，小脸儿一调，给你个后脊梁。地呢，又随和又绵软，谁都能种，谁都能收。大炮一响，媳妇抱着孩子，火燎屁股似的随人群儿跑了。穷的跑了，富的也跑了。地不跑，它陪着我，我陪着它。好大的粮食囤啊，就剩我，还有这个不怕死的蝈蝈儿……

【一左一右，光环里同时出现祁永年和陈大虎的面孔。

祁永年　生死由命，富贵在天——甭你美，狼肉贴不到狗身上！

陈大虎　（同时）这大概是我爹一生中最得意的时刻。这点事，怀里抱着我的时候他就说，手里领着我的时候他还说，现在，你们有工夫，就听他说。我想，听一回也就够了。风吹票子满地滚的时候，咱各打各的主意。

【左右隐去。

　　当不同的叙事层次同时并列在舞台上时，会营造出一种立体的多时空环境，使得文本的意境更为深邃，而叙事转换也以融合无间、有机结合为胜。文本中出现长篇的人物话语时，需要尽量融入当前的情景中。比如《推销员之死》中的一段文本：

威　利　胡萝卜……株距四分之一英寸。行距……行距一英尺。（他量下尺寸）一英尺。（他放下一包种子，又量尺寸）甜菜。（他又放下一包种子，再量）莴苣。（他念着包装说明，放下一包种子）一英尺——（正说着，本在右侧出现，向他慢慢走来，他就突然住口）好生意，啧，啧，了不得，了不得。因为她在受苦，本，老伴儿在受苦。你懂得我的意思吗？男子汉不能两手空空来、两手空空去呀。本，男子汉总得搞出点名堂来。你不能，你不能——（本迎上去仿佛想打岔）到如今，你总得考虑考虑啦。别一下子回答我。可别忘了，这是一笔稳赚两万块钱的生意。看哪，本，我要他跟我好好合计一下这件事的利弊得失。我没人好商量。本，老伴儿在受苦，你听见我的话吗？

本　　（一动不动站着，在考虑）什么生意。

威　利　　两万块立刻照付的现款。保证兑现，信用可靠，你明白吗？

本　　你别拿自己开玩笑了。他们不见得肯如数支付保险费。

威　利　　谅他们也不敢不付。难道我不是拼死拼活地按期缴纳保险费吗？他们不肯付赔款！没门儿！

本　　人家说孬种才做这种事，威廉。

威　利　　什么？难道我在这儿熬到老死还是两手空空，反而算有种吗？

本　　（让步）这话有理，威廉。

……

　　主人公威利由于巨大的心理压力已经精神恍惚，在他的意识流中出现了哥哥本，他在与本的对话中讲述了自己自杀的打算。这段对话原本可以直接以威利的话语叙述出现，但本的出现照应了人物的精神状态，契合了整个剧作通过人物意识来切入过去与现在的风格。

　　赵毅衡认为，在小说中，超叙述者对主叙述层也即上层叙述对下层叙述的影响，通常涉及结构与评论两个方面，而下层叙述对上层叙述的影响是"主题性"或"气氛性"的。[①] 这也等于说，小说中的下层叙述很少能干预文本结构。在戏剧文本中，由于下位叙事对上位叙事的干预，通常是由角色现身说法、进入上层叙事的，所以亦可以起到结构的作用。比如前文所举的《六度分隔》中，特西采访完康威后，即刻跳到与母亲欧易莎的对话层，实际上起到了调整叙事结构的作用。

三、戏剧文本的叙事性手段

　　曼弗雷德·普菲斯特曾经称赞贝尔托·布莱希特剧中的叙事倾向，

---

① 赵毅衡：《当说者被说的时候——比较叙述学导论》，广西师范大学出版社 2022年版，第 73—74 页。

认为这是作者"用来反对文类纯粹主义认为戏剧中的主导因素不容改变"这一观念的手段。这些叙事元素"不是偶然出现的艺术效果，而是由它决定着戏剧的实际结构"和实现作者反幻觉主义的艺术理想，即"……防止观众对内交际系统中的角色与环境产生共鸣与同情，从而保持一种有距离的批判的态度。不仅如此，思考与评论的中间交际系统还能使作者按照他自己的批判与教育意向更直接地引导接受者"[①]。诸种叙事手段的运用，是贝尔托·布莱希特有意识的一种选择，也是构成其剧作与众不同审美风格的基础。剧作中常用的戏剧叙事性手段有以下几种。

1. 场景的蒙太奇

场景的蒙太奇是通过将不同场景并置的方式，来实现对人物和情节的叙事性评说。由于借助的是展示的画面而非话语，这种场景常有不言自明的表达效果。比如话剧《一个死者对生者的访问》中：

赵长生 （起劲地嚷嚷）嘿，有热闹看了！哥儿几个要在车上练练是怎么着？

　　　　【格斗的声音。

肖　肖 （痛苦地思索，心在隐隐作痛）也许他的生活太平淡、太无聊了，不管什么情况，他都可以寻找点刺激，使自己的神经兴奋一下，开开心！

　　　　【格斗的声音越来越响。

赵长生 （喊叫起哄）嘿！真笨！来个"铁门坎儿"！"黑虎掏心"！"问心肘"！"问心肘"！

肖　肖 （痛楚地）这时候，我本来已经把一个扒手打倒在地，按住他了。我多希望车上的人们帮我一把啊！

赵长生 （起劲地）今儿个学雷锋的没上车，怎么霍元甲霍师傅也没来啊？嘿，立功的时候到了，想当英雄的，上啊！

肖　肖 你不仅没帮我一把，你还起哄！你不仅奚落了雷锋，而且你还嘲弄了你自己最崇拜的霍元甲！（苦涩地一笑）可

---

① [德]曼弗雷德·普菲斯特：《戏剧理论与戏剧分析》，周靖波、李安定译，北京广播学院出版社 2004 年版，第 88 页。

是正是这个时候，凶手亮出了弹簧刀！（痛苦地紧捂胸口）
他们是在向人们的良知挑战啊！①

肖肖对赵长生带有诘问的回忆与赵长生的起哄在舞台上造成神奇的蒙太奇效果。将旁观者的见死不救、火上浇油，与当事人的痛心疾首、孤独无助，同时并列在了舞台上，形成了令人沉思的鲜明对比。

2. 序幕、尾声、帮腔

序幕、开场诗、尾声等也是文本中常用的叙事性手段。比如《罗密欧与朱丽叶》中的"开场诗"：

> 致辞者上。
>
> 故事发生在维洛那名城，
>
> 　　有两家门第相当的巨族，
>
> 累世的宿怨激起了新争，
>
> 　　鲜血把市民的白手污渎。
>
> 是命运注定这两家仇敌，
>
> 　　生下了一双不幸的恋人，
>
> 他们的悲惨凄凉的陨灭，
>
> 　　和解了他们交恶的尊亲。
>
> 这一段生生死死的恋爱，
>
> 　　还有那两家父母的嫌隙，
>
> 把一对多情的儿女杀害，
>
> 　　演成了今天这一本戏剧。
>
> 交代过这几句挈领提纲，
>
> 　　请诸位耐着心细听端详。（下。）②

在莎士比亚的剧作中，开场白用于交代剧情大意，其作用相当于我国明清传奇的"副末登场"。不过，莎士比亚剧作中的收场白则未必与剧情有关，比如《皆大欢喜》中：

---

① 刘树纲：《一个生者对死者的访问》，选自《中国话剧百年剧作选》（第15卷），刘厚生等主编，中国对外翻译出版公司2007年版，第1—62页。

② ［英］莎士比亚：《罗密欧与朱丽叶》，朱生豪译，选自《莎士比亚全集》（第5卷），译林出版社2016年版，第85—186页。

罗瑟琳 叫娘儿们来念收场白，似乎不大合适；可是那也不见得比叫老爷子来念开场白更不成样子些。要是好酒无须招牌，那么好戏也不必有收场白；可是好酒要用好招牌，好戏倘再加上一段好收场白，岂不更好？那么我现在的情形是怎样的呢？既然不会念一段好收场白，又不能用一出好戏来讨好你们！我并不是穿得像个叫花子一样，因此我不能向你们求乞；我唯一的法子是恳请。

这里的罗瑟琳其实代表演员而非角色在说话，其讲述内容主要是插科打诨、逗观众一乐。序幕和尾声通常由演员、舞台监督等具有现实身份的叙述者来进行，他们在某种意义上相当于"报告人"。比如在《漫漫圣诞回家路》中，作者通过叙述者"男人"和"女人"的口吻，来呈现"父亲"和"母亲"的心理活动：

男　人 之后他们想到餐桌前的乐趣，圣诞树的愉悦，肉体的欢乐。母亲想也许应该来场恋爱，体验肉体撞击的热度和活力。

女　人 父亲竭力不去想希拉：可是她喜欢开司米毛衣吗？她会戴上那根绿松石的吊坠在胸间摇荡银项链吗？她的在晒成棕色的皮肤上甚是醒目的腻如凝脂的酥胸，是否散发出他买的香水的诱人气息呢？什么时候他能被她修长双腿上的香水气息所包围呢？什么时候他能见到她呢？他一定要吞了她。他夜不成寐。希拉，希拉……希拉，希拉……

报告人与一般叙述者的区别在于，报告人是以现实中的身份、假定与观众处在同一真实时空中进行对话的，并不参与虚构世界的故事，也很少与虚构世界中的人物对话，且只出现在序幕和尾声。当他们出现在虚构世界中时，不再是报告人身份而是角色。贝尔托·布莱希特的许多作品中，常利用演员向观众来说明剧情，这就是报告人的变种。比如《例外与常规》中：

众演员 我们马上向诸位报告，
　　　　　一个剥削者和两个被剥削者
　　　　　所作的一次旅行的故事。

请准确地对这些人的关系加以审察：

不陌生后事情要另眼相待，

习以为常的要当作难以解释，

即使是常规也要视之为不明不白。

就是那些细微的举动，

看下来似乎简单，但也要怀疑置之！

对司空见惯的事情，要特别问问这是否需要！

我们特意请求诸位：

莫把每时每刻出现的一切都当成顺天合理的事情！

因为处在这样血污的一团、颠倒混乱、胡作非为的人类被
剥夺了人权的日子里，

没有任何称得上顺天合理的事情。

没有任何能够算作不可改变的东西存在今日。①

这里用大段的歌唱交代情节，点明主题，给读者和观众以深刻的印象。再如桑顿·魏尔德的《九死一生》中，女仆莎碧娜以第一人称的口吻介绍家庭成员：

莎碧娜 当然，安特巴斯先生是个好人，一个优秀的丈夫和父亲，教堂的顶梁柱，心中全是社区的最佳利益。安特巴斯太太正是你所期望找到的女性范本。她为孩子而活，只要对她的孩子有利，即使是我们其余的人在她脚下死去，她也绝不会眨一眨眼——这就是事实。如果你想进一步了解安特巴斯太太，不妨去看看母老虎——仔细看。

有时跳脱剧中人身份，回到演员身份。

莎碧娜 好吧——呃——这绝对是一个优秀的美国之家——并且——呃——人人都很幸福——并且——呃……我无法发明更多的词汇去描述这个戏，我很高兴我不能这样做！我恨这个戏，恨它的每一个字！

这其实就承担了报告人的职责。传统戏曲中的帮腔、合唱等也属于

---

① ［德］贝尔托·布莱希特：《例外与常规》，长流译，丁扬忠校，选自《西方现代戏剧流派作品选》（第4卷），中国戏剧出版社2005年版，第301—232页。

"报告人"的范畴。比如越剧《梁山伯与祝英台》的帮腔合唱:

> **帮腔** (合)三载同窗情如海,山伯难舍祝英台,相依相伴送下山,
> 又向钱塘道上来。

在追求叙事性表达的文本中,唱段的用途不止于叙事,还可有评论主题、渲染氛围的作用。比如在卡萝尔·邱琪尔的《醋汤姆》中,编剧运用多首歌曲评论剧情、表现对性别压迫的鞭挞。这些歌曲单从命名上就能看出对主题的隐喻,比如"女巫的挽歌"中,"那些女巫到哪儿去了?/现如今,谁是女巫?/问问自个儿,他们现在如何排斥你。/女巫在这儿。"① 在为过去被当作女巫迫害的女性鸣不平的同时,也揭示了当今社会对女性的异化和隐性的歧视。它们跟过去驱逐女巫的运动没有两样,只是更加隐蔽、不为人所注意。

3. 标题、木牌、电影投影

标题、木牌、电影投影均属于戏剧文本舞台提示中列出的道具符号,可以起到叙事性的作用。比如历史剧《商鞅》的舞台提示:

> 【幕启:苍穹之下,高高地悬挂着一个硕大的商鞅的面具。面具下面,是列成方阵的秦兵马俑。低沉的钟鼎之声在广漠上空回荡。排列在台前的五匹大马,象征着商鞅死后被分尸的惨烈结局。

> 【灯渐明。商鞅身着白色的长袍巍然出现于舞台中央。②

商鞅面具代表商鞅本人在历史上的两极评价,兵马俑的方阵象征着秦国保守势力的阵营,五匹大马代表商鞅不能改变的宿命。这一系列事物提醒观众和读者思考中国几千年来封建社会中革新者的遭际和命运,暗示着今天改革者所面临的艰难和困境。

田纳西·威廉姆斯的《玻璃动物园》中常通过屏幕映像、字幕等来交代情节和故事背景。比如第三场中:

> 【字幕:"事情败露之后"。

> ……

> 【映象:一个年轻人手执鲜花站在门口。

---

① *Vinegar Tom*, Caryl Churchill, Great Britain: TQ Publications, 1978, p. 176.
② 姚远:《商鞅》,选自《中国话剧百年剧作选》(第18卷),刘厚生等主编,中国对外翻译出版公司2007年版,第1—46页。

这种做法既推动了剧情、简化了交代，又给全剧带来一丝反讽味道，让观众能从理性的角度审视剧中人物的悲剧命运。

除了以上做法外，编剧还可以使用电影、布告等来揭示剧作的主题和交代背景，从而克服了歌队叙事的单一性，也是对叙事方式的丰富。在《伽利略传》中，用投影展现的地图、文献和文艺复兴时代的艺术品照片，为观众"提供了一个比情节所能展现的具体场景宽泛得多的历史背景，构成了戏剧叙述的另一层次"[1]。有时场景蒙太奇会与投影、文字等配合使用。比如在琼·利特尔伍德的"戏剧工坊"演出的《啊，可爱的战争》一剧中，当全体演员唱起结束曲《当他们问起我》和《啊，可爱的战争》时，阅报栏上出现了"制止战争的战争……阵亡一千万……伤者两千一百万……失踪七百万"的内容，与此同时，幕布上投射出"五个英国兵试图从泥里拔出一支步枪"的画面。[2]"制止战争的战争"显示出战争的荒谬和可怕，"从泥里拔出一支步枪"象征着英国深陷战争的泥淖而破解无方，暴露了战争的残忍与荒谬。又如保拉·沃格尔的《伤风败俗》(Indecent) 中用投影交代犹太剧团的演出经过、《维纳斯》的脚注等，都是运用叙述手段去点明主题交代背景的变体，构成了一种复杂的多层叙述结构。

4. 自述、旁白、独白

自述、旁白、独白是由剧中角色来表达的一种叙事性的手段。它们与报告人的不同之处，在于既可以与外部交流、也可以与内部交流。在戏剧文本中，也可用唱段结合普通散文对话来进行。比如《马斯格雷中士的舞蹈》(约翰·阿登) 中：

斯帕基　　呀，一个寒冷的冬天，又下雪又黑暗。我们待得太久了，糟糕就糟糕在这里。一旦你动身，就得跑个不停。中途息下来待着可不行。那只会使寒冷的黑夜更寒冷。

　　　　　（他唱）

　　　　　有一天，伙计，我醉醺醺在皇后大道晃荡，

---

① 林克欢：《多声部与复调——戏剧的叙述结构之四》，《剧本》杂志，1988 年第 9 期。
② [德] 曼弗雷德·普菲斯特：《戏剧理论与戏剧分析》，周靖波、李安定译，北京广播学院出版社 2004 年版，第 90 页。

正巧一队新兵走在那条道上。

稀里糊涂我被抓了壮丁，

他们押着我走向皇家兵营。

呵！他们扯到了克里米亚群岛！我好像跟你说起过，在塞
瓦斯托波尔的战地厨房。嗯，就是那个红头发的宪兵军
官，没错……那时是个上等兵厨师——现在他头发全秃光
了……如今那个团的军需官是——叫到……（他发现没有
听他说话）谁要赢了？①

这里的斯帕基就是在自述，他既可以与观众交流，也可与剧中人
交流。旁白和独白在戏剧文本中也会起到叙事的作用。如罗伯特·斯
科尔斯等人在《叙事的本质》中谈到，在小说之类的叙事文学中，"无
需任何介入性的叙述者而直接、即兴地呈现人物所未言传的思想"，但
是在戏剧中，"人物独白必须说出声来以使观众理解"，因此需要符合
"幻觉"的特点，"说话的人物必须具有一种独白化品性"，比如哈姆雷
特"专为独白所量身定制"，但奥赛罗"则缺乏此品性"。②罗伯特的
观点不无偏颇之处。在尤金·奥尼尔的剧作中，常常出现旁白和独白
的情况，而不必考虑人物是否有独白品味。比如《奇异的插曲》（刘海
平译）中，剧中的角色常常自言自语或者直接向观众演讲，同时编剧
又通过旁白的方式揭示伙计的心不在焉：

夜班伙计　（他的思想跳上了一辆丁丁当当地向第六街急驰的救
　　　　　护车，习以为常地问道："医生，他会死吗？也就是
　　　　　说，他会那么幸运地死吗？""恐怕不会。不过，得绝对
　　　　　静卧几个月。""有漂亮的护士护理吗？""也许不怎么漂
　　　　　亮。""嗨，不管怎么说，我认为他很幸运。可我现在得
　　　　　赶回旅馆。492号不肯去睡觉，老要跟我讲笑话。肯定
　　　　　是笑话，因为他抿嘴在笑。"夜班伙计漫不经心地笑了

---

① 　[英]约翰·阿登：《马斯格雷夫军士之死》，任生名译，选自《西方现代戏剧流
　　派作品选》（第4卷），中国戏剧出版社2005年版，第545—636页。

② 　[美]罗伯特·斯科尔斯、詹姆斯·费伦、罗伯特·凯洛格：《叙事的本质》，于
　　雷译，南京大学出版社2015年版，第187页。

起来）哈—哈！讲得好，埃利，这是好久以来，我听到的最有趣的笑话。

　　从回忆救护车事件转到当下喋喋不休的住店客人身上，伙计的内心活动与当下的现实巧妙地结合起来，这是通过旁白揭示人物心理活动来实现的。戏剧文本中是否采用独白和旁白，更多取决于剧作的风格而不是人物的设定。

　　剧中人物的自述、独白为较长段落时，其内容往往构成单独的"元故事"，对于理解全剧的主旨有着重要意义。美国剧作家奥古斯特·威尔逊（August Willson）的作品《篱》并非简单讲述一个黑人奋斗的故事，它更想表达的，是随着社会的发展，黑人群体逐渐融入白人群体中，父子两代黑人之间却产生了隔阂。作品的题目"篱"的，不是保护基督徒不受魔鬼的侵犯之篱，而是老一代安于本分、饱受欺凌的黑人群体，希望在自家与外界之间造就一道篱，以保护自己的家庭。尽管随着时代的发展，新一代黑人希望去融入外部社会，推翻这道篱、实现种族的融合，老一辈的黑人却持保守、观望的态度。因此，《篱》中托伊讲述的自己与魔鬼的搏斗故事，正揭示了老一代黑人因饱受欺凌，对所谓种族弥合抗拒、观望的心态。这些独白恰到好处地回应了作品主题。

　　以上列举了戏剧文本中常用的四种叙事性手段，在具体应用中，这些手段不仅可以互相组合，还可产生许多变体，以实现不同的叙事效果。

第二章　戏剧文本中的叙述者

戏剧文本是一个叙事的文本，无论场景展示和话语叙述实质上都是叙事。从叙事（narrative）的概念出发，戏剧文本的整体叙事者无疑是作者—虚拟作者，如果深入戏剧文本内部，我们还可以发现不同类型的叙述者。作者—虚拟作者参与了外交际系统的叙述，在其之下，不仅拥有叙述中介的戏剧文本中有叙述者，非叙述中介引导的文本中也存在叙述者。总之，戏剧文本不是简单地由人物对话构成的，而是由处在不同层次、不同部分的叙述者通过话语构成的叙事文本。

第一节　戏剧文本中叙述者的分类

热拉尔·热奈特提出，叙述者既可以作为人物在所讲述的情节中出现，也可以不在情节中出现、位于情节之外；可以从事件的内部进行全知全能地讲述，也可以仅从外部观察事件。叙述者出现在情节中时，既可以是情节的主人公，也可以是见证者。作为情节的主人公，一般讲述自己的故事；作为见证者，主要讲述主人公故事。叙述者位于情节之外时，从内部讲述事件需要借助对人物的心理分析，从外部讲述事件则借助观察。[①] 后一种不在情节中出现的叙述者实为作者。热奈特提出用叙述者的叙述层（故事外或故事内）和他与故事的关系（异故事或同故事）来确定叙述者在一切叙事中的地位，将小说中的叙述者按照故事内

---

① [法] 热拉尔·热奈特：《叙事话语　新叙事话语》，王文融译，中国社会科学出版社1990年版，第127页。

故事外、同故事异故事的原则分为四类，分别是故事外——异故事、故事外——同故事、故事内——异故事、故事内——同故事。① 由于热拉尔·热奈特的叙述者分类主要针对小说而发，对于戏剧来说有一定参考意义，但针对性不强。对戏剧文本中的叙述者更有指导意义的，是美国学者布赖恩·理查逊的分类。他根据戏剧文本中叙述者所处的位置和功能，从现有的文本实践中归纳了四种叙述者的类型：即以序言、尾声、合唱形式体现的框架叙述者（Frame narrator）、内在叙述者（Internal narrators）、独白叙述者（Monodramatic narrator）和生成叙述者（Generative narrator）。如下图所示。②

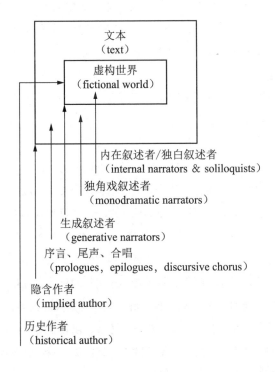

① [法] 热拉尔·热奈特：《叙事话语　新叙事话语》，王文融译，中国社会科学出版社 1990 年版，第 175—176 页。
② Brain Richardson. Point of View in Drama: Diegetic Monologue, Unreliable Narrators, and the Author's Voice on Stage [J]. *Comparative Drama* (22), 1988, pp. 193-214.

布赖恩·理查逊的分类是根据叙述者与文中第二叙事层、也即虚构世界的关系来区分的。这分类对戏剧叙事研究有许多贡献。比如将作者—虚拟作者纳入叙述者的范围，这是符合戏剧文本的实际的。此外，他还提出了"内在叙述者"这一类型，为全面分析戏剧文本中的叙述者、将没有叙述中介的戏剧文本纳入叙述者分析范畴作出了贡献。不过，他的分类方法也存在一些问题。首先，他的分类法在当时就被质疑未能涵盖所有的类型，也忽略了同一戏剧文本中拥有不同类型叙述者的情况。[①] 其次，他虽然将作者—虚拟作者放在了此框架内，却没有明确申明他的叙事地位和叙事功能。再次，他的分类将内、外、中三层交际系统机械地割裂开了，只有不同类型的叙述者与文本和虚构世界的关系，没有涉及叙述者与外在读者和观众的交流，忽略了文本的舞台性和双向交流的功能。

　　戏剧中叙述者的分类要遵循以下原则：一要适应戏剧文本的叙事特点，二要有助于叙事效果的达成，三要充分考虑阅读文本与舞台文本的转化。

　　根据戏剧中叙述者承担的功能以及所处的位置不同，可以将其分为整体叙述者和局部叙述者。整体叙述者引领整个文本的叙述，而局部叙述者只承担部分文本的叙述。布赖恩·理查逊的框架叙述者、生成叙述者等均属于整体叙述者的范畴，作者—虚拟作者也应属于整体叙述者的范畴，内在叙述者属于局部叙述者。根据叙述者的人格属性，可分为人格化的叙述者与非人格化的叙述者。人格化的叙述者是指出现在文本的、由演员扮演的人物形象；非人格化叙述者则只闻其声、不见其人。作者—虚拟作者叙述者属于非人格化叙述者，出现在文本内部的叙述声音也是非人格叙述者，而演员承担的叙述者、局部叙述者等以人物形象出现在文本中的叙述者属于人格化叙述者。

---

① McIntyre, Dan. Point of View in Plays: A cognitive stylistic approach to viewpoint in drama and other text-types [M] , John Benjamins, 2006, p. 68.

戏剧文本的叙事者及类型如图所示：

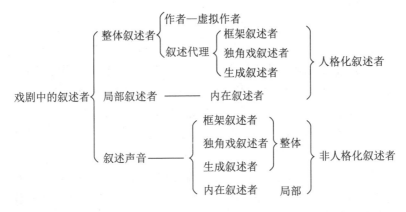

该框架既考虑到了叙述者所处的交流层，也考虑到了叙述者功能的不同。作者—虚拟作者位于最外层，属于整体叙述者。叙述代理也是整体叙事者，处在中间交流系统，可有可无。内在叙述者为局部叙述者，处在内层的虚构世界，但在与观众交流时超出了自己所属的叙述层。当叙述代理存在时，戏剧中的叙述者与小说中的叙述者具有一致性，当不存在叙述代理时，是虚拟作者和局部叙述者在起作用。作为非人格化的叙述者，叙述声音可以是整体的也可以是局部的，这视其所处的交际层次而定。叙述声音处在中间交际层，属于整体叙述者；如果处在故事层，则是局部叙述者，比如川剧中的"帮腔"。

在戏剧实践中，不同类型叙述者的选用属于叙事策略之一，编剧选择叙述者的目的，在于调整视角和情绪作用于叙事效果的表达。下面针对几种常见的叙述者类型进行详细说明。

1. 作者—虚拟作者叙述者

小说中的"虚拟作者"概念，最早由英国研究者布思提出，也有人称之为"隐含作者"。他认为"虚拟作者"不能够等同于现实生活中的真实作者，而只是作者构建出的一个替身。[1] 这一观点引起过不少争议，有研究者认为"虚拟作者"其实就是"作者"，提出这一概念纯属

---

① [美]韦恩·C.布思：《小说修辞学》，华明、胡晓苏、周宪译，北京大学出版社1987年版，第80页。

标新立异。如米克·巴尔认为，它含糊不清且降低了读者的阅读地位，[①]
里蒙-凯南则认为，"虚拟作者"的概念很有必要，因为可以将它同真实
作者区分开，但他建议将此概念非人格化，最好视作"隐含于作品中的
规范"，而不是"讲话人或声音（即主体）"，因为后者属于叙述者的范
畴，"隐含的作者不可能是叙述交际场合的真正参与者"。[②] 客观来看，
虚拟作者的提出，解决了作者与不同作品之间的关系，真实作者只有一
个，而在不同的作品中可以有不同的虚拟作者。这就避免了解读文本时
拘泥于作者的现实身份而刻舟求剑；借助虚拟作者本身，作者也得以安
全从容地讨论敏感问题。

　　在布赖恩·理查逊看来，作者与虚拟作者是最外层的叙述者，"无
论是小说还是电影都经常包含'虚拟作者'的概念。这个人物并不是
创作某一作品的传记人物，而是一个似乎站在作者和文本之间的理想人
物。戏剧也不例外：观众自然而然地感知到存在于文本背后人物，这个
形象可能与在纸上动笔的真实人物大不相同。《人民的敌人》或《野鸭》
中虚拟作者是个勇敢和愤世嫉俗的个人主义者，这与神经质和冷漠、犹
豫不决的亨里克·易卜生的人截然不同"。他进而主张将作者与虚拟作
者分开，"历史作者是写剧本的传记性人物，通常在首演之夜出现在剧
院里。他是一个被评论家批评并由制片人付费的人，是一个声音可以
通过他所创造的戏剧的想象世界的框架和虚构的声音来表达或叠加的
人"。[③] 这就说明历史作者通过虚拟作者在起作用。在布赖恩·理查逊的
模型中，历史作者与虚拟作者虽然写就了整个文本，但属于文本之外的
世界。那么属于文本之外的历史作者与虚拟作者，是如何在文本之中发
挥作用的呢？布赖恩·理查逊认为，有些台词的发出者身份难以确定，
他们不是剧中角色；有时候虽然属于角色所发出，但所持的态度与角色
利益相冲突，其口吻接近于虚拟作者。

① ［荷］米克·巴尔：《叙述学：叙事理论导论》（第三版），谭君强译，北京师范大
　学出版社 2015 年版，第 14 页。
② ［以］里蒙-凯南：《叙事虚构作品》，姚锦清等译，生活·读书·新知三联书店
　1989 年版，第 156—158 页。
③ Brain Richardson. Point of View in Drama: Diegetic Monologue, Unreliable Narrators,
　and the Author's Voice on Stage [J]. *Comparative Drama* (22), 1988, pp. 193-214.

戏剧文本中的作者与虚拟作者的关系较小说中更为紧密，尤其是在舞台提示和动作提示中，常难以区分其现实与虚构的身份。因此，我们称之为"作者—虚拟作者"的合体，它在戏剧中实实在在地发挥着叙述者的功能。

作者—虚拟作者主要是对作品的人物形象、演出风格、故事情境进行解释。它置身于作品之外，他所说的某些内容可能根本无法在舞台上呈现，可以视为读者和观众理解本剧的一份说明书，功能上类似于小说中的叙述者。比如《雷雨》中这段文本，如果发生在小说中，则会被认定为发生了第三人称叙述：

【鲁大海进——四凤的哥哥，鲁贵的半子——他身体魁伟，粗黑的眉毛几乎遮盖住他的锐利的眼，两颊微微地向内凹，显得颧骨异常突出，正同他的尖长的下巴，一样地表现他的性格的倔强。他有一副大而薄的嘴唇，正和他的妹妹带着南方的热烈的、厚而红的嘴唇成强烈的对照。他说话微微有点口吃，但是在他感情激昂的时候，他词锋是锐利的。现在他刚从六百里外的煤矿回来，矿里罢了工，他是煽动者之一，几月来的精神的紧张，使他现在露出有点疲乏的神色。

作者站在全知全能的上帝视角介绍鲁大海这一人物，透过他的外表揭示人物性格和内心倾向，便于读者更好地理解人物。下文的动作提示中，四凤的"厌烦""冷冷""不耐烦""轻蔑"，与描写鲁贵时用到的"抗议似的""自傲""得意""贪婪"对比鲜明，四凤与鲁贵在冲突上的力量构成强与弱的对比。然而在接下来的一段中，作者在四凤的动作提示上又使用了"红脸""厌恶""忍气""羞愧"，描述鲁贵的表情则用了"鄙笑""汹汹""高声"，体现出叙述者对所叙述内容的干预。这显然是作者—虚拟作者在说话。

再如《茶馆》中的例子：

【幕启：这种大茶馆现在已经不见了。在几十年前，每城都起码有一处。这里卖茶，也卖简单的点心与菜饭。玩鸟的人们，每天在蹓够了画眉、黄鸟等之后，要到这里歇歇腿，喝喝茶，并使鸟儿表演歌唱。商议事情的，说媒拉纤的，也到这里来。那年月，时常有打群架的，但是总会有朋友出头给双方调解；三五十口子打手，经调解人东说西说，便都喝碗茶，吃碗烂肉面（大茶馆特殊的食品，价钱便宜，作起来快当），就可以化干戈为玉帛了。总之，这是当日非常重要的地方，有事无事都可以来坐半天。

这里的"舞台提示"实为虚拟作者的话语，以一种主动和显在的姿态来承担与读者／观众的交流，建立起内层故事与外在世界的平台。当然，在演出时这些说明将转化为灯光、音响、舞美等舞台手段。

几乎所有戏剧文本都是从舞台提示开始的，在最简略的情况下，舞台提示也要交代出剧作中主要人物及其身份，这些叙述对于读者进入并理解文本不可或缺。麦克金太·丹认为"舞台指示是戏剧文本的内在组成部分，而视觉效果往往是附属于其中的"[①]，强调了舞台提示中的作者视角。除了舞台提示外，动作提示也能够体现出作者—虚拟作者的视角功能。舞台提示和动作提示并非只能体现在文本中，出现在舞台上则化为叙事性的形象，为舞台阐释出新的意义，这是其第二重叙事性。比如《朱丽小姐》中的"丁香花"中就体现了"性欲的暗示"。[②]

2. 中介叙述者——叙述中介

中介叙述者并不是作者—虚拟作者，只是前者的代言人。比如《我们的小镇》中的"舞台监督"。如果忽略文本中的舞台提示，我们会将舞台监督视作最外层的叙事，当作作者显在的化身。然而当我们将已有的舞台提示考虑在内时，便会发现舞台监督并非整个故事文本的打造者，他充其量是已有文本的解说者。

中介叙述者承担将故事讲述给读者／观众的功能。如莎士比亚剧作《罗密欧与朱丽叶》中的致辞者承担着将整个故事讲述给读者／观众的作用。我国研究者林克欢提到过一种中性叙述者，这种叙述者"是古希腊戏剧的后代又不完全等同于古代的歌队。他们仍然在舞台上讲述故事，

---

① Dan Mcintyre. Point of View in Plays: A cognitive stylistic approach to viewpoint in drama and other text-types [M]. Amsterdam: John Benjamins, 2006, 77.
② [德]曼弗雷德·普菲斯特：《戏剧理论与戏剧分析》，周靖波、李安定译，北京广播学院出版社 2004 年版，第 343 页。

但其作用已远远超出单纯叙事的职能了"①。他所说的"中性"主要是强调这类叙述者客观理性、独立于剧情之外的叙述者身份。中性叙述者作为叙述中介，其叙述功能比古希腊的歌队更为明显。古希腊歌队类型的叙述者，在形式上并不总是承担将整个故事情节讲述给读者／观众的功能，他们只是从自身视角出发，表达自己在情节进展中的思考。比如《俄狄浦斯王》中，歌队所代表的是城邦的居民，他们处在内交际系统中，并不承担中间交际系统的故事讲述功能：

> 歌　队　（第一曲首节）宙斯的祥和的神示啊，你从那黄金的皮
> 托，带着什么消息来到这光荣的忒拜城？我担忧，我心
> 惊胆战，啊，得罗斯的医神啊，我敬畏你，你要我怎样
> 赎罪？用新的方法，还是依照随着时光的流转而采用
> 的古老仪式？请指示我，你神圣的声音，金色希望的
> 女儿！
>
> ……
>
> （第二曲首节）哎呀，我忍受的痛苦数不清：全邦的人都
> 病了，找不出一件开口来保护我们。这闻名的土地不结果
> 实，妇人不受生产的疼痛；只见一条条生命，像飞鸟，像
> 烈火，奔向西方之神的岸边。

这是《俄狄浦斯王》的进场歌，发生在祭司与俄狄浦斯的对话之后，内容是表达城邦居民在瘟疫笼罩下的恐惧与渴求，属于局部叙述者，承担的并非是讲述完整故事的功能。

布赖恩·理查逊分类中的框架叙述者、生成叙述者和独角戏叙述者，均可以算作中介叙述者。框架叙述者只提供开场诗和退场诗，并不参与剧情。生成叙述者本身就是虚构世界的人物，其叙述功能更多、更频繁，不仅出现在剧作的开头和结尾，也频繁出现在剧作中。独角戏叙述者并不强调自己独立于内在故事之外的身份，它看上去植根于虚构世界，并没有明显的与观众／读者交流的倾向，但是，他的话语讲述又构成另一个虚构世界，因此独角戏叙述者处在文本内、虚构世界之外。其

---

① 林克欢：《叙述者——戏剧的叙述结构之二》，《剧本》1988年第7期。

编剧叙事学导论　第二章　戏剧文本中的叙述者

典型代表是塞缪尔·贝克特的《克拉普的最后一盘录音带》。独角戏中的"戏剧世界在很大程度上等同于角色的叙述",这与生成性叙述者同时要提示"说话者以外的人的思想、情感和感知"是不同的。[①] 布赖恩·理查逊认为,传统日本能剧的叙述者也是独角戏类型。在这种以旅行者遇到鬼魂并听鬼魂讲述故事的戏剧中,讲述者也会扮演自己以外的角色,这时他第一人称的叙述会被合唱团取代,而叙述者在描述故事时常辅以动作再现当时场景,这是"叙述"与"模拟"的合一。

理查逊所说的生成和独角戏叙述者是整体叙述者,其叙述话语或者构成整个文本,或者贯穿整个文本,出现在开头、中间和结尾,框架叙述者仅在开头和结尾叙述,在中间部分不出现。这两种不同类型的整体叙述者在表达效果上是有差异的。

叙述中介与作者—虚拟作者有极大区别。大多数类型的叙述中介会化身为具体的形象,以显的方式存在于文本中。叙述中介可以是虚构的,也可以假托一个现实身份。虚构的人物通常有名有姓,比如《玻璃动物园》中的汤姆,《那年我学开车》中的中年小贝,现实的人物则以演员、舞台监督、导演等身份出现,比如《魔方》中的"诗人",《漫漫圣诞归家路》中的"男人"和"女人"。在后一种情况下,作者往往强调叙述者的真实性。比如《桃花扇》中的老赞礼:

试一出 先 声

【蝶恋花】（副末毡巾、道袍、白须上）古董先生谁似我？非玉非铜,满面包浆裹。剩魄残魂无伴伙,时人指笑何须躲。旧恨填胸一笔抹,遇酒逢歌,随处留皆可。子孝臣忠万事妥,休思更吃人参果。

作者这里明确交代他的现实身份——是一个耳闻历史、眼见历史的活生生的真人,可下文一转,又指出他在剧中的虚构身份:

昨在太平园中,看一本新出传奇,名为《桃花扇》,就是明朝末年南京近事。借离合之情,写兴亡之感,实事实人,有凭有据。老夫不但耳闻,皆曾眼见。更可喜把老夫衰态,也拉上了排场,做

---

① Brain Richardson. Point of View in Drama: Diegetic Monologue, Unreliable Narrators, and the Author's Voice on Stage [J]. *Comparative Drama* (22), 1988, pp. 193-214.

了一个副末脚色；惹的俺哭一回，笑一回，怒一回，骂一回。那满座宾客，怎晓得我老夫就是戏中之人！

作者强调老赞礼的现实身份，让读者 / 观众相信自己所写的是真人真事的用意，无非是为了激起人们对这段惨痛历史的正视和反思。这类叙述者属于布赖恩·理查逊所说的框架叙述者。他们不是作者，介于内外交际系统之间。一些生成叙述者也拥有现实中的身份，比如《我们的小镇》中的舞台监督。在更多情况下，叙述中介虽然讲述整个故事，但他仍是作者—虚拟作者虚构出来的人物。比如《玻璃动物园》中，尽管人物的台词表明他兼具了角色、导演、舞台监督的多重身份，我们也无法将他们完全等同于现实世界中的人物，汤姆仍然属于作者—虚拟作者创造出来的。

中介叙述者有隐性与显性之别。显性的叙述者自己作为中介讲述整个故事，另一种是不直接说明自己的叙述者身份，但叙述的内容表明是他讲述故事给听者。前者比如《我们的小镇》《玻璃动物园》，舞台监督和汤姆直接向观众说明由自己讲述整个故事，后者比如《毕德曼与纵火犯》，消防队员没有在上场时直接表明自己叙述中介的身份，但实际上以预叙、引起下文的方式掌控着整个剧情的进展。

3. 内在叙述者 / 局部叙述者

内在叙述者本身置身于当前所发生的故事之中。布赖恩·理查逊认为，框架叙述者、生成叙述者、独角戏叙述者处在虚构世界之外，而内在叙述者是虚构世界中的角色，构成了叙事的最内层。

如前文所述，布赖恩·理查逊提出"内在叙述者"类型非常有意义。首先，这意味着即使在非叙述体戏剧中也存在着叙述者；其次，说明戏剧文本是一个由不同层次叙述构成的有机叙述整体。如果说作者—虚拟作者、框架叙述者等是整体叙事者的话，那么布赖恩·理查逊所提到的内在叙述者是局部叙述者，也即从其他人物视角、部分地承担叙述功能的人。

这一类叙述者可以存在于叙述体戏剧中。如在桑顿·魏尔德的《我们的小镇》中，舞台监督承担主要叙述者的功能，讲述关于小镇的故事，其他一些剧中人则担任分叙者，在他的指引下叙述部分故事情节。当然，我们在分叙者的叙述中较少感受到视角的存在，比如关于小镇气候特点、文化历史的介绍。此类介绍也可由舞台监督即主叙者来完成，作者采用对话样式，让舞台监督像小镇居民一样亲切自然地同剧中人交流，主要是为了营造小镇其乐融融的氛围，关于其风土人情的介绍也是为了加强小镇普通与朴实的印象。在非叙述体戏剧中，内在叙述者多从自己的视角去交代人物和故事背景。比如《雷雨》中的鲁贵，《美狄亚》中的老保姆，以及哈罗德·品特《归家》中麦克斯等讲述大大小小故事的剧中人。

布赖恩·理查逊认为，故事的讲述也可以是独白。这种独白的内容极其丰富，并不一定针对剧中人而发，"它可以是一个扩展的独白，一个宣言的背景作品，一个人物的思想，场景设置的宣传或描述，元戏剧评论，直接向观众讲话"，甚至也可以与剧中人交流。① 如下文中的例子：

> （卜儿蔡婆上，诗云）花有重开日，人无再少年。不须长富贵，安乐是神仙。老身蔡婆婆是也。楚州人氏，嫡亲三口儿家属。不幸夫主亡逝已过，只有一个孩儿，年长八岁。俺娘儿两个，过其日月。家中颇有些钱财。这里一个窦秀才，从去年间我借了二十两银子，如今本利该银四十两。我数次索取，那窦秀才只说贫难，没得还我。他有一个女儿，今年七岁，生得可喜，长得可爱。我有心看上他，与我家做个媳妇，就准了这四十两银子，岂不两得其便！他说今日好日辰，亲送女儿到我家来。老身且不索钱去，专在家中等候。这早晚窦秀才敢待来也。

戏剧文本中的内在叙述者可以交代前史、背景故事，也可以直接讲述当下发生的剧情。上例中的蔡婆就属于交代故事发生背景、引起下文的独白性故事叙述。

内在叙述者是局部叙述者，只承担部分内容的讲述。如《俄狄浦斯王》中的报信人。极个别情况下，内在叙述者的话语构成了大多数的戏剧文本，比如《动物园的故事》中的流浪汉皮特在功能上接近于

---

① Brain Richardson, Point of View in Drama: Diegetic Monologue, Unreliable Narrators, and the Author's Voice on Stage [J] . *Comparative Drama* (22), 1988, pp. 193-214.

整体叙述者，然而仍然不属于叙述中介。此外，当叙述中介在内层故事中改变身份、扮演角色时，则转换为局部叙述者。比如小剧场京剧《马前泼水》中，"乐队"在崔氏和朱买臣吵架时作为围观群众，在二人新婚之夜承担司仪等，都是从整体叙述转为局部叙述的例子。

整体叙述者的叙述贯穿全剧，维系戏剧张力，激起说话对象和读者／观众对所讲内容的兴趣。不同局部叙述者构成的不同视角，通过情节的方式潜在地维系戏剧张力。比如《俄狄浦斯王》中，"歌队"构成了城邦居民的视角，他们对瘟疫忧心忡忡，对神示争论不休，对俄狄浦斯王的惨剧万分同情，他们的视角几乎贯穿了全剧。

第一合唱歌歌队：

（第一曲音节）那颁发神示的得尔福石穴所说的，用血腥的手做出
那最凶恶的事是谁呀？现在已经是他迈着比风也似的骏马还要快的
脚步逃跑的时候了；因为宙斯的儿子已带着电火向他扑去，追得上
一切人的可怕的复仇神也在追赶着他。

歌队从自己的视角预示了剧情的走向，俄狄浦斯讲述自己被波吕玻斯养大和逃离城邦的经过。传令人则站在自己视角讲述了王后自杀、俄狄浦斯王刺瞎双眼的经过：

我们随即看见王后在里面吊着，脖子缠在那摆动的绳上。国王
看见了，发出可怕的喊声，多么可怜！他随即解开那活套。等那不
幸的人躺在地上时，我们就看见那可怕的景象：国王从她袍子上摘
下两只她佩戴着的金别针，举起来朝着自己的眼珠刺去，并且这样
嚷道："你们再也看不见我所受的灾难，我所造的罪恶了！你们看够
了你们不应当看的人，不认识我想认识的人；你们从此黑暗无光！"

通过不同叙述者的讲述，勾勒出了瘟疫的因果由来，并揭示了俄狄浦斯王的悲惨结局。不过，这里的叙述者"无须要求自己也作为一个戏剧角色去激发讲述兴趣。他甚至不把自己当作一种表现功能……用了一个将自己湮没于其中的集合代词'我们'，使自己始终处于背景之中……"①

---

① ［德］曼弗雷德·普菲斯特：《戏剧理论与戏剧分析》，周靖波、李安定译，北京
    广播学院出版社 2004 年版，第 139 页。

4. 叙述声音

除了人格化叙述者外，戏剧文本中还存在叙述声音类型的叙述主体。米克·巴尔认为小说中非人格化的叙述主体，是"语言的、视觉的、影视的"主体，是一种功能，而不是文本中的"个人"，"不是故事讲述人"，不是"可见的"，并不"作为一个角色参与到行动中"，但其仍然是"叙述者的一个特殊变种，是几种可能的不同表现形式之一"。① 他举了电影《辛德勒的名单》的例子加以说明。在电影的开头，辛德勒作为行为者，要见一个名叫斯特恩的犹太人。叙述这一事件的并非辛德勒，而是另有其人，他就是影片的叙述者。② 这里影片的叙述者就不是辛德勒，后者只是被叙述的对象，而前者相当于叙述声音，并不以人物的形式出现在影片中。

米克·巴尔指出了小说和电影中匿名叙述者的情况。在戏剧中匿名叙述者多以叙述声音的形式出现，也是作者—虚拟作者使用的叙事性手段。比如《那年我学开车》中提示主人公"安全驾驶"的匿名声音，就属于叙述声音。除提醒驾驶安全外，还提示车辆前进和后退来隐喻叙事时间的前进与逆转，并且对该段落的情节的主题加以点评，但并不从整体上交代情节。类似的还有苏联话剧《石棺》，由只闻其声不见其人的男声和女声来"广播播送新闻"。它们在剧中不断催促附近的人们提前隐藏到掩体或趴到地下，以躲避威力强大的核爆炸。《地狱里的机器》(让·科克托)中也有类似用法：

场外音 观众们，我们来想象让时间往后退一点，让我们把刚才一起度过的时刻在另外一个地方再经历一遍。事实上，正当拉伊俄斯的鬼魂在城根处的一个平台上试图通知伊俄卡斯求时，斯芬克斯和俄狄浦斯在俯视底比斯城的山丘上见面了。同样的喇叭声，同样的月亮，同样的星星，同样的鸡叫。③

① [荷]米克·巴尔：《叙述学：叙事理论导论》(第三版)，谭君强译，北京师范大学出版社2015年版，第12—14页。
② 同上书，第15页。
③ 选自《西方现代戏剧流派选》(第5卷)，汪义群编，中国戏剧出版社2005年版，第59—148页。

这里的"场外音"并不在舞台上以角色的身份出现，是一种叙事的"声音"。曼弗雷德·普菲斯特将之视为非人格化的叙述者，以与人格化叙述者对立。他认为标题、说明性文本、电影投影等均属于叙述声音。[①]比如《玻璃动物园》中，当阿曼达叙述自己到学打字的学校去，却发现劳拉早已退学时，银幕上出现了"一大堆打字机"；劳拉在阿曼达追问下，被迫说出学校中的暗恋对象吉姆时，银幕上出现了"中学时代的英雄吉姆手捧银杯"的影像；当羞涩的劳拉克服困难走出厨房时，屏幕上出现"真可怕"的说明词，揭示人物内心的不安。这些都无声地说明剧情、塑造人物、表达主题，承担着叙述者的功能。

第二节　戏剧文本中叙述者的功能

热拉尔·热奈特认为叙述者在小说中具有五个功能，分别是讲述故事的功能、结构篇章的功能、交流功能（包括提供情境）、见证功能和主题功能。这些功能之间并不是泾渭分明的。[②]戏剧文本中的叙述者功能与此类似。"歌队"是戏剧文本中叙述者的典型代表，布罗凯特认为"歌队"有如下功能：

（1）它作为剧中的一个角色表示意见提出建议，有时还威胁阻碍剧中事件。而几乎成为定律的是它总是站在主角这一边。（2）歌队经常设立剧本的道德构架。它可以表露作者的观点，定下一个标准作为判定戏剧人物的依据。（3）歌队常常就是理想观众。它对剧中事件与人物的反映就是剧作家所期望观众的反映。（4）歌队帮助建立剧本的氛围并使戏剧效果增强。（5）歌队增加了戏剧色彩、动作和景观。原本歌队插演是载歌载舞的因此就极尽其声色之能事。（6）歌队具有重要的

---

① [德]曼弗雷德·普菲斯特：《戏剧理论与戏剧分析》，周靖波、李安定译，北京广播学院出版社2004年版，第105页。

② [法]热拉尔·热奈特：《叙事话语　新叙事话语》，王文融译，中国社会科学出版社1990年版，第180—181页。

节律作用。[①]

布罗凯特主要提到了歌队点明主题、营造氛围、强化情感、形成节奏等功能，对歌队的情节功能、结构功能和丰富叙事功能略有涉及。其实，无论是作为叙述中介，还是其他类型的整体叙述者，或者是局部叙述者，除了主题、情感功能之外，在戏剧结构、推动情节、丰富叙事上都有着重要作用。在这些功能中，有些功能是紧密联系的，并且衍生出其他的功能。比如结构与情节功能紧密相连，叙述者可以通过情节的讲述来影响结构，同时在故事中又能够强化冲突来凝聚情节，构成抒发情感的基石。不同身份、口吻的叙述者，运用不同的叙事手段，又进一步丰富了戏剧文本的叙事。

一、形成结构、引领叙事

毋庸讳言，戏剧文本从一开始就是作者刻意安排的叙事，在作者对叙事情节、叙事方式、叙事策略的刻意选择下，最终实现作者的叙事理想。在戏剧文本中的最外层叙事中，作者—虚拟作者在暗中渗入情节之中，不被察觉地改变着叙述者的叙事，使得叙述中介表面上看是自主叙事，其实是作者—虚拟作者在叙事。正是在作者—虚拟作者的叙事策略下，戏剧情节的时间顺序、空间排列、叙述时间的延长和压缩得到了调整。比如《琵琶记》中，高明有意识地选择双线叙事，将蔡伯喈所在的贵族豪富生活与赵五娘所在的普通贫民生活相对照，这显然不是任由故事自然发展的结果，而是遵从贫富对比、苦乐不均、突出五娘之苦的文本主题而做出的情节选择。另一个典型的例子就是哈罗德·品特的《背叛》。该剧中的事件在叙事时间上被人为篡改了，不再按自然时间的逻辑顺序展开，而成了一个个倒置错乱的展示片段。这种倒置错乱的结构，让一个看似庸俗的三角恋爱故事获得了崭新的意义，而这正是作者—虚拟作者干预情节结构的结果。

---

① ［美］布罗凯特：《世界戏剧艺术欣赏——世界戏剧史》，胡耀恒译，中国戏剧出版社 1987 年版，第 74—75 页。

因此，归根到底，"貌似客观的'自行陈述'，仍然是叙述人'驾驭故事'的产物，是叙事操纵的策略"[①]。同样的故事经过不同的叙事组织，情节的再造与拼贴，就会形成完全不同的故事。

如果说作者——虚拟作者对文本叙事结构的引导在非叙述体戏剧中是隐藏的，那么，在叙述体戏剧中则通过叙述中介让这一隐性的行为走上前台，引领整个文本的结构。叙述中介作为作者——虚拟作者的代言人，承担着交代当前的剧情、预叙未来、发表议论、抒发感情等功能，拥有独立的叙述地位。比如在《我们的小镇》中的舞台监督：

> 第一幕叫作日常生活。这一幕叫婚姻与爱情。后面还有一幕：我想大家会猜到是什么标题。

他在这里给出了全剧的结构和主要情节内容。不仅如此，在每一幕的间隔和中间，舞台监督都通过自己的话语交代剧情走向和主要人物。在我国剧作家田汉的《丽人行》中，报告员在叙述功能上与舞台监督相似，虽然他并不作为角色下沉到所述故事当中，也不与剧中人对话，但仍然通过自己的话语对全剧结构和情节予以提示：

> **报告员**　一九四四年春天的傍晚，在当时沦为孤岛的上海，某公园附近的一条僻静的小路上，发生了这样的事情——

接下来场景展示女工金妹被日本宪兵强暴的事件，这一事件结束后，报告员又对这一情节加以评论，并将话题转入下一情节：

> **报告员**　我们永远也忘不了这一声悲惨的叫唤，我还不知道这个女人是谁，可是，我知道这一个突然的、虽则在当时是常有的袭击，将带给她多么严重的不幸。[②]

报告员向观众讲述剧作的故事背景、人物关系、情节发展，用提前预告的形式引起悬念、营造冲突，增强了戏剧张力。在上面的例子中，报告员和舞台监督对结构的操控在叙事上仍然是顺序，在实践当中，叙述者完全可以打乱故事的次序，按照自己的意识所至来讲述。《那年我学开车》中，中年小贝对故事的讲述就按照自己的意识流而非

---

① 李显杰：《电影叙事学——理论和实例》，中国电影出版社 2000 年版，第 234 页。
② 田汉：《丽人行》，中国戏剧出版社 1980 年版。

事件的真实顺序来进行：

> 【光渐暗，幕后声：
>
> 学习驾驶：安全第一。
>
> 【钥匙起动汽车声。小贝出现在照着舞台的一束追光中，与十七岁时的她相比，此刻她更显得温柔妩媚。
>
> 小贝　有时，为了讲述秘密，你得先给大家上课。在这暖和的初夏傍晚，我们将开始今晚的课程。

本剧的文本自小贝和幕后声始，结束的时候，也是小贝和幕后声在讲述，形成首尾呼应：

> 【小贝调着收音机的波段，一首《献给我爱的人》或奥比森《甜蜜的梦》的歌声响起，打断了歌队。
>
> 小贝　啊……（顿。）我调了下座位，系上保险带，接着检查右侧镜——然后左侧镜。最后，我调了下后视镜。（就在小贝调节后视镜时，一道微光照着坐在汽车后排的佩克姨父的魂灵。她从镜子里看着他。她向他微笑。他对她点头。他俩为一起驾车远行而快乐。小贝把车挂到一挡；面对观众）——而后，我猛踩油门。
>
> 【引擎轰鸣声。暗场。

小贝作为叙述中介，控制着全剧情节的走向，掌控着全剧的结构，除了出现在首尾说明剧情和点题，还有规律地出现在剧中，操控着文本结构和场景切换。当然，在叙述者引领的结构中，需要保持叙事者的一致性。比如《上帝的宠儿》（彼得·谢弗）中，作者选用了以同故事叙述者宫廷乐师萨利埃里为主，风言风语和戈雷比格为辅助叙述者，以风言风语打探消息，格雷比格讲述故事的方式来交代情节。在文本的最后部分，也选择让这几个人物上场、回到风言风语听戈雷比格讲述后续的场景来结束。

二、压缩情节、提供情境

作者—虚拟作者对情节的剪裁、调节是潜藏在文本之中的，通过局部叙述者对情节的交代则是明显的，在这种情况下，局部叙述者主要是交代故事背景，提供情节发生的前史。比如《美狄亚》中的老保姆交代美狄亚和伊阿宋二人相爱及伊阿宋背弃誓言的前史。叙述话语概述了情节，突出了美狄亚得知伊阿宋背叛感情之后的悲愤与无助和复仇的打算，无需再用笔墨去展示之前的故事情节，让情节集中于当下伊阿宋的背叛和二人之间的冲突，同样，在元杂剧《冤报冤赵氏孤儿》(纪君祥)中，屠岸贾用叙述话语交代了与赵盾结仇的经过，编剧并未将这段往事史展示在舞台上，使得笔墨集中在搜孤、救孤、孤儿复仇的情节上，避免了笔墨的分散。与之相比，京剧《赵氏孤儿》(王雁)则展示了两家结仇的经过，"搜孤"与"救孤"的情节切入较晚。

与局部叙述者对情节的局部追述相比，叙述中介对情节的交代则是全面的，如故事发生的背景和整体的情节走向。《罗密欧与朱丽叶》中第一幕前的开场诗就是一例。在《上帝的宠儿》中也可看到同样的例子：

萨利埃里　（用一个充满力量与信心的青年的声音）这里是维也纳。年份始于1781年，仍然属于启蒙运动的时代。太平盛世。法国还没有使用把我们的生命切成两半的断头台。我三十一岁，已经是哈布斯堡宫廷的一名多产的作曲家。我有一所体面的住宅和一个体面的妻子——特丽莎。

【特丽莎上：一位衣着臃肿的娴静夫人，腰板笔直地坐在舞台后部的椅子里。

我没有瞧不起她，真的。我对内助只要求一种品质：别太热情。特丽莎正是因此才与众不同的。

【他一本正经地戴上假发。①

在情节上，编剧通过作为叙述中介的萨利埃里的话语，简明扼要勾勒了故事背景、相关人物，起到了剪裁情节、凝聚时空、突出重点、完成过渡的作用。

在周长赋等的莆仙戏《踏伞行》中，运用了甲乙丙丁四个检场人，

---

① 　[英]彼得·谢弗：《上帝的宠儿》，选自《外国当代剧作选（2）》，一匡译，中国戏剧出版社1991年版，第141—308页。

丙丁交代戏剧情境的变化：

> 【荒野、西风古道。
> 【检场人甲、乙、丙、丁出现。

检场丙 番兵入侵，乱兵抢杀，赶紧逃走啊！

众 赶紧逃走，赶紧走啊！

> 【王慧兰与王夫人、陈时中与家童各自逃难上。

甲乙则可以出入故事层，扮成角色推进剧情。

> 【检场人甲、乙扮两喽啰持刀上。

两喽啰 哇呀——

众 人 （呼）娘亲、儿呀，家童，公子——

> 【众人被冲散，分头奔下。①

这里的"检场人"，其现实身份是舞台工作人员，此处暂时深入故事层承担了局部叙述者。通过以上办法，编剧有效地压缩了原著的篇幅，凝聚了时空和情节。

在戏剧文本中，局部叙述者的叙述通常安插于当前情节之中，对戏剧情境有着相互激发的作用。比如《暴风雨》中的普洛斯彼罗：

普洛斯彼罗 我的弟弟，就是你的叔父，名叫安东尼奥。听好，世上真有这样奸恶的兄弟！除了你之外，他就是我在世上最爱的人了；我把国事都托付他管理。那时候米兰在列邦中称雄，普洛斯彼罗也是最出名的公爵，威名远播，在学问艺术上更是一时无双。我因为专心研究，便把政治放到我弟弟的肩上，对于自己的国事不闻不问，只管沉溺在魔法的研究中。你那坏心肠的叔父——你在不在听我？

米 兰 达 我在聚精会神地听着，父亲。

这里普洛斯彼罗对前史的讲述，服务于见到女儿的情境，同时也激化了接下来弟弟落难荒岛的情境冲突。除了向其他角色讲述舞台外或第一幕之前发生的事件外，独白类的说明也属于故事背景的交代。如《长

---

① 周长赋、郭景文：《踏伞行》，《福建艺术》2009 年第 1 期。

生殿》"弹词"中李龟年的一段叙述：

> （末白须，旧衣帽抱琵琶上）一从鼙鼓起渔阳，宫禁俄看蔓草
> 荒。留得白头遗老在，谱将残恨说兴亡。老汉李龟年，昔为内苑伶
> 工，供奉梨园。蒙万岁爷十分恩宠。自从朝元阁教演"霓裳"，曲
> 成奏上，龙颜大悦。与贵妃娘娘，各赐缠头，不下数万。谁想禄山
> 造反，破了长安。圣驾西巡，万民逃窜。俺每梨园部中，也都七零
> 八落，各自奔逃。老汉来到江南地方，盘缠都使尽了。只得抱着这
> 面琵琶，唱个曲儿糊口。今日乃青溪鹫峰寺大会。游人甚多，不免
> 到彼卖唱。（叹科）哎，想起当日天上清歌，今日沿门鼓板，好不
> 颓气人也。（行科）

这段独白发生于李龟年穷困潦倒沿门卖唱之时，今昔强烈的反差激
起了他对往昔繁华的强烈追忆与沉痛反思，为读者和观众欣赏接下来的
"弹词"建立了情境氛围和心理准备。

除了以"叙述故事"参与情节交代和情境的构建之外，叙述者也可
以化身角色，直接参与下层叙事。比如《漫漫圣诞归家路》中的"男
人"和"女人"化身为牧师、外祖母等角色。不过，在这种情况下，演
员属于扮演人物，而不再承担叙述的功能。

三、突出主题、表明观点

舞台说明常用于烘托氛围、营造情境，然而有时也有表达主题的作
用，尤其是当舞台说明用于描写剧中人物的形象特征和内心活动时。比
如话剧《榆树屯风情》的舞台提示，就对吴老铁这一人物进行了描述：

> 【吴老铁从屋里走出来。这是一个威严的长者，几十年来，一直
> 被人们敬重着。这种敬重对他说来，就像树木对于阳光的需求
> 一样。然而，他邻院的刘三近几年却发了家，这常常使他恨恨
> 不平。[1]

---

① 郝国忱：《榆树屯风情》，选自《中国话剧百年剧作选（第15卷）》，刘厚生等
主编，中国对外翻译出版公司2007年版，第285—348页。

这里对人物形象的描述就属于一种概括性的叙述,让观众了解人物的心理活动以及剧情发生的上下文背景,暗示了因经济的发展,榆树屯乡村民摆脱了对传统宗族权威的盲从,自我意识开始复苏和崛起。

戏剧文本常通过场景展示来交代人物的行动和事件的发展,看似客观地来讲述故事,当整体叙述者和局部叙述者介入后,原本客观的故事开始带上一定程度的主观色彩,因此故事也就有了不同解读的可能,叙事主题也因此得到体现。如《上帝的宠儿》中:

> 【剧场里充满喊喊喳喳的议论声。其声唑唑,宛如蛇信。初听时杂然难辨,只有"萨利埃里"这个字却听得分明!这儿一声,那儿一声,剧场里到处重复这个名字。间或,还依稀听得出其中有"凶手"一词!

> 【窃窃私语渐渐重叠起来,音量也随之变大,声震四壁,气氛越加令人不安。这时,灯光慢慢照亮舞台后部,映出一些男男女女的剪影。这些人穿戴着十九世纪初叶的裙装和高顶帽,原来是维也纳的市民。他们聚集在"光盒"里,正愤懑地议论纷纷。

作者的叙述营造出一种众声喧嚣的效果。这些纷乱的人声虽然是指责凶手的,却是"凶恶的、压低了的"窃窃私语,就像蛇的"唑唑声","充满了恶毒的敌意",这说明它们并不代表光明和正义,在当年谋杀莫扎特的凶手中也有这些声音的存在。关于莫扎特的满天绯闻和恶毒谣言,既可以出自体面的市民,也可以出自高等的贵族,若没有这种互相推波助澜、道听途说的喧嚣杂声,莫扎特也许本不必死。

作者也可以"演出说明"的样式表达排演意见,当然这是否算剧本的一部分仍值得商榷。在美国剧作家保拉·沃格尔的《漫漫圣诞归家路》中,作者用长达几页的文字表明了此剧的风格、样式,指出本剧借鉴了日本能剧的表演风格和表现样式。除了男人和女人外,孩子们一开始并不用真人,而是由演员操纵木偶进行表演。只有在车毁人亡的片刻,才让孩子们受到强烈刺激而转化为人——由操纵他们的演员取代木偶进行演出。

作者一虚拟作者之下的叙述中介也可用来表达主题。黑格尔在《美学》第三卷中认为:凡是有歌队的戏剧,剧本和演出都是一种"双元结构"——歌队承载着超个体、超个性、形而上的"神性";歌队之外的具体人物则担负着现实层面的意义。[①] 因此，"歌队"被黑格尔称作"精神性布景"。所谓现实层面的意义，是指具体情节的表达与表现，所谓精神布景，当指哲理层面的思考，也即是主题的表达。黑格尔强调了作为叙述者的歌队对剧本主题的表达。他梳理了歌队在古希腊戏剧中诞生的历程，认为歌队的合唱远在正式戏剧诞生之前就存在，戏剧情节是后起的事情。"在酒神祭典中，合唱队的歌唱是主要的项目，到后来才插进去一名叙述者，在中途打断合唱队的歌唱来叙述情节"[②]，席勒也很重视歌队带领观众理性思考的一面，认为其价值恰恰在于脱离了情节的狭隘范围，能够揭示生活的真谛和教训。他所说虽然主要针对古希腊悲剧而言，但对其他类型的剧作也适用。之后的贝尔托·布莱希特在作品中对歌队的点题作用进行了多方面的尝试。比如《大胆妈妈和她的儿女们》中，剧中人物的许多独白采用歌唱的方式交代情节和表达意旨。剧中第四场编剧让阿兹达克唱出了对暴君统治下的"太平盛世"的嘲讽："老妈妈，我几乎要叫你格鲁吉亚母亲。/你孤单，你悲苦，儿子却给投入了战争。/你挨拳头，却充满希望！/要是得到一头牛，就眼泪直淌。/你要是没有挨揍，反而惊慌。/老妈妈，请宽恕我们这些罪人！"[③] 这些话语的目的是为了帮助观众/读者认识情节所表述的观点，避免单一地沉迷于情节之中。

处在中间交际系统中的叙述中介，除了表达主题外，还可以表达本剧的风格和主旨。由于以人物形象出现，比纯粹作者话语构成的"演出说明"更能与文本融为一体。比如在《魔方》中，编剧让作为叙述中介的"诗人"，来介绍自己的艺术观点。

【"诗人"此刻出现在舞台中央，现在他以节目主持人的身份与观众直接交流。

主持人 中国有句古话，叫"人之将死，其言也善"。可是，为什么人非得死到临头才肯说点真心话呢？哦，我忘了，大家

---

① ② ［德］黑格尔：《美学》第三卷（下册），朱光潜译，商务印书馆1979年版，第 304—305 页。
③ ［德］贝尔托·布莱希特：《贝尔托·布莱希特戏剧选》（下），高士彦等译，人民文学出版社1980年版，第339页。

都是来看戏的，不是来钻牛角尖的。对于刚才这个问题，可以不必过于认真。我这个"诗人"也不是真的，我是这个戏的节目主持人。严格地说，我们这不能叫戏，它更像一个标新立异的晚会，而标新立异是符合当今中国社会喜新厌旧这个发展大趋势的。来！音乐！

【迪斯科音乐骤起。主持人下。①

主持人的这番话并不能完全视作代作者立言，他更多是服从于剧情的需要，在观众和文本之间建立间离感。他的用意在于告诉读者和观众，不必将本剧拼盘式的情节看成一个整体，从中寻求逻辑和情节的一致，更重要的是表达对物欲横流社会风气的尖锐抨击和批判。

叙述中介在戏剧文本中不仅评价主题、明确作品风格，还可对社会议题发表看法。在桑顿·魏尔德的《九死一生》中，以"戏中戏"的样式呈现了一个世俗家庭的分离与重建。当扮演儿子的演员用刀刺向剧中的父亲时，莎碧娜和安特巴特太太制止了这场纷争，在场的角色瞬间恢复了演员身份，从内故事层来到了中间交际系统中：

【亨利用刀刺向父亲的喉咙，莎碧娜和安特巴斯太太从厨房冲出来，称呼演员的真实姓名，并且把他们分开。

莎　碧　娜　停！停下这出戏！不要演这一场——你知道昨天晚上发生了什么。停下这出戏！

【男人们后退，气喘吁吁，亨利用手遮住脸。
女士们和先生们，我禁止这些男人演出这一场景。昨天晚上，这个男孩差点儿杀了他。

亨　　　利　确实如此。我很抱歉。我不知道自个儿怎么了，我和他没有私人过节。我极其尊敬他的才华。我——我欣赏他，但——但是有些东西发生在我身上。就像我又回到了十五岁。我的父亲和叔叔常常每天晚

---

① 陶骏等：《魔方》，选自《探索戏剧集》，上海文艺出版社 1986 年版，第 455—496 页。

活……

安特巴斯先生 继续说下去，亲爱的——都说出来……

亨　　利 在这场戏中，好像我又回到高中时代。我内心空荡荡的。因为被憎恶和被隔绝在每个转机之外的空虚。这个空虚让我心里只有一个念头，那就是你必须去反抗去战斗去杀人。为了不自杀你必须去杀人。①

从故事层跳出到演员所在的叙事层，讨论起演员在青年时代的感受，不仅呼应了剧中角色的愤怒，也有助于观众理解剧中人的情感。

内在叙述者表达主题的时候，大多是作者—虚拟作者直接通过人物之口发表议论和表达观点。比如在《哥本哈根》中，海森堡向波尔了解同盟国的原子弹研究计划，希望科学家们联手制止惨绝人寰的大屠杀。他抵御着成为首位发明者的诱惑，他坚持住了，然而原子弹却仍然被研制成功、用于伤害无辜：

波　　尔 但是，亲爱的海森堡，我没什么可告诉你，我不知道同盟国是否有核计划。

海森堡 它在进行，甚至就在你我谈话之时。或许我现在的选择比战败更糟。因为他们制造的原子弹将用来对付我们。广岛的那个夜晚，奥本海默说他的一大遗憾便是未能及时研制出原子弹来轰炸德国。

波　　尔 事后，他痛苦不堪。

海森堡 事后，是的。至少我们在事前多少感到痛苦。他们中有没有人，哪怕是一个人，停下来想过，哪怕是短短一刻，他们在做什么？奥本海默想过吗？弗密想过吗？泰勒？斯西拉？当爱因斯坦在1939年写信敦促罗斯福拨款研究原子弹时，他想过吗？当你两年后逃出哈根，去了洛斯阿拉莫

---

① 译自 Thornton Wilder, *The Skin of Our Teeth*, Harper Perennial, 2014。

斯，你想过吗？

波　尔　亲爱的，善良的海森堡，我们没有给希特勒提供原子弹呀！

海森堡　你们也没有把它投向希特勒。你们把它投向了能投到的任何人，街上的老人与妇女、母亲与孩子。如果你们来得及的话，受难的会是我的同胞、我的妻子、我的孩子。那是目标，对吗？

他们的反思与争论体现了作者视角。科学的伦理性被再次提了出来，尽管科学的宗旨是为了进步、为了人类更美好的未来，然而科学却不能阻止自己成为残杀无辜的工具，这不是科学之过，而是人性之过。

四、表达情感、增加文采

如前所述，舞台提示是戏剧文学中不可缺少的重要部分，其作用有四："一是对人物、时间、地点、布景的说明；二是对剧中人物的形象特征、形体动作和表情以及内心活动的描述，对人物动作的说明；三是对舞台美术、布景、灯光、音乐音响等效果方面的说明；四是对人物上下场、开幕闭幕的说明。"[①] 营造情境是舞台提示的作用之一。

通过描写自然环境来烘托氛围、揭示情感是一种常见做法。曹禺的许多剧作中，常用细致的笔调描绘人物的外在形象和内在心理，以及故事发生的自然环境，为读者进入剧情建立了氛围和方向。比如《雷雨》开篇的舞台提示：

【景——大致和序幕相同，但是全屋的气象是比较华丽的。这是十年前一个夏天的上午，在周宅的客厅里。壁龛的帷幔还是深掩着，里面放着艳丽的盆花。中间的门开着，隔一层铁纱门，从纱门望出去，花园的树木绿荫荫的，并且听见蝉在叫。右边的衣服柜，铺上一张黄桌布，上面放着许多小巧的摆饰，最显明的是一张旧相片，很不调和地和这些精致东西放在一起。柜前面狭长的矮几，放着华贵的烟具同

---

① 严程莹、李启斌：《西方戏剧文学的话语策略》，云南大学出版社 2009 年版，第 462 页。

一些零碎物件。右边炉上有一个钟同花盆，墙上，挂一幅油画。炉前有两把圈椅，背朝着墙。中间靠左的玻璃柜放满了古玩，前面的小矮桌有绿花的椅垫，左角的长沙发不旧，上面放着三四个缎制的厚垫子。沙发前的矮几排置烟具等物，台中两个小沙发同圆桌都很华丽，圆桌上放着吕宋烟盒和扇子。所有的帷幕都是崭新的，一切都是兴旺的气象，屋里家具非常洁净，有金属的地方都放着光彩。

作者用大量篇幅描绘了周家的家居布置、天气状况、帷幔、盆花、蝉鸣，营造出一个炎热、压抑的雷雨将至的夏日，建立起读者对压抑、封闭和即将坍塌的周府的认知。

除了在舞台提示和动作提示中，由作者—虚拟作者来体现环境氛围和人物的内心情感外，也可借助叙述中介来进行情感和氛围的揭示。比如《我们的小镇》的开头，舞台监督告诉我们盖伯先生早就去世了，他的妻子在他前头去世。送报纸的男孩将来会成为一名杰出的工程师，但是战争爆发了，他战死在法国。这些情节并未出现在文本中，也不影响主要情节，但舞台监督对人物命运的概括和描述给剧作增加了伤感氛围，使人愈发感觉到小镇平静生活的珍贵。

叙述者的语言也可增加文本的文采。席勒在《墨西拿的新娘》序言中，认为戏剧文本中使用歌队有着重要意义，歌队好似一面活墙，将其与现实世界隔绝，保持其理想的天地和诗意的自由，借此向"艺术中所有自然主义宣战"[1]。歌队的使用除了能打破模仿的幻觉之外，歌队的格律性语言赋予剧作的诗意，也提升了整个剧作语言的水平。

《高加索灰阑记》中，格鲁雪与恋人西蒙重聚时，西蒙看到格鲁雪怀中的孩子，误以为她移情别恋，感到十分痛苦，而格鲁雪为了保守孩子出身的秘密也有口难言。这时，编剧通过歌手这个叙述中介来代替他们表达心声：

> 【格鲁雪绝望地看着他，泪水淌到脸上。西蒙凝视着前方。
> 他拣起一片木头来削。

---

① [德]尼采：转引自《悲剧的诞生》，潘秀珍译，中国华侨出版社 2022 年版，第 71 页。

歌手 （唱）许多话说了，许多话还没有说。

　　　　兵士回来了。他从哪儿来，他可没有说。

　　　　且听他想的是什么，他没有说是什么：

　　　　清早一伙打响了，到中午血花四溅。

　　　　我踏过第一个，我抛下第二个，上尉来一剑收拾了第三个。

　　　　一个弟兄死于钢铁，另一个弟兄死于硝烟烈火。

　　　　我脖子挨了火烫，我手在手套里冻僵，我脚在鞋子时冻伤。

　　　　我吃的是柳树芽，我喝的是槭叶汤，我睡在石头上，在泥水中央。

西蒙 我看见那边草丛里有一顶帽子。已经有孩子了？

　　歌手用简单质朴而又切中要害的语言表达了战争的残酷，描画了西蒙的心理活动。"第一个倒在我前面，第二个倒在我后面，第三个倒在我旁边"，数字的反复轮换有一种韵律之美，同时又隐含着对生命的漠视，更有人物"欲说还休"的悲凉。这种由第三人表达情感的方式与中国戏曲中川剧的帮腔较为接近，只是帮腔通常并不上台，也不承担整体的叙述作用，只是在情节的局部渲染感情、表达主题，属于剧中的"叙述声音"。

　　不仅是用于歌唱的叙述唱段，即使是在散文化的台词中也蕴含着诗意。比如话剧《那年我学开车》中，小贝被姨父性侵的场面，被"移花接木"改为姨父自述的教表弟钓鱼：

少女队员 佩克姨父教表弟鲍比怎样钓鱼。

佩　克 ……我现在尝到了鲳鱼的美味，用奶油和胡桃肉煎上，再浇点波旁酒——现在——让鱼钩沉在水底——现在——卷线，拉杆，卷线，拉杆——看着——看着你的钓线。有动静了，好，举起鱼竿——别太猛——勾住它——很好，别紧张，卷线然后停住——让它动弹。再卷线——让它挣扎，对了——太棒了！真的是条鲳鱼！——干得漂亮。你现在是个专业渔夫了。钓鲳鱼是很不容易的。我们要美食一顿了——什么？嗯，我不知道鱼对疼痛的感觉——你不能这么想。哦，别这样，别哭，好了。它只是条鱼——别让人家看到你哭。不，不，你只是比较敏感，你这个年龄这样做非常好——那你看，我把它放了？你要我把它放了？

好的，把老虎钳递给我——看着——我把鱼钩剪了——行了？现在我们把它放回水里——没有，我不会生气。钓鱼就是为了开心，对吗？

你看，它要游回到它的女友那儿，告诉它自己度过的这可怕的日子，它会用鱼鳃摩挲它，直到它缓过劲来，然后它俩一起亲热直到它们又快乐又困乏……①

这段长长的叙述取代了接下来即将发生的姨父侵犯小贝的场景，除了集中时空、避免直接描写性事之外，借用钓鱼中欲擒故纵、鱼儿惊慌失措、钓鱼者放鱼的隐喻，诗意地表达了二人之间爱恨交加的复杂情愫，增加了文本的想象空间。

中国戏曲中常用唱段来抒情、议论，尤其是场景展示与话语叙述结合时，更能够在叙述中体现人物情感的震动。比如元杂剧《冤报冤赵氏孤儿》中的这段文本：

〔屠岸贾云〕我见了这孤儿，就不由我不恼也！〔正末唱〕

【七弟兄】我只见他左瞧、右瞧、怒咆哮，火不腾改变了狰狞貌，按狮蛮拽札起锦征袍，把龙泉扯离出鲨鱼鞘。

〔屠岸贾怒云〕我拔出这剑来，一剑、两剑、三剑。〔程婴做惊疼科〕〔屠岸贾云〕把这一个小业种剁了三剑，兀的不称了我平生所愿也。〔正末唱〕

【梅花酒】呀，见孩儿卧血泊。呀，想孩儿离褥草，到今日恰十朝，刀下处怎耽饶，空生长枉劬劳，还说甚要防老。

【收江南】呀，兀的不是家富小儿骄。〔程婴掩泪科〕〔正末唱〕见程婴心似热油浇，泪珠儿不敢对人抛。背地里揾了，没来由割舍的亲生骨肉吃三刀。

---

① 〔美〕保拉·沃格尔：《那年我学开车》，选自《迷失——美国当代戏剧名作选》，胡开奇译，上海人民出版社 2016 年版，第 157—210 页。

由于元杂剧"一人主唱"的限制，公孙杵臼承担了叙述者。"那一个哭哭号号，这一个怨怨焦焦，连我也战战摇摇。直恁般歹做作，只除是没天道"，运用对比、同类句式的反复等体现了婴儿无辜被戮的惨痛。

正如尼采所说，古希腊悲剧的介绍剧情前情、开场白违背了舞台技巧，破坏了悬念，可是"欧里庇得斯对此的看法完全不同。悲剧的效果从不是靠史诗般的悬念，不是利用人们对现在或将来不确定性的担忧而产生的，而是靠那些震撼人心的修辞抒情场面，靠主角在其中的激情和辩证掀起汹涌波涛"[①]。包括歌队在内的叙述中介的存在，不仅使戏剧文本外部形态上摆脱了模仿的窠臼，也从根本上解放了戏剧文本本身，"震撼人心的修辞场景"让编剧有了更多选择情节的空间。

第三节　戏剧文本中叙述者的选择

小说和戏剧中的叙述者有许多共同之处。小说中的叙述者有故事内与故事外之分，戏剧文本中的叙述者也有故事内与故事外之分；小说中的叙述者有同故事与异故事之分，而戏剧文本的叙述者也有同故事与异故事之分；小说中的叙述者可以自由出入在叙述层和故事层之间，戏剧文本中的叙述中介也拥有类似自由。

小说中的叙述者与戏剧文本中的叙述者有几点不同：首先，戏剧中的叙述中介以第一人称叙述，小说中的叙述者则未必采用第一人称。其次，戏剧文本中常通过演员扮演角色的方法实现从异故事叙述者到同故事叙述者的转换，而异故事叙述者所带来的间离效果是戏剧的特殊追求；这种角色扮演是小说所不具备的。再次，对于小说文本来说，故事内与故事外的叙述者只是多增加了一个交际系统的层次；对于戏剧文本来说，故事内与故事外的叙述者，决定了叙述者所处的叙述层有没有故事情节发生，这对于剧本创作至关重要，也影响着剧作的表达效果。最

---

① [德]尼采：《悲剧的诞生》，潘秀珍译，中国华侨出版社 2022 年版，第 118 页。

后，戏剧文本中进程中的叙述者与完成状态的叙述者有着不同的叙事效果。

一、戏剧文本中应该注意的叙述者类型

1. 同故事叙述者与异故事叙述者

根据热拉尔·热奈特的理论，小说中的叙述者可以划分为同故事叙述者与异故事叙述者。布赖恩·理查逊受到热拉尔·热奈特的启发，提出戏剧叙述者有"同故事（homodiegetic narrattor）"与"异故事（heterodiegetic narrattor）"之分，认为框架叙述者多为异故事，而生成故事者、独角戏故事者为同故事。[①] 在 1988 年的一篇文章中，他区分了两种类型的生成性叙述者：一类叙述者也是其所叙述虚构世界中的人物，比如田纳西·威廉斯《玻璃动物园》中的汤姆；另一类类似于第三人称叙述者，存在于叙述者创造的故事世界之外或之上，比如贝尔托·布莱希特（Bertold Brecht）《高加索灰阑记》中的歌手。[②] 前者就属于同故事的叙述者，而后者属于异故事叙述者。

虽然布赖恩·理查逊提到了叙述者的同故事与异故事之分，但他没有针对不同类型叙述者的叙述效果展开过研究；热拉尔·热奈特同样未能阐明故事内叙述者与故事外叙述者、同故事叙述者和异故事叙述者在叙事效果上的不同。然而，研究戏剧文本中的叙述者则必须区分两者在表达效果上的异同。

曼弗雷德·普菲斯特将戏剧中的叙述者分为两类。第一类是"由外在戏剧的角色所致的开场诗和退场诗"，有时以"演员以诗人形象出现的方式（如泰伦提乌斯六部喜剧的开场诗）"，有时以"人物上场概述戏剧情节的前事甚至剧情（如普劳图斯的大部分剧作）"，他认为"合唱队也属于第一类，因为它始终是一个集体角色，处于内戏剧系统之

[①] Brian Richardson, Voice and Narration in Postmodern Drama [J]. *New Literary History*, Volume 32, 2001, pp. 681-694.

[②] Brain Richardson, Point of View in Drama: Diegetic Monologue, Unreliable Narrators, and the Author's Voice on Stage [J]. *Comparative Drama* (22), 1988, pp. 193-214.

外，对戏剧情境进行评论而不介入其中"①。另外一类则不仅出现在叙述层，也出现在故事层。以《玻璃动物园》中的汤姆为例，他既可以在叙事层介绍本剧的叙事风格、主要角色和故事背景，也可参与故事层。曼弗雷德·普菲斯特的分类涵盖了叙述者与内层故事的关系是亲历还是听说，但并没有明确提出同故事与异故事的概念——合唱队如果以演员的身份出现，所述故事则与之无关，为异故事叙述者；如果是剧中人，与所述故事有关，则属于同故事叙述者。

需要注意的是，同故事叙述者未必一定讲述自己的故事，也可以讲述他人的故事，只要这个故事是自己亲历的；而异故事叙述者讲述的是道听途说来的故事，或者是虚构的故事。在话剧《雷雨》中，鲁贵讲述的周萍与繁漪的桃色事件不属于道听途说而属亲眼看见，并且他参与了故事（以咳嗽惊开二人），因此他属于同故事叙述者。再如《桥头眺望》（阿瑟·米勒）中的律师，虽然是旁观视角，但是与主人公有交流，自始至终知晓故事的发生，并且部分地介入了故事，也算同故事叙述者。《那年我学开车》中的中年小贝，讲述的是自己的故事，也算同故事叙述者。异故事叙述者多讲述与自己完全无关的故事，其叙述者可以有舞台监督、演员等类型，也可以是完全杜撰的故事。有时叙述者采取全知全能的视角，类似于作者构建了整个故事，仍然是异故事叙述者的视角。比如《天方夜谭》中的王后山鲁佐德，叙述者与故事根本不处于同一时空，系由道听途说而来，应判断为异故事叙述者。再如麦克唐纳的话剧《枕头人》中，小说家及其兄长虚构了内层的一系列童话，因此属于跟《一千零一夜》中王后山鲁佐德同种类型的叙述者，也即异故事叙述者。在《生命的尝试》一剧中，不同角色解释和述说着安妮，这一角色作为中心人物却从未出现。观众也无法将这些演员视为角色，因为从他们的话语中无法识别其个性。②与其说他们是角色，毋宁说他们是演员，以一种异故事叙述者的身份在叙述。

---

①　[德]曼弗雷德·普菲斯特：《戏剧理论与戏剧分析》，周靖波、李安定译，北京广播学院出版社2004年版，第92页。

②　Agustí, Clara Escoda, "Short circuits of desire:" Language and power in Martin Crimp's Attempts on her life [J], *A Review of International English Literature* 2005. 36 (3-4): 103-126.

在以贝尔托·布莱希特为代表的叙事体戏剧中，我们常常可以看到异故事叙述者的情况——叙述者既非故事的亲历者，也非故事的参与者，仅仅是讲述他人的故事。比如《高加索灰阑记》中的歌手。

歌手 （在乐队面前席地而坐，肩披一件黑色羊皮斗篷，翻看夹了书签的旧唱本）

> 古时代，在一个流血的时代，
>
> 这座号称"天怒"的名城，
>
> 有一位总督，名叫焦尔吉·阿巴什维利。
>
> 他非常富有，简直是个活财神。
>
> 他有个美丽的夫人，
>
> 他有个白胖的娃娃。

……

歌手不是故事参与者，也没有目睹这个历史久远的故事，仅仅是故事的叙述者。再如《例外与常规》中的"众演员"，他们跟桑顿·魏尔德《我们的小镇》中的"舞台监督"一样属于异故事叙述者。

综上可见，当戏剧作品选择异故事叙述者交代情节时，可以分为两种情况，一种是作为叙述中介也即布赖恩·理查逊所说的框架叙述者来交代情节，另一种是作为局部叙述者、讲述道听途说或虚构的他人故事或逸闻趣事。

2. 故事内叙述者与故事外叙述者

里蒙·凯南在热奈特的叙述分层基础上，认为"如果叙述者同时又是超故事叙述者所讲的第一叙述故事里的一个人物，那么这个叙述者就是第二等级的，即'故事内叙述者'"[①]。她的"故事内叙述者"指下位叙述者本身也是上位超故事里的人物。这与热拉尔·热奈特的"故事内的叙述者"并不相同，实际上相当于热奈特的"同故事叙述者"。热奈特认为《一千零一夜》中的王后在超故事层之下，处在故事之中，强调的是人物本身隶属于另一个故事，为了活命她不得不想办法吊住丈夫的胃口，她负有自己在文本故事中的使命——求生。

---

① [以]里蒙-凯南：《叙事虚构作品》，姚锦清等译，新华出版社，1989，P170.

故事内的叙述者与故事外的叙述者的区分，与同故事叙述者、异故事叙述者的区分不同：后者着眼于叙述者与故事的关系，是自己的故事还是他人的故事；前者着眼于叙述者身上是否有故事发生。一般来说，作者—虚拟作者叙述者属于故事外的叙述者，其他类型的叙述者既可承担讲述故事的中介作用，也可处在一定的故事进展当中。

区别故事内的叙述者与故事外的叙述者，对于戏剧文本的创作来说至关重要。

故事内叙述者的提法，意味着叙述者自身所处的空间也发生着故事，而不是静止、纯粹地讲述故事——那么，这既可以发生在框架叙述者等叙述中介的身上，也可以发生在次故事层中。其实，次故事层因为处在故事层之下，无论如何都是故事内的叙述者。而框架叙述者则不然，他可以是仅仅串联故事、发表评论，像《我们的小镇》中的"舞台监督"，也可以是贝尔托·布莱希特《高加索灰阑记》中的"歌手"，在他所处的叙述层仍然发生着农庄归属争议的故事。

处在中间交际系统的叙述者，可以是同故事叙述者，也可是异故事叙述者。选用异故事叙述者时，主要是为了营造理性思考的间离效果，在这种条件下，叙述层也最好有事件和行动发生，而非仅仅点评主题和人物。在同故事叙述者中，如果外在叙述层没有行动与冲突的发展，没有情节的进展，而仅仅是回忆带来的情绪波动，那么对于戏剧文本来说，不能称之为完美或完整。这方面一个典型的例子是《我为什么死了》。剧中的叙述者仅仅承担串联情节的功能，是一种极为简单的处理方式，外层叙事中因而缺少了张力。但在《狗儿爷涅槃事》中，除了故事层中狗儿爷关于土地的回忆外，在叙述层中也有狗儿爷"烧门楼"这一情节线索。

3. 进程中的叙述者与事后叙述者

进程中的叙述者指叙述者所讲述的是当下正在发生、正在参与的事件，而事后的叙述者讲述的是过去发生、过去参与的事件，属于回忆类型的叙述者。大部分拥有叙述中介的戏剧中，是事后追述者的类型，他们重在剖析事件发生的原因，而不是将结果告知大家。进程中的叙述者则相反，他们无法提前预知结果。比如《六度分隔》中，基特里奇夫妇身着睡袍出现在舞台上，他们的讲述也就从不明身份者闯入开始。他们简短回忆了招待黑人青年的经过，在叙事上呈现为时间逆转的倒叙，而在这之后，时间向前发展，事件随之展开。他们与其他学生家长交流了同样的被骗经历，到孩子们的学校访问调查，接待了一名陌生女青年并从她的口中得知，黑人青年打着夫妇俩的名义继续行骗。他们接到黑人青年的电话并报警，试图救出黑人青年而无果……叙述者仅仅处在故事的开端，对于事件后续走向也同观众一样，是逐渐知晓的。

《六度分隔》中进程中的追述者所讲述即所参与，不存在额外的一条情节线，发现即代表着结束。主人公发现黑人青年的可爱之处，决心出手相助却没能成功，令人唏嘘感叹。但进程中的叙述者同样可以所叙述并非所参与，他们伴随事件发展所得知的内容，最终会影响自己当下的行为。比如《坐在最后一排的男孩》中，克劳帝奥属于进程中的叙述者，我们借助另一个进程中的叙述者克尔曼老师手中克劳迪奥的作文本，了解到发生在拉法尔一家的一切，这是一个持续的过程，而不是一开始就形成的定局。

在陆军的《一夜生死恋》中，护士白娥与青年工人赖阿毛打赌，认为共产党员只停留在口头的豪言壮语，其实一个个贪生怕死，根本不会参加抢险。这就构成了双层情节线——一条是白娥与赖阿毛的打赌，另一条是面临考验的共产党员们怎么办。虽然编剧并没有明确地将白娥和赖阿毛当成叙述者，但是情节是通过这两个人的视角来交代的，事实上构成了双重叙事。叙述层是白娥和赖阿毛打赌的故事——阿毛赢了，白娥就要与之恋爱，后者赢了，阿毛就加入抢险队伍；故事层是不同共产党员围绕抢险呈现的人生百态：

赖阿毛　不！我是认真的！白娥，不管怎么说，我曾经与你谈过
　　　　一百零七天又三个小时的恋爱——

白　娥　（打断）不要提过去的事。

赖阿毛　不！你让我把话说完！这一百零七天是我生命中最辉煌的
　　　　一段历史，可惜我太自卑了，居然连拉拉你的手的勇气都
　　　　没有。现在，我想用一个正当的理由来弥补这个缺憾。

白　娥　（想了想）要是你输了？

赖阿毛　我一定能赢。

白　娥　再说一遍，要是你输了呢？

赖阿毛　给我一个自备急救包。

白　娥	一言为定！
赖阿毛	一言为定！
白　娥	等等！
赖阿毛	怎么？
白　娥	你忘了告诉我，这蓝色花圈要派什么用场？
赖阿毛	这是给一个有争议的人准备的。
白　娥	谁？
赖阿毛	暂时保密！现在，我们一起去登门拜访。
白　娥	先去哪家？
赖阿毛	随你的便！
白　娥	走！

【切光。①

两人最先看到的是，在苏玉清和钟福根家里，两代共产党员争着抢险，把生的希望留给对方的事件。这是人们对共产党员不怕牺牲的常规印象，阿毛却不甘占下风，他提议去另一个声名狼藉的共产党员家里去看看，读者／观众跟主人公一样，不知道到底会发生什么样的故事。当赖阿毛看到那么多共产党员自我牺牲的义举后，他自然而然转变了态度，外层故事的"打赌"也就得到了解决。

相较进程中的叙述者，事后的追述者所回忆的内容与外部的目的更一致，追述是一个回忆过去事件的行动，通常会对当下正在发生的事件产生影响。比如话剧《雷雨》中鲁贵对周萍繁漪二人偷情的追述，服务于他想劝四凤与周萍逢场作戏多捞实惠的目的，他所回忆的事情，跟他当下打算做的——从四凤处搞到更多的金钱——保持了一致。在《狗儿爷涅槃》中，狗儿爷所回忆的"土地得而复失"的个体经历是过去发生的，当下正在发生的是儿子办工厂、为方便卡车进出打算拆掉门楼一事；狗儿爷的回忆是促使他烧门楼的潜在动力。这些都是事后追述者的例子。

在非叙述体结构中，进程中的叙述者多为局部叙述者，可以呈现为

---

① 陆军：《一夜生死恋》，选自《上海剧稿》1989年第5期。

暗场的讲述。讲述伴随着情节的发生，讲述者并不预知事件的结果。需要注意的是，进程中的叙述者针对的是正在讲述的内容，伴随着事件的发生，交代给读者／观众。比如《莎乐美》中借莎乐美之口交代约翰被处死的过程。但是，当所讲述的是回忆内容时，则不是进程中的叙述者。比如《雷雨》中鲁贵讲述繁漪和周萍的偷情，属于对已发生的事件的追述。

有的叙事体戏剧中并不存在叙述中介，而由内交际系统的多个局部叙述者构成。比如《马斯格雷夫中士的舞蹈》（约翰·阿登）中，三个厌倦内战的逃兵以征兵的名义到达一个小镇，其真实目的是联合工人反战。当地群众对军士们的描写、军士对残酷战争的描写均是通过人物唱段来体现：

阿特克利夫　他说他准时来。这个中士，他就是这么一板一眼。你几时见过他迟到？

斯　帕　基　没见过。（他唱）：
初次开小差我以为自由了，
没料到我那狠心的情人把我告发
向军事法庭，军事法庭，他们逮住我，
一致通过判决要我上高高的绞架。

赫　斯　特　（扔下牌发怒地跳起来）够了，别嚎了！在这种旅程中竟然唱这种该死的歌！他说过你不该唱，你就别唱！（他惴惴不安地望了一眼四周）①

这里的斯帕基的唱段，仅是将自己当逃兵的经历讲述给大家，属于事后的追忆。本剧中有多个承担歌唱叙事功能的角色，他们的唱段更多是抒发情感、表达观点和交代局部的叙事背景。这种不借助叙述中介、想唱就唱的样式更接近于中国戏曲中的局部叙述者。这种局部叙述者的歌唱构成了全剧中大部分的叙事段落，但并不属于进程中的叙述者。

---

① ［英］约翰·阿登：《马斯格雷夫中士的舞蹈》，选自《西方现代戏剧流派作品选（第4卷）》，任生名译，中国戏剧出版社2005年版，第545—636页。

二、不同类型叙述者的叙事策略及效果

1. 同故事叙述者与异故事叙述者

同故事与异故事叙述者引起叙述的原因、采取的手段和表达的效果各有不同。

在两类叙述者中，同故事叙述者多通过回忆或接受访问来引起事件，而异故事叙述者只需要简单的叙述。异故事叙述者站在第三人的视角讲述故事，天然具有客观的权威性，同故事叙述者因为讲述的是与自己有关的故事，所以在情感上较为外向、张扬。需要注意的是，当叙述者的身份发生转变时，叙述的口吻也会发生改变。比如话剧《背碑人》（刘锦云）中，承担叙述者功能的海通和尚，既处在虚构世界，也处在现实世界。"当他生活在特定场景之中，与其他人物发生关系时，他是角色。当他冷眼旁观、指点世事时，他就成了叙述者。"[1]

选择异故事叙述者时，多强调间离效果，从旁点评人物情节以唤起观众的理性思考，避免过于沉溺于剧情；当戏剧作品倾向于选择故事的亲历者或者听说者，也即同故事叙述者来讲述情节时，强调的是唤起观众的共鸣。这两种类型的叙述者既可以是整体叙述者，也可以是局部叙述者。《动物园的故事》中的杰瑞是同故事叙述者，也是局部叙述者，他借助当前情境中的讲述，而非闪回来交代过去的故事。在舞台监督的类型中，作为整体叙述者的异故事叙述者则通过闪回来交代过去的故事。

我们也要看到，同故事叙述者倾向于主观化、情感化，而异故事叙述者较为冷静和理性，这是一般情况。就此而言，同故事叙述者与异故事叙述者的区别，类似于小说中第一人称与第三人称的区分。塞米利安认为，爱伦·坡小说的情感震撼力量，就与第一人称有密切关系，第三人称则"不可能达到这种令人痛苦的情感强度"[2]。可见，第三人称叙述的优势在于能够全方位客观地观察人物、表述事件。但戏剧文本中，即

---

[1] 林克欢：《不连续的连续——戏剧的叙述结构之三》，《剧本》1988 年第 8 期。

[2] [美] 利·塞米利安：《现代小说美学》，宋协立译，陕西人民出版社 1987 年版，第 55 页。

使第一人称叙述也能借助不同视角进行，所以主观与客观要视作者的叙事意图而定。在贝尔托·布莱希特的叙事剧中，中介叙述者常为异故事叙述者，其视点客观理性，而在《桥头眺望》之中，叙述者虽然是律师的身份，属于旁观的视角，在他的叙述中仍然能够看到难以抑制的情感，以及这桩凶杀案给他带来的感情震动。相对来说，同故事叙述者因为讲述自己的故事，与自己的叙述内容有一定的利益关系，在叙述的可信度上，逊于异故事叙述者。异故事叙述者因为与叙述内容没有直接的利害关系，更容易取信于观众和读者。当然，在叙述者本身具有道德或认知瑕疵时例外。

2. 故事内叙述者与故事外叙述者

当叙述层的叙述者也拥有一定的故事和情节时，会带给观众深刻的印象和巨大的情感冲击。

如《玻璃动物园》和《桥头眺望》的叙述者均是同故事叙述者，《玻璃动物园》中的汤姆是整个事件的亲历者，《桥头眺望》的叙述者是旁观者。相对而言，汤姆的人物形象更鲜明，因为有情节行动的描述，而律师的形象则相对单薄。《我们的小镇》中的舞台监督作为异故事叙述者，同时又是故事外的叙述者，他在内层行动和情节中得不到刻画，而外层的行动和情节又是匮乏的，因此无法给观众留下鲜明印象，而只是一个工具人物。在《伊库斯》中，内层故事中讲述了一名有心理问题的孩子伤害马的故事；在外层故事中，如何看待孩子的行为、是否进行治疗，这是作为讲述者的医生所面临的现实问题，而这也正是叙述层中的行动和情节。这时候叙述者不仅是讲故事的手段，同时也一个鲜活的人物。

再如《六度分隔》中的叙述者，其目的是获知真相：这个男孩究竟是不是骗子？他为何选中自己？他到底想要什么……因为有强烈的目的和行动作为依托，叙事层的故事扣人心弦、引人入胜，观众追随着基特里奇夫妇的脚步，想要获知真相。编剧借助意外和突转的技巧，不断地推动剧本的情节进展，而不是让剧本停留在简单的回忆和记录上。在剧作的最后，基特里奇夫妇的回忆与他们当下探寻保罗下落的行动合二为一，发出了剧作文本中迄今为止的最强音，对读者的心灵造成了强烈冲击：

欧易莎 （对我们说）我们不是一家人。

弗　兰 （对我们说）那个侦探被调走了。

欧易莎 （对我们说）我们不知道保罗的名字。我们给分局打了电话。另一个分局逮捕了他。为什么？还有其他指控吗？我们找不到。我们不是一家人。我们不知道保罗的名字。我们打电话给地方检察官办公室。我们不是一家人。我们不知道保罗的名字。我打电话给刑事法庭。我不是家人。我不知道保罗的名字。

弗　兰 为什么这件事对你这么重要？

欧易莎 他想成为我们。我们在这个世界上的一切，这些微不足道的东西——我们的生活——他想要它。他刺伤了自己才进来。他羡慕我们。我们还不够让人羡慕。

弗　兰 就像报纸上说的那样。我们有爱心。

她想要帮助保罗却无计可施，因为根本不知道对方姓名，也无法证明与对方的关系。保罗下场究竟如何，路易莎不得而知，她只寄希望于保罗的天才想象力助他逃脱人间的网罗。

3. 进程中叙述者和事后叙述者

《六度分隔》中的叙述者基特里奇夫妇既是故事内的叙述者，又是进程中的叙述者。他们并不知道事情的结局，因此也不能提前告知，只能讲述自己已经知道的内容。在进程中的叙述者中，可以清楚地看到事件是如何展开并逐渐失控的：

欧易莎 有丢东西吗？

弗　兰 我怎么能知道？我吓得发抖。

欧易莎 他拿走了什么吗？

弗　兰 你先关心下自己好吗？

欧易莎 我想知道是不是丢了东西？

弗　兰 安静。

欧易莎 我们差点儿被杀。

弗　兰 维多利亚的银镇纸还在。

欧易莎 你怎么还能想这些身外之物？我们差点儿被谋杀。

这一段发生在夫妇二人发现保罗带男妓到公寓幽会之后，承接剧本开始二人讲述昨晚故事的段落，代表第一段叙述的结束。此后，二人换上外出的服装，开始第二段叙述，也即故事情节的第二部分，夫妇二人从同学的父母那儿得知保罗故伎重施，又扮作孩子同学行骗：

弗　兰 （对观众）此事久无音信，我们的生活照常继续。

　　　　【看门人出现。

欧易莎 （对大家）之后某天，我们的看门人——在圣诞节总能得到我们不菲的小费，一向殷勤周到——向我的丈夫，吉·弗兰德斯·凯特瑞奇，吐唾沫。我的意思是说，啐他。

　　　　【看门人啐弗兰。

看门人 你儿子！我知道你儿子的一切！

弗　兰 我儿子怎么了？

看门人 不是住在这儿的那个小东西。是另外一个儿子。私生子。你拒绝承认的黑人儿子。

　　　　【看门人再次啐弗兰。

弗　兰 黑人儿子？

看门人 在中央公园谋生的黑人儿子。

欧易莎 （对大家）下一章。里克和伊丽莎白和保罗坐在中央公园的草坪上。

人物并不提前知道谜底，是跟观众一样，一步步知晓事情真相的。叙述者仅仅比观众提前知道保罗在家里过夜时发生的事，其余则一无所知：

欧易莎 （对大家）时光流逝。

欧易莎 我今天在报上读到，一个年轻人在里克岛上自杀了。用一件T恤吊死了自己。是粉色的T恤吗？那一抹亮色？粉色的T恤。是保罗吗？你是谁？我们到底没弄清你是谁？

弗　兰 我敢确定不是他。他会回来的。我们还没最终了解他。想象力。他会想到办法的。

在《毕德曼和纵火犯》中，作为叙述中介的消防员组成的合诵队，同样随着故事的进程来讲述。合诵队虽然处在全知视角，知道毕德曼对两名陌生闯入者的恐惧，也知道陌生人的身份，但并不知道纵火的结局。将叙述者置于所讲述的事件情境中，这是进程中叙述者最大的特点。

事后追述者的情况中，事件的结果已经定型。比如鲁贵的窥视并未被周繁二人发现，狗儿爷因土地的失而复得成为疯子，情节容易缺乏戏剧张力。这有两种解决方案：一是虽然事件的结果已经发生，但是如何发生仍然保持着张力。《奥本海默案件》中的事后追述者，是一种预知结果的讲述往事，但是这一过程中，揭示官僚机构对人性的监视和扼杀是发人深省的。二是让叙述者面临情境压迫，这取决于他们叙述的内容是客观的交代信息，还是带有强烈的个人动机、干预当前情节进展的行动。在古希腊悲剧《美狄亚》中，老保姆对二人爱情往事的讲述较为客观，《雷雨》中鲁贵对周、繁二人偷情的讲述虽然也发生在事后，却紧紧依附于鲁贵想讨好四凤的情境。

进程中的叙述者能够第一时间亲临故事现场，故事更为生动，但在调整故事次序上受限，只能从头到尾地讲述故事的发生。事后的叙述者，能够更为自由地出入故事层和叙述层，调整故事的次序、形成新的叙事结构，从旁点评、发表对事件和人物的观点，产生间离效果。不过，由于戏剧"代言体"和人物扮演的特色，进程中的叙述者可以利用下层人物的"追述"，构成丰富的回忆层次，并作为这一部分"追述"的点评者。

如果我们更加开放地看待进程中的叙述者，会发现他的交流对象实质为现场观众。如果能够把观众引入正在发生的戏剧冲突，而不仅仅是作为旁观见证者存在，对于丰富进程中叙述者的叙述层次也极有帮助。

三、叙述者的选择

1. 选择故事的亲历者
在编剧叙事中，我们可以选择同故事叙述者与异故事叙述者。异故事叙述者具有客观理性的长处，适合选用全知全能的类型，并要适当注意让异故事叙述者唤起观众的情感共鸣。使用同故事叙述者时，则面临不同的选择：选择行动的主要发出者和情节的主要参与者为叙述者，也即主角作为叙述者，还是选择见证过情节的次要人物作为叙述者，意味着不同的叙事效果。

先来看第一种情况。大部分剧作会选择文本的中心人物来作为主要情节的叙述者，这可以是选择一个人物，也可以是选择亲历故事的多个人物。比如《我为什么死了》《狗儿爷涅槃》中的主要叙述者都是一个人物，也有选择多个人物作为叙述者的戏剧文本，比如《冤报冤赵氏孤儿》《一个生者对死者的访问》（刘树纲）等。这两部作品中的多个叙述者均是不同情节的重要参加者。

《冤报冤赵氏孤儿》采用正末主唱的方式，在剧中设置了多个正末如韩厥、公孙杵臼、孤儿和魏绛等。程婴携带婴儿出宫中、义释婴儿、自杀身亡的韩厥作为主要动作施行者承担主唱功能。屠岸贾斩草除根搜查婴儿中，拼死护下婴儿的公孙杵臼作为主要动作者承担主唱功能。最后一折的复仇中，由魏绛承担主唱功能。主唱者同时承担主述功能。作为主要行动发出者的主唱者处在矛盾冲突的中心，不仅目睹事件，而且亲历事件，从而摆脱了限知视角带来的限制，能够从容地选取重点事件进行讲述，情节的交代显得较为自然。文本中多个叙述者视角的切换不仅有助于情节跌宕起伏、富于变化，也有助于本剧主题的表达——《冤报冤赵氏孤儿》不是讲述程婴苦心孤诣救婴的经历，而是讲述一群不畏强暴扶助弱小的正义之士。因此，本剧的主旨不适合让程婴作为唯一主述者。如果一定要选取程婴作为唯一的主述者，需要对现有情节进行调整，即把程婴放在矛盾冲突的中心，将笔墨集中于程婴一身。不过程婴只能表达自身的所思所想，在运用戏曲唱段表现他人所思所想上受到限制。

以上所谈到的是第一种情况，即由主要人物担任叙述者。在剧作文本中还经常可以看到另外一种情况，即由次要人物担任叙述者，提供一种旁观视角。在叙述体结构即拥有叙述中介的作品中，这种情况并不罕见。比如阿瑟·米勒的《桥头眺望》就采用了律师作为叙述者。埃迪因暗恋外甥女凯瑟琳，愤而举报鲁道夫有非法移民企图，致使鲁道夫被抓、自己在当地社区落下一个"叛徒"的名声，最终被愤怒的移民杀死。律师并未目睹和参与这件事，他对此事的了解是通过第二手渠道——主人公埃迪前来寻求法律支持的讲述中得知。话剧《伊库斯》采用了心理医生为叙述者，通过他的叙述来展示少年青春期的叛逆和亲子压力。这些叙述者是事件的参与者，但律师并非阻绝年轻人恋爱的实施者，心理医生也不是孩子刺瞎马的协助者，他们只是见证事件发生的次要参与者。古希腊戏剧中的歌队也属于由次要人物担任同故事叙述者的情况。

当然，无论是主角还是次要人物，在担任叙述者时，必须见证或者听说过事件，不然其叙述视野就会受到限制。比如《冤报冤赵氏孤儿》中选择主要行动的发出者为叙述者，由于参与了事件，因此在表达时能够将受到的外界压迫和内心波澜呈现得十分真切。就《冤报冤赵氏孤儿》义士们不畏强权，救持弱者、匡扶正义，舍己为人、视死如归的气节气概而言，在情节推进中选择不同义士作为主唱者是一种巧妙的艺术构思。

与此相反，如果没有选择处在矛盾冲突中心，或者说最激烈、最有力的行动发出者作为主唱，而是选择了并不处在矛盾中心的其他人物，并且坚持这一人物主唱，没有切换叙述视角，那么在信息传递上会受到限制，造成情节发展不足、人物塑造浅薄的问题。如在马致远的《汉宫秋》中，作者选用汉元帝作为主要叙述者，然而被点破画图的是王昭君，出塞和亲的是王昭君，奔赴大漠、历经艰险的也是王昭君，选择汉元帝作为主叙者，显然无法充分体现人物内心感情的激荡，在情感和冲突描写上隔了一层。在白朴的《梧桐雨》中，作者选用唐明皇为主叙者。唐明皇毕竟是赠盒定情、出奔西蜀、六军哗变的亲历者，有自己的情感和内心活动，而且稍后发生的下令太子东还，封郭子仪等为元帅抗敌，诛杀杨国忠以平定军心，乃至最后无奈舍弃杨妃等情节，唐明皇都是主要行动的发出者，选择他作为主叙者有一定的合理性。但是，我们也要看到，以唐明皇为主叙者，会使杨贵妃自缢的情感表达受阻，并影响这一人物的塑造；杨贵妃形象的单薄，又会反过来削弱唐明皇的形象塑造。

2. 使用不同类型的叙述者

在戏剧文本中，叙述者的身份并非一成不变。由于框架叙述者的演员身份，他们一般为异故事叙述者，而他们扮演人物作为角色时，通常是同故事叙述者——所叙述的故事为亲历故事，无论是否为主角。如在《十五桩离婚案的调查》中，承担叙述中介的男女叙述者，还要在剧中扮演七个不同的角色：

这种叙述者，在《魔方》中是"节目主持人"，《十五桩离婚案的调查剖析》中是"男人""女人"，《WM》中是"女鼓手""男乐手"，《野人》中是"男女演员们"，《桑树坪纪事》中是歌队，基本上属于故事外的异故事叙述者，其身份多为演员，或身份不明的第三人……在皮蓝德娄的《六个寻找剧作家的角色》中，"六个未完成的剧本中的角色"，既是"戏中戏"的角色，又是叙述者与议论者。他们扮演"一出痛苦的戏"，又时时使排演中断，同"导演""男主角""女主角"等探讨戏剧观念与表演原则。他们是穿针引线的串场人，又是全剧真正的"导演"。[1] 这既说明了叙述者的多样性，也说明了叙述者的变化性。

在话剧《喜相逢》（胡可）中，随着剧情的发展，叙述者可随意化为故事层中"有点农民意识"的刘喜，也可以跳出故事层，回到叙述层成为主导整个故事的王喜。即使是在故事层中，"有点农民意识"的刘喜，也可以局部叙述者的身份描述自己的内心活动。比如当王喜把身上的五万块钱交给刘喜后：

刘 （开始犹豫）草！……我也拣点洋落儿！……可是，这纪律……哎，管他哩！（四顾无人，放进自己腰包）你看我干什么？

……

刘 嗯——废话！（自语）草！没干过这一手！乍一干还有点儿拉不下脸来哩！……唉！这有什么问题。先解决解决困难再说。再说，他这钱怎么来的？还不是剥削老百姓的？有什么问题！

---

① 林克欢：《叙述者——戏剧的叙述结构之二》，《剧本》1988年第7期。

（对王）走啊你倒是？

……

刘 （心乱）弄得我心里十五个水桶打水，七上八下的！①

这里的刘喜是故事层中的刘喜，而非叙述层中的刘喜；是身处占小便宜情境中的刘喜，而不是超出故事层讲述事情原委的叙述中介刘喜。我们必须分清楚这一点。胡可在此剧的"排演注意"中提道："这剧中有几段独白实际起了报幕作用，表演时希注意与角色身份调和，以免转到戏里去时感到突然。在结尾时倒不妨以演员身份来向观众说话。"这说明"刘喜"这一角色的叙述功能是随着叙述身份的不同而发生变化的。当剧中出现的"王喜"是过去的"王喜"时，王喜属于局部叙述者，他的叙述类似于人物的内心独白，对话交流在人物内心当中，而不是针对观众或是剧中人；当王喜是现代的王喜，以叙述中介的身份讲述故事时，则承担着讲述整个故事、与观众进行交流的功能。

除了叙述者身份变化外，戏剧文本中可同时拥有多个不同类型的叙述者。

比如同一部作品中，可以同时具备同故事与异故事叙述者两种情况；还存在由人物和角色承担叙述者的情况。以《一个死者对生者的访问》为例，这部作品中，虽然也有歌队扮演人物、用歌曲来点明主题表达情感，但歌队并不在叙述层承担叙述作用，准确地说，在叙述层承担作用的是同故事叙述者，也是故事中的叙述者、本剧主人公肖肖。

《那年我学开车》中，除了主要叙述者中年小贝外，还采用了其他叙述者，比如提示驾驶规则和汽车状态的叙事声音，以及扮演剧中次要角色的歌队：

（幕后声：）
车速二挡换三挡。

---

① 选自《中国话剧百年剧作选（第7卷）》，中国对外翻译出版公司2007年版，第439—456页。

（歌队三队员上场。）

男 队 员　1969年。日子和礼物。倒计时。

女 队 员　一张便笺。"1969年九月三日。小贝：你才离开两天我
　　　　　　觉得像是数月了。希望你的宿舍房间舒服方便。我寄
　　　　　　给你这盘磁带——新的型号——你可以在房间里听听音
　　　　　　乐。这盘歌曲就是你课上要读的《布兰诗歌》。愿你喜
　　　　　　欢。只有九十天了！佩克。"

男 队 员　九月二十二日。一束鲜花。一张便笺："想你想疯了。
　　　　　　还有六十九天……"

少女队员　九月二十五日。一盒巧克力。一张卡："别担心体重增
　　　　　　加。你身材很棒。租了个信箱——信寄到那儿。六十六
　　　　　　天——宝贝，你的糖果人。"

……

　　这些叙述者中，有的位于中间交际系统的"整体叙述者"，有的属
于内交际系统的局部叙述者，在功能上各不相同：有的引领结构，比如
说女队员和男队员在承担叙述中介时；当男女队员进入叙事的内层，扮
演童年小贝的同学时，则只和剧中人产生交流，承担的是展示情节的
功能。

　　3. 多个叙述者构成的叙事话语

　　戏剧中多个叙述者的使用摆脱了单个视角叙事的单调，丰富了叙事
视点，使剧作更加意味深长。从一开头较为单一的叙述话语，到最后多
重交织的叙述话语，增加了叙事层的变化，令枯燥单调的叙述高潮迭
起、张力变强，这正是戏剧文本所追求的艺术效果。如果说行动和冲突
为非叙述体戏剧的增光添彩，那么叙述者、叙述声音和叙述手段的变化
则是叙述体戏剧的魅力所在。

　　以《上帝的宠儿》来说，文本的主要叙述者是萨里埃里，但是，作
者并未安排萨里埃里在剧作开始就叙述，相反却安排了由风言、风语和
仆人组成的次要叙述者，先交代精神失常的萨里埃里宣称自己是迫害莫
扎特致死的凶手。叙述者的这一设计，至少有三重叙事效果：其一，莫
扎特是否为萨里埃里所杀，历史并无定论。增加一重叙述者的设计，使

得事件扑朔迷离，既非历史虚无主义，也并非确证此事的存在。其二，作者并不想把萨里埃里处理成十恶不赦的杀人犯。他只是千千万万庸才中的一个，训练有素的耳朵识别出了上帝的存在，却永远无法在艺术上登峰造极。因此，旁观视角对其忏悔、惊恐状态的描述，有让观众"哀其不幸悯其不争"的效果。其三，风言、风语是古希腊歌队的变体，从道听途说的旁人再到贴身侍仆，身份上由疏到亲的改变意味着视野的扩大，增加了所述故事的可信度。

多种多样的叙述者共同配合构成了文本的叙事话语。叙述者的身份转变与多个叙述者的共同使用，有助于构建一个扑朔迷离的叙事迷宫。有时同故事叙述者与异故事叙述者很难区分，有时谁是真正的叙述者都难以判断。如《坐在最后一排的男孩》中，编剧胡安·玛尤尔设计作为老师的克尔曼批阅克劳帝奥的作文，进而交代拉法尔一家的故事，他看到了对方对自己的评价，并与女友展开对克劳帝奥教育方法的讨论。作者没有明确地赋予克尔曼叙述者的地位，克劳帝奥对拉法尔一家的叙述，也是借助"作文"这一没有打破幻觉的样式进行的。不过在舞台呈现上，可以看到克尔曼的视角转向克劳帝奥，使得构成"克劳帝奥转述拉法尔一家""克尔曼转述克劳帝奥"的双重视角，标明了叙述者地位的转变。从外层故事看，这是克尔曼老师与瑭娜和克劳帝奥的冲突，因为这个孩子在搞乱了拉法尔一家后，又卷入了自己和女友的感情；但从内层故事看，这又是克劳帝奥与拉法尔一家的交往故事。在拉法尔一家的故事中，克劳帝奥是同故事叙述者，因为他参与、见证了所述内容。克尔曼相对于克劳帝奥来说，又存在同故事与异故事两种叙述身份。当故事内容只与拉法尔一家有关时，克尔曼是异故事叙述者，他所作的评价较为客观，而当克劳迪奥所转述的故事与老师有关时，克尔曼则成了同故事叙述者。从根本上讲，克劳迪奥才是所述故事的真正叙述者，克尔曼老师只是转述者，仅能从自身视角对故事加以校正和补充。正因其转述者的身份，他的视角并不拥有权威性，内层的叙述者克劳迪奥在评价拉法尔一家上则拥有较高的权威。

叙述中介尤其是歌队本身的存在丰富了剧作的艺术形式。在《培尔·金特》中，歌队化身为黑格镇婚礼上的客人，他们对培尔·金特异想天开的想法表示讽刺和嘲弄，而正是他们尖酸的言辞给了培尔·金特诱拐新娘的勇气。在第三幕中，培尔·金特被绿衣妖女侵扰时，他无颜面对纯洁的索尔薇格，只能远走他乡。这时之前扮演客人的歌队恢复了本来面貌，用挪威舞曲来表达主人公内心的矛盾和罪恶感。歌队载歌载舞的演绎对于叙事是一种极大的丰富，而且招之即来、挥之即去，既能够活跃场面、丰富叙事，使剧情摇曳多姿，又不至于成为情节上的负累。同样，在《桑树坪纪事》（陈子度等）中，歌队队员在情节的不同阶段承担不同的叙述功能，"有时是中性叙述者，有时又是群众角色。在麦客上路、捉奸、地头歇乏、打牛等场面中，高举火把围堵幽会的彩芳、榆娃的众村民，挑唆阳疯子福林当众扒光青女衫裤的众后生，从打死耕牛到集体祭奠的饲养员和众社员……"①。歌队的存在使得戏剧能够克服舞台空间的有限性，更广泛地表现社会生活的丰富性。

　　综上可见，无论是拥有叙述中介的文本还是普通戏剧文本，都存在着各种各样的叙述者。有的贯穿始终，有的则只存在于局部。由作者—虚拟作者、叙述中介构成的整体叙述者与局部叙述者，共同构成了戏剧文本丰富的叙事层次。不同类型的叙述者可以跨越自己所属的层次、与内层或者外层进行交流，而演员/角色作为不同类型的叙述者，也会在不同文本段落中承担不同的叙述功能。

　　不同类型的叙述者可以同时使用。整体叙述者、局部叙述者、框架叙述者、生成叙述者与内在叙述者、独角戏叙述者可同时存在于同一部剧作中，他们同时又可具备同/异、故事内/外、进程中/结束后、可靠/不可靠等不同特质。一般来说，在戏剧中选择同故事叙述者也即主要行动的发出者有着极大优势，它擅长描写人物采取行动过程中受到的外界压迫和内心波澜，有着强烈的感染力。而异故事叙述者通常为道听途说而来，具有理性、客观的优势。故事内叙述者由于处在故事之中，叙述层的戏剧张力较强，能够与故事层互为衬托或映照；故事外的叙述者简明、扼要，但容易成为功能性人物而失去本身的性格特点。进程中的

———————————
① 林克欢：《叙述者——戏剧的叙述结构之二》，《剧本》1988 年第 7 期。

叙述者由于结果未知，情节的悬念和张力较强，而结束后的叙述者由于结果已出，会让观众／读者的注意力集中在如何发生上。叙述的可靠程度不同、人物在文本中的叙述地位不同，必然会对读者的认知造成潜移默化的影响。多个叙述者的存在，有助于摆脱单个视角叙事的单调，形成"复调"的叙述效果。如果说行动和冲突让戏剧情节精彩迭出的话，那么多种交织的叙述声音、身份不同的叙述者、丰富变化的叙事层让戏剧文本具备了令人流连忘返的魅力。

第三章　戏剧结构与叙事时间

戏剧文本中存在着多重时间。热奈特把虚构叙事中的时间分为三种形态：故事时间（the time of the story）、叙事时间（the time of the narrative）和叙述时间（the time of the narrating）。所谓故事时间指的是原始故事本身持续的时间及其时间顺序；叙事时间指的是故事在文本中所持续的时间，也即情节时间；叙述时间则是话语时间，指叙述者讲述故事的行为发生的时间及次序。这种分法与曼弗雷德·普菲斯特的第一、第二、第三虚构时间的分法不无相似之处。本章从论述清晰、简要出发，将用"叙事时间"指"情节时间"，而用"话语时间"来代替"叙述时间"。

叙事时间是一种重要的叙事策略和手段。当戏剧通过场景展示呈现情节时，表现为当场发生、正在进行的事件，看上去故事时间与所需要的叙事时间完全相等，其实并非如此。故事的发生是延续的连贯的，而叙事时间只能是截断与挑选故事时间的结果，也就是说，我们可以将真实的故事时间按照天、小时、分钟均匀等分，然而叙事时间却不会匀速进行。此外，剧中情节所指涉的故事时间，可以远远超出叙事所涵盖的时间（比如《雷雨》中指涉的故事发生在三十年前，而叙事是从三十年后，周萍长大、周朴园与侍萍即将重逢开始的）。

当叙述中介出现在戏剧文本中，明确宣告内层故事时间与外层讲述所用时间属于不同的范畴时，戏剧文本中又会出现外层的叙述时间与内层的叙事时间或情节时间的不同。叙述中介的叙述行为本身存在于一定的戏剧时间内，内层故事中被叙述内容是在下位情节时间中延伸出去的另一时间，这一时间或者发生在下位情节时间之前，或者发生在下位情节时间之中，也有可能与下位情节时间并无关系。此外，局部叙述者在交代暗场情节时，叙述的时间与情节所持续的时间也会有所不同。这一切都说明，戏剧文本中叙事时间的多重性与聚合性。

第一节　叙事时间的起讫与戏剧结构的类型

热拉尔·热奈特在分析普鲁斯特《追忆似水年华》中的"时距"时，认为可以通过"某种绝对和自主"的"速度的恒定"，来衡量不同情节事件的叙事时间与故事时间长度的不同。[①] 这也即是说，通过拟定一个恒定量，将故事时间的时距与叙事时间中情节的时距相比，从而得出二者之间的关系。需要指出的是，他所说的"时距"，是情节时间跨度的不同，如在他认为"时间倒错本身也可以涵盖一段或长或短的故事时距"。[②] "时距"作为衡量情节长度的标准时，既可以用较短的话语容纳较长的故事时间时距，也可以反其道而行之。

在叙事时间上，西摩·查特曼提出过"阅读"时间与"情节"时间的不同，不过阅读时间因人而异，因此只能将话语描述事件所用时间与故事真实时间进行比较："有阅读—时间，也有情节—时间，或者我更愿意把它们区分为话语—时间——细读话语所花费的时间——和故事—时间，即叙事中主旨事件的跨度。"[③] 这里的"故事时间"相当于热奈特的"叙事时间"，也即呈现在文本中的情节所持续的时间。

热拉尔·热奈特提出叙事的"不等时"原则，文本的叙事节奏正是由于情节所占用叙述时间的不同而构成。他举普鲁斯特的《追忆似水年华》为例，认为他存在着用"190 页写 3 小时到 3 行写 12 年，即（十分粗略地计算）从一页写一分钟到一页写一个世纪"的变化，此外，随着"叙事逐渐变慢，故事延续时间很短而经历时间长的场面越来越重要"，

---

① [法]热拉尔·热奈特：《叙事话语　新叙事话语》，王文融译，中国社会科学出版社 1990 年版，第 54 页。
② 同上书，第 24 页。
③ [美]西摩·查特曼：《故事与话语：小说和电影的叙事结构》，徐强译，中国人民大学出版社 2013 年版，第 47—48 页。

以及"省略越来越大，以某种方式补偿速度的放慢"①。

热奈特注意到同等故事时间长度的事件，在叙事时间上所占比例的不同，然而他忽略了一点，即故事时间与叙事时间起讫不同。这在小说中无关紧要，但对戏剧文本来说至关重要，是影响戏剧文本叙事结构的重要因素。

曼弗雷德·普菲斯特对戏剧时间进行了细分，并在此基础上提出不同的戏剧结构。他认为存在三种戏剧时间，分别是第一、第二和第三的虚构时间。第一虚构时间为"演出时间"，指所有情节呈现在舞台上的时间，这相当于情节在舞台上所占据的时间，也就是热奈特所说的话语"叙述时间"。第二虚构时间是第一时间加上中间省略的故事时间，相当于情节时间。第三虚构时间指叙事中所指涉的所有故事时间。以《雷雨》为例，按照曼氏的理论，第一虚构时间是从四凤与鲁贵的对话开始，一直到悲剧爆发的一系列情节所占据的时间；第二虚构时间则是从剧情开始到结束的24小时，包括但绝对不等于第一虚构时间，因为中间有大量被省略的故事时间；第三虚构时间从周、鲁二人相识的二十年前开始。

曼弗雷德·普菲斯特将这三种时间进行比较，认为："如果演出时间的第一和第二类型完全同一，那么它的时间结构就是封闭型；如果某些段落在转场和换幕过程当中被省略，以致造成第一时间和第二时间跨度的不一致，那么它就或多或少属于开放式时间结构。"②

曼弗雷德·普菲斯特的理论有值得商榷之处。比如，他认为"演出时间的第一和第二类型完全同一"则"时间结构为封闭型"，指所有时间均得到了明场交代，这其实在任何虚构文本中都是无法实现的目标——叙事时间在情节上必然要省略或者暗场交代一定的情节。拿锁闭式结构的古希腊戏剧来说，《俄狄浦斯王》中，使者寻找牧羊人的过程、牧羊人被带来的过程必须要被略去，不可能在明场得以呈现。此外，他

<hr />

① [法]热拉尔·热奈特：《叙事话语　新叙事话语》，王文融译，中国社会科学出版社1990年版，第58页。
② [德]曼弗雷德·普菲斯特：《戏剧理论与戏剧分析》，周靖波、李安定译，北京广播学院出版社2004年版，第363页。

认为，当"叙事时间"上省略大量故事时间时，意味着"叙事时间"时空连续的密度变小而跨度变大，会造成开放式的结构。但也并非绝对如此。在开放式的戏剧结构中，由于时空转变的灵活性，更具备所有事件都用明场呈现的前提（比如动辄几十出的明清传奇），其第一虚构时间与第二虚构时间较之锁闭式结构更加一致，并不存在密度变小而跨度变大的问题。

将叙事时间的起始（也就是切入点）和结束与故事时间的起讫进行比较，能够帮助我们更好地认识戏剧的结构。

一、锁闭式结构——叙事起讫涵盖于故事起讫之中

按一些研究者的观点看，故事时间没有真正意义上的起讫，它总是可以无限向前延伸向后扩展。然而，尽管自然中发生的故事时间总是上承他事，叙事文本中仍然存在相对固定的故事时间，尤其对于容量有限的代言体戏剧文本来说，它必须在有限的叙事时空中容纳更多的情节。在特定故事时间中，当叙事的开始时间远远落后于故事时间时，则容易产生锁闭式结构。这是因为，锁闭式结构中的叙事时间常从接近危机的时候开始，不是从头至尾地讲述故事，叙事开始时间远远落后于故事开始时间。其中可追溯的最早故事时间，并不在文本中直接展现，而是以"前史"的方式加以交代。

比如《雷雨》中，除开序幕和尾声，前史所涉及的时间是二十年前，剧情开始却是在二十年后，鲁侍萍到周府之前之后的 24 小时内：

第一幕

二十年前，一个夏天，郁热的早晨——周公馆的客厅内（即序幕的客厅，景与前大致相同。）

第二幕

景同前——当天的下午。

第三幕

在鲁家，一个小套间——当天夜晚十时许。

第四幕

周家的客厅（与第一幕同）——当天半夜两点钟。

　　锁闭式结构由于叙事时间较短，因此所讲述故事的地点和时间高度集中，除了第三幕在鲁家外，一二四幕均发生在周家客厅，时间在短短的一天之内。在情节发展上需要大量的前史与暗场事件加以铺垫，单位时间内的事件密度极大：

> **贵**　（汹汹地）讲脸呢，又学你妈的那点穷骨头，你看她！跑他妈的八百里外，女学堂里当老妈：为着一月八块钱，两年才回一趟家。这叫本分，还念过书呢；简直是没出息。

　　这里是抓住机会补充侍萍如今的生活，借明场的议论交代暗场事件，写出侍萍的"穷且益坚"，是个有志气有见识的女性。接下来转述鲁大海。

> **四**　哥哥哪点对不起您，您这样骂他干什么？
>
> **贵**　他哪一点对得起我？当大兵，拉包月车，干机器匠，念书上学，哪一行他是好好地干过？好容易我荐他到了周家的矿上去，他又跟工头闹起来，把人家打啦。
>
> **四**　（小心地）我听说，不是我们老爷先叫矿上的警察开了枪，他才领着工人动的手么？
>
> **贵**　反正这孩子混蛋，吃人家的钱粮，就得听人家的话，好好地，要罢工，现在又得靠我这老面子跟老爷求情啦！

　　侍萍在女学堂当老妈子，是在本剧开始之前就发生、且持续到现在的事件，鲁大海当大兵、拉包月车、到周家矿上做工，同样是大幕拉开前就发生的。这两处的叙述交代，均属暗场事件对明场时间的介入。从叙事时间上看，锁闭式结构并不能从三十年前开始讲述，也不能明场闪回侍萍在女工学校的生活，只能通过事后叙述来加以交代。三十年前周朴园对鲁侍萍的始乱终弃，持续影响了三十年，是诸多事件的成因——比如繁漪与周萍的畸恋，周萍与四凤的乱伦，这些事件叠加到一起，共同对 24 小时内的激变发挥着影响。要用这 24 小时中发生的事件体现这三十年的事件，在情节安排上必须要精心设计：

> 大 （忽然）刚才我看见一个年轻人，在花园里躺着，脸色苍白，闭着眼睛，像是要死的样子，听说这就是周家的大少爷，我们董事长的儿子。啊，报应，报应。
>
> 贵 （向大海）好容易老爷的客刚走，我正要说话，接着又来一个。我看，我们先下去坐坐吧。
>
> 大 那我还是自己进去。

这里借鲁大海之口，交代"周萍在花园里躺着"的暗场事件，为后续周萍的上场做好铺垫。同样，繁漪告诉鲁贵自己没病、不要医生之后，也得找补一句：

> 繁 （忽然想起来）有，你跟老爷回完话之后，你出去叫一个电灯匠，刚才我听说花园藤萝架上的旧电线落下来了，走电，叫他赶快收拾一下，不要电了人。

电线属于情节高潮不得不铺垫的细节，否则四凤、周冲触电而死的悲剧就无法发生。锁闭式结构情节的开始虽晚于故事时间的开始，叙事时间的结束与故事时间的结束是一致的，如《雷雨》中，双方认亲后，四凤和周萍无颜面对乱伦的事实，结果—自杀—触电而死。就该情节而言，故事时间的结束与叙事时间的结束就取得了一致。

二、开放式结构——叙事时间的起讫与故事时间相同

开放式结构是从头至尾讲述一个故事，故事时间从何时开始，叙事时间相应从何时开始。自然，戏剧文本的幕与幕之间要省略大段时间。老舍的《茶馆》通常被认为是"人像展览式"结构，但从叙事时间的起讫看又属于"开放式结构"。叙事时间从王利民继承的茶馆开张说起，故事时间也从此刻开始，完完整整讲述了王利民开设的茶馆历经清末、民国初、抗战胜利三个时代，一代不如一代的衰败历程。当然，开放式结构故事时间与叙事时间在起始上的一致，不代表开放式结构中完全没有前史的介绍，而是其所涉及的前史是近在眼前的前史，并非年代久远的前史，不会造成人物境遇和故事情节的重大转折，不妨视作交代故事

来由的背景介绍。比如距离第一幕二十年后的第二幕中：

> **常四爷** 托福！从牢里出来，不久就赶上庚子年；扶清灭洋，我当了义和团，跟洋人打了几仗！闹来闹去，大清国到底是亡了，该亡！我是旗人，可是我得说公道话！现在，每天起五更弄一挑子青菜，绕到十点来钟就卖光。凭力气挣饭吃，我的身上更有劲了！什么时候洋人敢再动兵，我姓常的还准备跟他们打打呢！我是旗人，旗人也是中国人哪！您二位怎么样？

这段话交代了庚子的义和团运动，八国联军侵华，以及辛亥革命等多个时间点。由此可见，开放式结构中的前情交代与锁闭式结构中的前史有明显的区别，前者旨在让读者了解故事发生的时间地点，甚至有述而无事，而后者的前史属于人物命运历程中的重要事件，要对人物命运和当下行动造成激变式的影响。

开放式结构虽然重在从头到尾讲述故事，却并不意味着事无巨细的交代，因为故事时间与叙事时间绝对不可能相等。因此，开放式结构中的时间省略、概要较多，幕与幕之间会有巨大的故事时间的跨度。比如《茶馆》的三幕之间，第一幕为一八九八年（戊戌）初秋，康梁维新失败；第二幕与前幕相隔十年，正值割据混战之时；第三幕为抗战胜利后，省略了近三十年的时间。

除了时间省略和概要之外，开放式结构同样需要精心选择情节，这与其说是故事的需要，不如说是服务于主题的需要。开放式结构中的情节，不追求在逻辑上的因果关系，更注重情节与情节之间的呼应。比如在《茶馆》中，无论是晚清、民国初年还是抗战胜利，在新中国成立之前，皆是民不聊生、官匪横行、人人自危的惨状，作者选取了具有延续性的人物，在他们身上发生了类似的事件：普通百姓每况愈下，有志改变社会者倾家荡产，而奸诈不法之徒却横行得意，形象说明了当时社会的黑暗与政治的腐败。

"开放式结构"的内部构成方式各有不同。《茶馆》属于开放式中的横截面类型，即从整个故事情节中选取几块较为集中的时空，将其中的情节呈现出来。中国古典戏曲属于另一种类型的开放式结构，常选取多个散点时空的情节，在明场中呈现，时间密度大，地点也在不断变化。这种结构也被称为以线穿珠或"冰糖葫芦式"结构，不过，这并不意味着出现在古典戏曲中的叙事时间与故事时间在以一种平均的速度前进，恰恰相反，叙事时间接近的不同场次，所涵盖的故事跨度并不相同。比如在昆曲《林冲夜奔》"夜奔"这样的情节中，同等的篇幅可以指代主人公长达一夜的奔波，而在昆曲《孽海记》"思凡"这样的情节中，类似的篇幅却只用来表达人物百无聊赖的半个小时，前者的叙事时间与故事时间相比被压缩了，而后者的叙事时间与故事时间却几乎均等。

《茶馆》属于注重主题呼应的开放式结构，在一些传统戏曲剧本中，开放式结构多服务于故事的构建。比如方成培的传奇《雷峰塔》从头到尾演绎许仙与白蛇的故事，传奇《清忠谱》《长生殿》等均是完整地讲述了特殊朝代的历史故事，同时并未因为重视情节而忽略了主题。再如在孔尚任的《桃花扇》中，以李香君和侯方域二人串起了两条故事线，一条是宫廷文臣们在内钩心斗角，一条是武将们在外争权夺势，深刻地阐明了明亡于"党争"的惨痛教训。这个过程中，叙事的视点在南京、武昌、扬州等地流转往返，大部分情节以明场展示为主，且展示的事件多多少少与南明小朝廷的政治争斗有关，深刻地表明了明朝覆灭的根本原因在于朝廷的人事纷争，而这又是由封建体制本身造成的。

除了主题的追求外，有些戏曲剧本也追求结构的形式意味。比如《牡丹亭》中，杜丽娘由生而死，又由死而生，在结构上构成了一种周而复始的意味；而《琵琶记》中，赵五娘与蔡伯喈一苦一乐的对比，也让看似简单的以线串珠的结构有了空间上的并置可能。

令人遗憾的是，在中国近代戏曲尤其是地方戏中，情节的并置功能被弱化了，许多剧本只满足于故事的讲述，而忽略了情节的结构意义。

三、散文式或电影式结构——故事时间起讫与叙事时间在多个时间点上重合

散文式结构、电影式结构与葡萄干式结构实为一种结构，情节片段

呈散点化连缀的形态。散文式结构与散文化的戏剧不可视为同类，后者指戏剧文本不重情节而重情感、不重外在的情节冲突而重视内心冲突、不重情节而重意象的散文化风格，比如契诃夫的大部分作品。

散文式结构与开放式结构较为接近，叙事时间与故事时间在起讫上并不一定有出入，但在叙事时间内部可能会出现大块空白。二者的区别在于，开放式结构中的事件按照时间顺序出现，在因果逻辑上呈推进关系，而散文式结构中的事件可能同时发生、在时间上构不成因果逻辑。情节意象、人物思绪取代时间逻辑成为组织情节的依据，在同一时间点上有不同的事件在各自的时空发生着。因此，在叙事目的上，散文式结构追求情节的复现胜过事件的推进。我们以美国剧作家欧文·肖的作品《阵亡士兵拒葬记》为例，将其中部分情节列表如下：

地点	事件	人物	场次	长度
战场墓地	六名已死亡却拒绝被安葬的士兵	活着的士兵、死去的士兵	第一场	长
将军办公室	上尉向将军报告拒葬事件，将军派医生去验尸	将军、上尉	第二场	中
战场墓地	医生验尸	医生、上尉		中
将军办公室	上尉建议将军去抚慰死者	上尉、将军	第四场	短
战场墓地	两名活的士兵因议论此事被打死	查莱、皮汶思、将军	第五场	中
报馆编辑室	主编拒绝刊登记者关于此事的报道	主编、记者	第六场	中
战场墓地	将军劝士兵接受被葬的命运	众将军	第七场	中
战场墓地	妓女以色相勾引士兵倒下被安葬	妓女	第八场	短
战场墓地	上尉奉将军之命劝说	上尉、众士兵	第九场	中
战场墓地	商人建议用枪击倒	众商人	第十场	短

地点	事件	人物	场次	长度
教堂	神父为此事祷告	神父	第十一场	短
报馆编辑室	在记者要求之下，主编同意简要报道	记者、主编	第十二场	短
播音器	美化士兵拒葬来粉饰太平	声音	第十三场	短

在上述情节列表中，可以看到，"士兵拒绝倒下"与"统治者派人劝说"是一种反复出现的变奏，不断渲染死于无辜战争的士兵的反战意志与统治阶级为一己私利殃及无辜的可耻。有一些事件之间存在因果和时间上的先后，比如士兵拒葬与医生验尸，但是有些情节的编排却选取了不同空间、同时发生的事件。比如第五场士兵因泄密而被打死，第六场主编拒绝刊登相关报道，在时间上可以是同时发生的。临近高潮时，不同士兵亲人的劝说也可视作同时发生在不同空间的事件，展示了士兵们不同的经历与心理活动：情人倾诉活着的滋味尚未品尝够、不忍离开心上人；妻子诉说对丈夫的哀思；心存隔阂的姐弟在战争的残酷面前尽释前嫌；母亲被死去儿子的惨状吓到；离异的贫贱夫妻在控诉战争罪恶上达成一致。

在拥有多条线索的散文式结构中，并置的时间点导致文本的情节对时间的逻辑顺序依赖较弱，甚至无法判断事件的时间先后。在事件先后次序的重要性降低之后，事件之间的呼应和对比得以凸显，主题和意义常常呈现一种重复的循环，在不同空间与时间中反复进行。比如夏衍的《上海屋檐下》与《茶馆》同样采用"横截面"手法，但多条线索并列的写法更接近散文式结构。它并非像《茶馆》那样从头到尾聚焦某个人物的命运史，而是从几户人家的生命历程中选取了若干横截面加以刻画，讲述了国民党统治下贫苦百姓的民不聊生。

即使在以一个人物为主的散文式结构中，也倾向于淡化时间、情节，而突出对主题、风格的体现。比如美国剧作家奥古斯特·威尔逊的《篱》中，编剧通过描写主人公为人父、为人夫、为劳工、为兄长的不同生活侧面来完成人物的塑造。这些事件之间没有因果关系，仅仅靠围绕中心人物而松散连接着。正是因为这种非情节化的、松散的安排方式，才便于让与主人公有关的人物反复出现，在他们看似随意的闲聊中逐步体现人物关系的变化。这种重复的场景和似曾相识的语言、每一场景特有的聊天主题，构成了本剧特有的音乐感，这也是编剧对黑人民族特有的布鲁斯音乐文化的致敬。

散文式结构中情节的共时性，会使文本的情节更倾向于据空间展开。情节片段的不断复现强调了细节的呼应、对比，而对行动的进展有所忽略。重视人物内心表达的诗意抒情，又会导致大段讲述的存在，进一步消解情节之间的逻辑关系，而强调主题的哲理性。比如荒诞派戏剧家塞缪尔·贝克特的《等待戈多》，情节上的重复、人物之间的松散联系，令其更像散文式结构。英国作家卡萝尔·邱琪尔的三幕剧《远方》的三段情节之间没有因果上的联系，时间上的先后也不明显，仅靠共有的人物微弱地联系着，但三幕所描写的事件均与杀戮和迫害有关，也是一种散文式结构。当有些散文式结构过于强调空间因素而忽略时间因素时，事实上形成了按照空间来排列情节的结构，比如法国让-米歇尔·里博的《高低博物馆》，笔者拟在第四章中详述其情节的空间结构。

四、叙述体/心理式结构——拥有不止一个叙事时间和故事时间

曼弗雷德·普菲斯特分析过叙述体结构产生的原因，认为这是"地点的每一次改变"与"时间的每一次跳跃"，导致演出过程打破了幻觉，无法在"虚构的内交际系统"中自洽，因而只能通过"中间交际系统"的话语叙述来加以弥补。因此，"开放式时空容易导致叙述结构出现……随着时空结构越来越开放，这种叙事倾向或者叙述功能就会越来越明显"。[①] 本书认为，叙述体结构的关键不在于情节的开放导致"叙述"的介入，而在于出现两条时空线索。地点的改变也可以通

---

① [德] 曼弗雷德·普菲斯特：《戏剧理论与戏剧分析》，周靖波、李安定译，北京广播学院出版社2004年版，第328页。

过内交际系统为外交际系统所理解和感知，不必然通过叙述的中间交际系统，只有通过叙述方式交代时间和场景改变才需要通过中间交际系统。在这种情况下，通常会在外层安排一个叙述者。比如《那年我学开车》中，叙事开始的时间远远落后于故事所讲述的时间——小贝与姨父的情爱纠葛，作为叙述者的中年小贝讲述的是陈年过往而非当下的遭遇。

叙述体结构又被称为"套层结构"，拥有外在叙述与内在故事两个层次。在外层结构中，故事时间的起讫通常与叙事时间的起讫一致，呈开放式结构，但也存在锁闭式结构的可能。比如《枕头人》中，外部叙述层通过展示的方式呈现，而内在的故事层采用了叙述。警探追问作家创作的作品与几件谋杀案之间的关系，就属于从接近危机时开始的锁闭式结构。叙述体结构的外层中，不大可能采取葡萄干的样式。这是因为叙述体的内层结构中，由于时间性的要素已为外层结构所掌控，内层结构需要依据叙述者的叙述次序而非事件在故事中的时间顺序加以安排，因此允许时序错乱的顺序，甚至不妨对同一时间点的事件加以多次回顾；在这种情况下，如果外部叙述层也是葡萄干式，则文本的结构容易陷入混乱。

叙述体结构不等于叙事体戏剧。叙事体戏剧未必要有一个整体叙述者，但是有许多局部叙述者，并且通过歌唱、投影、广告牌等叙事手段来交代剧情。叙事体戏剧的命名是因许多片段通过叙述手段而非场景展示来实现，而不一定拥有一个中介叙述者。

叙述体结构与开放式结构有着明显的区别，叙述体结构中存在双重以上的时空，而开放结构中只存在一重时空；比如《茶馆》中，只存在王利发经营茶馆的时空，其他时空是在这个时空中交代出来的。叙述结构中的双重时空与散文式的也不相同，叙述体中的双重时空是独立完整的时空线；散文式结构中只是散点的存在。

叙述体戏剧与心理式结构也并不相同。心理式结构中的叙述层是从头至尾讲述故事，而内在的故事层是散点式的讲故事。心理式结构中，场面展示也即过去的回忆、人物意识流的展示多于外在的叙述内容。叙述体戏剧中则相反：首先它的外在结构不是由心理意识串联而成的；其次，内在的场景展示中也有许多话语叙述的成分。简言之，叙述体戏剧是话语叙述远多于场景展示的戏剧类型。比如《马拉／萨德》的"戏中戏"中充满关于革命正义性的争论；在《奥本海默案件》中，以文献投影作为整个故事的背景提示，情节上的审判讯问形式，有利于对过去发生事件的辩论、质问与解释；与事件有关的情节不是展示而是通过话语被叙述出来。

前面所谈的是一些极为标准的类型，如果戏剧文本的故事时间与叙事时间的起讫并未严格遵循规则，时距上又不均等，那么会形成一些较为特殊的类型。这一方面的典型代表是元杂剧《冤报冤赵氏孤儿》。

从《冤报冤赵氏孤儿》的戏剧文本来看，其故事延续二十多年。剧作的楔子部分，有一段屠岸贾的自报家门，交代与赵盾结仇并迫害的故事背景。接下来是搜孤、救孤、认贼为父，时间上顺序相连，选取了多个空间，实质上接近开放式结构，属于从头到尾讲故事。就"搜孤救孤"这一核心事件而言，结束在孤儿被成功搭救，并无不妥之处。然而，编剧没有止步于此，二十年后程婴给孤儿看画，讲述前史并促成孤儿的报仇，这就接近于锁闭式结构的要求——叙事时间约从故事时间的三分之二处开始，重大前史引起了人物关系的改变，并进而改变了人物命运。作为开放式结构，前三折的叙事时间集中，与后两折之间二十年的时距，呈现出一种时间幅度的不均衡，因此，这可以视为一种特殊类型的结构。

再如，话剧《金龙》（罗兰·希梅芬尼）属于散文式结构，不过，在具体情节的表达上，该剧是采用边叙边演而非纯粹的展示来体现的，这也可视为散文式结构与叙述体结构的杂糅：

男　　人　金龙，傍晚。夏日微弱的天光从窗户透进来照在餐桌上。五个亚洲人挤在这家泰式／中式／越南料理快餐店的小小厨房里。

年轻女人　一名年轻的中国男子因为牙痛而惊慌失措:

　　　　　（惊慌）

　　　　　痛啊，痛啊，痛啊——

　　　　　（年轻女人痛得大叫）

年轻男人　不要哭，不要哭。

　　　　　（年轻女人痛得大叫）

年轻女人　痛啊——

年逾六十的女人　他很痛。

年逾六十的男人　这个小伙子很痛。

年轻男人　不要哭——不要哭。

男　　人　不要叫，但他还是一直叫；叫个不停，听他叫成那

　　　　　样——

　　　　　（年轻女人痛得大叫）[①]

　　综上可见，剧本的结构类型可以如同万花筒一般加以组合变化，生出复杂的新的结构类型来。比如麦克唐纳的《枕头人》中，在外部的锁闭式结构中，以插叙的方式补充交代了主人公所写的小说，这些小说的情节之间没有因果关系，只在滥杀无辜的主题上有所呼应，属于一种散文式结构的串联。

第二节　话语时间对故事时间的归化与变异

　　在小说文本中，"话语时间"指情节在文本中所占用的"叙述时间"，它与"故事时间"中事件自然延续的比例不同，而这最终造就了"情节时间"，也即本书中所说的"叙事时间"。热拉尔·热奈特认为话语时间与故事时间之间共有四种情况:

　　（1）叙述时间短于故事时间:即"概述"（summary）;

　　（2）叙述时间基本等于故事时间:即"场景"（scene）;

---

① ［德］罗兰·希梅芬尼:《金龙》，陈侑均译，选自《个人之梦——当代德国剧作选》，（台湾）书林出版有限公司2012年版，第19—74页。

（3）叙述时间为零，故事时间无穷大：即"省略"（ellipsis）；

（4）叙述时间无穷大，故事时间为零：即"停顿"（pause）。①

这四种关系中体现了话语时间对故事时间的改造，"话语时间"即"叙述时间"不仅仅包括"概要"等以有形话语进行的时间，也包括"省略"等以无形话语略过的时间。这对于我们拓宽戏剧文本中话语的使用场景很有帮助。在以对话为主的戏剧中，"话语"切不可只局限于人物的对话或者叙述，它是囊括作者—虚拟作者的整体时间安排在内的叙事手段。

作者—虚拟作者的叙事时间看起来与故事时间之间只有"某种约定俗成的相等"②，叙事时间与故事时间完全相等只是一种假象。赵毅衡认为："时间变形是叙述文本得以形成的必然条件。"③ 看似故事时间与叙事时间相等的戏剧文本亦是如此。举例来说，同为夏衍创作的篇幅相近的多幕剧，《法西斯细菌》情节涉及的时间为十一年，《秋瑾传》七年，《芳草天涯》春夏秋三个季节，《上海屋檐下》仅一天。它们叙事时间大致相同，而故事时间差异很大，这说明在戏剧文本中并不能做到二者的完全均等。再如美国剧作家桑顿·魏尔德的《漫长的圣诞晚餐》中，家庭故事的时间长达九十余年，而在这九十余年中的圣诞晚餐有九十余顿，按照现实中的时间，一顿圣诞晚餐至少要持续两个小时有余，而作者却将如此多的晚餐"挤"进了两三个小时的叙事时间内，叙事时间远低于故事时间的长度，这也说明了叙事时间与故事时间的出入。

叙事时间的起讫对于戏剧结构有着重要影响，而话语时间与故事时间的差异影响着情节的交代和戏剧节奏。对于情节时间与故事时间的不一致，戏剧文本通常有两种处理办法：一种是大胆地暴露这种不一致，另一种则通过巧妙的叙事手段，使戏剧文本中的单位时间内的叙事时间仿佛等于故事时间，实现对真实时间的模拟，构成二者一致的幻觉。

① 转引自申丹、王丽亚：《西方叙事学——经典与后经典》，北京大学出版社 2010 年版，第 119 页。

② [法]热拉尔·热奈特：《叙事话语 新叙事话语》，王文融译，中国社会科学出版社 1990 年版，第 54 页。

③ 赵毅衡：《当说者被说的时候——比较叙述学导论》，广西师范大学出版社 2022 年版，第 89 页。

一、话语交代情节与话语裁剪时间

1. 话语交代情节

热拉尔·热奈特认为，在对话的场面描写中，叙述所持续的时间与叙述行为发生的故事时间基本相等。其实并非如此，尤其是在人物讲述"故事"时。真正的故事时间的发生或许持续数年之久，而用人物叙述加以描述时，则掩盖了叙述时间与故事时间的差异，能够在较短时间内涵盖较长时间内发生的故事。此时占用的叙述时间远小于故事展示所占用的时间，但叙述行为所占用的时间又与叙述篇幅是相等的。在戏剧文本中，这是常见的交代"前史"的做法，比如《俄狄浦斯王》中俄狄浦斯王讲述自己来到忒拜城的经历的对话：

俄　你应该知道我是多么忧虑。碰上这样的命运，我还能把话讲给哪一个比你更应该知道的人听？

我父亲是科任托斯人，名叫波吕玻斯，我母亲是多里斯人，名叫墨洛珀。我在那里一直被尊为公民中的第一个人物，直到后来发生了一件意外的事——那虽是奇怪，倒还值不得放在心上。那是在某一次宴会上，有个人喝醉了，说我是我父亲的冒名儿子。当天我非常烦恼，好容易才忍耐住；第二天我去问我的父母，他们因为这辱骂对那乱说话的人很生气。我虽然满意了，但是事情总是使我很烦恼，因为诽谤的话到处都在流传。我就瞒着父母去到皮托，福玻斯没有答复我去求问的事，就把我打发走了；可是他却说了另外一些预言，十分可怕，十分悲惨，他说我命中注定要玷污我母亲的床榻，生出一些使人不忍看的儿女，而且会成为杀死我的生身父亲的凶手。

我听了这些话，就逃到外地去，免得看见那个会实现神示所说的耻辱的地方，从此我就凭了天象测量科任托斯的土地。我在旅途中来到你所说的，国王遇害的地方。夫人，我告诉你真实情况吧。我走近三岔路口的时候，碰见一个传令官和一个坐马车的人，正像你所说的，那领路的和那老年人态度粗暴，要把我赶到路边。我在气愤中打了那个推我的人——那个驾车的；那老年人看见了，等我经过的时候，从车上用双尖头的刺棍朝我头上打过来。可是他付出了一个不相称的代价，立刻挨了我手中的棍子，从车上仰面滚下来了；我就把他们全杀死了。

俄狄浦斯王得知弑父娶母的预言后逃到外地，无意中与陌生人相遇而杀死对方，他所讲述的情节持续至少要有数年之久，而他的叙述时间在舞台上不会超过五分钟。故事时间与叙述时间的巨大差异，由于"叙述"这一行为得到了弥合，同时借助了"我说你听"的模式，人物的讲述也成了一种自观展示。

我们再举《动物园的故事》为例，杰瑞所讲述的故事虽然没有明确的时间上的起讫，但从"经常""从来"之类词的使用，以及"这些人很搞笑"等来推断，他的概述中涵盖了不止一个时间，但是因为这些时间不是表演出来而是被叙述出来的，因此并没有打破对话交流中的日常规则。

除了概述时间外，也可以通过细节来涵盖故事。莱辛曾经引用过《荷马史诗》中对阿波罗射杀希腊人的描写段落：

于是他满腔怒火，奔下奥林普斯高峰，
肩上背着大弓，箭筒里装满了箭，
当他走动时，箭在这位发怒的神的肩上，
哗哗地响；他下来像黑夜来临一般。
他到了离战船很远的地方坐下，射出一支箭，
手里的银弓崩的一声，叫人丧胆，
他先射骡马，再射狗，最后才射人，
一箭接着一箭，人们一个接着一个倒下去：
焚化死尸的柴堆日夜燃烧不停。①

莱辛的例子用于说明绘画与诗歌两种不同艺术载体的区别，但是

---

① ［德］莱辛：《拉奥孔》，朱光潜译，人民文学出版社 1984 年版，第 75 页。

从上例中可以看出，为了让事件显得仿佛正在发生，荷马这里运用了一系列细节，首先用箭"哗哗地响"来形容天神降临时的动静之大，又用黑夜形容降临的迅疾与无所不在，随后是"银弓崩的一声"，最后是"焚化死尸"的柴堆，这一系列细节犹如一个个特定镜头，以画面的进展取代了对事件事无巨细的描述。在《美狄亚》中，叙述者描述公主被烧死的叙述时间只有几分钟，整个事件的发生显然比此要长。传报人的叙述与俄狄浦斯的叙述不同的是，俄狄浦斯重在交代因果（如何逃走，如何来到此地），以此来涵盖整个故事，传报人则通过悲剧发生的细节来替代对整个事件的描述，这种描写方法与上述《荷马史诗》中的段落如出一辙。

话语叙述是在场景之中发生的，本身构成场景的一部分，是人物应剧中人需要而讲述的，披上了对话叙事的面纱。就话语本身持续的时间而言，这一时间与演出时间相接近，只是被话语讲述的故事时间压缩了。

2. 话语裁剪时间

拥有叙述中介的文本中，读者和观众能够从叙述者的叙述话语中得知时间的变化。比如保拉·沃格尔的戏剧《那年我学开车》中：

小贝　这是一九六九年。我很世故，愤世嫉俗，玩世不恭。总之，我十七岁了，在这初夏的夜晚，和一个已婚男人把车停在一条黑暗的小路旁。

接下来展示的是小贝在读大学期间同姨父的幽会，从时间判断幽会晚于 1969 年，随后又回到 1969 年：

小贝　一九六九年。一次典型的家庭晚餐。

在家庭晚餐上，因为外公讲话不顾及孩子隐私，激怒了小贝。只有姨父佩克维护和保护她。之后，叙述者将时间调整到 1970 年：

小贝　1970 年，我为何被那所名校赶出有过许多传闻。有人说，我和一个男人在房间里被抓住。有人说，我拿着助学金却跟一名富家女四处游荡。（向观众天真地微笑。）
　　　我不想解释。
　　　……

（幕后声：）

把车挂到后退挡。

小贝 现在回到 1968 年。美国东岸。一次庆祝晚餐。（小贝和佩克面对面坐在一家酒店中。）

在新的时间点上，发生了姨父试图侵犯小贝的事件。情节时间的前进或后退并非依靠幻觉的手法，而是靠人物的话语加以裁剪。在《玻璃动物园》中，叙述中介汤姆也通过自己的话语来裁剪时间：

汤姆 是的，我口袋里有魔术，心中有计谋。但我和舞台表演的魔术师恰恰相反，他给你的是貌似真实而实际是虚假的东西，而我给你的是表面虚假而实际真实的东西。首先，我要把时间倒转，让它倒回到奇妙的三十年代，那时美国广大的中产阶级还刚刚录取进入盲人学校。不知是眼睛使他们不管用，还是他们使眼睛不管用，他们不得不用手指摸索令人恼火的布莱叶盲文，去解决经济问题。

汤姆在读者所处的当下叙事，通过他的话语回到"奇特的三十年代"，他的话语表明，第二情节发生的时间远在第一情节时间之前，这是关于过去事件的回忆。

有时话语对时间的裁剪不那么明显，比如在姚远的话剧《商鞅》中，祝欢的鬼魂先交代了商鞅的结局：

祝欢 （取出简册）商鞅，辛卯年五月七日亥时生人，五月之子，精炽热烈，父母不堪，将受其患。命当族灭满门，五马分尸……

随后是商鞅的预叙，从自我视角表达对成败荣辱的态度：

商鞅 天命？魂魄既已甩脱了躯壳，天命更是无稽之谈！商君虽死，然商鞅之法千年不败；商君虽死，可一百一十七年之后，秦王朝一统天下！

随后回到商鞅降生之初。

【男人暴怒的声音："勒死他！勒死他！让我勒死他！"

【女人声："公子，你万万不能，他是公子的亲骨肉啊！"

又笔锋一转，从襁褓中的商鞅转至少年时代的商鞅：

【姬娘与少年商鞅双双跪坐着。旁边放着马鞍。

姬　娘 天要你死，可我要你活！

少年商鞅	那我母亲呢?(泪水盈盈)我可怜的母亲,难道她竟被活活地抛进了滔滔大河?
姬　娘	不!她没有死。
少年商鞅	什么?她没有死?
姬　娘	是的!她走了,她抛下了亲生的儿子自顾自走了。

这里安排在倒叙之后的这段小插曲,属于追叙,是话剧叙述与场景展示的结合,用话语叙述来切割场景,从而实现对时间的裁剪。

有时,时间的转变通过意识流的独白来实现,比如在《推销员之死》中,威利神经错乱,从现实时空穿越到回忆时空就通过意识流的独白:

> 【厨房亮起灯光。威利边说,边关上冰箱,朝舞台前方走向炊桌。他把牛奶倒在杯子里。他出了神,微微笑着。

威利	根本太年轻了,比夫。首先你要用功念书。等到你一切就绪,像你这样的小伙子,姑娘要多少有多少。(他对着一把椅子豪放地笑笑)原来如此?姑娘家掏钱请你?(大笑)小鬼,你准是当真交上好运啦。

> 【威利说着说着居然对着后台一处地方在说话,声音透过厨房的墙壁,嗓门越扯越大,像平时说话一样响。

威利	我一直弄不懂你们为什么把汽车擦得那么仔细。哈!轮毂盖儿可别忘了擦,小鬼。轮毂盖儿用鹿皮擦。哈比,车窗用报纸擦,这是最容易的了。比夫,擦给他看看!你懂吗,哈比?把报纸叠起来,厚点好使劲。对啦,对啦,擦得好。你擦得好极了,哈比。

威利的台词表明他沉浸在自己的回忆当中,他仿佛听到了儿子说话的声音,同时幼年时期的比夫与哈比上场,展开接下来的情节。

以上两种裁剪均是话语叙述结合场景展示进行,话语裁剪着场景、也裁剪掉与主题、情节无关的事件。在另外一些情况下,单独借助话语也可以实现时间的裁剪。这不同于"有事则长、无事则短",如《美狄亚》中通过讲述事件的因果关系以遮蔽叙事时间、故事时间之间的差异,而在话语中体现时间的前进、逆转与停滞,是话语引领的时间。比如《哥本哈根》中，波尔夫妇回忆海森堡的来访之夜：

玛格瑞特 那天夜里你对他那么生气，我从未见过你对别人这样。

波　　尔 是那样吧，但我相信自己当时还是十分冷静的。

玛格瑞特 我知道你什么时候生气。

波　　尔 他同我们一样的为难。

玛格瑞特 现在已不再会有人被伤害、有人被出卖了，而当时他为什么要这样做？

波　　尔 我怀疑他自己也从未弄清楚。

玛格瑞特 自打那次来访后，他不再是朋友了。那是尼尔斯·波尔与沃纳·海森堡举世闻名的友情的终结。

海　森　堡 现在，我们都已过世，永远地去了，是的，然而，关于我，世人只会记住两件事。一是测不准原理，而另一件事便是我在 1941 年去哈根与尼尔斯·波尔的神秘的会面。大家都知道测不准原理，或自以为知道，但无人理解我的哈根之行。一次又一次，我向波尔和玛格瑞特，向讯问者们及情报局的官员们，向记者与历史学家们，再三地解释。解释得越多，疑问就越深。不管如何，我还是乐意再试一下。如今我们都已离开人世，不再会有人被伤害，不再会有人被出卖。

时间从"那天夜里"开始，到"不再是"时，来访之事已经结束。之后提到的"友情终结"和"永远"，叙事时间不顾故事时间的差异，大幅度地跨越故事时间推向未来。然而海森堡的台词又将时间从未来拉回到 1941 年的那个夜晚，并以此为起点，"一次又一次"向"讯问者及情报官员"的解释中，在向"记者和历史学家"的解释中，时间再度大幅向后推移，重新指向未来。

二、强化情节的因果逻辑与改装情节次序

与话语展示情节对幻觉的模仿相比，话语裁剪情节体现了话语对时间的对抗。不过，它们均是通过话语叙述来实现对时间的干涉。在戏剧

文本中，最常见的是在具体情节、事件的发生中演绎时间，强化情节之间的因果关系可以遮蔽叙事时间的不足，为了对抗时间则又会改装情节的次序。

1. 突出情节的因果结构以模仿故事时间

戏剧文本不光在幕与场之间省略时间，即使在叙事时间与故事时间看似相等的场景里，也存在着"偷梁换柱"。比如《仲夏夜之梦》的最后一幕中，故事时间是从晚饭到午夜，而实际叙事时间只有半个多小时。可见，在场景展示中，叙事时间与故事时间基本相等只是一种假象，其本质是作者—虚拟作者暗中对故事情节的裁剪和调整。

强调情节的因果关系是调整两种时间差异的重要手段。亚里士多德认为，作品中的事件应当"按照可然律或必然律"能由逆境转入顺境或者由顺境转入逆境。[①] 这里的长度是作品拥有的叙事时间的长度，不是在真实世界中事件的时间跨度。真实的事件时间与作品中呈现的话语时间原本并不一致，由于情节突转造就意外和惊奇，使得这种不一致被隐藏了。这种对叙事时间的认可，正来自故事中由情节带来的"可供跟随/领会的"特性。保罗·利科认为，"跟随/领会一个故事，这就是在一种期待的引领之下于种种偶发事件和种种突变中前行……理解一个故事，这就是理解怎样和为什么那些相继发生的事件插曲被引向这个结论。这个结论远非可预测的；从一种与这些收集在一起的事件插曲相切合的方式来看，它应该最终是可接受的"[②]。当情节的意外和惊奇被接受的时候，两种时间的差异被忽略也就在情理之中了。利科的"跟随/领会"，其实也就是情节的因果变化契合了人类原初的思考模式，当人的注意力被故事所吸引的时候，叙事时间与故事时间的差异也就不那么明显了。

对于重视情节的戏剧文本来说，通常只将能够如实体现出行动、冲突、突转的事件放大至舞台上，而将缺乏戏剧性的事件略去、压缩篇幅

---

① [古希腊]亚里士多德等：《诗学·诗艺》，罗念生译，人民文学出版社1962年版，第26页。

② 转引自刘惠明《作为中介的叙事——保罗·利科叙事理论研究》，中山大学博士论文，2011年。

或者放到暗场，就能实现以少胜多的效果。当然，突出事件的因果关系，本身就是对现实生活事件的模仿。比如《罗密欧与朱丽叶》中，因为罗密欧误打误撞接到请帖，二人得以在舞会相遇，进而导致提伯尔特与罗密欧结怨，朱丽叶之父急着为朱丽叶提亲，而此举又导致朱丽叶假服毒酒以逃避订婚。可见叙事的存在意义不在于消耗多少时间，而在于呈现相应的因果关系。在"阳台会"中，莎士比亚安排罗密欧倾听朱丽叶吐露心事，迅速让二人从舞会的一见钟情到难分难舍，感情升温后分手并约好下次再见，相识、相恋的过程模仿和提炼了现实生活中男女恋爱的发展过程，因此虽然叙事时间只有十几分钟，但仍然能够让观众和读者对两人感情的加深感同身受。如何营造情节与情节之间的因果关系，使得模拟整个事态发展的叙事尽量显得自然合理，是对编剧功力的重要挑战，因为只有将情节"改装"，使之按照事件发展的因果过程铺排，方能有效地作用于观众的认知心理，引起观众的共鸣。

出现在文本中的偶然事件是作者精心设计的结果。在故事发生的空间内，同一时间总是有许多事件同时发生着，之所以选择此一时间及此一事件，完全是依据主题和人物需要做出的选择。比如《法西斯细菌》中，第一幕写邻居为俞实夫被报纸报道一事向其妻子道贺，而俞十分淡然。这些情节看似写实，故事进展的时间与叙述的时间相等，事实上是作者出于刻画俞实夫不慕名利、埋头钻研的人物性格的需要，是对事件精心筛选的结果。"我只写了一些出身不同、教养不同、性格不同，但是基本上却同具着一颗善良的心的人物，被放置在一个特定的环境里面，他们如何蹉跌，如何创伤，如何爱憎，如何悔恨，乃至如何到达了一个可能到达的结果。"[1] 这种特定环境构成的特定情境，是人物行动和思考的主要场景，是编剧服从于人物塑造和主题表达的有意选择。

2. 调整时间顺序以对抗故事时间

时间顺序分为两种，一种是自然的事件发生的次序，另一种是文本

---

[1] 参见夏衍《改编〈复活〉后记》，《夏衍研究资料》（上），中国戏剧出版社1983年版，第222页。

中事件被叙述交代的次序。一般来讲，文本中故事时间和话语时间的次序可以产生差别，戏剧文本中也不例外。热拉尔·热奈特将两者之间不一致的情况称之为"时间倒错"，可分为闪进、闪回两种。在戏剧文本中，闪回有两种处理方法，一种是场景闪回，一种是对话中的前史交代。对话中的前史交代因为发生在剧情进展的当下，因此无法构成时间的倒错，只有场景闪回才会构成局部的时间倒错。

当话语次序与故事次序相反时，也即并非顺着时间顺序讲述而是逆序讲述时，则形成时间倒错的结构。比如哈罗德·品特的作品《背叛》，话语时间上的情节与故事时间上的情节对应关系如下表所示：

叙事时间的次序	第一场	第二场	第三场	第四场	第五场	第六场	第七场	第八场	第九场
故事时间的次序	1977	1977晚上，接第一场	1975	1974	1973	1973接第五场	1973接第六场	1971	1968

可以看出，《背叛》一剧基本结构呈倒叙样式，故事时间中发生在前的，叙事中安排的次序却在后；在基本的倒叙之外，个别场次又呈顺序样式，比如第一场和第二场成为一个完整的情节段落，写爱玛和杰瑞在婚外情结束两年后再度相逢；第五六七三场按时间顺序讲述，构成另一个情节段落，写二人的婚外情过程。故事时间中二人初坠爱河的美好放在叙事时间的最后，二人在故事时间上的分手却成为叙事上最先讲述的情节。

单一的情节次序的逆序，属于作者—虚拟作者的安排，并不需要借助叙述话语。比如曼弗雷德·普菲斯特曾以J.B.普里斯特利的《时间和康韦一家》为例，来说明时间错乱的问题。该剧的三幕戏全发生在康韦家的同一间屋子里，第一幕和第三幕均发生在1919年的秋夜，而第二幕却是与之相隔18年的1937年的秋夜。在情节上，第一幕结束时康韦太太在唱舒曼的歌曲，第三幕开头则是演唱的结尾。他认为，"作者选取这种非同寻常的布局，为的是表达第一次大战结束之后青年一代的希望与期待和希望在现实面前幻灭两者之间的对比，这样，他就可以强化最后一幕中所包含的戏剧性反讽"[1]。该剧的时间错乱并不借助中介的叙述话语，而是与《背叛》一样，出于作者对情节的暗中安排。

在由作者—虚拟作者安排的情节倒叙中，读者与观众并不能从一开始就直接推断出其叙事顺序，随着情节的展开才能意识到故事时间上的逆序，而通过叙述话语安排的情节错乱，往往会在第一时间告诉大家这是倒叙。比如《那年我学开车》中的中年小贝，出场时即告诉读者和观众，这是关于主人公童年的回忆。

在倒叙结构中，并非所有的情节都按逆时针排列，偶尔可出现时间的顺叙和次序的混乱，但从整体上来看是倒叙结构。比如《背叛》中，五六七三场是按照时间顺序来讲述的。同样，在海纳·米勒《任务》中，首先是水兵将格隆狄临终前的信交给安东尼，告知二人死亡的事实，接下来写格隆狄与狄波逊等人相遇并到牙买加的情形，再接下来的一部分写任务失败，这样的结构就属于局部的倒叙。

在同一部作品中，也可同时使用两种以上的时间策略。比如《克拉普的最后一盘磁带》的时间序列中，并未以现在为起点开始，而是选择了"未来的一个深夜"开始，这是以一种预叙的手法来表现将来，同时，作品又用倒叙的手法，通过未来时间中克拉普听录音机的情节，交代了主人公 20 多岁和 39 岁时人生经历的片段。在这个过程中，克拉普的快进又让本就不完整的时间变得更加支离破碎，进一步破坏时间的延续性，突出了叙事的反讽意味。

三、省略延长情节与使用心理时间

1. 情节的时间调整

通过情节调整时间有两种做法。一种是省略情节，从而缩短故事时

---

[1] [德]曼弗雷德·普菲斯特：《戏剧理论与戏剧分析》，周靖波、李安定译，北京广播学院出版社 2004 年版，第 357 页。

间以匹配话语时间；另一种是延长情节的叙事时间，从而让话语时间加长以匹配故事时间。

戏剧情节中场景时空转换、明场与暗场体现了叙事对故事时间的选择。省略某些情节可以造成悬念，增强戏剧张力。贺拉斯认为，剧本中的情节应该"只选择其中一部分，而把许多别的部分作为穿插"[①]。这其中的一部分即为主要情节，而其他的为次要情节。

《法西斯细菌》第一幕结束时，主人公俞实夫作出了回上海的决定；而第二幕与第一幕之间省略了六年，第三幕与第二幕之间省去四年，第四幕、第五幕亦是如此。可见，在时间省略上，有时通过情节间的因果关系来遮蔽被省略的时间，有时则体现为暗场的省略。

在《上海屋檐下》中，第一幕黄家因为老父来访、失业而发生冲突，匡复回到家中发现物是人非，但在第二幕中，黄家的冲突已经得到平息，解决过程没有直接呈现在舞台上，是从人物对话中推测得出的。这一幕结束时，杨彩玉为晚饭外出采购，而第三幕开启时，林家的晚饭结束了，吃饭的情节被省略了。

以上省略在文本中常表现为幕与幕、场与场之间的过渡，有时直接省略不加交代，有时会通过事后追叙，简要地将被省略的情节纳入当下的叙事时间框架内。情节的省略与叙事时间的节省并不相同。情节的省略仍是在追求单位故事时间与叙述时间的一致，比如《法西斯细菌》开场时即已经来到多年后；时间的省略则是在较短的叙述时间内包容较多的故事时间，是一种概括和简要说明，比如《美狄亚》中老保姆对公主受害情景的描述。情节省略时连叙事时间也一并省去，不再加以描述，而后者是用较少的叙事时间来涵盖较长的故事时间。

需要注意的是，有时情节省略的叙事价值大于时间的省略。被省略的情节并非毫不重要，而是因为省略掉这一情节（比如谋杀案的凶手）是为了增加悬念和戏剧张力；时间的省略则与此相反，作者们倾向于省略没有重要事件发生的时间，让戏剧情节变得集中。

除了省略情节来压缩时间外，也可以通过叙事技巧延伸叙事时间，

---

① ［古希腊］亚里士多德：《诗学·诗艺》，罗念生译，人民文学出版社 1962 年版，第 83 页。

给予读者／观众时间漫长的感觉。比如《漫长的圣诞晚餐》中，漫长的不仅仅是晚餐，更是人生路漫漫的西西绪斯之感。因此，作者强化了晚餐中的琐碎闲谈，强调了日常生活的平淡无奇，增加了情节的漫长感；同时，作者突出逝者死去与新生命降生的情节，表现时间的周而复始与生命的轮回，使得"晚餐"这一仪式没有尽头。晚餐间隔时间的压缩和省略，使读者和观众忽略了晚餐之间的起讫，以及某顿晚餐故事时间与叙事时间的差异，从而延长了叙事时间，令其进入一种生与死轮回转化的不间断模式，营造出实体故事时间漫长的效果。

2. 心理时间的加速与延长

从人物心理时间出发表现时间的流逝，既可以用较少的话语时间来概括较多的故事时间、加快叙事节奏，也可以用较多的话语时间来表现较短的故事时间。比如马洛《浮士德博士的悲剧》最后独白所占的虚拟时间：

> 独白开始时，时钟敲了十一下，浮士德的反应是绝望地长叹："现在你的生命只有一小时了"；三十行台词后，时钟敲十一点半，浮士德说："啊，半小时过去了；很快一切就会结束"；过了约十九行，午夜的钟声终于响起，浮士德开始大叫："钟敲响了，敲响了！"虚构一小时，实际的表演时间大约是三分钟，两者之间显然不一致……这场戏中，戏剧时间的压缩反映了浮士德对来日无多、永遭天谴的时刻正步步逼近的恐惧。正是这一点——以及可能躲过惩罚的想法——构成了这段独白的中心主题。首先，这段独白纯粹是内省的、表现的是特定的内心历程，与任何外部行动都无对应关系，这就使得时间的压缩成为可能，因为内在的心理事件是无法用经验世界的时间尺度衡量的。所以在这种情况下，虚构时间和实际表演时间的不一致就不应看作以一当十的戏剧运用，而应看作虚构层面上客观的计时标准（时钟报时）与浮士德主观上的时间感知之间的差异的反映。①

浮士德中所谓的时间流逝，既可以从心理上看成主观时间感知与客

---

① 转引自［德］曼弗雷德·普菲斯特：《戏剧理论与戏剧分析》，周靖波、李安定译，北京广播学院出版社2004年版，第365页。

观时间感觉的差异，表现浮士德面临死亡时的压迫感，也可以看作是指代时间流逝的叙事手段。传统戏曲中的"数更"也有同样的叙事效果，比如京剧《坐楼杀惜》中，宋江被迫与阎惜姣同处一室，但二人并不同心，均是越等越烦躁。文本中用"二更鼓""三更鼓""四更鼓"来代替时间的流逝，一直到天明。按故事时间算，从夜晚到天亮至少五六个小时，但是这段戏在台上不会超过十五分钟。这种"数更"的做法，与纯粹用话语交代时间的流逝不同，它强调的是人物内心中的时间流逝，从而加快了戏剧节奏。

在另外一些情况下，又会用较长的话语时间来描述较短的故事时间。这在西方的意识流小说中很常见，比如普鲁斯特的《追忆逝水年华》中，许多片段只是人物的一闪念，而文本却用大幅的文字加以书写。戏剧文本中也不乏其例。如情节正在进展之时，一个人物跳出故事情境对观众讲话，或者阐述自己的内心，之后又回到故事情境中。在现实生活，人物针对情境的心理反应通常是刹那间的，而外在的话语叙述时间显然超过了实际的故事时间。戏曲中有许多例子。"比如戏曲中常见的双方交兵正打得不可开交之际，突然有一方停下来又唱又做，对方也听之任之。如《虹霓关》中东方氏与王伯党对枪时，东方氏停下枪来'两看'王伯当，故事时间停滞，叙事时间继续流淌，以突出东方氏爱恨交加、爱战胜恨的内心特写。"① 这里的叙事时间就超出了故事时间，故事时间为零。京剧《穆桂英挂帅》中，穆桂英登上帅台之前，用较长的篇幅表达内心的喜悦、激动，叙事时间远大于登上帅台的故事时间。

当然，心理时间的加速，与运用外在叙述者提供的时间框架来话语加速并不相同。比如《皇家太阳猎队》（彼得·谢弗）中，采用了老年马丁作为叙述中介：

老年马丁　死的尘土，它就在我们的鼻子里。令人恐惧的感觉来得
　　　　　这么快，像一场瘟疫一样。（众人都转过头去）所有的
　　　　　人都挤在广场周围的建筑物中。（众人都站了起来）他
　　　　　们站在那里，浑身发抖，随地大小便。一个小时过

---

① 刘艳卉：《戏曲剧作思维》，上海人民出版社 2016 年版，第 161 页。

了，两个小时过去了，三个小时过去了。（所有人都处在绝对静止的状态）五个小时过去了，印第安人的营地里一点动静都没有。我们的军营也鸦雀无声。一百六十个人，全副盔甲，骑兵已上了战马，步兵整装待命，大家都站在死一般的寂静中等待。

皮 萨 罗　要坚持下去，听着，你们是上帝，要鼓足勇气，不要眨眼睛，不要吵闹。

老年马丁　七个小时过去了。

皮 萨 罗　不要动，不要动，你们要自己管自己。孩子们，你们不再是农夫了，你们的机会来，抓住它，别把它放走。

老年马丁　九个小时过去了，十个小时过去了。大家都感觉到寒冷在浸透着我们的躯体。①

……

这里的老年马丁与皮萨罗分处不同的时空，老年马丁的叙述加速是针对内层故事情节的加速，而非在自己的叙述层。因此，叙述层的时间并没有加速，而只是故事层的时间发生了跳跃。这是用话语来裁剪情节，而不是用人物的心理时间去取代故事时间。

第三节　多重与主观的叙事时间

尽管亚里士多德认为宇宙时间先于心灵而存在，但是当时间被纳入文本之中时，就不再是宇宙时间而只是一种模仿的、服从于情节的时间。在这个时间中必须对过去的情节加以描述，从而将过去的时间纳入当下中来。

利科将叙事分为三重摹仿（mimesis），其实就是创作之前的预构型（prefiguration）、塑形（configuration）和重塑（refiguration），即对创作之前创作客体本身时间的预理解，包括对人类创作活动叙事特性的理

---

① 选自《西方现代戏剧流派作品选（第4卷）》马传禧译，中国戏剧出版社2005年版，第637—730页。

解，创作活动中通过文本对创作客体的描摹，以及读者在阅读活动中对叙事内容的时间重构。① 这些环节无一不体现着时间的主观性。

在戏剧文本中，常拥有一个以上的叙事时间。在非叙述体结构的文本中，除了剧情当下进行的时间外，交代前史、暗场事件、叙述元故事等形成另一重叙事时间，这些元故事发生的时间并不相同，由此构成戏剧文本复杂的时间结构。在叙述体结构中，由于叙述者的加入，使得叙事层次更加丰富，时间也更加多样。

一、第一叙事时间与第二叙事时间

热拉尔·热奈特在针对叙事跨度的研究中，区分了叙事话语中按顺序排列的时间层次。他认为任何时间倒错与它插入其中、嫁接其上的叙事相比均构成一个时间上的第二叙事。② 我们通常把现实时间称为第一叙事时间，而把其他时间称作第二叙事时间。在非叙述体结构中，现在时空中正在发生的事件属于第一叙事时间，而借他们之口讲出的故事则属于第二叙事时间。比如《长生殿·弹词》：

【梁州第七】想当日奏清歌趋承金殿，度新声供应瑶阶。说不尽九重天上恩如海：幸温泉骊山雪霁，泛仙舟兴庆莲开，玩婵娟华清宫殿，赏芳菲花萼楼台。正担承雨露深泽，蓦遭逢天地奇灾：剑门关尘蒙了凤辇鸾舆，马嵬坡血污了天姿国色。江南路哭杀了瘦骨穷骸。可哀落魄，只得把霓裳御谱沿门卖，有谁人喝声彩！空对着六代园陵草树埋，满目兴衰。

上段中李龟年"弹词"的时间是第一时间，而"弹词"所讲述的内容属于过去的第二叙事时间。《美狄亚》中老保姆讲述夫妇二人结怨前史、《俄狄浦斯王》中俄狄浦斯交代自己来到此地的经历，均属于在第一叙事时间中插入第二叙事时间，第二叙事时间结束之后才回到第一叙

---

① 王灿：《"三重摹创"视野下非虚构写作的实践图式探究》，《文学评论》2022 年第 2 期。

② [法]热拉尔·热奈特：《叙事话语 新叙事话语》，王文融译，中国社会科学出版社 1990 年版，第 25 页。

事时间。

　　第一叙事时间与第二叙事时间的分割界限并不总是一清二楚，相反，它们会在许多方面产生交织。比如，《雷雨》中鲁贵讲述"女鬼"故事时，伴随着第一叙事时间中四凤的反应。在《狗儿爷涅槃》中，第一叙事时间是狗儿爷之子陈大虎打算推倒门楼盖厂房的现在，第二叙事时间是狗儿爷的心理时空，然而后者自行又分化出两个时间，一是狗儿爷对过去事情的回忆，二是纯粹的意识流时空。比如陈大虎引祁小梦见狗儿爷时，狗儿爷疯疯癫癫，时而清醒与陈大虎对话，时而与意识里的地主祁永年对话：

狗儿爷　这是谁？

陈大虎　快叫哇，叫——爸爸。

祁小梦　（腼腆地）大叔。

狗儿爷　（欣慰地）噢，好，好，就是你们俩——打恋恋？（猛然）你，你怎么像他？

祁永年　是我闺女不像我？

狗儿爷　你姓啥？

祁小梦　……

陈大虎　说呀——

祁小梦　姓"梦"，叫"梦祁"。

狗儿爷　你不是这个祁永年的闺女？

祁小梦　（痛苦地）不是。

祁永年　是又怎么样？

狗儿爷　是我不要她。①

　　这部作品从时间上看，是从心理时间开始，最后回到心理与现实交织的现实时空，也即从第二时间开始，最后回到第一时间与第二时间交织的主观时间。

　　【满台大火。巍巍门楼被火焰吞没。

　　【人声、马达轰鸣声，雄浑地交织在一起，直响到终了。

---

① 选自《中国话剧百年剧作选（第15卷）》，刘厚生等编，中国对外翻译出版公司2007年版，第149—200页。

【有人喊：

"推土机来啦！"

"快救火呀！"

　　【陈大虎、祁小梦上，二人的神色像是刚刚从火里钻出来。

陈大虎　老爷子呢？

祁小梦　走了。

陈大虎　菊花青？

祁小梦　牵去了。

陈大虎　快——你和连玉大叔张罗救火，收拾利落，天亮推土机就要来了，一分钟也耽误不得。

祁小梦　你呢？

陈大虎　找爹去！（快步跑下）

祁小梦　去哪儿——

　　【传来陈大虎的声音："风水坡——"

　　【火渐熄。

　　【马达声大作。推土机隆隆开入。

　　——幕落·全剧终

　　在第二叙事时间之上，还可派生出第三叙事时间，尤其是在不同人物构成多重叙述时。比如《玻璃动物园》中，除了汤姆叙述当时所代表的第一叙事时间，被叙述出来的汤姆、阿曼达、罗拉的家庭往事之外，在阿曼达的回忆中还有第三叙事时间，比如第一场中母亲阿曼达回忆年轻时南方种植园的浪漫时光，被多名优秀青年追求的趣事。这是嫁接于阿曼达当前家庭生活之上的往事：

阿曼达　哈德利·史蒂文森淹死在月湖里，给他的妻子留下了十五万公债。还有卡特里兄弟俩，韦斯利和贝茨。那些盯着我一个劲献殷勤的机灵小伙子当中，就有贝茨！他跟温赖特家那个野小子闹翻了。他们在月湖娱乐场里用手枪火并。贝茨的肚子上挨了子弹，死在开往孟菲斯的救护车上。

　　这里所提到的淹死在月湖、用手枪火并等均属于外追叙，在阿曼达回忆之前就完成了的，属于第三叙事时间。同样的还有《六度分隔》

134

中，肯特·康威回忆认识黑人青年保罗的场景，发生在本剧开始之外，也属于外追叙。戏剧文本中追叙的存在，让过去时空与现在时空实现了融合，这样的跳转和转换省去许多不必要的环节，使得剧情摇曳多姿、似断实连，有一种空灵跃动的美感。

多重叙事时间的存在，使得戏剧文本的情感和主题可以分层表达。比如《狗儿爷涅槃》中，狗儿爷在第一叙事时间内对土地的情感只是一种概括，在第二叙事时间内土地失而复得的矛盾和冲突却充分展开。没有第一叙事时间的存在，第二叙事时间的事件，如解放后狗儿爷获得二十亩土地、农业合作社时因土地被收走而发疯、其妻子因缺粮而被迫改嫁、改革开放后土地失而复得等仍可以独立发展成戏，只是缺少一种画龙点睛的凝聚力量，显得有些松散。如果缺少了第二叙事时间，则第一叙事时间会显得过于简陋而无法成戏。

第二或第三叙事时间结束之后，总是回到第一或第二叙事时间，也即上层的叙事时间。非叙述体戏剧中这种情况的发生比较简单，伴随着人物的追叙而结束第二叙事时间，自然回到第一叙事时间，因为第二叙事时间本身就是二人对话的一部分，并未对第一叙事时间造成干扰，也无需话语的过多干涉。在叙述体戏剧中，第二叙事时间向第一叙事时间的回归比较复杂，有时需要在剧首和剧尾回归到第一叙事时间，有时第二叙事时间视需要，阶段性地向第一叙事时间回归。这时回归的参照点往往是某一情节段落的结束。比如《玻璃动物园》共分为七场，第一叙事时间出现在第一场的开头和第七场的剧终，并不需要在每一场结束时回到第一叙事时间，仅仅以乐声和灯光的熄灭来代表本场的结束。

当然，第二、第三叙事时间向上层叙事时间的回归，并非仅仅意味着第二、第三叙事时间的消失，而只留下一层叙事时间，相反，这常常呈现为两类叙事时间交织。比如《玻璃动物园》的最后一场结束时，汤姆的收场白和室内的哑剧同时进行，同时呈现两个叙事时间，一个是第二叙事时间：

【汤姆的收场白是和室内的哑剧同时进行的。室内的一场戏好像是在隔音玻璃后面演出似的。阿曼达像是在安慰罗拉，罗拉则低缩在沙发上。这时我们听不见母亲讲话的声音。她并不显得愚昧可笑，反而颇有尊严和凄凉的风度。罗拉的乌发遮住了她的脸，直到阿曼达把话讲完，她才抬起头来对妈妈微笑着。阿曼达在安慰女儿时，她的动作缓慢而优雅，宛若舞蹈。她讲完话，望了望父亲的照片——然后穿过帷幕出场。在汤姆讲完收场白时，罗拉吹熄蜡烛。剧终。

另一是在第一叙事时间由汤姆进行总结发言：

汤姆　我不到月亮上去，我要走得更远——因为时间是两个地方之间最远的距离——不久以后，我因为在鞋盒上写了一首诗就被解雇了。

话剧《伊库斯》也是典型的叙述体中第一叙事时间与第二叙事时间结合的例子，开场是医生在现实时空中，向观众讲述一个男孩和一匹马的亲密关系："这件事是从上个月的一个星期一，海瑟来访开始的。"第一叙事时间在第一幕中到此为止，剧情在第二叙事时间中发展着，到本幕结尾也是如此。直到第二幕的开头，医生狄萨特在第一叙事时间中描述目睹此景的内心震撼时，才再次回到最初的叙事时间，并且与第一幕结尾第二叙事时间中男孩骑马的事件相衔接。

狄萨特　他只拥抱那匹叫作努格特的马。他让我看他是怎样在夜里和它相依相偎的，他把一只手放在它胸前，另一只放在它的颈上，就像一对冻结了的探戈舞伴，他吸取它冰冷而甜美的气息。他说："你注意过吗？那些马把一只蹄尖立在地上的样子，活像是跳芭蕾舞的姑娘们。"[①]

随后重新回到第二叙事时间，即从现实来到过去的回忆。剧情结束时，回到了第一叙事时间中的医生面向观众的讲述，认为自己虽然可以"治好他身上的毛病，可以抹去他头脑里被飞舞的马鬃飞舞造成的创伤"，让他回到正常世界，但是这就像马儿被拴在马厩中套上笼头按部就班喂养一样，实质上是对生命的一种阉割。他的议论充满了反讽的意

---

① 选自《外国当代剧作选（2）》，刘安义译，中国戏剧出版社1991年版，第1—140页。

味，世人眼中的不正常，其实对动物来说是天性、是生命力的释放，马儿宁愿被人骑在背上驰骋，也不愿意在黯淡的马槽中度过一生；孩子心目中的圣殿被毁掉了，从此沦为平庸的正常人。医生面向观众的讲述属于第一叙事时间，他亲身经历的治疗过程属于第二叙事时间。剧情基本是在第二叙事时间上展开的。

二、第一叙事时间与第二叙事时间的关系——预叙、追叙、补叙

关于不同层次叙事时间的关系，热拉尔·热奈特区分出追叙和预叙两种类型。追叙"是指对故事发展到现阶段以前的事件的一切事后叙述"。预叙是指"事先讲述或提及以后事件的一切叙述活动"。[①] 预叙是戏剧文本中的常见手段。不过，由于常借人物之口以代言的方式说出，使观众和读者不易察觉到其中所蕴含的叙事调节，这仍然是作者借人物之口在交代情节，是作者叙事对时间的调整之一。

大多数情况下，预叙在文本伊始就得到交代，尤其是在拥有叙述中介的文本中。比如在苏珊·洛瑞·帕克斯《维纳斯》的开场，让承担叙述中介的黑人掘墓者告知大家维纳斯已死的结局，随后再解释其死于寒冷的天气和酒精中毒。《伊库斯》一剧也是如此。

戏剧文本中，预示情节多为概要式的叙述，或引入开端，或暗示结果，并不交代实施过程。比如《毕德曼和纵火犯》中，主人公毕德曼明知阁楼上有汽油桶，两个不明身份的人是纵火犯，却出于自私懦弱的心理不敢反抗，作者借合诵队之口指出危险迫在眉睫，强化情节的紧张性：

合诵队长　这不幸的人，他现在打算怎么办？
　　　　　　你看他那样惊慌失措，却又铤而走险，
　　　　　　匆匆离去，脸色像纸一样苍白，

---

① ［法］热拉尔·热奈特：《叙事话语　新叙事话语》，王文融译，中国社会科学出版社 1990 年版，第 17 页。

　　　　　　　他胆战心惊地下了决心要干什么？

　　　　　　　【传来汽车的喇叭声。

合　诵　队　他对那不祥的气味已经习惯了！

　　　　　　　【可以听到远处汽车的喇叭声。

　　　　　　　我们要遭殃了。

合诵队长　　我们要遭殃了！

　　　　　　　【合诵队退后，合诵队长仍然站在那里，拿出烟斗。

合诵队长　　他害怕变革胜过祸患，

　　　　　　　怎么可能采取行动消除这场灾难？

　　　　　　　【他随合诵队退后。

　　此处只引入开端，预示危险即将发生，但是主人公如何应对则通过情节来展示。

　　在拥有叙述中介的戏剧结构中，"预叙"的方式通常会贯穿始终。如《维纳斯》中，每一场结束之前，叙述者"黑人掘墓者"都会提前告知读者和观众下一场戏的标题。申丹和王丽亚认为，这种"事件还没有发生，叙述者就预先叙述事件及其发生过程"的叙述方式，可以使读者和观众不必因为担心剧中人物的发展和结局而过多地融入剧情中。[1] 事实并非如此。在戏剧实践中，预叙尽管交代了结果和大致过程，但由于结果的出人意料或匪夷所思，反而会形成新的悬念，令人想探知结果发生的原因。预叙所解除的只是关于结果的悬念，关于"如何发生"的原因探讨则被强化了。在拥有叙述中介的文本中，叙述中介也常提前把剧情发展的走向告诉观众。比如《我为什么死了》，叙述者先交代自己"死"的结果，随后才交代原因。解除了"死"带来的结果悬念后，观众的注意力更加集中在"死"的原因探讨上，从而更集中地表现"文革"对人性的戕害。

　　预叙的存在揭开了故事的谜底，看似消除了剧作的悬念，其实所揭开的只是结果的悬念，而原因的悬念并未揭开。有时预叙与现时的状态同时存在，会产生别样的拼贴效果，形成富有意味的对比。相比之

---

[1]　申丹、王丽亚：《西方叙事学：经典与后经典》，北京大学出版社 2010 年版，第 116 页。

下，戏剧文本中的补叙或追叙属于事后交代。热拉尔·热奈特又将追叙分为外追叙、内追叙与混合追叙三种。一般来说，前史的介绍均属于外追叙，也即追叙内容发生在剧情开始之前，主要功能是交代故事发生的背景。如《雷雨》中鲁贵对"闹鬼"情节的介绍、《俄狄浦斯王》中俄狄浦斯对身世的交代均属于外追叙。内追叙主要功能是填补空白，交代事情的由来。比如《茶馆》中对两户人家因争夺一只鸽子大打出手的交代。再如《丽人行》中，报告员补叙贝贝与父亲相见的原因：

报告员 从五岁起就没见过父亲的贝贝，怎么会认识玉良呢？由于嫉妒与邪恶的心理，王仲原不愿意贝贝跟她母亲去看她自己的父亲，便把她领到电影院看电影，还约了他的情妇俞芳子。玉良错过了和女儿见面的机会，跟着新群走。这时候，若英早在新群家里，等着她从前的丈夫。

内追叙反复出现时，则有强调所叙内容的功能。如在元杂剧《冤报冤赵氏孤儿》中，屠岸贾对与赵盾结仇的由来的追叙属于外追叙，发生在他奉命对赵家斩草除根之前，而程婴关于两家结怨和义士救孤的事件的描述，则属于内外追叙的混合。因为"结怨"属于外追叙，而"救孤"一事则属于内追叙了。程婴在剧中曾经多次重复过"结怨"和"救孤"一事，并结合具体的情境，对这两件事的意义加以补充或改变。暗场事件的交代多属于内追叙，即所叙述的情节发生在剧情开始以后，结束在剧情结束之前，整个叙事跨度在剧情之内。

场景展示与叙述话语结合的叙述体戏剧中更容易出现混合追叙的情况。比如《六度分隔》中，人物讲述的不速之客来访一事，发生在二人回忆惊魂一晚之后，然而保罗是谁却是整个剧情探讨的内容，在这种情况下，追叙的内容的影响持续到当下。在同一个戏剧文本中，内追叙与外追叙均有体现，可以互相衔接。

外追叙由于发生的年代久远，多起到交代背景、营造悬念的作用，而内追叙则会使人物当下的行动产生紧迫感。内追叙有时还有结构上的作用，话语叙事遮蔽了故事时间、加快叙事进程之后，为使读者和观众仍能在心理上产生故事时间的幻觉，通过追叙来实现情节次序的调整是一种行之有效的方法。比如英国《赵氏孤儿》(詹姆斯·芬顿)中程勃关于出游的回忆段落：

程勃 我是程勃，御医程婴之子。家住京城，晚间跟随父亲习医。不过我还有一个义父。很久以前，丞相屠岸贾大人就收我为义子。日间我就跟随义父学习骑射和兵法。他在御花园中教我骑马狩猎。我和两个父亲都相处得很好，我爱他们。可是最近父亲告诉我一个秘密。国君快不行了，而且不想让朝臣知道。即使我的义父也被蒙在鼓里。我不懂为什么要这么做。为了缓解国君的病痛，父亲让我到很远的地方去采一种珍稀草药。同时要找到魏绛将军，告诉他国君的病情。没有人知道我去送信。我还是第一次担负这样的责任，很想得到父亲的称赞。在此之前，我从来没有孤身一人，跋涉千里。

我经过的第一个镇子被人放了火，谷仓还在冒烟。

农夫 太残暴了！他们把种子都毁了。我们都会饿死的。造孽啊！

程勃 谁干的？是谁袭击了这个镇子？

农夫 税吏干的。除了他们还能有谁？

程勃 官府烧了老百姓的谷子？

农夫 乡亲们，这个年轻书生问了个问题：官府烧了老百姓的谷子？

【一片笑声。

程勃 在第二个镇子，官吏正在挨家挨户地征兵。我看到一个男人为了不去打仗，竟把自己的手砍了。在第三个镇子，他们在镇压叛乱。抓到的叛乱者被当街拷打，他们的脸上写满了仇恨。一路上我看到的都是不幸……

我继续往边关去，穿过开满无名野花的空寂山谷。我遇到那些士兵，他们都不提国君或屠岸贾，只提魏绛将军——看样子对他十分敬畏。我感到走进了一片全新的天地，在那里，自然的美景和人间的正义和谐一致。我当然知道自己的使命，但是总感到自己太幼稚，不该去打听其中的深意和父亲派我来的目的。我找到了父亲让我采集的珍稀草药——可以给病危的国君用。那时我发现魏绛和他的部下正在观察

我。士兵向我招呼，语气很友好。我爬上山，士兵把我送进
了将军的营帐。①

从情节逻辑与叙事时间上看，程勃回忆的第十八场，应该置于第
十五场之前，也即士兵把他送进将军的营帐之后，再接第十五场的遇见
魏绛。然而这样一来，我们会面临一个新的问题：第十四场屠岸贾杀死
婴儿到第十五场婴儿长大成人之间，故事时间跨度长达十八年，叙事时
间的紧密相连不能够让观众从心理上感受到时间的漫长。因此，作者巧
妙地以"书生"称呼此处的赵氏孤儿，之后又用了两场戏（一场是歌
队，一场是魏绛审问程婴）以增加叙事时间的间隔，忠于原著同时又照
顾到观众心理时间的过渡。

在戏剧文本中，有时第二叙事时间的事件属于虚构事件，并非是发
生在第一叙事时间之外的真实事件，这样一来，第二叙事时间就成了虚
构时间，我们只能从第二叙事时间的事件在第一叙事时间之前就已经完
成，来得出它属于追叙的结论。在《枕头人》中，在卡图兰接受审讯的
第一叙事时间中，加入了卡图兰笔下作品的第二叙事时间。比如《路口
的三个死囚笼》《河边小城的故事》《作家和作家的哥哥》等一系列故事
均构成了第二叙事时间。这里第二叙事时间的故事在时间上彼此平行，
不属于第一时空，而分属于不同的第二叙事时间。

除了追叙与倒叙之外，在中国古典文学作品的叙事实践中，又会出
现插叙和分叙。插叙与追叙接近，同样用于补充和交代情节，属于部分
追叙；而分叙"花开两朵，各表一枝"从叙事效果上看，属于按照时间
顺序的叙事，只是强调了两件事的同时发生。

三、主观的时间叙事与叙事效果的表达

通过前文梳理不难发现，无论是在拥有叙述中介的文本中，还是没
有叙述中介的文本中，叙事时间都不是故事时间的机械模仿，而是作

---

① James Fenton, *The Orphan of Zhao*, London: Faber and Faber, 2012，参考陈恬
译文。

者—虚拟作者主动选择的结果。叙述的时间植入展示的时间时，由于被叙述的事件是局部的、服从于展示事件的，因而在整体上是幻觉的，仅在局部上打破了展示的幻觉。而由叙述时间引导的展示时间，则属于再造的主观时间。在展示时间中，看重事件的完整性、时间顺序和因果逻辑；在叙述时间中，不重因果关系而重心象冲击、情感逻辑，与情节的完整性、顺时顺序和因果逻辑相比，主题、心象与情感的强调与渲染更重要。

1. 主观时间叙事中的心象表达

出现在戏剧文本中的时间是主观的时间，从另一侧面体现着人物的内心活动。比如京剧《坐楼杀惜》和京剧《虹霓关》中，无论是叙事时间的加速，还是叙事时间的延长，重点均在于烘托人物情绪。时间不是重点，人物的内心活动才是重点，前者在于突出宋江在时间流逝中愈来愈焦躁的情绪，后者则用于突出东方氏的爱慕。在拥有叙述中介的戏剧文本中，人物的意识流在时间之中穿越，其结构的根本依据，是人物思想感情的变化。比如《那年我学开车》中的小贝，人物从回忆学开车之初，再到读书，再到家庭餐桌，再到东海岸之旅，也是随着人物情感中爱恨情仇的转变决定了回忆内容出现的叙事次序。

出现在《浮士德博士的悲剧》与中国戏曲"数更"中，通过叙述加速故事时间的做法，对时间的加速是片面的、局部的，并不影响文本的整体时间结构。在话语叙述引领展示时间中，叙述时间对展示时间的影响是全面的、整体的，编剧所挑选的时间点，重在特定时间发生的事件及人物心理状态的渲染、呼应。比如英国剧作家彼得·谢弗《皇家太阳猎队》中，老年马丁的叙述导入了过去的时间，叙述决定过去时间的顺序、速度和频率。在局部的叙述中，话语对时间的干涉是局部的，也即整体的叙事时间的顺序与故事时间是一致的，仅仅在局部形成了倒错，构成插叙和补叙。在叙述时间引领展示时间的情况中，叙述者拥有切割、拼接故事时间，重构叙事时间的能力，这有着双重的叙事效果。一方面，叙事时间可以自由地从当前回溯过去又跳往现在，增加了叙事的灵活性；另一方面，通过话语对过去时间的切断、组合，突出了当前叙事时间的重要性，将过去与现在的景象叠映在一起，有助于营造陌生化的、打破幻觉的叙事效果。

当叙述的时间不是以片段的样式存在于文本内部，而变成连贯的甚至文本的结构时，叙述中介会在当前的时间中概述、点评曾经发生过的事件，然后再以场景展示的方式呈现这些事件；不再是叙述时间插入展示时间的模式，而是由叙述时间引领展示时间。展示与叙述的时间不是简单地合二为一，而是各行其是。当叙述的时间停止时，展示的时间才开始；当展示的时间开始时，叙述的时间中止。比如在美国剧作家保拉·沃格尔的《那年我学开车》中，作为叙述者的中年小贝向读者和观众讲述幼年时被姨父性侵的故事，故事的展示部分在讲述之内；主人公的叙述独立于下层的情节而存在，场景展示是作者叙述的一部分。

2. 主观时间叙事中的事件高潮

出现在时间叙事的事件高潮，也会随着时间的不同情况而产生分化，尤其是在双重或者倒错的时间结构中。

在展示时间中植入叙述时间的情况中，展示时间在外而叙述时间在内，展示时间是第一叙事时间而叙述时间属于第二叙事时间。比如《雷雨》中的"说鬼"。然而，当出现叙述中介并且由叙述时间引领展示时间时，情况则相反：叙述时间作为第一叙事时间存在于外，而展示的回忆时间成为内在的第二叙事时间。在《皇家太阳猎队》中，老年马丁成为外在的叙述者，发生在当下的回忆及回忆中的过去在时间上明显错开，构成了两个时间层次：一层是老年马丁的事后回忆，另一层则是事件发生的当时。老年马丁的叙述让时间在被描述中得以快速行进，并且剪接着发生的故事片段。在这种时间里，外在的叙述构成的是现在的时间——叙述者通常用来讲述自己的故事，这条时间线索是简略的，由叙述所连贯的用于展示过去时间的片段，则是相对详尽的。

在展示时间中植入叙述时间，通常只构成双重时间，在由叙述时间引导的展示时间中，可以构成多重的时间。这也就是说，在第一叙事的叙述之中，蕴含着第二叙事的场景展示，而在这一场景展示中，又可以存在时间的叙述与时间的展示。

展示时间容纳叙述时间情形中的高潮，通常是情节自然而然发展形成的事件高潮。比如《雷雨》中随着鲁侍萍的到来兄妹乱伦的真相被揭开，催生了四凤触电而死、周萍自杀的悲剧事件，高潮发生于故事临近结束之时。多重时间或再造时间中的高潮，则通常是叙述与展示的交叉点，人物回忆或心理活动中最震撼的时刻，内外呼应而且首尾呼应。比如沃格尔的《那年我学开车》中的结尾部分，高潮是中年小贝发动汽车，在汽车后视镜中发现了姨父。这体现了她在情感上与过去的和解、心理上的自我治愈。同样，东海岸之旅在故事时间上发生在前几场回忆内容之前，在叙事时间上排在接近高潮的地方，是因为这一事件意味着二人关系的重大转变，是小贝不幸命运的开始，在人物心理上造成巨大冲击，处在情绪情感的高潮。

3. 叙述时间引领展示时间的叙事再造

当叙述时间植入展示时间之中时，叙述时间是碎片化的存在，无法与其他被叙述的时间建立联系。在拥有叙述中介的文本中则不然。作为中间交际系统、承担整个故事讲述的叙述者，对于故事时间的干涉力度更强，出现在他叙述中的时间，在时序、跨度、频率上均有所不同，成为一种主观的叙事时间。叙述中介也可以在当前的时空中停留，发表对事件的看法，提醒观众和读者摆脱具体情节的情感干涉，强化理性认知。比如田汉的《丽人行》中，承担叙述中介作用的报告员，其任务就是连贯情节、指引时间、点评事件，在第五场中，他补叙了玉良来见若英的前因后果。从所描述的事件看，王仲原带贝贝到电影院看电影，故事时间至少要持续一个钟头，而在叙述中，借助话语所用的时间不到一分钟。通过报告员之口，作者鲜明地表达了对王仲原卖国求荣行为的厌恶，对玉良的同情，和对若英执迷不悟的担忧。

当叙述时间引领展示时间时，能够打破事件与事件之间原有的时间、因果关系，营造出新的叙事关系，由此产生关于事件的新认知。比如《那年我学开车》中，随着中年小贝叙述的深入，过去的时间线索不断被改变，或者倒转，或者加速，时间安排打破了原有故事的因果逻辑顺序，强调事件与事件之间的聚合效应，使得本剧超出了一般的猎奇视角或者对儿童性侵的单一控诉，成为审视人性灰色地带、女性社会地位的拥有多重意义的丰富文本。

在《那年我学开车》中，时间虽然在次序上是错乱的，但每个时间点在时间链条上都有自己明确的位置——正如人不能两次踏入同一条河流，也不会出现重叠或相同的时间点。然而，当时间的主观性发挥到极致时，时间可以在心理与现实中不断往返、循环，成为一种可逆的、周而复始的时间。比如美国剧作家保拉·沃格尔的《漫漫圣诞归家路》一剧，叙事时间的安排是这样的：

> 男人、女人、鬼魂斯蒂芬（叙述的时间）——圣诞夜驱车回家路上（展示的回忆时间）——教堂中做礼拜（展示的回忆时间，在回家之前）——外祖父家（展示的回忆时间，回家后）——父亲将车开下悬崖（展示的回忆时间）——三姐弟成年后的时间（并列的意识流时间，展示时间）——男人、女人、鬼魂斯蒂芬（叙述的时间）

鬼魂斯蒂芬作为叙述者，先讲述了与父母和姐妹在圣诞当天驱车回外祖父外祖母家的事件，然后才追叙发生在此前一天、与父母到教堂做礼拜的经历，教堂一事在故事时间中处在回家之前，在叙事时间中刻意被放到了回家事件之后。从叙事效果来看，教堂所提倡的宽容、宽恕、平安、祥和的气氛冲淡了封闭车厢中家人之间的厌恶与抱怨，在戏剧气氛上起到了缓和的作用。这个时间的倒错是有意为之的叙事策略。

在从外祖父家不欢而散归来后，车厢中的紧张气氛到达极点，父母争吵公开化，父亲一怒之下，将车驶向公路之外的深渊。此时，全剧的时间结构发生变化，从坠崖这一刻出发，跨越此刻而迈向未来，一次次循环、预演父母此举对三姐弟成年后的生活影响，时间就此成为可逆循环模式，从驶向深渊的那一点向前延展，直接跳到姐姐成年。在交代完姐姐成年后的悲惨遭遇后，又跳回到驶向深渊的时间点。经过三个回合后，来到未来的某个时间点，又回到最初鬼魂斯蒂芬叙述的起点，斯蒂芬以一己之力，在关键时刻阻止了父亲的疯狂——时间再一次回到原点。在这种处理中，时间完全变成一种主观的处理而摆脱了情节模拟的束缚，它不必考虑故事时间与叙事时间的差异，而只需要选择对读者和观众具有强烈感染力和冲击力的时间点，同时，这种场景化的展示受控于外在的叙述，根据叙述者的意愿加以切割和组合，人为改变故事时间在叙述中的长度。展示的开始与结束，并不以事件的完整为标准，而是由叙述者的时间来决定，由叙述者的话语来切断，成为一种主观的可依据叙述者的心理意识加以自由组合并决定长短的时间，从而对人物情感造成强烈冲击，使表达的主题更加震撼人心。

综上可见，无论现实中时间的主观性和客观性为何，出现在戏剧文本中的时间是完全主观的时间。这种主观时间可以是心理上的，也可以借助话语来实现切割。戴维·赫尔曼曾经对《在切瑟海滩上》的文本进行过时间上的话语分析，①认为作者任意地运用倒叙与快进跳转在过去与未来之间。他列举了小说中的一段文本：

> 她的话，那特殊的古语辞令，将在未来很长时日里困扰他。他会在夜里醒来听到这话，或是这话语的回响，以及其恳求、抱憾的语调，而每当想起那一刻，想起他的沉默，想起他愤然转身离她而去，然后又在海滩上待了一个钟点，细细品味她带给他的伤害、冤屈、羞辱，却因自诩悲怆地站在真理一边而感到激昂慷慨，这时他会发出痛苦的呻吟。

赫尔曼指出，在这段叙事中，时间点从现在出发，远指向未来"将在未来很长时日里困扰他"，之后又回到稍近的现在，"在海滩上待了一个钟点"，"麦克尤恩在这里运用动词的虚拟语气（他会醒来，他会叹息），提供一种行为的图像轮廓，源于海滩上的故事片段，并会在将来反复发生。在将时间往前压缩时，这个段落也压缩成为一个可供报告的大量发生的事情的序列——于是压缩到爱德华的愤怒地拒绝了弗洛伦斯的最后平息怒火的姿态，然后爱德华在许多年间其实是几十年间都是在受难于这个傲慢的行为，这个行为结下懊悔、自我剖析，最终是自我蔑视的果实"。②经过这样的处理，作者不仅改变着叙事的步伐，而且还在"在相对短的文本跨度中，展示一个相对长的时间跨度"。在话剧《哥本哈根》中，玛格瑞特、波尔、海森堡三人的主观意识穿越过去与现在，不断用话语叙述时间来切割故事时间，毫无疑问将主观时间的触角延伸

---

① [美] 戴维·赫尔曼等：《叙事理论：核心概念与批评性辨析》，谭君强译，北京师范大学出版社 2016 年版，第 72 页。

① [美] 戴维·赫尔曼等：《叙事理论：核心概念与批评性辨析》，谭君强译，北京师范大学出版社 2016 年版，第 72 页。
② 同上书，第 74 页。

146

得更长，叙事步伐和叙事跨度上的改变让叙事更加丰富。赫尔曼指出："小说文本反复提到弗洛伦斯与父亲的航海旅行，提到弗洛伦斯对音乐生涯的追求，于是强调故事世界的这些元素的重要性，以及一个故事线的结构，弗洛伦斯受父亲性侵是导致她在音乐世界中寻求慰藉的一个原因——也是她在新婚之夜的所作所为的原因。"同样，《哥本哈根》反复提到的海森堡对玻尔的那次访问，也正是整个故事世界的中心与背景，暗示了历史的不确定性和历史人物心中的难言之隐，而这正是借助叙事时间的主观性和多重性实现的。

第四章　戏剧情境与叙事空间

　　一直以来，研究者认为雕塑、图片、摄影艺术等艺术样式需要重视空间，而文学属于时间艺术，因此叙事作品中的空间总是被忽略。西方现代小说的出现打破了情节的时间序列和逻辑形式，强调了空间布局的重要性。约瑟夫·弗兰克在研究西方现代小说文本的基础上，发表了《现代文学中的空间形式》一文，提出了叙事的空间问题。他认为，当现代诗歌抛弃语法序列，追求词组之间的断裂、有意破坏意义时，空间逻辑就产生了；普鲁斯特的"纯粹时间"即意识流在瞬间并列过去与现在，也是在破坏时间的基础上建构空间。[①] 他的理论虽然是针对现代叙事作品而言，但也打开了从空间的角度分析传统叙事作品的思路。

　　在叙事学领域，西摩·查特曼提出了"故事空间"（story-space）与"话语空间"（discourse-space）的概念，前者是指行为或故事发生的当下环境，后者指叙述者所在的空间，包括叙述者的讲述或写作环境。与弗兰克相比，查特曼的"空间"并非指文本的空间结构，而是情节发生的空间。

　　米歇尔（W. J. T. Mitchell）在《文学中的空间形式：走向一种总体理论》中，对文本空间进行更细致的划分，他提出文学空间的四种类型，即字面层（文本的物理存在）、描述层（即作品中表征、模仿或所指的世界）、文本表现的事件序列（即传统意义上的时间形式）与故事背后的形而上空间（生成意义的系统）[②]。他的分类涵盖了弗兰克与查特曼的类型，又增加了"形而上的空间"，强调了空间背后的意义生成与

---

① ［美］约瑟夫·弗兰克等：《现代小说中的空间形式》，秦林芳译，北京大学出版社 1991 年版，第 1—49 页。
② 转引自龙迪勇论文《论现代小说的空间叙事》，《江西社会科学》2003 年第 10 期。

社会权力系统。这与列斐伏尔在《空间的生产》中所强调的"空间的历史性""意识形态的空间"等的表述不谋而合。其实，无论是文本描述层中的空间，还是文本事件序列所形成的结构空间，都体现了特定社会的意识形态和文化习俗。比如中国戏曲常采取"以线串珠"的开放式结构，以极简的方式解决叙事中的时空问题，就与文学叙事传统、社会欣赏惯性有着密切联系。

戏剧文本空间较之小说等叙事文本来得更为重要。作为人物生活与情节发生的环境，戏剧文本中的空间可以从纸面到舞台，从抽象到具象。在戏剧文本中，有些作者总是给予空间以不厌其烦的描述，因为这是情节的发生场所、人物的活动场所，是充满符号、象征的阐释之地。除此外，由于舞台空间的受限性和戏剧文本本身的长度限制，必须对故事空间加以精挑细选，才能够形成有限与无限结合的叙事空间。同时，剧场观念的变化、舞台技术的革新，也使得戏剧文本无论在空间的选择上还是空间布局上，都有了更多变化的可能。

因此，研究戏剧文本中的空间，应当着眼于情节与空间的关系，重点讨论以下三方面：戏剧文本中所选择的叙事空间，叙事空间的布局与结构和叙事空间对主题和情节的意义。

第一节　叙事空间的有限与无限

叙事空间是为情节服务的，因此，需要在众多的故事空间中选出最能体现人物关系的发展变化、最方便展开情节、最能表达主题的空间。以《玩偶之家》为例，这样一出旨在反映资产阶级家庭虚伪性的剧目，最好的发生地点是家庭的起居室，娜拉家中人来人往的客厅就成了叙事空间。在这个空间中，林丹太太向娜拉求助，娜拉也向好友倾吐心声。《法西斯细菌》中的叙事地点先后有东京、上海、香港、桂林，人物为了躲避日寇从东京到上海，又逃难至香港，最后流亡桂林，这既体现了"法西斯细菌"的无处不在，也体现了中华民族抗战的浩大声势与不屈气概。与《法西斯细菌》中的宏大地点相比，夏衍的《上海屋檐下》选择了上海普通市民所居住的客堂间、亭子楼、前楼、灶披间和看不见的阁楼作为叙事空间，这些空间无疑是逼仄、压抑的，适合体现国民党腐败统治下普通民众的惨淡人生。

与此同时，我们也要注意到空间的有限性。在表达主题、展开情节的前提之下，也要拓展多维空间，增加空间的容量。

鲁思·罗侬（Ruth Ronen）认为，叙事作品中的空间有三种组织结构形式：一为包含连续子空间（contiguous subspaces）的文本，指文本中包含多个相邻的连续空间，人物可以自由地在多个空间穿行；二为彼此中断的空间（discontinuous spaces），它们在本体上互不相同，属于异质空间，但在特殊情况下人物可以直接进行跨空间的交流，比如《爱丽丝梦游仙境》中的空间；三为不能直接沟通的异质空间（ontologically distinct spaces），只有通过转喻（metalepsis），人物才能实现不同空间的沟通，比如说嵌套叙事（texts with embedded fictions）等。① 鲁思·罗侬所说的空间组织形式，其实也是空间扩容的一种手段，在戏剧中，主要通过流动空间、固定空间的扩张、并列空间和被叙述空间来实现。

中国戏曲的流动空间为就是连续的空间，人物可以自由在不同空间内穿行。意识流或回忆、梦境中的空间，虽然互相中断、按照生活逻辑互相不能到达，但是通过舞台假定性的手段，可以实现两个空间的交融。比如《推销员之死》中人物通过意识流来到回忆中的空间，再如《我们的小镇》中舞台监督直接与故事层人物对话沟通两个空间，这属于特定条件下两个空间的交流。第三种不能直接沟通，只能转喻到达的嵌套叙事空间，在戏剧文本中也不罕见。比如所有拥有叙述代理的文本中，如果叙述层的空间与故事层的空间不发生交流，则成为隐喻的空间。再如发生嵌套叙事的空间——《枕头人》中，小说家及其哥哥被警察盘问的空间，与小说中"枕头人""小基督""小绿猪"的叙事空间构成隐喻的空间，它们之间互相无法到达、不能沟通交流，只是在主题的象征意义上取得了一致。

---

① David Herman, *Routledge Encyclopedia of Narravtive Theory* [M]. London and New York: Routledge, 2005, p. 552.

一、戏剧空间的扩容

戏剧文本作为演出的文本，受情节容量和艺术特点影响，叙事空间往往是有限的（尤其是在情节发生在固定空间的文本中）。因此，需要通过配备暗场空间来拓展明场空间。这种做法实现了空间的向外延展、拓展了空间的三维。比如《茶馆》中，编剧有意识地选择"茶馆"这一各色人等汇集之所，令有限的空间具有高度的包容性。即使如此，剧中仍然设计了许多看不见的空间如后院、门口等，并且安排了相应事件：

李　三　老大爷，您外边遛遛吧！后院里，人家正说和事呢，没人买您的东西！（顺手儿把剩茶递给老人一碗）

松二爷　（低声地）李三！（指后院）他们到底为了什么事，要这么拿刀动杖的？

李　三　（低声地）听说是为一只鸽子。张宅的鸽子飞到了李宅去，李宅不肯交还……唉，咱们还是少说话好，（问老人）老大爷您高寿啦？

老　人　（喝了茶）多谢！八十二了，没人管！这年月呀，人还不如一只鸽子呢！唉！（慢慢走出去）

这里交代的人物与事件均是发生在当下的暗场事件，并非发生在过去。

《茶馆》中的暗场事件并不占用明场的叙事时间，只是借明场人物的转述来交代，有的文本会将暗场空间视作明场空间的延伸，二者联结为一体，共同构成了当下的叙事空间。比如《北京大爷》（中杰英编剧）中，代表德家大院的舞台空间，只有部分空间呈现在眼前，大部分空间隐藏在舞台之外，只闻其声不见其形：

【北屋西端打牌的房子内突然爆发一阵骚动，人影晃动，高声喧哗：

和了！听着，杠刺一条龙，幺、二、四、八、十六加杠，小德子给钱吧，你的庄，一百八十块！扎着。

别扎着啦，你都欠两千多了。还有我六百四十呐，拿钱去呀。

想玩就给现钱，懂不懂规矩？

德文满　没钱了。

乙　　　借去！

众　人　快去呀，找不痛快还是怎么着……

德文满　亚仙，你先顶两把，我拿钱去！

德文满　（拿一罐可口可乐，上，狂饮几口，啪地摔到地上，又跑到水管处对着龙头饱饮一番，晕头转向地喘着气乱转，去敲德文珠的窗户）姐，姐……

德文珠　（从屋内掀开一角窗幔，睡眼惺忪露出脑袋）干吗呀？都几点了！①
　　　　……

　　舞台全部的空间是德家大院的院子，也就是观世台所在的位置，大院边上的四个方位分别是东南西北屋。四间屋子均只用"门"来提示空间的存在，室内空间属于暗场，在这一空间发生的情节，不用人物的转述而以幕外音的方式出现，观众和读者通过声音和明场上的动作推测这些"看不见的空间"内发生的事情。比如，通过打牌的声音，可推测得出北屋西端的房子里德文满和狐朋狗友们在赌博。赌输之后，德文满向德文珠借钱的时候，场上的事件从暗场空间转到明场空间。这种用明场空间证实暗场空间情节的做法，在空间设计上高度还原了生活空间，又十分经济精炼。

　　其次，是将封闭的空间打开，使之成为不同人物活动的空间，由此展开不同的情节线索。《北京大爷》《茶馆》《送冰的人来了》等剧中，均是将人来人往公共场所作为故事发生的地点，以此增加空间的开放性，变相地拓展了叙事空间。如在《送冰的人来了》的第一幕中，集合了多名酒吧的常客和员工，他们轮到自己说话时清醒，而讲完后又归于沉

---

① 中英杰：《北京大爷》，选自《中国话剧百年剧作选（第18卷）》，刘厚生等编，中国对外翻译出版公司2007年版，第193—240页。

默，发生在喧闹杂乱酒吧的叙事因此变得秩序井然。老舍笔下的《茶馆》有着异曲同工之妙。在"茶馆"这一特定场所中，让形形色色、不同阶层、不同身份的人聚合在一起，其中有卖儿卖女的穷苦妇人，也有吃铁庄稼的八旗子弟，还有暗探、太监和踌躇满志的商人，从而展开了一幅从清朝末年到国民党统治时期的众生图。再如萨特的《苍蝇》，将故事地点选择在了阿尔戈斯的一个广场之上，归来的俄瑞斯忒斯问路是在广场上，厄勒克特拉怂恿他复仇也是在广场上。广场这一理应人声鼎沸、毫无秘密可言的公共场所，因为编剧的设计成为谋杀、阴谋、隐私的传播场所，成为推动情节发展的关键所在。

最后，把单一地点变成多个地点，赋予空间以流动性，也是空间扩容的一种办法。中国戏曲常用"行路"为情节创造条件。比如在昆剧折子戏《林冲夜奔》中，作者选择了林冲逃亡路上作为叙事的地点，表现人物有国难投、有家难归的抑郁不平之气。在描写白蛇与许仙的剧作中，"水斗"是彰显浪漫主义想象的必要情节，相应地能够发生水战的开阔空间也就成为叙事所选择的空间。

中国戏曲"以线串珠"的情节安排模式，也倾向于选择多个地点作为叙事空间，以一种渐变的方式来推进戏剧冲突。比如《长生殿》中，情节展开的空间有宫廷、边塞、冥府、仙界，还有月宫、蓬莱、天门、天河、鹊桥等。这些空间不仅仅是"以线串珠"的流动空间，也会虚中见实，成为一个广阔无垠的神、人、鬼，贵族与平民共处的同构空间。"冥追"中，杨贵妃在有限的现实舞台空间里，可以跨越遥远的叙事空间，先后遇到被杀的虢国夫人和杨国忠的鬼魂，这里的空间是一个接一个出现的。不过，在"禊游"这样的场景中，空间虽然是独立出现的，但彼此呼应，成为一个众乐的空间——文本中呈现的是众百姓、众公子、三国夫人、安禄山、杨国忠各自出现的空间，但事实上在读者／观众心中，这些地点共同构成了三月三日游春的空间，不同身份不同地位的人们都在此空间活动。安禄山在他的空间中注视着三国夫人，众百姓也注视着三国夫人，而三国夫人、杨国忠在自己的空间也看到了百姓和安禄山。文本中描述人物看到不同的景物，实际上舞台上空无一物，景皆通过唱词和演员的表演呈现出来，这样的空间不仅以小见大、以简代多，更有意在象外的灵动之美。

中国传统戏曲的流动空间在话剧中也可以看到，如美国作家桑顿·魏尔德几乎每部作品都在突破时间和空间的限制。在《列车海华沙号》一剧中，列车在前进过程中经过不同的空间地点，如"俄亥俄州克利夫兰的街角""俄亥俄州克利夫兰街角和俄亥俄帕克斯堡之间的田野"，这是一种流动的时空的体现。在《去往特伦顿的快乐旅程》中，虚拟的汽车经过"学校""路人""田野""热狗店"等不同地点，也是一种流动时空的体现。当然，桑顿·魏尔德对流动空间的描述，与戏曲重视歌舞的艺术特征毫不相关，更多是着眼对主题的阐发和氛围的营造，用于说明一路之上的风尘仆仆正如人生之路，漫长、乏味且疲惫，是一种不得不体验的生命历炼。

二、多个空间的并列

为了克服话剧固定时空的有限性，还可以通过并列多个情节地点来拓宽叙事空间。比如在《黑暗中的喜剧》中，同一个舞台空间划分为布林斯利家和富有的邻居哈罗德家。布林斯利为获得未来老丈人的好感，将哈罗德的家具搬到了自己公寓里；在富有的邻居突然归来后，又被迫在一片漆黑中将从邻居家具"借"来的古董家具一件件送回去、取回自己家缺面断腿的旧家具。在两个空间并置的特殊的情境压迫下，整个偷偷摸摸、掩人耳目的过程堂而皇之地呈现在观众面前，因此闹出许多令人忍俊不禁的笑话，增加了情节的张力和趣味。

如果在并列的空间中，发生着不同的情节线索，则既可以同时展示不同空间的情节，也可以采用依次展示的形式。比如《上海屋檐下》中，舞台被分割成隐去阁楼后的四个演出区域，分别代表居住于石库门里的五户人家，当展示其中一户人家时，其余人家发生的情节则在暗场中推进，反之亦然。比如彩玉与匡复重逢诉说近况后，林家这一空间的叙述停止、转入暗场，叙事空间转到黄家楣家，夫妇俩因生计艰难发生争执，之后叙事空间又转回林家。全剧根据整体戏剧冲突来调配、组织五个家庭中发生的情节，有效规避了线索过多而导致的情节冗余、松散。

叙事空间也是改造过的故事空间，它无法还原真实生活中所有的环境细节，其最终的目的也未必是还原真实的生活环境，而是要唤起人们特定的生活体验，从而为进入情境、理解人物和主题提供方便。因此，戏剧文本中的叙事空间必须是可以被解读、能够揭示人物内在心理活动的空间。

戏剧文本中对生活体验的唤醒和对环境的营造，可以通过模仿的方式，辅以灯光、音响等方式实现。比如话剧《留守女士》（乐美勤）中：

【路口，一群衣着鲜亮的青年男女上，嘻嘻哈哈地拥进酒吧。七嘴八舌的声音："圣诞快乐，老板娘！谢谢老板娘的盛情，等会儿，我第一个请你跳舞！"

各位女士！各位先生！今天是圣诞之夜，我请朋友们来这里举行一个化装舞会，大家可以尽情狂欢，跳一整夜，唱一整夜，整夜，一直玩到明天天亮！（"噗！"地打开一罐啤酒）来，我们干一杯——如果在座的朋友中有留守女士和留守男士，你们早日和亲人团圆！

【七嘴八舌的声音："干杯！干杯！"

谢谢各位！过半个小时，我要向大家发布一条关于我的新闻。

【众呼应，口哨声、叫好声……

现在化装舞会开始，来，把你们的面具拿出来！

【人们像变戏法似的各自拿出带来的面具，成双作对地翩翩起舞。

【《圣诞颂歌》起："叮叮当，叮叮当，铃儿响叮当……"①

编剧借用"酒吧"这一特殊环境中的音乐、灯光、面具，营造出国内的人们庆祝圣诞的欢乐气氛，接下来又对空间进行改造，突出了身处异国的人们的伤感和落寞，而这正与人物的心象息息相关：

【在欢快的乐曲声中，灯暗，舞台旋转。

【灯光又亮。出现纽约曼哈顿区某住宅楼二楼的一间客厅。

【屋内只亮着一盏壁灯。两只大旅行箱显眼地立着。微光中，一个女子伫立在窗前，她身穿一套时髦而又华贵的黑色套裙，背影很美。

---

① 乐美勤：《留守女士》，选自《中国话剧百年剧作选（第17卷）》，刘厚生等编，中国对外翻译出版公司2007年版，第1—50页。

【楼下的歌声，人们在唱圣诞歌。

……

在此空间中，上一空间中人们庆祝圣诞的歌声、笑声成为背景，突出了旅行箱、华贵的服饰和一盏壁灯——华贵的衣着显示了女子在财富上的成功，"旅行箱"提示着她的过客身份，落寞的背影与窗外的圣诞歌声暗示着她无法融入异乡文化的失落与尴尬，前一空间营造的欢迎氛围也转为思乡的忧伤。

空间对人物心理活动的外化更进一步，便成为心理空间——不再模拟一个能够反射人物情感的空间，而是真实再现一个心理空间。人物的心理空间并不属于肉眼可见的自然空间，也并不在现实中占据一定的体积面积，唯有在叙事空间中才能赋予它独特的重要性。

在阿瑟·米勒的《推销员之死》中，可以发现由人物心象再造的叠映空间：事业潦倒的威利时而回到过去，时而回到想象中的与哥哥交流的空间，他想要为自己和长子的一事无成寻找一个原因，也渴望着能找到解决问题的方案，由此构成了两处空间。威利总是要回忆起儿子当初数学考试不及格：

> 【一支小号的音调震耳欲聋。绿叶婆娑，光影晃映着屋子，屋子一片夜色和梦境，小伯纳德上，叩屋门。

小伯纳德 （狂呼）洛曼太太，洛曼太太！

哈　　比　告诉他怎么回事！

比　　夫　（对哈比）住口，别管我！

威　　利　不，不！你硬要去，就此糊里糊涂把数学考烟了！

比　　夫　什么数学？您在说些什么？

小伯纳德　洛曼太太，洛曼太太！

> 【早年的林达在屋里出现。威利（狂暴地）数学，数学，数学！

比　　夫　别着急，爸！

小伯纳德　洛曼太太！

威　　利　（狂怒）如果你没考烟了，如今早就站住脚了！

比　　夫　喂，听着，我打算告诉您怎么回事，您且听我说。

这里的两处空间，一处是过去伯纳德向过去的林达太太报告比夫未能通过数学考试，一个是现在时空中威利对比夫的抱怨。过去的威利并不把孩子的成绩不及格当成一回事，然而今天却是酸楚的、痛悔的——因为他知道让比夫一蹶不振的，是自己对妻子感情的背叛。

由人物叙述的空间也可以与现实的当下叠映。比如《那年我学开车》中，佩克向小贝求婚被拒、借酒浇愁时，舞台上分为两个空间，小贝叙述的时空与佩克醉酒的时空同时并列：

小贝　（面对观众）我再也没有见他。随后几年的圣诞节和感恩节我都没有回家。

　　　　佩克姨父拼命酗酒了七年后才终于死去。最初，他失去他的工作，然后失去玛丽姨妈，最后失去驾驶执照。他回到他的老屋，让人把酒送到家里。（佩克站着，双手前伸——几乎像是超人在飞翔）一天夜里，他下楼去地下室——从很陡的地下室楼梯上摔了下去。玛丽姨妈每星期会把食品放在他门廊前，她突然发现邮件和报纸堆在门前无人收管了。

　　　　他们在楼梯下找到了他，离他黑暗的房间仅几步之遥。

中年小贝的空间是现实中的空间，人物讲述着佩克去世的消息，而在讲述者所描述的佩克空间中，这一惨剧真实地发生了，叙述（发生）的空间与被叙述（情节）的空间并不属于同一现实时空，然而却在舞台上同时存在了。由这两种时空生成的并非是模仿的真实时空，而是心理与现实交映的混合时空，是服务于情绪表达需要再造的叙事空间。

不同人物的内心空间也可像现实空间一样同时出现，这种叠映比后者更加空灵有致。比如话剧《绝对信号》（高行健、刘会远）中，蜜蜂与黑子相遇后，两个人都有许多情愫要倾吐，但又碍于面子无法表达：

蜜蜂　（内心的话）黑子，你怎么啦？你不高兴见到我？

　　　【这束白光又移到黑子的脸上，黑子躲避蜜蜂的目光。黑子强劲的心跳声。

黑子　（内心的话）你来的真不是时候，（立刻又柔情地）蜜蜂……

　　　【两人都在白色的光圈中，互相凝视，两颗心"怦怦"跳动的巨大的声音。

蜜蜂　（内心的话）你为什么不说话？

黑子 （内心的话）不要问！（爆发地）啊，蜜蜂，什么也别问，就
这么看着我。

蜜蜂 （内心的话，闭上眼睛）你想我吗？

黑子 （内心的话，点头）想。

蜜蜂 （内心的话，缓缓睁开眼睛）我也是，想极了，没有一天不
想，每时每刻……

黑子 （内心的话）真想拥抱你。

蜜蜂 （内心的话）别这样，对我说点什么吧！

黑子 （内心的话）真想你！

蜜蜂 （内心的话）朝我笑一笑。

黑子 （内心的话，转过脸）真捉弄人，这就是我的命。

蜜蜂 （内心的话，祈求地）笑一笑！

黑子 （内心的话，望着她）我笑不起来。

蜜蜂 （内心的话）你一丝笑容也没有……

黑子 （内心的话）蜜蜂……（不自然地苦笑）①

编剧通过双方心理空间的并列，让两个表面上客气、矜持的成年人
放下了戒备，真诚地吐露了内心。然而，这样的内心又与他们的外表是
不相符的，由此构成了强烈的戏剧张力。这里的心理空间原本是看不见
的，呈现在舞台上的是改造后的叙事空间。

空间的从有限到无限，与空间的并列并不相同。在前者中，往往只
有一个空间的情节真正发生在场上，而另一个空间的情节是被略去或简
要交代的；在后者中，两个甚至更多叙事空间的情节均得到了交代。以
苏联的剧作《石棺》（弗·古巴廖夫）为例，隔离场所第一至第九隔离室
作为主要空间的暗场空间存在着，它们同时分布在舞台上，都是叙事空
间的一部分。主要的情节是在护士值班室发生的，任何一个隔离室有病
人呼叫时，位于主要叙事空间的护士便前往这些隔离室；隔离室发生的
情节并不会直接呈现在舞台上，而是通过护士值班室里的对白来交代。
这就属于通过暗场空间来增加主要叙事空间的做法。而《黑暗中的喜

---

① 高行健、刘会远：《绝对信号》，选自《中国话剧百年剧作选（第 14 卷）》，刘
厚生等编，中国对外翻译出版公司 2007 年版，第 281—334 页。

158

剧》《上海屋檐下》则属于同时交代不同空间发生的情节，空间的并列意味很浓。

三、被叙述的空间

追求时空一致性的锁闭式结构选择的叙事空间高度封闭，以便实现情节的"发现和突转"。比如古希腊悲剧《俄狄浦斯王》中，选择了忒拜王宫的前院作为叙事空间，而没有选择杀死老王的地点，或者是俄狄浦斯王被牧羊人所救的森林。老王被杀的情节以追述的方式交代，相应的叙事空间也就被省略了。同样，暗场发生事件的叙事空间也会被省略。如下文所示：

传　她自杀了。这件事最惨痛的地方你们感觉不到，因为你们没有亲眼看见。我记得多少，告诉你多少。

　　她发了疯，穿过门廊，双手抓着头发，直向她的新床跑去；她进了卧房，砰的关上门，呼唤那早已死的拉伊俄斯的名字，想念她早年生的儿子，说拉伊俄斯死在他手中，留下做母亲的给他的儿子生一些不幸的儿女。她为她的床榻而悲叹，她多么不幸，在那上面生了两种人，给丈夫生丈夫，给儿子生儿女。她后来是怎样死的，我就不知道了；因为俄狄浦斯大喊大叫冲进宫去，我们没法看完她的悲剧，而转眼望着他横冲直撞。他跑来跑去，叫我们给他一把剑，还问哪里去找他的妻子，又说不是妻子，是母亲，他和他儿女共有的母亲。他在疯狂中得到了一位天神的指点；因为我们这些靠近他的人都没有给他指路。好像有谁在引导，他大叫一声，朝着那双扇门冲去，把弄弯了的门杠从承孔里一下推开，冲进了卧房。

这段文本讲述的是俄狄浦斯王和母亲得知犯下乱伦重罪后一自杀、一自残的经过，这在内容上属于必须要交代的情节，然而这段情节却不是放在情节自有的叙事空间中交代的。也就是说，文本中的"门廊""宫中"并不占据具体的物理空间，只是存在于讲述中的空间。

被叙述的空间不同于"以虚代实"的假定性空间。"以虚代实"的空间仍然在当下的展示时间中占据体积、是实实在在存在的空间。比如《仲夏夜之梦》（莎士比亚）中：

【一号手前导，皮拉摩斯及提斯柏、墙、月光、狮子上。

昆斯　列位大人，也许你们会奇怪这一班人跑出来干什么。不必寻根究底，自然而然地你们总会明白过来。这个人是皮拉摩斯，要是你们想要知道的话；这位美丽的姑娘不用说便是提斯柏啦。这个人手里拿着石灰和黏土，是代表着墙头，那堵隔开这两个情人的坏墙头；他们这两个可怜的人只好在墙缝里低声谈话，这是要请大家明白的。这个人提着灯笼，牵着犬，拿着柴枝，是代表着月亮；因为你们要知道，这两个情人只在月光底下才肯在尼纳斯的坟头聚首谈情……①

这里的景物是占据当下叙事空间的，只是通过演员扮演以一种虚拟的手段来表现；而被叙述的空间并不以物理形态存在于现实的舞台之上，并不需要在当下占据物理体积。比如帕克斯的《维纳斯》中，写维纳斯被运往各个城市巡回展览时，不用具体的镇名，而用阿拉伯数字和英文字母"X 镇到 Y 镇 Y 镇到 Z 镇 Z 镇到 A 镇 A 镇到 B 镇 B 镇到 C 镇回到 F 镇离开再到某某镇"和"C 镇！E 镇！镇 25！镇 36！镇 42！镇 69！"来代替。② 密集重复的语言，地名的不断更换，强化了黑人女奴像动物一样马不停蹄被展出、倍受屈辱的被注视的过程。观看者假借文明的名义，实则出于卑劣的猎奇心理和难以启齿的原始冲动。同时，空间被叙述、仅仅改变数字的重复句式，"让读者和观众体验到空间的变化和位移感"，呈现了这名女黑人单调乏味、像木偶般被操纵的残酷一生。③ 这些空间并不在舞台上真实出现。

文本中虚拟的指示空间，在空间布置和细节处理上，仍然要与真实

---

① ［英］莎士比亚《仲夏夜之梦》，选自《莎士比亚全集（第 1 卷）》，朱生豪译，译林出版社 2016 年版，第 315—386 页。

② Suzan-Lori Parks, *Venus*, Theatre Communications Group; 1997, p. 52.

③ 吕春媚：《反传统的艺术——论〈维纳斯〉之戏剧叙事结构》，《外语与外语教学》2013 年第 2 期。

的空间保持大体的一致，不过，它不等同于现实空间，因此可以根据叙述者的需要加以拼贴或者变形，突出其主观性。比如李龟年在描述"安史之变"时，将不同空间在叙述中拼贴，长生殿的极乐与渔阳战鼓的惊心动魄在对比之下强化了各自所蕴含的情感意味；在描述马嵬驿舍时，渲染了其荒凉断肠的特征，冷清的坍塌的佛堂，独自凋谢的梨花与寂寥的夜月，加上凄凉的杜宇鸣叫，共同构成了意境萧索的图景，暗示了红颜的身后寂寞与盛世的一去不返。

弗兰克在分析福楼拜的《包法利夫人》的"农产品会"一节时，曾用"电影摄影机式的"来概括其描写的方法。他认为该场景同时在三个不同的"视点"发生，一是行走在大街小巷的普通农民，一是坐在司令台上的小镇头面人物，一是坐在更高处镇公所议事厅的包法利夫人及其情人。作者叙述的视点不断来往于三处空间，避开对某一种情节的顺时性完整描述，就是在有意通过空间的结构方式对爱玛所谓的爱情进行贬抑。在《长生殿》的李龟年弹唱中，除了被叙述的佛堂和渔阳外，还有叙述者所处的当下，这三重空间的并列，同样增加了故事的沧桑与悲凉。

"被叙述的空间"可以存在于过去，亦可以存在于未来。它并不是现实当中的空间，只存在于被讲述的故事中的空间，带有一定的时限性。严格意义来说，"被叙述的空间"与当下的真实空间并非同一空间。比如，《雷雨》中周萍和繁漪小客厅情投意合的幽会存在于鲁贵的讲述中，当这一空间再次出现于剧中，并伴随着情节发生时，则是充满对峙和冲突的。"被叙述的空间"与当下的空间在叙述中合一时，或叙述中将不同的"被叙述的空间"并列时，将构成新的审美空间。仍以《长生殿》为例：

（旦作进介）你看宫花都是断肠枝，帘幕无人宰地垂。行到画屏回合处，分明钗盒奉恩时。（泪介）（场上先设宫中旧床帏、器物介）

【二犯渔家傲】【雁过声换头】踌躇，往日风流。【普天乐】（作坐床介）记盒钗初赐，种下这恩深厚。痴情共守，（起介）又谁知惨祸分离骤！唉，你看沉香亭、华萼楼都这般荒凉冷落也。（作登楼介）并没有人登画楼，并没有花开并头，【雁过声】并没有奏新讴——端的有、荒凉满目生愁！凄然，不由人泪流！呀，这里是长生殿了。我想起来，（泪介）（场上先设长生殿乞巧香案介）这壁厢是咱那日陈瓜果，夜香来乞巧，那壁厢是他恁时向牛女凭肩私拜求。（哭介）我那皇上呵，怎能够霎时一见也！方才门神说，上皇犹在蜀中。不免闪出宫门，到渭桥之上，一望西川则个。（行介）

【二犯倾杯序】【雁过声换头】凝眸，一片清秋，（登桥介）【渔家傲】望不见寒云远树峨眉秀。【倾杯序】苦忆蒙尘，影孤体倦。病马严霜，万里桥头，知他健否！纵然无恙，料也为咱消瘦。待我飞将过去。（作飞，被风吹转介）（哭介）哎哟，天呵！【雁过声】我只道轻魂弱魄飞能去，又谁知千水万山途转修。（作看介）呀，你看佛堂虚掩，梨树敧斜。怎么被风一吹，仍在马嵬驿内了！

【喜渔灯犯】【喜渔灯】驿垣夜冷，一灯微漏。佛堂外，阴风四起。看月暗空厩，【朱奴儿】猛伤心泪垂。【玉芙蓉】对着这一株靠檐梨树幽，（坐地泣介）【渔家傲】这是我断香零玉沉埋处。好结果一场厮辏，空落得薄命名留。

"长生殿"曾经是"生生世世"的繁华场所，杨玉环自缢后，以鬼魂身份重游故地，该场所已经繁华落尽、荒丘冷落——虽然是同一场所，却盛衰各异、冷热自知。人物从今日长生殿的指示性描述中，激起了关于昔日长生殿种种繁华的回忆，人物情感由悲伤转至对过去的缅怀与向往，甚至忘记身处何处。此后突然从长安这一空间位移到蜀中的马嵬驿，从剧中逻辑上来解释是鬼魂可以超越时空，从叙事效果来看，马嵬驿的荒凉造成了人物情感的跌宕，渲染了悲剧气氛，强化了她的痛苦与无助。

需要指出的是，出现在戏剧文本中的空间，是根据人物、主题、情节需要而设置的情境，但这种空间在演出时，却未必要事无巨细地营造幻觉，而是可以采取极简空间的样式。

中国传统戏曲的"一桌二椅"就是极简空间的体现。在《长生殿》中，荒凉萧瑟的马嵬和繁华热闹的长生殿，舞台上并不会具体呈现出来，而是完全通过语言来激发观众的想象力。桑顿·魏尔德是受中国戏曲影响比较深的剧作家，他在中国生活过，也看过梅兰芳的表演，因此创作深得中国戏曲的精髓。比如在《我们的小镇》中，文本中的空间空无一物。作者特意在文本伊始声明："没有幕布。没有布景。观众到达现场时，在半明不暗的灯光下，看到的是空荡荡的舞台。"布景愈繁琐，受到的限制便愈多，只有解除了布景，才能实现思想和风格上的无限。事实上，通过叙述者（舞台监督）的话语来交代小镇的住家以及各种公共设施的分布，恰恰构成了此剧极简的独特风格。

彼得·布鲁克在《空的空间》中将戏剧分为僵化戏剧、神圣戏剧、粗俗戏剧、直觉戏剧四种，他批评了前三种戏剧而推崇后一种戏剧，原因就在于后者充分运用了空间的假定性，强调戏剧的表演本质。比如《摩诃婆罗多》中，用一条地毯和软垫代表国王宫殿的奢华，演员手举的轮子来代表敞篷马车，用瓦器和日常用具暗示农村生活等。极简的空间设置，需要读者 / 观众用想象加以还原，通过叙述者的指示而成为一个能唤起生活体验的空间。这种被想象激发的空间较之真实空间，具有无限的广度和深度。

无独有偶，罗兰·巴特也厌倦了具象模拟的空间，他盛赞《洪堡亲王》中的开放空间。这样的空间"完全不按建筑方式打造；它是由围绕空间的运动本身构成的。宽阔的斜面在《洪堡亲王》的舞台上形成一块空地，本身毫无意义"，只有在这样自由的空间中，才"能够真正保留自由行动的能力；在被推翻的布景上方，夜色、战争、城池及选帝侯的宫殿渐渐侵入《洪堡亲王》，仿佛门户洞开，穿堂风涌入，它比任何描述都更令人信服地提示出大自然、季节、气候以及当日的天气"。[1] 这样的空间是与"戏剧话语"联系在一起的空间，服务于戏剧本身。他的观点与中国戏曲中无中生有、靠演员肢体动作暗示出来的空间不无相似之处，其本质是——空间不再是剧情的提示，而是为了让舞台运动本身更有表现力。

---

[1] ［法］罗兰·巴特著：《罗兰·巴特论戏剧》，罗湉译，生活·读书·新知三联书店 2020 年版，第 23 页。

第二节 叙事空间的意义生产

空间在戏剧文本中不仅仅是情节发生的地点。荷兰叙事学家米克·巴尔将空间的作用分为两类，一类是作为行动的地点和背景存在，仅仅是承载情节的空间，是"行动的地点"；另一类则被主题化，成为"被描述的对象本身"，成为"行动着的地点"。[1]前者只是为人物行动提供了地点，而后者激励影响着行动的发生。如此一来，文本中的空间就不再是单一的长宽高体积的物理存在，而对主题、情节的发生产生了意义。当然，这种空间不同于罗兰·巴特笔下便于体现人物行动的非模拟的空间。米克·巴尔强调空间对行动的意义，而罗兰·巴特强调空间的开放；即使是在封闭的传统的模拟空间中，空间也会对行动发挥意义。

亨利·列斐伏尔（Henri Lefebvre）于《空间的生产》中提出"社会空间"的概念，认为"社会空间是社会的产物"，[2]它与真实空间（physical space，或译为物理空间）、精神空间（mental space，或译为心理空间）有所不同。真实空间是人活动的真实的空间场所，指物理意义上的自然、宇宙等；精神空间是一种意识的空间，包括文学空间、意识形态的空间、梦的空间等，是逻辑抽象和形象抽象形成的空间，可以视为自然空间反映到主观意识、经话语描述建构的空间；社会空间是社会实践的总和，体现于一定的社会生产模式之中。这三类空间是三位一体的，第一类空间可被感知和描绘，第二类空间是投射于主观意识的概念化的空间，第三类空间是各种社会权力关系的集合。

列斐伏尔的空间虽然指的是现实中的城市空间，但他的理论对于我们理解文学作品包括戏剧文本中的空间有着重要意义。现实中空间的意

---

① [荷]米克·巴尔：《叙述学：叙事理论导论》（第三版），谭君强译，北京师范大学出版社2015年版，第131—132页。

② Henri Lefebvre, *The Production of Space*. Trans. by Donald Nicholson Smith, Oxford, UK: Basil Blackwell Ltd., 1991 (26).

义会反射到艺术文本中，作者意识到现实社会空间的权力关系并且在作品中重构这一关系，正是艺术作品社会能动性的体现。文本中的空间不仅试图再现物理空间的体积与容量，而且采用符合人类心理认知结构的话语来构建。摆脱对戏剧空间单一、表面的认知后，戏剧文本中的空间是一个层层递进、不断发展变化的空间，是集物质性、精神性与社会性于一体的空间呈现，是自然环境、心理心象和剧中权力关系的综合。戏剧空间不可绝对等同自然的空间，而是经过叙事改造的、为发生的情节提供环境背景的空间。自然空间是人物生存的物理空间，同时又是综合了人的阶级属性和历史属性的空间，是人物关系发生和变化的空间。而抽象空间是美学的空间、意象的空间、象征的空间，通过对空间的精心设计与安排，也能够达成对社会历史与权力关系的书写。

一、物理的空间——叙事空间的环境意义

叙事空间是经过刻意挑选的故事空间，对主题呈现、情节走向、人物塑造有着重要作用。一般来说，故事总是发生在多个空间中的，故事经由叙事的选择形成情节的过程，也是故事空间经过选择成为叙事空间的过程。话剧《雷雨》的故事空间中包括二十年前的无锡等地，情节空间包括暗场的花园、周家客厅的楼上、周朴园的书房等地，而叙事空间仅有周家客厅、鲁贵家等处，情节的发现和突转，人物关系的揭露与改变，并不发生在二十年前的无锡，而恰恰发生在二十年后的周家。正是在周家，四凤发现了周萍和繁漪之间的秘密，鲁侍萍与周朴园重逢，周朴园揭开了周萍的身世。正是在鲁家，繁漪揭开了与周萍的私情，鲁侍萍第一个知道了一双儿女的乱伦。

戏剧文本中典型的叙事空间，通常用来告诉观众和读者剧情发生的地点和具体的自然环境，对故事空间中出现的事物、发生地点加以整合和突出，以为剧情发展、主题表达提供合适的土壤。它既可用舞台提示的样式，通过精细的语言描写出来，也可以通过剧中的对话表现出来。"背景即环境；尤其是家庭内景，可以看作是对人物的转喻性的或隐喻性的表现。一个男人的住所是他本人的延伸，描写了这个住所也就是描

写了他。巴尔扎克对守财奴葛朗台的住所或伏差公寓的详细描述绝非离题或浪费笔墨。这些房屋表现了它们的主人，它们作为环境气氛影响着其他必须住在其中的人……背景也可能是一个人的意志的表现。如果是一个自然背景，这背景就可能成为意志的投射……一个急性子的暴怒的主人公会冲入暴风雨之中。一个性格开朗的人则喜欢阳光。"① 叙事空间对于文本的重要性不言而喻，正是通过精心的挑选与处理，才能成为表达主题、塑造人物所需要的空间。《雷雨》中闷热、压抑的周府，与《北京人》中行将衰败的曾府截然不同，二剧中人物的性格、命运也截然不同。叙事空间无法与故事空间完全一致，因此必须精心选择情节发生的场所。

人物生活的物理空间既有纯粹自然主义的中性空间，也有带有一定氛围色彩的空间。一些文本用朴实的语言描述空间的环境细节，主要作用是提供人物的生活背景，对剧情的氛围、人物的行动并没有直接的激励作用。在另一些文本中，空间带有一定的主观倾向和情感色彩，既可以反衬也可以烘托。里蒙-凯南认为，"特定景物和人物性格特征之间的类比可能是'正面的'（强调相似性），也可能是'反面的'（强调对照）"。比如《呼啸山庄》中冷酷的希斯克利夫以及即将发生的谋杀情节与荒凉、没落的荒野相呼应，而在比亚利克的叙事诗《杀戮之城》中，却用阳光灿烂、鲜花盛开的美景来反衬屠杀事件。② 在戏剧文本中，《雷雨》中"雷雨"将来的压抑、沉闷情境为悲剧的爆发作了氛围的铺垫，而《樱桃园》（契诃夫）中，繁花盛开如雪似云的樱桃园对应的却是家族的日益没落和衰亡。

在素材中，特定的地点是事件发生的自然环境、社会环境的总和，这个空间中纵使含有意义，也是芜杂混沌的。当它出现在叙事文本中、成为叙事空间之后，即使是侧重于自然环境的交代，其中所蕴含的主题隐喻、情感渲染、情节激励也会被无形放大。这既可以是视觉的，也可

---

① [美]雷内·韦勒克、奥·沃伦：《文学理论》，刘象愚等译，生活·读书·新知三联书店1984年版，第248—249页。

② [以]里蒙-凯南：《叙事虚构作品》，姚锦清等译，生活·读书·新知三联书店1989年版，第125页。

以是听觉的。比如《樱桃园》的环境整体上看是写实的，然而在这样的环境中仍然蕴藏着情境的因素：

【大家都沉思地坐着。一片寂静。只能听到费尔斯在轻声喃喃自语。突然间传来一个遥远的、像是来自天外边的声音，像是琴弦绷断的声音，这忧伤的声音慢慢地消失了。①

在剧本的结束处，剧作者几乎用同样的文字复述了这一声音：

【传来一个遥远的、像是来自天边外的声音，像是琴弦绷断的声音，这忧伤的声音慢慢地消失了。出现片刻宁静，然后听到斧头砍伐树木的声音从远处的花园里传来。

文中并未交代声音的来处，它预示着不祥，在美好之中蕴藏着的巨大悲怆；这显然是经过作者心象过滤后的自然环境。只是这种环境比起特意挑选的激发人物情绪的环境相比，显得简约而自然。

在戏剧对话中，一些经常被提及的事物也会成为背景的一部分，以加深读者／观众对故事空间的印象。比如在《我们的小镇》中，剧中人物经常提到的冷饮小卖部、福特汽车、《纽约时报》、高中、家庭农场、二战、墓地里十七世纪的石板路等，都是能够代表小镇所处时代的特色景物，深化了小镇平凡、保守的印象。一些典型的细节也有助于叙事空间的渲染，比如公鸡报晓、散落的房屋、送牛奶和送报的男孩、母亲准备早餐等，也强调了小镇日常生活平凡、琐碎的温情意味。

二、心象的空间——叙事空间的情境意义

在谈到空间所代表的"心象空间"时，有必要引入"意象"这一概念。西方的意象为"image"，其实是想象、形象。埃兹拉·庞德（Ezra Pound）所代表的"意象派"，是指用任一意象去取代当下所描写的事物，这一"意象"与所写"事物"之间有一定的联系，构成隐喻或象征的关系，但并不强调这一事物与周围环境的关系。比如用"湿漉漉的花

---

① ［俄］契诃夫：《樱桃园》，选自《戏剧三种》，中国文联出版社 2004 年版，第 308、440 页。

瓣"来代指美丽的面孔,但被描写对象的环境是被忽略的。中国诗歌中的"意象"则强调"情"与"景",从自然景物、环境中去发掘意蕴和意义。比如李白的诗歌"孤帆远影碧空净,唯见长江天际流"中,所写景物皆从自然环境中捕捉而出,从而构成寥落阔大高远的氛围。意象派的"意象"其实是一种"带有意义的形象",它与被描述的对象形成同构,而中国诗歌的"意象"强调由若干形象构成的整体,其实已经成为一种"含不尽之意见于言外""象外有象""境外有境"的意境。

在中国古典文论、剧论当中出现的"意境"一词,更多是表达一种含蓄不尽的审美风格。比如吕天成拿"境态"与"当行"作比,认为后者语尽事尽,而前者"味长"。① 祁彪佳使用"意境"、"境界"概念时,也强调一种既极致又空明澄澈的艺术风格,是对"寻常意境"的"掀翻","一波未平一波复起",② 能够出人意料且回还不尽。但是,我们也要看到,达到"象外之象"的空明澄澈,必须依赖于情、事、景的巧妙结合。

如果说客观的叙事空间偏重于描述人物活动的自然空间的位置、大小、摆设,那么偏重于激发人物情绪的戏剧叙事空间更为激进,它不满足于客观、中立地表现环境,追求环境的真实,而需要通过背景、道具、灯光、音响将普通空间渲染为情境,尤其是体现人物的内心世界。此时又分为两种情况。"意境"若强调"不尽之意",则未必与当下发生的情节有直接的关系——促进人物行动的发生或转变,意境若强调与当下情节的联系,那么就会变成一种"情境"。心象的空间可以是提供情节发生发展场所的自然环境,也可以是为人物行动和情感提供驱动力的意境空间。环境与情境中均可以出现意象和自然环境,前者离具体直接行动较远,后者则较近。

戏剧情境一般指对人物及其行动有较大影响的特定关系、环境和境遇。本书中与叙事空间建立联系的戏剧情境,特指自然环境和由音响、

---

① 吕天成:《曲品》(上),《中国古典戏曲论著集成》(六),中国戏剧出版社1959年版,第209页。

② 祁彪佳:《远山堂曲品》,《中国古典戏曲论著集成》(六),中国戏剧出版社1959年版,第44页。

灯光、象征之物所构成的情境、意境的综合。情境空间与情绪空间不同。张仲年提到"情境空间是人物发生纠葛，行动发生冲撞，矛盾冲突连接爆发的空间，它以行动与情节的发展为依据。而情绪空间，则是抒情性空间，以人物情绪发展为依据"①。本书所说的情境空间涵盖了"情境"与"情绪"两种，因为，从剧作实践来看，无论是来自"情境"的压迫，还是来自"情绪"的烘托，均对情节的发展、人物的行动有着直接的作用，有时甚至二者合一、无法区分。比如《推销员之死》中，主人公对往事的回忆，营造了一个情绪性的、怀旧的、梦幻似的空间，而他在当下的空间里，无疑正承受着儿子一事无成、自己失业潦倒的惨淡现实。话剧《上海屋檐下》中，选取的黄梅季节、不爽朗的太阳、低湿的空气，直接影响着人物的心境：

> 这是一个郁闷得使人不舒服的黄梅季节。从开幕到终场，细雨始终不曾停过。雨大的时候丁冬的可以听到檐漏的声音，但是一分钟之后，又会透出不爽朗的太阳。空气很重，这种低气压也就影响了这些住户们的心境。从他们的举动谈话里面，都可以知道他们一样地很忧郁、焦躁、性急……所以有一点很小的机会，就会爆发出必要以上的积愤。②

这种压抑、沉重的自然环境催发着人物的情绪，当他们爆发出"积愤"时，也就是情绪向行动的转化。

当然，我们也要看到，不是所有的情境空间都能够上升到"意境"这一层次的。詹姆斯·费伦与彼得·拉比诺维奇引用布鲁克斯和沃伦观点认为，"场景的描写不能简单地以现实主义的准确性加以判定；它应该从故事所达到的目的的角度来加以衡量"，他们进而提出，"现实主义的准确性"本身毫无价值，只有服务于故事的"更高"需求、即通常所谓的主题时才有用处。③服从于"主题"的情境空间，当用一种含蓄的方式呈现时，就提供了"意境"所需要的氛围。

---

① 张仲年：《戏剧导演》，中国戏剧出版社 2003 年版，第 111 页。
② 夏衍：《上海屋檐下》，选自《中国话剧百年剧作选（第 3 卷）》，刘厚生等编，对外翻译出版公司 2007 年版，第 165—222 页。
③ ［美］戴维·赫尔曼等：《叙事理论：核心概念与批评性辨析》，谭君强译，北京师范大学出版社 2016 年版，第 88 页。

与具象空间强调环境真实、具体相反，在抽象空间中，会选择能够激化、阐发人物内心情感的空间。它不必追求对外在现实空间的真实模拟，而只是通过细节的渲染与放大，成为人物情感的转化内因。让我们看看《推销员之死》中的例子。

【一支笛子独奏曲悠扬可闻。笛声细弱，娓娓动人，表达出草木和天地的自然情景。幕启。

【面对我们的是推销员的屋子。我们意识到屋子后面以及四周密密层层的都是高耸入云、有棱有角的大楼轮廓。只有天际泛出的蓝色清辉洒落在屋子和前台上；周围地区呈现出一种橙红的炽热灯光。随着灯光越来越强烈，我们看到一排公寓房子那结构坚实的拱顶围着这幢外表脆弱的小屋。这地方弥漫着一股梦幻的气氛，一种来自现实的梦境。舞台中心的厨房似乎还真实，因为厨房里有一张炊桌，三把椅子和一个冰箱。可是看不到别的厨房用具。厨房后面是门口，挂着门帘，通起居室。厨房右边，高出舞台平面二英尺的是间卧室，家具只有一张铜床和一把靠背椅。床头上方一个搁板上搁着一个体育比赛的银质奖杯。一扇窗子正好朝着公寓房子的侧面。

【厨房后面，高出舞台平面六英尺半的是儿子的卧室，眼下简直看不大清楚。隐隐只见两张床，卧室后面是一扇老虎窗。（这间卧室就在那间看不见的起居室的楼上）

这段描写中"笛子"的乐声是悦耳的悠远的，"草木和天地的自然情景"代表主人公威利渴望摆脱现实束缚的远大梦想。然而，被包围在周围坚实的公寓大楼中的房子，灰暗、逼仄又窘迫，揭露了现实生活的残酷。这样的空间似幻似真，代表了人物内心意识的犹豫不定。作者刻意突出梦似的情调，显然并不是纯粹为故事发展提供客观中立的环境，而是试图为作品中威利的"意识流""白日梦"提供一个合理的情绪转化、激发的土壤；其余出现在舞台上的装置、摆设，则与情绪无关，仅提供交代情节、呈现主题、塑造人物所需的自然环境。

优秀的编剧擅长让叙事空间所代表的环境成为推动冲突、诱发行动的情境，又将个人情感灌注其中，使得叙事空间含意深远、悠然不尽。比如话剧《李白》（郭启宏）中，为了突出主人公潇洒不羁的个性、汪洋恣肆的才华、遗世独立的孤独，特意为主人公打造了一个明月、江水、万籁俱寂的情绪空间：

【明月的清辉洒落在水面上，漫江如霜如霰，如玉如银。江心分明一轮圆月，格外明亮、皎洁。

……

（哈哈大笑，脱下紫道袍，干脆连靴子也脱了下来，色素白，立船头举杯邀月）明月，明月！你是玉盘？天廷的灯？是瑶台的镜？是有形的诗意？是无声的歌吟？（少顷）我在问你呀，明月，明月，你说天地间什么最公正？

……

【水拍长天，雁叫芦花。

好一片芦苇荡呀！噢，原来是月亮里桂树的影子！

……

【复归寂静。李白把剑插入水中，轻轻摆动。只见那皎洁的一轮月影散了又聚，聚了又散，波光与月色齐辉，一片粼粼……偶尔传来轻吟低啸的风声，不时响起柔波拍舷声、泼喇喇鱼儿跳浪声，隐约可闻诗的格律声：平平平仄仄，仄仄仄平平，仄仄平平仄，平平仄仄平……

【李白一不小心，剑落江底。他不加意地看了看，倚着船舷继续用手掬水，似乎在捞月……水中月变成一片白的光亮，光亮渐渐扩散，在一圈圈加大的白光里，科头跣足、一身素白的李白的轮廓渐渐模糊起来，终于融化在月色波光之中……①

因为李白置身于水拍长天、雁叫芦花的情境之中，是以有了以剑拨水、以手捞月的举动，而这一举动又导致他葬身江中的不幸结局。这是情境对人物行动的激发功能，也改变了人物的命运。同时，"如霜如霰""如玉如银"的自然环境，与李白的一身素白相映成辉，表现了人物的心无纤芥、表里俱澄澈的磊落情怀。这里的自然环境，不仅是人物活动的空间、情节发生的物理环境，而且构成人物情感的主要基调，成为表现人物情感的象征物。

---

① 郭启宏：《李白》，选自《中国话剧百年剧作选（第17卷）》，刘厚生等编，中国对外翻译出版公司2007年版，第153—216页。

一般来说，人物随着情绪空间所激发的情绪与空间所蕴含的情感呈正向一致，而情境中由于人物面临着压迫，所以往往安排行动以对抗情境。人物在明月与江水中能够激起浩荡之感、古今之思，而在情境中人物的情感与环境是冲突的、对峙的，甚至会有不适的感觉。比如《伊库斯》剧中，全体演员围坐在木制的一个解剖台装置前，装置上方悬挂的金属圆环犹如医院手术室的无影灯，观众席在舞台后方，逐渐升高，坐在上面的人好像上解剖课的学生。同时，舞台也像祭坛，观众像被卷入仪式的信众，他们不是单纯观看一场演出，而是通过剧作家的解剖刀，见证生命的创造本能被现代文明阉割的全过程。

情绪重在激发人物与环境相一致的情感，情境中体现的是人与环境的对抗，人在环境中的行为如何与环境互相激励。比如尤金·奥尼尔的《琼斯皇》中，位于幕后的鼓声，给琼斯皇的逃命行动制造了压迫性的情境。再如《那年我学开车》中，姨父与小贝的忘年之恋从偷情的汽车、充满歧视和黄色笑话的家庭餐桌、必须开灯照亮的地下室，到浪漫多姿的东海岸，再到大学旁边的旅馆，表面上看客观的物理空间，实则通过人物的情感注入成为情绪空间和迫使人物行动的情境。餐桌代表家庭环境，在这样的家庭环境下，发生的必然是对女性的蔑视、对两性关系的误读——或者视为洪水猛兽，或者等同于生殖冲动，这导致苦闷绝望的小贝向姨父倾吐心事成为必然。农场上充满着自然牛马的气息，这既是自由的，也是充满威胁的；而剧中最重要的道具"车"属于封闭空间，在这个空间内小贝被引诱，逃离，并在再度回来时掌控了自己的命运。东海岸是小贝记忆中无法抹去的地方，也是这段孽恋的催化之地，在酒精作用下姨父试图侵犯小贝，而小贝只能哭泣、拒绝加以反抗，东海岸所象征的奔放、自由、诗意也为姨父的乱伦行为蒙上一层伤感的面纱。

三、社会的空间——叙述空间的象征意义

环境的空间向情境的空间转变，并进而上升到象征的空间，是进一步凸显空间意义构成的过程。具象、心象复现的空间也具备主题意义，但是抽象的空间中主题的象征意义更为突出。雷内·韦勒克认为小说

可以区分出三个构成部分，即情节、人物塑造和背景。最后一个因素即背景很容易具有象征性，在一些现代理论中，它变成了"气氛"或"情调"。① 他也认为，"意象"与"象征"的区别在于，前者指"一次"的"转换成一个隐喻"，"如果它作为呈现与再现不断重复，那就变成了一个象征，甚至是一个象征（或者神话）系统的一部分"。② 这即是说，重复的"意象"即会构成象征。这又可分为两种情况：一种情况中"意象"并非真的重复出现，它的重复性在于"意象"本身的自我生长性，即使它在具体的文本中只以原始的面目出现一次，它本身所蕴含的转喻可能，也会使它从一个喻体转换为另一喻体，并继续生发下去；在另一种情况中，作为"意象"的事物在叙事文本中反复出现，从而引起读者／观众对这一事物的审美警觉，进而意识到其所代表的象征意义。无论如何，当具体的空间具备了象征意义时，个体经验也就转化为普遍的能够引起通感的常识，超越了具体感觉的集体意识。

在诉诸听觉、视觉体验的戏剧文本中，"空间"所代表的象征意义首先从舞台设计开始。这代表了一种整体的空间意义安排。

在现实中，空间本身是人类活动的环境，代表着社会权利的分配，不同的社会空间衍生不同的社会关系和社会秩序。美国剧作家奥古斯特·威尔逊的《莱妮大妈的黑臀舞》中，角色活动的空间是一幢分为上中下三层的建筑，顶层的控制台掌握在白人经理手中，黑人歌星莱妮大妈因为商业价值而暂时栖身于其中，但只拥有部分话语权，最终的决定权掌握在白人手中；中间一层的录音室是白人和黑人共同劳作的地方，体现了种族之间的激烈对抗；最下一层是黑人音乐家的乐队室。三层空间之间对比和差距明显，在顶层空间中，是秩序井然、象征科技与文明发展的控制台，而最下层的乐队室有似仓库，零乱地摆放着旧家具、海报和其他的杂物，让人想起黑奴贸易时期的"贩奴船"。在顶层中，白人经理以合同来约束莱妮大妈，这是在文明面具之下对黑人种族的抢掠；在中层中，白人在奴役黑人中撕去了文明面纱；在最下层中，黑人

---

① ［美］雷内·韦勒克、奥·沃伦：《文学理论》，刘象愚等译，生活·读书·新知三联书店 1984 年版，第 242 页。
② 同上书，第 204 页。

却因生存空间的争夺而发生流血冲突，正好像贩奴船的黑暗船舱中的自相残杀。这样的空间设计既有体现剧中人的劳作空间，又揭露了黑人群体被剥削被压迫的从属地位，是美国社会中白人与黑人种族鸿沟的直观展示。

除了整体空间的象征意义之外，出现在叙事空间的道具、音响等，同样也是精心选择的具有指示意义的象征之物。比如《玻璃动物园》中，墙上的照片、打字机键盘图和格雷格速记图表等，不仅是情节发展过程中需要的道具，也承担着主题上的诠释功能。剧中角色活动在由薄纱帷幕和透明墙壁所构成的空间之中，被第四堵墙和薄纱之外的观众注视着，正像是被困在动物园里无路可逃的动物。照片代表权威的不再与缺位，打字机所代表的是与玻璃动物格格不入工业时代，象征着来自南方温情终将被追求速度与效率的机械时代无情抛弃。

充满"象征"意味的空间与"环境""情境"空间不同，虽然它有可能模拟自然的形态、具备情境的功能。环境与情境需从自然环境中提取、需要遵循一定的生活逻辑，而符号化的造境纯出于作者的创造，是不遵循生活逻辑、无逻辑或反逻辑的空间选择。出现在造境中的事物或迥异于现实环境中的事物，或虽然取材于现实，然而不同的事物组合到一起时，会生出与现实环境格格不入的荒诞感、突兀感。

比如高行健的《车站》中，一开始出现在读者面前的是个平淡的车站，站牌与等车的人跟现实生活中没有两样，他们为排队争执，沉迷于生活琐事。然而，出现了如下对话情节：

做母亲的　就是说，我们在这站上等车就等了一年了？

戴眼镜的　是的，确确实实一年了，一年零三分一秒，二秒三秒，
　　　　　　四秒，五秒，六秒……你们看，还走着呢。[①]

"等车等了一年"显然与生活经验不符，"车站"也就不再是普通意义上的存在，而成了到达彼岸的起点，苦苦等待的汽车是人们到达梦想的渡船。每个人的梦想不同，每个人的车站也就不同：

---

① 高行健：《车站》，《十月》1983 年第 5 期。

【远处又有汽车的声音。众人都默默地望着。汽车的声音如今来自四面八方。众人茫然失措。来车沉重的轰响正在逼近。而沉默的人的音乐像一种宇宙声,飘逸在众多的车辆的轰响之上。众人各自凝视前方,有走向观众的,也有仍在舞台上的,都从自己的角色中化出。光线也随之变化,明暗程度不同地照着这些演员,舞台上的光基本消失了。

这里呈现的空间,超出了日常空间的范畴,上升为具有象征意义的造境空间,成为一种浩荡微渺的宇宙空间,同时又是内心的空间,代表一种对人生意义何在、何去何从的哲学思考。这是运用"言外之意"而不是"言外之象"来表达空间对主旨的关照。

萨特的《苍蝇》中也提供了一种的特殊叙事空间。在广场上突出了"苍蝇"及"死亡之朱庇特的雕像",在雕像上突出了"白着两眼,面带血污"。这种触目惊心的怪异之景,显然不是日常生活的写实,是为了本剧的主题而刻意构造出来的。追逐血腥的"苍蝇"象征不清白的心灵,而"白着两眼、面带血污"代表了罪孽深重的人类。身着黑色丧服的老年妇女和舞台深处席地而坐的白痴没有情节上的逻辑和因果关系。编剧用黑色丧服、宗教仪式,营造出神圣、沉重、悲哀的意境,而又用"白痴"作为符号解构了庄严与肃穆,体现出作者存在主义的哲学观:

保傅　……你看看这些苍蝇,快看哪!(指着白痴的眼睛)他一只眼睛上叮着十二只苍蝇,就像叮在涂了果酱的面包片上一样。可是他,他还傻乎乎地笑呐,好像很乐意苍蝇啜他的眼睛。是啊,你瞧他眼睛里渗出的白水如同酸奶一般……

"你瞧他眼睛里渗出的白水如同酸奶一般",表面上是在说白痴,其实与"白着两眼,面带血污"朱庇特又何其相似,暗讽所谓神圣既盲又嗜血。这里的白痴、眼里渗出的脓水,以及"比红隼鸟声音还响,比蜻蜓个头还大"的苍蝇,显然都不是自然之物,而是作者为了传达剧本"上帝已死"的主题而"造"出来的。失去了被上帝救赎的希望,人们在可见到的未来中只能与罪恶和肮脏共存。勇于为父复仇引走了苍蝇的主人公是萨特存在主义中的勇士。上帝之死在他看来,是人无可逃避只能奋力一搏的推动力。

在象征主义、表现主义和荒诞主义的剧作中，环境的造境是必须的手法。再如萨特的《禁闭》中，因杀夫而死的女同性恋者伊内丝、漂亮的女溺婴犯艾丝黛尔和因临阵脱逃被枪决的前线记者加尔散，他们所处的第二帝国时代的客厅并不普通。地狱中的这间客厅亮如白昼，令一切丑恶无所遁形。除了自然空间外，该剧的心理空间与社会空间亦是如此，人和人之间钩心斗角、尔虞我诈。这种奇特怪异的人物关系，人物的情绪空间及由他人创设的危险，均是从萨特"他人即地狱"这一理念抽象、幻化而成，与生活的逻辑和现实无关，只是符号化的象征。

在象征和隐喻中，即使是寻常之物也充满了特殊的寓意。在卡萝尔·邱琪尔的《远方》中，人物所处的制帽工厂充满了各种各样奇形怪状的帽子，而这些帽子将来会戴在被处决的犯人头上。这样一来，帽子不再是传统的象征身份、修养的日常之物，而成为屠杀的帮凶和粉饰太平之物，成为舞台上触目惊心的屠杀符号。塞缪尔·贝克特的《终局》中，住在垃圾箱里的父母，逼仄的空间、狭小的窗户、血迹斑斑的手帕，与任何一个现实的环境都不兼容。《等待戈多》中那棵孤零零的树，在塞缪尔·贝克特笔下极具风格化，其树的特征模糊不清，路也不知通往何处。这样的舞台空间是从现实生活中提炼出来的极简符号，一种根据文本主旨刻意加工的产物。这个符号泯灭了属于路和树的原始特征，而突出了荒凉、孤独与荒诞，这与二战后人们濒临绝境的处境是相关的，树与路的极简造型也与文本抽象的荒诞风格接近。如果说环境构成人物活动的基础，情境是剧中人物关系构成的情感和行动的基础，二者均是从情节中自然衍生、推理而来的，那么侧重于彰显主题的造境相对来说无法从剧情中推理出来，需要编剧更多的创造性。

第三节　戏剧情节向叙事空间的拓展

传统的时间中心主义的戏剧文本，必须通过时间的进展来呈现情节的变化，当时间的因果逻辑被打破后，情节则有了向空间发展的可能。此外，在传统的时间结构中，如何处理时间结构上的空间并列，一直是困扰戏剧创作的难题。大多数剧作选择让空间服从时间，即选择一个主要的时间，让其他空间的事或者通过前史交代、或者通过暗场从而合并到当前时空中来，再有就是通过叙事空间的并列获得更大的空间表现力。不过，这仍然是片面的空间，剧作的结构还是情节中心、时间中心的。随着艺术观念的革新，也出现了一些反其道而行之的剧作：它们不屑于用叙事时间去表达同一故事时间、不同空间的情节发展，相反强调情节的空间因素而削弱时间的因果逻辑，文本结构由此获得了新的拓展。

一、搁置时间的戏剧结构——重复、重叠、共时性

在叙事中，当时间的意义被减弱时，空间的意义就开始凸显。比如《我们的小镇》中，关于小镇居民生活琐事的描述已经不再强调时间的承接意义，诸如母亲做家务、孩子们温习功课和争吵、父亲下班回来的事件，已经跳出了"此时此刻"的具体时间框架，而成为一种永恒的存在。因为这种永恒，时间的暂时性被忽略了，时间作为衡量生命长短的尺度被搁置了，小镇生活的平凡性与神圣性得以放大，审视"小镇"这一空间远比把握时间与情节来得重要。

当时间进一步被搁置，因为极度的压缩或者拉长、循环而失去作为度量的意义时，则情节中断而空间登场。在《漫长的圣诞晚餐》中，贝雅德家族的 90 次晚宴、三代人的生老病死之间的历程被极度压缩，使得舞台空间不再是时间延续的场所，而是成为"生"与"死"的象征空间。在代表"生"的叙事空间里，编剧让人物喋喋不休地讨论着生活琐事，而在代表"死"空间，也即舞台的另一侧，则生命猝然中止。将"生"与"死"如此醒目地并列，使读者 / 观众忽略了由生到死的漫长时间过程，而只体会"生"与"死"本身的意义，让细碎的日常空间就成为"生"与"死"的独立空间，空间的因素得到了强调。

就现实中的事件而言，在同一时间点上，不同的事件在不同空间发

生着。在这些事件中，有些与主题、人物、主要事件有千丝万缕的联系，经过作者的选择之后，成为情节的一部分。这就是叙事时间对故事时间的选择。在大多数情况下，编剧将与主题、人物等有关系的事件放在明场来展现，而将同一时间不同空间的事件放在暗场，以保证特定时间内被叙述事件的唯一性。然而，当同一时间点不同空间的事件均需要加以介绍时，就出现了"共时性结构"。

在传统"共时性结构"中，作者通过区分出时间序列上的先后，或者说叙事时序上的先后，来展开发生于同一时间的故事情节。比如《长生殿》中的"进果"与"舞盘"，在故事序列上二者可能并列，但洪升处理时却安排劳民伤财的"进果"在前，而极尽享乐的"舞盘"在后，试图造成"重色倾国"的解读。本来可能同时发生的两段情节，也因此有了逻辑上的因果关系、情节上的先后次序。

在另一种做法中，作者刻意强调"时间重叠"的现实。曼弗雷德·普菲斯特在《戏剧理论与戏剧分析》中分析了这种情况：

> 弗里德里希·杜伦马特提醒他的读者注意约翰·内斯特罗特伊的魔术笑剧《死在结婚日》，指出这部戏就是用连续的方式表现同时发生的虚构事件的例子。在这出戏中，相邻各幕的同时性是这样的："第二幕的行动是第一幕的音响背景，第一幕的行动又是第二幕的音响背景。"①

这样的处理，打破了情节时间上互为因果的误区，突出了情节在空间上的同时性，叙事结构呈现出向空间延伸的特点。

在海纳·米勒的《任务》中，三个被制宪会议派往海地的密使，一个做了叛徒，一个支持黑奴，还有一个被当地人绞杀。但作者在文本中有意把完整清晰的情节打碎了。格隆狄的遗书被一个身份不明的水兵交给安东尼，后者除了名字与收信人相同之外，毫无一致之处。在三人执行任务的段落中，作者没有正面写执行过程，而是写奴隶主的后代狄波逊的心理世界，法国大革命在他看来是一场闹剧。在剧本的结尾，又是一个不知何处来的现代男子走出电梯，他为未完成的任

---

① ［德］曼弗雷德·普菲斯特：《戏剧理论与戏剧分析》，周靖波、李安定译，北京广播学院出版社 2004 年版，第 356 页。

务焦虑，却不知道该去往何处。剧本的最后交代的是三人正在完成任务之时，发现法兰西共和国不再存在了。当时间的先后顺序不再存在，事件与事件之间的因果关系也被切断时，空间的意义就变得格外重要。现代社会男子不知任务为何的迷茫，与格隆狄们去发动革命、却发现革命的指挥者已不复存在的荒谬感达到了统一。

二、背景的虚化、人物的解体、语言的消解

时间逻辑性的打破，首先意味着对具体背景、环境的抽离。在荒诞派戏剧中常存在剧情时间模糊、背景泛化的特点，因为情节所发生的典型环境不复存在，比如《秃头歌女》中的舞台提示：

【一间典型的英国中产者的内室。几把舒适的安乐椅。典型的英国家庭的黄昏。一名典型的英国人史密斯先生坐在他所喜欢的那把安乐椅上，脚穿英国式拖鞋，抽着英国式烟斗，在一个英国式火炉旁边，正在阅读一份英国式的报纸。他戴着英国式眼镜，蓄着灰色的英国式小胡子。坐在他身边的是史密斯太太，一个典型的英国式太太，也坐在她所喜欢的安乐椅上，补着一双英国式的短袜。长时间的英国式的沉默。一个英国式的时钟敲了英国式的十三下。[①]

舞台上的椅子、火炉、报纸等室内家庭布置，表明这是再正常不过的家庭生活。环境提示中多处强调了"英国式"，然而这是哪一时期的英国式却没有说明，表明这是一种常态的永恒不变的保守、古板、文明的生活样式。因为生活样式一成不变，情节的进展也就失去了意义，对故事的解读也就成了徒劳。

再次是对人物形象的破坏。人物形象或者滑稽可笑，或者苍白空洞，失去性格特征。塞缪尔·贝克特《等待戈多》中的两个人物像马戏团的小丑，德国剧作家罗兰·希梅芬尼的《金龙》一剧中，由年轻男人扮演年老的男性和女服务生，也扮演代表妓女的"蟋蟀"，年轻女人扮

---

① 尤金·尤涅斯库：《秃头歌女》，史亦译，选自《西方现代戏剧流派作品选》（第5卷），汪义群编，中国戏剧出版社 2005 年版，第 431—478 页。

演男人和嫖妓者，年逾六十的女人扮演年轻的孙女和杂货店老板；男人扮演女人，女人扮演男人，年老者扮演年轻，而年轻者扮演年长者，动摇了读者／观众对人物形象的刻板印象。

与人物的形象被破坏一致的是，人物的行动离奇荒诞、失去合理性。在《金龙》一剧中，全剧情节仅由非法移民的"蟋蟀"及其"嫖客"松散地维系在一起，打黑工的中国小伙掉下的牙齿，会莫名奇妙地被空姐放进自己的口腔。在塞缪尔·贝克特的《等待戈多》中，人物等待的意义被消解，人物等待的行动一成不变，该剧叙事空间中那棵风格化的树，在第二幕时树上增添了几片叶子，是全剧唯一的变化，在没有历史没有未来的河流中，人物没有希望地在荒凉之地等待着，这本身就意味着处境的荒诞。

《秃头歌女》中，与"英国"绅士、文明、理性、严谨等特性不同的是，接下来发生的事件和情节毫无逻辑可言。这些事件之间无所谓顺序上的先后，也不具备因果上的逻辑关系，准确地说，更像是在看似理性空间中展开的非理性、非逻辑的荒诞行为：时钟敲十三下意味着午夜一点，主人夫妇已经吃过晚饭，却来了被邀请用晚餐的客人。客人经过长篇对话，竟然发现彼此是夫妇；女佣不是女佣，自称是歇洛克·福尔摩斯。试图探究主题和意义的努力被消解，甚至情节也颇可怀疑，在黄昏、拖鞋、烟斗、报纸、胡子、短袜等看似井井有条、确有其物的细节之后，是空洞的一无所有。

最后是对语言的重新定位。这种定位不仅是破坏，还有破坏之上的重生。马丁·埃斯林说："在一个失去意义的世界里，语言只是一种无意义的嗡嗡声。"[1] 研究者汪义群认为："在贝克特的剧作中，对话正是建立在这样一个原则上，即在一个失去了任何值得追求的目标的没有目的性的世界上，一切行动都只是一种消磨时间的游戏，人们的谈话也只是为了消磨时间。"[2]《等待戈多》重复的不知所云的语言、人物滑稽而没有意义的动作使得剧情陷入停滞，在剧情结束

---

[1]　汪义群主编：《荒诞派戏剧及其他（前言）》，见《西方现代戏剧流派作品选》（第5卷），中国戏剧出版社2005年版，第15页。

[2]　同上。

时人们继续开始等待，一切都没有发生变化，这就使得语言的意义被消解了。

在《金龙》剧本的第一幕的小小餐厅中，一名非法移民的侍者因牙痛而死去活来，同事们为此惊慌失措，这看上去是一件严肃的大事，然而从窗口加急而来的菜单和招待客人入座的套话却削弱了悲剧感：

82 号 Pat Thai Gai　　炒和粉加蛋、青菜，还有鸡肉，配沙嗲酱，中辣。

男　人　牙齿痛。

年逾六十的男人　这小伙子牙齿痛。

（年轻女人痛苦地呻吟）

年轻男人　翻一翻、炒一炒。

（年逾六十的女人在炒菜锅时翻炒）

年逾六十的男人　这小伙子。

年轻男人　前面靠窗的第十一桌坐了两位空姐。您好。

（年轻女人痛苦地呻吟）

年逾六十的男人　不要叫成这样。

男　人　第一位空姐说：您好。

年逾六十的男人　第二位空姐说：您好。

（年轻女人痛苦地呻吟）

年轻男人　您好。

年逾六十的女人　那颗牙齿一定要拔掉。

年轻男人　两位要先喝点什么吗？

年轻女人　喔，妈呀，那颗牙齿，我的妈啊，我的妈啊。

在消解了台词的现实逻辑之后，语言不再是现实的、有逻辑的，而呈现出一种零散、重复、不确定性的异化状态，仿佛人物之所以"说"就是为了"说"。当人自我存在的意义不复存在后，只有喋喋不休却不知所云的"说"能说明此时此刻的存在了。这也就是哈桑所言，后现代文化艺术的首要特征——"解构性"。这是一种否定、颠覆既定模式或秩序的特征。[①]在重视拼贴、反讽的后现代戏剧中，破坏和肢解的意义

---

① 朱立元：《当代西方文艺理论》，华东师范大学出版社 1997 年版，第 381—382 页。

就是唯一的意义。本剧中，演员与人物在年龄、性别、身份上的错位构成一种意义上的反讽，强调了压迫者、被压迫者、男性、女性之间的阶级差别和身份差距，情节片段自身解构着自己，又构成其他片段的缩微和隐喻。人物的语言在解释的同时不断地自我消解，而这种自我消解又建造出另一层反讽。将人物的语言孤立来看充满着理性，叠加到一起不伦不类、彼此之间的意义互相消解。好像是将牙齿"翻一翻炒一炒"，没有看到客人对友好招呼的回应，听到的却是年轻女人痛苦的呻吟。掩藏在体面、文明、温情背后的是难以言表的痛苦。在语言异化下体现的人类的切肤之痛与商业化的嘈杂环境构成了文本想要表达的怪异的文化景观。

三、拼贴的碎片化的结构——情节的去中心化

旨在打破时间顺序的戏剧文本，大多会对人物、情节、语言的整一性进行调整。彼得·汉德克的《卡斯帕》中的人物与《等待戈多》中的极其相似，"看上去'滑稽可笑'。他的服装颜色与舞台上的其他颜色形成鲜明的反差"。他戴着面具，"它看上去非常逼真，它或许与面孔相吻合，它的表情是惊讶与迷茫的"。在此剧中，一切平凡细小之物如椅子、桌子、沙发、柜子、鞋带、衣服纽扣等成为人物生存的巨大障碍，人物像滑稽小丑一样不断被这些物品绊倒、纠缠。类似的行动一再重复，打破了时间和逻辑上的因果次序，打破人们试图从具体事件和细节中获得意义的可能，但不妨碍这些行为在整体上拥有一种象征和隐喻的含义。正如剧本中所说的：

> 他开始说话。他总是说一个句子：我也想成为那样一个别人曾经是那样的人。他说这个句子，显然对这个句子没有概念也没有以此表明什么，唯独对这个句子没有概念而已。他在同样的间隔里，一直重复着这个句子。
>
> ……
>
> 他用坚定的表达方式说出它。他用疑问的表达方式说出它。他呼叫出这个句子。他抑扬顿挫地朗诵着。他欢快地说出这个句子。他轻松地说出这个句子，断断续续地说出来。它愤怒和急躁

地说出来它。他极度恐惧地说出这个句子。它把它像一句问候、一个连祷中的呼唤、一个对某个问题的回答、一道命令、一个请求一样说出来。

由于每一句话的不知所云，人物说得愈多、表达得愈频繁，先前句子的意义就越是被新降生的句子所覆盖和遮蔽，构成不可知的重重叠影，让表达更加模糊不清，由此颠覆了语言的神圣性，而赋予了文本新的解读空间。

空间上的并置使事件的主次不再重要，处在同等位置上的事件构成了世界无序与混乱，一种缺乏主旋律的拼贴。在《三个高个子女人》中，编剧将青年、中年、老年三个不同时空的女主人公置于同一空间，打破了事件之间原有的顺序和因果，有意制造一种拼贴、并置的效果。

情节的空间化再向前一步，就是开放空间和平行文本的戏剧。在弗兰克的封闭空间基础上，安·达吉斯托尼（Ann Daghistany）和 J. J. 约翰逊（J. J. Johnson）提出了开放空间（open）与封闭（closed）空间的概念，认为乔伊斯的《尤利西斯》就是典型的开放式空间形式。[1] 这种形态下的文本就是罗兰·巴特所说的复数文本，是"能指的银河系，而非所指的结构；无始；可逆；门道纵横，随处可入，无一能昂然而言"[2]。这是说文本的能指极其丰富、充满各种不确定的阐释，而所指的结构没有开始与结束之处，顺序可以颠倒。

美国剧作家帕克斯的《维纳斯》中，"维纳斯的怪人表演"和体面的剧场演出就属于平行文本，"这两个平行的故事结构之间的转换毫无衔接性"。[3] 怪人表演和剧场演出与传统的"戏中戏"不无相似之处。然而，传统戏剧的"戏中戏"只是对外层叙事一种时间上的中断，而并没有造成并列的效果。比如《哈姆雷特》中的"戏中戏"，显然是附着于哈姆雷特探询真相这一目的、是人物主要行动线上的一环，"戏中戏"与主要情节线在篇幅上也不能相提并论。《维纳斯》中的"戏中戏"

---

① 该文中译本可参见秦林芳编译的《现代小说中的空间形式》一书。
② [法]罗兰·巴特：《S/Z》，屠友祥译，上海人民出版社 2016 年版，第 7 页。
③ 吕春媚：《反传统的艺术——论〈维纳斯〉之戏剧叙事结构》，《外语与外语教学》2013 年第 2 期。

打破了情节的连贯性，取代而非中断了情节时间，从而形成了空间的并列。

建立开放空间的努力，必须要切断时间上的联系，建立一种对位关系。在马丁·克里姆普的《生命的尝试》中，一直被"述说"却从未现身的"安妮"身份各异，关于"她"的描述也就各不相同，无法建立语义和时间、情节上的联系，甚至有意去规避这种联系。比如本应连贯的情节故意错开，编剧用相同的词组、语句、韵脚却描绘不同的对象，割裂了语言能指与所指的对应，让不同的对象之间建立对位关系，进一步质疑和消解了意义本身。当并列情节的所有可能都得到呈现时，情节与情节之间的逻辑关系被破坏，时空整一的神圣性被破坏，剩下的即是在无所谓主次中呈现的女性命运的综合体了。

当文本的意义和时间都被遮蔽时，读者自然可以驻足停留，充分联想，调动自己的主观能动性去自由组合文本。比如彼得·汉德克的《卡斯帕》的文本对于习惯传统戏剧的读者来说是一种挑战，尽管右侧代表外界话语的文本对左侧文本实施着干扰，其实在意义上两者是断裂的、没有关联，各成一体的。它们在各自文本中并不存在先后次序，两个文本彼此之间也可自由组合，给予读者无尽的阐释空间，成了一种可供读者创造、阐释的"可写"（罗兰·巴特语）的文本，而非传统意义上的"可读"的文本。

《形同陌路的时刻》从形式上看，比《卡斯帕》走得更远，是一出根本没有任何对话的戏。它在形式上仿若小说，或者说只有舞台提示，由十余名演员和戏剧爱好者演出。在这个舞台上，各色人物甚至事物轮番登场，有的能根据道具和举止判断出是地毯商、购物老妪、球迷、玩轮滑的人、女秘书、盲人，有的根本无法判断职业身份，有的是报纸、遥控玩具车、风筝、铁棍等。他们在舞台上相遇、分开，但自始至终没有任何言语上的交流：

> 舞台是耀眼灯光下的一块空旷场地。
> 一个人飞快地跑过场地，表演开始。
> 又有一个人从另一个方向同样跑过场地。
> 接着两人呈对角同样跑过场地，各自身后都跟着一个

人，彼此保持很近和同等的距离。

【停顿。

一个人从场地后侧走过。

他一边独自走着，一边不停地用力张开十指，伸展并缓慢地举起双臂，直到在头顶上形成拱状，继而又把它们放下来，同样从容不迫，就像他自由自在地走过场地的样子。他消失在后面的小巷之前，边走边造着风势，大张开两手将风扇向自己，同时相应地将脖颈后仰，面朝着天。

最后转弯走下去。

当这人转瞬间又以相同的节奏出现时，另一个人从舞台中央迎面朝他走来，并且边走边无声无息地打着拍子，先是用一只手，继而另一只也参与其中，最后从场地拐进另一个小巷时，他的整个身子都跟随着拍子的节奏晃动，就连步态也娴熟地融入节拍之中。

他像前者——他在后场以均匀的步调进进出出，继续竭力造着风势，发出光芒——一样，亦步亦趋地转过身去，一而再，再而三，跨着大步走过场地，一个劲地打着拍子。这时，在舞台前面又有四个、五个、六个、七个人相继入场，从左边，从右边，从上边，从一个看不见的栏杆或桥梁上跳出来，从下面，从一条沟里或者一个胡同口里钻出来，形成一支浩浩荡荡的队伍。①

这样的戏剧文本所描述的，不是情节和动作，更像表演训练的集合。正如该书编者所说，"在这出毫无情节可言的剧里，不是活动的人物，而是事件发生的地点构成了表现和中心"。②当地点成为中心时，情节和时间次序也就变得不再重要了，每个人的表演都只是一块碎片，像搭积木一样变换着结构和组合；他们看似处于同一空间，却"形同陌

① 选自 [奥地利] 彼得·汉德克：《形同陌路的时刻》，付天海译，上海人民出版社2016年版，第111—156页。
② [奥地利] 彼得·汉德克：《形同陌路的时刻·编者前言》，付天海译，上海人民出版社2016年版，第7页。

路",每个人都被自己所处的社会空间"原子化"。同时,在摆脱了时间、情节带来的压力后,读者可以更自由开放地解读台上的表演。

拼贴式结构对情节和意义的消解,指的是局部情节和意义的消解,整个戏剧文本的意义和主题并不会因此而不复存在。比如萨拉·凯恩的《渴求》中,让四个人物 CMBA 在情节上各自独立,强调四个人物叙述意义在空间中的并列,他们各自所描述的欲望构成了一个多维的欲望空间。呈现在《渴求》中的情节,与其说是现实的,不如说是心理的,与其说是事件的,不如说是情绪的。它其实是人物内心活动的一种外化和强化,心理空间在物理空间上并不占据体积,是叙事这一行为让无形的空间得到了体现。心理空间与心理时间一样,可以无限扩张也可以瞬间归于无,因此构建了一个情绪意象混杂的空间。

同样,在《卡斯帕》中,"它要展示的是,一个人如何通过说话而学会说话。它也可被称为'说话刑讯'"。人物在背后那只无时无刻不在的眼睛的注视下尝试着各种方式的说话,在规训和惩罚中学会说话,当然,这只是他想象中的规训与惩罚。《卡斯帕》中,人物努力重复着自己简单却指意模糊的话语:

我也想成为那样一个别人曾经是那样的人。

渐渐地,在外界看似逻辑严谨头头是道却空洞无比、不知所云的话语攻击下,人物失去了自己的话语,只能吐露出不成句的只字片言:沸腾。从右边。后来。马。

最后,人物彻底被外界洗脑,说起了同样看似严密实则不知所云的话语:

面袋砸死老鼠,这是不言而喻的。热面包让婴儿过早地来到世上,这是不言而喻的。被扔掉的火柴引发一种信任的表白,这是不言而喻的。①

作者在文中有意消除人们对话语的常规用法与惯性依赖,从而审视人们习以为常的道理和规则中蕴含的荒诞与可笑之处的惊心动魄:在外界不间断的强大话语干涉下,人物对困扰自己生活的外来之物,始于破

---

① [奥地利]彼得·汉德克:《骂观众》,梁锡江、付天海、顾牧等译,上海人民出版社 2013 年版,第 81 页。

坏、终于复原，这是话语规训的成功，也是意识形态的胜利。

需要强调的是，在荒诞派戏剧和萨拉·凯恩的《渴求》、苏珊·洛瑞·帕克斯的《维纳斯》等作品中，编剧努力打破语言的逻辑性、情节的因果关系和时间的顺时性，然而在欣赏这些作品的时候，仍然要遵循一定的次序。这与后戏剧剧场、后现代戏剧作品中，彻底颠覆读者 / 观众的欣赏次序、能够从文本的任意部分开始欣赏和阅读的方式是有所不同的。

四、空间结构的戏剧——情节在空间上的分叉

无论是对时间的遮蔽，还是对情节意义的消解，均存在一定的时间和情节，文本的内容仍然无法摆脱按时间来叙述的定势，仅仅是通过减弱情节和时间的重要性让空间显得重要了；编剧本身也没有让情节往空间发展的尝试，而仅仅是破坏情节，所谓的拼贴只是局部情节的调整。然而，完全依赖空间、彻底打破时间中心性的戏剧一直是创作者们梦寐以求的理想，也一直在进行孜孜不倦的尝试。

如果说《上海屋檐下》中的空间，仍是在时间流淌中的空间，整体情节结构仍然遵循时间的因果关系，拥有一个统一集中的情节，只是巧妙地将同一时间点的不同空间并列的话，那么、法国剧作家让-米歇尔·里博的《高低博物馆》则实现了从时间结构向空间结构的跨越。

《高低博物馆》的场次安排如同博物馆的说明书，不同展厅对应着不同的艺术流派，读者"可以随心所欲地逐一展开不同的场次……就像是在一个博物馆"①，在《十三种关系》和《上海屋檐下》中，显然我们不能够从做任意一个片段开始。比如下面一段文本：

展　厅　揭幕展
停车场　巴洛克及超现实主义

---

① [法]让-米歇尔·里博：《高低博物馆》，宁春译，中国传媒大学出版社2013年版，第2页。

小展厅　外国人（之一）

当代艺术展：

大展厅　透视学　1厅　苏尔基和苏尔库

当代艺术展厅2　绿色植物

北翼展厅2　康丁斯基

……

在作者看来，《高低博物馆》"好似一个梦幻的游戏通道。从一个展厅到另一个，迅速地、曲折地、向后面、向旁边、在中间，然后慢慢地腾空而起，就像清晨的一个思绪。时间支离破碎，参观弯弯曲曲，导游线路漫无目的。大自然踏步回归，艺术就此跌落"[1]。这说明了该剧对时间顺序的打破、依据空间展开的雄心壮志，意在重新审视艺术与生活、自然的关系。读者可以从任一场次开始读，而不必担心破坏因果逻辑，因为时间上的这种因果逻辑根本就不存在，这也契合了"博物馆"这一事物的本质：不同观众可以在同一时间从不同空间开始自己的参观之旅。

当强调的对象是空间感而不是时间后，空间上的并存、呼应关系得到了强调，不同空间发生的事件的并列构成了一种新的拼贴式情节。传统的场面完整已经不是唯一追求目标，更有可能取而代之的是一系列不完整的场面，对话零乱、行动不清、人物碎片化的效果：

13

瓦勒里　你喝酒了吧丹尼尔，你为什么喝酒呢？你会把印象派的画
　　　　全都给看清楚了。

丹尼尔　我才不在乎呢。

14

让-阿兰　米莱尔去哪儿了？

米谢琳　在意大利画的厕所。

让-阿兰　这不危险吗？

米谢琳　为什么？

让-阿兰　你难道不看报吗？你不知道我们生活在一个什么样的社

---

[1] ［法］让-米歇尔·里博：《高低博物馆》，宁春译，中国传媒大学出版社2013年版，第1页。

会，米谢琳？

（母亲慌乱起来，朝着厕所方向跑去，一边喊着：）

米谢琳 米莱尔！米莱尔！

让-阿兰 米莱尔！

一群参观者 米莱尔！

15

玛德琳那 说到底，现代绘画的摇篮是在拉斯科。

安 托 万 那么古代绘画呢？

玛德琳那 啊呀，这你可算把我问住了，安托万。

这里将不同展厅中发生的故事并列，这些故事并非只同艺术有关。人物的对话内容可以是社会新闻，可以是家庭矛盾，可以是与艺术看似有关其实却无关的任何事物。比如导游纠正外国游客对艺术大师姓名的发音，对话中不断提到艺术大师的名字，其实讨论的是将车停在靠近"伦勃朗"还是"毕加索"展厅的停车场，最后发现停在了"达利"展厅入口。梵·高咖啡杯可以用洗衣机洗，"提香"餐垫机洗不褪色，这是主妇购买它们的主要理由。鲁本斯、委罗内塞画作中裸露的美女掏空了工作人员的荷尔蒙，以至于爱人在他们眼中变得苍白乏味、引起家庭关系不和……凡此种种，体现了艺术的世俗化、商业化和向现实生活场景的延伸，正如作者在序言中所说"艺术由此跌落"。然而艺术并未消失，它以另外一种方式怪异地主宰了人们的生活，以至于作者借剧中看守之口表达这种知"画"之美而不能欣赏自然的困惑：

> 对不起，我一辈子都守着那些经典的名画，艺术家们扼杀了我，打翻了我，捆绑了我，摧残了我的肌肤，我再也不能自拔，哪怕一张地铁小票它因被折叠的精美也能感动我，但我绝不可能在夕阳里沉醉了，因为她不是出自透纳的画笔。我跟你们一样，艺术品已经让我窒息得无法呼吸了，说真的，清新的空气，那多烦人！[①]

《高低博物馆》的情节没有重点，任何一个部分的内容看上去地位是均等的，作者给予他们一视同仁的处理。不同空间发生的事件之间不

---

① ［法］让-米歇尔·里博：《高低博物馆》，宁春译，中国传媒大学出版社 2013 年版。

构成故事时间上的先后，也不构成逻辑上的因果关系，是依据所参观空间的不同构成一种平等并置的关系，成为一种后现代艺术的拼贴。

这种戏剧结构类似于"巴洛克式"的结构。雷内·韦勒克提到过戏剧中的这种结构时，引用瓦尔泽尔的观点，用于说明莎士比亚与拉辛的区别。在后者看来，莎士比亚的戏属于"巴洛克式"，因为"他的戏缺乏沃尔弗林在文艺复兴绘画中发现的那种对称的结构"，"不同的重点落在戏的不同部分"，而"高乃依和拉辛却围绕着一个中心人物构筑悲剧"。① 高乃依和拉辛的戏更为整饬而符合古典风格，严谨的有些机械和单调，而莎士比亚的多重心的分布更加宏伟和富有张力。依据空间结构展开的戏剧，其用意在于让各个部分的重要性相等，在某种程度上也接近于"巴洛克式"。本雅明认为，只有从空间的角度才能真正解读"巴洛克式"的戏剧。

在时间观念驱使的文本中，即使不相干的情节按叙事时序组合到一起时，也能生成关于因果逻辑的印象。贝尔托·布莱希特的《第三帝国的恐惧和苦难》由二十四段各不相干也不具备因果的片段组成，但是，当纳粹军队的装甲车出现时，当行进的脚步声和车轮滚动声响起时，一种因果联系便在暗中建立起来了。这些片段之间建立起内在的次序和联系，成为一个事实上有次序的文本。这与完全可以打破顺序来讲述的戏剧文本是不同的。瑞士剧作家马蒂厄·贝尔托莱的《豪华，宁静》描写了一家"为年老演员准备的养老院""为重大离别做准备的旅馆"，它们为采取主动姿态结束生命的人们提供帮助。该文本没有具体的情节，绝大部分对话没有明确的发出者，通篇是关于如画风光、旅馆完备设施和死亡来临的碎碎念。全剧不具备常规的情节因果联系，演出的时候可以从 229 个片段的任何一个开始，阅读的时候亦是如此。这样的结构打破了原本的时间中心与逻辑中心，却避免了生命联系的彼此切断。把它们当成一个整体来观看，以一种共时的视角去审视这一个个即将结束的生命片段"拼图"，这正好构成令人眼花缭乱的"巴洛克"式繁复感。只不过这种"巴洛克"的不同在于，"人物主动结束生命"在

---

① ［美］雷内·韦勒克、奥·沃伦：《文学理论》，刘象愚等译，生活·读书·新知三联书店 1984 年版，第 140 页。

莎翁剧作模式中会成为扎实清晰的情节框架，在这里只成为叙事的虚化背景。

上述的剧作毕竟还是在剧场中演出的，虽然是改造过的剧场。在阅读中，读者可以选择任意一场次开始，但在演出时仍然按照时间的先后来进行，读者和观众不能随意抽离已经开始的场次。近些年来流行的"浸入式戏剧"将戏剧的"空间"概念推向极致，破除了传统的"剧场"观，观众可以随意介入演出的任意时刻。美国戏剧理论家马文·卡森认为：

> 一般的"浸入式"戏剧常分为三种。第一种也是最保守的，是那种实际上是"漫步剧院"式的作品，这类作品中，为数不多的观众按预定顺序参观几个房间。这些房间通常位于一栋独立的建筑中，在每个房间里都有由演员在进行常规的基于文本的模仿式的演出。第二类作品如《罗马悲剧》，演出在一个或几个多少相邻的地点进行，观众可以自由走动，按照本人意愿看或者不看进行中的演出。第三类作品，则是像《不眠之夜》这样，观众可以自由漫步、自由选择不同的演出空间，而不需要依照标准文本的顺序去观看演出。其中一些演出场所空空如也，另一些场地中演员则正在表演。演员在演出的时候，仿佛观众并不在场，但不定期地会有一个演员将一个观众拉入一个私密空间并亲昵地与之交谈。不过，并非所有的观众都有机会，那些被邀请的人也不能选择开始或者改变谈话过程，演员仍然保持着对演出绝对的控制。①

博尔赫斯在《小径分岔的花园》中，认为当小说中把人物面临的多个选择同时纳入文本、选择了所有可能性时，就会"产生了许多不同的后世，许多不同的时间，衍生不已，枝叶纷披"②。这种"衍生不已、枝叶纷披"恰恰可以用来形容"浸入式戏剧"的特征：按照空间布局情节，观众进入不同空间感受到不同情节，空间层出不穷，情节纷披不止，从而让戏剧叙事空间与故事空间对等，情节的时间顺序退居幕后。

---

① ［美］马文·卡森：《"后戏剧"及"后戏剧剧场"在当代的若干思考》，刘艳卉译，《外国文艺》2017年第4期。
② ［阿根廷］豪·路·博尔赫斯：《小径分岔的花园》，王永年译，上海译文出版社2015年版，第94页。

像《罗马悲剧》和《不眠之夜》这样的作品，确实打破了情节的时间次序，变成依据空间来欣赏的作品。但是，在强调观演互动同时，我们也要看到，此类作品在具体空间的情节呈现上，仍然是情节的、线性的，是对现实生活的模拟，而非真正的生活。马文·卡森介绍了另一种基于"符号学"和"现象学"的浸入式戏剧——摒弃模仿和叙事的文本，完全随意的戏剧。比如里米尼备忘录的"后戏剧"最新作品《遥远的柏林》(Remote Berlin)。该剧首演于1913年，在这部剧中，观众们戴上耳机，在远程指导之下或独自一人或者三五成群在城市的街道中散步，他们一路之上经过的人及事物是随机的、偶然的（也不排除部分是提前计划好的），不过却因为"演出"的存在，加了"框架"(frame)而变成戏剧了。《遥远的柏林》中最值得注意的，是让观众（约有25人）聚在轻轨通道的一端，观看从这条通道及相连通道经过的路人，就仿佛这些路人是演出中的演员。有些"演员"故意"忽略"这些观众，也有一些挥手致意，甚至给这些戴着插在手机上的耳机、一动不动的观众拍照。这样的空间戏剧，完全打破了舞台空间带来的尺寸和规模的限制，做到了故事空间与叙事空间同一，而且结构依据叙事空间来搭建、完全不同于常规戏剧。

五、走向意象戏剧——在空间中总览情节

"浸入式戏剧"在某种程度上已经将空间与时间对等了，但从观众欣赏来看，仍然是从一个空间到另一个空间，无法"观古今于须臾，抚四海于一瞬"。然而，文学的空间结构可以通过心理化运作、形成视觉意象来实现，这给出了叙事文本向空间发展的一条出路。如果空间想象仅停留在打破情节、时间之后的支离破碎上，这是对美学的一种伤害，读者和作者都期待着一种完整性，而视觉意象解决了"打碎"之后的"凑成"问题，这就是意象戏剧。

视觉意象的实现，本身就是语言的形式空间、故事的物理空间与读者心理空间的合一，这需要在文本布局上精心安排。美国研究者格特鲁德·斯泰因从观众和读者的欣赏习惯入手，提出一种基于空间结构、致

力于文本内容的整体呈现的"风景戏剧"（Landscape）。她认为，欣赏传统戏剧与欣赏"风景戏剧"，其区别好似乘坐火车旅行与飞机旅行。在前一种方式中，乘客透过窗户，看到由于火车穿过田野时而呈现的一连串景物。当景物移动时，乘客也记得经过的景物并同时期待着接下来的景物。相比之下，飞机上的乘客透过窗户，看到的是瞬间出现在下方的整块地形。就如在风景画中，观察者有时间充裕地、从任何次序去观看风景画中具体部分的自由。①

这种戏剧的"基本结构是联系的和并列的，而非传统的线索性叙事"。它的各个部分彼此联系，就像"树相对于山，山相对于田野，树彼此之间，任何一棵树相对于天空，任何枝节相对于其他枝节……故事的重要性……在于（事物）相互之间（发生）的任何联系"②。

如果说传统戏剧是依照时间展开的戏剧，随着情节的发展了解到文本的整体意义，那么斯泰因提到的这种戏剧，就是依据空间展开的戏剧，随着视野在空间上的展开来领略艺术形象。传统戏剧依据情节的因果逻辑关系展开，观众无法略过前面的情节直接跳到后面的情节，他们必须遵循情节的线性次序去欣赏，才能够充分领悟剧情，并进而获得审美的体验。斯泰因所提到的按空间展开的戏剧，戏的各个部分像人类乘坐飞机位于高空的俯视一瞥一样，瞬间将分布于地面的各种事物同时纳于视界，并进而作用于观众的知觉器官，让观众瞬间沉浸于所呈现的意象和情感的直接体验中。与传统戏剧观众需要根据情节叙事展开才能获得的欣赏体验相比，"风景戏剧"带来的体验具有新鲜和即时性，是一种基于空间结构的戏剧。这种戏剧不同于幻觉的、心理的、线性叙事的、文学的戏剧，是一种非叙事的、非情节的、非语言的、共时性的、无焦点的、同时呈现在观众眼前的戏剧。

经过这样的处理之后，观众和读者在欣赏作品时，在心理上所获得的不再是孤立的情节片段，而是关于情节的一种整体印象。意大利美学

---

① ARONSON A. *American Avant-garde Theatre: a History* [M]. London: Routledge Press, 2000, p. 28.

② STEIN G. *Lectures in America* [M]. Boston: Beacon Press, 1985, p. 125.

家克罗齐认为："知识有两种形式：不是直觉的，就是逻辑的；不是从想象得来的，就是从理智得来的；不是关于个体的，就是关于共相的；不是关诸个别事物的，就是关于它们中间关系的；总之，知识所产生的不是意象，就是概念。"①克罗齐所说的直觉、意象就是审美中突如其来的获得，它不是抽象的碎片式的概念，而是一种整体的印象。

埃莉诺·福斯（Elinor Fuchs）认为，"风景戏剧"是具象的（representational）和知觉的（perceptual）。②先锋戏剧理论家罗伯特·诺夫（Robert Knopf）和朱丽娅·李斯坦根坦（Julia Listengarten）认为，具象的"风景戏剧"将空间因素同时呈现于演出中，却刻意避免单一的焦点，而让事物的重要性不分高下，让观众体验到并置（juxtapositions）和不一致性（inconsistencies）；知觉的风景戏剧形成于观众的脑海而并非眼中，通过一层层重复和不断重订的动作而非情节，使得观众能够在脑海中堆积（accumulate）类似的事件和意象"。③比如在约翰·凯奇《无的演讲》中，舞台分成四个区域：（1）长方形场地的一端播放电影另一端播放幻灯片；（2）凯奇在梯子一边发表沉默的演说，理查德和查尔斯则在梯子另一边爬行；（3）罗伯特拨弄一个老式留声机，一只狗在旁边聆听；（4）大卫在弹钢琴，一些舞者在四周舞蹈。④在这种松散结构所呈现的场景面前，观众可以保持一种"持续的在场"（continuous present），可以从任何一个地方开始，又可以在任何一个地方结束，不必感受到情节进展带来的压力。

当然，上例中的场景还失于浅薄、机械，无法让调动观众的通感，展开充分的想象。在罗伯特·威尔逊的《西格蒙德·弗洛伊德的生平与时代》（*The Life and Times of Sigmund Freud*）中，作者采用了意象代替具体事件的做法。在第三幕中呈现如下画面：野兽一只接一只进入

---

① [意]克罗齐：《美学原理》，朱光潜译，外国文学出版社1983年版，第7页。
② FUCHS E. *The Death of Character* [M]. Bloomington: Indiana University Press, 1996, p. 96.
③ KNOPF R, LISTENGARTEN J. *Theater of The Avant-Garde, 1950—2000: a critical anthology* [M]. Yale University Press, 2011, p. 330.
④ 刘艳卉：《从"风景戏剧"到"视象戏剧"——格特鲁德·斯泰因、约翰·凯奇及罗伯特·威尔逊》，《戏剧》2017年第4期。

黑暗洞穴；阳光中男孩和女孩在奔跑游戏；野兽进入笼子，洞穴竖起栏杆；弗洛伊德进来，坐在桌边，一个男孩在脚下死去。这些画面所蕴含的故事，是弗洛伊德心爱的外孙幼年死去的真事，但作者没有拘泥于情节和语言，而用画面来体现。野兽进入洞穴代表本我的被压抑，借此传递出人生的荒诞感和疏离感，这也是弗洛伊德的研究和贡献。这种戏剧是对情绪意象的放大，取代了情节和语言。演员在各自的表演区内表演，并不存在所谓的重点表演区域。同样，在《沙滩上的爱因斯坦》（*Einstein on the Beach*）一剧中，取代性格人物和线性叙事的是不断重现的意象如火车、审判、宇宙飞船。这种剧作的欣赏显然有异于常规戏剧，而是追求斯泰因所强调的"一遍遍开始"（beginning again and again），旨在打破时间之流，回到作者开始创作的初始状态。在这种戏剧中，语言、情节相较于灯光、音响等其他舞台手段的重要性大大降低，各个构成部分之间的因果逻辑、前后次序不复存在，转而是一种松散的、相关性、并置的联系，是一种可供观众驻足冥想（contemplative）的戏剧。在传统的按时间线索展开情节的戏剧中，是不可能给观众如此的驻足空间的。当然，这种剧作缺少一个固定不变的文本，无法像进行常规的叙事分析。"威尔逊在创作手法上，常常在情节处留白，在画面上展开想象空间，追求'此时此刻'与意象累积，由意象构成的内容犹如一朵稍纵即逝的鲜花，意象如同花瓣一样不断绽放并脱落，与此同时，新的意象生长出来，失去的与重生的交相叠映，从而构成冥想的、万念俱生的意境空间。"①

当一出戏剧不再呈现时间序列上的故事，而是巨幅的拼贴时，我们有理由认为，对于作品本身的含义而言，更想体现空间而非时间，对于作品的呈现而言，所需要的空间也比时间更重要。然而，我们也要看到，由于阅读习惯按照时间顺序进行，在戏剧文本中彻底实现空间形式是比较困难的。尽管近年来，一些编剧在文本样式上进行了一些变革，追求一种视觉上的空间感。比如首演于 2012 年的美国百老汇戏剧《大餐》（*The Big Meal*），仿造人们在餐桌就餐的样式，将人

---

① 刘艳卉：《从"风景戏剧"到"视象戏剧"——格特鲁德·斯泰因、约翰·凯奇及罗伯特·威尔逊》，《戏剧》，2017 年第 2 期。

物姓名并排呈现在页面上，人物对话则竖排在人名之下。说话时在人名下加台词，不说话则保持空白。从文字排版上看，就像是人们在一张长长的餐桌上依次就座，埋头吃饭。不过我们也要看到，这仅是对剧本排列习惯的改变，无法撼动情节按照时间进展的传统。戏剧文本对空间的强调，更多是一种希望超越时间、在空间上安排情节的努力。

第五章　戏剧人物与叙事视角

　　叙述者与叙事视角是两个独立又有联系的概念。申丹认为，"自古希腊的亚里士多德开始至20世纪70年代初，对叙述方式或视角的论述未能将叙述声音与叙事眼光区分开来"，热拉尔·热奈特于1972年出版的《叙事话语》中明确提出了这一区分。[①] 区分叙述者与叙事视角的意义在于：叙述者不仅可以从自身视角观察事物，也可以通过他人的视角来观察，借用不同人物视角推进叙事。如果说在小说叙事中，利用特定叙述者的叙述、借助不同人物视角推进故事是常见手法，在以对话为主的戏剧文本中，利用多重视角叙事更是有着天然的优势。戏剧文本中，叙述者的类型不同，与看者之间的关系也不同，大致可分为以下几种情况：

叙述者	看　者	是否同一	出现场景
作者—虚拟作者	作者—虚拟作者	是	舞台提示、动作提示
作者—虚拟作者	人物	否	舞台提示、动作提示
叙述中介	叙述中介	是	拥有叙述中介的文本中
叙述中介	人物	否	拥有叙述中介的文本中
人物A	人物A	是	对话
人物A	人物B	否	对话

　　作者—虚拟作者的类型主要出现在舞台提示、动作提示等地方，常常会使用"我们"之类的用语来证明其自身的视角。不过这并不意味着

---

　　① 申丹：《叙述学与小说文体学研究》，北京大学出版社1998年版，第186页。

其无法借助他人视角。比如《雷雨》中，作者在表达周萍对父亲的畏惧与愤恨时，就代入了人物视角。再如，马蒂厄·贝尔托莱的剧本《豪华，宁静》中，叙述者也常通过人物的视角进行叙述：

> **众　人**　他牵着她的手，这位少女，注定在成为女人之后变得平凡。她身上令他欢喜的，正是必将消失的：她的天真与惊讶，相识之际的那一尘不染的年少气息。他想象她失去魅力、人老珠黄、跌落到婚姻生活的一地鸡毛，变得与其他女人无异。稍后，他即将拥她入怀，并且摧毁她。片刻足矣。他松开怀抱，内心有种谋杀的感觉，甚至无法用情杀来为自己开脱，毕竟他不渴望得到她。或者，至少，对她的渴望并不超过其他女人。

> **众　人**　他看到，如同列车穿行于风景，一长串单调乏味的日子铺展在未来，女友的到来对她而言也算是消遣。

这里的叙述者属于异故事叙述者，他既未参与故事，也不影响故事的走向，对情节的发展不产生直接作用。"他想象""他看到"说明此处恋人的形象描绘是借助男人的视角来看的，他不仅回忆了相识之处，而且展望未来必将变得乏味的婚姻生活。借助恋人的视角来看，多了一份曲折、含蓄，更有一种心知肚明的坦然。

无论在哪种类型的叙述者中，均可以出现叙述者与看者并不同一的情况，这增加了戏剧文本叙事的丰富性，也使得其叙事带有更多的视角和视点。

第一节　戏剧文本中的叙事视角及功能

戏剧文本中包含各种各样的叙述者和各种各样的视角，多重视角的交叉能够更好地表现生活的多样性、世界的普遍联系与人性的复杂。由于叙述者之间存在上位和下位的关系，视角之间也形成了相应的层级关系。可以直接通过上位视角来看，也可以通过上位视角下的下位视角来呈现内容。

作者—虚拟作者、叙述代理的视角属于上位视角，位于故事层的人物视角属于下位视角。无论是上位视角还是下位视角，均对情节、人物、主题的叙事有着重要作用。上位视角（如作者—虚拟作者或叙述中介的视角）往往简单明了地表明看者的观点和态度。相对于这两类视角，下位视角即由多个角色组成的故事层人物视角则更为复杂。除了对情节、主题的交代之外，人物视角在人物形象的塑造时更具有先天的便利。

戏剧中运用叙述视角塑造人物，可以采用不同手法，在叙事效果上也各有差异。林克欢认为视角有"自知"与"旁知"两种类型，《狗儿爷涅槃》中，通过狗儿爷的回忆来反映一生的遭际属于"自知"的类型，而《上帝的宠儿》中由宫廷作曲家萨利埃里来讲述莫扎特的不幸命运是"旁知"类型。[①] 其实，戏剧中的每一个人物既可以表达对自己的看法，也可以表达对他人的看法，所谓"自知"与"旁知"之外还可有更为细致的分类。

一、戏剧文本中的人物视角

1. 自视

"自视"，指人物对自我的看法，通常通过人物自身的视角呈现，往往以直抒胸臆的方式，通过独白或对话来表达。比如杜丽娘临终前"写真"时的自述：

〔旦泣介〕杜丽娘二八春容，怎生便是杜丽娘自手生描也呵！

【普天乐】这些时把少年人如花貌，不多时憔悴了。不因他福分难销，可甚的红颜易老？论人间绝色偏不少，第把风光丢抹早。打灭起离魂舍欲火三焦，摆列着昭容阁文房四宝，待画出西子湖眉月双高。

【雁过声】〔照镜叹介〕轻绡，把镜儿擘掠。笔花尖淡扫轻描。影儿呵，和你细评度，你腮斗儿恁喜谑，则待注樱桃，染柳条，渲云鬟

---

① 林克欢：《叙述者——戏剧的叙述结构之二》，《剧本》1988 年第 7 期。

烟霭飘萧；眉梢青未了，个中人全在秋波妙，可可的淡春山钿翠小。

人物"自视"优点是直接明了，包含情感于其中，缺点是如果没有情节事件与人物行动加以匹配，不容易令人信服。此外，人物的"自视"需要辅以符合人物性格或特征的语言，方能让观众感同身受。比如此处对人物行动、神态的描写与"游园"、"闹塾"中杜丽娘热爱自然、才貌双全的形象是吻合的，二者使用的语言优美典雅，在情感色彩上也接近，塑造出了多情才女的形象。同样，在契诃夫的《海鸥》中，特里波列夫对母亲吝啬、虚荣、嫉妒的描述，与情节中交代的母亲宁可把钱用来花天酒地，也不愿意给儿子买件大衣，以及母亲对妮娜才华的嫉妒是相呼应的。需要注意的是，如果是人物代作者立言，表面为"自视"实际上却是作者视角的体现，这种情况通常出现在带有讽刺意味的描述中，观众更多是产生理性的认知，而非情感的共鸣。

2. 他视

"他视"是借用别人的眼光来描写被看的人物，既可以借次要人物来看主要人物，也可以运用旁观视角来看待人物的所作所为。旁观视角有如下好处：一是显得客观，容易被观众接受；二是一些有损人物形象的情节通过旁观视角间接反映，可以抵消人物行为的消极一面。如《那年我学开车》中的这一段：

男 队 员 玛丽姨妈谈她的丈夫。（女队员扮演玛丽姨妈，她留意着自己的仪态，优雅地走到台前，面对观众坐下。）

玛丽姨妈 无论过去还是现在，我丈夫一直是个好男人。每天晚饭后，他会洗碗。回到家里，他处理垃圾，打扫院子，帮我搬好我弄不动的重物。邻居们都会来找佩克帮忙——真的——那些女人们有丈夫，只是她们的丈夫没有佩克能干——冬天早上有总人敲门借电发动车子，有人——要借光搭车，有人要求助人行道扫雪——我看着窗外，佩克脱了外套——忙着铲雪。

我知道我很幸运。这个男人从早忙到晚，每年还有许多加班。我姐姐真可怜，每年圣诞晚餐，当我系着新披肩，戴着新钻戒，或买了百慕的戏票来家聚会时，她总是坐在一旁。

> 我知道佩克心中有事。我们从不谈起。我有时会纳闷，战争期间他究竟发生了什么。二战归来的男人们没有机会倾诉他们的情愫。人们希望他们那一代人埋藏他们的情感，继续过他们的日子。有时我能感到他在同心中的困扰搏斗——那种困扰比伤疤埋得更深——但我们从不谈起。我知道他有解决不了的烦恼，因为他回家来找我，靠围着我转来平静自己。我不再嘲笑他——我跟他谈新菜谱，减价商品，或闲聊——因为我觉得家庭生活对迷失的男人们是一剂良药。我们坐在屋里，坐在他打理得干干净净的客厅里，听着时钟发出那平静的滴答声，直到事情过去。

从玛丽姨妈的叙述中我们得知，佩克是个好丈夫，不喝酒而且乐于助人，是个模范的好男人。此外，佩克有着严重的战争留下的精神创伤，这种创伤未能得到妻子的理解，他对小贝的留恋，实质是对缺席青春的补偿，是严重的心理创伤后的应激反应。这就是通过旁观视角而非佩克自述来写人物。

"自视"的正面描写与"他视"的侧面描写构成了两个互补的视角。在戏剧文本中，有时以"人物行动"取代人物"自视"，辅以"他视"来塑造人物，这也对人物形象塑造起到补充的作用。

3. 视他

"视他"是通过描写主要人物怎么看待别人来塑造"看者"的形象。里蒙-凯南认为，一个人物如何看待别人，实际上也反映了他对自身的看法。"如果是心胸狭窄、头脑迟钝的人称某个人为'满脑子理论'，或认为这个人物的想象力'异常活跃'，那么他们的看法就不应被看作是对人物的这些性格的可靠证明，因为这种异常特征无非是出自平庸之辈的眼睛。因此，这样的评价与其说是对该人物的值得信赖的判断，倒不如说是表明了他们自己对理论的怀疑或想象力的贫乏。"[①] 婴儿只有通过

---

① [以] 里蒙-凯南：《叙事虚构作品》，姚锦清等译，生活·读书·新知三联书店1989年版，第108页。

镜子认识到了"他人是谁",才能够意识到"自己是谁"。婴儿自视中的镜像涉及对自我的评价是否客观、是否有违基本事实。同样,剧中人自我评价中的"我"与情节事实中的"我"互为镜像,"视他"的镜像中,则是在对他人的评论中投射出的"自我"形象。

在《海鸥》中,除了特里波列夫直抒胸臆表达自我认知外,他对特里果林作品的评价中也体现了自身的性格特点。他对所谓著名作家的特里果林的评价与妮娜大相径庭:

特里波列夫　他是一个聪明、简单、有一点忧郁的人;你知道,很文雅。他还没有四十岁,可是已经出了名,而且够富足的啦……至于他的作品,那……我可怎么对你说呢?漂亮,有才气……只是……读过了托尔斯泰和左拉的作品,我想谁也不愿意再看一点点特里果林的小说了。

　　　　　　……

特里波列夫　我可不尊敬他。你想叫我也拿他当一个有天才的人,可是,原谅我吧,我不会说假话,他的作品使我厌恶。

特里波列夫的视角里,特里果林虽有些小聪明和才华,但离伟大还差得远。如果说"他视"是借他人的眼光来看待主体,那么"视他"就是用自己的眼光来看他人。在"他视"中,他人如何看待主体中包含了对他人的批评;同样,在"视他"中,主体如何看待他人也蕴含了自我的认知。从特里波列夫对特里果林的评价可以看到,特里波列夫理想高远,他绝不满足于小聪明和才华,他追求的是伟大,他的痛苦迷茫与特里果林不无炫耀的诉苦绝不相同。特里波列夫追求的是像托尔斯泰和左拉那样,能真正表达抒发人类痛苦的深刻的作品。这种"视他"又"返视"的视角揭示了特里波列夫内心的高贵,丰富这一人物同时,也完成了对特里果林的刻画。特里波列夫对母亲的评价也是一种"视他"的"返视":

特里波列夫　为什么?她不高兴啦。(坐在索林旁边)她嫉妒。你看她这不是已经反对起我、反对起这次表演、反对起我这个剧本来了吗,只因为演戏的不是她,而是扎烈奇娜雅。我这个剧本，她连看都没有看，就已经讨厌了。

索　　林　（笑着）得啦，你这是打哪儿看出来的呀？

特里波列夫　她一想到，连在这么一个小小的剧场里，受人欢呼的将是扎烈奇娜雅，而不是她，就已经生气了。（看表）我这个母亲呀，真是一个古怪的心理病例啊！毫无问题，她有才气，聪明，读一本小说能够读得落泪，能够背诵涅克拉索夫的全部诗篇，伺候病人也温柔得像一个天使；只是你可得好好当心，千万不要在她的面前称赞杜丝！嘿！那呀，喝！你们只能夸奖她，只能谈她；你们应当为她在《茶花女》或者在《生活的醉意》里那种谁也比不上的表演而欢呼，而惊叹。然而，她既然在这乡下找不到这种陶醉，于是厌倦了，恼怒了，就把我们都看成了仇人了，觉得这些责任都该由我们来承担。而且，她是迷信的，她永远不同时点三支蜡烛，她怕十三这个数目字。她是吝啬的。我确实知道她有七万卢布，存在敖德萨一家银行里。可是你试试看向她借一次钱，她准得哭穷。

这是对特里波列夫视角对母亲的"视他"，在这个儿子看来，母亲才华有限，嫉妒心强，吝啬自私，从中体现的特里波列夫自身，则是一个被母亲冷落的失败者，他洞悉世事、愤世嫉俗，甚至有些尖酸刻薄；这是对先前"自视"中特里波列夫敏感性格特点的补充和强化。

有时人物的"视他"是一种含蓄的褒贬，不是直接描述对方形象，而是描写与对方有关的事物，并且在"视他"中带上比较的视角。比如《麦克白》中的这段文本：

麦克白夫人　费尽了一切，结果还是一无所得，我们的目的虽然达到，却一点不感觉满足。要是用毁灭他人的手段，使自己置身在充满着疑虑的欢娱里，那么还不如那审美观点我们所害的人，倒落得无忧无虑。啊！我的主！您为什么一个人孤零零的，让最悲哀的幻想做您的伴侣，把您的思想念念不忘地集中在一个已死者的身上？无法挽回的事，只好听其自然，事情干了就算了。

麦　克　白　我们不过刺伤了蛇身，却没有把它杀死，它的伤口会慢慢平复过来，再用它原来的毒牙向我们的暴行复仇。可是让一切秩序完全解体，让活人、死人都去受罪吧，为什么我们要在忧虑中进餐，在每夜使我们惊恐的噩梦的谑弄中睡眠呢？我们的心灵把我们折磨得没有一刻平静的安息，使我们觉得还是跟已死的人在一起，倒要幸福得多了。邓肯现在睡在他的坟墓里：经过了一场人生的热病，他现在睡得好好的，叛逆已经对他施过最狠毒的伤害。再没有刀剑、毒药、内乱、外患，可以施加于他了。①

麦克白夫妇没有直接提到邓肯的姓名，也没有直接描述邓肯的形象。在他们的想象中，邓肯已经安稳地睡了，再也没有恐惧和谋杀，而他们却夜夜噩梦，心灵没有一刻能够得到安宁。在这样对比的描述中，更令人印象深刻的是麦克白夫妇即看者的形象，已经登上王位的凶手甚至羡慕起了死者，其内心的压力与后悔不言而喻。

相较"自视"，"视他"表达相对含蓄，较为委婉地表达视角发出者的人品与性格。

4. 自视的他视

"自视的他视"为自我眼中的他人评价，比"视他""他视"更多一层曲折，是一种对自我的疏离的客观的看法。契诃夫的话剧《海鸥》中，特里波列夫多次进行从自己视角出发，又借助他人视角自我评价：

特里波列夫　……我是谁呢？我是个什么样的人呢？一个像编辑们所常说的他们"无法负责"的情况，逼得我在三年级上离开了大学。我什么才干也没有，我一个小钱也没有，而且，根据我的护照，我不过是个基辅的乡下

---

① 选自《莎士比亚全集（第6卷）》，朱生豪译，译林出版社2016年版，第111—190页。

人。因为，我父亲虽然是个出名的演员，但他也是个基辅的乡下人。因此，她客厅里的那些演员和作家，每逢肯垂青于我的时候，我就觉得他们只是在打量我有多么不足道——我猜得出他们思想深处想的是什么，我感到受侮辱的痛苦……

心理学家拉康提出过"镜像理论"，说明人类的成长是一个接受"他视"并形成"自视"的过程。[①]"他人"的目光是婴儿认识"自我"的一面镜子，后者正是在他人的目光中成长为镜像中的"自我"的，婴儿成为什么样的"自我"，与他人目光中的"自我"有很大关系。如果说一个人物对自己的认知与他人的目光有很大关系，那么，人物对他人如何看待自己的推测，实际上也是自我认知的映射。这里特里波列夫表达的并非单一的"他视"，而是一种"他视"中的"自视"，通过猜测别人对自己的看法，更深层地表达了内心的自卑与不甘。在特里波列夫心目中，自己是一个充满理想与抱负，有勇气有才华的年轻人，但因为生活在闭塞的乡村、不被母亲喜欢，他知道自己在旁人眼中是一个失意者甚至失败者。站在俗世庸人的角度"视己"，是一种双重视角的接受视角，特里波列夫通过别人的视角审视自己，同时这一他人视角也受到他的主观过滤。因此，他的"自视"不是自我反省而是呐喊和抗议，在他人视角的"返视"的双重的过滤之下，呈现出一个痛苦而不甘的灵魂。与单一的自我表白式的"自视"相比，"自视的他视"提供了更丰厚的人物解读空间，也更具有审美的拓展性。

中国传统戏曲中人物对自我的调侃，也类似于通过旁人的视角来审视自我。如《琵琶记》中：

【前腔】〔净上〕身充社长管官仓，老小一家都在仓里养。〔丑〕好好，你一家老小都在仓里养。事发时节，如何摆布？〔净〕事发尽不妨，里正先吃棒。〔丑〕尊兄，饶得你么？〔净〕先打了都官，方才打社长。老夫年傍八旬，家中只有三人。因充社长勾当，谁知也不安宁。又要告官书题粉壁，又要劝民栽种翻耕，又要管淘河砌塪，

---

① 〔法〕拉康：《拉康选集》，褚孝泉译，生活·读书·新知三联书店2001年版，第90—95页。

又要办木桶麻绳。若有人家嫁娶，须索请我去做宾。人人称我年高伏众，个个叫我社长官人。若得一纸状子，强似厅上县丞。原告许我银子三锭五锭，被告送我猪脚十斤廿斤。若还得了两家财物，只得蒙眬写个回文。每日去干得泄水功德，竟不知自家里祸因。大的孩儿不孝不义，小的媳妇逼勒离分。单单只有第三个孩儿本分，常常抢去了老夫的头巾。激得我老夫性发，只得唱个陶真。〔丑〕呀，陶真怎的唱？〔净〕〔净〕呀，到被你听见。也罢，我唱你打和。〔丑〕使得。〔净〕孝顺还生孝顺子。〔丑〕打打咳莲花落。〔净〕〔净〕点点滴滴不差移。〔丑〕打打咳莲花落。不信但看檐前水。〔丑〕打打咳莲花落。〔净〕忤逆还生忤逆儿。〔丑〕打打咳莲花落。

人物在此处前面声称自己年高伏众，公事繁忙，后面又说到受贿财物、家门不孝，前者是自夸而后者是站在他人视角的"视己"，只不过这里体现的不是剧中其他人物的视角，而是作者的讽刺视角。贪财受贿显然不能够年高伏众，所以家里鸡飞狗跳、上下不分也就是必然的了，人物的自吹自擂就以这种方式被消解了。

二、主观视角与客观视角的结合

如果说"自视"和"他视"是直接的表达方式，那么"视他"和"自视的他视"则相对含蓄。这些不同的视角可以组合叠加使用，比如"视他的他视"，即运用别人的视角去看第三人。"自视""视他"之间的互补，以及"自视"与"自视中的他视"构成的"返视"，在文本中相互结合，使人物塑造在细腻与丰富的层面上更胜一筹。比如越剧《庵堂见母》中，尼姑见到亲生子，欲认不能欲拒又不忍的两难心境，就借助"自视"与"自视中的他视"来抒发：

> 元宰将血书哑谜尽点破，
> 果然是娇儿来认娘亲；
> 儿心哀哀哭断魂，
> 声声似钢刀刺我心。
> 我若今日把儿认，

儿在人间难立身；

私生的儿子人看轻，

尼姑的儿子矮十分。

高朋师尊不理睬，

考场不准儿进门；

我儿才高鹏程远，

怎忍害儿好前程。

"儿心哀哀哭断魂"，这是尼姑所看到的，"声声似钢刀刺我心"，这是自己内心所感受的。但是，"我若今日把儿认，儿在人间难立身"，则是推测想象、即"视他"，"私生的儿子人看轻，尼姑的儿子矮十分"等，则是想象儿子在他们眼中的评价，属于"视他的他视"了。

主观视角与旁观视角是"自视""视他"与"他视"的概念，指两种不同的视角去看同一事物，一为自身视角，一为他人视角。用他人的旁观视角去烘托、纠正主观视角，是戏剧文本中常用的一种方式。明代李贽总结出"摹索"的创作方法："《西厢》文字一味以摹索为工，如莺张情事，则从红口中摹索之，老夫人与莺意中事，则从张口中摹索之，且莺张及老夫人未必实有此事也。"[①] 这就是从旁观视角看待人物的做法。

不同视角的结合有助于展现事物发展的过程，体现人物被认识的过程。在中国戏曲的叙事中，有时表面上看是事件发展的自然过程，其实是视角加以描摹、书写的过程。比如《长生殿》中，唐明皇与杨贵妃初遇时：

【大石过曲·念奴娇序】（生）寰区万里，遍征求窈窕，谁堪领袖嫔嫱？佳丽今朝、天付与，端的绝世无双。思想，擅宠瑶宫，褒封玉册，三千粉黛总甘让。（合）唯愿取恩情美满，地久天长。

【前腔】（换头）（旦）蒙奖。沉吟半晌，怕庸姿下体，不堪陪从椒房。受宠承恩，一霎里身判人间天上。须仿冯媛当熊，班姬辞辇，永持彤管侍君傍。（合）唯愿取恩情美满，地久天长。

此处唐玄宗的"寰区万里，遍征求窈窕，谁堪领袖嫔嫱"，是从自我视角出发的叙述，描述自己遍求佳丽的渴望与努力，"佳丽今朝、天

---

① 〔明〕李贽：《李卓吾先生批评北西厢记》，《古典戏曲美学资料集》，隗芾、吴毓华编，文化艺术出版社 1992 年版，第 104 页。

付与，端的绝世无双。"则属于"视他"与"他视"的客观视角，描述杨贵妃的绝世美貌。杨玉环的回复中体现了"自视"，表达自己受宠若惊、愿肝脑涂地以报君恩的态度和想法。在二人的视角之外，又增加了宫女和内监的视角：

> 【前腔】(换头)(宫女)欢赏，借问从此宫中，阿谁第一？似赵家飞燕在昭阳，宠爱处，应是一身承当。休让，金屋妆成，玉楼歌彻，千秋万岁捧霞觞。(合)唯愿取恩情美满，地久天长。

> 【前腔】(换头)(内侍)瞻仰，日绕龙鳞，云移雉尾，天颜有喜对新妆。频进酒，合殿春风飘香。堪赏，圆月摇金，余霞散绮，五云多处易昏黄。(合)唯愿取恩情美满，地久天长。

宫女的视角主要体现为"视他"，即自己并非所述对象，主要表达对杨贵妃美貌的赞美，呼应前面唐玄宗所说的"三千粉黛总甘让"。内侍们的视角从唐玄宗的立场出发又是"他视"，赞美唐玄宗的威仪赫赫，表达唐玄宗得到杨贵妃之后的欢喜。作者洪升在此运用的视角十分复杂，既有简单的"自视"、"视他"，又有"自视"中的"他视"（如"三千粉黛总甘让"）。

如果在杨、李二人的视角之中，只选择二人的"自视"，没有"视他"，则不能够体现两个人的情感交融；如果没有在场内侍和宫女的烘托，只有杨、李二人的"视他"和"自视"，文本必然不能令观众信服，很难在极短的时间内，让观众从心理上感受到这是受到祝福、得到认可的一段婚姻。洪升在这段唱词中，运用了揣度他人视角的自我视角，即"思想，擅宠瑶宫，褒封玉册，三千粉黛总甘让"，这是借宫女之口赞美杨妃，若改为杨妃自述则显得自高自大。以二人为主却并非只写二人，也写了旁人对这段事情的看法，表现了宫人和内侍对其爱情的羡慕，也是对二人爱情浓墨重彩的见证，是巧妙的烘云托月法。这段曲子由数人分唱，叙事时间紧凑而场面丰富，在叙事效果上拉长了故事时间，使得读者或观众对二人感情的升温有一个直观形象的了解过程。

"视他"与"他视"作为侧面描写，能够补充、校正正面描写的不足与遗漏，提升反映社会生活的广度和深度。比如《哥本哈根》中，玛格瑞特大多数情况在"视他"，对于被看者来说，又属于"他视"。这一视角在剧作中是不可或缺的，在表达效果上绝非仅仅为了交代情节。因为就情节的交代而言，只留下参与私密会谈的双方、海森堡和玻尔就够了，玛格瑞特的作用在于通过客观中立的视角从旁赞扬二人品质和友谊。她所采用的客观视角更容易获得观众信任，有助于建立双方正面的形象，相反，若由海森堡与波尔自己赞扬则有"王婆卖瓜"之嫌了。

在涉及历史重要人物的剧作中，从历史人物的主观视角去选择"自视"是一种写法，从同时代人物的旁观视角即"他视"去写历史人物也是一种写法。比如音乐剧《汉密尔顿》选择了历史人物的敌人和对手来写汉密尔顿的人生。敌人和对手与历史人物呈对立关系，他们的描述自然对人物充满敌意，并不回避历史人物在婚姻和事业上犯下错误，这反而有助于摆脱一味褒扬的弊病，提供了崭新的认知角度和细节，塑造出血肉丰满、令人深思的人物形象。

如果"主观"与"客观"视角所看人物不是同一人物，而是互相观看，那就构成了视角的"互视"。

在"自视"与"视他"中，视角的发出者是同一人，只是看自己与看他人的区别；"视他"与"他视"是从不同的视角去看。某种意义上说，"视他"中的发出者，也是"他视"中的承受者，构成了一组"互视"关系。比如《坐在最后一排的男孩》中，编剧胡安·玛尤尔让克尔曼、克劳迪奥构成了互视视角——克尔曼读克劳迪奥的作文并发表点评，同时克劳迪奥的作文中也表达了对克尔曼老师的看法。这种互视视角的策略在于构造一种对等的视角。这种写法也是司马迁的《史记》中"互见法"，能够让人物和事件的交代或真实可信或扑朔迷离。当然，视角与情节所提供的人物行动之间是互补的。情节中所揭示的人物行为和行动与视角的认知是否一致，影响着视角对读者/观众的作用。

三、视角的诗学品质

雨果·鲍尔斯认为，除了"讲故事"占据主体地位的戏剧文本外，在其他文本中，虽然"讲故事"不占据主体，但这一形式仍然起着重要

作用——提供视角，传递信息，而且增加了情节的丰富性。^①

不同视角的存在，首先是对于情节书写的作用。契诃夫的《海鸥》中，特里波列夫眼中的母亲，与母亲眼中的特里波列夫，互相衬托对照。母亲眼中的特里波列夫是个小心眼、没有才华、穷乡僻壤的乡巴佬，殊不知儿子沦落到这种地步与自己也有莫大关系；儿子眼中的母亲卖弄风情、害怕变老又吝啬、嫉妒，而他作为儿子对此也无能为力。当二人终于把对彼此的不屑摆上台面、发生正面冲突之时，也就是剧情图穷匕见、最激烈的时刻。此外，不同视角对于同一件事的不同描述，也会增加情节的扑朔迷离感。比如在美国剧作家马梅特的《美国野牛》中，提契对于早餐店主骂詈不休，认为她们看不起自己、有意为难自己，而在头脑迟钝为人诚恳的鲍伯看来，这子虚乌有，极有可能是提契敏感所致。在《哥本哈根》中，玻尔夫妇与海森堡对当初来访的不同解读，也增加了哥本哈根之行的神秘感。

其次，视角本身蕴含着特殊的认知角度。"视角是一部作品，或一个文本，看世界的特殊眼光和角度……它是作者和文本的心灵结合点，是作者把他体验到的世界转化为语言叙事世界的基本角度。同时它也是读者进入这个语言叙事世界，打开作者心灵窗扉的钥匙。"^② 在叙述者与看者之间，看者的视角对读者的影响力更强。米克·巴尔认为，"读者以这一人物的眼睛去观察，原则上将会倾向于接受由这一人物所提供的视角"。^③ 叙述者与看者同一时如此，叙述者与看者不同一时亦是如此。叙述者与看者不同一时，叙述者往往隐身于看者之后，从而使读者更多地接受看者的视角。

比如《美狄亚》中公主穿上新衣中毒后，叙述这一事件的保姆借助老仆人的视角来写公主的惨状：

> 那里有一个老仆人，她认为也许是山神潘，或是一位别的神在发怒，大声地呼唤神灵！等到她看见她嘴里吐白沫，眼里的瞳

---

① Hugo Bowles, John Benjamins, *Storytelling and Drama: Exploring Narrative Episode in Plays* [M]. 2010, p.195.

② 杨义：《中国叙事学》，人民出版社 1997 年版，第 191 页。

③ [荷] 米克·巴尔：《叙述学·叙事理论导论》(第三版)，谭君强译，北京师范大学出版社 2015 年版，第 141 页。

孔向上翻，皮肤没有了血色，她便大声痛哭起来，不再像刚才那样叫喊。

这就是借人物的视角来看，虔诚而见多识广的老仆人面对惨状无计可施，吓坏了的她唯有祈求神灵，等更令人触目惊心的景象出现时，她便唯有痛哭了。读者代入老仆人的视角后，更能体会到情境爆发的突然性和惨烈程度。

在马丁·麦克唐纳的《枕头人》中，卡图兰作为叙述者讲述被剁掉脚趾的男孩故事时，也出现了叙述者与叙述视角分属不同对象的情况：

> 他听到夜色中马车在鹅卵石路上驶来的响声，当马车靠近时，他看到车夫穿着漆黑的长袍，黑头套下阴影中的那张狰狞的脸给了男孩一阵的恐怖。[①]

这里的叙述者为卡图兰，采用的是男孩视角写他所听到和看到的东西，渲染了恐怖暴力的气氛。人物叙述中采用他人视角，一方面丰富了叙事，形成了另一重视角并增加了细节的可信度；另一方面从全知全能视点到限知视点的转变，也有助于文本的悬念和戏剧张力。一般来说，从"我们"的视角出发，可以拉近作者与读者的距离，而借助人物视角则更有助于读者深入人物内心，产生共鸣。不过，在舞台演出时，这种对人物视角的借用并不能直接体现在台词和动作中，而只能通过演员表演来传递思想的余波。

再次，人物的长篇话语以及话语的质量，决定着人物的刻画质量。如果仅有情节中所揭示的行动，而缺少了人物视角出发的叙述，戏剧文本会显得浅薄和机械。我们尤其不能忽略的是，在情节指向不太有区分度时，人物的评价可谓一言九鼎。比如《海鸥》中，如果单一去看特里果林的所作所为，不一定能得到虚荣、肤浅的结论，他在自我描述中也不乏真诚的自责，然而，特里波列夫对他的评价为读者正确解读这一人物提供了方向，这也是作者刻意设计的结果。

旁观视角看待人物，不仅能够直接评价人物，也可以是对人物境遇的同情；后者在干涉读者的共情上更隐晦。比如毛声山在评点《牛

[①] [英] 马丁·麦克唐纳：《枕头人》，胡开奇译，《戏剧艺术》2008 年第 5 期。

氏规奴》一折中说："牛氏之贞不能自述，则于奴仆口中述之；……自言其贞，不若使人言其贞；唯能使人尽言其贞，而其贞不待自言而明矣。"[①] 在《蔡母嗟儿》中点评说，借邻妇怜蔡母以突出蔡母的可怜，"则更写母之怜其妇者以动之"，"如所云'可怜误你芳年纪'，母之代妇为此言，胜妇之自为此言也"。正如《代尝汤药》蔡公对蔡伯喈的抱怨之词，毛氏批曰："写父之恨其子，正代妇之恨其夫也；写翁之哀其媳，正代夫以哀其妻也。妻不恨之而父恨之，甚于妻之恨之矣；夫不哀之而翁哀之。"

这种人物身处其境时的认知，有着异乎寻常的力量，尤其是长篇的抒情片段在某种程度上影响着作品的诗学品质，比如《麦克白》一剧，并非简单描述一桩谋杀或忏悔，更多让人看到的是欲望与杀戮对人性的毒害。这与麦克白矛盾重重的"视他"分不开：

麦克白　别人敢做的事，我都敢：无论你用什么形状出现，像的俄罗斯大熊也好，像披甲的犀牛、舞爪的猛虎也好，只要不是你现在的样子我的坚定的神经绝不会起半分战栗；或者你现在死而复活，用你的剑向我挑战，要是我会惊惶胆怯，那么你就可以宣称我是一个少女怀抱中的婴孩。去，可怕的蚊子！虚妄的揶揄，去！（鬼魂隐去）嘿，他一去，我的勇气又恢复了。请你们安坐吧。

在麦克白看来，令他恐惧的事物比猛兽还可怕、比生前更令人生畏，常人所恐惧的事物他全然不惧，这一方面写出他的勇敢，另一方面也写出比猛兽更能摧垮人的是内心无处不在的恐慌。

从理论上看，戏剧文本中有多少人物，就有多少重视角。"自视"与"视他"如同两面镜子交互映出的镜像，重重叠叠没有尽头，人物形象或者重叠而得到强化，或者消失在他人的投影之中，事件和形象从而被消解。当然，面对精神异常的叙述者时，我们要把编剧解构的意图与人物本身的精神困扰区分开来。比如《上帝的宠儿》中，萨列埃里在自己的陈述中体现得理性、真诚，而在更外层的男仆和世人对他的描述

---

① 〔清〕毛纶：《毛声山评第七才子书琵琶记》，侯百朋编《〈琵琶记〉资料汇编》，书目文献出版社 1989 年版，第 311 页。

中，却认为他胡言乱语、失去了理智，精神即将崩溃。在此处，作者强调的并非叙述者的不可信，而是人物心灵所面临的巨大压力。而《枕头人》中，卡图兰的哥哥本身就有精神障碍，因此他的话语主要是用于跟卡图兰和警察的所述进行印证，通过强调其叙述的不可靠性，文本的解读空间得以进一步拓展。

第二节　多重视角的同构与解构

由于叙述视角的存在，对同一件事、同一人物的叙述和评价存在着一致和差异；由于叙述者可靠与不可靠的差别，人物视角的效力也各有不同。创作者对叙事效果的不同追求，决定了叙事视角的千变万化。有时，作者意在通过不同视角共同构成一个典型又丰富的人物形象，有时多重视角却用于让事件更加扑朔迷离、人物形象复杂多变。

一、多重视角的一致同构

多重视角的同构指通过不同的视角完成人物的塑造、情节的交代和事件的评价，虽然视角不同，但整体表达的内容是一致的、协调的，表达的内容并不互相冲突。比如洪升《长生殿》中李、杨二人初见面时的片段中，宫女、高力士、唐明皇、杨妃不同人物的视角中呈现出的人物与事件是基本吻合的，即二人郎才女貌，情投意合。有时不同视角中对人物和事实的讲述并非完全相同，但仍然保持着基本一致，只是程度不同。比如在杨妃与唐明皇因虢国夫人一事发生不快时，高力士和虢国夫人均认为杨妃过于任性。在高力士的评价中，杨玉环此举是：

【前腔】娇痴性，天生忒利害。前时逼得个梅娘娘，直迁置楼东无奈。如今这虢国夫人，是自家的妹子，须知道连枝同气情非外，怎这点儿也难分爱。（老）这且休提。只是往常，万岁爷与娘娘行坐不离，如今两下不相见面，怎生是好？

在虢国夫人眼中，杨妃此举是：

【满园春】（贴）春江上，景融融。催侍宴，望春宫。那玉环妹妹呵，新来倚贵添尊重……只见玉环妹妹的性儿，越发骄纵了些。细窥他个中，漫参他意中，使惯娇憨。惯使娇憨，寻瘢索绽，一谜儿自逞心胸。

从他们的视角看杨妃，共同的是后者对待李隆基的"出轨"态度激烈，绝不允许分爱。高力士认为，杨妃此举颇为不智，梅妃是外人，虢国夫人是自家人，理应同气连枝分爱；而虢国夫人认为，杨妃的激烈举动是恃宠生娇，故意任性，不懂逢场作戏，很不给人面子。二人指责的出发点不同，但均从利害关系上不满杨妃的举动，反过来说明杨妃的任性是真诚的、不含利益关系的。

在认知上并不完全不一致的多重视角，提供了人物、事件的多个侧面、丰富了人物；人物的视角随着经历的不同也会发生变化，这种变化同样体现了同构的丰富性。比如《长生殿》中，从杨妃死后的"自视"视角来看，她无辜受难，"恶嗽嗽一场喽啰，乱匆匆一生结果。荡悠悠一缕断魂，痛察察一条白练香喉锁"，被逼自缢、鸳鸯两分，心中之痛不可言说。然而，尽管"风光尽，信誓捐，形骸涴"，她依旧此心不改，"只有痴情一点、一点无摧挫，拼向黄泉，牢牢担荷"，始终对唐明皇一片痴情。

在描写杨妃至死不渝的深情后，编剧借土地神之口，用"他视"的手法侧面表现杨贵妃对李隆基的一片深情和对国政倾颓的忏悔。杨妃虽死，却并不怨天尤人，"并不怨九重上情违义忤，单则揾九泉中恨债冤逋。痛只痛情缘两断不再续，常则是悲此日，忆当初，欷歔"，她仍怀念金钗钿盒的誓言，"他道是恩已虚，爱已虚，则那长生殿里的誓非虚。就是情可辜，意可辜，则那金钗、钿盒的信难辜"，即使在冥界也念念不忘，"拼抱恨守冥途"。土地神还进一步强调了杨妃的自我忏悔：

（副净）再启娘娘，杨妃近来，更自痛悔前愆。（贴）怎见得？（副净）

【麻郎儿】他夜夜向星前扪心泣诉，对月明叩首悲呼。切自悔愆尤积聚，要祈求罪业消除。

【么篇】因此上怨呼，恨吐，意苦。虽不能贯白虹上达天都，早则是结紫宇冲开地府。不提防透青霄横当仙路。

这里旁观视角中体现的杨妃的忏悔，与其主观视角中的自责是一致的。作者巧妙地利用不同叙述视角，使其从只知恃宠撒娇的杨妃，升华到了有情有义的杨妃，有效地净化了这一人物。除了杨妃的娇痴任性之外，也写了她对唐明皇的一片深情，以及对自己让唐明皇过于沉迷爱情致使国政倾颓的悔恨，塑造了一个富有自责与赎罪精神的杨妃。杨妃的一片深情与自责，与人物先前的娇痴任性并不冲突，可以并存在同一人物身上，唤起了观众的同情与喜爱。

《海鸥》一剧中，特里波列夫的自我认知在舅舅索林的视角中得到验证，第三幕中索林对妹妹说：

索　林　……他年轻、聪明，可是在乡下，住在一个荒僻的角落里，没有钱，没有地位，也没有前途。他没有事情做，这种闲散使他又羞愧又害怕。我很爱他，他对我也很贴心。但是，他究竟总还觉得住在这里是多余的，有点像个寄生虫，像一个食客。这是很容易理解的：是 amour-propre（"自尊心"——法语）啊……

索林对外甥的评价体察入微，强化了特里波列夫的细腻与敏感，增加了读者对这一人物的认可与理解。

当然，视角必须与人物外在的行为建立起一致性，这样才能在反复的描摹中深化人物形象。有时视角所体现的一致性较为隐晦，需要随着情节和时间的推进逐渐揭示。《马可百万》中，雄韬伟略的一代英主忽必烈，早就看穿了马可空虚浅薄的内在，"他只有占有的本领，而无普通人的灵魂……他什么都贪求，但什么都不爱。他精明、圆滑，是个贪婪鬼"。阅历丰富的老臣朱英虽然赞同忽必烈的看法，却看得更深远，因为在不经世事的公主眼里，马可"一直是个陌生而又神秘的人物，成了从异土他乡来的一个梦幻中的骑士，成了一个不解之谜，使他像一个惹人喜爱的男孩，每次归来都有机会给她送上一件廉价、可笑，但又真情感人的小礼物。另外，还得记住，他每次都是得胜归朝，多多少少是个胜利者的形象，一个英雄的角色"。公主曾经认为这个年轻人是有灵魂的：

我看见他裹扎好我的一条受了伤的白狗。他还跟奴隶的孩子玩耍，还有一次，他在湖边听音乐，我亲耳听到他在哀叹。还有，他看到日出，曾经感叹地说，大自然真奇妙。后来，他看到夕阳，看着星星，望着月亮，都曾作过同样的感叹。还有，每当他跟我在一起的时候，我自始至终总能感到他有一种奇怪、独特的东西，这东西一定就是马可阁下的灵魂，难道不是吗？

可惜一番试探后，公主终于认清了马可的真面目，"你们关于他的灵魂的看法是对的。我错以为是他的灵魂的，原来是一个善于忍耐的胖女人"。公主对马可的评价悲哀至此，马可仍执迷不悟，仍沾沾自喜地派使者向忽必烈请功，因为他圆满完成了任务：

尽管旅途上遇上了数不清的危险，我将公主安全带给了卡赞可汗。总的说，航程中她没带来什么大麻烦，尽管发发脾气，感情用事，但她从来不拒绝我为她好而提出的建议。并且如同我对卡赞可汗所说的那样，婚姻的责任和母亲的义务会使她的精神变得持重，她将像任何一个明白事理的妻子一样在那儿安家。另外，我谦恭地执行了您让朱英先生转告的最后指示，每天我都看着她的眼睛。

通过公主认知不断深化的视角，剖开了马可这一形象金玉其外、败絮其中的本质。虽然他也几番被公主打动，出于对金钱的执念、更是出于自卑，他麻痹自己、落荒而逃。

二、多重视角的对峙

视角的对峙可分为冲突和互补两种情况。在第一种情况中，不同人物提供了相反的信息，对人物和事件拥有不同的定性和评价。比如《皆大欢喜》中，奥兰多和奥列佛这一对兄弟的互视视角中，看自己都是正义的，看别人却是龌龊邪恶的：

奥兰多　　亚丹，我记得遗嘱上只给了我区区一千块钱，而且正像你所说的，吩咐我的大哥把我好生教养，否则他就不能得到我父亲的祝福：我的不幸就这样开始了。他把我的二哥贾克斯送进学校，据说成绩很好；可是我呢，他却叫我像个村汉似的住在家里，或者再说得确切一点，把我当作牛马

似的关在家里：你说像我这种身份的良家子弟，就可以像
一条牛那样养着吗？他的马匹也还比我养得好些；因为除
了食料充足之外，还要对它们加以训练，因此用重金雇下
了骑师；可是我，他的兄弟，却不曾在他手下得到一点好
处，除了让我徒然地傻长，这是我跟他那些粪堆上的畜生
一样要感激他的。他除了给我大量的乌有之外，还要剥夺
我固有的一点点天分；他叫我和佃工在一起过活，不把我
当兄弟看待，尽力地用这种教育来摧毁我高贵的素质。①

奥兰多埋怨哥哥刻薄寡恩，阴险地迫害自己，让自己成为一个无知
无识之人，而这个哥哥对其他兄弟乃至马匹都显得宽宏大量。在他的哥
哥奥列佛眼中，自己这样对待奥兰多是事出有因的，因为奥兰多野心勃
勃，总不安于其位：

奥列佛 ……我告诉你，查尔斯，他是在全法国最不可理喻的一个
兄弟，野心勃勃，一见人家有什么好处，心里总是不服，
而且老是在阴谋设计陷害我，他的同胞的兄长。一切悉听
你的尊意吧；我巴不得你把他的头颈和手指一起拗断了
呢。你得留心一些；要是你略微削了他的一点面子，或者
他不能大大地削你的面子，他就会用毒药毒死你，用奸谋
陷害你，非把你的性命用卑鄙的手段除掉了才甘休。不瞒
你说，我一说起也忍不住要流泪，在现在世界上没有比他
更奸恶的年轻人了。因为他是我自己的兄弟，我不好怎样
说他；假如我把他的相信相完全告诉了你，那我一定痛哭
流涕，你也要脸上发白，大吃一惊的。

虽然弟弟在提到哥哥时，不乏对手足之情的留恋，哥哥在提到弟弟
时，也"一说起也忍不住要流泪"，看似过错在对方，但编剧通过双方
的"视他"，构筑出一对冲突的、对峙的视角：弟弟的所言所行，证明
了哥哥对他"野心勃勃"的评价是真实的，而哥哥对弟弟的贬抑，也证
明了弟弟认为他"刻薄寡恩"不失为实事求是。

---

① 选自《莎士比亚全集（第2卷）》，朱生豪译，译林出版社2016年版，第91—
182页。（后同）

再如在高行健的《绝对信号》中，黑子的形象除了通过情节和人物行动刻画外，也通过不同人物的视角给予了描绘。比如在黑子的视角看来，自己是一个怨气重重、生不逢时的被耽搁了的倒霉青年；在小号看来，黑子则是一个令人畏惧的存在；而在蜜蜂姑娘看来，黑子是一个细腻且拥有高尚情操的人。以上不同视角所看到的黑子并没有共同之处，构筑了一个亦正亦邪的复杂的人物形象。

不同人物的视角的互补关系，也可用于情节、事件的描写，每个视角呈现事件的一个侧面，通过多重视角勾勒出事件或行动的全貌。比如元杂剧《赵氏孤儿》中，屠岸贾杀死孤儿的一段：

〔屠岸贾云〕我见了这孤儿，就不由我不恼也！〔正末唱〕

【七弟兄】我只见他左瞧、右瞧、怒咆哮，火不腾改变了狰狞貌，按狮蛮拽札起锦征袍，把龙泉扯离出沙鱼鞘。

〔屠岸贾怒云〕我拔出这剑来，一剑、两剑、三剑。〔程婴做惊疼科〕〔屠岸贾云〕把这一个小业种剁了三剑，兀的不称了我平生所愿也。〔正末唱〕

【梅花酒】呀，见孩儿卧血泊。那一个哭哭号号，这一个怨怨焦焦，连我也战战摇摇。直恁般歹做作，只除是没天道！呀，想孩儿离褥草，到今日恰十朝，刀下处怎耽饶，空生长枉劬劳，还说甚要防老。

【收江南】呀，兀的不是家富小儿骄。〔程婴掩泪科〕〔正末唱〕见程婴心似热油浇，泪珠儿不敢对人抛。背地里搵了，没来由割舍的亲生骨肉吃三刀。

屠岸贾的视角中只交代了如何杀死孤儿，而"正末"所代表的公孙从旁写了屠的凶狠与程婴的悲痛，加之程婴的动作，共同完成了这一事件的完整叙述。多重视角的交织呈现不仅避免了单一视角的单调和机械性，还使叙事更为丰富。此外，"互补"视角的优点有助于读者／观众更为全面客观地看待人物。比如《屋外有热流》（马中骏等）中，弟弟和妹妹均不惜为了金钱而撒谎造假：

弟弟 "亲爱的领导，由于本人家庭困难，大哥上山下乡，长期来一直受到组织上无微不至的关怀……"

妹妹　（摆弄着一条喇叭裤，发自内心的声音）大哥上山下乡，我年年借光……

弟弟　"党和国家关心我们这样父母双亡的子女，做到孤儿不孤……"

妹妹　（内心声音）钱到手，先买一斤开司米，织一件镶金丝的大开衫，配上香港尖角领……

弟弟　"充分体现了社会主义的优越性……"

妹妹　（内心声音）当心，厂里千万不能穿。

弟弟　"我深深感激党和国家……"

妹妹　（内心声音）春节再申请补助一次。

弟弟　"在生产上做出贡献！"

妹妹　（内心声音）有捞不捞猪头三！①

　　二人都在借大哥上山下乡、家庭困难一事，打骗取补助的报告。弟弟看似冠冕堂皇的报告，在妹妹的内心视角下揭露无疑，二者构成一种讽刺性的互补关系。弟弟的报告不但不会引起读者的共鸣与同情，反倒会引起读者对这一行为的憎恶，并由此产生对大哥的同情和敬仰——当然，这也是作者—虚拟作者有意控制的结果。

　　由代言体构成的戏剧文本，主要还是通过角色的对话和具体情节来交代故事，当舞台提示、动作提示中的情节、事件与人物话语表达的内容一致时，四者之间会互相强化；若有出入则会造成消解。比如契诃夫《樱桃园》中，阿尔卡基娜难得表达对儿子的关心时，索林劝她改善一下后者的经济状况：

阿尔卡基娜　他叫我担着很大的一个心思啊！（沉思了半晌）要是叫他到衙门里去弄个差事呢，比如说？

索　　林　（吹口哨；随后，迟疑）最好呢，恐怕显然是你得……给他一点钱。第一，他先得穿得像个人样儿。瞧瞧，他那件上衣，已经整整拖了三年了，他连件外

---

① 选自刘厚生等编：《中国话剧百年剧作选（第14卷）》，中国对外翻译出版公司2007年版，第73—94页。

衣都没有……（笑）此外呢，叫他稍微开开心，也并没有什么坏处……比如说，到外国去呀什么的……那也费不了多少钱。

阿尔卡基娜 话虽这么说呀……那身衣服呢，我还可以慢慢想想办法。至于到外国去呀……况且，目前我一点办法都没有，甚至给他买一身衣服的办法都没有。（坚决地）我没有钱。

【索林笑。

阿尔卡基娜 我一个钱也没有。

索　　林 （吹着口哨）好啦……原谅我吧，我的孩子，你别生气。我知道你说的是实话……你是一个又大方又高尚的女人。

阿尔卡基娜 （流着眼泪）钱我一个也没有！

　　这里体现出人物言行与实际行为之间的不一致。阿尔卡基娜的自我视角中体现出一个慈母的形象，但她后来表示"买一身衣服"也办不到，因为"我没有钱"，人物的行为证明了人物话语的虚伪性，辅之以索林视角的反讽，呈现了不同视角上的冲突，完成了对阿尔卡基娜自私、虚荣、虚伪性格的刻画。

　　由于冲突的存在，"互补"视角也可以呈现出一种割裂的状态，只是在深层保持着互补性。比如在《克拉普的最后一盘录音带》中，同一个人物在不同年龄阶段的认知构成了不同的视角，但这些视角之间并没有构成对主体的消解。20多岁时的克拉普正值青春，对于人生和恋爱充满憧憬，而39岁的克拉普自以为成熟，不再相信爱情和真理，所以对少不更事时的单纯持嘲笑的态度。到了69岁的克拉普，虽然表面上看仍然在嘲笑，其实充满了对过去时光的缅怀。他将自己与护士的河边调情听了三遍，曾经被他鄙夷的往事，如今却意识到可能是"一生中最美好的时光"，然而他并不期待昔日重现，因为现在的他已心如死灰。69岁对过去的抗拒，是一种对老境颓唐的自我保护，过去的意气风发和雄心壮志令今天更加难堪，在人物不同年龄段视角中体现出的是马齿徒增而毫无建树的伤感，在不同年龄段的视角互补中呈现了统一的形象。

三、多重视角的解构

有时多重视角提供的信息构不成完整有机的人物和事件，反倒让事件和人物更加扑朔迷离，这就是视角的解构。视角的解构与视角的冲突不同，它所提供的人物与事件之间没有逻辑联系，呈现出一种分崩离析的状态，这在荒诞派和后现代主义的作品中颇为常见。

在马丁·克里姆普的《生命的尝试》中作者运用不同角色、从十七个侧面去描述安妮，令其拥有十七个不同身份，甚至物化她。在"我们的信仰"片段中，安妮被称作安妮雅，是第三世界的女性，所生活的地区与西方现代所谓的文明社会截然相反，"那儿的树都有名字，生命真真切切"；在片段"照相机爱你"中，演员们将安妮物化，灌输给她各种自恋化的满足，迫切需要坚实性的安慰以破除虚幻，"我们需要感受我们所看到的是真实的。这不仅仅是表演……我们谈论的是现实"。演员们让安妮像儿童一样讲话，"我觉得自己像一台电视机……表面上光鲜亮丽，背后只有尘灰覆盖的线缆"。安妮甚至可以是一辆汽车，在《新安妮》片段中，演员发布了一段安妮的汽车广告，"安妮"不再是人，而是可以满足每一个愿望的物品："它拥抱着风景如画的山坡与村庄之间的弯道……阳光在她的流线型身体上闪闪发光。"这些自相矛盾的描述避免了人物整一性，"安妮"不再是人而是各种符号碎片的象征，是被强权和意识形态所构造的客体。作者的目的是"让人们忽略这一形象，而将语言和语言所承载的关于人类和社会的意识观念前景化"。[①] "前景化"既指艺术标准的变异，也指将想表达的内容突出化、放在重要位置。作者通过多重视角解构了"安妮"这一形象，对文学上人物典型化的反叛，以突出针对她的各种叙述中承载的观念意识。"安妮"是谁并不重要，重要的是作为女性在社会生活和人类历史中被伤害被侮辱的事实，在阐释的多面性中体现话语的不确定性和故事的多义性，挑战男性

---

① Agustí, Clara Escoda. Short circuits of desire: Language and power in Martin Crimp's Attempts on her life [J]. *A Review of International English Literature*, 2005, 36 (3–4): 103–126.

社会的惯性思维。

在以上两部作品中，多重视角的解构体现在对同一事物的不同解释上，它不是对同一件事分视角的互补性的叙述，而是对一致性与事实的否定与消解。与《克拉普的最后一盘录音带》中，不同年龄视角对事件和人物的互补性交代不同的是，《三个高个子女人》（爱德华·阿尔比）中由同一人物分化来的 ABC 三个人物不具备连续性和一贯性。这三个女人在年龄上与《克拉普的最后一盘录音带》设定相仿：A 代表时日无多、有心无力的老年时期，B 代表体贴、善解人意的中年时期，C 代表咄咄逼人的青年时期。编剧让三个时期的同一人物从各自视角来回忆往事，但所回忆出的事件是支离破碎的，视角上不具备相继而成的延续性，刻意避免了人物形象的一致性：

C （惊奇）我有孩子？

B （一点儿也不高兴地）我们有一个，我们有一个男孩儿。

A （同样地）是的。我有一个儿子。（他出现在右侧的拱道上，站在那儿一动不动，盯着床上的"A"）

B （看见他，嘲讽）哦，真想不到又见到你了！（突然地，勃然大怒地，劈头盖脸地）滚出我的家门！（他没有反应）

C （站起身）别这样！（向他走去）这……这是他吗？

B 我说过了，滚出我的家门！①

A、B 和 C 对孩子的态度截然不同，C 甚至忘记了还有孩子。作者并非孤立地表现不同时期的人物性格，而是努力让三个人物互相审视、互相观照，形成一种镜像的效果。这些重叠的影像是彼此割裂的，在她们分属于不同个体时如此，在她们属于同一个自我时亦然。在第一幕中，律师、护士和行将就木的病人代表了不同的对立立场，她们互相讥讽、剑拔弩张。在属于同一个自我时，C 女正值青春年少，与英俊健壮的意中人处在热恋中，对 B 像企鹅一样的结婚对象困惑不解，对 A 的苟延残喘感到万分震惊。而 B 和 A 同样对 C 感到陌生和惊恐。ABC 之间互相否定对方的话语，甚至自己也前言不搭后语。这三个视角与其说

---

① ［美］爱德华·阿尔比：《三个高个子女人》，于海阔译，《戏剧之家》2010 年第 12 期。

是同构了人物形象，不如说进一步解构了人物形象，造成了怪异与断裂的效果。这一效果是作者刻意追求的——这种人物形象的偏差与变异，恰恰体现了社会无形之手对人性的塑形与异化。

角色的反串设计或者说角色叠置（role-doubling），也是一种通过多重视角解构人物的技巧。在这种情况下，角色的性别与扮演它的演员的性别正好相反，而且会用同一个演员来扮演性别不同的角色，因此构成了多重的视角。首先是演员自身的性别视角，然后是剧中人物的性别视角，如果进一步延伸，还可以发现观众投诸演员/角色上的视角。因为观众的性别不同，可能对同一演员的角色产生视为男性或女性的不同理解，因此更加复杂。比如在《醋汤姆》中，编剧邱琪尔让扮演刚刚被绞死的琼和埃伦的女演员，扮演了两个男性权威的神学家。演员们女扮男装，从男性的视角评论这一历史事件、现实以及未来，但与此同时，她们真实的社会身份是女性，而在历史上，她们刚好是被评述和被绞死的牺牲品。这样一来，男权的牺牲品与施害者合一了，合谋实施了这一谋杀。阿米莉亚·克瑞泽（Amelia Kritzer）指出，通过"模拟男性"（male-impersonating）的女人维护父权制体现了"女性对父权制意识形态的实际屈从"，"这一场景促使人们意识到女性的整部被记录的历史都是在父权制意识形态中被建构的"。[1] 这揭露了文明社会中性别迫害的残酷真相，给观众带来强烈的震撼，但是就人物形象本身来说，却构不成完整一致的形象，也谈不上典型，而是碎片和象征性的。再如《九重天》中，作者指明由男演员来扮演女性角色比如贝蒂，而这一角色实则对应着完全服从于丈夫的贤妻良母，这显然也无助于观众对角色完整性的认知，而是借不同的叠加视角反思了男性的话语霸权和施加于女性的性别规训，同时也解构了人物。这些都是通过将形象所承载的观念意识"前景化"来进行解构的方式。

"同构"与"解构"也可以并存于同一个文本中。《豪华，宁静》通过不同的视角描述一家专门服务于安乐死的酒店中来来往往的客人，其中，有厌倦了婚姻、貌合神离的夫妇，有绝症患者，有人生失意者，他

① Kritzer, Amelia. *The Plays of Caryl Churchill: Theatre of Empowerment*. London: The Macmillan Press Ltd., 1991, pp.103-126.

们前往豪华酒店挥霍金钱的目的，不是享受人生而是接受周到的死亡服务、确保自己能踏上黄泉路。在离店日期没有到来之前，店员们安慰客人们尽情享受：

> 在这里，死亡可不是随便的事情，先生，对于死亡，我们越是未雨绸缪，就越是能得到定论；我们长时间纠结于最后一口气，最终匆忙地草草断了气。不，先生，尽情享受吧，不用着急。再等等明天的报纸，先生。
>
> ……
>
> 亲爱的先生，在这里。所有人都知道您为何而来。但我们必须让您相信我们不知道，确保您度过最愉快的一段时光，先生。反之，如果您希望，我们也可以聊个没完，我们提供 24 小时服务，随时倾听您的悲叹和抱怨。在这里，我们可以说知心话。
>
> ……

在死亡日期临近时，也会冷酷而又彬彬有礼地发出"余额不足"的提醒：

> 先生，请您谅解，但您该离开了。
>
> 下周会有新客人入住。

文本的对话没有明确的发出者，在一片嘈杂的混合声响中包含了不同的视角：

> 您回来的时候，我肯定不在了。
>
> 今天，对我而言，高变得太高，低变得太低，远变得太远……今天，一切都结束了。今天，结束，就是这样。
>
> 但只要还能思考……一些，为了自己……
>
> 今天爆平淡，对我而言，日子平淡无骨，没有任何不同。平淡无奇。天天如此，没有任何特别，一眼看到头。今天又是平淡的一天……变老，一点都不好。人会变得太老。在这里，就是死亡……
>
> 我的生命还有半年，一年，三个月，两年。这就是……这就是生命的尽头……我们从泥土中来。不过如此。我只需提防摔倒在地。如今我老了。
>
> 您回来的时候，我肯定不在了。

我以前拉手风琴，如今听阿兰·莫里索德的磁带。听一会儿，回顾整个一生。我以前充满生气，如今却像行尸走肉。我等待，道路尽头……这是孤独，孤独使人满足。活在世上何他人证明，我们是某人，不是来自那边，归根结底，我们是某人。必须证明自己是（填入社名）……

您回来的时候，我肯定不在了。

……

在这里，我们无法确定叙述者的身份，文本的设计本身就为多种叙述者的存在提供了可能性。即使是重复"您回来的时候，我肯定不在了"的客人，其生命和形象也不具备连贯一致性。多个视角零碎、不完整地叙述着人物和发生的事件，读者／观众所感知的只是一个个求死之人支离破碎、断断续续的生活片段，这些片段在彼此映照中勾勒出各自人生的最终旅程，豪华周到的服务背后是死亡的巨大虚空，再周到殷勤也消除不了面临死亡的恐惧和绝望，反而透露出"时间已到"的不耐烦。

通过多重人物视角去看待事件既有优点也有不足。优点是"避免了全知型的耳提面命和对确定性的迷信"，让叙述有了多种可能性，"确定无疑的世界"由于所看的视角不同而"显示出不同的意义"，有助于传达"当代人敏感细腻、复杂多变的内心世界"，留给"观众更为宽阔的想象空间与思考的自由"；其缺点是观察的"方法、视角、距离"受限，"一旦叙述的情况是特定人物所不能得知的，叙述便变得不可信"。其实，这缺点恰恰是多视角叙事的魅力与神秘所在，"是当代叙事艺术日趋普遍的发展倾向。（林克欢语）"①

第三节　不同视角的叙事效力

不同人物的叙述视角，看上去叙事的效力相等。"以数种声音、意

---

① 林克欢：《叙述者——戏剧的叙述结构之二》，《剧本》1988 年第 7 期。

识或世界观的相互作用为特征的叙述,其中任何一项都不会统摄或者优于另一项(比其他项具有更强大的权威)。"① 然而这只是一种假象,由于作者—虚拟作者的叙事策略,不同的叙视视角在叙事效力上并不总是处于同等地位,总有一些视角的叙事效力要强于其他视角。

叙述视角根据其在故事层与叙事层中的位置,可以分为上位视角和下位视角。上位视角指作者及叙述层的视角,而下位视角指故事层的视角。在叙述体戏剧中,作者和叙述代理的视角会影响位于下位的人物视角;在非叙述体戏剧中,上位视角有两种体现方式:一,上位视角是作者——虚拟作者视角,下位视角是人物在故事层中的视角。二,在故事层中,当人物借其他人物视角来叙述故事时,同样也会产生上位视角与下位视角的差异。

视角对认知的干涉可分为正向和负向。视角对读者的认知的正向干涉,指引导读者对人物产生好感并给予正面评价;视角对读者认知的负向干涉,则指引导读者对人物产生负面印象。读者对视角的认知也有"趋同"和"趋异"的分别。当叙事视角中立且可靠时,读者的认知会与之"趋同";相反,认知则会"趋异"。视角的干涉强度,与人物与观众读者的距离、人物的道德层次、人物的理性认知水平有关。在剧本的交流系统中,处在外交流系统中的与观众的认知最密切,作者和虚拟作者对人物的解读和认知显然更具有权威性。其次,处在中间叙事系统中的叙述者,由于可以出入内交际系统同观众直接交流,其对于读者的理解和认知也会有强烈影响。再次影响视角认知的就是剧中人的视角了。

一、作者视角的优先作用

无论何等样的人物视角,背后体现的都是作者意志;视角中叙述出的人物形象、事件状况与情节的出入是作者控制读者、观众接受的重要

---

① [美]杰拉德·普林斯:《叙述学词典》,乔国强、李孝弟译,上海译文出版社2016年版,第45页。

手段。曼弗雷德·普菲斯特指出，戏剧的第一文本是由对话构成的文本，它看上去是"作为不同视角的集合而构建的"，实际上却是虚拟作者控制的结果，"它可用于作者隐含的接受视角的构成上"，[①] 操纵着读者的认知。对于读者来说，由舞台提示构成的第二文本代表着作者的直接现身，其在叙事效果上肯定优于第二文本中的人物对话。处在叙述层的叙述中介，其视角的叙事效力也优于下位视角的人物。可见，上位视角的叙事效力优于下位视角，作者通过巧妙地控制视角及视角所交代的信息，能够有效地引导读者的理解与接受效果。

例如契诃夫的《樱桃园》，每幕之前都有一个舞台指示，在第一幕中：

　　一间相沿仍成为幼儿室的屋子。有一道门，通安尼雅的卧房。黎明，太阳不久就要东升。已经是五月了，樱桃树都开了花，可是天气依然寒冷，满园子还罩着一层晨霜，窗子都关着。

在这个舞台提示中，自然气候的变化暗示着光明的到来，然而依然寒冷的天气、晨霜等又预示着这是光明到来之前最痛苦也最难熬的时刻，主人公必须放弃樱桃园、或者说樱桃园必须要易主才能获得重生。这里显然隐含着作者的积极视角。

除了舞台提示外，动作提示也体现着作者—虚拟作者的视角，影响和干涉读者的认知。比如话剧《雷雨》中，编剧就使用了大量的动作提示，表达对人物的爱恶：

四　（厌烦地，冷冷地看着她的父亲）是！爸！干什么？

贵　我问你听见我刚才说的话了么？

四　都知道了。

贵　（一向是这样为女儿看待的，只好是抗议似的）妈的，这孩子！

四　（回过头来，脸正向观众）您少说闲话吧！（挥扇，嘘出一口气）呀！天气这样闷热，回头多半下雨。（忽然）老爷出门穿的皮鞋，您擦好了没有？（拿到鲁贵面前，拿起一只皮鞋不经意地笑着）这是您擦的！这么随随便便抹了两下——老爷的脾气您可知道。

---

① ［德］曼弗雷德·普菲斯特：《戏剧理论与戏剧分析》，周靖波、李安定译，北京广播学院出版社2004年版，第79页。

贵　（一把抢过鞋来）我的事不用不管。（将鞋扔在地上）四凤，你
　　　听着，我再跟你说一遍，回头见着你妈，别忘了把新衣服都拿
　　　出来给她瞧瞧。

四　（不耐烦地）听见了。

贵　（自傲地）叫她想想，还是你爸爸混事有眼力，还是她有眼力。

四　（轻蔑地笑）自然您有眼力啊！

贵　你还别忘了告诉你妈，你在这儿周公馆吃得好，喝得好，几是
　　　白天侍候太太少爷，晚上还是听她的话，回家睡觉。

四　那倒不用告诉，妈自然会问你。

贵　（得意）还有？啦，钱，（贪婪地笑着）你手下也有许多钱啦！

　　有时剧中人的自我评价虽然是正面的，但是从话语和行为中暗含的讥讽中能看出作者真正的态度，如契诃夫《海鸥》：

阿尔卡基娜　而且，我还像一个英国人那么注重仪表。我永远叫自
　　　　　　己整整齐齐的，就像大家常说的，无论是梳妆，无论
　　　　　　是打扮，永远 comme il faut（"照应该的样子"——
　　　　　　法语）。我每逢出门，哪怕是只走到花园里来，你也
　　　　　　永远看不见我穿着 négligé（"睡衣"——法语）或者
　　　　　　没有梳头。能够叫我保持年轻的，就是因为我从来不
　　　　　　让我自己成为一个不整洁的女人，从来不像别的女人
　　　　　　那么马马虎虎。（两手叉着腰，在游戏场上走来走去）
　　　　　　你看我，看上去像只小鸡那么活泼；我还能演十五岁
　　　　　　的小姑娘！

　　这段话中体现了上位的干预，当上位视角干预下位视角时，除了动作神态上的干预外，作者会有意让人物的对话体现出自夸炫耀的味道。阿尔卡基娜因缺乏自信而不敢不化妆见人，是一个矫饰之至的女人，她的说话风格中点缀的法语单词，正是她这自卑心理的无意识体现，可她浑然不觉。这种矫饰造作的虚荣作风，与特里波列夫所欣赏的妮娜的不事雕琢之美相差甚远，小说家特里果林不真诚、华丽空洞的文风也是如出一辙。

　　以上作者的视角直接看出作者说话的立场，作者不是直接在舞台提

示、动作提示中说话，而是借用角色语言来体现视角时，则是一种隐性的干涉。剧中人在客观地对自我进行评价，尤其是负面评价时，基本都是作者视角在起作用，比如中国戏曲中，人物自报家门时说出自己的心事和隐私，就是作者视角在起作用。比如《窦娥冤》中，赛卢医上场时说道：

> 【净扮赛卢医上，诗云】行医有斟酌，下药依本草；死的医不活，活的医死了。

太守上场时说道：

> 【净扮孤引祗候上，诗云】我做官人胜别人，告状来的要金银；若是上司当刷卷，在家推病不出门。下官楚州太守桃杌是也。

这显然不是人物的自我评价，是作者对于当时社会黑暗的揭露。再如《盆儿鬼》的第一折中，借搽旦之口，说"我撇枝秀元不是良家，是个中人。如今嫁这盆罐赵，做了浑家，两口儿做些不恰好的勾当"。这也是作者对人物的调侃而不是角色的自我评价，不过作者并没有直接现身，而是隐藏于人物之后。

上位视角与下位视角的差异是作者有意操纵的结果，不仅作用于人物塑造，也与主题表达息息相关。比如桑顿·魏尔德的《我们的小镇》中，从"舞台监督"的视角来看，小镇的事情平淡无奇，从居民的下位视角看，这些事件却是动人心弦而不同寻常的。作者并不掩饰这一点，反而有意去强调，让居民所代表的下位视角与舞台监督所代表的上位视角之间就构成一种"比较"，这"进而就构成了一种作者隐含的接受视角，在这种视角内，对于普遍的观念而言，日常生活具有极大的重要性。"① 这里的将两种视角对比是作者一虚拟作者刻意选择的结果，隐含着这样的价值判断——惊心动魄就蕴含在平淡无奇的日常生活中，而我们对日常生活习以为常的忽略又是多么令人惋惜。

作者视角有时对人物视角起着消解的作用。在《枕头人》中，我们也可以看到叙述者的叙述是如何被一步步解构的。似乎书籍被销毁，小说家也死了，然而在剧作的最后，他又站起来写了一篇小说。我们难以

---

① [德]曼弗雷德·普菲斯特：《戏剧理论与戏剧分析》，周靖波、李安定译，北京广播学院出版社2004年版，第76页。

判断，小说家被审查、书籍被销毁，是真实发生在小说生活中的事，抑或只是他的一场文字狂欢。无论如何，叙述者的文本在被消解同时也实现了重构。根据福柯在《规训与惩罚》中所强调的监视观念，经过警察一番拷打讯问、浴火重生的作者，会不自觉地带上一重审查和审视的眼光去从事创作；假若这一切出于主人公的想象，那么这种审查过程的想象本身，就是一种自我阉割的"惩罚"制度，影射着现实中的权力关系。

二、叙述中介的视角干预

叙述代理的视角效力弱于作者视角。叙述代理可以分为所述即所看、所述非所看（借他人视角来看）两种。所述即所看——叙述者视角处于上位视角，对故事层的人物认知有强烈的干预作用。这种情况下类似于作者—虚拟作者叙述者，如果叙述者采取一个值得信赖的叙述视角，即没有道德瑕疵，没有立场偏见，而且具备完全的认知能力，则在叙述效力上拥有较大的权威。比如明代作家高明《琵琶记》中的副末开场：

【水调歌头】〔副末上〕秋灯明翠幕，夜案览芸编。今来古往，其间故事几多般。少甚佳人才子，也有神仙幽怪，琐碎不堪观。正是不关风化体，纵好也徒然。论传奇，乐人易，动人难。知音君子，这般另作眼儿看。休论插科打诨，也不寻宫数调，只看子孝共妻贤。正是：骅骝方独步，万马敢争先。〔问内科〕且问后房子弟，今日敷演谁家故事？那本传奇？〔内应科〕三不从琵琶记。〔末〕原来是这本传奇。待小子略道几句家门，便见戏文大意。

【沁园春】赵女姿容，蔡邕文业，两月夫妻。奈朝廷黄榜，遍招贤士；高堂严命，强赴春闱。一举鳌头，再婚牛氏，利绾名牵竟不归。饥荒岁，双亲俱丧，此际实堪悲。堪悲赵女支持，剪下香云送舅姑。把麻裙包土，筑成坟墓；琵琶写怨，径往京畿。孝矣伯喈，贤哉牛氏，书馆相逢最惨凄。重庐墓，一夫二妇，旌表门闾。

"副末"的身份表明他的行当，在中国戏曲中，剧中人物不是以真实身份命名，而是以行当出现的，所以他既是剧中人，又能与第一交际系统中的观众交流，处在中间交际系统中。从"秋灯"一直到"不关风流体，纵好也徒然"是他针对即将演出剧目的一种评价，后面"待小子略道几句家门，便见戏文大意"，是介绍剧情，简单概括了蔡邕被亲逼试、被牛丞相招婿、赵五娘卖发葬亲、后辛苦上京寻夫终获团圆的故事。副末开场完毕之后的第二出"高堂称寿"才是正式剧情的开始。副末在开场中使用的"高堂严命""利绾名牵"，说明蔡邕赴试情非得已，暗含了对他的同情，"孝矣伯喈""贤哉牛氏""子孝共妻贤"是他希望观众和读者接受的价值判断。

在另一种情况下，叙述中介并不直接说出对事件的看法，而是借助更下一层的视角来说明。在《那年我学开车》中，在承担整个文本叙述的中年小贝视角之下，出现了姨妈的视角：

玛丽姨妈   ……（厉声。）我不是傻瓜。我知道发生的事。我希望你们知道佩克内心挣扎的艰难——他顶着海水涨潮在往前游，他需要看到我在岸边，信赖他，相信他不会被潮水吞没，相信他不会放弃——我明白这事关系到我外甥女，小姑娘诡诈得很，我的外甥女。她很清楚她干的事；她的小指头绕得佩克团团转，还自以为天大的秘密。她把我丈夫借去，用完了再把他丢掉。

我数着日子等她离开这儿去读大学。让她去耍弄别的男人。到那时，佩克还会回到我身边，白天坐在厨房里陪我烤面包，晚上坐在沙发上看我做缝纫。我是个很有耐心的女人。我希望我丈夫回来。

我数着日子。

姨妈对小贝的评价，显然是代作者说话，中年小贝从逻辑上是无法得知、主观意愿上也不愿听到，之所以不加遮掩地表达出来，是因为作者想让读者看到对事件的不同评价，从而感受到小贝所面临的来自女性群体的压力。

出现下层人物视角与上层叙述中介视角并不一致情况时，上层视角中对下层视角人物的描述（动作提示、舞台提示、行为事实，以及叙述中介对人物的评价），会影响该下层人物叙事视角的可靠性。即使是神志不清的傻子或疯子，作为叙述中介，处在上位视角时，也会对下层叙事发挥影响，引起读者"趋同"或"趋异"的认知。排除智商和认知原因，这些看似不可靠的视角也因非选择性和相对客观而能够影响读者的认知。比如《狗儿爷涅槃》中，狗儿爷认知虽然不完全，但他毫无遮蔽地表现自己不愿意入社的动机，体现出较为客观的态度，所反映的内容反而值得相信。在他的回忆中，李万江和冯金花的话语衔接紧密、间不容发，在又是要"分家单过"又是"成为反面"典型的强大攻势下，狗儿爷只能入社。叙述中所体现的李万江与冯金花一唱一和、左右夹击、软硬兼施，含蓄地说明狗儿爷最信任的妻子早同村长情投意合，为人慈厚的狗儿爷浑然不觉，这样一来，人物的褒贬、农村合作社这一历史的功过评价也就暗含其中了。

叙述中介对下层的干涉作用与是否为主要人物无关。比如《桥头眺望》中，律师作为叙述中介，并未全程参与，仅是为主人公提供法律建议的见证者，但是他的话语仍对观众的认知起着重要作用。一是因为他律师的身份和在剧中社区中的声望，二是因为他客观、负责的态度，面对传统道德的崩溃，新移民为入籍不择手段，以及私刑和仇杀取代法律等现象忧心忡忡，因此他所说的内容也就分外值得信任了。

无论是哪类上位视角，也无论怎样干涉，最终的作用都指向观众的认知视角。如果叙述中介在道德上有瑕疵、所持态度不够客观或是身份存疑，那么叙事效力有可能会减弱，走向"趋异"。但这并非必然。比如《枕头人》中，主人公作家的身份，使得我们读完整部剧后，质疑剧中的情节或许出于人物的虚构；而《上帝的宠儿》中，宫廷音乐家萨里埃里对莫扎特持敌对态度，但他对自己的犯罪行为毫不隐瞒，在赞扬后者的音乐天才上还是客观中肯的，所以他的叙述基本是可靠的，作者赋予他的大段精彩绝伦、富有激情与文采的独白，也强化了这一视角的正向叙事效力。

三、局部叙述者的视角效力

戏剧文本中除了作者—虚拟作者，以及承担中介作用的叙述中介外，还有形形色色的局部叙述者。在里蒙-凯南看来，"叙述者—聚焦者"代表较高的权威，然而，"在较为复杂的情况下，那个单独的权威外部聚焦者让位于若干个意识形态立场"。这指的是借故事文本中的若干人物来实现作品的主题，这些人物由于在地位上屈从于叙述者，因此其"立场的可靠性"令人怀疑。"这些立场当中，有些是部分或全部一致的，有些是相互抵触的。它们之间的相互作用就造成了对作品本文的不统一的'复调'式阅读理解。"① 他所提到的"叙述者"相当于戏剧文本中的作者—虚拟作者和叙述中介，而戏剧中的局部叙述者则是"非权威"的"若干意识形态"，它们由于可靠性的不同，尽管处在同一层级，在叙事效力上仍然存在着差别。

1. 客观视角优于主观视角

在局部叙述者中，一般来说，客观中立的视角会优于其他视角，更容易获得读者和观众的信任，尤其是叙述者与被叙述对象没有利害关系之时。如《美狄亚》中的保姆，对为追求真爱不惜背弃家庭的美狄亚表示了同情，斥责了伊阿宋的背信弃义。这里的老保姆态度客观，她对伊阿宋始乱终弃，是悲剧的始作俑者的认知，符合一般的社会印象，加之她年高德劭，对美狄亚行为的负面评论不知不觉地降低了。

另外一种情况下，即便叙述者与被叙述对象存在利害冲突，但若叙述者能够克服主观情感倾向，进行客观评价（例如对敌人的称赞），也能赢得观众的信任。如郭启宏《南唐遗事》中，赵匡胤与李煜陌路相逢，互相称赞：

赵匡胤　（如受禁咒，似乎为李煜的丰采所感，竟木然肃立）呀！

　　　　（唱）文曲下凡，

　　　　　　　谪仙在世，

　　　　　　　二千年屈宋风骚！

　　　　　　　猛然间魄荡神摇，

　　　　　　　愧煞了刘邦老辣，

　　　　　　　项羽粗豪……

……

---

① ［以］里蒙-凯南：《叙事虚构作品》，姚锦清等译，生活·读书·新知三联书店1989年版，第147页。

李　煜　（离座）呀！

　　　　（唱）他果真神威天表，

　　　　　　　更骏马秋风胆气豪。

　　　　　　　俺一如泥塑木雕。

　　　　　　　惶惶然心惊跳，

　　　　　　　茫茫然失落荒郊……

　　作者不仅写了双方对彼此的赞赏，也写了自我内心的惭愧和震惊，这显然比二人自夸更能让观众信服。

　　再如《那年我学开车》中，姨妈被姨父的出轨行为伤害，理应恨之入骨，可她对姨父的男人风度评价颇高，这也将影响读者对姨父形象的认知，让读者较为宽容地看待姨父与小贝之间的关系——姨父的男人气概对小贝是一种吸引，错并不完全在姨父。相反，如果人物视角不顾客观事实，则叙事效力会变弱，对读者的认知产生负向影响。曼弗雷德认为，戏剧文本中信息的传递并不仅限于语言的第一文本即人物的对话，也可以借助"非语言信息"直接传递给观众，"相貌、气质与服装、体态与表情、场景与道具、音质、声响和音乐都属于第二类别中的成分"。[①] 作者举出个例子，《错误的喜剧》中阿德里安娜将她的丈夫安提福勒斯描绘成"跛脚疯手""腰驼背曲"的丑陋之人，但显然其人并非如此，因此阿德里安娜的描述有损于她自己的形象，有益于安提福勒斯的形象；这也是导致读者认知"趋异"的因素。

　　2. 地位高的优于地位低的

　　代表更高道德和认知的力量，精神世界的神，祭司等能够通神的人以及尘世世界的尊者，在叙事效力上优于普通人。尤其是在中国戏曲中，地位高的尊者对于读者认知的作用更明显。比如《琵琶记》中的一门旌表时，借皇帝之口对剧中人的功过是非盖棺论定：

　　【前腔】〔合〕心慌步又紧，想皇恩已到寒门。披袍秉笏更垂绅，冠和带，一番新。〔合前。外〕圣旨已到，跪听宣读。皇帝诏曰："朕唯风俗为教化之基，孝弟为风俗之本。去圣逾远，淳风日漓。彝伦

---

①　曼弗雷德·普菲斯特：《戏剧理论与戏剧分析》，周靖波、李安定译，中国戏剧出版社 2004 年版，第 78 页。

攸歍，朕甚悯焉。其有克尽孝义，敦尚风化者，可不奖劝，以勉四海？议郎蔡邕，笃于孝行。富贵不足以解忧，甘旨常关于想念。虽违素志，竟遂佳名。委职居丧，厥声尤著。其妻赵氏，独奉舅姑。服劳尽瘁，克终养生送死之情，允备贞洁韦柔之德。糟糠之妇，今始见之。牛氏善谏其父，克相其夫。罔怀嫉妒之心，实有逊让之美。曰孝曰义，可谓兼全。斯三人者，朕甚嘉之。使四海亿兆，皆当仪刑斯人，垂范将来。风移俗易，教美化行。唐虞三代，诚可追配。是用宠锡，以彰孝义。蔡邕授中郎将，妻赵氏封陈留郡夫人，牛氏封河南郡夫人，限日赴京；父崇简赠十六勋，母秦氏赠天水郡夫人。於戏！风木之情何深，允为教化之本；霜露之思既极，宣沾雨露之恩。服此休嘉，慰汝悼念。"

这里对蔡邕的评价是正面的，强调"富贵不足以解忧，甘旨常关于想念"，用身处富贵而常思亲为人物辩解。赵五娘"服劳尽瘁"且"贞洁韦柔"，具备任劳任怨且顺从听话的美德，牛氏也有"逊让之美"。这些话出自皇帝之口，对于影响读者和观众的认知拥有无可比拟的优势。

借用神之口来干涉读者认知的情况，可以在《长生殿》中看到。作者安排了杨妃出于自我视角的忏悔之后，又借土地神和天孙娘娘之口，交代了人物的转变。先看杨妃自己的视角：

（贴）原来就是杨玉环。记得天宝十载渡河之夕，见他与唐天子在长生殿上，誓愿世为夫妇。如今已成怨鬼，甚是可怜。土地，你将死时光景说与我听者。（副净）

【调笑令】只为着往蜀、侍銮舆，鼎沸般军声四下里呼。痛红颜不敢将恩负，哭哀哀拜辞了君主。一霎时如花命悬三尺组，生撅撅为国捐躯。

（贴）怎生为国捐躯，你再细细说来。（副净）

【小桃红】当日个闹镬铎，激变羽林徒，把驿庭四面来围住。若不是慷慨佳人将难轻赴，怎能够保无虞，扈君王直向西川路，使普天下人心悦服。今日里中兴重睹，兀的不是再造了这皇图。

在这里，土地神将当日杨妃寻死视为"为国捐躯"，无异于"再造了这皇图"，对传统认知中美色祸国的杨妃形象是个极大的反转，塑造了一位深明大义、慷慨赴难的佳人形象，简直可与梁红玉等巾帼英雄媲美了，对于剧中背负了"同生共死"誓言的李隆基，编剧也借土地神和天孙娘娘之口加以洗白。以上视角从叙事效力上各不相等，大致来说，应该是土地神、天孙娘娘大于杨贵妃又大于虢国夫人。高力士因主奴之分，偏向于唐明皇而效力稍弱，但虢国夫人因为道德原因的效力最弱。普通百姓因为与人物无利害关系而效力较强。

在强调叙述者和剧中人对观众的影响同时，也要注意到戏剧是行动的艺术，视角对人物认知的干预，不能与剧中情节、人物行为等有明显的矛盾，除非作者意在塑造一个忍辱负重的人物，否则将引起读者的不适甚至不信任感。比如从小贝的视角对姨父并没有强烈的负面认知，这与姨父在剧中通过情节和行动体现出的形象是一致的：他为童年孤独的小贝提供了关爱；东海岸之旅中对小贝伸出魔爪，但在后者的哀求之下放弃了；他对小贝真心喜爱，并非纯是色欲冲动；他甚至向成年后的小贝求婚，被拒后伤心酗酒而死。土地神对李隆基的"好评"，也是基于他"复召""密誓""哭像""闻铃"等举动基础上的。

3. 道德优先视角的干预

里蒙-凯南认为，不可靠叙述者往往是知识有限、卷入事件与事件利益攸关，或者是价值体系存在问题，这一类叙述者的叙事效力要弱于其他叙述者。[1] 在客观、等级的前提下，道德高尚人士的干预效力大于道德有缺陷的人物。读者和观众对道德高尚的认知，更主要来自剧中人的所作所为。比如《海鸥》中的母亲，明明有钱包养不相干的作家以维持自己生活的派头和虚荣，却没有钱让儿子受教育、换一件新衣，显然这是一个自私刻薄的女人。因为以上人物的道德缺陷，他们在对读者、观众的干预上处于弱势，读者和观众并不会依据她的话认为特里波列夫是一个一无是处的人。与之相反，妮娜和主人公特里波列夫属于全剧中仅有的纯真没有世故之心的人，与矫揉造作的特里果林和母亲截然不同。因此，二人关于人物的评价也令人信服得多：

---

[1] [以]里蒙-凯南：《叙事虚构作品》，姚锦清等译，新华出版社1989年版，第181页。

妮娜　（一个人）看见一个著名的女艺术家哭，特别是为了这么一点小事，可真有点奇怪。可是，一个伟大作家，受读者的崇拜，报纸上每天都谈到他，到处卖他的照片，作品被人翻译成许多种外国文字，这样一个作家，却把整天的时间都消磨在钓鱼上，等到钓上两条鲦鱼来，就高兴得很，这不更奇怪吗？我原以为名人都是骄傲的、不能接近的；原以为他们是瞧不起一般人的；原以为他们要用他们的声望和他们响亮的名字，来向那些把出身和财产看得高于一切的俗人报复的。可是，我却看见他们在哭，拿鱼竿去钓鱼，打牌，跟别人一样的笑，一样的生气……

　　这段属于从妮娜的视角来看特里果林和母亲，属于视角中的"视他"。在她眼中，这些伟大的令人崇拜的人物，都有些与其"伟大""崇高"不相匹配之处。一个伟大的女艺术家的心灵纠缠在鸡毛蒜皮的生活俗事中，轻易被俗事弄得激动、哭泣；而另一个理应是社会良心的作家，精神空虚、无所事事，这与正在经历痛苦思考和精神折磨的特里波列夫大相径庭，特里果林的作品质量也就只能如特里波列夫所说：当人们看过屠格涅夫后，便不会有人再想起特里波列夫了。

　　运用有道德缺陷的人去评价人物，也是干涉读者、观众认知的有效手段。一般来说，评价者对人物的评价与作者的态度趋同时，会有较高的信任度，因为此时摆脱了主观偏见、属于客观的评价；而评价者对人物的评价与作者相反时，会让读者、观众倾向于认为这是一种主观的、错误的评价，而更倾向于接受相反的认知。在《雷雨》中，鲁贵是一个自私、浅薄、缺乏同情心和唯利是图的人，因此，他对周萍与繁漪的描述持猎奇和搬弄是非的态度。由于他的道德缺陷，读者并不会完全认同他关于此事的描述，反而对二人的恋情表示同情，在一定程度上净化了人物。有缺陷的人物评价自身时，也会造成相反的叙事效果：

　　贵　（咳嗽起来）他妈的！（一口痰吐在地上，兴奋地问着）你们听，你们哪一个对得起我？（向四凤同大海）你们不要不愿意听，你们哪一个人不是我辛辛苦苦养到大？可是现在你们哪一件是做得对得起我？（先向左，对大海）你说？（忽向右，对四凤）你说?（对着站在中间圆桌旁的鲁妈，胜利地）你也说说，这都是你的好孩子啊!（拍，又一口痰）。

……

贵　我是一辈子犯小人，不走运。刚在周家混了两年，孩子都安置好了，就叫你（指鲁妈）连累下去了。你回家一次就出一次事。刚才是怎么回事? 我叫完电灯匠回公馆，凤儿的事没有了，连我的老根子也拔了。妈的，你不来，（指鲁妈）我能倒这样的霉?（又一口痰）

……

贵　够? 哼，我一肚子的冤屈，一肚子的火，我没个够! 当初你爸爸也不是没叫人伺候过，吃喝玩乐，我哪一样没讲究过! 自从娶了你的妈，我是家败人亡，一天不如一天，一天不如一天……

鲁贵在此处摆出一家之主的架子，把自己塑造成道德的完人、家庭的恩人。然而把四凤送进周家的是他，怂恿四凤保持与周萍不正当关系的是他，在周府两面三刀、胁肩谄笑的是他；为了搞到钱，借繁漪的隐私敲诈对方的也是他。因此，他对家人"小人"的评价，恰恰会激励读者和观众造成反向的认知。

客观、等级与道德三者是互相影响的，又是相对的。当客观、等级与道德均呈正向激励时，三者愈高效力愈大。三者不一致时，则会产生效力的反噬。一般来说，道德与客观是呈正比的，即道德感高的人，会倾向于客观地表述对人物的看法和观点，而道德感低的人，则会听凭于主观的好恶而失去客观公允。但在例外的情况下，道德高尚的人由于受了蒙蔽，或者出于利益关系，视角也会有失客观。不过，在这种情况下，人物的道德就很难说是高尚了，读者也会得出与之"趋异"的价值判断。人物的地位与他的客观性、道德水准呈反向时，人物所持的叙述效力则倾向于反向激励。比如商鞅中的太子老师，在众臣面前不失为高尚的人，但对商鞅持有恶意，因此会戴有色眼镜去看待后者推行的变革。总体上说，视角的客观性效力要优于道德和等级的效力。当人物视角呈客观时，会对被述人物提供客观的视点，从而抵消道德和等级上的劣势；凭借道德和客观上的优势，等级低的人物在视角上也可与等级高的人物相抗衡。比如《长生殿》中，在看待李、杨爱情一事上，普通百姓的视角与土地神的视角虽存在地位差异，但视角基本一致，同样令人可信。

视角是与视点紧密相联的一个概念，因为视角的不同，必然会导致人物对待事件的态度、看法和立场不同，因此我们在分析视角时，无法摆脱视点这一概念。但是，我们也要看到，视角在塑造人物上的作用，强调的是从多个"看者"来描述人物，虽然同一视角也可以具备不同的视点。此外，尽管叙事视角是实现叙事效果差异的重要手段，我们仍然要意识到行动和情节对于人物塑造的根本意义。

第六章 戏剧冲突与叙事视点

    在叙事学的批评实践中，叙事视点常与视角混淆。比如《叙述学词典》中提道："'视角'一词指看待事物的观点、立场和态度；叙述者与所述故事之间的关系；以及观察事物的感知角度。"[①]这里所谈的内容实为视点的范畴。我国研究者林克欢认为，"视点，或称叙事观点，从叙述者与故事的关系来说，即谁在看、谁在说，由谁来叙述故事"[②]。这里同样将"视点"与"视角"视同一个概念了。

    即使是一些研究者名义上将"视角"与"视点"区分开，在论述中也常混淆其界限。如马丁在《当代叙事学》用 Point of view 指视点，而用 perspective 指视角，将二者区分了开来。然而，他又有 point of view third-person 的说法，强调视点发出的"看者"，有将"视点"等同于"视角"之嫌。在该书其他部分，"视点"也常兼具"视角"与"视点"双重含义。比如他认为讲述的视点决定了一个故事的"面目全非甚至无影无踪"，认为《哈克贝利·费恩》中，如果讲述者不是哈克而是马克·吐温，就"不会比《汤姆·索亚》有趣多少……在绝大多数现代叙事作品中，正是叙事视点创造了兴趣、冲突、悬念乃至情节本身"。[③]借由哈克来看和感知故事，这是"视角"的含义，哈克视角中所蕴含的兴趣、冲突、悬念，则又是"视点"的范畴了。哈克这一调皮少年的视角为何比马克·吐温的作者视角要引人入胜，正

---

① [美]杰拉德·普林斯：《叙述学词典》，乔国强、李孝弟译，上海译文出版社2016年版，第173页。
② 林克欢：《叙述者——戏剧的叙述结构之二》，《剧本》1988年第7期。
③ [美]华莱士·马丁：《当代叙事学》，伍晓明译，北京大学出版社2006年版，第175页。

是因为这一调皮少年对待事件的特殊态度和观点。其实，无论是"视角"还是"视点"，大多数研究者都达成了共识，即叙述文本中不仅有"谁说""谁看"，还涉及"看"的方式和态度的差异，而这种差异正是"视点"的应有之义。

《故事与话语》中认为，"视点"在普通用法中，至少可以区别出三种意义："(a) 字面上：通过某人的眼睛（感知）；(b) 比喻义：通过某人的世界观（意识形态、观念系统、信仰等）；(c) 转义：从某人的利益优势（表现其总体兴趣、利益、福利、安康等特征）。"① 第一种意义初看似与视角重叠，但当侧重于某人眼睛所处位置的视觉隐喻，即观察的出发点时，就属于视点的范畴了。

电影叙事理论或许有助于我们更清晰地认识视点及其视觉隐喻的内涵。让·米特里在《影像结构概论》中写道："同一场面不仅可以从或近或远的地方看到，也完全可以从正面、侧面、上面或下面看到，人物也可以是侧身、背影或大背影。""当观众从不同的视点把握事物时，他对事物的感知确实近似于他身居其中时的感觉。因此，空间真实感是被体验的事实。"② 由于观看的物理位置不同，因而被看对象的外观也会有所不同。在戏剧中，虽然不像电影那样由于摄像机的介入，导致被看对象有明显的位置差距，仍然也存在着视觉上的物理差别。诸如是否了解事件全貌（全知或限知）、观察事物的远近等，都会影响到对事件和人物的认知。

除了视觉的物理差别外，不同的立场、认知能力和意识形态等因素同样会导致对同一事物的不同理解，这种不同就是"视点"的差异。"视点"有"作者视点"、叙述者视点和文本内层的"人物视点"等的不同。作者视点呈现为作者话语与作者介入，即显露叙述者或作者痕迹及其至尊权威的叙述话语，是"叙述者以评价的形式对所表述的情境与事

---

① [美]西摩·查特曼:《故事与话语：小说和电影的叙事结构》，徐强译，中国人民大学出版社 2013 年版，第 136 页。
② 转引自李显杰:《电影叙事学　理论和实例》，中国电影出版社 2000 年版，第 242 页。

件、表述本身及其语境的介入"以及"叙述者所做的评价性说明"。①研究者常说的视角介入之后带来的"反讽",其实是由于"作者视点""叙述者视点"与"人物视点"的不一致而带来的讽刺效果。

总之,如果说"叙述者"解决谁来"说"、"视角"对应"谁看",那么"视点"针对的是"如何看"。这不仅包括观看的物理视域和具体位置,还涵盖道德立场、态度和观点,这与戏剧冲突密切相关。

第一节　视点的视域与戏剧冲突

米克·巴尔认为:人物的聚焦发生变化,"从一个人物变动到另一个……我们可以得到一幅冲突起源的很好的图景,看到各个人物如何不同地看待同样的事实"②。她这里的"人物的聚焦"相当于看者所见内容。这带给我们两个启示:其一,叙述者不变的情况下,由于看者的不同而导致的被看内容的变化(事实本身并未改变,只是角度、立场不同带来的变化),也即不同的人关注事物的不同侧面而引起了叙事内容的变化;其二,米克·巴尔在此处强调的是不同人物"如何不同地看待同样的事实",强调对同一事实的不同认知和由此产生的行动,其实为不同人物针对同一对象产生的不同"视点"。

视点的视域与叙述者所处的叙述层次密切相关,所处的交际系统不同,视点的视域也不同。作者—虚拟作者的视域是无限的,对于情节人物了如指掌,然而除了舞台提示和动作提示外,大多数情况下以暗中干涉的方式出现。中间交际系统的叙述中介,其认知视域比作者—虚拟作者要小,但通常要大于内层故事中的人物视域,在戏剧文本中以显在的方式干预读者和观众的认知。中介叙述者可以无所不知,也可以只知目前情节的进展而不知此后的,这取决于其身份是进程结束后的叙述者,

---

① [美]杰拉德·普林斯:《叙述学词典》,乔国强、李孝弟译,上海译文出版社2016年版,第18—19页。

② [荷]米克·巴尔:《叙述学:叙事理论导论》(第三版),谭君强译,北京师范大学出版社2015年版,第143页。

还是进程中的叙述者。

周长赋等创作的《踏伞行》中，陈时中与王慧兰孤男寡女单处一室，倍感尴尬的时候，承担叙事功能的检场人丙、丁出现，点明人物心理活动，也揭示了二人真实的人物关系：

二　人　这一对男女在想什么，头脑朝低低？

检场丁　那男的——

检场丙　因为定过亲——

检场丁　唉声带叹气。

检场丙　男的未婚妻——

检场丁　分别是此女。

检场丙　可是未见面——

检场丁　不知她是伊。

这里的叙述中介就处在全知全能的视域，不仅知道外在的事件，还知道对方的所思所想。

不过，当此类叙述者属于不可靠叙述者、同故事叙述者时，其视域则处在限知状态。比如狗儿爷显然并不了解"人民公社""陈大虎办厂"的全貌，而《六度分隔》中的基特里奇夫妇也对黑人青年保罗的遭遇一无所知，只能猜想和听人转述。

内交际系统的人物视域通常是有限的，他们只能看到被叙述对象的外在行动与言语，了解事件的局部进程而不清楚事件发展的全貌。这种局部叙述者的限知状态又各有不同，有的知道的多，有的知道的少，有的知晓得早，有的知晓得晚。在戏剧文本中经常会出现作者—虚拟作者、叙述者知道发生了什么，某些人物也知道发生了什么，而另一些人却不知道发生了什么的情形。比如《上帝的宠儿》中，萨列埃里嫉妒莫扎特的才华，对后者实施了种种迫害行为，而莫扎特一无所知，甚至将萨列埃里视为自己的恩人。这在客观上增强了戏剧张力，强化了戏剧冲突。

除了剧中人物的视域，还会存在观众的视域。观众与人物的视域之间也存在不同的关系类型：观众知道的比人物多（在大多数喜剧中）；观众知道的比人物少，人物故弄玄虚，从而在叙述中勾起观众的好奇；观众与人物知道的一样多等。这些不同的视域类型与冲突的发生发展有着一定关系。

一、视点的视域引发冲突

这种冲突的引发又可分为多种情况。

第一种情况中，部分人物全知，部分人物限知，而观众的视角全知。莎士比亚尤其擅长运用人物限知视角营造误会性冲突。在他的悲剧《罗密欧与朱丽叶》中，一对有情人因信息不对称而错失良缘，朱丽叶佯死为团聚，而罗密欧却以为对方为情而死。这就在男女主人公的行为之间形成了冲突。再如《奥赛罗》中，奥赛罗的下属伊阿古出于嫉妒，一手炮制了卡西欧与苔丝德蒙娜通奸的谣言。然而，奥赛罗并不知伊阿古的包藏祸心，反引为知己好友，苔丝德蒙娜对丈夫的疑心浑然不觉，一系列没有防备的举动反而强化了丈夫的疑心。正是因为视点的视域而导致了人物冲突，如果人物的视域一致，这些矛盾冲突也就不存在了。

在此类限知视角中，观众常处在无所不知的上帝视角，所知道的远远大于人物，因此观众的指示场会大于人物存在的指示场，并因人物指示场的错误指向而感到焦虑，从而被剧情吸引。观众为朱丽叶成功逃离家庭感到庆幸，又为罗密欧误以为真而感到忧心；在对伊阿古包藏祸心气愤不满的同时，又为奥赛罗的轻信于人而痛心疾首。这种不同情绪的交替体验也满足了观众观剧过程中的心理期待与宣泄。

冲突也可以由知道较多的一方引发。比如《踏伞行》中，陈时中与王慧兰在旅店中小叙之后，王慧兰得知陈时中正是自己的未婚夫婿，本处在惊喜娇羞状态之中，但因对方谎称并未缔结婚姻，便从惊喜转入不满甚至生气，二人之间的冲突由此引发。同样的还有美国剧作家奥尼尔的《马可百万》。在剧中，阔阔真公主深深爱上了马可，而一心追求金钱和赏赐的马可浑然不晓，只想安全地将公主护送到其未来夫君的国度。马可的恪尽职守引起的不是公主的感谢而是愤怒，两个人之间已知与未知的视点是导致冲突的根源。

第二种情况是剧中人物限知，观众比人物看到的多但仍然处在限知视角，仅限于知道人物外在的举动，对人物的内心和事态的走向并不清楚。在这种情况下，编剧有意隐藏起部分情节，使剧中人物和观众均不知晓相关情节。人物与观众视点同时受限的剧作不是很多，通常用于营造扑朔迷离的效果，增加解读故事的多重可能性。

美国剧作家马梅特善于在剧作中运用限知视点来营造悬念、强化冲突。比如在《美国野牛》中，每个人物只局限于自己所见与所看，而对他人的行为一无所知。唐尼打算与鲍伯结伙盗取一枚价值不菲的硬币，指派后者去侦伺主人是否在家，并与另一名盗匪知会消息。但是，作者并未把鲍伯侦查行动的过程直接呈现在剧中，鲍伯到底做了什么依赖于他的叙述，然而鲍伯又恰恰是个智商低下的不可靠叙述者，因此这种视点受限就强化了悬念。在他的另一部剧作《格林罗斯庄园》中，地产中介为了不被开除各显神通：列维尼乞求、威胁、贿赂主管威廉姆森，希望能得到优质客户的名单，好让自己做成几单生意；罗斯试图引诱阿若纳去偷窃办公室的客户名单，好带着名单另投东家；四名中介当中，只有销售机器罗马在认真"工作"，搭讪在酒馆偶遇的顾客，诱骗后者为了所谓情怀去买一块一文不值的地界。这几个人物对彼此的动态并不知情，处在限知的模式之下。观众看似对人物的动态完全知情，却并不知道他们接下来的选择，视点同样受限。

这种故意在作品中省略部分情节的做法，限制了人物与观众的视点，常会营造出其不意的叙事效果。在《格林罗斯庄园》中，省略了罗斯在引诱阿若纳盗窃未遂，却成功说服列维尼的情节，也省略了列维尼偷盗办公室的情节。观众只有在真相大白时，才感叹"原来如此"，营造出惊奇、意外的戏剧性效果。而在《美国野牛》中，唐尼本来对智商有缺陷的鲍伯以师长自命，要带他入行、有福同享，但是在他人的挑唆下却怀疑鲍伯背叛自己、私吞了硬币，痛殴了他。在这部作品中，作者对部分情节的省略，不在于营造惊奇、意外的效果，而重在表现人物在视域受限下的态度、观点，从而揭露人物内心的欲望，刻画出复杂和深刻的人物形象，实现反讽的叙事效果。

第三种情况是人物全知而观众限知。大部分运用了叙述中介的戏剧文本中，由于讲述者常常是同故事的事后讲述，或者是异故事的全知视点讲述，因此叙述中介比观众和读者知得要多。比如在《玻璃动物园》中汤姆处在全知的地步，观众反倒处处限知，要依靠汤姆的讲述进一步了解剧情：

> **汤姆** 自从鲁比克姆商业学校的事情败露之后，母亲要为罗拉找个男朋友的心情越来越急切。这件事日夜萦绕在母亲心头。男朋友的影子，像一种不可知的力量，幽灵似地经常骚扰着我们小小的住所。

汤姆作为全知类型的叙述者，不仅洞悉事件发展的所有细节，还能直接知晓人物内心的所思所想，且并不需要借助转述。这种全知类型，不同于只从外部了解事件发展的类型，后者并不知晓人物内心，只能事后观察和总结。

全知叙述者为了营造悬念和冲突，亦可一方面预叙部分情节引起观众的好奇心，另一方面从旁点评，表明作品的主题以引导观众。像《桥头眺望》中的律师：

> **阿尔弗利** 那年十二月二十三日，一箱苏格兰威士忌从船上给卸下来，由一个网子上慢慢滑下——因为十二月二十三日，四十三号码头总会有一箱威士忌酒给卸下来。天没下雪，却挺寒冷，埃迪的妻子上街买东西去了。马可还在上工。卢道夫那天没给安排活儿；凯瑟琳后来告诉我那天他俩还是头一回单独呆在家里。

律师预叙了"马可上工"，"凯瑟琳和卢道夫单独在家"的情节，暗示埃迪早就嫉妒卢道夫和凯瑟琳的恋情，在知道此事后必然不会善罢甘休、势必引起争斗。这里的叙述者处在全知全能的状态。在小说中，作为见证人的叙述者以两种方式来突破视域的限制。一是"叙述者通过对他人经历的想象性参与而实现对后者的认识"，二是采用多重叙述者。[①] 其实，除了以上两种做法外，还可以采用事后的转述。上例中阿尔弗利律师对情况的知晓，就是来自其他在场人物的转述，属于事后得知。

在部分人物限知视点中，由于人物所知不仅有限而且与真实情况

---

① ［美］罗勃特·施格尔斯、罗勃特·凯洛格：《叙事的本质》，于雷译，南京大学出版社 2015 年版，第 273—274 页。

相悖，对于强化作品的喜剧性冲突很有帮助。比如阿里斯多芬的《蛙》中，胆小懦弱的酒神狄俄尼苏斯为了让冥王欧里庇得斯给予方便，特意假扮成大力士赫拉克勒斯。酒神对于自己的假扮自然知情，而欧里庇得斯却并不知道，因此视域受限的欧里庇得斯痛斥假的赫拉克勒斯，向对方讨还失窃的狗，令假扮赫拉克勒斯的酒神大为恐惧。为避免挨打，酒神情急之下与仆人赛阿提斯换装。酒神的视域知晓此事，而冥王不知，想缓和气氛请赫拉克勒斯赴宴的冥后也不明就里，最后误把扮演成酒神的仆人请走，导致冥王迁怒于仆人，却不知这假扮的仆人正是酒神。全剧误会不断、笑料迭出的关键在于编剧多次运用人物视点视域的受限性来完成喜剧冲突的构建。在人物处于窘迫状态时，观众的全知视域使得他们能够摆脱角色面临的情境压力，从容地欣赏人物的窘态并从中获得快乐。

在观众限知的视点中，同样能够营造出吸引人的悬念。比如《格林罗斯庄园》中，观众知道房产中介中必定有一个盗窃了客户名单，但是究竟是谁并不清楚，故事悬念保持到最后才得以揭晓。再如莎士比亚的《哈姆雷特》中，剧情伊始，观众和哈姆雷特同样不知道谁是杀害老国王的凶手，不知道鬼魂之话是否可信。《麦克白》中，对于女巫的预言，观众和人物一样半信半疑。这些情节设定均有助于全剧悬念的保持。

有时人物的限知是一种虚假限知。比如《毕德曼与纵火犯》中，纵火犯埃森林和施密茨对自己过去做了什么、打算要做什么一清二楚，观众也非常清楚他们在毕德曼家阁楼上做的一系列准备工作。然而施密茨对此不愿承认，在对方明示时，也以为对方在开玩笑而不愿相信这是事实：

毕德曼　埃森林先生，请您告诉我：您忙这忙那到底在弄个什么东西？如果我可以问问的话，这到底是个什么东西？

埃森林　导火雷管。

毕德曼　（张口结舌）

埃森林　这个是导火线。

毕德曼　（张口结舌）

埃森林　塞普曼最近讲，据说现在有比这更好的品种。但是人家仓库里暂时没有，花钱去买对我们来说根本不可能。一切和军用有关的物品都贵得不得了，总是只有上等货。

毕德曼　您说什么？导火线？

埃森林　起爆导火线。（他将线的一端递给毕德曼）劳驾，毕德曼先生，请您拿住，我要量量有多长。

【毕德曼拿着线。

毕德曼　不要开玩笑，我的朋友。

埃森林　一会儿就得！（他吹着《莉莉·玛尔伦》的曲调，量着导火线）谢谢，毕德曼先生，多谢！

【毕德曼憋不住突然笑起来。

毕德曼　不，威利，您别想吓唬我。我，您可吓唬不了，可是我得承认，您这个人很相信人的幽默感。非常相信！听您这样讲，我可以想象得到，人家经常逮捕您。可是不是每个人，我的朋友，不是每个人都和我一样具有如此丰富的幽默感！

　　在观众的视域看来，毕德曼看到了汽油桶，对方也告知这是导火线，但在小市民的怯懦驱使下，他假装视而不见。因为"不知"就可以避开报警、反抗的责任，也就不用担心和对方短兵相接，或因触怒对方而引发报复。这种由于故意选择视域的"视而不见"所引发的冲突，显然更具深意。

　　由于限知，观众的视点也存在虚假认知的可能。在保拉·沃格尔的《巴尔的摩的华尔兹》（The Baltimore Waltz）中，观众起初以为这是个讲述女主人公陪哥哥到欧洲求医问药的故事，注意力被他们在求医之旅中遇到的障碍、兄妹之间的亲情与隔阂吸引住。然而到剧终，却发现这只是女主人公的一场臆想。旅行并未发生，真实的情况是哥哥得了艾滋病，不知内情的妹妹拒绝了哥哥的旅行邀请。这里的"发现和突转"是观众所经历的，作为叙述者的剧中人则自始至终知晓一切。

　　更有甚者，观众自始至终也不清楚发生了什么。比如麦克唐纳的《枕头人》中，究竟有无凶案发生，卡图兰被警察逮捕审讯是小说虚构还是实有其事，卡图兰有没有死……均处在扑朔迷离的状态，这种情节多重可能性使得作品主题保持了一种神秘的开放性。

二、视域突破与情节冲突的推进

在小说文体中，常通过视点的转换，从不同角度反映情节，也通过视点的转换来写情节的变化。比如徐岱在比较分析金圣叹对《水浒传》中孙二娘卖人肉馒头的改写后，认为改写前后的文本相比，"金本中无非一律将'见'改成了'听'……这样，用'听'来取代'见'，就将作者的全知视点改换成了武松的视点，有利于突出武松的中心位置"[①]。其实，这段改写并非只是突出了武松。从叙事效果来看，由于武松躺在地上装醉，因此能看见者是小说的叙述者，能听见者才是武松。在改写之前，无非是作者的全知视域在起作用，改写后，则是向读者揭示出武松的反应，让原本顺利的谋杀情节起了波澜，推进了情节的进展。

戏剧文本亦是如此，视点的变化除了有助于反映事件的不同侧面外，更多的时候还伴随着冲突的变化。华莱士·马丁说过："如果一个故事包含不止一个聚焦者的话，那么，从一个聚焦者到另一个的转移就成为叙事结构的一个方面。"[②]这里的"聚焦者"其实是"看"这一动作发出的主体，"聚焦者"的不同就是"看者"的转变，可以是不同的"看者"看同一对象，也可以是不同的"看者"看到不同的对象，还可以是两者同时发生；无论哪种情况下的视域扩大，都展示了新的情节。对戏剧文本来说，视域的扩大意味着"发现"和"突转"，从而导致冲突的加深。

人物意识到自身的限知视角，而试图了解更多，突破认知局限，就成为人物采取行动、克服障碍的主要动机；若另一人物为掩盖真相采取相反的行动，戏剧冲突则由此产生，戏剧文本的故事主体也由此构建。比如莎士比亚的《哈姆雷特》中，哈姆雷特夜遇老国王亡魂，被托以复仇重任——哈姆雷特的"视域"被打开了。他先是假装疯癫，以言

---

① 徐岱：《小说叙事学》，中国社会科学出版社1992年版，第37页。
② [美]华莱士·马丁：《当代叙事学》，伍晓明译，北京大学出版社2006年版，第162—163页。

语和戏班刺探真伪，后采取复仇行为时又误杀了奥菲利娅之父。哈姆雷特的行为，逐渐让叔父克劳狄斯在"视域"上意识到，哈姆雷特要为父复仇，因此激起了叔父的行动——为了掩盖真相，送哈姆雷特到英国受死。哈姆雷特的"视域"再次扩大，采取新的行动——杀死使者逃回丹麦。此事又被叔父得知，为除后患，他挑起奥菲利娅兄长与哈姆雷特的决斗，并暗中在武器上涂抹毒药，最终造成哈姆雷特的悲剧命运。以上人物的行动均建立在一定视域基础上的，是因为视域的突破、知道更多内情而采取的对策，相应地深化了冲突。

在《上帝的宠儿》中，萨列埃里与莫扎特的结怨，除了初次见面时后者将前者的平庸之作改成了传世名作之外，还有无意中得知的莫扎特对自己的不屑与鄙视。这引起了萨列埃里对莫扎特的嫉妒，他决定同上帝作对，不择手段地迫害、阻碍这位"上帝的宠儿"，两人的冲突自然深化。在越剧《盘夫索夫》中，丈夫在房间里抒发亲人被奸臣所害，自己又被迫做奸臣之婿的愤懑，此事恰巧被门外的新婚妻子听了个清楚。这样一来，之前限于视域、对丈夫身世一知半解的妻子，"发现"丈夫是父亲的仇人，那么人物之间的关系就产生了"突转"。夫妻、父女之间的亲情不复往初，是大义灭亲帮助丈夫，还是遵守子女孝道帮助父亲，就成了摆在人物面前的新挑战。在莎士比亚的《罗密欧与朱丽叶》中，罗密欧因为是仇人之子，对于是否能得到朱丽叶的芳心存有疑虑，在"阳台会"一场中，罗密欧听到了朱丽叶吐露的情怀，得知了对方的心思，矛盾冲突也就从定情转移到如何能够顺利成亲上，引起了下文中朱丽叶找神父商量假死以逃避婚姻的情节，使得冲突更上一层。

在许多戏剧文本中，人物的视域发生由不知到知的改变，还会导致人物行动"出尔反尔""悔不当初"的戏剧效果。彼得·谢弗尔的佳构剧《黑暗中的喜剧》中，布林斯利不知道克莉埃到来之前，对哈罗德诋毁女友的言辞百般赞同，一旦"发现"对方的在场时，就后悔失言了：

布林斯利　我只是正想起了她，先生。你们都在乱七八糟地胡扯。她是美丽的……再说，哈罗德，你刚才还说我对女人有很好的鉴赏力。

哈　罗　德　哎，那也有失误的时候。

布林斯利	胡说！她是那么美丽，敏感娇柔，待人周到体贴、仁慈，还那么忠诚、智慧，样样都叫人爱慕！
凯　洛	你对我说过她像剃刀一样刮得你舒舒服服。
布林斯利	是吗？肯定没有！不，我说的……是另外的意思……完全不同的意思……绝对不同……就像白垩和奶酪，虽都是白的却根本不同。
少　校	你知道自己都在说些什么吗？
凯　洛	就在这屋里，我问你她是怎么样的，你说："她是个画家，很诚实，很伶俐，舒服得就像——"
布林斯利	"像剃刀一样刮得你舒舒服服"，我说过的，又怎么样？
凯　洛	当然没怎么样！

在这场戏中，观众知晓克莉埃到来的消息，布林斯利也知道，然而哈罗德却一无所知。因此，此时他对克利埃的恶评，意在讨好现女友凯洛。但是，当知道克莉埃就在现场后，他不再讲克利埃的坏话，而对凯洛推三阻四。他的转变也引起了凯洛的质疑和克利埃的嘲笑。这就是由于视域的扩张而带来的人物关系与情节的改变。

这种人物视域的突破带来的身份或状态的转变，在特定片段中轮换发生时，往往带来强烈的讽刺效果。比如《马拉／萨德》（彼得·魏斯）一剧中，一群疯子在疯人院中演出"马拉之死"。这些疯子因疾病导致认知能力受限：保尔·马拉"49岁，患妄想症"；夏洛特·科黛这一人物则是梦游症患者；杜佩雷是色情狂，在道德上也危机重重，或者"沿街卖唱""酒店厮混"，或者"无视贞操"；至于萨德先生更是"名声臭不可闻"。他们所患的疾病极不稳定，在演戏过程中经常混淆现实与文本、分不清楚戏里戏外。比如在"遗憾的意外事故"中，扮演"神父"理应劝人为善的演员，突然精神病发作，脱口而出一番与其身份极为不符的渎神之语：

病人（急得结结巴巴）

祈祷吧，祈祷

向他祈祷

你，地狱里的撒旦

你的王国来到人间

你的意愿在人间实现。

损害我们的清白

拯救我们从恶弃善。

引领我们

诱惑我们

直到永远永远。

阿门。

【库尔米一跃而起。男护士们扑向这个病人，把他捆上，拖到后面。让他立在一个莲蓬头下。

当人物精神病发作时，意味着他看待事物的视点异于平常，有悖于普世价值。这样一群人物眼中所反映的历史事实，必将受到其精神特质的影响而发生变形。在"戏中戏"狂飙似的法国大革命浪潮影响下，人物态度激昂、观点激进：

鲁　（站在舞台中央）

是谁操纵市场？

是谁囤积居奇？

是谁把官廷财产中饱私囊？

又是谁霸占

本该分给我们的田地？

【库尔米回头使一眼色。一女护士将鲁拽回去。

二病人　（在背景前，合着节拍，按事先约定的话说道）

谁将我们非法逮捕，降为阶下囚？

我们没有病，我们要自由。

【骚乱开始。

人物代表剧中人时所表达的，是法国大革命不过是培养了另一批野心家上场、普通人依旧受苦受累的正义之声。然而人物精神病发作后，引来院方的管理人员的"揭露"：

库尔米　（用文明棍击地）德·萨德先生。

【萨德不理睬他。

我看我得出场代表理性的声音。

刚开演，就让他们乱个没完

再往下去该怎么办？

我可得请求稍加平息与和缓。

毕竟今日不同当年，世道已经改变

我们应当努力略加美化

不要把早已消除的弊端

演得如此不堪

看似狂飙的革命，其实不过是严密监视下的精神病人排练，而所谓的信仰，更是一时头脑发热的精神错乱，翻云覆雨，无所不为。这必然引起人们对历史真相与话语表达的质疑与反思：英雄与精神病患者本自同根生，或许正是导致革命失败的根源。编剧通过两种视域下的对比，深刻而形象地说明了这一点。

在有些文本中，观众视域突破带来的视点转变，会成为推进戏剧冲突的主要手段。这种情况下，人物知道得比观众多，也因此引导着观众不断发现真相。比如《魔方》中，由于"戏中戏"中人物的暴露，造成人物关系的转变，观众的认知不断突破着原有的局限，对主题人物理解的认知也随之更新：

　　　　【静场，柔和的滴水声。

明　星　这声音多有节奏，像华尔兹……

诗　人　可我还不会跳舞呢。

明　星　我教你。

诗　人　现在？

　　　　【两人站在岩石上，在轻柔的圆舞曲中起舞。少顷。相视
　　　　而立。欲吻。

导　演　（气急败坏）开灯！开灯！

　　　　【舞台上骤然大亮，许多演员上场搬动布景，道具。

导　演　这戏越演越荒唐了。

明　星　这戏我们演得正来情绪。

在导演出现之前，观众已经觉得这段感情戏恶俗之至，当导演出现之后，观众终于明白，这果然只是一场"戏中戏"。这同样是利用观众从不知到知的转变来构成发现与突转，在叙事上有"柳暗花明"的效果，给予剧情新的发展空间。

戏剧文本中人物视域上的有限与无限，完全取决于作者—虚拟作者的精心调配。因为戏剧文本的代言体决定了作者—虚拟作者必须隐身于幕后，这注定了作者—虚拟作者只能通过调配人物的视域来实现冲突的产生、发展与解决。值得注意的是，戏剧冲突的根源固然在于人物的意志和立场，但是视域上的突破、从"不知"到"已知"，才是冲突得以体现的依托。

三、视域的全知导向最后危机

随着人物视域的不断扩大，对事件由未知转为已知，冲突也随之加剧，最终导致爆发。这又可分为不同情况：

1. 剧中的前史、秘密被不同人物知晓，最终真相大白，导致冲突的最终爆发

在戏剧文本中，不同人物由不知到知的变化会导致冲突的最终爆发。这指的是同样的事实被不同的人物逐渐知晓，并因而采取了相应的行动，从而体现冲突发生发展的全过程。这样的情况经常可以在锁闭式结构中看到。比如话剧《雷雨》中，鲁侍萍在与周朴园相认后，得知周萍正是自己的亲生儿子，随后又撞见周萍与四凤的关系，意识到二人陷入了乱伦的境地。此时冲突并未爆发——兄妹乱伦一事只有鲁侍萍知道，而周朴园、四凤、周萍等人并不知晓。正当观众以为鲁侍萍能够隐瞒此事时，编剧又借另一人物的视域来激化矛盾。繁漪出于嫉恨，将周萍与四凤困住，并叫来周朴园，意图揭发二人的私情。此时，限知视域再次发挥作用：周朴园见侍萍在场，便促使周萍与侍萍母子相认。此举意外扩大了周萍与四凤的视域，让其得知二人之间的乱伦关系，继而繁漪与周萍的不伦之恋也被揭开。编剧运用视域的局限性，将"兄妹乱伦"的秘密层层揭开，暴露于不同视域之下，从而激发了不同的情感与态度，最终导致了危机的爆发。

同属"锁闭式"结构的《俄狄浦斯王》与《玩偶之家》也采用了不断扩张视域的方式来营造危机。在前者中,俄狄浦斯逐渐明白,自己并非父母的亲生子,而是被他杀害的忒拜老王和被他迎娶的王后之子,这是俄狄浦斯自身视域的不断扩张;在后者中,娜拉伪造签名一事,先被柯洛克斯泰知道,又被丈夫海尔茂知道,最终导致平静的家庭中掀起飓风,促使了娜拉的出走。这都是因为视域的不断扩展而导致的冲突爆发。

　　2. 特定人物的视域始终受限,危机爆发之后,方始真相大白

　　有些戏剧文本中,不是一个秘密被多个人知晓,而是特定人物视域虽然不断突破,但仍处在受限模式中。这时,人物对事件的了解往往走上歧途,或者属于错误信息,或源于自我揣测,了解愈多则受到的蒙蔽愈多,而危机也更加剧。当人物自以为全部了解时,采取的行动往往事与愿违,导致最终的悲剧或喜剧结果。比如《罗密欧与朱丽叶》中,罗密欧接到朋友的信,误以为朱丽叶服下的是毒药,而朱丽叶的假死又加深了他的错误判断,因此才会做出殉情的举动。在这个例子中,他人的错误情报引起了错误的认知,如果罗密欧对朱丽叶殉情之事一无所知,则不会离开流放地回到城里,如果罗密欧知道这只是假死的计谋,亦不会采取殉情的举动。两人之间的爱情冲突与外界阻力的加剧,正是源于这种虚假的视域突破。

　　有时候剧作家会设计双向受限的视域,营造出双向误解的冲突。比如莫里哀的喜剧《司卡班的诡计》中,仆人为让主人得到心爱的姑娘绞尽脑汁,妙计频出,而不明就里的主人自作聪明,以至仆人的一桩桩妙计徒劳无功。主人得知真相后大加懊悔,真心要帮助仆人;而仆人一再被主人搅乱后,起意要瞒着主人。双方一方要瞒、一方要帮助,因此仍然令人啼笑皆非。这就属于双向的视域受限而加深的误会冲突。

　　3. 人物视域受限并非真的受限,乃是出于认知水平的不同

　　这时,人物认知水平的提高,也可视为视域扩大的一种模式,矛盾冲突最终因为人物达到新的认知水平而得以激化或解决。

　　这种作品通常并不以情节和冲突著称。以契诃夫的《海鸥》为例,主人公在创作出优秀的作品后,不再同于先前愤世嫉俗的自我,而对人世多了一份清醒和无奈。正因如此,他在遇到被特里果林诱惑过、如今

处在深深的痛苦中的妮娜之后，才会产生难以承受的痛苦。对于自己愈发庸俗的母亲，之前还能通过冷嘲热讽和幻想亲情来获得内心的平衡，如今却难以忍受。这一切都是导致他死亡的关键。同样，在话剧《武陵人》中，黄道真一直在寻求理想的生活，因此他来到桃花源。但桃花源的人寿年丰未能困住他，因为他明白"次一等的幸福"并不是真正的幸福，理想的生活在于人能够感知和忍受痛苦。这种伴随着认知提升的视域扩大，是解决矛盾冲突的唯一途径。当然，在《等待戈多》中，狄狄和戈戈的认知一直并未有所提升，因此虽然看到了幸运儿的悲惨结局，仍然留在原地等待，危机并没有爆发。

在这一类剧作中，常通过流动视点来表现人物视域的扩大和认知的提升。比如盖欧尔格·凯泽的《从清晨到午夜》中携款潜逃、追求理想的出纳员，先后来到自己简陋的公寓，"室内自行车赛场""带歌舞表演的餐厅""救世军的布道厅"，希望能够得到安慰却屡屡落空。最后，在他认识到在资本主义金钱至上的社会里，他永远也无法得到救赎后，掏出手枪自杀了。这里危机的爆发与人物一系列经历中的认知深化是有直接联系的。

中国戏曲也极擅长在流动视点中传情达意，并最终促使人物采取行动。比如昆剧《孽海记》"思凡"中，人物在流动的空间行走，观察的位置不断发生变化，伴随着视点的变化，人物所看到的内容也各不相同。尼姑色空从看到青年子弟的面红心跳，到念经打坐时看神像解闷，整个过程中人物的内心冲突在外界的影响下不断加剧，反叛的情绪也在累加，最终认识到拜佛求经的虚幻性，勇敢地逃下山去。

戏剧中故事情节的发展阶段，其实就是事件被不同人物视角得知并产生反应的过程。限知与无知的权力掌控在作者—虚拟作者手中，他们根据情节发展的需要操控着人物视域的感知范围。

第二节　视点的内外与冲突的类型

除了视点的视域差别外，视点的内外变化也是戏剧冲突变化的因素之一。《叙述学词典》中提出，看者或者叙述者所呈现的内容分为两类，一种是人物的外在行为，"语言、行动"，另一种则是"思想或者情感"。[①] 不过此书用"外聚焦"取代了"视点"这一提法。这里的"聚焦"也不可理解为"视角"，因为视角指的是"看者"，而"看者"之所以既能看到外部、也能看到内心，乃是因为视点的差异。

《故事与话语》中认为，根据观察位置位于人物内部还是外部，可以区分出内视点与外视点。"我们是在人物的内部还是外部？是什么意义上的'外部'？彻底分离，还是相并行，抑或是别的什么？这里，我们就陷入了视点这一朦胧领域中。"[②] 前者是指从人物内部、深入人物内心，能够表达人物所思所想；后者指仅能看到人物外部动作，对其内心一无所知。内外视点之间不是割裂的，可以同时进行，描述所看对象为外视点，依托于所看对象而引起的推测，则涉及了内视点。戏剧文本中人物限知视点取代全知视点，虽然某种程度上剥夺了人物对事件了解的全面性，却有助于呈现人物的独特视点，给予了从内部和外部审视人物的可能。内视点引领读者进入人物内心深处，在传统戏曲中，背躬是其典型形式，在话剧中主要为内心独白和旁白。

一、内视点与外视点

如果我们将"视角"定位成"谁"看，剧中人抒发内心的行为、叙述者或其他人叙述其内心的行为，都属于一种"内视点"，而描写或展示外在行动的叙事则被归为"外视点"。人物视点或是"聚焦"于内心，或是"聚焦"于外在行动，是现代戏剧与传统戏剧之间的显著区别，也有效地区分了偏重于抒发内心的文本类型与侧重描写外在行动的文本类型。偏重于内心的文本类型中，无论视角为作者视角、旁观者视角还是自视视角，视点均是在人物内心，聚焦的是人物感受；偏重于外视点的文本中，无论视角为何，聚焦的都是外部行动。相比视角而言，视点的

---

① [美] 杰拉德·普林斯：《叙述学词典》，乔国强、李孝弟译，上海译文出版社 2016 年版，第 75 页。
② [美] 西摩·查特曼：《故事与话语：小说和电影的叙事结构》，徐强译，中国人民大学出版社 2013 年版，第 87 页。

内外更具典型性，更能说明文本的特质。

在小说中，我们能够通过叙述话语区分出内视点与外视点；在戏剧文本中，作者—虚拟作者作为叙述者出现在舞台提示中时，也可以从中识别到外视点与内视点的存在。外视点从外描述人物的神态和举动，如：

鲁家现在才吃完晚饭，每个人的心绪都是烦恶的。各人有各人的心思，在一个屋角，鲁大海一个人在擦什么东西。鲁妈同四凤一句话也不说，大家静默着。鲁妈低着头在屋子中间的圆桌旁收拾筷子碗，鲁贵坐在左边一张靠椅上，喝得醉醺醺的，眼睛发了红丝，像个猴子，半身倚着靠背，望着鲁妈打着嗝。他的赤脚忽然放在椅子上，忽然又平拖在地上，两条腿像人字似的排开，他穿一件白汗衫，半臂已经汗透了，贴在身上，他不住地摇着芭蕉扇。

四凤在中间窗户前面站着：背朝着观众，面向窗外不安地望着，窗外池塘边有乘凉的人们说着闲话，有青蛙叫一声。她时而不安地像听见了什么似的，时而又转过头看了看鲁贵，又烦厌地迅速转过去。在她旁边靠左墙是一张搭好的木板床，上面铺着凉席，一床很干净的夹被，一个凉草枕和一把蒲扇，很整齐地放在上面。

鲁妈与四凤的外在动作，鲁贵喝醉酒的状态，作者的笔触停留在仅能看到的部分，即使推测也很谨慎地根据人物动作神态来判断，比如，从四凤"面向窗户不安地望着""时而不安地像听见了什么"，"时而又转过头看了看鲁贵"的举动中，我们推测她正在等着什么人，同时又担心被鲁贵发现。《雷雨》的舞台提示中也有深入人物内心加以表现的部分，比如对周萍的描述：

于是他痛苦了，他恨自己，他羡慕一切没有顾忌，敢做坏事的人，于是他会同情鲁贵；他又钦慕一切能抱着一件事业向前做，能依循着一般人所谓的道德生活下去，为模范市民，模范家长的人，于是他佩服他的父亲……他见着四凤，当时就觉得她新鲜，她的"活"！他发现他最需要的那一点东西，是充满地流动着在四凤的身里。她有"青春"，有"美"，有充溢着的血，固然他也看到她是粗，但是他直觉到这才是他要的，渐渐他也厌恶一切忧郁过分的女人，忧郁已经蚀尽了他的心；他也恨一切经过教育陶冶的女人，

（因为她们会提醒他的缺点）同一切细微的情绪，他觉得腻！

这是深入人物内心去描述，不再是推测而是肯定的话语。不过，小说并未区分人物对话属于内视点还是外视点，而讨论戏剧文本中的内外视点必须将人物对话考虑在内。解决这一问题，仍然要回到叙述者上来。当对话的发出者被当作局部叙述者，叙述人物的内心感受或从外描述人物行动时，则无论被描述对象是自己或是他人，均会体现出内视点与外视点的区别。

外视点则只写人物所看到的。如奥斯卡·王尔德《民意党人薇拉》中米盖尔叙述自己跟踪亚历克斯并断定其为王室暗探时采用的就是外视点，他看到对方凭暗号和钥匙走进王宫的行为，因而产生了怀疑：

米盖尔　你在撒谎！我一直在跟踪你。午夜一到你离开了这儿，严严实实地披着一件大斗篷，你在第二座桥过去一英里处乘船渡河，并且给了船夫一个金币。你，医学院里的穷学生！然后你原路返回了两次，在桥洞时躲藏了很久，我当时就想立刻结果了你的性命，不过我喜欢追捕猎物，所以才饶过了你的狗命！你自以为甩掉了所有的追踪，不是吗？真傻，我可是最为出色的猎手，从来就没有猎物能够逃脱。我一直跟着你，穿过大街小巷。最后，我看见你飞快地穿过圣伊萨克广场，低声对卫兵说了通行密语，然后拿出钥匙，打开一扇进入皇宫的小门。

众　人　皇宫！

薇　拉　亚历克斯！

米盖尔　我守在那儿，一整夜守在那儿，沉闷地注视俄罗斯的漫漫长夜。我要趁着你手中那叛徒的佣金还热乎的时候宰了你。你却一直没有回来，一直没有离开皇宫。我看见血红的太阳冉冉升起，黄色的晨雾笼罩着整个城市。我看见又一个压迫日降临在了俄罗斯，你却没有回来，你整晚都待在皇宫里，不是吗？①

---

① 王尔德：《不可儿戏——王尔德戏剧精品选》，王振译，光明日报出版社2013年版，第121—198页。（后同）

在上例中，人物所述内容受到外部所见的严格约束，是通过外部发生的事件来加以推断属于外视点。在内视点中则会用主观感受来取代实体情节。比如话剧《棋人》（过士行）中的这一段：

聋　子　你是没有敌手的大国手！

何云清　这倒更让我苦闷。

聋　子　云清，你以前可不是这么多愁善感的，那时候你在棋盘旁一坐就是一天，那么挥洒自如，那么胸有成竹，倾倒了整整一代人呀！

何云清　下棋的人。

聋　子　什么？

何云清　（大声）倾倒了下棋的人！

聋　子　废话，跳舞的人碍不着你。

何云清　可是他们知道那倾倒了他们的下棋人是在多么孤寂地活着吗？聋子，咱们几十年的交情，你知道吗？

聋　子　你一个人吃饱了全家不饿。

何云清　我一个人吃饭常常没有胃口。

聋　子　你没有儿女的牵挂，你没有白发人送黑发人的悲痛。

何云清　（黯然神伤）对不起，可我多愿意身边有年轻人……我愿意听见他们说笑，愿意看见他们奔跑……（苦笑）可这一切都得硬性搭配。一群能奔跑的儿女，要搭配一个不能奔跑，骨质疏松，绝经凶恶无比的老太太。是她给了这些能奔跑者以生命。[1]

编剧颇具匠心地将人物之一设计为"聋子"，事实上，他好像听到了却是"鸡同鸭讲"，完全不能够理解何云清的内心。他对何云清的话重复得越多，就越是更深地误解对方，二人"说"与"听"的关系形成一种具有反讽意味的张力结构。何云清的内心倾诉，从编剧的角度看是置身于人物内部、从人物的视角进行内视点的观察。内视点中的何云清与聋子所看到的何云清截然相反——在聋子的外视点观察中，他是"没

---

[1]　过士行：《棋人》，选自《中国话剧百年剧作选（第18卷）》，刘厚生等编，中国对外翻译出版公司2007年版，第47—102页。（后同）

有敌手的大国手""倾倒了整整一代人""一人吃饱了全家不饿",是洒脱的遗世独立的;而在何云清眼中,不仅没有"胸有成竹""挥洒自如",反而潦倒失意、孤苦伶仃,对下棋的意义和一直以来的处世方式产生了深深的怀疑。聋子的外部观察是有事实依据的,却有可能误读,而何云清的自我评价显然是一种缺乏真凭实据的情绪感受,是纯心理式的,但却是真实的。基于内外视点的截然相反的两种描述,人物自我感受与外界评价孰是孰非使得人物关系和人物形象变得复杂和富含张力。

二、内视点与外视点的不同冲突效果

外视点交代情节,内视点侧重感受。由外视点引发的冲突通常是剑拔弩张、一触即发,有着清晰的外在上升轨迹;而由内视点引发的冲突却往往是含蓄的、一言难尽的。小说《桑树坪纪事》不乏内视点,充满着内心描述和情感抒发,但在话剧《桑树坪纪事》中,从营造戏剧冲突出发,采用了内外视点的结合。其中,李金斗利用知青智斗估产工作人员,就是基于外视点引发的冲突。在这一冲突中,对峙双方并不知对方内心感受,仅根据外在表现而采取行动。这段两千多字的文本可分为多个斗争回合,在第一个回合中,刘主任看到桑树坪的麦子长势不错而估产二百一,李金斗还价一百四五。刘主任批评李金斗觉悟不高,李金斗随后大发牢骚,说了一些对政策不满的话,激怒刘主任,结果被泼了一脸茶水,还挨了一记耳光。这一行为激怒了在场的知青朱晓平:

【朱晓平转身从村民手中夺下了一根扁担,向刘主任扑去。

【几个估产干部冲上前欲撕扯朱晓平,被朱晓平打了回去。

李金斗　我的好娃唉!为了这几斤麦,要是闹出条人命来,那可就麻缠哩!你要靠山,你有后台,可让我们咋办呀!

朱晓平　你欺负贫下中农,多吃多占!你长着耳朵去打听一下,我爸爸是干啥的……

【头发蓬乱、衣衫不整的许彩芳从人群中跑了出来。

许彩芳　这娃他大在省革委会当大官哩。

【众估产干部一下都蒙了。①

最终，刘主任因不敢得罪朱晓平的高官父亲，将小麦亩产估为了一百七，让这一段估产的冲突画上了句号。这段冲突围绕人物的语言描写、动作描写来进行，属于从外视点的交代；不过，我们仍能从人物外部动作中，推测出他们的内在心理活动：

李金斗 我的各位领导唉，你们也看看，这年年估产，一开口就拔个尖尖，张口就是二百三百，打下麦来，七折八扣，又是"忠字粮"，又是"红心粮"，咱庄稼人还有啥余粮嘛！（越说越激动）娃娃要吃，大人要做活，这些年，说形势一年比一年好，好倒是好，可咱庄稼人辛苦一年，就是连口白馍馍也吃不上，还叫咱农民活不活哩？！

【众人惊呆了。

刘主任 （大喝）李金斗！

【刘主任随手用茶水泼了李金斗一脸。

刘主任听到李金斗说这番话的内心活动并没交代，但我们能从他大喝一声"李金斗"中，看到这段话的大逆不道和急欲阻止他说下去的心理活动。

然而有些时候，我们单从人物外部动作和语言的描写中无法探知内心活动，这时就需要辅以内视点加以参考了。比如京剧《悦来店》中，侠女何玉凤盘问书生安骥的一段文本：

何玉凤 我来问问你，你是哪儿的人？打哪儿来？往哪儿去？说给我听听。

安　骥 我是……哎呀且住【小锣一击】，想我临行之时，奶公对我言道，逢人只说三分话，不可全掏一片心，我是北京城人氏，京中至此有千里路程，我——要说三分、要说三分，哎呀这这……有了【小锣一击】，我就说我是保定府的人氏，要往河南作幕宾，打从三百里而来。嗯，有理

---

① 陈子度、杨健、朱晓平：《桑树坪纪事》，选自《中国话剧百年剧作选（第16卷）》，刘厚生等编，中国对外翻译出版公司2007年版，第355—418页。（后同）

呀，有理！

何玉凤　　说！

安　骥　　啊女英雄，我是保定府人氏，要往河南作幕宾，打从三百里而来。

何玉凤　　哦，你是保定府的人氏，要到河南作幕宾，打从三百里而来嘛？

安　骥　　正是。

何玉凤　　姓什么呀？

安　骥　　我姓……哎呀，且住！【小锣一击】她问到这姓上来了。我姓安哪，这"安"字也是——要说三分、要说三分，唉！我就说我姓"女"，哎呀，百家姓上，无有这个姓啊！哎呀这这这这……哦，我想安字，是个宝盖头，我就说我姓盖，嗯，我姓盖、我姓盖呀、哈哈哈哈哈……

何玉凤　　说！

安　骥　　我姓盖呀。

何玉凤　　哦，你姓盖呀，不用说，一定是锅盖之盖啦？

安　骥　　唉！乃是宝盖之盖呀。

这一段中，人物针对对方的问话和举动，内心先有一个预估、预判，然后才做出外在的反应，属于从内外双重视点去描写人物。如果将人物内视点的内容去掉，则戏剧性荡然无存，而读者也不知道问话者和答话者的各自目的了。再如越剧《梁山伯与祝英台》中，祝英台一比再比，试图让梁山伯明白自己的真情，可对方却一再不晓：

祝英台　　（唱）青青荷叶清水塘，鸳鸯成对又成双。

　　　　　　　梁兄啊！英台若是女红妆，梁兄愿不愿配鸳鸯？

梁山伯　　（唱）配鸳鸯，配鸳鸯，可惜你，英台不是女红妆！

银　心　　（唱）前面到了一条河，

四　九　　（唱）漂来一对大白鹅，

祝英台　　（唱）雄的就在前面走，雌的后面叫哥哥。

梁山伯　　（唱）未曾看见鹅开口，哪有雌鹅叫雄鹅！

祝英台　　（唱）你不见雌鹅对你微微笑，她笑你梁兄真像呆头鹅！

梁山伯 （唱）既然我是呆头鹅，从此莫叫我梁哥。

英台一比再比，一说再说，最终梁山伯生气。从文本上看仅从外视点去描写人物，缺少内视点的刻画，显得祝英台的比方不知因何而出，梁山伯的生气没有依据。如果能够增加一些祝英台看到梁山伯不解真情的焦急心理，以及梁山伯被祝英台的比喻搞得困惑不已的内视点描写，这段唱词的戏剧性将得到极大提升。

当然，传统戏曲中内视点的表现形式不限于语言，也可以通过人物的肢体动作表现出来。比如传统京剧《拾玉镯》中，刘玉姣将青年书生抛下的镯子拾起时，虽然不发一语，但演员用优美的程式动作表达了青春少女的惊喜、娇羞与担忧，这就是借助肢体动作来呈现心理视点的做法。

内视点的长处在于引导读者和观众不知不觉走入人物内心，从人物视角看待问题，容易唤起共鸣。有一些编剧会故意压制外视点的表达，而追求内视点的处理。比如在《推销员之死》中，比夫鼓起勇气去找工作，却偷了老板的金笔。原本可以围绕这件事去写父子二人外在的冲突，可阿瑟·米勒却将描写重心放在父亲的回忆——也即威利的内视点上：

小伯纳德 比夫数学考不及格！林达不！

小伯纳德 伯恩鲍姆不让他及格！人家不让他毕业！

林　　达 可他们非让他毕业不可。他一定得上大学。他在哪儿？比夫！比夫！

小伯纳德 别叫了，他走了。他到中央车站去了。

林　　达 中——你是说他上波士顿去了！

小伯纳德 威利大叔在波士顿吗？

林　　达 噢，说不定威利可以找老师说说情。噢，可怜又可怜的孩子！

【屋子一角的灯光啪嗒一声暗了。

比　　夫 （坐在桌边，手里拿着一支自来水笔，这下声音听得清了）……所以我跟奥利弗就此崩了，您听明白吗？您在听我说吗？

威　　利　（茫然不知所措）嗯，那还用说。要是你考及格了——

比　　夫　什么及格不及格？您在说些什么呀？

早年间，比夫数学成绩不及格，去波士顿找爸爸寻求安慰，不料目睹父亲出轨，父亲的形象因此在他心中一落千丈，导致比夫自暴自弃，这才是威利一再回忆往昔的心魔所在。阿瑟·米勒没有直写威利对比夫偷拿金笔的反应和看法，却通过写他的内心回忆，表达了他对儿子这一行为的自责与愤怒。

与《推销员之死》不同的是，《毕德曼与纵火犯》中，除了歌队交代故事背景、评点情节外，内层故事中的作者仿佛一个冷静的观察者，从外部观察着人物的一举一动，从而揭示人物的性格和主旨。毕德曼将尿液当生发水卖给市民，这体现了他的唯利是图；毕德曼一开始对纵火犯态度强硬，但受到对方威胁之后却唯唯诺诺，这体现了他的欺软怕硬；他妻子怕失火，每天都要他检查阁楼上有没有藏着纵火犯，其实恰恰是毕德曼给纵火犯提供了藏身之所；纵火犯正告毕德曼自己藏了汽油、要找刨花引火，而毕德曼亲手把打火机递给了他，末了还强调他们不可能是纵火犯，因为纵火犯会自己准备打火机，这体现了他的愚蠢和自大；毕德曼一面陪着纵火犯吃鹅、强颜欢笑，把对方的每一句话都当作玩笑话来自欺欺人，另一方面阁楼上的火早已迫在眉睫……这一系列情节是从外面着眼，没有聚焦于人物的内心，客观而冷静地写出了毕德曼为保一己之平安、养虎遗患的小市民心态，含蓄地讽刺了成为希特勒发动二战、屠杀犹太人帮凶的普通德国人。

三、内外视点的结合与转化

从叙事学的角度看，不同视角的选择，决定着情节的重心与作者的创作意图。内视点与外视点的选择，则更多体现作者在剧作风格上的偏好。外视点的作品偏重于以客观的方式，从外部的客观视角，聚焦于人物外部的行动；主观视角的呈现通常是局部的偶然的，在整体的客观写实风格中，出现局部的主观抒情风格。而内视点的作品整体风格上是主观和强烈的，通过人物的内心抒发去呈现客观的世界，属于在整体的抒情风格上夹杂写实风格。

内视点由于不受物理环境的约束，可以在不同内视点之间流转，显得灵活多变。外视点与内视点也是可以相互转化的，二者之间并不存在不可逾越的界线。比如田汉的《获虎之夜》属于主框架内的外视点与局部内视点的结合。前半部分的情节属于外视点，交代魏福生一家为狩猎所作的准备，等待丰收的喜悦。在可怜的黄大傻中枪被俘获后，众人才由喜悦变为惊吓，戏剧氛围急转而下，从外部客观的描写进入黄大傻的内心世界：

> 一个没有爹妈、没有兄弟、没有亲戚朋友的小孩子，白天里还不怎样，到了晚上独自一个人睡在庙前的戏台底下，真是凄凉得可怕呀！烧起火来，只照着自己一个人的影子；唱歌，哭，只听得自己一个人的声音。我才晓得世间上顶可怕的不是豺狼虎豹，也不是鬼，是寂寞！①

这样一来，占据剧本主要篇幅的外视点成为烘托内视点的情境和背景。无论是魏福生一家为狩猎做准备的交谈，还是女主人公对今夜的担心和不安，都服从于全剧跃动不安的诗情，为作品增加一缕神秘和宿命的色彩。

在表现主义流派的剧作中，内外视点兼用也是一种典型的手段。比如《从清晨到午夜》（盖欧尔格·恺撒）中，出纳员受阔太太诱惑，铤而走险偷盗了公款、回到家中的一段独白：

出纳员 （走到母亲椅子旁边）一个人一生中只有一次没吃午饭就
要出门——而这就把她吓死了。（他把两个女儿推到一边，注视着母亲僵直的身体）悲哀？痛悼？哭得眼泪汪汪？这些能叫我忘记吗？这些纽带是不是这么坚韧，即使折断以后我的生活中也还有悲哀留下来？母子之情！（从衣袋里掏出一卷钞票，在手里掂了掂，摇摇头，又把钱装起来）悲哀不会叫人失去行动……泪水流干了，头脑还要思想的。要是想把我这一天过好的话，我实在不能再耽搁

---

① 田汉：《获虎之夜》，选自《中国话剧百年剧作选（第1卷）》，刘厚生等编，中国对外翻译出版公司2007年版，第551—574页。（后同）

了。（把自己的一个用旧的钱包放在桌上）花这里面的钱
吧。这些钱都是老老实实挣来的。也许值得纪念吧。花
吧。（从左面走出去。）①

这段独白是出纳员内视点的书写，他决意摆脱平庸的生活去跟阔太
太私奔，即使母亲的眼泪、妻子的惊慌也不能阻止他，因为他已经走上
了死亡之路。编剧从他内视点的绝望出发，转向他外在的行动——将装
着自己诚实劳动报酬的旧钱包放在桌上，而带走了盗窃的公款，仍说明
他良知未泯、不失清白，是平庸肮脏的社会让绝望的他孤注一掷。

如果一部作品侧重于写人物所思，则是一部侧重于内部情感的作
品，如果一部作品侧重于写人物所看，则是一部客观色彩较浓郁的作
品。一般来说，一部作品是内视点与外视点相结合来塑造人物、反映主
旨的，但两者比例会有所不同。外视点通常是"概述"，叙事时间小于
故事时间，内视点多为"详述"，表现为叙事时间大于故事时间，故事
时间停滞，而叙事时间在延伸。如果说《民意党人薇拉》中米盖尔揭发
亚历克斯时，提到对方"原路返回了两次"，而该行为由于缺乏明确的
时间长度而无法与叙事时间加以比较的话，"我守在那里，一整夜都守
在那里"的概括明显要少于一整夜。

当"看者"从自己内心出发，推测对方的内心活动时，则属于双重
内视点。比如像《莎乐美》的剧中人物多从主观视点去评价、议论他
人，造就了一种象征、炽热的唯美主义主观风格。在文本中通过内视点
表达莎乐美的主观欲望，这种浓烈的近乎疯狂的风格也与人物形象保持
一致。除莎乐美外，卫兵们也是从内视点表达他们的不安与担心。不过
他们的内视点相对来说客观和冷静，这与身处其中的莎乐美的欲火焚身
构成鲜明对比，让读者和观众将更多注意力投放到莎乐美对美的欲望和
自身处境上来，也正是这样的做法，让观众得以宽恕和原谅莎乐美的杀
戮行为。

在许多作品中，内视点叙事也是净化人物形象的重要手段。比如美
国剧作家奥古斯特·威尔逊的作品《篱》中，主人公特洛伊作为父亲毁

---

① ［德］盖欧尔格·凯撒：《从清晨到午夜》，傅唯慈译，选自《外国现代派作品选
（第一册，下）》，上海文艺出版社 1980 年版，第 446—509 页。

掉了儿子读大学的机会，作为丈夫在情感上背叛了妻子，又因不识字将脑部受伤的弟弟送进精神病院。如果没有基于内视点对特洛伊内心的描述，只看外部他出轨、家暴、利用弟弟、羞辱儿子等行为，这个人物形象在人们眼中，将会是不负责任的父亲、掠夺手足的哥哥和背叛家庭的丈夫。但有了内视点，我们得以深入了解人物的苦痛和挣扎，从而净化了这一人物形象。

第三节　视点的表达与冲突的主题

视点体现着叙述者与所述对象之间的距离。如果视角意味着看者不同，那么视点关注的是表达方式的不同，以及叙述者对所述事件、人物的态度的区别；这些通常又与人物的立场、利益与情感有关。视点与叙述声音也有所区别。叙述声音本质上是身份不明者的"叙述"，也是叙述者的一种形式，然而视点强调的是立场与世界观。西摩·查特曼认为："视点是身体处所，或意识形态方法，或实际生活定位点，基于它，叙事性事件得以立足。而声音指的是讲话或其他公开手段，通过它们，事件及实存与受众交流。"① 可见，视点代表了基于特定意识形态和角度的表达，位于人物之内，而声音属于话语。从人物来看是视点，从作者来看是聚焦，视点强调被看者的观点，聚焦强调的是内容，声音只是传递视点和聚焦的一种手段。

一、视点与冲突主题的感染力

利科称，"绝没有伦理上保持中立的叙事"②。在戏剧文本中，即使看上去保持零度写作、客观的作者与虚拟作者，在话语中也带有显在或隐含的价值判断，干涉着读者对文本的认知。同理，戏剧文本中充满着

---

① ［美］西摩·查特曼：《故事与话语：小说和电影的叙事结构》，徐强译，中国人民大学出版社 2013 年版，第 137 页。
② 转引自刘惠明《作为中介的叙事》[D]，中山大学博士论文，2011 年，第 144 页。

各种各样的叙事者和叙述话语，这些话语常常带有一定的态度和感情色彩，并非客观中立的描述；作者试图以此方式来表达对人物的褒贬、对事件的看法，叙事者也通过对表达内容的渲染来引起观众共情。

赵毅衡认为，小说中的叙述者对文本的干预分为指点干预和评论干预，前者针对叙述形式，后者针对叙述内容。[1] 叙述形式指用话语来推进、中断、回溯情节，比如传统小说中的"且听下回分解"，它打破了小说自足的幻觉世界；叙述内容的评价是指针对所述情节、人物、主题的评价。

视点作用于戏剧文本时，主要是以后一种方式在起作用。作者——虚拟作者除了通过舞台提示来明示自己的视点外，还可将之寓于人物的话语之中，这就形成了隐蔽叙述者的叙事效果。在这种叙事模式上，情节从个体事件上升为社会议题，在叙事手法和内容上，不再依赖于情节、细节，而更多依赖于话语的议论。在这种情况下，作者会给人物预设视点，它的存在犹如给人物戴上一副滤镜，所看到的皆是变了形的事物。在中国传统戏曲中，人物的插科打诨常常体现作者的强烈好恶，比如《鸣凤记》中赵文华的自我调侃：

【夜游朝】〔丑上〕博带峨冠身显耀。登甲第始趋朝。富贵情怀。苞苴志量。哪管经纶廊庙。

金榜胪传姓字题。从今脱却破蓝衣。满堂金玉重重富。谁信当年一腐儒。自家赵文华。浙江慈溪人也。名登黄甲，官拜刑曹。只是平生贪利贪名，不免患得患失。附势趋权，不辞吮痈舐痔；市恩固宠，哪知沥胆披肝。且是舌剑唇枪。有一篇大诈若忠的议论；更兼奴颜婢膝，用几许为鬼为蜮的权谋。陷害忠良，如秤钩打钉，拗曲作直；模棱世事，如芦席夹囤，随方就圆。

显然赵文华不可能如此贬低自己，这只能是代作者立言而给予人物痛快淋漓的斥责。这种鲜明表达的视点会潜移默化地影响读者对人物的认知。

---

[1] 赵毅衡：《当说者被说的时候：比较叙述学导论》，广西师范大学出版社2022年版，第35—36页。

在"叙述者的功能"一节中，本书讨论了叙述者揭示主题的作用，然而，此种功能的达成，有赖于"视点"，也即叙述者本身所持态度的存在。如果叙述者不加好恶地交代情节，对情节本身所蕴含的价值判断不加以强化突出的话，那么作品会显得主题不清、形象不明。在一些传统地方戏中，编剧热衷于讲述故事，对于人物和情节背后的价值意义浅尝辄止，这就是只停留在人物表面行动上，而忽略了"视点"的作用。以元杂剧《冤报冤赵氏孤儿》为例，关于义士们拯救赵盾的经过，屠岸贾是从无动于衷的冷漠视点去描述，程婴的讲述则突出了"忠良""报恩""屠贼"等内容。不再是一种客观的聚焦，而是带有个人主观色彩的描述，对抗争强权而死的人们抱以同情，以期能影响和打动韩厥。这就是较好运用视点干预读者认知的例子。

视点的有无、强弱与主题表达有直接的影响。比如《琵琶记》中蔡伯喈所唱"闪杀人洞房花烛，愁杀我挂名金榜"[①]，就属于主人公的特殊视点，在一般人看来极乐的"洞房花烛""挂名金榜"反倒让他愁苦不堪。这服务于子孝妻贤的主题。在京剧《赵氏孤儿》中，人物缺乏独特视点的主体认知，这使得该剧虽然情节跌宕起伏，但不出忠奸善恶的套路，人物形象也因而显得丰富性不足。英国芬顿的《赵氏孤儿》，则注意到了人物特殊视点的表达：

公孙杵臼鬼魂 　种瓜。我搭了个竹架，把瓜藤系在竹架上，藤往上攀，黄瓜就不会挨着地。可是，我低头看向竹架，透过叶子，我看到一个笑眉笑眼的小婴儿，正在扯瓜藤上的花。不知道为什么，我知道这个淘气的婴儿就是我的死神。死神正在冲我笑，挥着胖乎乎的小胳膊，要我抱他起来。于是我走上前，抱起了这个婴儿，这一抱真是艰难。但我不后悔。只有一种情况会使我后悔——非常后悔——那就是到头来一切都被遗忘，不管出于什么理由不告诉孤儿他的身世，不管用什么方式把原来的计划推翻。那样的话，我会像暴风雨里的孩子一样哭泣。那时，你会听到我的哀嚎。

---

① 〔清〕毛纶：《毛声山评第七才子书琵琶记》，侯百朋编：《〈琵琶记〉资料汇编》，书目文献出版社 1989 年版，第 298 页。

公孙杵臼抱起婴儿，同他一起走向死亡，这对于他来说十分"艰难"，不仅难在走向死亡，而且难在抱着这样一个婴儿。"他不后悔"是出于扶助弱小的强烈意志，而这正与剧作的主题密切相关。他对婴儿充满同情，同时又是果敢的。公主作为母亲，对于孤儿也有着不同寻常的情感：

公主　不要羞愧。每一次我注视着你，就看到你父亲的脸，他也在看着我。我会想起他临终前的嘱咐：把你藏好，护你周全。把你藏好！一个母亲怎么才能藏好啼哭的宝宝，小小的人，哭起来却不知疲倦？每一次想到没能救下你，自尽对我来说都是轻而易举的事。和悲伤相比，死亡的痛苦和恐惧算不了什么。可是，那时我又会做梦，在梦里，有一个小孩不停地拍门，说道："把我藏起来，把我藏起来！保护我！"多少次我都从床上起身，门外却只是空荡荡的黑夜。只要还做着你在拍门的梦，我就不能自尽。我不能再一次失去你，不能对你说："孩子，孩子，我会保护你，哎呀，可是我已经自尽了。"我不得不活着。我再也没有睡眠了。

通过公主不能保护孩子的痛苦和追悔，文本充满着强烈的稚子无辜惨死、母子生离死别的人文关怀，对暴政和灭绝人性的批判就隐含在其中。当然，我们提倡戏剧叙事中对视点的运用，也并非是把人物作为作者视点的传声筒，上例中公孙和公主不同的情感与人物的经历和地位均有着密切关系，是从人物出发的视点设计。

我们也要看到，当文本中呈现了两种以上的视点时，背后体现的仍然是作者的视点。以《雷雨》中鲁大海前来找周朴园替矿上工人争取权利一事来说，鲁贵教训儿子要讲规矩，而鲁大海对鲁贵的低三下四却不以为然：

大　（简单地）在门房等了半天，一个人也不理我，我就进来啦。

贵　大海，你究竟是矿上大粗的工人，连一点大公馆的规矩也不懂。

四　人家不是周家的底下人。

……

大 （理直气壮）他应当见我，我也是矿上工人的代表。前天，我们一块在这儿的公司见过他一次。

在这里，鲁贵认为鲁大海只是个穷矿工，应该对老爷恭恭敬敬，不妨以一种迂回的方式去争取个人利益。而鲁大海看来，自己作为工人代表与资方在人格上是平等的，绝对不能低三下四。他的观点也得到四凤的赞同"人家不是周家的底下人"，这体现出青年一代对社会问题的新看法和新认识。不过，这里的视点对峙紧紧围绕鲁大海作为一个穷工人闯进来要见老爷一事出发，在随后周朴园和周冲的对话中，话题则从鲁大海这一特殊的个体上升到对产业工人群体素质的讨论上：

朴 谁是鲁大海？

冲 鲁贵的儿子。前年荐进去，这次当代表的。

朴 这个人！我想这个人有背景，厂方已经把他开除了。

冲 开除！爸爸，这个人脑筋很清楚，我方才跟这个人谈了一回。代表罢工的工人并不见得就该开除。

朴 哼，现在一般年轻人，跟工人谈谈，说两三句不关痛痒、同情的话，像是一件很时髦的事情！

冲 我以为这些人替自己的一群努力，我们应当同情的；并且我们这样享福，同他们争饭吃，是不对的。这不是时髦不时髦的事。

朴 （眼翻上来）你知道社会是什么？你读过几本关于社会经济的书？我记得我在德国念书的时候，对于这方面，我自命比你这种半瓶醋的社会思想要彻底得多！

冲 （被压制下去，然而）爸，我听说矿上对于这次受伤的工人不给一点抚恤金。

朴 （头扬起来）我认为你这次说话说得太多了。

在不同人物视点的对峙中，表达了作者对包括劳资矛盾一类社会问题的看法。作为青年学生的周冲认为，争取阶级利益的工人不应该被开除，工人应该得到尊重和同情，资本家应该想办法去缓和矛盾；在老谋深算的资本家看来，这种做法是幼稚、"半瓶醋的社会思想"，进退得咎的改良主义。以上两种视点的展示，其实背后体现了作者视点：资本家与工人的矛盾根本无法调和，工人阶级应该如何做，也无法从鲁贵这样的奴才或理想主义的学生那里得到答案，只有鲁大海这样有力量有想法的工人阶级才有可能解决。

作者在舞台提示中对人物形象的描绘也体现着主题，如话剧《雷雨》中对繁漪形象的描述：

> 她是一个中国旧式女人，有她的文弱，她的哀静，她的明慧——她对诗文的爱好，但是她也有更原始的一点野性：在她的心，她的胆量，她的狂热的思想，在她莫明其妙的决断时忽然来的力量。整个地来看她，她似乎是一个水晶，只能给男人精神的安慰，她的明亮的前额表现出深沉的理解，像只是可以供清谈的；但是当她陷于情感的冥想中，忽然愉快地笑着；当她见着她所爱的，红晕的颜色为快乐散布在脸上，两颊的笑窝也显露出来的时节，你才觉得出她是能被人家爱的，应当被人爱的，你才知道她到底是一个女人，跟一切年青的女人一样。

这段描写中写到人物"忧郁的""心中郁积着火"，饱受失望的痛苦折磨，处在封建社会的女性不得不压抑管制自己的情感，然而作为"年青"的、受启蒙影响的现代生命，她又渴望情感、充满了"火"的狂野。这显然是作者对"五四"革命时期出身旧家庭受过新启蒙的女性的整体印象。作者对这个人物的视点截然不同于对《北京人》中曾思懿的厌恶，与《雷雨》中作者描写周萍时体现出的价值评判也大有差异。在作者笔下，周萍初接触"有些憨气"，长久接触"会感到他的气味不是你所想的那么纯朴可喜"，他"经过了雕琢"，虽然也有"郁闷"，但却是"怀疑""怯弱""莫名其妙"，是一个"美丽的空形"，与燃烧的火一样的繁漪是截然不同的，这样的年轻人显然无法像鲁大海一样承担起革命的使命。

二、视点的多重性与冲突主题的复杂性

作者—虚拟作者视点的存在，绝非以压倒式、权威式的方式来宣扬主题，相反，作者—虚拟作者要凭借自己的权威身份，尽可能全面地揭

示事件和人物所蕴含的意义和主题。换言之，无论是"视点"的表达，还是表达的"视点"，都是充满了复杂性和多义性，甚至不同的视点之间还存在着冲突，体现为多种观点的回响。这既是主题多义复杂的根源，也是文本意蕴丰厚的体现。

比如《长生殿》"看袜"一出中，众人对袜的态度各有不同。小生视作"绝代佳人"的遗物，感慨杨贵妃红颜薄命，充满同情而没有亵玩之意：

（小生作持袜起，看介）

【驻云飞】你看薄衬香绵，似一朵仙云轻又软。昔在黄金殿，小步无人见。怜今日酒垆边，等闲携展。只见线迹针痕，都砌就伤心怨。可惜了绝代佳人绝代冤，空留得千古芳踪千古传。

外即老翁视杨贵妃为祸水，见锦袜则痛恨：

（外作恼介）唉，官人，看他则甚！我想天宝皇帝，只为宠爱了贵妃娘娘，朝欢暮乐，弄坏朝纲。致使干戈四起，生民涂炭。老汉残年向尽，遭此乱离。今日见了这锦袜，好不痛恨也。

丑则感慨红颜易逝、佳人难再：

（丑接起看介）唉，我想太真娘娘，绝代红颜，风流顿歇。今日此袜虽存，佳人难再。真可叹也。

【前腔】你看琐翠钩红，叶子花儿犹自工。不见双趺莹，一只留孤凤。空流落，恨何穷。马嵬残梦，倾国倾城，幻影成何用。莫对残丝忆旧踪，须信繁华逐晓风。

以上不同观点暗含了作者对李杨之恋的客观评价，丰富了本剧主题。在之前的"曲江风波"中，杨玉环的兄姐也是基于自身利益，对杨李二人的争执发表了不同态度和观点：

（老旦、贴上）

【榴花灯犯】【剔银灯】听说是贵妃妹忤君。【石榴花】听说是返家门，【普天乐】听说是失势兄忧悯，听说是中官至，未审何云？（进介）贵妃娘娘那里？（梅）韩、虢二国夫人到了。（旦作哭不语介）（老旦、贴见介）（老旦）贵妃请免愁烦。（同哭介）（贴）前日在望春宫，皇上十分欢喜，为何忽有此变？【渔家傲】我只道万岁千秋欢无尽，【尾犯序】我只道任伊行笑謇，【石榴花】我只道纵差池，谁和你评论!（老旦）裴家妹子,【锦缠道】休只管闲言絮陈。贵妃,你逢薄怒其中有甚根因?(旦作不理介)(贴)贵妃,你莫怪我说,【剔银灯】自来宠多生嫌衅,可知道秋叶君恩? 恁为人,怎趋承至尊?(老旦合)【雁过声】妹妹每情切来相问,为什么耳畔啾啾,总似不闻!

高力士从贵妃自身利益考虑,认为李隆基贵为天子,三宫六院移情别恋再正常不过,姐妹团结一致,笼络好皇上才是聪明之举;杨妃的醋海生波、触怒皇上失宠,也会导致宫人们无辜受到牵连。杨国忠从杨氏一门和自己的官途考虑,认为妹妹的行为实属失策,会给家族带来灭顶之灾,理应被指责。在虢国夫人眼中,天子匀洒雨露本是理所应当,杨妃实属无理任性、自作自受,她的态度中,不无幸灾乐祸之意。以上诸人对杨贵妃的不同态度,均是基于利益立场的情绪化表达。

在上例中,众人从各自利益出发评判杨妃的行为,其视点基本是一致的,对基本事实没有歪曲。在另一种情况中,因为利益引发视点对峙时,对峙一方明知己方有错,但为了利益的缘故,仍然会采取错误的行为模式,并且为自己的做法加以辩解。这时虽然叙事者现身而作者隐身,叙事中仍体现出作者掌控的痕迹。如《商鞅》一剧:

> 【祝欢在一边闭目默祷。公孙贾怒气冲冲听取甘龙禀陈。

甘　龙　他把百姓五家编为一伍,十家连为一什。如果其中有一人犯法,而伍什之中无人举奸告发,就要连坐定罪。卿相大夫,也不例外。

公孙贾　这是坏礼仪,乱章法!

甘　龙　太师,乱还不仅在此呀!

公孙贾　还有什么?

甘　龙　凡为奴隶,与敌作战,斩一首,便可得爵位一级;斩得二首,得爵二级。如果得到爵位二级,就可以将亲生父母升为庶民。

公孙贾　(怒)那天下岂不是没有奴隶了? 喷粪!

甘　龙　太师,还有呢!

公孙贾　说!

甘　龙　宗室贵族，没有战功者不准显富贵。从今往后，咱们出
　　　　门不能乘三驾之车，不能穿绫罗绸缎，不能住奢华的府
　　　　第……

秦国贵族因自身利益对商鞅变法百般攻击，体现了双方价值观上为
己为国的冲突，这是中国当代改革开放所遇阻力的真实写照。因此，权
贵们便把本来使秦国富强的变革，歪曲成为会使秦国灭亡的阴谋，以此
阻碍变法的实施。戏剧文本通过不同视点的呈现，表达了改革作为双刃
剑的利与弊——低位者渴望变革，而既得利益者害怕变革，改革因此危
机重重、前路漫漫。同样在《奥本海默案件》中，代表多数派的格雷与
代表少数派的伊文斯在奥本海默对待"超级武器"的态度产生了分歧：
前者认为，奥本海默没有报告自己朋友的共产党背景、对"超级武器"
的研究态度冷漠抗拒，这种由于内心的道德感而抗拒国家责任的行为，
是一种严重的性格缺陷，因此不应该再被国防部门信任、不配承担有关
国家安全的重任。在伊文斯看来，奥本海默对朋友的忠诚，对"超级"
武器的直言不讳、坚持原则，恰恰是一个负责任的科学家所应做的。双
方对待同一件事观点和态度上的差异，体现了视点的差异和主题的冲
突——科学无国界，还是国家利益重于科研利益？拒绝制造大规模杀伤
性武器，对人类有利却有损国家利益，那么应该为了国家利益放弃人类
利益，还是反其道而行之……这是一个因时而宜的问题，不可能有千篇
一律的标准答案。

不同视点的叙事效力并不"对等"，观众在观剧时会形成差异化的
理解和判断，从而影响到对作品主旨的把握。比如苏联弗·古巴廖夫
的剧作《石棺》是一部描写切尔诺贝利核电站发生爆炸的作品，编剧并
没有直接描写核电站事故现场，而是围绕检察官调查此事的经过，借
助形形色色遭受强烈辐射病人——如事故的责任者核电站站长、操作
员、扑灭大火的消防队员、逃犯、农民妇女和物理学家等，来反映不同
道德观和态度的对峙。表面上看，编剧持一种公正客观的立场，意在呈
现不同的道德观和态度，从而引起观众的思考和争论。但是编剧在刻画
人物时已经预设了立场，而这一立场也会影响到读者／观众的认知。在
编剧的笔下，负有管理责任的站长玩忽职守、避重就轻、企图将责任归

之为"帝国主义的破坏";负责验收的将军媚上欺下、不学无术、瞒报事故;缺乏常识将军命令司机将汽车停在反应堆附近,导致司机受到严重辐射,可司机却反过来替他讲情:"他是位和气的人。对人有求必应……他把我女儿安排进医院工作了……他大概没有过错。他跟大家一样生活。"这些人物的一言一行,对真相的表述,受到自身利益、立场的影响,因此,他们对于事件真相的视点自然是被摒弃的。相反,物理学家和操作员的视点更易于读者/观众的接受。操作员和剂量检查员对傲慢的官僚体制痛恨不已,"请求他们——石沉大海;他们要求我们——就乌拉!前进""一切为了报喜,为了奖金",才造成的验收形式主义。物理学家忠于职守,遭受了核辐射后还在科学研究和计算,因为"这试验太宝贵了",他骄傲地宣称"在物理学的历史上我是第一个进行了这种计算的"。在以上各种各样的观点中,读者/观众会更加钦佩格尽职守的物理学家和操作员,而鄙夷推卸责任、瞒上欺下的将军和站长。

　　文本的视点除了拼盘式的对峙外,也可呈现一种层次化的视点。《故事与话语》中举狄更斯的《远大前程》为例,说明了这种情况。"当叙述者的主人公从幼年的自己感知视点报告事性"时,"他的思想意识倾向于属于老年的自己","叙述者是主人公之外的另一人,他可以呈现自己的思想并根据它评判主人公的行为"。[①] 后一种所说的即便是所谓"他视"与"视他"视点表达的区别,这种叙述者视点的变化源于叙述者身份的变化。再如苏珊·洛瑞·帕克斯的《维纳斯》中,"黑人掘墓者"作为演员时,知晓舞台上的一切,"言语客观、冷漠、毫无情感因素可言",在视点上比较客观,然而当他变为剧中人时,则失去了客观视点,"暴露出品格上的缺陷"。[②] 另一种则如《海鸥》中妮娜对特里果林态度的变化,也是随着人物认知的深入、经历的改变而发生的。

---

① [美]西摩·查特曼:《故事与话语:小说和电影的叙事结构》,徐强译,中国人民大学出版社2013年版,第158页。
② 吕春媚:《反传统的艺术——论〈维纳斯〉之戏剧叙事结构》,《外语与外语教学》2013年第2期。

比如美国剧作家耶利内克的《娜拉出走之后》中的这段文本：

娜拉　我的害怕比你的多，因为女人比男人多愁善感。

魏刚　我要帮你从这儿脱身。虽说这里的老板并不像在公众的眼中那样是一头凶恶的豺狼。我的本金所获得的全部利息毕竟还算不上是利润。

娜拉　看看这张脸，一会儿坚硬如铁，一会儿又柔情似水，变得多快呀！这种变化真让我着迷。

魏刚　当我的目光追逐着你那塔兰泰拉舞姿，陶醉于你的舞姿时，我浑身的血都沸腾了。

娜拉　你的目光在烧灼着我的皮肤！它们仿佛把我剥得一丝不挂！我几乎都没有力量抵抗了。有一种强悍无比的气息从你的身体里喷涌而来。

　　【女工们穿着节日的盛装出现在背景里，排成合唱队的伫列。再靠后一点有一些为女工伴唱的男工人。他们一动不动地站着，等待着加入。

　　魏刚与娜拉的互视中体现出一种视点的对峙。魏刚是把娜拉当成被捕的猎物，从娜拉看来，这位捕猎者狡诈多变、充满威胁，而身穿节日盛装的女工们表达的是一种无言的视点，目睹同类的献祭是司空见惯的事，她们无力阻止，也无法置身事外。多重视点表明，妇女的真正解放之路还很远，那不仅要推翻夫权，更要保证女性在生产资料的分配中占据主动地位。

　　视点是表达作者的社会关注、理性思考的重要手段，也是作品主题的集中体现。从某种意义上说，有多少视点的对峙，就有多少层丰富的主题。不同人物在同一事物上具有不同的价值判断和利益对峙，很多时候与其说作者的目的塑造的是人物，不如说是意在表达不同价值观的冲突，而作者的理性思考、喜好褒贬，就暗寓在这样的对比中。

三、视点的对峙与主题表达的显隐

里蒙-凯南（Rimmon Kenan）认为，文本主题的意识形态的表达，既可以通过故事的倾向暗示出来，但也可以直接表述出来。^① "意识形态"作为与文本主题有关的部分，可以隐藏在情节、行动的描述之中，也可以直接用话语发表议论。

在《豪华，宁静》之中，当侍者彬彬有礼地拒绝旅客延长房间的居住日期时，就体现了一种视点的表达。乐意看到并接受旅客延长订房日期，本是旅馆的服务内容之一，可在这家旅馆却被拒绝了，周到的服务与服务内容的残酷之间形成一种对比的反差，而被拒绝的原因却隐藏在一个冠冕堂皇的理由之下：死亡服务的预订者络绎不绝，公平起见，不能为任何人延长停留期，他们必须按时奔赴死亡。实质上却是资本主义商品社会中利益至上的准则在作祟。

> 我很抱歉，先生，我们现在不做统包价格。之前的客人似乎非常喜欢，停留时间比原定计划久很多。我们现在执行每周定价，如果在周末之前离开，可以享受折扣，先生。房费可以用疾病保险报销一部分。此外，根据您的保单条款，为感谢您选择本店，您的补充保险将向您的受益人支付一笔保险费。

借助情节来表达的视点常通过比较的方式进行。曼弗雷德·普菲斯特提到，作者在戏剧文本的视角安排中，隐含着批评接受的视角。这里他所说的"视角"实则指观点、态度的"视点"。作者对事件和人物的评价主要通过三种方式进行：

（1）将错误而又相互对立的角色视角加以分组并列，使接受者认识到，只有居于各组对立视角中心的角色视角才是隐含的接受视角；

（2）将正确的角色视角与错误的角色视角加以对比，让接受者从中选择；

（3）将两种极端的错误的角色视角加以对比，促使观众取其"平均数"作为隐含的接受视角。^②

他以《第十二夜》中的三组视角为例，来说明隐含的评价观点是如何被接受的。第一组视角是奥西诺和奥丽维亚的视角，体现出贵族的高

---

① [以] 里蒙-凯南：《叙事虚构作品》，姚锦清等译，新华出版社1989年版，第148页。

② [德] 曼弗雷德·普菲斯特：《戏剧理论与戏剧分析》，周靖波、李安定译，北京广播学院出版社2004年版，第81页。

雅情趣；第二组是马伏里奥的禁欲世界及他对各种享乐的憎恶；第三组是托比·培尔契爵士和傻骑士安德鲁·艾克契克爵士的放纵生活。在这样的对比中，作者自然而然地体现了对奥西诺、奥丽维亚正常生活情趣的赞赏，对后二者极端行为的贬抑。

视点的对峙常围绕两类事物展开，一类为个人相关的事件，一类为社会议题。个人相关事件与社会议题往往不能截然分开，不过可以各有侧重。一般来说与个人相关的事件中，视点对主题的表达与场景的依附较为紧密，而社会议题则借助直接的话语进行探讨。当个人事件中的讨论从个人境遇上升到社会议题时，也会采取较为直接的言语议论方式。

当人物体现一定的利益视点时，他所讲述的内容必然带有主观性，而是"把叙事本身作为证明、补偿、解释、辩解、谴责等来利用"，此时，"这些理由都是叙述者的，而不是虚拟作者的，后者并没有个性甚至不现身"。[①] 这里说明了两个问题，一是叙事的主观性问题，二是当局部叙述者叙事时，作者是潜在的、不现身的。当人物存在一定的视点讲述事件时，叙述者会暗中对事件移花接木加以调整。比如鲁贵对繁漪与周萍偷情的描述，意在提醒四凤不要完全信任周萍，而是与其虚与委蛇，以实现自身利益的最大化。当编剧从若干个人物的不同视点表达同一件事时，关于事件的事实会产生出入，由此造成视点的对峙，人物的褒贬因此显露出来。比如《一个死者对生者的访问》中，剧中人有意识地掩饰事实，以隐瞒真相：

赵长生　（有点紧张）说实在的，我根本没看得很清！对，没看清。不是别的，那几天正赶上我媳妇儿要生孩子，在医院里守了好几宿没合眼，实在是太困啦，走道儿都能睡着喽！（边叙述边表演，仿佛回到当时的情景）我迷迷糊糊走在街上（脚步磕磕绊绊），好像是上了13路汽车，一上车，我就抢了个座儿（抢坐椅子），哈欠还没打完，就眯过去啦（用帽子遮住眼睛）车一停我才醒，那三人都打到车下去了，（扒窗远眺）我赶紧扒窗子看——早没影儿啦，您

---

① ［美］西摩·查特曼：《故事与话语：小说和电影的叙事结构》，徐强译，中国人民大学出版社2013年版，第158页。

说我睡多死！

韩　影　噢，你什么也没看见？

赵长生　就是嘛！说真的，这年头谁怕谁呀，我又是练武的人，打抱不平是本分。要不怎么着也得上去帮一把，也不至于出人命啊！凶手也不至于跑喽！可话又说回来了，也不知道三人因为什么打起来的，谁对谁错全不门儿清，您说帮谁？怎么帮？不好掺和，不好下手啊！我坐在那儿看了半天了，是干着急，一点儿辙也没有……

韩　影　你看了半天了？刚才你不是说睡着了，全没看清么？

赵长生　（一时语塞）是啊，您说得不错，睡着了……怎么又看见了，是吧！就是啊……我是事后听人议论，那么想的。

这段文本中，赵长生的辩解多次被揭穿，显然是有掺假和水分。他真实的目的是替自己辩解，因此反复强调自己睡着了以回避问题。在叙述中他反复提供"没合眼""太困了""走道儿都能睡着"的细节，看似真实客观，其实主观上暴露了他的自私冷漠。与他相反，戴红领巾的小学生坦然承认自己被吓坏，后悔，不够勇敢，两相对照，隐含了作者对人物的道德评价。这是一种比较含蓄的批评视点。

另一种含蓄的批评视点，体现在人物言行与周围情境的冲突上。在《马可百万》中，为了促进二人的感情，忽必烈命令马可每天要仔细看看公主的眼睛。在把公主送到目的地的最后一天，在公主的强烈要求下，马可开始注视公主的眼睛：

马　可　（担心—劝慰地）好了！好了！那当然，公主！我当然要看。你能向我保证看过后你就躺下睡觉吗？

阔阔真　看！仔细看看，（她头一仰，并伸出双臂。马可俯身低头看她的眼睛。她缓慢地把手举过他的头部，似乎要把它跟她自己的头拉在一起。她嘴唇分开，并向他挺着身子。马可检查似的看了一会，变得有些激动。他的脸像着了魔似的向她的脸移去，两人的嘴唇似乎很快就要接吻。她低声叫道）马可！

马　可　（此刻，激情之下忘了一切，话音有些颤抖）阔阔真！

编剧叙事学导论　第六章　戏剧冲突与叙事视点

281

就在马可怦然心动时，突然传来了金币的哐当声。

马菲欧　（哐当一声，把一堆金币扔进箱子）一百万！

马　可　（吃惊，从迷魔中醒来，恐惧地退回身子）什么，叔叔？你叫我吗？

马菲欧　一百万上帝的金币！（他跟尼可罗一起兴奋地锁好箱子，扎结实。）

阔阔真　（绝望地）马可！

金币声让马可从沉迷中醒过来，顿时忘却了公主的美丽与真情。作者就以这种不动声色的方式，写出金钱对人性的侵噬与戕害。

在《一个死者对生者的访问》中，编剧巧妙地借助肖肖想弄清自己的死因这一角度，让不同人物从自己不同的立场对肖肖见义勇为这一事件进行诠释，其中范主任对肖肖的评价，暴露了这个人物阴暗的灵魂：

范主任　（迎上韩影）您是公安局的韩影同志吧？

韩　影　您是叶肖肖单位的范主任？我就是叶肖肖案件的承办人。

范主任　你们公安局要调阅叶肖肖的档案，我给送来了。

韩　影　（接过档案袋）叶肖肖这个人，平时表现怎么样？

范主任　一般。他当过演员，干过舞台工作队，没什么突出表现，哪方面也不是重点培养对象。要说突出的，就是爱给别人裁衣服、做衣服，有瘾！（笑着）哈哈，尤其爱给女同志做。啊，就是说，年轻姑娘，（比画着身体线条）明白么？

范主任的言谈举止，也是对自身的刻画，体现了人物庸俗肤浅，低级趣味的灵魂内在。

侧重于社会议题表达时，人物形象的塑造与事件的描述则退居次要位置，主要通过话语议论了。视点通过话语议论时通常是显的。可以在内与外之间转移。比如《例外与常规》中，商人和苦力被困在沙漠中。苦力误以为商人水壶无水，好心把水壶借给他，却被商人误认为要加害自身而杀死了苦力：

商人　架帐篷。我们的水壶空了！我的水壶里一滴水也没有了。（商人坐下。苦力架帐篷。商人偷偷地从他的水壶里喝水，自语）不能让他看见我还有水喝。否则，如果他还有一点点理智，他会打死我的。他要是走近我，我就开枪。（他拔出手枪，将它放在膝间）但愿我们又能找到先前的水穴！我的嗓子眼在冒烟了，口渴，一个人能忍耐多久呢？

苦力 我现在必须把向导在站上给我的水壶也交给他。否则当他们找到我们的时候，我还活着，但他渴得快死啦，这样，他们会控告我的。

商人的第一句话代表行动，采用的是外视点，给人以水壶无水的印象。之后采用内视点，表达内心真实想法，并非没水，而是怕让向导知道有水。布莱希特的高明之处在于，其突出的不是苦力向导的善良而是他的恐惧——商人若渴死，苦力难逃被控告的命运。深刻地揭示资产阶级对工人阶级的压迫是社会的、系统的，暴力机器对人精神的残酷压迫，已经到达一种自我审查的地步，因而忘记逃跑和自救。所以苦力被杀死的结果不难预料：

【他拿水壶走过去，商人突然发现苦力站在前面，他不知道苦力是否看见了他喝水。苦力没看见他喝水。他默默地将水壶递给他。但是商人以为苦力拿着的是块大石头，要愤怒地揪死他，他狂叫。

商人 丢开石头！（苦力没听懂他的话，递水壶给他。枪声，苦力应声倒地）活该！该这样，你这匹猛兽。现在你遭到了报应。

苦力之举属于例外，而商人的举动却属于常规，阶级矛盾的不可调和性就体现在这里。

再如《群众与人——二十世纪社会革命的一个片段》（恩斯特·托勒）中，面对战争，女人坚决表示反对："谁再为军工厂做工，就是对弟兄的叛卖。我说的是什么：叛卖？他杀死了自己的弟兄。"而无名氏希望借助暴力来推翻现有政治，揭穿了掠夺战争的欺骗性：

这样的时代已经过去：

他骑在我们弯曲的背上，

以贪婪的目光，

瞭望着远方的宝藏，

奴役外国的人民,

制造战争,

命令说谎的报纸去尖叫:"为了祖国! 为了祖国!"

而真正的暗地里的调子却永远是:

"为了我! 为了我!"

这样的时代已经过去!①

……

双方的态度、观念的对立体现在自己的话语中,直截了当、简单明了。侧重于个人经历有关的事件常在人物行动当中给予褒贬,而侧重于公众利益则诉诸言语。如《武陵人》(张晓风)中,黄道真对桃花源中看似完美的幸福既留恋又困惑时,白衣人这样回答:

白衣人　这里,是一个可以享福的好地方。(友善地)

黄道真　是的,很好的地方。

白衣人　可是,它只是一种次等的理想。

黄道真　(几乎惊跳起来)次等的?

白衣人　是的,次等的美善比丑恶更令人不能忍受。

黄道真　为什么?

白衣人　因为在丑恶里,人还有希望,还有梦,还肯孜孜不倦地去寻求,却叩门。

黄道真　但在次等的美善里,人们却知足了。②

……

白衣人否定了令黄道真迷惑不解的价值观,指出次一等美善的欺骗性:"他们的欢乐是一种凝结窒息的欢乐,六百年的丰足使他们自傲自豪,如果你愿意你可以加入他们的欢乐。否则,你也有权利挣脱他们的欢乐。"作者并无意去贬低次一等美善存在的合理性,毕竟世界上大量人口被饥荒和战争困扰着,人们追求幸福的初衷并没有错。然而,

---

① [德]恩斯特·托勒:《群众与人——二十世纪社会革命的一个片段》,杨业治、孙凤城译,选自《外国现代派作品选(第一册)》(下),上海文艺出版社 1980年版,第 510—587 页。

② 张晓风:《武陵人》,选自《台湾剧作选》,林克欢编,中国戏剧出版社 1987年版,第 141—198 页。(后同)

人们不应该过于沉溺于低等幸福而逃避苦难，苦难是人类灵魂升华的阶梯：

> **白衣人**　但是在苦难里，你可以因为苦难的煎熬而急于追寻第一等的美善。但在这次等的欢乐里，你将失去做梦的权利，你会被欺骗，你会满足于这种仿造的冒充货。你会躺下来睡觉，站起来吃喝。

安于享乐并无过错，却只是一种醉生梦死的理想、醉生梦死的生活，最终沦为次一等的人。如果人类孜孜不倦追求更高境界的话，那绝不应该在看似富足的生活里丧失思考和行动的能力。桃花村外的赵钱孙李汲汲于物质的追求，与桃花村人安于享乐的生活并没有两样，这也正是黑衣人劝告黄道真妥协的现实，而精神的追求以及追求不得而饱受磨难的生活，才是白衣人和黄道真所寻求的。

除了个人有关的事件和社会议题外，另外一些与普遍价值观有关的。这种情况下的视点表达不会像社会议题中那样直接鲜明，也不会像个人事件那样借助情节，而是采取一种折衷的方式，在情节之中穿插进话语的评价。比如奥尼尔的《马可百万》中，马可完全不知公主的真心，当把公主安全护送到目的地后，公主要求重赏这位平安护送她的基督徒，为他"摆设一顿丰盛的宴席，这将是投其所爱。饭菜要特别、特别多！他最善评判数量。劝他多吃点，多喝点，直到灌不下为止"。随后阔阔真公主将金币往马可一家头上抛去，让他们"咕噜咕噜地去吃吧，喝吧！打个滚给大家乐乐"。公主的视点是同时借用情节和话语来体现的，在她的话语里，暗含着对马可金钱至上的不屑与鄙视。马可百万终于获得梦寐以求的百万财富，衣锦还乡、大开盛宴，乡邻对丰盛的食物赞赏有加："这么大只火鸡！这么肥的鹅！我从没见过这么肥的猪！"表面上看是在称赞食物，其实是在悲叹马可波罗被金钱迷了眼，忽略了人间无价的真情，在他们金光闪闪的体面外表下，不过是贪图享乐的猪的灵魂。

黑格尔曾经把悲剧冲突分为三类，分别是"物理的或自然的情况所产生的冲突""由自然条件产生的心灵冲突"和"由心灵性的差异面产生的分裂"。[①] 他的观点兼顾了内在冲突与外在冲突，也体现了观察对象所处位置的差异。冲突表现为人物意志之间的对抗，往往通过动作和情节来实施，但是事件的发生总是需要被人物所知晓，人物由不知到知、不同人物的知与不知就面临着视域的扩大、迁移的问题，由此构成了视点的转换与表达。此外，内外视点差异本身也会成为戏剧冲突的一部分，是戏剧文本张力的来源之一。相比于视角而言，视点更强调"如何看""怎样看"，由于不同视角所持立场、观念不同，"视点"也就成为作者表达文本主题的有效工具。

---

① [德]黑格尔：《美学》(第一卷)，朱光潜译，商务印书馆1979年版，第262页。

第七章　戏剧情节与叙事聚焦

　　在叙事学的研究中，"聚焦"与"视角""视点"的用法同样混乱。该词既可做动词也可做名词用，当名词用时指"聚焦对象"，当动词用时又等同于通过"聚焦"这一行为来实现"聚焦"，这自然会造成同义反复。"聚焦"当动词用时，又常等同于"观看""叙述"的行为，从而与视角、视点、叙述者等概念混淆。如米克·巴尔在提到"聚焦的主体"、即聚焦者时，认为其"是诸成分被观察的视点。这一视点可以寓于一个人物（如素材的成分）之中，或者置身其外"。[①] 这里的聚焦者，其实是指视角的发出者；此处的视点兼有视角与视点（即观测位置）之意。当含义为"视角"时指观看行为的发出者；视点指具体的观测位置，既可位于人物外部呈现为限制性的视角，也可置于人物内部、知晓其心理动机。再如《叙述学词典》在介绍聚焦时，认为聚焦（focalization）是"表现被叙述情境与事件的视角；据此，感知或认知立场得到表达"。[②] 这里"表现……视角"、"感知或认知立场"其实属于视角、视点的范畴，不应与聚焦混为一谈。限知视点、全能视点、限知视角、全知视角等提法，也都极易与聚焦混淆，让研究者陷入词义争辩的泥淖，因此，将这三者分开具有迫切的现实需要和理论价值。

　　热拉尔·热奈特提出"聚焦者"与"聚焦对象"之分，体现了将叙述者、看者同叙述对象分开的努力。在区分视角与聚焦上，我国研究者杨义的看法也颇有启发意义，他认为："所谓视角是从作者、叙述者的

[①] [荷]米克·巴尔：《叙事理论导论》（第三版），谭君强译，北京师范大学出版社2015年版，第141页。

[②] [美]杰拉德·普林斯：《叙述学词典》，乔国强、李孝弟译，上海译文出版社2016年版，第75页。

角度投射出视线，来感觉、体察和认知叙事世界的；假如换一个角度，从文本自身来考察其虚与实、疏与密，那么得出的概念系统就是：聚焦和非聚焦。视角讲的是谁在看，聚焦讲的是什么被看，它们的出发点和投射方向是互异的。"① 在他看来，"视角"与"聚焦"为"看"这一行为的一体两面，是互逆的，"视角"这一概念强调观看的主体，而"聚焦"针对的是客体也即被观看的对象。

将视角、叙述者同聚焦区分开来的做法值得肯定。在杨义的观点中，"文本"才是真正的聚焦所在，因为"看"的方式并不是直接呈现的，而是从文本的叙事当中体现出来的，所谓的"聚焦"与"无聚焦"由此从观看的方式转换成了叙事的方式。在叙事中被观看的对象是具体、明确的，则为"聚焦"，反之为"无聚焦"。"聚焦"是针对客观的文本及其呈现的故事而言的，将其作为名词来看待并无不妥。

不过，杨义在这里并没有很清晰地区分"被看对象"与"呈现的方式"。"被看的对象"是固定的，但呈现的方式其实有所不同，可以是"散点"地呈现聚焦对象，也可以是集中地呈现聚焦的客体。热拉尔·热奈特认为"故事本身"才是聚焦所在，也体现出将"看"与"说"分开的努力。但他将聚焦者等同于叙述者也值得商榷。如果"聚焦"是一种与"看"有关的行为，则"看者"与"叙述者"并非同一——可以借他人的视角看，但叙述的方式却是自己的；故而不能将聚焦者等同于叙述者，也不能将"聚焦"等同于"视点"。

如果将"聚焦"视为"动词"，则实现"聚焦效果"是由视角、视点和叙述者共同来实现的。同样的事件之所以拥有不同的表达效果、能够让作者的观点和态度巧妙地隐含于其中，正是因为视角和视点的存在、对不同聚焦对象的关注而造成的，舍此无他。在叙事文本中，并不存在一个脱离了视点、视角的孤立的"聚焦过程"，叙事控制的过程是由视角、视点、聚焦三位一体操纵的过程，在这个过程中，"叙述者"对应"谁说"，"视角"对应"谁看"，"视点"对应"如何看"，"聚焦"其实对应的是"被看"或"被说"的人物和事件的整体。

---

① 杨义：《中国叙事学》，人民出版社 2009 年版，第 245 页。

第一节　聚焦的集中与情节整一

如果说"视角"和"视点"解决的是"叙"的问题，那么"聚焦"应该重点解决"事"的问题。对于戏剧创作而言，"聚焦"这一叙事学概念最有用的是人物、主题、情节的聚焦，前两者需要后者来实现。叙述者与视角之间既可以一致，也可以有所差异；对于聚焦即所看的对象来说，无论发出者是叙述者还是看者，聚焦的对象总是固定的。聚焦是保持视角一致性、实现情节集中的重要途径；即使同一叙述者或看者的视角出发，也要通过聚焦来实现情节与主题的集中。同时，在聚焦的一致性中又蕴含着聚焦对象的丰富与变化，从而使得戏剧文本既集中又多样，形散而神聚，拥有丰富多义的审美空间。

叙事无论出自何人视角，首先要实现事件（情节）、人物、主题的集中。

一、人物的聚焦

首先，次要人物的视角要集中于主要人物。

在篇幅浩轶、人物众多的《长生殿》中，我们可以发现，次要人物视角围绕主要人物展开，次要人物谈论主要人物是常用的手法。比如第三出"贿权"中，安禄山之所以能贿赂杨国忠成功，是基于贵妃深受唐皇宠爱、国忠一手遮天的事实，这就与李杨二人的爱情线建立了联系。此外，郭子仪在"酒楼"中的愤懑，并非泛泛的不得志的郁闷之气，而是目睹国忠姐妹骄横不法、国势倾颓后针对性的表意述志，是对唐皇宠爱贵妃、不理朝政的不满。即使是与李杨二人爱情看似无关的普通百姓——比如"偷曲"中的众民、"进果"中的老者，前者因为共听一曲而成为"倾国"的见证，后者因被赶路的荔枝使者踩踏至死而成为"祸国"的见证，个人命运均与朝政的盛衰、李杨二人的爱情建立了联系。"看袜""弹词"中普通百姓对极盛之时的缅怀与追忆，更是对李杨二人爱情悲剧的直接评价。

其次，聚焦于人物的主要行动。

人物的聚焦并非只谈到或提到主要人物即可，聚焦于人物即是聚焦于人物的主要行动。先来看《西厢记》中张生出场时的自述：

> 先人拜礼部尚书，不幸五旬之上因病身亡。后一年丧母。小生书剑飘零，功名未遂，游于四方。即今贞元十七年二月上旬，唐德宗即位，欲往上朝取应，路经河中府，过蒲关上，有一人姓杜名确，字君实，与小生同郡同学，当初为八拜之交，后弃文就武，遂得武举状元，官拜征西大元帅，统领十万大军，镇守着蒲关。小生就望哥哥一遭，却往京师求进。暗想小生萤窗雪案，刮垢磨光，学成满腹文章，尚在湖海飘零，何日得遂大志也呵！万金宝剑藏秋水，满马春愁压绣鞍。

除了抒发志向，自报家门中主人公自述出游的目的是寻友——统领十万大军的白马将军。这从表面上看与二人的婚姻并不相干，但事实上，正是他与白马将军的情谊，使得他解普救寺之围成为可能，也只有不以文字为念、向往投笔从戎的张生，才能做出不顾安危、解救他人的义举。这种叙事安排是服务于张生与莺莺爱情冲突的主线的。

最后，聚焦于人物的主要特征，突出人物性格的主要方面。

毛声山有"正笔"和"闲笔"之分，"将写牛氏之贤于后，先写牛氏之贞于前。写其贤于手中者，正笔者。写其贞于前者，旁笔也"。[①] 这里的"贤"就是牛氏的主要性格特征，而"贞"是次要性格特征。在姚远的话剧《商鞅》中，商鞅是敢作敢为、性格炽烈的五月之子，这是商鞅人物形象的主要特征，其余牺牲孟兰皋以诱捕公子虔，严刑峻法、以名利为诱饵让臣民争相举告等，只是商鞅性格的局部，不足以撼动商鞅一往无前、赤诚光明的改革者形象。即使是在侧面描写中，编剧也十分注意聚焦的核心——商鞅敢作敢为、一往无前的"五月"特征。如在赵良因孟兰皋之死而指责商鞅狂妄过度时，双方有这样一段对话：

> **赵良**　不！你看你所居广宇大厦之奢华；你看你乘着五驾马车，

[①] 〔清〕毛纶：《毛声山评第七才子书琵琶记》，侯百朋编：《〈琵琶记〉资料汇编》，书目文献出版社1989年版，第311页。

前呼后拥，摇旗呐喊，招摇过市的气焰；再看你锦袍加身，金印紫绶，峨冠博带之威风——骄奢之至，无以复加！无以复加！

商鞅 我所得所居，都是国法所定，国君所赐，有哪条违背了秦国的律条而使你们如此嫉妒？既然你是淡泊名利之人，为何却对我这些耿耿于怀？

赵良 只怕不是赵良一人心地狭隘，朝野上下都在嫉恨着你！

……

赵良 正是你这般狂妄，才遭人嫉恨！

商鞅 不狂妄，何以能挽大秦国于衰微之中？恕我直言，假如没有孟兰皋这样舍生取义、献身天下马前之卒，没有像商鞅这样为正天下而一意孤行之人，而都如赵兄这样保身心、全名节、避是非、躲危难，秦国，只怕依然是戎狄蛮夷，教化不成！

这段对话原本是赵良对商鞅的负面评价，是在写人物的缺点，然而，编剧对准众人对商鞅"嫉妒"，不吝笔墨去写商鞅的"狂妄"，甚至让其自称"不狂妄，何以能挽大秦国于衰微之中"，意在指出改革者与支持者必须要有担当和牺牲精神：商鞅并非出于诡计而牺牲孟兰皋，而是为了改革成功。这样的叙事安排，既丰富了人物形象，又与商鞅自信张扬、慷慨热烈的"五月"特质相吻合。

二、主题的聚焦

不同的聚焦会导致不同的主题，必须从主题出发对聚焦内容加以取舍，即使是同一故事原型，主题不同，其叙事重点和次序也会大相径庭。比如京剧《赵氏孤儿》与元杂剧《冤报冤赵氏孤儿》的事件大体一致，但聚焦的重点却并不一样。元杂剧中，众人救孤是因为匡扶正义，因为"忠孝的在市曹中斩首，奸佞的在帅府内安身"，"一个顶天立地的男儿，怎肯做这般勾当"，才前赴后继、不畏强权拯救弱小的婴儿，这体现了作者纪君祥的故国之思和对异族强权的痛恨。在京剧中，赵盾与屠岸贾结怨的情节被大大扩展了，由被叙述成为被展示，因此众义士相救"扶强济弱"的意义被削弱了，取而代之的是"忠正"与"奸邪"的斗争，让赵氏孤儿的复仇行为更像是家族使命。两相比较，元杂剧的主题更具有普遍性和现代意义。与这两者不同的是，英国剧作家詹姆斯·芬顿在同一故事原型上，创作出主题完全不同的《赵氏孤儿》。这部作品将笔墨重点放在赵氏孤儿与程婴之子身上，重点探讨人性与亲情，主题也就从歌颂义士们的不畏强暴，迁移为人性善恶、责任与宽恕的探究：

屠岸贾　我，屠岸贾，宫廷侍卫统领，朝中最有权势的大臣之一。"之一"——扯淡！这两个字听着就叫人丧气！只是"之一"，而不是"最"，那还有什么意思！最叫人害怕的人之一——然而周围还有人比你更叫人害怕，那还有什么意思！就算是一样叫人害怕，别人不能超过你，但是，你也不能超过别人。"一样"——也是扯淡！好像跟人一样，还挺了不起似的！要有权势，必须叫人害怕，真正的害怕。不是害怕那些在街上汪汪乱叫的巴儿狗，而是害怕这条狗……

在故事原型中，作为扁平人物的奸臣屠岸贾所要做的是杀死政敌，神獒只是没有个性的杀人工具，而芬顿的文本中，神獒是屠岸贾欲望的化身，包含着屠岸贾的野心与恐惧。

主题的不同必然导致聚焦的不同。易卜生的《玩偶之家》意在表现资产阶级家庭的虚伪性，鼓励妇女获得独立人格；而当代美国剧作家耶利内克的《娜拉出走之后》却认为，在资本主义的生产方式下，女性与女性之间也存在巨大的裂缝，女性解放和女权只是一句苍白的谎言。娜拉勇敢出走之后，首先遇到的是同性的不解与刁难，而这完全是由双方在生产关系中所占据的地位和话语权不同造成的：

【娜拉在工厂的礼堂里扫地，领班坐在一旁注视着她，时不时地动手碰一下她，可是娜拉总是摆脱他。这时女秘书走上来。

女秘书　我要通知你们一件事：我们的人事经理先生明天下午将要带兄弟公司的几位先生来我们厂参观。因为您是一名妇女，所以您今天提前下班一个钟点，做一次扫除，请您不要忘记打扫厕所。

娜　拉　我不是一直都在这儿打扫吗！

女秘书　此外上头还希望您筹备一个小小的欢迎仪式，有点文化气息。您，海尔茂夫人，据人们说，干这一类事情还是颇有能力的，也许我应该换一个更好的字眼，叫作训练有素。据说您过去生活的那个圈子很注重文化品位，现在从您的言行举止上还能看出来。这样吧，搞一两支歌曲，无伴奏合唱，就和去年厂庆时候差不多，然后再加一些舞蹈，您知道的。

娜　拉　您不也是一名妇女吗？

女秘书　当然啦，难道看不出来吗？

娜　拉　可是为什么您看起来不像一个女人，看起来那么严肃，那么有棱有角的？

女秘书　一个女人一旦成了领导的秘书，她也就用不着老是嘴上挂着笑容了，因为即使没有这样的笑容，我本人的生活环境也够美啦。

娜　拉　您没有感觉到和我有某种关联吗？

女秘书　把我们联系在一起的最多也就是所谓的生育疼痛，我们在生孩子的时候都会体验。有可能，我生孩子的时候这种疼痛更强烈。［下］

在由生产资料拥有的多寡与话语权的有无造成的阶级壁垒面前，一无所有的女工作为弱者，不仅被异性压榨，也被同性压榨，女性姿色和才艺是她们唯一的资本。由于生产资料占有上的优势地位，加之话语权在手，投资者魏刚与工厂经理沆瀣一气，成为压榨女工的帮凶。

在叙述体结构中，因为套层结构的存在，常会出现两条叙事线索，不过这并不意味着要放弃主题、情节和人物的聚焦。《高加索灰阑记》中，外层是农庄成员聚焦"加林斯克"农庄归属的问题，内层是两个母亲争夺孩子的故事，故事人物情节虽然有变，表达的主题是一样的。正如剧中所唱："孩子归慈爱的母亲，为了成材成器，车辆归好车夫，开起来顺利，山谷归灌溉人，好让它开花结果。"真正爱护土地爱护孩子的人，出发点绝不是自私的占有。像剧中真正慈爱的母亲为了孩子生命安全而松手一样，真正热爱土地的人们，也应该把土地交给能进行更好开发的农庄。"戏中戏"的戏里与戏外的故事在情节同构的基础上形成了主题上的呼应。

三、情节的聚焦

表面上看，通过语言是实现主题与人物聚焦最简单的办法。比如《商鞅》一剧中商鞅和姬娘的对话，充满着"人上之人"的言语：

姬　　娘　这就是你父亲要在襁褓中把你杀死的马鞅。（凝视着，喃喃地）我不甘心让你像我一样一辈子被人当畜牲，一个脸上刻了字的罪奴！我要你长大后，不像姬娘一样为牛为马，哪怕占山为寇，入湖为盗……也要去做一个自由之人！

少年商鞅　要我为强盗？不！

姬　　娘　难道你还想成人上之人？难道你能翻天覆地、倒转乾坤？

少年商鞅　为什么不？为什么不！

商鞅不要入山为盗，他渴望建功立业，那五匹将其车裂的骏马，虽然惨烈，也是商鞅之所求。有了这些，才能翻天覆地、倒转乾坤，实现为人一世的价值。商鞅在魏国牧牛之时，也有着激烈的言语：

【少年商鞅立于河畔，面对牛群若有所思。突然他奔向牛首，举鞭抽打。

少年商鞅　畜牲！畜牲！畜牲！祖祖辈辈，你们就甘愿当畜牲！你们吃的是草，挤的是奶，出的是苦力——你们除了哀号就不会反抗。如今，这浑噩的苍天还要我跟你们一样，这是为什么？为什么？为什么？（对着苍天）我恨你，恨你！恨你！

在商鞅处以极刑之后，他仍然没有改变自己的志向：

【空旷的屋宇之下，只有商鞅一人孤零零的身影。

商　　鞅　哈哈！商君！如何？一人之下，万人之上！如何？你悔吗？你恨吗？你将会叱咤风云，轰轰烈烈，还是土崩瓦解，灰飞烟灭？不！还没到那一天！

【灯渐灭。

　　但是，商鞅豪言壮语的抒发，是紧紧附着于情节和行动的：一是得知身世，姬娘劝他隐姓埋名屈辱地活着，他不情愿；二则忍辱负重、苟且活着的牛刺激了商鞅，激起了他的怨怒。如果只有语言的聚焦而不辅以情节和行动，是在说戏而不是演戏，显得有筋而无骨，情节的感染力将大大减弱。

　　因此，从聚焦出发，所选取的情节应该尽量与主题和人物产生联系。李渔在《闲情偶寄》"词曲部"中提到"密针线"的编剧技法："编戏有如缝衣，其初则以完全者剪碎，其后又以剪碎者凑成。剪碎易，凑成难，凑成之工，全在针线紧密。"[①]这里的"密针线"体现了叙事要"聚焦"的观念，也即要围绕主要情节、主要人物、主要事件来安排布局、加以取舍。在以"赵氏孤儿"为故事原型的戏剧中，就可以看到不同作品对情节的不同聚焦和场面的取舍。元杂剧省略了赵屠之间的忠奸斗争，从屠岸贾奉命抄杀赵盾全家开始，事件集中在了救孤和孤儿报仇上。京剧版本从赵屠二人朝中斗争开始，前半部分是忠奸斗争，后半部分才是救孤和报冤。两相比较，元杂剧根据"众志成城反抗强权"的主题集中了事件，淡化了赵屠二人的忠奸之辨而聚焦于诸位义士舍生取义上，故事显得集中紧凑；而京剧将大量笔墨在忠奸斗争上，符合从世俗化的民间视角出发对作品的解读。豫剧《程婴救孤》，同样省去了赵屠二人的朝廷争斗，聚焦于描写程婴救孤前后的事件，也实现了事件的整合。到了芬顿的《赵氏孤儿》中，选择书写孤儿身负血海深仇长大的事件，也因此很好地聚集在父子亲情、宽恕与谅解的主题。

　　情节和人物的关键聚焦，体现在剧作中则为"戏核"。狄德罗认为，情节中必然有些事件是其他事件的基础，"要没有这个关键，情节也就

---

① 〔清〕李渔：《李渔全集》（第三卷），浙江古籍出版社1991年版，第8页。

没有了，整个剧本也就没有了"①。这个"关键"就是戏核。在西摩·查特曼看来，主要事件中总"有些事件比其他一些更重要"，它们是"引发问题的关键"，是"结构上的节点或枢纽，是促使行为进入一条或两条（甚至更多）路径的分岔点"。② 这些关键事件显然是编剧努力要去强调和聚焦的。我国剧作家在长期的探索中，殊途同归地发展出"戏核"这一概念，用以概括叙事等级中的关键事件。如范钧宏认为："所谓戏核，就是剧情发展中的矛盾核心，关键所在，没有它，就不可能出现高潮。"③ 当代编剧理论学者陆军认为，"戏核，顾名思义，是一出戏的关键部分，其决定该戏剧作品的情节、人物、主题等一切特征"，"戏核是一个最简约的情节单位，通常以高度简洁凝练的语言阐述高度个性化的主干情节"。④ 比如在赵氏孤儿的相关故事中，程婴以亲生子替下赵氏孤儿，就是该故事情节的戏核。后起之剧，无论是豫剧《程婴救孤》、英国话剧《赵氏孤儿》、舞剧《一义孤行》，均没有改变此戏核，否则就不再是"赵氏孤儿"的故事了。

聚焦分散会影响作品的一致性。在《长生殿》中，三国夫人的煊赫势头若只停留在杨氏祸乱朝政的描述上，则会因忽略了与主要人物的关系而显得有些游离。只有当饮宴时虢国夫人实质性地与李隆基暗通款曲、玉环醋海生波时，三国夫人的骄奢淫逸才算与主要情节和人物行动产生了关联，实现了针线的细密。

通过分析文本聚焦的侧重，也可以更准确地解读文本的深层含义。以《上帝的宠儿》为例，主要人物是萨列埃里，还是莫扎特？主要内容是展示莫扎特的一生，还是萨列埃里害贤妒能的心理？主题是描写人性对艺术求而不得的无奈，还是表达对莫扎特的同情？萨列埃里的对手是谁？梳理该剧主要情节，会发现大量笔墨用在描写萨利埃里对莫扎特的猜疑、陷害上。编剧用了大量篇幅描述萨利埃里内心的隐秘活动，写了

① [法] 狄德罗：《狄德罗美学论文选》，张冠尧、桂裕芳译，人民文学出版社1984年版，第153页。
② [美] 西摩·查特曼：《故事与话语：小说和电影的叙事结构》，徐强译，中国人民大学出版社2013年版，第53页。
③ 范钧宏：《戏曲编剧论集》，上海文艺出版社1982年版，第187页。
④ 姚扣根、陆军主编：《编剧学词典》，文汇出版社2020年版，第63页。

他同对良知和诱惑的挣扎和反抗，这才是作品情节的主体部分，因此，本剧的主要人物是萨列埃里而非莫扎特，他的对手也不仅仅是莫扎特，而是莫扎特背后的上帝。萨利埃里在剧中对上帝发出的嘲笑、恳求、威胁和挑战，其实质是人类对艺术孜孜不倦的追求，以及求而不得的遗憾。这是该剧摆脱对嫉妒的肤浅刻画、独出机杼的关键所在。

再如《商鞅》一剧，单就历史事件本身而言，主题可以是多重的：商鞅究竟为何变法？是因为秦国积贫积弱，还是盛极转衰？是为了秦国百姓，还是为了人类和平……这里有着许多可能，编剧可以根据情节自由生发。然而，编剧姚远选择了书写人物的"五月"特质，因此情节上的设计突出了以下两点：一是商鞅生于五月，为炽烈的勇往直前、要化为火焚烧一切的五月之子；二是商鞅是奴隶之子，除非翻天覆地，否则无法改变为奴命运的特殊命运。他在秦国变法的出发点，是基于自身奋斗经历，为了给普通人出人头地的机会，而他之所以失败，也是因为试图打破阶级壁垒而得罪了公卿们。从人物来看，商鞅代表了平民阶层，他是百姓和奴隶们的儿子，是权贵们谈之变色的执法者；从情节上看，商鞅旨在打破平民与贵族之间的阶层壁垒，废除贵族的垄断特权，凭借才智和努力而不是出身来决定社会地位的所作所为，这两者又呼应了追求"自由之人"的主题内核。可见，通过情节和行动来实现主题和人物的聚焦是戏剧文本的必经之路，这是由"戏剧是行动的艺术"这一特点决定的，也与服务于舞台演出的目的相一致。

第二节　聚焦的丰富与情节的丰富

文本聚焦的不一致会导致散漫的问题。马致远的《汉宫秋》共有四折，前三折写毛延寿陷害昭君并被识破，书写重心为指斥奸臣弄权，第四折写和亲出塞，书写重心从指斥朝政转为了思念昭君，前后的聚焦出现了错位，使得情节脉络失去了连贯。其实，指斥奸臣弄权与思念昭君本可能实现聚焦上的合一的——因为想到昭君孤身和亲的可怜而加倍痛恨尸位素餐的官僚，或者面对满朝无能官吏更加钦佩昭君和亲的义举等，这样一来，文本的两条线索便能融到一起。与之相比，白朴的《梧桐雨》的战争线与爱情线则较为有机，朝政因玄宗宠爱贵妃而生乱，二人爱情又因兵乱而被破坏，逃蜀路上的六军哗变更直接导致了生离死别的悲剧，在文本的前后聚焦上是一致的。在《汉宫秋》中，昭君的悲剧命运不因元帝的所作所为而造成，但《梧桐雨》中李杨二人的爱情悲剧却是他们自己一手造成的。就情节的聚焦而言，《梧桐雨》也比《汉宫秋》更胜一筹。

当然，在谈到聚焦问题时，也不能因为戏剧的整一性和集中性而忽略文本的丰富性，否则会导致情节单一、主题浅薄和人物平面化。这有时是受文本篇幅的限制，比如《梧桐雨》与《长生殿》都讲述了李杨的爱情悲剧，但二者的艺术质量不可同日而语。由于元杂剧体制原因，在极短的叙事篇幅内，要容纳从二人月下订盟到分离的转变，情节无法展开，只能浅尝辄止，因此人物的情感缺乏情节的铺垫，许多细节无法呈现，艺术感染力大打折扣。《长生殿》则不同，传奇动辄几十出的体制，使得编剧能够更为从容地讲述故事，聚焦内容丰富了、情节展开了，人物的情感依托自然就有了，也就能够得到一个更为充分的渲染和表达。我们也要看到，文本的篇幅不是绝对的因素，比如像《茶馆》这样的作品就可以横跨几十年，除了恰当地选择叙事时空外，聚焦的变化也能够克服篇幅之不足，实现情节与主题的丰富。

有研究者认为，"内聚焦可以是固定的（采用一个且仅仅采用一个视角）"也可以是"变化的（依次采用不同的视角来表现不同的情境与事件）"或者是"多重的（不止一次表现相同的情境与事件，每次都藉以不同的视角）"。① 这里的"内聚焦"相当于"内视点"，它的变化相当于视角和视点的变化，但是，它们变化的实际会引起聚焦内容的改变，在不同视点、不同人所看到的聚焦内容会有差别。如果更进一步分析，聚焦内容的改变是果，视角、视点的变化是途径与手段，聚焦内容改变的根本原因，是主题表达和情节发展的需要。

聚焦的丰富有三种做法，分别为主次、并置与变化。

---

① ［美］杰拉德·普林斯：《叙述学词典》，乔国强、李孝弟译，上海译文出版社2016年版，第75页。

一、聚焦的主次

聚焦可分为主要聚焦与次要聚焦；这不仅体现在情节的主次上，也体现在主题与人物的主次上。

将《长生殿》《桃花扇》与《牡丹亭》加以对比，可以看出，《牡丹亭》只着眼于爱情的"情与理"而不及其他，《长生殿》则是将爱情统摄在兴亡之下，《桃花扇》真正的主题不是爱情，而是对南明小朝廷众官只知党争不知国家大义的抨击。如果效仿《牡丹亭》服务于二人姻缘关系的写法，则《长生殿》中不必写"疑谶"，不必写"进果"，甚至也不必写"赏袜"，因为这些情节与男女主人公的爱情关系不大；如果按照《长生殿》"汉皇重色思倾国"，则不必写南明党争，因为党争并非由女子引发。然而无论《桃花扇》还是《长生殿》，均没有单一地聚焦于男女主人公情感上的遇合，前者在爱情之外写了党争，对李、侯爱情一线的描写篇幅和着墨上都逊于对党争的描绘，后者以爱情为主线，又写了马嵬兵变与百姓流离。两剧在主聚焦的前提之下努力做到了聚焦的丰富，使得文本反映的内容更为广阔、主题更为深刻。

在聚焦的丰富中，次要情节或由主情节发展而来，或是主情节的陪衬，或者着眼于主情节。换言之，次要聚焦是为了反衬和烘托主要聚焦。金圣叹的"背面铺粉"术即是"反衬"之法，"如要衬宋江奸诈，不觉写作李逵真率；要衬石秀尖利，不觉写作杨雄糊涂是也"。[1] 毛宗岗的"正衬""反衬"之说有类于此，"写鲁肃老实以衬孔明之乖巧，是反衬也"。[2] 金氏和毛氏的观点看似聚焦于人物，其实"写鲁肃""写作杨雄"指的正是情节的选择与处理，是情节聚焦的主次。

我国明清传奇文本常以爱情线为主，而以战争线为辅，两条线索一

---

① 〔清〕施耐庵：《水浒传》（会评本），陈曦钟等辑校，北京大学出版社1987年版，第20页。

② 〔清〕施耐庵：《三国演义》（会评本），陈曦钟等辑校，北京大学出版社1998年版，第563页。

浓一淡，一显一隐，一密一疏，互相衬托，构成富有变化和张力的戏剧结构。此外，当剧中的男女主人公分离时，又会以双方的视角展开不同的情节，构成另一组动态变化的叙事聚焦。比如《桃花扇》中，从李香君的视角出发，通过侍宴、争功等聚焦于南京城内南明小朝廷的文官醉生梦死、钩心斗角，从侯方域的视角出发表现武将的内讧，沉痛揭示了"南明王朝无一非私，焉得不亡"的悲剧现实。正如第21出批语所言："争斗则朝宗分其忧，宴游则香君罹其苦。一生一旦，为全本纲领，而南朝之治乱系焉。"① 男女主人公的不同视角串起了不同的情节。

在台湾剧作家张晓风的《武陵人》中，也有明显的主次聚焦对比。该剧呈现了两个完全不同的世界和两种完全不同的人生追求：一面是黄道真和白衣黄道真对理想的渴求，一面是赵钱孙李为物质利益的争斗。黄道真所进入的桃花源，在赵钱孙李等人看来，是不劳而获的物质享受彼岸：

赵　哎，老天爷保佑，要是能找到那个神仙洞府就好了，（咚然跪下）我再也不用抓鱼了，我只要把鱼篓往岸上那么一放，鱼就一条一条排着队往里跳了，那时候，我一拎，就回家了。

钱　呸，你这傻小子，你根本不必要鱼篓了，你只要坐在饭桌上，那时候，鱼会来敲你家的门的，并且自己跳到油锅里，会烧好了，又自己蹦到饭桌上，只等你张嘴吃就得了。

而黄道真对桃花源的寻求，不是为了物质的享受，是为找到人类真正的理想栖息之地；尽管他后来发现所谓桃源只是假象，人真正的意义在于对精神生活永不满足的追求。这种物质满足与精神探索的思辨贯穿了整个文本，无论是物资匮乏而你争我夺的赵钱孙李，还是物质极大丰富的桃花源，还是身处桃花源却感到不安的黄道真，还是黑衣黄道真与黄衣黄道真、黄道真与樵夫自嘲式的辩论中，正反相辅地聚焦于灵与肉、物质与精神的对比：

黄道真　（执樵子之手）再见了，朋友，我的不幸的朋友，你去卖你的柴吧！卖完了，好腾出你的肩膀去扛明天的柴！去

---

① 王季思主编：《中国十大古典悲剧集》，上海文艺出版社1982年版，第855页。

吧！到市场上去吧。

樵　子　再见，朋友，我的比我更不幸的朋友！你去网你的鱼吧，
　　　　网够了，你就晒干你腥气的鱼肉，好接受明天的腥臭吧！

……

黑衣人　快啊，快啊！
　　　　【以下音乐用打鱼歌。
　　　　拼命干啊！
　　　　没有鱼，怎么有钱呢？
　　　　没有钱，怎么做人呢！

　　聚焦的主次并不妨碍聚焦的集中。如《生者对死者访问》中，从一
桩公交车盗窃凶杀案入手，然而此案的经过并非叙事的重点，各色人物
的各色表现才是着重书写的部分，因此确立了抨击道貌岸然的官僚和胆
小怕事的小市民、讴歌见义勇为的平民英雄的主旋律。

　　聚焦的主、次有疏密、显隐之分，但在作用上相辅相成、缺一不
可，次聚焦带来的冲击力不亚于主聚焦。如《长生殿》中，在叙事次序
上，李龟年的"弹词"位于"尸解"之后，文本已经讲述了杨妃自缢而
死，真诚忏悔并得到宽恕等一系列情节。这时的"弹词"表面是李龟年
的自伤身世，实际上却是表达对二人爱情的叹惋与遗憾。这种主次聚焦
结合、显隐相辅的叙事技巧极大地冲淡了"汉皇重色思倾国"的消极影
响，让读者 / 观众对二人由谴责转为了同情。再如《推销员之死》中以
现实中发生的事件为主、威利回忆中的过去为次。在现实中，儿子事业
无成，父亲日渐潦倒，急欲为自己和儿子寻找东山再起的机会，而在回
忆中，聚焦则不断回到昔日的辉煌，衬托出今日失意的苦涩悲凉。这也
是主次聚焦的对比。

　　在我国古典长篇小说创作中，常会出现"闲笔"（张竹坡语），此种
闲笔某种意义上就是针对聚焦过于集中的一种丰富，增加了文本的趣
味，但并不会游离于主题与主要情节，相反，是在主要情节、主题基础
上的艺术生发。在长篇小说改编成现代话剧和戏曲时，或者将篇幅较长
的经典戏曲文本（如明清传奇）改编成适合当代演出的戏曲文本时。演

出时长的变化带来文本篇幅的删减，删减保证了主要线索的集中，但同时会削弱作品原先反映社会生活广度和深度，这是殊为可惜的。

二、聚焦的并置

聚焦的并置也是聚焦丰富的一种手段，它可分为两种情况。

其一是由若干个分聚焦到总聚焦的过程。在这个过程中，单个的分聚焦只构成总聚焦的部分内容。大多数社会全景式的戏剧为此类，它通常提供多条相对叙事线索，全面地展示社会的方方面面。《叙述学词典》中提到的一种"复杂故事"（complex story）就有类于此。在讲述复杂的故事时，"通过连接（linking）、嵌入（embedding）或者交替（alternation）而将两个或两个以上（最短小的 mininal）故事或叙述结合而成的故事"[①]。在由小故事形成大故事的过程中，就包含着若干个聚焦凝汇成总聚焦的过程。

阿尔比的《动物园的故事》中，母亲偷情的故事、同性恋的故事、被狗迫害的故事、还有异装癖的故事，似乎构成一个个散点，缺乏一个中心。其实不然，多个不同的分聚焦共同体现出一个集中的主聚焦——资本主义物质丰富背后的精神困境，共同说明隔绝与异化是资本主义社会广泛而普遍的存在，人们互相提防又互相渴望，在互相伤害中获得理解。这些人与生活格格不入、成为其中的异己分子，因而"……行为都变得无意义、荒诞、毫无用处"[②]，既不能赋予生活以价值，亦感受不到生活带来的意义。约翰·拉塞尔·泰勒也认为，"人的存在与其环境不协调"时会变得"毫无目的""毫无意义"，产生一种"形而上学的痛苦状态"。[③]编剧正是通过人物讲述的若干个小故事构成了一个"荒诞"的大故事，表达了异化状态下的人生痛苦。

① ［美］杰拉德·普林斯：《叙述学词典》，乔国强、李孝弟译，上海译文出版社2016年版，第33页。
② ［英］马丁·艾斯林：《荒诞派戏剧》，华明译，河北教育出版社2003年版，第19页。
③ ［英］阿诺德·欣奇利夫：《荒诞说——从存在主义到荒诞派》，刘国彬译，中国戏剧出版社1992年版，第1—2页。

欧文·萧的《阵亡士兵拒葬记》也属于若干个小故事构成一个大故事的类型。本剧描写六名已经死亡却拒绝被安葬的士兵引起的风波，将军在用命令恫吓他们接受安葬的命运无果后，安排他们的家人前去加以安抚。这些士兵是独立的个体，他们的故事也各不相同，但却有共生共鸣的意义，共同指向控诉战争罪恶的主题：

次序	身份	叙述内容	拒绝被埋葬的原因
薛林和薛林太太	农夫和妻子	过去家庭的生活，想念农场和新出生的儿子	"我的事情都在地面上，不是在地底下。"
雷未及女友姚安	城市青年和年轻姑娘	他们被战争的神话迷惑了双眼。姑娘每天忙着参加为战争募捐的舞会，她所得到的报酬是一顶穿了弹孔的敌盔，而这种在雷未牺牲的战场上多得是	"在这个世界上，我还有许多东西爱着……"
莫甘和裘莉亚	文学青年女友	莫甘是个很有才华的文学青年，却不幸被送上战场且被打断了手指，裘莉亚无法承受失去恋人的痛苦，以自杀陪葬	文学梦
崛列斯柯尔和柯赛玲	同母异父姐弟	二人十五年未见，此次政府让姐弟相逢却是为了劝他接受埋葬的命运。他们命运充满了苦难，一直挣扎在生存线上	"做死人并不比做活人更没有意思。"
田安与母亲	母子	田安被炮弹击中面部而面目全非，母亲认不出他，便一个个问过来。最后母亲看到儿子的惨状昏了过去	"我却上了一个大当。他们说了一阵子花言巧语，吹起一个喇叭，又把我穿了一身军装，于是他们送了我的命。"
马莎和魏孚思透	贫困夫妻	诉说贫贱夫妻百事哀，因为贫困买醉逃避现实，因为贫困不敢生孩子。活着时挣十八块五毫，死后每月留给妻子二十块的抚恤金	"为什么到现在才站起来？为什么不在一个月以前，一年以前，十年以前？"

本剧中士兵的社会地位和家庭关系各有不同：从恩爱夫妇到关系不和的夫妇，从热恋的情人到为爱殉情的情人，从关系原本隔阂的姐弟到

看到爱子被炸弹摧毁的面孔而惊慌失措的母亲，涉及了中产阶级、农民、失意者等多个人普通人群体，构成了一幅残酷战争的全景画面。最后马莎鼓动丈夫站起来："为了你们自己，为了你们的老婆和你们所有的孩子们而站起来的时候了！叫他们大家站起来！告诉他们，告诉他们！"这一系列由简至繁、由轻至重的聚焦处理安排，强化了拒葬士兵的同仇敌忾，表达了失去亲人的哀痛、离开人世的不舍，拷问了战争的荒谬与罪恶。

多个焦点的并列有时也似电影中的蒙太奇，《戏剧理论与戏剧分析》中提道：

《啊，可爱的战争》里有一个非常突出的例子。由大国——大不列颠、法兰西、德意志、俄罗斯——他们所进行的战争计划和准备是通过若干短小场景的蒙太奇切换表现的，虽然这些事件有可能同时发生，但显然是在相隔遥远的地方拍摄的。其中，威廉二世和莫尔特克在右侧讨论他们进攻巴黎的计划，认为俄国最早要到1916年才能准备好战争；在另一侧——这次是独白——法国也极力主张直接进攻，因为德军东线已被俄军压住。倚仗人口资源丰富，俄国也在进行武装，准备展开军事攻势；然后是一个英国海军上将和一个英国陆军上将讨论英国应该发挥主要作用——尽管另外三方并没有提到英国的地位，尽管海军和陆军指挥部门并不能就作战方案达成一致。[1]

三个场景各自独立，但在主题上是一致的，它们的轮流出现形成了由分聚焦并列构成主聚焦的效果。这不仅是对情节的丰富，同时也深化了主题，有着特殊的表达意义："以这种方式表现出来的各国军事计划，看上去就像以荒谬的方式相互抵消了。"[2]各国都在积极备战，都在与邻为壑，如果都抱有一颗和平之心，战争也就不会发生了。

其二是聚焦的变奏。文本看似呈现多个聚焦，其实只是同一聚焦在不同情况下的变化，情节和事件在内容上具有雷同性。比如用意是讽刺资产阶级尔虞我诈丑态的《小狐狸》一剧，作者本·琼生设置了三个同

---

① ［德］曼弗雷德·普菲斯特：《戏剧理论与戏剧分析》，周靖波、李安定译，北京广播学院出版社2004年版，第91页。
② 同上书，第92页。

类性质的事件，分别是：律师送给福尔蓬奈价值不菲的古董餐具作为礼物，为了讨好他还替他做伪证；科尔巴林不仅送给福尔蓬奈鸦片剂和印度金币，还剥夺儿子继承权、把福尔蓬奈列为自己的继承人；商人则更大手笔，慷慨地把妻子赛利亚献给福尔蓬奈取乐。在这三个骗局之外，还有福尔蓬奈设的骗局：他根本不曾生病，只是假借遗产之名骗取三人的礼物。本剧中，律师沃尔特、绅士科尔巴林和商人科维诺为获得重病的福尔蓬奈遗产而互相倾轧，主情节线和三条次要情节线虽然都聚焦于"骗"，但是"骗"的方式各有不同，通过不同的分聚焦丰富了主聚焦。

英国剧作家霍华德·布伦顿《罗马人在英国》与之类似，但在想象力和创造性上更胜一筹。该剧分为两部分，写了公元55年、515年和1980年代发生在英国的三次征服和冲突。故事选择了三个在时间上并不呈因果关系的事件，其共同点在于暴力与杀戮。公元55年时，凯尔特人压迫爱尔兰人，罗马人压迫凯尔特人，爱尔兰人又压迫部落的女奴，女奴打死了爱尔兰人，但1980年的英国军队又打死了女奴。1980年的英国人想杀死爱尔兰人，却被爱尔兰人所杀；公元515年的撒克逊人想杀凯尔特人，却被后者所杀。作者在神话与文化的历史语境下，展示了同一地区不同种族之间不同类型的杀戮，表现了反对民族压迫与暴力的主题。

聚焦的并置与聚焦的对比可以并用。比如元杂剧《灰阑记》讲的是包公智断夺子案的故事，只有一条情节线索；以此为原型改编而来的《高加索灰阑记》中，将文本中外层的农庄纠纷与故事内层的夺子案并列，构成了聚焦的并置，而故事内层又出现了聚焦的对比。聚焦的并置不同于聚焦的主次，前者中两个聚焦在叙事地位上不分主次，具有同等的意义，或者蕴含着同样的主题，后一种中两种聚焦呈现烘托、对比的姿态。在《高加索灰阑记》的"戏中戏"夺子案中，另外增加了格鲁雪和西蒙的恋爱线，这条恋爱线与夺子和农庄争夺毫无关联，却将"夺子案"置于硝烟与炮火的战争背景下，以次聚焦服务于主聚焦的方式强化了情境，实现对"夺子"情节的烘托与陪衬。

在社会图景式的戏剧作品，经常会出现诸多聚焦对象的并置，此时的分聚焦仍要统摄于主聚焦的主题之下，构成立体有机多面的聚焦效果。比如话剧《一个死者对生者的访问》中，主要情节是见义勇为的肖肖因得不到普通市民的帮助而牺牲，主题是抨击人与人之间因一己自私的冷漠，弘扬团结互助，抵制利己主义的浩然正气。在这样的主题之下，安排了多条情节线索：肖肖的朋友柳风、人民公仆郝处长、赵长生无不在为个人私利奔忙，他们内心中正义的天平也因为个人利益而发生了偏差，甚至失去了人性应有的底线。比如因为这盒人参，郝处长不敢向警察说明真实情况，怕暴露自己的灰色收入，他去探望老领导，得知老领导是不治之症肝癌、无法承担工作后，放弃探望，把珍贵的人参留到更关键的时候；赵长生沉浸在新生命降生在家庭的喜悦中，却十分冷漠且恶毒地盼着双方打得越凶越好；柳风也因私人恩怨而错过了挺身而出的机会。作者设置了多条情节线索，从身为人民公仆、理应在道德上起引领作用的郝处长，到身为记者、理应为社会正义发声的宣传工作者柳风，再到普通市民赵长生，视角非常广阔，然而在聚焦内容上是一致的，全方位地展现了自私自利价值观对社会道德肌体的侵噬，实现了主聚焦对分聚焦的统摄。

三、重复聚焦中的变化

雨果·鲍尔斯认为，叙事可以是"第一次"讲述的新故事，也可以是之前讲述过的故事的"复述"。对于戏剧剧本这种篇幅极其有限，事件和时空相对集中，而且在舞台上同观众现场交流的体裁来说，文本中的故事经常得到不止一次的讲述，这种重述需要根据叙事的需求加以适当调整。"重述可以用于各种互动目的，因为它们不可避免地会使观众关注故事在第一次和第二次讲述之间的变化。"[1]针对叙事上的重复，清代金圣叹提出过"正犯法"与"略犯法"，"自犯之，而后从而避之"，"正犯"指相似话题，在叙事上并不重复，后"略犯"指相似情景，描写却不重复。之后的毛声山进一步阐释这种做法的艺术效果。他认为：

---

[1] Bowles, Hugo. *Storytelling and Drama*：*Exploring Narrative Episode in Plays* [M]，*John Benjamins*, 2010, p.55.

"不相犯，不见文心之巧也。文有既与前文相犯，又与前文相避者。不相避，不见文心之变也……夫作文之难，非善避之难，而以犯者避之之难，又非能犯之难，而以避者犯之之难。《琵琶》此篇，既能犯，又能避，欲不谓之才子之文，何可得耶?"[1]"犯"与"避"不仅是同中有异、异中有同，它体现的是戏剧创作中几乎不可避免的"重写"问题。在一些情况下，重复出现的情节意在强化渲染；在另一些情况下，重复出现的情节，必须调整相应侧重点，以避免雷同。

这种侧重点的调整，反映在叙事上就是"聚焦"的改变，在服从于主聚焦同时又加以变化，既包括内容的变化，也包括讲述方式的变化。

雨果·鲍尔斯以《推销员之死》中比夫先后向弟弟和父亲讲述自己偷笔一事为例，解释了故事被重复讲述时的变化，认为前者是一种"合作讲述"，听者充满同情、及时响应，后者则是向"一个没有同情心的人"讲述，并屡屡被打断：

哈比　后来你怎么办?

比夫　（大为紧张和惊讶）唉，你瞧，他就此走了。秘书也出去了。候客室里只有我一个人，哈普。我不知什么鬼迷住我的心窍，哈普。不知不觉我已经在他办公室里了——格子板壁啊什么都有，我也说不清。我——哈普，我拿了他的自来水笔。

哈比　哎呀，他没抓你吗?

比夫　我跑出来了。我一口气跑了十一段楼梯。我跑啊跑啊跑。

哈比　真是个大笨蛋——你何苦干这个呀?

比夫　（痛苦万分）我不知道，我只是——想要拿点什么，我不知道。你得帮助我，哈普，我打算告诉爸。

在告知"偷笔"之前，比夫用了很长的篇幅倾诉这一天受到的侮慢和不快，这是因为所面对的弟弟，双方地位平等且关系亲密、无话不谈。但在面对望子成龙的父亲时，比夫却难以启齿，变得吞吞吐吐：

威利　我不知道他是不是还记得你。（对哈比）你想想看，相隔

---

① 〔清〕毛纶：《毛声山评第七才子书琵琶记》，侯百朋编《〈琵琶记〉资料汇编》，书目文献出版社1989年版，第424页。

十一二年没看到他，竟对他那么欢迎！

哈比　对极了！

比夫　（尽力想转守为攻）爸，您瞧——

威利　你知道他为什么还记得你吗？因为当年你给他留下了深刻的印象。

比夫　咱们悄悄谈谈吧，干脆还是实话实说，怎么样？

威利　（好像比夫一直在打断他的话似的）得啦，怎么回事？是好消息吧，比夫。他把你请到自己办公室里去，还是就在候客室里谈？

比夫　哦，他进来了，您瞧，后来——

威利　（笑容可掬）他说什么来着？他准是张开双臂搂住你了。

比夫　哦，他有点——

威利　他是个好人。（对哈比）不瞒你说，这人很难见到。

哈比　（同意）噢，我知道。

威利　（对比夫）你就是在他那儿喝的酒吗？

比夫　是啊，他请我喝了两杯——不，不！

比夫不忍揭穿父亲的幻想，但又被父亲的自欺欺人所激怒，因此，比夫与父亲对话的重点是揭穿这种"自欺欺人"：

比夫　他的答复是——（他突然打住，一下子火了）爸，您就不让人家把要告诉您的话说出来！

威利　（发火，抢白）你没见到他，是不是？

比夫　我见到他了！

威利　你什么地方得罪了他，还是怎么的？你得罪了他，是不是？

比夫　听着，请您饶了我吧，就请您饶了我，行了吧！

哈比　活见鬼！

威利　告诉我是怎么回事！

比夫　（对哈比）我没法告诉他。

在文本中，因为比夫与弟弟和父亲的关系不同，面临的情境不同，叙述的方式发生了由"倾吐心事"到"抗拒回避"的变化，讲述的内容也从完整到碎片化的断断续续。应该说，观众在知晓了比夫"偷笔"的真相后，兴趣点便会从"偷笔"转移到"如何告诉父亲"上来，编剧强调比夫对父亲尊重不再、致力于写父子关系是非常明智的，因为不可调和的父子矛盾、儿子的一蹶不振是压垮父亲的最后一根稻草。

雨果·鲍尔斯还结合品特《背叛》，解释了同一个故事反复讲述带来的意义。在《背叛》中，艾玛和杰瑞三次提到在厨房中将艾玛女儿抱起的情景，第一次是二人分手后再相遇，是杰瑞主宰的回忆，担心爱玛的女儿是否识破内情；第二次发生在艾玛告诉杰瑞自己已向丈夫坦白之后，杰瑞为欺骗老友不安，因为二人交情深厚，自己曾把对方女儿高高举起。第三次是二人共同回忆，发生于二人偷情之时。鲍尔斯认为，同一故事的反复出现，可以看出杰瑞带有深深的罪恶感，而艾玛早已释然。① 不过，换个角度看，这也可能是一种假象，杰瑞只不过借宣扬偷情的罪恶感来冲淡与艾玛分手的"背信弃义"，而艾玛则努力通过女儿对被举起一事的"不记得""没什么"来掩饰被分手的痛苦与无奈。

讲述方式中语态、语气的改变，也能体现人物关系和心理的微妙变化。在《玻璃动物园》中，劳拉曾分别对母亲和吉姆讲述自己在学校时同后者的交往：

劳　拉　他经常叫我——蓝玫瑰。

【映象：蓝玫瑰。

阿曼达　他为什么要叫你这个名字？

劳　拉　有一次我得了肋膜炎，在我回校后，他问我生什么病。我告诉他是肋膜炎，他听成了蓝玫瑰！所以打那以后，他总这样叫我。每次他看到我，都喊一声："你好，蓝玫瑰！"他常和一个名叫爱米莉·梅森巴的女孩子来往，我倒没在意。爱米莉是所顿学校穿着最讲究的。她似乎很真诚，但给我印象不深。据校刊"个人简讯"报道，他们已经订了婚。那是六年前的事情，现在他们一定已经结婚了。

在面对母亲讲述时，劳拉多采用直接引语，生动细致地讲了吉姆误将肋膜炎当成蓝玫瑰一事，还补充了吉姆和梅森巴的交往，强调自

---

① Hugo Bowles, Storytelling and Drama: Exploring Narrative Episode in Plays [M], *John Benjamins*, 2010, pp.124-135.

己"没在意""给我印象不深",话里话外既不无炫耀,又给自己留下足够的退路和余地。面对颇有好感的吉姆时,劳拉的叙述则是另一番景象:

吉姆　从前看到过你。你开门时我就有这种感觉,我似乎还记得你的名字。但是我想要叫你的——却不是个名字,所以我就没有叫出来。

罗拉　是不是——蓝玫瑰?

吉姆　(跳了起来,微笑着)蓝玫瑰! 我的天! 对了——蓝玫瑰!

罗拉　噢,我一下子就认出来了。

……

吉姆　噢,我现在想起你来了。我以前总叫你蓝玫瑰,我怎么会这样叫你的?

罗拉　有一次我得肋膜炎,有些日子没有去上课。等我回校时,你问我怎么回事。我说我得了肋膜炎,你以为我说蓝玫瑰。所以打那以后,你一直就叫我蓝玫瑰。

这段重述以间接引语为主,也没有特意突出"蓝玫瑰"一词,在语式上显然不如前者丰富多彩,情绪克制内敛,在欲言又止当中掩藏着幽怨,体现了罗拉对吉姆的感情极有可能是一厢情愿。

在上述两个例子中,情境的变化导致了讲述者在讲述方式和内容上的变化。站在更广阔的视角——作者的视角来看,更能清楚地看到叙事聚焦的调整及其叙事效果。《玻璃动物园》中,在对母亲讲述时,编剧加入了吉姆可能已婚这个后来被证实的"不幸消息",这体现了罗拉的保留心理,担心母亲事后责怪而提前埋了伏笔。这使得读者对她叙述的可靠性产生怀疑。在面对吉姆时,罗拉不断给予对方提示,甚至有失矜持,迫使她这样做的原因,正是背后母亲注视着自己的眼睛。编剧通过巧妙的聚焦改变,体现了人物心理的微妙变化。

聚焦与视点有关,但又并不能完全等同。在王尔德的《莎乐美》中,同样描述约翰的身体,莎乐美前后给出截然不同的评价,作为被看物的聚焦对象——约翰的身体——并没有本质性的变化。聚焦的改变是对象内容的改变，或增多或减少，但不会影响对对象本质的评价。在元杂剧《冤报冤赵氏孤儿》中，对赵屠两家结怨经历叙述，在不同情境下增加了情节和细节。比如屠岸贾对遣人谋害赵盾的原因交代得极为简略，仅仅说："某也曾遣一勇士锄麑，仗着短刀越墙而过，要刺杀赵盾，谁想锄麑触树而死。"对自己害死赵盾的动机一笔带过，也不曾交代锄麑到底因何而死。这一段故事程婴之后又两次讲述，第一次是在面对韩厥的盘查时，第二次是向孤儿讲述"手卷"上的图画。在第一次讲述时，由于情境紧急，必须在短时间内说服韩厥，因此采用了节奏较为明快、叙事较为简略的韵白：

　　〔程婴词云〕告大人停嗔息怒，听小人从头分诉：想赵盾晋室贤臣，屠岸贾心生嫉妒；遣神獒扑害忠良，出朝门脱身逃去；驾单轮灵辄报恩，入深山不知何处。奈灵公听信谗言，任屠贼横行独步。赐驸马伏剑身亡，灭九族都无活路。将公主囚禁冷宫，那里讨亲人照顾？遵遗嘱唤做孤儿，子共母不能完聚。才分娩一命归阴，着程婴将他掩护。久以后长立成人，与赵家看守坟墓。肯分的遇着将军，满望你拔刀相助。若再剪除了这点萌芽，可不断送他灭门绝户？

　　在这段描述中，可以从"屠贼""贤臣""忠良"看出程婴是此非彼的视点，有着鲜明的打抱不平的立场，"心生嫉妒"的措辞也是对屠岸贾所述内容的补充，强化了屠的心理动机。程婴在向孤儿讲述画上的故事时，在形式上采用了散白，有别于前面的韵白：

　　〔程婴云〕程勃，你听着，这桩儿故事好长哩。当初那穿红的和这穿紫的，元是一殿之臣，争奈两个文武不和，因此做下对头，已非一日。那穿红的想道，先下手为强，后下手遭殃。暗地遣一刺客，唤做锄麑，藏着短刀，越墙而过，要刺杀这穿紫的。谁想这穿紫的老宰辅，每夜烧香，祷告天地，专一片报国之心，无半点于家之意。那人道，我若刺了这个老宰辅，我便是逆天行事，断然不可；若回去见那穿红的，少不得是死。罢、罢、罢。

　　〔诗云〕他手携利刃暗藏埋，因见忠良却悔来，方知公道明如日，此夜锄麑自触槐。

从程婴的视角讲述的故事，不仅陈述外在事实，还对屠岸贾与锄麑的心理活动详加描述，屠是因为"先下手为强，后下手遭殃"，锄麑为赵盾的报国之心所感动，聚焦内容上比先前要丰富，重复的讲述因为细节和情节的增加而变得并不多余了。

同样，在屠岸贾训练狗扑草人以谋害赵盾的事件上，二人描述的内容也各有侧重。屠岸贾的回忆绘声绘色，因为这是他自己亲历的：

〔屠岸贾云〕某言西戎国进来的神獒，性最灵异，他便认的。灵公大喜，说当初尧舜之时，有獬豸能触邪人，谁想我晋国有此神獒，今在何处？某牵上那神獒去。其时赵盾紫袍玉带，正立在灵公坐榻之边。神獒见了，扑着他便咬。灵公言："屠岸贾，你放了神獒，兀的不是谗臣也！"某放了神獒，赶着赵盾绕殿而走。争奈旁边恼了一人，乃是殿前太尉提弥明，一瓜锤打倒神獒，一手揪住脑勺皮，一手扳住下嗑子，只一劈将那神獒分为两半。赵盾出的殿门，便寻他原乘的驷马车。某已使人将驷马摘了二马，双轮去了一轮，上的车来，不能前去。旁边转过一个壮士，一臂扶轮，一手策马，逢山开路，救出赵盾去了。你道其人是谁？就是那桑树下饿夫灵辄。

作为亲历者，屠岸贾使用了大量细节和口语化的直接引语，较为可靠真实地还原了当时的场景；而程婴因为不是亲眼见证，只是道听途说，因此间接引语中多使用自己的语式：

〔程婴云〕程勃，你紧记着……如此演成百日，去向灵公说道，如今朝中岂无不忠不孝的人，怀着欺君之意。灵公问道，其人安在？那穿红的说，前者赐与臣的神獒，便能认的。那穿红的牵上神獒去，这穿紫的正立于殿上。那神獒认着是草人，向前便扑，赶的这穿紫的绕殿而走。旁边恼了一人，乃是殿前太尉提弥明，举起金瓜，打倒神獒，用手揪住脑勺皮，则一劈劈为两半。

程婴的叙述较为简略，用间接引语取代了直接引语，叙述重点放在交代事情的前因后果上，交代的信息有所差异。在灵辄单手扶车片段中，程婴突破了"转述"的局限，在屠岸贾的基础上有所丰富：

〔程婴云〕是。那老宰辅出的殿门，正待上车，岂知被那穿红的把他那驷马车四马摘了二马，双轮摘了一轮，不能前去。旁边转过壮士，一臂扶轮，一手策马；磨衣见皮，磨皮见肉，磨肉见筋，磨筋见骨，磨骨见髓，捧毂推轮，逃往野外。你道这个是何人？可就是桑间饿夫灵辄者是也。

程婴的叙述拥有更广阔的视角，在内容上突出了赵盾在朝堂上面临的危险，以体现众义士义举的重要性；这与屠岸贾重点讲自己如何谋害赵盾在聚焦内容上有了差异。就程婴自己的两次叙述而言，第二次比第一次要丰富和生动，融入了更多个人色彩，这与剧中情境一紧张一缓和是有关系的。需要注意的是，虽然事件在不同的讲述中不断被改写，但聚焦的主题始终没有改变。

第三节　聚焦的方式与场面的变化

戏剧场面是戏剧文本的基本结构单元，它不同于戏剧中的"场"，"场"是戏剧情节段落的单元，而"场面"位于"场"之下，由若干"场面"来构成情节段落的"场"。换言之，同样的故事、同样的情节，在不同文体中有着不同的表达方式，对于戏剧文本来说，最典型的是依靠一个个的"戏剧场面"的推进来完成故事的讲述。中国古典编剧理论提到的"场面"的冷热调剂、疏与密等，情节推进的安排"勿太促，促则气迫而节奏不畅达"（王骥德语）①，其实指的就是在讲述情节时，要注意情节推进过程中的一个个场面，场面之间要注意气氛的变化，使之照应、对比、烘托，形成一个有机的整体。这就有赖于事件推进中叙事"聚焦"的改变。

在常规研究中，"聚焦"一词兼有名词和动词的含义，笔者侧重于"聚焦对象"的名词含义，以便同"如何看"的"视点"区分开

---

① 〔明〕王骥德：《曲律·论剧戏》，《中国古典戏曲论著集成》（四），中国戏曲研究院编，中国戏剧出版社1959年版，第137页。

来。然而，我们也要注意到，"聚焦对象"的呈现是一个动态的过程，在剧情发展的不同阶段聚焦对象也会不同，"聚焦"展开的过程，是主要场面与过渡场面交替的过程，也是铺垫渲染、发展上升、延宕高潮的过程。因此，探讨"聚焦"以何种方式展开、叙事效果如何，也就成了本书无法舍弃的内容。在涉及主题的"聚焦"时，多采用重复话语的方式实现；涉及"人物"则通过行动来体现。"情节"的聚焦则可以有散点、铺陈、延宕等不同样式，由此形成戏剧场面的不同构造样式。

一、散点式聚焦

这一类聚焦中，戏剧场面呈现散点式出现，可以分为固定式与流动式两种。在固定式中，视域没有改变，是视角的不同或者聚焦对象的改变而产生了新的聚焦；在流动式中，视角没有改变，是随着行进、人物视域不同而产生了聚焦内容的改变。"散点式"的场面呈现开放式、多焦点的特征。

散点式聚焦适用于人物众多的场面描写。在老舍《茶馆》的开场中，王利发、唐铁嘴、常四爷、松二爷、二德子、马五爷、唐仲义、刘麻子等人轮流出现，每组人物引发的事件不同，从而导致场上叙述焦点的不断迁移：

松二爷、常四爷——闲谈国事

唐铁嘴——算命、讨茶

黄胖子——为打群架的说和

刘麻子、康六、庞太监——买卖人口

秦仲义——实业兴国

为了将松散的人物和事件有机联系在一起，叙述焦点避开单线深入的形式，在主要事件之中来回穿绕，在不断的重复中让读者熟悉人物，同时又在事件之间建立起一定的联系，从而强化场面的有机性和"黏合度"。比如唐铁嘴向松、常二位讨茶，马五爷与二德子争论，松常二位讨论国事，本来是不相干的散点，但松、常受到二德子威胁后向马五爷发牢骚，则在散点之间建立了联系。

《茶馆》中的视点是固定的，是从作者的视角来看人物，随着聚焦对象的不同而发生变化，尤金·奥尼尔的《送冰的人来了》也采用了散点聚焦的模式，只不过通过拉里和罗基的视角，以一种循序渐进的方式介绍乔、威利等人物。《茶馆》通过发生的具体情节来介绍人物，《送冰的人来了》主要靠叙述，而且不在不同聚焦对象之间来回往复。

如果说下文所提到的铺陈式聚焦先讲述构成、引起主要冲突的事件的话，那么散点时绝不会汇总到一个主要情节或一条情节主线上来，因为散点式场面描述的重点不是一个而是多个，目的是多角度地展示场景。《茶馆》中这段文本没有集中的矛盾冲突和情节，呈现一种多样化聚焦的形态，以少胜多地概括了清末的社会乱象，刻画出一幅兴衰沉浮的社会长卷；《送冰的人来了》同样展示了缺乏行动力、不敢面对明天的失意者群像。

在流动式的散点聚焦中也会出现多个聚焦形象。这种情况下，视角没有改变，但人物的视域不断发生变化，从而导致所聚焦的内容在发生变化。比如《长生殿》中，杨贵妃自缢身亡后，在追寻唐皇的路上看到自家兄弟姐妹相继惨死：

（贴在内叫苦介）（旦）你看那边愁云苦雾之中，有个鬼魂来了，且闪过一边。（虚下）（贴扮虢国夫人魂上）

【南江儿水】艳冶风前谢，繁华梦里过。风流谁识当初我？玉碎香残荒郊卧，云抛雨断重泉堕。（二鬼卒上）咦，那里去？（贴）奴家虢国夫人。（鬼卒笑介）原来就是你。你生前也忒受用了，如今且随我到枉死城中去。（贴哭介）哎哟，好苦啊，怨恨如山堆垛。只问你多大幽城，怕着不下这愁魂一个！

（杂拉贴叫苦下）（旦急上看科）呀，方才这个是我裴家姊姊，也被乱兵所害了。兀的不痛杀人也！

【北雁儿落带得胜令】想当日天边夺笑歌，今日里地下同零落。痛杀俺冤由一命招，更不想惨累全家祸。呀，空落得提起着泪滂沱，何处把恨消磨！怪不得四下愁云裹，都是俺千声怨声啊。（望科）

那边又是一个鬼魂,满身鲜血,飞奔前来。好怕人也!悲么,泣孤魂独自无回和。惊么,只落得伴冥途野鬼多。(虚下)

【南侥侥令】(副净扮杨国忠鬼魂跑上)生前遭劫杀,死后见阎罗。(牛头执纲叉,夜叉执铁锤、索上拦介)(副净跑下)(牛头、夜叉复赶上)杨国忠那里走?(副净)呀,我是当朝宰相,方才被乱兵所害。你每做甚,又来拦我?(牛头)奸贼,俺奉阎王之命,特来拿你。还不快走。(副净)那里去?(牛头、夜叉)向小小丰都城一座,教你去剑树与刀山寻快活。

(牛头拉副净,执叉叉背,夜叉锁副净下)(旦急上看科)啊呀,那不是我的哥哥。好可怜人也!(作悲科)

【北收江南】呀,早则是五更短梦,瞥眼醒南柯。把荣华抛却,只留得罪殃多。唉,想我哥哥如此,奴家岂能无罪?怕形消骨化,忏不了旧情魔。且住,一望茫茫,前行无路,不如仍旧到马嵬驿中去罢。(转行科)待重转驿坡,心又早怯懦。听了这归林暮雀,犹错认乱军呵。

杨玉环不断行进形成的流动视点,看到了不同的聚焦对象。杨氏姐弟被害与杨玉环悲苦行路之间交叉往复、互相渲染强化。同样,李玉的《千忠戮》中,建文帝在逃亡路上,也随着视点的变化先后看到了不同的聚焦对象,叙述焦点也在传檄四方的忠臣首级、被流放的忠臣家属、捉拿到京的年老官员之间流动,只是建文帝所受的感情震荡不像杨玉环那样指向一个明确的行动——因忏悔而希望赎罪,而仅是为杀戮感到不安,情愿放弃帝位隐居深山。

固定式的散点聚焦由于聚焦对象众多且同时在场,常给人一种目不暇接的感觉,使得戏剧节奏较快。流动式的散点聚焦中,聚焦对象是依次出现的,有助于冲突和情感的层层深入。

二、铺陈式聚焦

在传统的"三一律"结构中,聚焦常以层层推进、单刀直入的方式出现,场面经过仔细的安排布局,事件集中主题鲜明,没有多余的枝节，这就是典型的铺陈式的聚焦。

　　铺陈式聚焦分为两种，一种是先铺垫，引入激励事件，再写人物在情境迫使下，为了实现目的所做的努力。无论是话语叙述还是场景展示，铺陈式的聚焦呈现为层层深入的模式。比如《美狄亚》中：

传　当你那两个儿子随着他们父亲去到公主那里，进入新房的时候，我们这些同情你的痛苦的仆人很是高兴，因为那宫中立刻就传遍了消息，说你和你丈夫已经排解了旧日的争吵。有的人吻他们的手，有的人吻他们的金黄的卷发；我自己也乐得忘形，竟随着孩子们进入了那闺中。我们那位现在代替你的地位受人尊敬的主母，在她看见那两个孩子以前，她先向伊阿宋多情地飞了一眼！她随即看见孩子们进去，心里十分憎恶，忙盖上了她的眼睛，掉转了她那变白了的脸面。你的丈夫因此说出了下面的话，来平息那女人的怒气："请不要对你的亲人发生恶感，快止住你的愤怒，掉过头来，承认你丈夫所承认的亲人。请你接受这礼物，转求你父亲，为了我的缘故，不要把孩子们驱逐出去。"她看见那两件衣饰，便不能自主，完全答应了她丈夫的请求。当你的孩子和他们的父亲离开那宫廷，还没有走得很远的时候，她便把那件彩色的袍子拿起来穿在身上，更把那金冠戴在卷发上，对着明镜理理她的头发，自己笑她那懒洋洋的形影。她随即从座椅上站了起来，拿她那雪白的脚很娇娆地在房里踱来踱去，十分满意于这两件礼物，并且频频注视那直伸的脚背。

　　传令人的这段话形象地说明了整个事件发生的过程。"你的那两个儿子随着他们的父亲去到公主那里"，"有人吻他们的手，有人吻他们的金黄的卷发"，这说明宫中诸人都非常高兴看到美狄亚主动化解矛盾的举动，为下文中情节的逆转进行铺垫。接下来写了公主对孩子的厌恶与对两件衣饰的喜爱，而这件令人失去自控力的新衣蕴含的危险性已经在前面得到了交代。在传令人的叙述的指引下，观众终于将目光对准了"新衣"这一焦点。指引的过程也是依据突转展开的。首先，当美狄亚表示妥协，同公主与伊阿宋和解时，所有人都很高兴。此时说者借助散点描写,列举了众人高兴的种种表现。随后转到公主的具体视角上来——公主看见孩子进去时,第二层突转随之发生,气氛从欢乐转为生气。在看到两件有魔力的礼物后,公主转怒为喜,叙述者同样使用铺陈的方法列举她对礼物的喜爱——又是对明镜梳理头发,又是在房间里走来走去。随后第三个突转发生了,"公主变了颜色,站立不稳",这里运用了实写与虚写结合的方式,实写公主被毒焰焚烧得"变了颜色,站立不稳"和"身体发抖",而"幸亏是倒在那座位上,没有倒在地下"属于加以评价的虚写,作者另借老仆视角侧面烘托公主所受折磨之深。在以上突转完成后,接下来是高潮部分:

> 那可怜的女人便由闭目无声的状态中苏醒过来,发出可怕的呻吟,因为那双重的痛苦正向着她进袭:她头上戴着的金冠冒出了惊人的、毁灭的火焰;那精致的袍子,你的孩子献上的礼物,更吞噬了那可怜人的细嫩的肌肤。她被火烧伤,忽然从座位上站起来逃跑,时而这样,时而那样摇动她的头发,想摇落那花冠;可是那金冠越抓越紧,每当她摇动她的头发的时候,那火焰反加倍地旺了起来。

此处作者描写了多个细节,将一个大的焦点分散成若干的小焦点,让读者在详细的观察中感受到当事人的痛苦。这些细节不过是先前细节的重复——漂亮的金冠此刻冒出惊人的、毁灭的火焰,精致的袍子吞噬了那可怜人的细嫩的肌肤,公主徒劳地逃跑、摇动头发,最后又将镜头对准经受残酷折磨后丧生的公主,写了她活活被烧死的惨状,令惨剧达到顶峰。

以上各例说明了叙述中铺陈式聚焦的展开,在场景展示中,冲突的激化、行动的展开,也需要借助层层推进的聚焦来进行。这种聚焦有时体现为事件的展开,而且是在不同视角下的不同聚焦。我们来看看《罗密欧和朱丽叶》第一幕第三场中的一个场面。从情节的交代上来说,需要先铺垫气氛,交代背景,然后再引入中心事件;体现在作者—虚拟作者的聚焦构思上,就是聚焦的从无到有,从概略到精细。先是朱丽叶父亲对宾客的欢迎,从凯帕莱特的视角,让来客戴上假面尽情舞蹈:

【凯帕莱特、朱丽叶及其家族其他人等自一方上；众宾客及假面具跳舞者等自另一方上，相遇。

凯帕莱特 欢迎啊，各位朋友！凡是脚上不长鸡眼的小姐太太们都要跟你们跳上一回舞呢。啊哈！我的小姐们，你们中间现在有哪位拒绝跳舞吗？谁要是推三阻四的，我可以打赌，那他脚上一定长着老大的茧子；果真给我猜中了吗？诸位朋友，欢迎欢迎！我年轻时也曾经戴过假面，在一个标致姑娘的耳边讲些使得她心花怒放的话儿；现在是都过去了，过去了。诸位朋友，欢迎欢迎！来，乐工们，奏起音乐来吧。让开些！让开些！腾出地方来。姑娘们，跳起来吧。

……

随后聚焦在罗密欧身上，借罗密欧的视角来写朱丽叶，这是一种"他视"和"视他"：

罗密欧 挽着那位骑士的手的小姐是谁？

仆　人 我不知道，先生。

罗密欧 啊！火炬怎能比得上她的明亮；她皎然悬在广阔的黑夜天边，就好像黑奴耳边熠熠生辉的珠环；她是天上明珠降落人间！看她跟着女伴进退周旋，像鸦群中一只白鸽蹁跹。我要等这一场后追其左右，握一握她那纤纤的素手。我从前的恋爱是假非真，今晚才遇见绝世的佳人！

罗密欧苦寻的恋人就在眼前，眼看有情人即将相见，莎士比亚却将聚焦从罗密欧身上移来，转到了提博尔特身上，借他的视角来写罗密欧：

提博尔特 听这个人的声音，好像是蒙太古家里的一个人。孩子，快拿我的剑来。哼！这大胆妄为的奴才，竟敢戴着这么个鬼脸，闯到这儿来嘲笑我们的盛会吗？为了维护凯帕莱特家族的荣耀，我就是把他杀死了也不算罪过。

从戏剧冲突来看，提博尔特一事给二人的自由恋爱制造了阻力，戏剧情势变得紧张，让读者为二人接下来的命运感到揪心；从叙事聚焦来看，却是对情节焦点按部就班地层层深入，手法上由次要到主要、由背景到中心。

另一种"铺陈式"聚焦无需铺垫和激励事件，因其重点不是情节的发展，而是人物情感的百转千回。金圣叹在评点《西厢记》时提出"月度回廊之法"，强调欲写人不能直接写人，而应先写月光如何由廊、栏、阶、窗，最后照到美人身上。毛声山指出："才子作文，有只就本题一二字播弄，更不必别处请客者。如《琵琶记》，'吃糠''剪发'两篇，只就一糠字、一发字，便层层折折，播弄出无限妙意。"①"播弄"即是围绕中心事件层层写足、迂曲尽情。比如《吃糠》中先写赵五娘在厨房吞糠泣涕，又写蔡婆疑心媳妇偷吃，结果发现真相后懊悔不迭，又气又饿而死。在具体场面的描写上，编剧也深得"播弄"的精髓：

【山坡羊】滴溜溜难穷尽的珠泪，乱纷纷难宽解的愁绪。骨崖崖难扶持的病身，战兢兢难捱过的时和岁。这糠，我待不吃你呵，教奴怎忍饥？我待吃你呵，教奴怎生吃？思量起来，不如奴先死，图得不知他亲死时。

这里赵五娘面对糟糠，就陷入了两难境地：不吃饥肠辘辘，欲吃又难以下咽。接下来作者写了五娘将自己的命运与糠相比，继续写左右为难的悲苦之情：

【孝顺歌】呕得我肝肠痛，珠泪垂，喉咙尚兀自牢嘎住。糠那！你遭砻被舂杵，筛你簸扬你，吃尽控持。好似奴家身狼狈，千辛万苦皆经历。苦人吃着苦味，两苦相逢，可知道欲吞不去。

这是对"吃糠"一事的升华，苦人苦味使得五娘思索自己的命运，想起京城赴考的丈夫，进而自伤身世：

【前腔】〔旦〕糠和米，本是相依倚，被簸扬作两处飞？一贱与一贵，好似奴家与夫婿，终无见期。丈夫，你便是米呵，米在他方没寻处。奴家恰便似糠呵，怎的把糠来救得人饥馁？好似儿夫出去，怎的教奴，供膳得公婆甘旨？

---

① 〔清〕毛纶：《毛声山评第七才子书琵琶记》，侯百朋编《〈琵琶记〉资料汇编》，书目文献出版社 1989 年版，第 283 页。

这里又从人与糠同，糠难救人馁，正如同五娘一介女流难以奉养双亲，极尽曲折之能事后，又转回对当前之事的为难上：

【前腔】思量我生无益，死又值甚的！不如忍饥死了为怨鬼。只一件，公婆老年纪，靠奴家相依倚，只得苟活片时。片时苟活虽容易，到底日久也难相聚。谩把糠来相比，这糠呵，尚兀自有人吃，奴家的骨头，知他埋在何处？

作为戏剧中常用的情节深入手段。"铺陈式"聚焦不仅可用来结构场面，也可用于整体的情节安排。如果我们把耶利内克的《娜拉出走之后》的整体结构和个别情节片段挑出来，可列表格如下：

情节	铺垫	中心事件	转折	延宕	高潮	结尾
整体结构	娜拉到工厂工作，被领班欺侮，倍尝辛苦	娜拉遇到了魏刚，从生产线中解脱出来	魏刚为了商业目的，让娜拉讨好海尔茂	魏刚去见海尔茂，告知娜拉决定去见海尔茂	娜拉捆绑并性虐海尔茂，获取了商业机密	魏刚抛弃了娜拉，娜拉沦为妓女
中型事件（魏刚爱上娜拉事件）	女秘书通知娜拉准备节目	人事经理认为娜拉的舞蹈不够优雅	魏刚却对娜拉垂涎三尺	领班与人事经理阻止娜拉	娜拉与魏刚共舞	魏刚带走娜拉

对比整体结构和情节片段可以发现，它们均遵循了层层深入的规则：先铺垫，随后引入升级的中心事件，让矛盾得以展开，随后是事件发生转折，朝另一个方向发展，并安排延宕的片段为高潮积蓄能量，最后是高潮和结尾。可见，"铺陈式"聚焦既适合全剧，也适合情节片段。

三、烘托式聚焦

中国传统戏曲中的聚焦方式除单刀直入式的"铺陈式"聚焦外，还有较为迂回的策略。金圣叹在评点《西厢记》时，曾经用"月"和"云"的关系来比拟创作中借此物以写彼物的情形。在他看来，"欲画月也，月不可画，因而画云"。正是因为"月"不可画，所以才无奈去画"云"。"画云者，意不在云也；意不在云者，意在月也。"①画"云"之时心中自然应该有"月"，若失却"月"则"云"变无神。《西厢记》开头不写莺莺先写张生，就是"烘云托月"之法。"烘云托月"的技巧就是"目注彼处，手写此处，若有时必欲目注此处，则必手写彼处"。②这也就是说，保持一种若即若离的笔触，手眼若合一则陷于质实。毛声山将"烘云托月"法加以发挥，认为"画花傍之蝶"是突出"花之香"，"画雪中拥炉之人"是为突出"雪之寒"，借"画月下看书之人"是为显"月之明"；书写的最终目的是为了彼物。③他又将之命名为"虚写"。这就是烘托式聚焦。

在王尔德的《莎乐美》中，也有借"月"来写"人"的片段：

年轻的叙利亚军官　今晚莎乐美公主多么美丽呀！

希罗底的侍从　看那月亮！月色多么怪异呀！她就像是从坟墓里复活的女人。她就像是具行尸走肉。你能想象她的外表居然充满了死亡的意味吗？

年轻的叙利亚军官　她的外表诡异。她像是挂着黄色面纱的小公主，她的双脚银白无瑕。你能想象她跳舞的姿态吗？

希罗底的侍从　她像是死去的人。她的行动迟缓。

　　【宴会厅骚动。

在这里，叙述的视角分别是叙利亚军官和侍人，他们聚集的对象分别是莎乐美和月亮，但这两组形象是一体两面，月亮这一意象就代表了莎尔美的美丽与冷酷。

"烘云托月"不仅仅是人物塑造之法，也是情节的书写技巧。比如张生月夜偷看莺莺的情节中，先是让张生交代自己欲偷看莺莺的动机：

〔末上云〕搬至寺中，正近西厢居址。我问和尚每来，小姐每夜花园内烧香。这个花园，和俺寺中合着。比及小姐出来，我先在太湖石畔墙角儿边等待，饱看一会。两廊僧众都睡着了，夜深人静，月朗风

---

① 〔元〕王实甫：《贯华堂第六才子书〈西厢记〉》，〔明〕金圣叹评，江苏古籍出版社 1985 年版，第 42 页。
② 同上书，第 17 页。
③ 〔元〕王实甫：《贯华堂第六才子书〈西厢记〉》，〔明〕金圣叹评，江苏古籍出版社 1985 年版，第 17、279 页。

清，是好天气也呵！正是：闲寻方丈高僧语，闷对西厢皓月吟。

接下来是一段环境描写：

【越调】【斗鹌鹑】玉宇无尘，银河泻影，月色横空，花阴满庭。罗袂生寒，芳心自警。侧着耳朵儿听，蹑着脚步儿行：悄悄冥冥，潜潜等等。

【紫花儿序】等待那齐齐整整，袅袅婷婷，姐姐莺莺。一更之后，万籁无声，直至莺庭。若是回廊下没揣的见俺可憎，将他来紧紧的搂定；则问你那会少离多，有影无形。

王实甫此处的情境描写对于烘云托月、将读者逐渐引入故事的焦点莺莺有着强烈的暗示意味——如此月夜、如此玉宇、如此花阴，只有佳人才配得上。莺莺惊鸿而去后，作者仍旧尽职地继续写“云”：

〔末唱〕

【幺篇】我忽听、一声、猛惊，原来是扑刺刺宿鸟飞腾，颤巍巍花梢弄影，乱纷纷落红满径。

小姐你去了呵，那里发付小生！

【络丝娘】空撇下碧澄澄苍苔露冷，明皎皎花筛月影。白日凄凉枉耽病，今夜把相思再整。

……

【绵搭絮】恰寻归路，伫立空庭，竹梢风摆，斗柄云横。呀，今夜凄凉有四星，他不瞅人待怎生！虽然是眼角传情，咱两个口不言心自省。

今夜甚睡到得我眼里呵！

【拙鲁速】对着盏碧荧荧短檠灯，倚着扇冷清清旧帏屏。灯儿又不明，梦儿又不成；窗儿外淅零零的风儿透疏棂，忒楞楞的纸条儿鸣；枕头儿上孤另，被窝儿里寂静。你便是铁石人，铁石人也动情。

就作者的叙事聚焦而言，应该是张生与莺莺的情意相通，张生目中所见焦点而言，应该是莺莺本人。然而作者写月夜、写灯、风和竹子，这种一再延长读者/观众的心理预期、让其欣赏期待落空的做法，增加了叙事的张力和趣味。

借“云”托“月”中，也暗含了聚焦的“虚”与“实”。杨义认为：

"聚焦和非聚焦是相对的，是相反而相成的。在中国叙事学的传统术语中，聚焦为实、为密，非聚焦为虚、为疏……聚焦为非聚焦的基础，非聚焦为聚焦的映衬和升华。没有非聚焦的地方，聚焦的部分就不能显得空灵，就不能触发读者广阔的联想。"①借"云"托"月"与"铺陈式"聚焦的托物喻志不同，后者的"糠"与"五娘"在命苦上有共同之处，聚焦与非聚焦的"云"是云、"月"是月，没有可比性。

　　"聚焦"即对准要叙述之物，"非聚焦"等于对准边缘之物。"非聚焦"并不等于"无聚焦"，而是指没有聚焦于主要叙述对象，却对准了他物。对于他物来讲仍然存在聚焦，只是这个聚焦看上去是"虚"的、与主要聚焦没有关系。试以《长生殿》的第三十二出"哭像"为例来加以说明：

　　（生起立对像哭科）我那妃子啊，

　　【上小楼】别离一向，忽看娇样。待与你叙我冤情，说我惊魂，话我愁肠……（近前叫科）妃子，妃子，怎不见你回笑庞，答应响，移身前傍。（细看像，大哭科）呀，原来是刻香檀做成的神像！

　　对迎像的情感抒发淡淡几笔，随即笔墨宕开，送杨妃入亩，笔墨不对着杨妃而是对着送像的銮驾：

　　（生）

　　【幺篇】谷碌碌凤车呵紧贴着行，袅亭亭龙鞭呵相对着扬。依旧的辇儿厮并，肩儿齐亚，影儿成双。情暗伤，心自想。想当时联镳游赏，怎到头来刚做了恁般随倡！

　　这对于像本身来说是虚写，到了庙中仍然虚写：

　　【满庭芳】我向这庙里抬头觑望，问何如西宫南苑，金屋辉光？那里有鸳帏、绣幕、芙蓉帐，空则见颤巍巍神幔高张，泥塑的宫娥两两，帛装的阿监双双。剪簇簇幡旌扬，招不得香魂再转，却与我摇曳吊心肠。

　　写了庙中装饰与宫中看似相同，然而却是木雕泥塑，只能通过回忆

---

　　① 杨义：《中国叙事学》，人民出版社 2009 年版，第 245 页。

过去和写周边景致来聊以自慰：

【快活三】俺只见官娥每簇拥将，把团扇护新妆。犹错认定情初，夜入兰房。(悲科)可怎生冷清清独坐在这彩画生绡帐！

(丑)启万岁爷，杨娘娘升座毕。(生)看香过来。(丑跪奉香，生拈香料)

【朝天子】蒸腾腾宝香，映荧荧烛光，猛逗着往事来心上。记当日长生殿里御炉傍，对牛女把深盟讲。又谁知信誓荒唐，存殁参商！空忆前盟不暂忘。今日呵，我在这厢，你在那厢，把着这断头香在手添凄怆。

唐明皇追忆杨妃自缢而死的前后，悔恨交加，恨不得"与你同穴葬，做一株冢边连理，化一对墓顶鸳鸯"，看似虚写，实际又笔笔实写，看似在写过去之事，其实笔笔是眼前事。

另一种无聚焦是看起来聚焦，但到最后失去聚焦。比如说毛声山提到"生"与"抹"之法："……至于写弹琴，却是不曾弹；写寄书，却是不曾寄；写卖发，却是不曾卖；写筑坟，却是不曾筑；……写谏父，而谏时偏谏不听；写迎亲，而迎时偏迎不着……"[1]换言之，"聚焦"表面上写"筑坟"，实际上写五娘之孝感动上天而代之筑坟；写寄书，实际上写的书如何被拐而不曾寄。这种"事与愿违"的聚焦之法使得戏剧场面风云突变，增加了叙事趣味与张力。

四、延宕式聚焦

一般认为，"延宕"在戏剧文本中用于推迟、延缓戏剧冲突的爆发，使戏剧情节因处于"引而不发"的态势之下，强化读者/观众的心理期待。"延宕"作为编剧处理情节的一种方式，是本应发生但为了强化戏剧性效果而故意延迟，它可以是人物出于自身原因而延迟的"行动"，也可以是编剧对冲突爆发的有意延迟。如果不存在人物延迟行为发生的

---

① 〔清〕毛纶：《毛声山评第七才子书琵琶记》，侯百朋编《〈琵琶记〉资料汇编》，书目文献出版社1989年版，第284页。

故意，仅仅是客观条件不能够具备而推迟发生，则不宜算是延宕的处理。比如莎士比亚的《哈姆雷特》中，哈姆雷特听鬼魂诉冤之后，并没有贸然地去复仇，他的一再拖延的行为被视为优柔寡断，也因此被文学史称为"犹豫的王子"，但这并不能算作是情节的延宕。因为从整个剧情看，哈姆雷特得知此事后，主观上一直在谋划复仇，在复仇的行动上并没有延迟的故意，只是因为客观条件的阻碍与自身性格原因而错失良机，而导致复仇未能成功。这从情节的冲突上看，是一波未平、一波又起，是冲突的转化与升级，不存在压制主要冲突发展的情况。

"延宕"在情节中发生时，主要体现在局部情节的处理上，"延宕式聚焦"强调在情节上压制主要冲突，延缓矛盾的爆发。这通常有两种方式：直接延宕与间接延宕。

直接法即推迟主要矛盾的发生。在利用视域的不对等营造冲突时，有经验的剧作家往往引而不发，极尽延宕之能事，以促进戏剧性的充分发展。毛声山认为，《琵琶记》中还有许多出人意料的处理，"比如说'儿言谏父'一篇，偏不写其从谏，偏写其语言触忤，却不料有'听女迎亲'一篇，陡然一悔。又如'寺中遗像'一篇，偏不写其相会，偏写其当面错过，却不料有'两贤相遘'一篇，突如其来"。由此，他得出结论说："大约文章之妙，妙在人急而我缓之，人缓而我急之。人急而我不故示之以缓，则文澜不曲，人缓而我不故示之以急，则文势不奇。"[1] 这也就是说，不在观众所预料的地方推进情节的发展，故意让观众的期待落空，然后在不经意间推动情节，这就是"延宕"的体现。再如《罗密欧与朱丽叶》中，乳媪向朱丽叶报告提博尔特死讯时，故意不肯说出真相，也是一种"延宕"：

乳　媪　不是天道狠毒，罗密欧才下得了这样狠毒的手。啊！罗密欧，罗密欧！谁想得到会有这样的事情？罗密欧！

朱丽叶　你是个什么鬼，这样煎熬着我？这简直就是地狱里的酷刑。罗密欧把他自己杀死了吗？你只要回答我一个"是"

---

① 〔清〕毛纶：《毛声山评第七才子书琵琶记》，侯百朋编《〈琵琶记〉资料汇编》，书目文献出版社1989年版，第283页。

字，这一个"是"字就比毒龙眼里射放的死光更会致人死命。如果真有这样的事，我就不会再在人世，或者说，那叫你说声"是"的人，从此就要把眼睛紧闭。要是他死了，你就说"是"；要是他没有死，你就说"不"；这两个简单的字就可以决定我的终身祸福。

乳　媪　我看见他的伤口，我亲眼看见他的伤口，慈悲的上帝！就在他的宽阔的胸上。一个可怜的尸体，一个可怜的流血的尸体，像灰一样苍白，满身都是血，满身都是一块块的血；我一瞧见就晕过去了。

朱丽叶　啊，我的心要碎了！——可怜的破产者，你已经丧失了一切，还是赶快碎裂了吧！失去了光明的眼睛，你从此不能再见天日了！你这俗恶的泥土之躯，赶快停止呼吸，复归于泥土，去和罗密欧同眠在一个圹穴里吧！

乳　媪　啊！提博尔特，提博尔特！我的顶好的朋友！啊，温文的提博尔特，正直的绅士！想不到我活到今天，却会看见你死去！

作者故意安排乳媪不讲明白死的到底是表兄还是情人罗密欧，让朱丽叶的担心忧虑悲伤到达顶点之后，才一语道破真相，营造了反转的戏剧效果。

再如《同船过渡》（沈虹光）中，高爷爷误信报纸上的征婚启事，前来与方老师见面，编剧也采用了延宕的方式来推迟真相的揭晓。高爷爷来找方老师，方老师因为着急打不开门，二人只得隔门对话，因为听不清而闹了许多笑话，这些笑话围绕一个中心——推迟方老师知晓报纸征婚一事。米玲回来后，高爷爷终于进门了，他将带来的鲜花送给方老师、称赞对方的书法、表达自己的好感，但提到自己的来意，总是觉得难以启齿。在这种情况下，他终于拿出了刊登征婚启事的杂志，岂料方女士并无兴趣，高爷爷只得岔开话题。如此一来，读者更加期待看到清高孤傲的方老师得知征婚启事后的反应，然而编剧继续推迟真相的到来、延缓冲突的发生：

方老师　哎，刚才我们说到哪儿了？广告，说广告是不是？广告呢？

高爷爷 在你手上。

方老师 哦。（找眼镜）眼镜呢？

高爷爷 这儿。（殷勤地递眼镜）

方老师 （戴眼镜翻杂志）在哪里？

高爷爷 （指点）这儿。

方老师 （读）"再生精治疗脱发斑秃有奇效。"

高爷爷 不对不对。

方老师 （继续读）"滋润您的肌肤，增添您的自信。"

高爷爷 不对不对。（拿过杂志）眼镜。（接过方老师递过来的眼镜）这儿，你看这儿。（指点杂志）

方老师 （又从高爷爷手中接过杂志、眼镜，读）"征婚广告"？（继续读）"……一位终身未嫁的女士期待着幸福的降临。"谁？ ①

即使是方老师看到了广告，编剧仍然让人物选择不予相信来延缓冲突的爆发，并逐步推进双方之间剑拔弩张的气势。当然，在《同船过渡》中，高爷爷与方老师均没有推迟知晓真相的主观意愿，是编剧用戏剧技巧"强行"延缓着冲突的爆发，同时为"方老师昏倒"累积冲突情势。

在延宕式聚焦中，也可以不围绕当下的情节来延缓冲突的爆发，而是"顾左右而言他"，这就是间接法。比如话剧《雷雨》中，周冲为帮助四凤读书而恳求父亲时，这一情节被"喝药"一事中断了：

【四凤由饭厅门入，端了碗普洱茶。

冲 （犹豫地）爸爸。

朴 （知道他又有新花样）嗯，你？

冲 我现在想跟爸爸商量一件很重要的事。

朴 什么？

冲 （低下头）我想把我的学费的一部分拿出来。

---

① 选自《中国话剧百年剧作选（第17卷）》，刘厚生等编，中国对外翻译出版公司 2007 年版，第 351—394 页。

朴　　哦。

冲　　（鼓起勇气）把我的学费拿出一部分送给——

　　【四凤端茶，放朴面前。

朴　　四凤——（向冲）你先等一等。（向四凤）叫你给太太煎的药呢？

四　　煎好了。

接下来是周朴园威逼繁漪喝药，周冲表示反对时，周朴园话里有话地说，"你同你妈都不知道自己的病在哪儿"，要周冲把药端给繁漪，无果后又让周萍跪下央求：

朴　　（高声）跪下！（萍望着繁漪和冲；繁漪泪痕满面，冲全身发抖）叫你跪下！（萍正向下跪）

繁　　（望着萍，不等萍跪下，急促地）我喝，我现在喝！（拿碗，喝了两口，气得眼泪又涌出来，她望一望朴园的峻厉的眼和苦恼着的萍，咽下愤恨，一气喝下！）哦……（哭着，由右边饭厅跑下。）

　　【半晌。

朴　　（看表）还有三分钟。（向冲）你刚才说的事呢？

冲　　（抬头，慢慢地）什么？

朴　　你说把你的学费分出一部分？——嗯，是怎么样？

冲　　（低声）我现在没有什么事情啦。

这段文本中，"繁漪喝药"这一情节不光中断了"助四凤读书"这一事件，而且本身就是一种"延宕式"的聚焦：四凤劝、周冲劝、周萍跪，最终才喝药成功。这种用其他事件来推迟正在讲述的事件的"延宕式"聚焦，不同于前文所述的"烘托式"聚焦。烘托式聚焦是一种侧面的描写，所写事件就是当前的事件，在"写"此事，只是不对准"此事"的中心，比如《长生殿》"哭像"中写"迎像""送像"路上发生的事情；延宕式聚焦中，"彼物"与"此物"之间没有联系，完全是借"彼事"来取代对"此事"的交代。

"延宕式"聚焦中，"彼事"的解决也影响着当前冲突的解决。比如《雷雨》中，在"喝药"完成后，其实也打消了周冲的"助学"念头——他明白跟父亲是商量不通的。当然，许多情况下"彼事"仅仅是延缓了"此事"的聚焦。比如陆军的沪剧《一夜生死恋》中，工程师辛耀祖身为共产党员要去抢险，此举九死一生，需要跟妻子小艾交代清楚。为了找到存在感，在生命的尽头他买了一瓶只有成功人士才能品尝、与清贫知识分子无缘的茅台，打算夫妻喝场"诀别酒"。"喝茅台"这一动作无疑是该场面中最重要的情节，但是作者的笔墨并没有放在如何打开、如何品尝茅台上，而是不断推迟这一动作的发生。先是辛耀祖面对心爱的妻子始终难以开口：

辛耀祖 （旁唱）小艾声声来催问，

　　　　　　耀祖心中乱纷纷。

　　　　　　无奈何编一段谎言哄小艾。

　　　　　　也免得，惜别之夜泪淋淋。

　　　　　　（白）小艾！

　　　　　　只因队里有公务，

　　　　　　耀祖明日要出远门。

小　艾 （唱）为妻在家将你等，

辛耀祖 （唱）近期恐难见亲人。

小　艾 （唱）莫非要去个把月？

辛耀祖 （唱）数十天难以有回音，

小　艾 （唱）难道会去七、八年？

辛耀祖 （唱）几年也难回家门。

小　艾 啊?!

　　　　　　（唱）你究竟出的什么差？

　　　　　　到底哪省哪市请你做贵宾？

辛耀祖 （唱）横向联系传友情，

　　　　　　劳务输出到、到、到也门。

小　艾 什么？到外国去？

辛耀祖 （艰难地点头）哎哎！

　　　　　　（唱）反正是组织已经决定，

　　　　　　长期出差两离分！

谎言被识破后，小艾误以为辛耀祖移情别恋，她要深明大义、成全丈夫。辛耀祖只得吐露实情，原来并非要出差，只是抢险有去难回。小艾情急之下，要替丈夫抢险，通过夫妻的你谦我让写出了二人深厚的感情。但是辛耀祖怎能让妻子代自己冒险呢？在他嘱托完身后事，夫妻两个忍痛作别，终于落实到真正的"喝茅台"时，编剧却突转一笔，茅台竟然是假的：

辛耀祖　哎呀！怎么用眼泪送我上前线哪？来，咱喝酒。（斟内）

小　艾　哎！这酒怎么一点也没有酒味道呀！

辛耀祖　茅台酒嘛，就是跟别的酒不一样！（自己先喝了一口，忽觉不对，再喝一口，依然不对）小艾，尝尝到底是什么味道？

小　艾　（喝酒）啊?!是凉水！

辛耀祖　凉水？哈哈哈！是凉水！茅台酒原来是凉水！

小　艾　耀祖，你别难过！我们谁也没有喝过茅台酒，谁也不知道茅台酒是什么滋味，今天晚上，这瓶凉水，我们就当它是茅台酒来喝吧！

辛耀祖　说的也是！小艾，来，干杯！

　　　　【切光。

　　在"非聚焦"中，是对本应有的"聚焦"避而不谈，留下一片空白的想象空间，而在"延宕式聚焦"中，虽然一再拖延，最终还是实现了聚焦；只是这种聚焦的时候，由于前期的铺垫，往往言简意赅，点到为止。从上例也可看出，延宕式聚焦通常常伴随着情节的发现和突转，比如夫妻二人在生离死别的重要场合，选择了喝茅台诀别，没想到最后却是凉水，这种"不幸专挑苦命人"反转设计，看似反讽实则蕴含了深切的"哀其不幸"，既褒扬了他们普通夫妇的高洁人格，也是对世风日下的无言谴责。正是因为延宕在前期的铺垫作用，才为后续的发现和突转累积了戏剧情势，造成强烈的戏剧效果。

五、轮回式聚焦

轮回式聚焦是指让聚焦对象重复出现，从而起到强调、突出的叙事效果。之所以用"轮回式"而不用"重复式",是指这种聚焦除了出现在细节中外,还能够用以贯连情节,成为戏剧结构的主要方式。轮回式聚焦既可以是情节的一再出现,也可以是细节的重复。比如越剧《梁山伯与祝英台》中"十八相送",祝英台借物一比再比,就是一种重复式聚焦;扬剧《梁山伯与祝英台》在"十八相送"之后又有"回十八",也是一种重复式聚焦。前者属于细节,后者则属于情节。

在心理式结构的戏剧中,为了强调特定事件对人物心理的催化作用,会不断地回到情节发生的时间点上。比如《漫漫圣诞回家路》中,暴怒的父亲在冲动之下,让汽车冲出高速公路,制造了家毁人亡的惨剧。编剧让此事一再出现在姐弟三人的脑海中,强调其对幼小的心灵造成的伤害。在常规样式的戏剧文本中,采用主题或故事类型接近的情节时,也可以视为一种重复式聚焦。比如《小狐狸》中三条情节线描述了相同类型的骗局,借此表达对骗子的嘲讽和讥笑;《哥本哈根》中主人公一再回忆海森堡的拜访等。

细节的重复是轮回式"聚焦"的常见样式,多借助物件进行。在新编莆仙戏《踏伞行》中,主要情节是二人的相爱,而"伞"又是不可或缺的物件,编剧围绕这一道具,让它既成为二人相识的桥梁,也成为解决矛盾的方案。两人兵乱中相逢,王慧兰向陈时中求救,要留住对方时,靠的是这把伞。她先"扯"住伞,后又"抢"伞、"踏"伞、"跪"伞:

　　　　　　【陈时中欲拾伞,王慧兰不让,二人互抢。

陈时中　放手。

王慧兰　奴不。

陈时中　放手。

王慧兰　奴不放。

陈时中　伞还我——

王慧兰　奴不。

陈时中　小娘仔,放手——

王慧兰　奴不放!(一急之下,跪伞)

两人闹矛盾后,陈时中想用手中的雨伞唤回王慧兰。

【陈时中撑开雨伞，欲上前为王慧兰遮雨，两人相对一愣，
目光不约而同停在那把雨伞上，随后又各自慢慢退回。

王慧兰 （唱）【青纳袄】

怎能忘，逃难惊心，

留伞踏伞意殷殷。

一路同行共风雨，

权称夫妻有温馨。

本道恩义尽，

谁料情如江流心底腾。

一起一落又一里，（重句）

一回一旋后，

转眼又千顷。

陈时中无奈道别后，王慧兰不忍分离，情急之下原谅了对方：

陈时中 （拱手后）学生去了。（转身欲行）

王慧兰 且等！有雨，这伞拿去！（递伞）

陈时中 （立住）那伞还是留给你用。（又欲走）

王慧兰 （看手中伞，突然唤）陈郎……

这把雨伞在剧情的不同地方出现，勾起二人的回忆，细节融入了情
节当中，成为情节的点睛之笔，也有效地实现了情节和主旨的集中。

轮回式聚焦中出现的聚焦对象如果是物件，则又会拥有特定的象征
意义，随着反复出现而使意义得到强化和升华。比如姚远的话剧《商
鞅》中，编剧尤其注意对"车马"这一细节的交代。

第一次时，是商鞅初到秦国，因献策有功而被赐马车：

【追光下出现景监。

景监 国君诏曰："为承启先祖基业，光大万世，唯有变法，方可
使我大秦振作。吾变法之心已定，命卫鞅着即制定强秦之
法。择吉日，行大典，诏示天下。卫鞅献策有功，官拜左庶
长，准乘一驾车马！"

随着变法的进行，秦国国力日益强盛，商鞅的官职步步高升，先后被赐予三驾之车、五驾之车：

【追光下景监出现。

国君诏曰："左庶长执法严明，朝野肃然。由此法令无不遵行，兵革大强。为光复旧业，收复失土，左庶长率兵东征，连连奏凯。战元里，取少梁，围固阳，得城池一座，斩敌人首级七千，拓展疆土三百里。得使秦国东迁咸阳，坐视中原。以此卓著功勋，特准卫鞅官拜大良造，准乘三驾之车！"

……

【追光下，景监出现。

国君诏曰："西河之战，大获全胜。魏国闻风丧胆，已将国都东迁大梁。大良造功勋盖世，特赐封商、乌两地共一十五城，准乘五驾车马，尊为列侯。"

【暗转。

此时的"车马"就不再是普通的交通工具，而拥有了特定的象征意义：马车前面扬蹄奋起的马，代表商鞅奋不顾身、一往无前的革新精神，而它背后所拖曳的马车，代表着守旧的秦国。剧终时商鞅站在马车上，左冲右突试图冲开包围圈，代表了改革者生命不息、奋斗不止的牺牲精神。商鞅的步步升迁伴随着马车的获得，这代表他身上的枷锁重重加深，最后车裂他的正是被赏赐的五驾之车，商鞅的功绩恰好成为套牢他杀死他的罪证，变法功臣被享受了变革红利的贵族豪门所谋杀。作者将"马车"这细节融入商鞅被赏赐、被屠杀的情节中，深刻有力地揭示了改革者的不幸命运，表达了对既得利益者的鞭挞与愤慨。

多种聚焦方式可以同时出现在一个文本中，甚至出现在同一个场面或片段中；聚焦的变化可以同时通过视角、视点和聚焦对象的变化来实现，形成三者合一的流动视点。不同方式的聚焦，对于戏剧场面的安排有着重要意义。毛宗岗在《读〈三国志〉法》中提到，情节安排要前后呼应，要时连时断，结构布局要均衡对称，要注意气氛的调整和色彩的搭配，要突出重点，等等。[①] 这其实都涉及如何通过聚焦的巧妙安排，来避免场面的凌乱、实现场面有机化的技术问题。在中国古典戏曲中，角色配置是实现场面变化的重要手段。比如汤显祖的《牡丹亭》中，从开场一直到杜丽娘游园，情节发展变化不大，主要是对杜丽娘及其周围人物的生活化交代，但是出场的行当却很丰富，性格色调变化也很大。从柳梦梅的儒雅到杜宝的迂腐、再到陈最良的穷酸、到石道姑的戏谑和春香的活泼，通过不同行当的人物登场实现了场面气氛的调剂。当然，更好的做法是通过情节本身的发展、主题的变化来实现场面的变化。

此外，戏剧文本中的聚焦变化与主要场面、次要场面的结合有关。主要场面指对主题、主要人物性格、人物关系和情节发展有关的部分，而次要场面与次要人物有关，常用于烘托气氛，表现时空的过渡。在《娜拉出走之后》中，从"娜拉出走后饱受资本和男性的压榨、最终重新沦为玩物"这一主要情节出发，本剧只需要保留娜拉在工厂被骚扰、娜拉成为魏刚情人、娜拉在魏刚授命下勾引海尔茂、娜拉被抛弃即可，然而作者还分了一些笔墨去写部长与魏刚的沆瀣一气、林丹太太对海尔茂的献媚。这些事件拿掉后虽然不影响主要情节的发展，也不妨碍主题的表达，但是加上事件是对主要情节的必要调剂和主题的深化，可以更好地说明资本和男性对女性的压迫是全方位的，而女性对这些压迫早就习以为常。

聚焦的变化也与主要情节、次要情节有关。戏剧文本的"戏核"仅有一个，"核心"可有多个。西摩·查特曼认为，除了拥有重要地位的"核心"外，还有与此相反的"卫星"事件。如果说前者是核心事件，那后者就是次要事件。叙事的"核心"是故事的关键，也是文本中必然要表达的内容，次要事件"可以被去除而不会扰乱情节的逻辑，尽管它

---

① 参见徐岱《小说叙事学》，中国社会科学出版社 1992 年版，第 38—39 页。

的去除当然会在美学上损伤叙事"。^①这里的"核心"事件构成主要场面，而"卫星"事件构成次要场面，后者在情节上并非必须，但也不宜忽略。如果全部是主要场面，戏就会显得太实太满、缺乏灵动，如果次要场面太多，又会显得空疏失焦、散乱无序。因此，必须主要场面与次要场面结合。如果编剧深谙"聚焦"的虚实之道，写戏时可以避免以上两类问题，让戏剧情势在集中的前提下摇曳多姿。

---

① [美]西摩·查特曼：《故事与话语：小说和电影的叙事结构》，徐强译，中国人民大学出版社2013年版，第54页。

第八章　戏剧话语与叙事色彩

　　热拉尔·热奈特在《叙事话语》中认为"叙事"一词有多重含义。第一重含义是"承担叙述一个或一系列事件的叙述陈述，口头或书面的话语"，也即人物讲述故事时所用的话语，典型的如《奥德修纪》中主人公在菲阿西斯人面前发表的讲话。第二重含义是指"真实或虚构的、作为话语对象的接连发生的事件，以及事件之间的连贯、反衬、重复等不同的关系"。如果说第一重含义中的"叙事"指的是语言或其他媒介的"话语"，那么这里的"叙事"指的是"话语"所承载的"故事"，即事件的"行动和情境的总体"。第三层含义指"叙事"这一行为，它"仍然是一个事件"，但不是"人们讲述的事件"，而是"某人讲述某事（从叙述行为本身考虑）的事件"，也即整个叙事活动。

　　在热拉尔·热奈特看来第一层为"叙事"，第二层为"故事"，第三层为"叙述"。在这三种不同的含义中，除第一层指话语外，其他两层均与事件和讲述事件的行为有关。热拉尔·热奈特的"叙述话语"研究以第一层含义为主，兼含对话语与所述事件（即第二层含义）关系的研究，包括叙事话语与故事事件之间的关系，以及话语与生产它的真实作者与虚构叙述者之间的关系。①

　　本章所说的戏剧话语，指叙事第一种用法中对话所使用的话语及其语法，不涉及事件结构等要素。

　　热奈特将小说中的叙事话语分为叙述性话语、转换话语、戏剧式转述话语三种类型。其中，戏剧式转换话语是模仿的话语，比如作者笔下

---

① [法] 热拉尔·热奈特：《叙事话语　新叙事话语》，王文融译，中国社会科学出版社1990年版，第7页。

的人物对话，在经由作者转述之后，要求模仿对话者的语气和神态，如实还原当时的过程。叙述性话语则是作者的话语，模糊了原文中的"讲话、手势、态度、情绪"等信息之间的差异，将话语简化为事件，是对原始对话的完全改写，叙述者的参与度最强。而转换话语是介于模仿话语和叙述化话语之间的话语形式，部分包含了人物对话中的细节，部分进行了改写。热奈特所说的戏剧式转述话语接近于戏剧文本中的对话。

申丹、王丽亚认为，小说中的叙事话语可分为直接引语、自由直接引语、间接引语、自由间接引语和言语行为的叙述体五种类型。[①] 这五类中，"言语行为的叙述体"实现着叙述者对原始事件的最大干预，其程度相当于热奈特的"叙述性话语"，由作者的话语构成。"直接引语"则对应"戏剧式转述话语"，系指小说文本中由人物对话构成的段落。"自由直接引语"和"间接引语"则接近于热奈特的转换话语。

关于戏剧文本中的叙事话语，曼弗雷德·普菲斯特认为，"（小说）叙事文本中，叙述者的话语和叙述者所引述的虚构人物的话语是互相交接的；而在戏剧文本的多媒介演出过程中，话语表达途径只剩下角色的独白和对白"[②]。其实，他在这里忽略了一个事实，作者的叙事话语在演出时前者被隐去，观众看到的只是角色的独白和对白，但戏剧文本本身，是由舞台提示和动作提示，以及虚构人物的对话构成的。舞台提示和动作提示的发出者是作者——虚拟作者，他们也是戏剧文本的独白和对白的生产者，无论人物独白还是对白中，均存在出现叙述性话语、戏剧式转述话语，以及直接引语、间接引语等所有类型话语的可能。如果再考虑到戏剧叙事话语在风格样式的不同、戏剧中不同人物口吻的不同，那么戏剧文本中的话语形式比小说中还要复杂。这既给我们的叙事话语研究带来广阔的空间，也带来了一定程度的挑战。

在第一章"戏剧中的叙述"中，我们探讨了场景叙事和话语叙事的

---

① 申丹、王丽亚：《西方叙事学：经典与后经典》，北京大学出版社 2010 年版，第 156—161 页。

② ［德］曼弗雷德·普菲斯特：《戏剧理论与戏剧分析》，周靖波，李安定译.北京广播学院出版社 2004 年版，第 7 页。

不同，稍微涉及叙事话语的内容，在本章中，我们将集中探析戏剧中话语的类型与样式、功能表达和组织色彩等内容。

第一节　戏剧话语类型与样式

戏剧文本中的话语首先可以分为舞台话语与对话文本。舞台话语分为舞台提示和动作提示，对话文本可按照戏剧性的强弱分为动作性话语与叙述性话语两类。动作性话语属于一般的人物对话，用于表达人物态度观点，包含少量的回忆和叙述，而叙述性话语分为独白、旁白等，包含大量的回忆和叙述，通常用于交代故事背景、人物心理等信息。

一、舞台提示与动作提示——第一文本与第二文本

舞台提示、动作提示与人物对话的区别实质是第一文本与第二文本的区别。曼弗雷德·普菲斯特认为，印刷文本分为两类，一类是发生在戏剧角色之间的对话，另一类是不以对话形式在舞台上表现的文字，比如剧目名称、作者献词、题词、前言、人物表、报幕、关于动作和场景的舞台提示、由某人说某句台词的规定等。R. 英伽登称之为主文本 / 第一文本和次文本 / 第二文本。①

一般来说，舞台提示、动作提示所占的比例要远逊于正文本。不过在剧作实践中，舞台提示的多与少是因人而异的事，其重要性也不容忽略。我国剧作家曹禺的剧作中，舞台提示和动作提示所占的比例不仅多，而且就语言所包含的意义指示来说毫不逊色于人物对话。我们在奥尼尔的许多作品中，也可以看到对人物动作、心理活动的细致描述。塞缪尔·贝克特的《没有台词的表演》和彼得·汉德克的《被监护人属于

---

① ［德］曼弗雷德·普菲斯特：《戏剧理论与戏剧分析》，周靖波、李安定译，北京广播学院出版社 2004 年版，第 19 页。

监护人》则全部由舞台提示构成，人物的对话被去除掉了。因此，在考虑戏剧文本的语言构成时，必须将舞台提示、动作提示与正式文本的对话同时考虑在内，它们均为戏剧文本的话语构成内容，不同话语所具备的功能不同，所遵循的写作规则也各有不同。

舞台提示的种类十分丰富，有时涵盖了动作提示。戏剧中的舞台提示或者描述与角色自身相关的表演信息，或者描述所处的视听语境。在前者中，包括"人物上下场的时间和方式、体形和扮相、面具和服装、手势和表情、对话的元语言要素以及角色间的组合与互动"，而语境方面的舞台指示，则包括"布景、道具、灯光、音乐和音响、人造烟雾或舞台机械等特效，还有转场和分幕——还包括开放式舞台上的'转换'"。[①] 随着戏剧观念的革新、技术的进步，舞台提示的种类还会相应增加。

一些舞台提示的类型倾向于客观简要的描述，涉及舞台上的道具、人物的外貌、装扮等，简要客观地交代故事发生的时间地点背景，人物关系，表达上较为冷静客观。比如美国剧作家奥古斯特·威尔逊的《篱》当中的舞台提示：

> 这是 1957 年。特洛伊和波诺一边说着话，一边走进院子。特洛伊五十三岁，拥有一双厚实的大手，身材魁梧高大，以至于他必须得努力去填满和适应这种巨大。他的庞大同他的黝黑皮肤一起，体现了他对生活的感情和选择。在这二人当中，波诺显然是追随者。他对三十年的友谊的忠诚，源于他敬佩特洛伊的诚实、努力工作的能力和他的力量，这也是他努力效仿的。这天是星期五发薪日的晚上，他们也在这天喝酒和闲聊。特洛伊通常是滔滔不绝的那个，有时粗鲁甚至粗俗，虽然他本可以采用高深一些的表达。他们拎着饭盒，穿着粗麻布围裙，这是他们收集垃圾的工作服。

这个舞台提示中主要介绍了人物的年龄、外貌、服装，还简明扼要地交代了人物关系、性格特征与生活习惯，除此外并无过多的渲染。另

[①] [德] 曼弗雷德·普菲斯特：《戏剧理论与戏剧分析》，周靖波、李安定译，北京广播学院出版社 2004 年版，第 21 页。

一种舞台提示则突出和强调了作者的好恶与感情色彩，比如话剧《雷雨》中的舞台提示：

> 她的父亲——鲁贵——约莫有四十多岁的样子，神气萎缩，最令人注目的是粗而乱的眉毛同肿眼皮。他的嘴唇，松弛地垂下来，和他眼下凹进去的黑圈，都表示着极端的肉欲放纵。他的身体较胖，面上的肌肉宽弛地不肯动，但是总能卑贱地谄笑着，和许多大家的仆人一样。
>
> 他很懂事，尤其是很懂礼节，他的背略有些伛偻，似乎永远欠着身子向他的主人答应着"是"。他的眼睛锐利，常常贪婪地窥视着，如一只狼；他是很能计算的。

这里虽然也交代了人物外貌，但作者不想保持客观中立的态度，力图强调人物性格"贪婪如同一只狼，善于算计"，体现出对读者／观众情感接受的强烈干预姿态。

与舞台提示相比，戏剧文本中的动作提示较简明扼要，以不打断正在进行的对话、提示出对话者的动作和神态为主。动作提示除了给演员以表演的提示外，对于营造戏剧氛围也很有帮助，优秀的动作提示能与心理活动连为一体，起到提示人物外部动作、揭示人物内心活动的双重效果。比如《雷雨》中，除了通过舞台提示体现夏日雷雨将至的压抑与阴郁外，人物的动作提示中，也体现着雷雨之前的不安与骚动。繁漪出现时的动作提示就暗示了人物的"雷雨"性格，即使在所爱的人面前，也是急躁、暴烈和充满威胁的：

周繁漪　萍，你刚才同四凤说的什么？（不等回答）今晚你要去见她！

周　萍　你没有权利问。

周繁漪　（恫吓地）你知道她是谁，你是谁么？

周　萍　我不知道，我只知道我现在真喜欢她，她也喜欢我。

周繁漪　你受过这样高等教育的人现在同这么一个底下人的女儿，这是一个下等女人——

周　萍　（暴烈）你胡说！你不配说她下等，你不配，她不像你，她——

此外，在鲁贵和周朴园的动作提示中，鲁贵的鬼鬼祟祟、周朴园的阴郁，也都在某种程度上契合着雷雨之前的压抑。

又如《田野又是青纱帐》(李杰)中，常秘书为了完成村上万元户的指标，绞尽脑汁给村民王长生"算账增收"。编剧通过动作提示精准地交代了双方的动作与神态，展示了双方的提防和算计：

王长生 我哪儿卖一万四千斤粮食呀！那是"顾小头"，说卖万斤
　　　　粮有奖，两家的粮往一家名下写，分那点儿奖金。

常秘书 谁让你弄虚作假了？在你名下，就得实事求是，算你的收
　　　　入。(记)连超产加价是两千五百块。

王长生 (哭笑不得)这不是活糟践人吗？

常秘书 谁让你弄虚作假了？你西岗子那片毛子嗑，油料，咋也卖
　　　　五百块吧？这就三千元整了。(记)

王长生 哪卖上五百了？孩子们炒着嗑了一些，亲戚办喜事要去一
　　　　袋子。

常秘书 那不也是钱吗？你那黑骡子，去年买的吧？

王长生 那是信用社贷的款，八百块。

常秘书 今年秋天给你下个驹呢？(要记)

王长生 (急)啥？你们家骡子能下驹呀？

常秘书 (不好意思)啊，骡子……就是不下驹，今年这价儿，也
　　　　卖一千五吧？去了八百贷款，你看，咱们实事求是，还
　　　　有七百吧？(记)这就三千七了。你那两头牛，少合，值
　　　　一千吧？(记)四千七了。

……

王长生 (几乎是哀求)常秘书，你在这乡上也二十多年了，你知
　　　　道我，我说句谎就像偷人家似的，多少天抬不起头来。活
　　　　学活用让我丢了一回人，这回你就饶了我吧！

常秘书 (隐隐地同情)我也是不愿意这么整，可你也得让我交代
　　　　上呀？打我到乡上二十多年，人家来一个锻炼两年走了，
　　　　来一个锻炼两年走了。眼下你看我都拔顶了，(把头低着
　　　　伸过去)四个孩子都误到屯子了。不说老党员、老典型，

342

就是为了可怜我，你也得让我交上差儿呀！^①

为了完成上级交代下来的任务，常秘书挖空心思、巧立名目，成了一台不顾民意只顾机械记录的官僚机器。编剧对他的动作描写集中在一个"记"字上，而身为农民，并不拥有"笔杆子"优势的农民就只能是"急"和"哀求"。然而，毕竟良知未泯，常秘书自己也觉得强挖"万元户"的行为荒谬荒诞，因而只能回归于人情伦理，撇开不通情理的僵硬政策，"把头低着伸过去"，给对方看自己的花白头发、通过感情牌来换取对方的让步。双方的动作较量表面上看并不激烈，然而日常的动作背后体现的是人情伦理、文化惯性，机械、错误的政策正是借助人情而大行其道，坑害了国家与社会。全剧对形式主义、人情伦理的文化批判就蕴含在这些动作之中。

与从日常生活中提炼出的富含人物性格的详尽动作提示相比，另一种能够准确揭示人物内心活动的动作提示也值得注意。比如夏衍的《法西斯细菌》中，特意设置了中国生物学家和他的日本妻子这样一组家庭关系，在日本侵略中国的背景下，这样的夫妻关系显然是紧张的，但是，编剧对人物的动作描述却不求细致，只求传神：

小孩子们　（内声）打，倒，小，东，洋……日，本，帝，国……打倒……

【笑声，骂声，拍手声。

【俞实夫猛然地站起来，寿美子擦掌摩拳地要奔出去，静子拉住了她……

赵 安 涛　咳。小孩子真是……（跑到后面去了）

【钱裕兴奋地跟在后面，下。

【俞实夫颓然坐下来。静子好容易拉住了寿美子，用手遮住了寿美子的耳朵。

静　　子　别听他们，别听……

【后面安涛的声音和孩子们的起哄声、零落不齐的拍手声。孩子们唱着《义勇军进行曲》，渐渐地又归沉静。

---

① 李杰：《田野又是青纱帐》，选自《中国话剧百年剧作选（第15卷）》，刘厚生等编，中国对外翻译出版公司2007年版，第201—284页。（后同）

【赵安涛等人回来，钱裕跟在后面。

赵安涛 （看了一下大家的面色，坐下来，沉默，点着一支烟，然后不胜感慨似的）这是很可怕的事情……

【俞实夫望了他一眼，无言。

赵安涛 尽是些五六岁的小孩呀……

【俞实夫用手搔头，无言。寿美子又跑回父亲身边去。

俞实夫 （抚着她）乖孩子。

赵安涛 所以我说，世界变了，连天真的小孩们，也……

【俞实夫望着噘起了嘴的寿美子，痛苦越甚，依旧无言。①

当孩子因有日本血统而被中国孩子打骂时，作为父亲的俞实夫只是"猛然地站起来"、"颓然坐下来"，"无言"，"依旧无言"。这里以少胜多，言简意赅地表现了人物情感的升起、压抑与失落，无言地表达了个人面临家国之变重压的悲怆与愤懑。

二、一般对话与特殊对话

鲍尔斯从叙述形式的对话与非对话出发，参考斯威尔士（Swales）依据互动目的分类准则，将人们的对话分为两类，一般谈话类（conversational）和特殊类型（specific）。前者包括回忆、八卦、笑话，而后者包括目击者证言、病人陈述（patient narrative）等类型。这里的一般类型，是指人们的日常对话，而特殊类型是指发生在法庭、医院等特殊场合的对话。这样的分类仍然不能解决戏剧文本中叙述故事的归类问题，因此，鲍尔斯又提出以互动模式、局部互动功能、话语角色为前提，分为共同建构、共同叙述、独白，判断、举例、解释，重述、回应、交替叙述等类型，进一步区分一般对话和特殊对话。② 特殊对话也可应用于戏剧文本中。如果说《美狄亚》中老保姆对伊阿宋与女主人结

---

① 夏衍：《法西斯细菌》，选自《中国话剧百年剧作选》（第5卷），刘厚生等编，中国对外翻译出版公司2007年版，第133—216页。（后同）

② Hugo Bowles, John Benjamins, *Storytelling and Drama: Exploring Narrative Episode in Plays* [M], 2010, pp.63-65.

您的由来属于回忆的一般对话类型，那《雷雨》中鲁贵讲述"闹鬼"一事属于目击者证言的特殊对话类型。

一般对话与特殊对话在互动模式上有极大的差别。在安德烈·乔勒斯看来，神话、笑话和谜语等存在特定的语法和逻辑形式，是一种模式化的简单类型。[①] 证人陈述和病人陈述的双方不是共建和共同回忆，存在强烈的地位反差，进而影响到对话的戏剧性表达效果。一般来说，普通对话的问答比例适中，人物互动性较强，而在特殊对话中，则侧重于"述者"的讲述，问者的发问只是为了促进这种讲述。从戏剧效果而言，一般对话中，人物和人物之间呈对峙状态，尽管也部分交流信息，但重点是表达针对当下情势的态度和观点，构成了一种对峙的戏剧性。一般对话通常都采用模拟的口吻，人物的观点、态度通常不直接表达，而是隐藏在日常对话中，模仿生活中真实的对话形态，在需要交代补充信息时，也尽量以符合生活自然状态的方式予以交代。比如《休息日》（雷克·费舍尔）中的母亲，忍受不了家人的冷漠离家出走，路上遇到好心人梅塔的这段文本：

梅　塔　您……不是这儿的人吧？

玛丽雅　谢谢。不是。

梅　塔　您……走了很多路？

玛丽雅　是的。（仿佛是自言自语）一路望着天上的星星。

梅　塔　（诧异）望着星星？

玛丽雅　要想看到星星必须到野外去，城里是看不到的……城里尽是霓虹灯什么的，可这里……

梅　塔　没有……怎么……（突然）您听到广播里播放的寻人通告吗？

玛丽雅　我去的地方没有广播。

梅　塔　说的是穿灰色连衣裙、戴方格头巾的女人……是您吗？

玛丽雅　寻人通告……（镇静）她叫什么名字？

梅　塔　她六十二岁……穿带条纹的大衣……她叫……叫……

① ［美］罗伯特·休斯：《文学结构主义》，刘豫译，三联书店出版社1988年版，第66页。

玛丽雅	她叫玛丽雅·多罗捷雅·尼尔孙……
梅　塔	是，有一点像。尼尔孙……
玛丽雅	那就是我……寻人通告……我必须受得了……不过你们不要怕我，我没有杀人，也没有做过类似的事。而且，我也不是疯子。
梅　塔	但是，您……离开了家……
玛丽雅	是，离开了……因为我非常想看看田野，看看星星……看看大海……昨天夜色真美……我坐在悬崖上想着……①

借助被路人发现、询问的生活框架，关于玛丽雅的个人信息得到了交代，文本努力提供一种符合生活真实的对话模式。"一路望着天上的星星"等揭示人物内心渴望与性格的台词，也努力纳入生活场景中，使之自然真实。借用质疑和发问，巧妙地将关于前史的信息交代纳入模拟日常的交流中，是一般对话中常用的技巧。一般对话中所讲述的内容不仅有助于观众了解剧情，也是剧中人在当时情境下所关心的。

与之相反，特殊对话虽披着对话的外衣，其重点却在"讲述故事"，而非展开人物之间的冲突或对峙，本质上是借助剧中人物之口将相关信息告诉观众。剧中人物之间并不一定具有强烈的目的性和冲突性，戏剧性与一般对话相比较弱。因此，古典主义戏剧和注重情节的剧都避免这类叙事倾向，认为这会减弱戏剧的张力。

在特殊对话的双人对话中，故事可以采取"我说你听"的模式。"我说"的内容既可构成大部分文本——比如《动物园的故事》中那样，也可以仅构成局部的文本——比如《雷雨》中鲁贵讲故事的例子。多人对话则采取共同构建的模式。比如《哥本哈根》中，玻尔夫妇和海森堡死后追述当年的哥本哈根之行，三人通过话语构建了海森堡第一次到哥本哈根来的政治背景和人物遭际，至于对话者当下的情境并非编剧要表达的重点：

海森堡	首先是对理论物理学院玻尔实验室的一次正式拜访，在旧日熟悉的餐厅里一顿面面相觑的午餐，当然没机会与玻尔

---

① 雷克·费舍尔：《休息日》，《外国独幕剧选》（六），施蛰存编，上海文艺出版社1992年版，第83—126页。（后同）

交谈。甚至他出席了吗？当时，有罗森特尔……我想，还有彼特森。几乎肯定，还有克里斯汀·穆勒……真像在梦中。你永远无法面对当时身临其境的种种细节。那是玻尔吗？——坐在餐桌的上首。我仔细地看，是玻尔，还有罗森特尔，还有穆勒，我该见的人都在……然而，多么尴尬的场合——我至今记忆犹新。

玻　尔　场面糟透了，他留下极坏的印象。占领丹麦是不幸的，但占领波兰是无可非议的，德国赢得这场战争是无疑的。

海森堡　我们的坦克已经在莫斯科城下。还有什么能阻挡我们？不，或许还有一件东西。是的，是有一件东西。

玻　尔　当然他知道他被监视着，谁都必须切记，说话小心。

按照常规写法，这一段会面应当用场景展示来呈现，需要对当时的历史细节逐一把握，然后付诸笔墨。不过，如果考虑到本剧主旨在于表达历史的扑朔迷离，过多史实细节反倒削弱了思辨性与神秘感。正是在不同人物的讲述中，整件事件的真相才如同测不准原理，总在即将靠近时又差之千里。

在人物的独白中，也会存在对话的现象。曼弗雷德·普菲斯特称之为"自语中的对话倾向"。另一类则是纯粹的故事讲述，如《美狄亚》中的老保姆。

借用讲故事编织的剧本与借用行动的剧本不同，其写作技巧与分析文本的方法也有所不同。与一般对话中追求声肖其口、语言的性格化与口语化不同的是，重在信息交流的特殊类型对话更重视话语的文学性与哲理性。此外，这种剧本的情节并不围绕动作构建，而是围绕人物讲述的一个个故事进行，分析必须围绕着被讲述的故事本身及其讲述方式展开。比如爱德华·阿尔比的《动物园的故事》中，流浪汉对自己过去故事的讲述，其实是对二人关系的隐喻，也暗示了即将发生的刺杀结局，同时也昭示了主题。再如在奥古斯特·威尔逊的剧作《篱》中，男主人公特洛伊在文本的不同部分讲述了多个与个人成长有关的故事，其中有发高烧时与死神搏斗的故事，被父亲家暴离家出逃、纽约谋生的入狱经历等。这些故事与情节没有直接的因果关系，拿掉也不妨碍情节的后续发展，然而这些故事在叙事意义上的重要性不容忽略。首先，大篇幅的个人心理情感的抒发表达，使得人们能够理解他一些暴力行为的根源，对人物由厌恶转为同情，也使得"父亲"成为文本的主要人物。其次，这些故事深化、丰富了作品主题"篱"的内涵。威尔逊的原生家庭并不幸福，他从小未能在家庭中得到温暖，还差点儿死在父亲手中。这个人物在白人社会中被伤害过、关押过，被命运捉弄过、打击过，但他却从未屈服。"篱"代表了他的自我保护和对家人的保护，他对待家人冷言冷语是为了不暴露自己的脆弱；儿子们相继长大，他寻找外遇也是为了在情人面前获得可依赖的错觉；他不让孩子入棒球队，是因为不想让孩子重蹈年轻时被抛弃被摧残的老路；只有在一无所知的天真婴儿面前，他才能消除防备之"篱"、暴露自己的脆弱。如果忽略了这些饱含情感的故事讲述，我们对"父亲"的印象可能只停留在暴力与无情上。

三、直接引语与间接引语

直接引语和间接引语对调剂叙事文本的话语色彩起着重要作用，戏剧式人物对话中亦有直接引语和间接引语之分。单一的人物对话通常具有直接性和生动性，在人物对话中又引用他人对话时，则构成戏剧式人物对话、直接引语与间接引语的混合。在小说中，通常以直接引语和间接引语为主，戏剧式对话占较少部分；在戏剧文本中，则是在戏剧式对话中包含了直接引语和间接引语。一般而言，在拥有大量讲述的戏剧文本中才能找到直接引语和间接引语的踪迹，这些在数量上并不占主体的直接引语和间接引语，对于文本的表达效果也有重要作用。

在戏剧文本中，与态度、方式、动作有关的描述性话语，既能以舞台提示和动作提示的方式独立呈现，也可与直接引语、间接引语的叙述部分混合，或者用话语加以补充。比如《六度分隔》中，黑人青年保罗为了骗取中产阶级白人夫妇的信任，谎称自己是一名黑人导演的儿子。为了证实所述的可靠性，在讲述家世时，他直接引用了父亲的话：

> **保罗** 我的父亲作为一名演员，是没有真实身份的。假如你对他说，爸爸，有什么新鲜事吗？他会说："我今天收到一个精

彩的剧本。他们想让我扮演一个加拿大育空地区的伐木工。也就是说，我从小被培养成一名传教士，可我的教堂垮塌了。我妻子说，我们必须挣点钱以熬过这个冬季。所以我同意加入这个我的信仰处处受到挑战的队伍。但我坚定如初，尽管歧视无处不在。因为我想回到你身边，从原始丛林回到教堂……"我的父亲说着已经泪流满面。我说爸爸，这不是真的，这只是你要演的一个剧本而已。

在这段文本中，保罗采用直接引语，意在提供一个更真实形象的父亲形象，来唤起听话人的尊重与信任。当直接引语不断在戏剧文本中出现时，表明转述者希望引起观众对转述话语的重视，强调其来源的真实性与可靠性，也是一种强硬态度的表达。以《玻璃动物园》中阿曼达责备女儿隐瞒退学消息时的一段文本为例：

阿曼达　我去你打字教员那儿，自我介绍说是你母亲。但她不知道你是谁。她说，温菲尔德？我们学校里没有这个学生。

我说，一定有的，而且一月初以后，你就一直来上课的。

"我不知道，"她说，"你讲的是否就是那个非常害羞的小姑娘，她只上了几天课就退学了。"

"不是的，"我说，"我的女儿罗拉最近六个星期每天都来上课的。"

"请原谅，"她说完就拿出点名册，你的名字确实无误写在上面。但这许多日子你都旷课了，所以他们确定你是退学了。

我仍坚持说："不会的，一定是搞错了！一定是你们把记录搞错了！"

接着她又说："不——我记得她的样子。"她的手老发抖，所以老按不准键盘！我们第一次测验速度，她完全垮了——难受得作呕，我们只得把她抬到盥洗室。从那天早上起，她就再没有露过面。我们打过电话到她家里，但是总没有人接——那时我还在弗姆斯和巴尔公司工作，还在做示范，我感到自己几乎撑不住。

我不得不坐了下来，我们的全部计划——我对你的期望和抱负——就这样完蛋了，一切都完蛋了。

这段文本是间接引语与直接引语的混合。直接引语"具有直接性与生动性，对通过人物的特定话语塑造人物性格起很重要的作用"。间接引语"为叙述者提供了总结人物话语的机会，故具有一定的节俭性，可加快叙述速度"，"与直接引语相比，人称、时态跟叙述语完全一致的间接引语能使叙述流更为顺畅地向前发展"①。

阿曼达一开始使用了间接引语概述拜访教员的经过，起到节俭叙事的效果。之后采用较为精准的"直接引语"来转述老师和自己当时的对话，目的如实传达当时情境和气氛，表达自己对女儿退学的愤怒与意外。申丹认为，间接引语的第三人称加上过去时产生了一种疏远的效果，会扩大人物与读者的距离，而生动有力的直接引语更有感染力。阿曼达反复地强调"我"，体现了她的自我为中心，其咄咄逼人的态度、对女儿造成的压力，就通过她的叙事方式体现出来。

间接引语引用的内容遵循于叙述者原有的语式、语态，不会在语境上有太多的跳脱之感。但是，与直接引语中引述者退居于被转述话语之后相比，间接引语中有助于提供转述者与被转述者的双重视角。

直接引语与间接引语又可继续分为自由直接引语和自由间接引语。前者更遵循被叙述者的话语语式和语态，能够在无任何准备的情况下，直接接触人物的"原话"，保持叙事者叙事的原发性。比如《狗儿爷涅槃》（锦云）中的这段文本：

狗儿爷　咱的地没啦，爹！那不是我的酒。是他的——李万江的酒，他提来的，满满儿一壶。李村长是好人，是恩人，给咱这么大脸，不能不喝。他一杯，我一杯，我一杯，他一杯，小酒壶一打跟头，酒净了，人醉了，就都没了！不是没了——李村长说——乡长指示，咱村要"一片红"，人家都红了，他狗儿爷不能当"黑青药"！不当，打仗支前，土改分田，咱没落过后——我说——可是，把那人马土地，说声归，就归了大堆堆儿，你一人浑身是铁捻多少钉？一人指挥几百条锄把

---

① 申丹、王丽亚：《西方叙事学：经典与后经典》，北京大学出版社2010年版，第157页。

子，能行？别忘了，亲哥儿俩为一垄青苗，还打出花红脑子来呢！可是行呗——他说——你就攀好儿吧，傻老爷们儿，眨眼之间，咱就楼上楼下，电灯电话，喝牛奶，吃饼干。我说：我不情愿。他说：你就是财黑子，地虫子，三斧劈不开的死榆木头，脑袋瓜子赛石头。我急了：当"黑青药"，俺认了。他说：那就揭"膏药"！我问：怎么个"揭"法？他说：把你新买的"大斜角"，还有（指脚下）这坟地葫芦嘴儿，都拢过来，划出那边边沿沿、零零星星的来跟你换，是青药也贴在脚指头上，不能胸脯上来块黑——别蒙我啦，谁不知道"远女儿近地无价之宝"啊！再说那都是薄碱沙洼，种一斗，收八升，不换——不换就得归堆儿，一片红，乡里还等着报喜哪，来，喝——喝！这工夫，我媳妇，插嘴啦：逢自庄稼主儿过日子，就得随个大溜儿，图个顺气，人家都那样，独独儿咱来个花"虎拨拉"（一种灰绿色鸟）——个色！人家万江兄弟没日没夜地跑动是为谁，还不是为咱好？丑话说前头，你要不入，咱就分家，虎儿俺们娘儿俩入，俺们可不跟着你当那个"膏药"户。听听，敢情她们老娘儿也开会了——还是嫂子明白，狗儿哥，别二心不定啦，眼看这就楼上楼下——话攻耳朵酒攻心，家神招外鬼，内外夹攻，走投无路，我就归堆儿啦，归堆儿啦——爹！菊花青，那菊花青舍不得走啊，舍不得离开我刚给它做好的三块板儿拼成的新柳木槽啊！这地，也没了，爹，小狗儿——你白吃啦！我，对不起你……①

这段独白中，狗儿爷是叙述者，李万江、金花、狗儿爷过去的话语均属于被转述的对象。文本在形式上接近于直接引语，但引号的缺失使得这段文本突出了狗儿爷叙述的主体性与连续性，是狗儿爷内心意识的体现。一开始的"我说""他说"，表明双方观点的势不两立，用直接引语强调了话语是被转述者发出的，遵从被转述者的语气语式。

---

① 锦云：《狗儿爷涅槃》，选自《中国话剧百年剧作选（第15卷）》，刘厚生等编，中国对外翻译出版公司2007年版，第149—200页。（后同）

文本的后半部分，转述者逐渐隐去，从直接引语转向自由直接引语，仅能根据说话内容判断说话者为谁："——还是嫂子明白，狗儿爷，别二心不定啦，眼看这就楼上楼下——"内容上是李万江与狗儿媳妇所说，语式语调上也是李万江和狗儿媳妇的，表现出狗儿爷话语被剥夺任人宰割的失语状态。

又如《萨勒姆的女巫》(阿瑟·米勒)中的蒂图芭的一段：

> 蒂图芭　（狂怒地）他说该把巴里斯先生宰掉！巴里斯先生不是个好玩意儿，巴里斯先生不是个正人君子；他要我三更半夜起来用刀抹您的脖子！（众骇然）可我对他说，"不，我不恨那个人。我不想宰他。"他又说，"你给我干活，蒂图芭，我就让你获得自由"。

黑人女奴蒂图芭与巴里斯发生过肉体关系，面对巴里斯侮辱和威逼，蒂图芭势必怨恨满腹，又因巴里斯的淫威而心生畏惧，这里直接引语和间接引语的使用就显得十分意味深长。出于畏惧，蒂图芭不敢将自己的怨言和盘托出，是以凡是涉及指责巴里斯的话语均采用间接引语，以示减轻此类言语的刺激性。在其他与对巴里斯评价无关的话语中，蒂图芭采用对方的直接引语，以撇清自己与说话者的关系。如她引用对方的直接引语："你给我干活，蒂图芭，我就让你获得自由！我给你漂亮衣裳穿，把你送向空中，你就可以飞回巴巴多斯去啦！"蒂图芭引用自己的直接引语时则突出自己的善良与无辜："不，我不恨那个人。我不想宰他。"在这段对话的最后，借着指斥魔鬼的名义，蒂图芭终于发泄了一把心声，"我说，'你撒谎，魔鬼，你撒谎！'"将先前的狂怒倾倒在巴里斯身上。

在自由直接引语中，被引内容的说话方式遵从于被转述者而非叙述者；自由间接引语则与之不同，在表达语式上是转述者的话语，被转述者的话语语式在此不起作用。但是，自由间接引语也有自己特殊的优势所在。里蒙-凯南将之概括为：自由间接引语可以展示说话者和态度的多重性、提高语义浓度；可以在叙述报道性语言内再现人物的说话和思想，展现人物内心的意识流；能够帮助读者重新构造隐含的作者对于人物的态度，引起读者的移情。[①] 自由间接引语的叙述视角上无疑是被转述者的，可语式是叙述者的。比如《枕头人》中，卡图兰讲述枕头人故事的片段："……而枕头人总是建议孩子们把自杀弄得你是不幸的事故；他会指给他们那种像装了糖豆一样的药瓶；他会告诉他们从两辆车之间突然窜出是多么危险；他会提醒他们怎样握紧没有透气孔的塑胶口袋。"这段话系转述枕头人的话语，体现的是枕头人的视角，语式上属于故事讲述者卡图兰。经过这样的改造后，枕头人的话语痕迹被抹去了，更像是针对枕头人行为的描述，成为一种叙述体而不是单一的人物对话了。直接引语与间接引语的轮换使用，有助于控制对话中的"明暗度"，改变人物对话的单一模式，让叙事样式更加丰富多彩。

第二节　戏剧话语的功能与表现

戏剧文本中的人物对话并不等同于现实中的对话，而是按照主题、情节、表达重点、演出时间的长短加以重新调整的结果，舞台提示和动作提示也是。因此，戏剧话语具有高度的指示性和象征性，读者在阅读作品中会脱离日常生活中的经验和理解，在话语的引导下进入和理解虚构世界，在戏剧情境之中，接受虚构文本中词汇的特殊意义。比如《那年我学开车》的"汽车"一词不再完全等同于日常生活中交通工具，操纵汽车的"方向盘"也从日常的机械化产品上升为两性关系主导权的象征。在指示与转换理论中，读者在文本的指引之下，同样会搁置日常经验而重新解释文本。这种指示和转换涵盖了时间、空间和人物社会关系诸方面，从具体呈现上可以分为明示（如叙述者使用的叙述话语）和暗示（主要指展示性的话语）两种。明示话语是鲜明地表明自身态度的话语，通常以议论的方式发出，而暗示话语通常并不直接表明观点，而是

---

① [以] 里蒙-凯南：《叙事虚构作品》，姚锦清等译，生活·读书·新知三联书店1989年版，第 205 页。

借助对话中交代的情节、人物的心理活动来含蓄地表达出来。需要指出的是，"明示"代表的是人物的态度，并不能代表作者的态度，有时作者反而有意制造人物叙述的不一、与事实的出入而营造扑朔迷离的效果。暗示仅仅代表一种含蓄的表达，没有直接加以评判，而是通过情节、行为等来呈现人物的态度与观点。

叙述性话语与展示性话语并不完全等同于一般对话和特殊对话，虽然二者有交叉之处。行动话语指充满动作性、互动性、情感性的话语，而叙述话语思辨性、哲理性、叙事性强。叙述性话语的存在比动作性话语更广泛，它们在功能上也各不相同。

一、互动冲突与信息传递

强调动作性的台词旨在突出人物之间的互动，语言性格化、意志性较强，肢体语言丰富；而叙事性台词重在信息传递。

比如话剧《"厄尔尼诺"报告》中，向观众交代父亲做寿的原因时采用了非叙述式的具有极强交流互动色彩的戏剧式对话，人物背景信息融入对话交流的反应和动作当中，这也是戏剧式对话的一大特点：

郭鲁兵 姐，你又要走？今天可是双休日！

郭鲁红 我去学校加个班。你说吧，家里还缺什么，我下班带回来。

郭鲁兵 不行，你无论如何不能走。好不容易回来了，你又要走。咱们得好好商量商量了！①

人物在对话中均要完成两项任务，一是回答上一句问话的相关信息，另一是表明自己的态度和反应。比如"我去学校加个班"，是回答"今天是双休日"，而另一句"家里还缺什么，我下班带回来"属于表明态度的冗余信息，与问话并不相干。同样，"你无论如何不能走"，是针对"我去学校加个班"而发的，"咱们得好好商量商量了"是冗余的信息。当然，冗余信息仅指针对在以上对话中的多余，不代表在整部戏中

---

① 姚远：《"厄尔尼诺"报告》，选自《中国话剧百年剧作选（第18卷）》，刘厚生等编，中国对外翻译出版公司2007年版，第141—192页。（后同）

是无用的信息。在这段文本之前，两人有一段长长的对话，仅仅是为了引出"老爷子做寿是为了结婚"一件事，借做寿将家人聚集起来，而且父亲"守寡"(指单身)多年，结婚对象是一位姓梁的阿姨，父亲对此事颇为满意。这一系列信息如果用话语叙事来交代，只需要人物两句台词，在变成戏剧式话语时，必须强调对方对新信息的反应，并由对方交代下一条信息：

郭鲁兵　你知道老爷子为什么要做寿吗？

郭鲁红　七十大寿啊。

郭鲁兵　"醉翁之意不在酒"，他是要向我们宣布，他要结婚！

　　"老爷子做寿"是件寻常的事，但是其真实的目的"结婚"却并不正常，说出这句话的人显然对婚姻持反对态度。面对他抛出的重磅信息，鲁红对此的回复是："那不挺好吗？"在老人的婚恋问题上表示赞同。他们的反应截然相反，形成了两人的冲突基础，之后的反问更强化了冲突，使得对话充满动作性。对冲突和动作强调，超越了信息的传递。这更使观众和读者易于接受，戏剧性也更强。

　　即使在人物独白中，如果纳入了情境和行动，仍然不失为充满动作性的话语。比如奥斯卡·王尔德的《莎乐美》中的一段文本：

莎乐美　(她靠在水牢上仔细倾听)：没有声音。我听不到底下传出任何声音。他，这个男人，为什么不大叫呢？啊，如果有人要杀我，我会大声呼叫，我会尽力挣扎，我不会放弃……下手吧，下手吧，那曼，下手，我告诉你……不，我还是听不到声音。安静，太安静了。啊！有东西掉在地上。我听到东西掉落在地上。那应该是刽子手的刀。他，这个奴隶胆怯了。他让他的刀子掉落地上。他不敢杀他。他是个懦夫，这个奴隶！叫士兵下去。(她看着希罗底的侍从，向他说道)过来，你是这个死人的朋友吗？好，我告诉你，今晚死亡的人数还不够。告诉那些士兵，吩咐他们下去，带上我所要求的东西，陛下所允诺，那件属于我的东西。(侍从退后。她转向士兵)过来，你们这些士兵。你们到水牢里头去，带那个男人的头上来。(士兵退后)

陛下呀，陛下，命令您的士兵，将约翰的头带来给我。

这段对话的信息是交代暗场的约翰被士兵砍头一事。作者没有停留在客观中立的表达上，而是尽量融入说话者面对此情此景时的感受与反应。莎乐美从复仇的心理出发，期待听到对方的惨叫和求饶，然而约翰的安静令她意外，继而刽子手的胆怯令她愤怒，因为她迫切想得到约翰的头好占有他。编剧赋予莎乐美的行动以强烈的目的性和意志性，令单一的信息交代变得紧张而富有悬念。

在叙事性话语中，人物对话往往是简单的信息交代，有时不针对具体事件而仅仅是情绪的表达。比如《棋人》中的一段对话：

聋　子　你怎么还不起？

何云清　谁请你进来的？

聋　子　把火生上好不好？有没有斧子？我劈点柴。

何云清　我不再下棋了，你听见了吗？

聋　子　我耳背，你大点儿声！

何云清　我不再下棋了，（喊）不再下棋了！

聋　子　我又不下棋，从来都是在一旁看棋，要喊，待会儿他们来了，你冲他们喊去！

何云清　待会儿？他们还要来？真是死也不得安宁。

聋　子　你忘了今天是什么日子。

何云清　什么日子？

聋　子　你的生日，六十大寿。

何云清　（缓缓地）是呀，六十啦，整整五十年！

聋　子　什么？

何云清　（大声地）整整五十年！

聋　子　五十年怎么啦？

何云清　五十年没离开过棋盘！

这段对话在形式上具备了问与答，然而对话双方答非所问，缺乏信息的交流和互动，也即是说，对方的信息并没有引起对方态度、行为上的变化，所引起的是对方交代更多信息——目的在于信息而不是人物的反应和进一步的行动。比如针对"谁请你进来的"回答是："有没有斧子？我劈点柴。"这句话的回答引出的信息是"国手不再下棋"，后文中的"六十大寿"、"整整五十年"都是围绕"国手"的信息补强。信息与信息之间缺少行动和核心情节的连贯，是借助信息的堆叠而不是行动和情节的框架来构建。整体来看，叙述性的话语对话并没有明确的行动目的，类似于一种闲谈议论，也没有明确的事件发展先后，是一种写意多于写实的对话。

二、动作冲突与情感渲染

动作性对话与叙述性对话的另一区别，是前者重在强调冲突，而后者重在渲染情感。

动作性对话强调冲突，每一个冲突都有一个鲜明的节点，继续推进冲突的上升。话剧《桑树坪纪事》中，彩芳在金斗的逼迫下，去找保娃道歉。这场戏可以分为以下层次：第一个层次，许彩芳挑衅保娃，二人发生争吵，节点是保娃脱鞋想揍彩芳。第二个层次从听到保娃媳妇的吆喝声开始，到保娃媳妇误以为丈夫与彩芳偷情而拿柴砸保娃为节点。第三个层次是夫妻两个打起来，先从窑外打到窑内，又从窑内打到窑外，以彩芳威胁"告他欺负女人"反制保娃结束。每个层次的节点非常清楚，人物之间的动作与反动作你来我往，针锋相对，非常精彩：

　　　　　【保娃擦着手从窑里钻了出来。
保　娃　（向四周看看）谁？谁叫我哩？
许彩芳　（呼地一下从地上站了起来）我，是我！
保　娃　（被吓了一跳）你……刚才咋听着像是你大的声咧？
许彩芳　（挖苦地）那是他喂养你的时间长了，所以你听着他的吆喝顺耳呗！
保　娃　（准备往回走）你，你这是啥意思？
许彩芳　没啥意思，应着你的话呗！
保　娃　应着我的话咧？唉，你分明骂我是牲口嘛，你个烂嘴断舌的骚女子！

许彩芳 （尖刻地）哟，我们哪敢啊？你是个清白汉子，村上的民兵队长！从来不跟女子搭话，夜里也不在你婆姨奶上歇乏……

保　娃 （愠怒地）你个狗毬东西！你……你到底干啥来了你？

许彩芳 送上门来挨打，省得你老跑咱家去帮着掌棍儿，怪伤鞋的！

保　娃 （猛地脱下鞋）你个狗毬操的！看我不打烂你的嘴！

在第一个小回合，许彩芳"呼地从地上站起来"，对保娃毫不客气；第二个回合，用"喂养""吆喝"挖苦保娃是金斗的狗激怒了对方，保娃骂她"烂嘴断舌的骚女子"；第三个回合，彩芳反唇相讥，讽刺对方是伪君子，保娃恼羞成怒，脱下鞋子要打她。综上可见，每个层次的冲突回合、冲突转变、冲突的升级非常清晰，人物彼此之间的动作与反动作也十分明显。

叙述性的对话不以外部动作的冲突为重，而强调气氛的沉浸与烘托，尽管也有发现和突转，但重点不是写人物的动作与反动作，而是强调人物情感的强烈转变。比如《一个生者对死者的访问》中：

恬恬 （用奇怪的眼光打量他）肖肖……

肖肖 （努力做出笑容，断断续续地）恬恬，我是个……蹩脚的……末流演员……老演不好正面人物……爱笑场……在舞台上……连角色的死，都演不像……老挨导演骂……

恬恬 （笑了）真逗！明天就正式表演你设计的时装了，可今天你这个编外演员，又犯戏瘾了是怎么的？你现在演的是什么？不像！不像……

肖肖 这次……不是演戏……是真的……不会笑……笑场了……是真的……还不像……多像啊……

【他紧捂心口的手缓缓松开了，殷红的鲜血涌了出来，一条猩红轻盈的纱巾，从胸前垂下，飘荡着。

恬恬 （惊叫起来）啊，血？（怔住）肖肖！你怎么啦？

【柳风在角落里，用双手捂住了脸，备感痛楚。

【肖肖带点俏皮地向恬恬和歌队最后一笑，倒了下去。

恬恬 （呼叫）肖肖！叶肖肖！血啊！你流了这么多血啊！（大惊失色）肖肖！肖肖！

【恬恬扑跪在肖肖身边，搬起肖肖上身。肖肖的头无力地靠在她温暖丰腴的胸膛上，那样安详，似一尊雕塑。

【柳风激动地冲过来，扑俯在肖肖脚边。

柳风 （焦急地呼唤）肖肖！肖肖！

恬恬 （抬头）柳风？柳风，这是怎么回事儿？

这段文本中，人物与人物之间并没有强烈的外在冲突，也不存在动作上的针锋相对性，编剧的重点在于表达情感的转变与渲染。在第一个回合中，肖肖故意逗趣，以至于恬恬破涕为笑，调侃对方"又犯戏瘾"了，然而肖肖胸口涌出鲜血让她和观众的情绪急转直下，柳风的出现又在悲怆之上增加了愤懑、自责的情绪色彩。

三、递进式的悬念与整体悬念

由动作性台词引发的悬念，往往随着发现和突转的发生，由大悬念控制的小悬念一层层推进；由叙述性台词的悬念，往往只有一个悬念，让观众感觉到威胁愈来愈近的情境压迫感。以曹禺的《雷雨》中四凤和鲁贵的一段对话为例：

贵 那时你还没有来，老爷在矿上，那么大，阴森森的院子，只有太太，二少爷，大少爷在。那时这屋子就闹鬼，二少爷小孩，胆小，叫我在他门口睡，那时是秋天，半夜里二少爷忽然把我叫起来，说客厅又闹鬼，叫我一个去看看。二少爷的脸发青，我也直发——毛——。可是我刚来的底下人，少爷说了，我怎样好不去呢？

四 您去了没有？

贵 我喝了两口烧酒，穿过荷花池，就偷偷地钻到这门外的走廊旁边，就听见这屋子里啾啾地像一个女鬼在哭。哭得惨！心里越怕，越想看。我就硬着头皮从这门缝里，向里一望。

四 （喘气）您瞧见什么？

贵　　就在这桌上点着一支要灭不灭的洋蜡烛，我恍恍惚惚地看见两
　　　个穿着黑衣裳的鬼，并排地坐着，像一男一女，背朝着我，那
　　　个女鬼像是靠着男鬼的身边哭，那个男鬼低着头直叹气。

四　　哦，这屋子有鬼是真的。

贵　　可不是？我就是乘着酒劲儿，朝着窗户缝轻轻地咳嗽一声。就
　　　看这两个鬼飕一下子分开了，都向我这边望：这一下子他们的
　　　脸清清楚楚地正对着我，这我可真见了鬼了。

四　　鬼么？什么样？（停一下，鲁贵四面望一望）谁？

贵　　我这才看见那个女鬼呀，（回头低声）——是我们的太太。

四　　太太？——那个男的呢？

贵　　那个男鬼，你别怕，就是大少爷。

　　　这段"鲁贵说鬼"的故事其性质为交代前史，鲁贵比四凤知道的要
多，而且鲁贵有着明确的行动目的，即要四凤不要相信少爷会真心爱自
己，不如图一些钱财上的实惠。因此，在揭露繁漪与周萍的私情时，他
处处卖关子，抛出一个又一个的悬念，先是"闹鬼"的传说，继而真的
"有鬼"，听到"女鬼"，看到"黑衣裳的鬼"，最后才揭示出这是太太
和大少爷。编剧在讲述的内容中，设计了戏剧性的"发现"和"突转"，
引起读者强烈的情感和反应。这段文本堪称动作性对话的典范。

　　　与此相反，在《美狄亚》中老保姆讲述公主被毒礼服烧死一事的对
话中，运用的是相反的"叙述性对话"的叙事策略。这段对话中，没有
不断的发现和突转，只有关于仆人们忙乱、公主的惨叫、国王的震惊等
的层层渲染公主被害的经过。再如《盲人》中的这段文本：

第一个生来眼瞎的盲人（下简称盲人甲）　他还没有回来吗？

第二个生来眼瞎的盲人（下简称盲人乙）　你把我吵醒了！

第三个生来眼瞎的盲人（下简称盲人丙）　我也睡着了呢。

盲人甲　他还没有回来吗？

盲人乙　我没听见有谁往这儿来。

盲人丙　该回收容所了。

盲人甲　得先知道咱们现在在哪儿呀。

盲人乙　他走后，天就冷起来了。

年岁最大的盲老头 有谁知道咱们现在在哪儿吗？

年岁最大的盲老妪 咱们走了很久很久，怕离收容所很远了吧。

盲人甲 啊！老太太们就在咱们面前吗？

年岁最大的盲老妪 我们坐在你们对面呢。

盲人甲 等等！我到你们身边去（他站起来摸索着往前走）。你们在哪儿？说话呀？好让我知道你们在哪儿！

年岁最大的盲老妪 在这儿呢，就坐在石头上。[①]

这段对话出自多个角色之口，人物的对话之间看似存在交流，其实是一种共同的讲述，人物的视角一致，所"看到"的事物也一样。人物之间与其说在交流和反馈信息，不如说是在将共同叙述补充完整，人物和人物之间没有构成强烈的行动反馈，外部呈现的对话实则为伪对话，不同角色的话语加以互换（比如将各位盲人的话语调换），或者将话语的次序加以调换，并不会产生本质的差别和变化。这样的对话名义上出自多个角色之口，就表达内容而言，与一人叙述并无不同（当然表达效果存在差异）。这种静止的、单向的不引起行为改变的叙述，构成了梅特林克"静态戏剧"的特色。虽然如此，我们仍不能否认这段对话中所蕴含的戏剧性，而这正来自剧作内容的悬念———一群人处在黑暗中，观察事物受限，面临着不可知危险的恐惧与惴惴不安。这是一种整体的悬念，在人物的对话中，并没有出现新的被替代的悬念，而只是在人物语言的描述中渲染不可知的危险来强化悬念。

四、客观、形象与主观、多义

在戏剧中，对话是最基本的表现形式。动作性对话与叙述性对话的叙事效果是不同的。对于前一种来说，由于人物动作、态度——展示出来，读者和观众面临的是正在发生的事件，因此倾向于认为编剧关于该事件的描述是中立可信的，他们将从上下文和人物动作中推测出事情的

---

① 《盲人》，管震湖、李胥森译，《西方现代戏剧流派作品选（第2卷）》，汪义群编，中国戏剧出版社2005年版，第413—440页。

本来面目。然而，当事件以一种被叙述的方式表现出来时，由于视角和视点的介入，事件有了多重理解的可能。

精确的动作提示还揭示人物心理的一系列变化，间接表现出戏剧情境的变化。比如在周朴园与鲁侍萍相逢，提起梅妈及其女儿往事的情节中，剧作家针对周朴园的心理活动，设计了不同的动作来加以体现。之前不明侍萍身份，以为是新来的下人时，周朴园是居高临下、威而不露的：

周朴园　（沉思）无锡？嗯，无锡，（忽而）你在无锡是什么时候？

鲁侍萍　光绪二十年，离现在有三十多年了。

周朴园　（沉思）三十多年前，是的，很远啦，我想想，我大概是二十多岁的时候。那时候我还在无锡呢。

鲁侍萍　老爷是那个地方的人？

周朴园　嗯，（沉吟）无锡是个好地方。

他充满矜持，貌似对往事只是随口问及。但当侍萍一步步地道出，梅姑娘并非什么小姐，为人也不规矩，而且结局非常悲惨时，周朴园从旁观者转变为受到谴责的罪魁祸首：

鲁侍萍　这个梅姑娘倒是有一天晚上跳的河，可是不是一个，她手里抱着一个刚生下三天的男孩。听人说她生前是不规矩的。

周朴园　（苦痛）哦！

鲁侍萍　这是个下等人，不很守本分的。听说她跟那时周公馆的少爷有点不清白，生了两个儿子。生了第二个，才过三天，忽然周少爷不要她了，大孩子就放在周公馆，刚生的孩子抱在怀里，在夜里投河死的。

周朴园　（汗涔涔地）哦。

鲁侍萍　她不是小姐，她是无锡周公馆梅妈的女儿，她叫侍萍。

周朴园　（抬起头来）你姓什么？

鲁侍萍　我姓鲁，老爷。

周朴园　（喘出一口气，沉思地）侍萍，侍萍，对了。这个女孩子的尸首，说是有一个穷人见着埋了。你可以打听得她的坟在哪儿么？

　　这里三十年前投河的故事虽然出自鲁侍萍之口，但是以第三人称的客观视角讲述的。丰富的动作提示揭露了人物内心、暗示事件真相。如"苦痛""汗涔涔"展示了周朴园内心受到谴责的惊恐，而当意识到讲述故事的只是一个无关的外人时，就以"喘气"以示侥幸。当侍萍接下来的话语，让他明白眼前的人不是别人、正是故人时，他就卸下与己无关的伪装，"惊愕"和"忽然立起""严厉"和"冷冷地"了。虽然作者没有明确地对这件事加以评论，这些生动具体的描写已经表达了对人物的爱憎，对于读者／观众理解剧情和人物很有帮助。

　　与事件被展示的客观形象不同的是，在人物的叙述中，事件是作为第二手资料被转述的。比如《美狄亚》中老保姆对公主惨死的描述。在许多情况下，人物的转述被赋予了视角和视点，因此显得比较主观。比如《篱》当中特洛伊自述自己的濒死遭遇：

特洛伊　……因为我不怕死神。我见过他，还跟他干了一架……有一天，我抬头一看，死神正奔我而来，就像游行队伍中行进的士兵！死亡军团径直向我进军发起进攻。1941 年 7 月中旬。天气冷得就像冬天。死神本人伸出手来，拍着我的肩膀。他就像我碰你一样碰着我，我浑身冰冷，死亡站在那儿对我咧嘴笑。

……

特洛伊　我说……你想要什么，死神先生？你要我吗？你真的带你的军队来接我？我看着他的眼睛。我什么都不怕。我准备好干一架了。就像我现在准备干一架一样。圣经说要保持警惕。这就是为什么我不喝醉的原因。我要提防。

……

特洛伊　死神站在那儿瞪着我……手里还拿着镰刀。最后，他说："您还想再待一年吗？"看到了吧，他就是这样说的……我告诉他："什么'你还想再过一年'？让我们现在就见个分晓！"当我这么说时，他似乎有点怕了，然后我浑身的寒意不见了。我伸手抓住镰刀，扔得远远的，能扔多远就扔多远……我和他开始打架。我们打了三天三夜。我也不知道我浑身的劲儿是打哪儿来的。似乎每当他要战胜我的时候，我总能从内心找到力量胜他一头。

……

特洛伊 我什么也没编。我说的千真万确。我跟死神打了三天三夜，这就是我跟你说的。（暂停）唔，在第三天晚上结束时，我们都累得一动也动不了。死神站起来，披上他的长袍……他穿了一件带兜帽的白色长袍。他披上长袍去找他的镰刀。他说："我会回来的。"他就是这样说的："我会回来的。"我对他说："好吧，前提是……你必须得找到我！"我可不是傻瓜。我不会去找他的。死神不是随便玩玩的东西。而且我知道他会得到我的。我知道我要加入他的军营……他的阵营追随者。但是只要我还有劲儿并给我看到他……只要我当心……他想干掉我就没那么容易。我不是个孬头。

关于特洛伊的这段复述，妻子罗丝认为是丈夫虚构杜撰的，因为他每次讲述时都会添加一些新的细节；特洛伊则信誓旦旦强调是真的。对于读者和观众而言，这一段讲述是扑朔迷离的，无法证实也无法证伪，唯一可以确定的是特洛伊的生活确实遇到了很大的挑战。这段似真似假的叙述恰好体现了他内心的矛盾。再如《哥本哈根》中，"故事"一再被讲述，会让读者和观众在解读剧作主题上获得更宽广的视角。

当然，事件的多义性与直观性，与动作性或叙述性话语有一定关系，更多时候取决于叙述者的可靠与否，以及编剧的主观叙事意图。面对与鲁侍萍的重逢，尽管周朴园在先前的自述中表现得深情、自责，事实上通过直观展示的事件，显示出他是不快且惊恐的，并不愿意与侍萍重逢。这说明了他为人的虚伪，对侍萍的所谓怀念，不过是对年轻风流的一种自恋追忆。因此，他的个人自述就令人怀疑了。至于编剧利用叙述来造就文本的扑朔迷离，那就更是一种特定的叙事策略了。

第三节　戏剧话语的组织及色彩

戏剧文本的语言是丰富多彩的。不仅不同的人物拥有不同的说话口吻，文本本身也拥有丰富的文体样式；戏剧语言的动作性与叙述性的差别，也增加了戏剧语言的丰富性。侧重叙述的话语多通过叙述声音、间接与直接引语的变化、艺术性较高的辞藻等来构成多种色彩；行动的话语则主要通过各肖其口的人物对话中语汇风格的变化、情境中的语言转化来增加文本的丰富性。在修辞风格上的即兴、随意、幽默、双关、反讽、自嘲等也有助于语言的丰富性。

一、多种文体的综合

巴赫金认为，长篇小说是一个"多语体、杂语类和多声部"的文体，可包含以下话语类型：

（1）作者直接的文学叙述（包括所有各种各样的类别）；

（2）对各种日常口语叙述的模拟（故事体）；

（3）对各种半规范（笔语）性日常叙述（书信、日记等）的模拟；

（4）各种规范的但非艺术性的作者言语（道德的和哲理的话语、科学论述、演讲申说、民俗描写、简要通知等）；

（5）主人公带有修辞个性的言语。[①]

这些类型不同的话语进入小说中，构成一个有机的统一体。这就构成了小说的"杂语性"（interdiscursivity）特征。米克·巴尔以凯丁·阿克的后现代小说为例来说明这种情况。该小说是由多种多样的文本模式（戏剧对话、散文叙述、诗歌），叙述模式（人物叙述者，外在式叙述者），文体（自传、艺术与政治批评、旅行文学、色情文学），媒体（词

[①]　[苏] 巴赫金：《长篇小说的话语》，《巴赫金全集》（第3卷），白春仁译，河北教育出版社1998年版，第38—39页。

语、形象）和印刷版面的风格所组成。①

与小说相比，戏剧文本的多体裁性更为鲜明。戏剧文本本身是对话、散文、诗歌等多种样式的综合。以中国戏曲为例，人物上场之前通常要有"定场诗""引子"，继之曲牌体或板腔体的"曲体"，在特定情况下还会使用弹词、评书，以及其他富含民间趣味的"数板""报花名"等。以《牡丹亭》中柳梦梅出场为例：

【真珠帘】〔生上〕河东旧族、柳氏名门最。论星宿，连张带鬼。几叶到寒儒，受雨打风吹。谩说书中能富贵，颜如玉和黄金那里？贫薄把人灰，且养就这浩然之气。〔鹧鸪天〕"刮尽鲸鳌背上霜，寒儒偏喜住炎方。凭依造化三分福，绍接诗书一脉香。能凿壁，会悬梁，偷天妙手绣文章。必须砍得蟾宫桂，始信人间玉斧长。"小生姓柳，名梦梅，表字春卿。原系唐朝柳州司马柳宗元之后，留家岭南。父亲朝散之职，母亲县君之封。〔叹介〕所恨俺自小孤单，生事微渺。喜的是今日成人长大，二十过头，志慧聪明，三场得手。只恨未遭时势，不免饥寒。赖有始祖柳州公，带下郭橐驼，柳州衙舍，栽接花果。橐驼遗下一个驼孙，也跟随俺广州种树，相依过活。虽然如此，不是男儿结果之场。每日情思昏昏，忽然半月之前，做下一梦。梦到一园，梅花树下，立着个美人，不长不短，如送如迎。说道："柳生，柳生，遇俺方有姻缘之分，发迹之期。"因此改名梦梅，春卿为字。正是："梦短梦长俱是梦，年来年去是何年！"

这段文本中，"河东旧族、柳氏名门最"属于曲牌体的引子，是一种带唱的念，〔鹧鸪天〕属于标准的词体，随后的"小生姓柳"是散文，"所幸俺自小孤单，生事微渺"等，使用的是骈文文体，最后的"梦短梦长"两句是采用诗体的"定场诗"。从内容上看，这些不同样式的文字是对柳梦梅人穷志不短、功名未成的重复表述，不免失之单调；然而从形式来看，对仗的四六骈文、七言诗、七字与三字结合的长短句、字数不一的散白，在节奏、音韵构成一种错落有致的搭配，丰富了叙事色彩，避免了内容的单调性。同样，在《牡丹亭》的"冥

<hr />

① ［荷］米克·巴尔：《叙述学：叙事理论导论》（第三版），谭君强译，北京师范大学出版社 2015 年版，第 65 页。

判"中"报花名"的采用冷热相剂，缓和了阴间鬼气森森带给观众的不适感：

〔末〕便数来。碧桃花。〔净〕他惹天台。〔末〕红梨花。〔净〕扇妖怪。〔末〕金钱花。〔净〕下的财。〔末〕绣球花。〔净〕结得采。〔末〕芍药花。〔净〕心事谐。〔末〕木笔花。〔净〕写明白。〔末〕水菱花。〔净〕宜镜台。〔末〕玉簪花。〔净〕堪插戴。〔末〕蔷薇花。〔净〕露渲腮。〔末〕腊梅花。〔净〕春点额。〔末〕蕑春花。〔净〕罗袂裁。〔末〕水仙花。〔净〕把绫袜踹。

中国古典戏曲中使用多种文体是一种常见现象。在《西厢记》中，和尚在投书给白马将军的情节中收入了书信体：

珙顿首再拜大元帅将军契兄纛下：伏自洛中，拜违犀表，寒暄屡隔，积有岁月，仰德之私，铭刻如也。忆昔联床风雨，叹今彼各天涯；客况复生于肺腑，离愁无慰于羁怀。念贫处十年藜藿，走困他乡；羡威统百万貔貅，坐安边境。故知虎体食天禄，瞻天表，大德胜常；使贱子慕台颜，仰台翰，寸心为慰。辄禀：小弟辞家，欲诣帐下，以叙数载间阔之情；奈至河中府普救寺，忽值采薪之忧。不期有贼将孙飞虎，领兵半万，欲劫故臣崔相国之女，实为迫切狼狈。小弟之命，亦在逡巡。万一朝廷知道，其罪何归？将军倘不弃旧交之情，兴一旅之师，上以报天子之恩，下以救苍生之急；使故相国虽在九泉，亦不泯将军之德。愿将军虎视去书，使小弟鹄观来旌。造次干渎，不胜惭愧。伏乞台照不宣。张珙再拜，二月十六日书。

书信所反映的内容，其实已经借前面的情节进行了描述，作为复述，亦可借和尚之口交代，本不需要大费周章，让白马将军杜确再念一遍。此处的书信以骈体文的形式交代这段情节，一则体现了张生的文采，二则起到丰富叙事的作用。

除了丰富叙事之外，不同文体的使用对于表达主题、塑造人物也有重要作用。古希腊戏剧中歌队的歌词是与一般对话有所不同的文体，有交代情节、点评人物的功能。在贝尔托·布莱希特的叙事体戏剧中，"通常用散文来传达情节、人物、人物关系，用诗来评论他们或表现感情的顶点"，此外"各种不同的方式运用民谣"，成为多类型文体的杂糇。(任生名语)① 除了散文和诗外，贝尔托·布莱希特的文本实验中还包括布告、报刊等样式，从情节上看，这些是丰富的叙事手段，从文体构成上看，它们极大地丰富了文体的艺术样式。

当然，在贝尔托·布莱希特的作品中，散文和歌唱还是主要的，布告、报刊等只占一小部分。在当代一些剧作家手中，"杂语性"的文本实验走得更远。比如苏珊·洛瑞·帕克斯的《维纳斯》是一个充满后现代色彩的文本，除采用性别反串外，为了表现黑人女奴作为女性和黑人被白人男性注视和伤害的遭遇，尽可能地还原历史背景、引起读者的思考，在正文之外又辅以脚注，这是对传统的文本样式的颠覆。

该剧正文的语言风格整体上采用"重复和改写"（Repetition & Revision）的策略。由同一角色或不同角色不断重复着相同的句式，仅对个别词组进行替换：

黑人掘墓人　我很遗憾地通知你，维纳斯·哈吞哈特死了。

所有的人　死了？

伙　　计　（稍后扮演女性主持人）今晚不会有任何演出。

八个好事者组成的合唱团　死了！

黑人掘墓人　她的死因平淡无奇，我们大冷天。连下了 23 天雨。医生说她喝酒太多。我认为是寒冷的天气。

男　　人　（稍后巴罗医生的扮演者）死了？

黑人掘墓人　死啦。

伙　　计　（稍后扮演女性主持人）我很遗憾地通知你，维纳斯·哈吞哈特死了。今晚不会有任何演出。

黑人掘墓人　挖呀—挖呀—挖呀—挖。

这种错落有致、有节奏的重复，让语言有一种音乐的风格，有异于常规语言。其外部样式与中国传统诗歌《诗经》的"重章叠句"有所接近，在不断的重复中强化和突出了黑人女性维纳斯死的悲凉和旁观者的冷漠。

《维纳斯》中"脚注共出现过九次，散落于不同的场景"。脚注中

---

① 《西方现代流派作品选》(4，叙事体戏剧卷)，汪义群主编，中国戏剧出版社 2005 年版，第 548 页。

又包含了多种文体，"报纸上的广告、漫画、曾经目睹过巴特曼表演的观众所留下的日记，伦敦法庭听证会的文件、详尽的解剖记录、要求结束虐待巴特曼行为的请愿书等"。[①] 这些脚注并不追求与戏剧文本融为一体，而是保持着相对独立性。比如医生的解剖报告，在幕与幕之间的中场休息中由演员朗读出来。大量脚注的存在具有布莱希特式的"间离"效果，也让文本拥有像百科词典一样深度和厚度，有助于读者充分全面理解人物的境遇、更深刻地了解文本的社会背景。此外，脚注的内容有助于主题的表达。比如，男爵的笔记本身是客观地记录维纳斯身体各器官的特征，不无科学研究的目的。当笔记在剧中与其他文体并列时，会产生一种奇特的效果：维纳斯生前不被尊重、像动物一样被观看被凌辱，在她死后其尸体也不能够像人一样获得缅怀与尊重。她一生的命运与动物无异，而这正是自诩为文明的白人所赋予她的。

在上例中，混杂文体的使用也是一种自我指涉的修辞技巧，属于后现代的拼贴与戏仿。再如前文所提及的《生命的尝试》一剧中作者使用了说唱歌曲、莎士比亚的脚注、现成的作品等，进一步解构文本，突出文本的支离破碎性，从而揭示人被异化的主题和分崩离析的社会现实。

二、多个说话的声音

蒲安迪认为在叙事文学中存在两种以上的声音。"一种是事件本身的声音，另一种是讲述者的声音，也叫'叙述人的口吻'。叙述人的'口吻'有时要比事件本身更为重要。陈寿的《三国志》、罗贯中的《三国演义》和无名氏的《全相三国志平话》都在叙述三国的故事，但谁也不会否认它们是三本截然不同的书……它们代表三种不同的'叙述人的口吻'：陈寿用的是史臣的口吻，罗贯中用的是文人小说家的口吻，而

---

① 吕春媚：《反传统的艺术——论〈维纳斯〉之戏剧叙事结构》，《外语与外语教学》2013年第2期。

无名氏用的是说书艺人的口吻。"① 这里的"口吻",其实指的是叙述话语样式,史官的话语是郑重客观,文人小说家的话语讲究文采,而说书人艺人的话语通俗质朴。

戏剧文本中,除了整体叙述者外(作者—虚拟作者,以及叙述中介),还有各种各样的局部叙述者;他们各自不同的身份构成了不同的叙事声音,并进而拥有了各自说话的风格。比如在《长生殿》的"弹词"、《桃花扇》中的"听稗"和《清忠谱》中的"书闹"中,就存在着三种类型不同话语形式的"口吻"。"听稗"类似于史官口吻,"弹词"接近于文人小说家,"书闹"中的叙述者正是说书艺人。伴随着故事的讲述,说者的叙事话语、听者的评价话语,以及二者之间的交流,构成了一组丰富的话语交响乐,比如《长生殿》中的"弹词"一折,就在李龟年的弹唱中加入了听者的不同议论之声:

(末弹唱科)

【四转】那君王看承得似明珠没两,镇日里高擎在掌。赛过那汉宫飞燕倚新妆,可正是玉楼中巢翡翠,金殿上锁着鸳鸯,宵偎昼傍。直弄得个伶俐的官家颠不刺、懵不刺,撇不下心儿上。弛了朝纲,占了情场,百支支写不了风流账。行厮并,坐厮当。双,赤紧的倚了御床,博得个月夜花朝同受享。(净倒科)哎呀,好快活,听的咱似雪狮子向火哩。(丑扶科)怎么说?(净)化了。(众笑科)(小生)当日宫中有"霓裳羽衣"一曲,闻说出自御制,又说是贵妃娘娘所作,老丈可知其详?请唱与小生听咱。

戏剧文本中代表叙述的声音也可与展示的声音相混合,构成多重的说话声音。保拉·沃格尔的《漫漫圣诞回家路》中,采用了男人女人等多个叙述者,他们又会代表自己和人物进行讲述,让不同的叙述声音构成混响。这种混响有时由简短的场景展示和叙述话语交叉构成,比如沃格尔《那年我学开车》:

> 【汽车变速声打断了庄严的乐曲声。成年人的小贝从车中走出,面对观众。

---

① [美]蒲安迪:《中国叙事学》,北京大学出版社1996年版,第14页。

<table>
<tr><td>小   贝</td><td>在多数家庭中，人们以长幼兄妹称呼。在我们家，如果我们叫"大爸爸"，不是他高大，我们家是以生殖器特征来称呼彼此。比如佩克姨父，我妈就叫他"没奶头怪人"，而我表哥鲍比一直以来被叫做……</td></tr>
<tr><td>小贝／歌队</td><td>"蓝睾丸"。</td></tr>
<tr><td>母   亲</td><td>当然，你生下来时，我们全家都很兴奋。护士抱着你说，"是个女孩！一个女宝宝！"我得亲眼看一下。我们解开尿布，掰开你那两条小胖腿——没错，是个女孩——（佩克走过来）</td></tr>
<tr><td>佩克／歌队</td><td>一个小贝贝。</td></tr>
</table>

……

以上文本可以看出，这里出现小贝、歌队、母亲、姨父佩克及叙述声音幕后声等多个说话声音的交织。多个话语声音中，叙述者的声音占据主要地位，先是成年小贝的回忆，简单描述自己家庭中缺乏正确性教育观念，随后是母亲等的话语，展示大人们在孩子面前任意谈"性"、评述家庭成员的隐私部位，一点不顾虑未成年小贝自尊心的无奈现实。

当文本内容完全由话语叙述构成时，会形成一种叙述言语密集、思辨性强的语言特征。热拉尔·热奈特在叙述评价普鲁斯特的《追忆似水年华》时，曾指出这一作品与传统作品的不同，就在于摒弃了"把场景变成情节集中、几乎完全摆脱描写或推论的累赘、更没有时间倒错干扰的场所"的传统。与之相反的是，普鲁斯特的场景充满着各种各样的题外话"扩大甚至充塞：回顾，提前，反复性和描写性插入语，叙述者的说教等，它们全用来形成集叙，在作为借口的一场活动周围聚焦起可以赋予它充分纵聚合价值的一堆事件和论述"。[①] 叙述体戏剧中，在人物对话中插入反复性和描写性的插入语，使之针对主要事件呈现一种跳出叙事框架、反复叙评的特点，其在叙事效果类似于小说的"集叙"。如《哥本哈根》中：

海森堡　　首先是对理论物理学院波尔实验室的一次正式拜访，在旧

---

① ［法］热拉尔·热奈特：《叙事话语　新叙事话语》，王文融译，中国社会科学出版社 1990 年版，第 71 页。

日熟悉的餐厅里一顿面面相觑的午餐，当然没机会与波尔交谈。甚至他出席了吗？当时，有罗森特尔……我想，还有彼特森。几乎肯定，还有克里斯汀·穆勒……真像在梦中。你永远无法面对当时身临其境的种种细节。那是波尔吗？——坐在餐桌的上首。我仔细地看，是波尔，还有罗森特尔，还有穆勒，我该见的人都在……然而，多么尴尬的场合——我至今记忆犹新。

在这几行短短的文字中，海森堡回忆了自己拜访波尔实验室的经过。但是回忆不断被打断，"甚至他出席了吗""真像在梦中""你永远无法面对当时身临其境的细节""那是波尔吗"等系列话语反复将读者从回忆中拉出。这种站在事后评述者角度的回忆，叙述者对此事的看法、观点，远比事情本身重要，疏离的、处于上位的观察视角和话语模式，让事件的真相更加扑朔迷离。

戏剧文本中的"集叙"常发生在大段的叙述之中，叙述与叙述之间会构成奇妙的并置。在《动物园的故事》中，流浪汉在讲述自己的故事时，常常在一件事之内引入另一件事，"充满着各种各样的题外话"。由于叙述的存在，叙述者对事件有回顾有点评，介绍过去的事件时，交代当时心态，又从现在的立场对当时心态进行点评。"集叙"所述内容在并列出现时，会构成类似于蒙太奇的叠映。比如《美狄亚》中，在叙述公主惨死经过时，叙述者富有创造力地将"约莫一个善走的人绕过那六百尺的赛跑场到达终点"与"可怜的女人便由闭目无声的状态中苏醒过来发出可怕的呻吟"并列，呈现出不同视角的两种聚焦内容。这在效果上犹如不同焦点的叠映，奔跑报信的人消失，而惨遭荼毒的公主出现，从而侧面描述出事件变化的紧急。编剧对公主惨死时金冠、袍子等的描写也有类于此。

一般来说，文本中密集的集叙与作品思辨的色彩相得益彰。如果仅仅是人物评价当时的行为、回应后人的评价，而缺少反复性、描写性的插入语，则会流于人物的争辩与评述的议论，在意蕴和形式上均显得有些单薄。

在一些富有实验色彩的文本中，人物的对话往往采用叠加、互相遮蔽的样式，去除语言表达的清晰性。比如高行健的作品《车站》中，就尝试了由不同音响效果和色彩的对话构成丰富混杂的多声部的样式。

［以下台词，七个人同时说。甲、己、庚的话，穿插串连在一起，成为一组，构成完整的句子。

甲 该说的不是已经说完了？
乙 还真得等。您排队买过带鱼吗？噢，您
丙 等不要紧。人等是因为人总有个
丁 母亲对儿子说：走呀，
戊 剧难演。悲剧吧，演得观众不哭，
己 好像
庚 真不明白。

甲 那他们为什么不走呢？
乙 不做饭，那您总排过队等车。排队就是
丙 盼头。要连盼头也没有了，那就惨了。
丁 小宝贝，走呀！孩子永远也学不会走路。
戊 你演员可以哭。可演喜剧呢，则不
己 是……他
庚 也许……

甲 可时间都白白溜走了呀！
乙 等。要是您排半天队，可人卖的不是带
丙 用戴眼镜的话说叫做绝望。绝望好比唱
丁 还是让他自己爬去。当然，有时候也扶
戊 然。观众要是不笑，你总不能自个
己 他们在等。
庚 他们在等。

甲 呀！真不明白，真不明白。

在以上文本中，作者采用了多种手段来实现多声部的效果。首先，让不相干的人说不相干的事，把他们的对话拼贴穿插到一起，有意构成阅读障碍、阻碍与文本的交流。其次另一方面是即使两个人物在对话，内容也基本上是鸡同鸭讲、自说自话，体现交流的隔阂障碍。第三种方式是从多人物讲话时拉开又部分重叠，进一步的消解意义、体现意义的混杂性。[①] 无论是哪种做法，均取消人物话语内容之间的关联，切断了话语的逻辑性，让对话内容更加碎片化，从而让庸常生活的乏味与陈腐得以凸显。作者采取这样的对话形式，与其说是借助文本来传递内容，毋宁说他更希望营造一种语言样式上对比、合唱、复调的风格。

当然，我们不能机械地把话剧中存在的多个说话声音等同于巴赫金所说的复调形式，因为小说中也存在多个说话者。只有当多个说话声音构成的文本不是封闭的已完成的话语，反映的不是一个封闭的意识世界，而是"存于运动与交流中，存于永远敞开着、永远未完成的结构"中的开放意识世界时，才是真正的复调结构。复调结构关心的不是某个人物和形象，它更关心对世界和自我的认识。多声部的对话因此不同于"传统的和主流的独白式手法"。[②] 在这类注重多重意识世界表达的实验文本中，文本意义的断裂、交流的阻碍，恰恰给读者以更多解读的空间。

三、不同人物口吻

巴赫金认为，小说的口语对话中不仅存在多种文体，也存在着多个声音，而且这些声音风格各异。"在话语和思想生活的每一具体的历史时刻，每一社会阶层中的每一代人，都有自己的语言。"这种语言跟年龄有关，也与社会阶层和所处的圈子有关，甚至每个家庭都有自己的用语习惯，"例如托尔斯泰描绘的伊尔坚耶夫一家的讲话，就有着自己特殊的词汇和独特的情调体系"。[③] "杂语化"的特征之一就是各种各样的"语言"，"如不同体裁的、职业的、社会阶层的（贵族的语言、农场主的语言、商人的语言、农民的语言）、流派的、普通生活的（流言蜚语、上流社会的闲谈、下房的私语）等类型"，当这些语言与作者的语言结

---

① 高行健：《谈多声部戏剧试验》，转引自陈吉德《中国当代先锋戏剧》，中国戏剧出版社 2004 年版，第 49 页。
② 李幼蒸：《理论符号学导论》，中国人民大学出版社 2007 年版，第 661—664 页。
③ ［苏］巴赫金：《长篇小说的话语》，《巴赫金全集》（第 3 卷），白春仁译，河北教育出版社 1998 年版，第 69 页。

合时，则有更多的变化形式。[1]

　　小说的这种特征在戏剧文本中也非常明显，叙述者的多样性强化了戏剧文本"杂语性"的特征。作者话语、人物叙述话语、人物对话本身就是不同声音与间接引语、直接引语的交织，体现出多声部混合的色彩。此外，人物的身份和性格不同，其说话风格也各有不同。比如中国京剧中的人物，在话语程式上有韵白和京白之分，有身份、有知识、上年纪的人物多为韵白，而出身低微、没有文化或者性格诙谐的人物多用京白，就遵循了人物说话要符合身份、性格的规则。这些不同风格的语言中体现出不同的视点，强化了戏剧文本中话语的"杂语化"。在表现现实生活的现实主义风格的话语中，尤其注意对人物语言性格化、通俗化、动作化的打造，运用方言构成不同的声部色彩。

　　比如话剧《北京大爷》中的德文满向许亚仙介绍家庭情况时的对话：

许亚仙　（颇有兴致地环视）你们家的院子挺凉快的。

德文满　可不是，大树底下好乘凉，全仗这棵枣树，少说也有八十年了。夏天太阳晒不着，特滋润，到冬天叶子一落，阳光照下来，特暖和，秋天还结几十斤大枣呐。哦，你渴不渴？

许亚仙　不渴，不是刚喝完扎啤吗。嗳，你住哪儿呀？

德文满　（指明方位）这个院子是北五南四东西三，北屋西边两间是我的，老爷子老太太住东边两间，也能照顾照顾我么，沏茶倒水、叠被子扫地，全是我妈的活。（亲昵地）赶明儿你搬进来，老两口升天，这一溜五间大北房就是咱们的，怎么样……（搂着许亚仙亲一下脸蛋）

许亚仙　（支开）留神，窗户里有眼睛。

德文满　走，进屋去。（拉着许亚仙的手）

许亚仙　（策略地挣脱）哎，你还没说完呢。（指东屋）这是谁住呀？

---

[1]　[苏]巴赫金：《长篇小说的话语》，《巴赫金全集》（第3卷），白春仁译，河北教育出版社1998年版，第93页。

德文满　我大哥德文高，嫂子商玉萍。

许亚仙　人怎么样？

德文满　大少爷，死要面子，眼高手低，愣打肿脸投标承包个小国营厂，背了个大包袱，压死了算。我这位嫂子缺心眼，净一阵阵的冒傻气，她爸当过工业局的处长，娘家趁几个小钱，拿来倒贴。

许亚仙　（轻笑）这还不好，给你们家凑热闹。

德文满　要不说呢，十个闺女九个贼，往婆婆家搭梳头油……这溜南房呀，临大街，吵得慌，都不愿住，给劈成好几块了。那间狗屋跟厕所在那头，一会儿带你逗逗那小狗去，是我买来的俄罗斯金毛犬，起名叫追星族，特能叫唤，一天吃半斤肉，再加一袋牛奶搭三片面包。

　　这段对话中，德文满使用了大量的方言、俗语和语气词，话多稠密，体现出北京土著自得炫耀、不拘小节的性格特征，而许亚仙的话语虽谨慎，也带有强烈的口语色彩。整体上这段对话中，人物的语言是比较随意的，符合闲聊的规定情境。然而，当许亚仙与欧日华相见时，语言风格发生了变化：

欧日华　总有一天会公开的。不过我想说几句实话，这块地皮拿来做快餐业，效益并不是最高的，它更适合我们做窗口，做营业的气象台和超级广告牌。

许亚仙　请你把商号说出来！

欧日华　（自顾说）孙中山讲得好，地尽其利，货畅其流，人尽其才。许小姐年轻漂亮，才华出众，我们欢迎你来一同共谋大业。

许亚仙　笑话，这所房子归谁还不一定呐。而且我还提醒你，德文高的债主，还有本地房虫子雇来的那几个赌徒，都不会袖手旁观。

　　许亚仙不再以一个不谙世事的外来妹面目出现，其真实身份是商务精英，面对竞争对手，语言风格也从日常的随意转变为话里有话的外交辞令，而欧日华本来就对德家大院志在必得，因此话语显得老谋深虑，步步为营，一反闲聊的随意。

叙事性话语与展示性话语的不同也是话语色彩丰富性的体现。在英国剧作家彼得·谢弗的《上帝的宠儿》中，我们可以看到这样的例子：

> 【灯光后部，照在罗森贝格、施特拉克和凡·斯维滕三个凝滞的人影上。他们正站在舞台后部的光盒里。内侍大臣把他从皇帝手中接过来的文件递给歌剧院指挥。萨利埃里仍侍在舞台前部。

施特拉克 （对罗森贝格）吩咐你约请莫扎特先生写一出德语喜歌剧。

萨利埃里 （对观众）内大臣约翰基利安·冯·施特拉克。

罗森贝格 （傲慢地）为什么要用德语？

萨利埃里 （对观众）这位是歌剧院指挥弗仑茨·奥尔辛尼—罗森贝格伯爵。他偏爱意大利的一切，包括我在内。

施特拉克 （刻板地）写一出本国歌剧的念头是陛下念念不忘的。陛下愿意听用优美而朴素的德语演唱的节目。

凡·斯维滕 （同样刻板地）但为什么写成喜剧？音乐的功能并不在于滑稽有趣。

萨利埃里 （对观众）凡·斯维滕男爵是皇家图书馆馆长，以特别爱好老式的音乐《我主赋格》闻名。

在这里，承担叙述中介功能的萨利埃里语言风格是冷静中带有调侃，而身处故事中的斯特拉列和冯·斯威腾的交流性要强烈得多，这就构成了不同色彩效果。作为叙述者的萨列里语言简洁明了，宫廷大臣们使用的典雅冗长的宫廷语言，少年天才莫扎特的语言以短句为主，不守常态、生动活泼，这都体现出人物性格的鲜明差异。

当然，多个人物口吻并不像中国古典剧论中"声肖其口"那么简单。在巴赫金看来，"杂语化"的另一特征是反讽，也即文本中"各种语言和各种社会的、观念的视角，虽说自然也用来折射实现作者的意向，却是被作为虚假的、伪善的、自私的、闭塞的、狭隘的、失实的东西加以暴露、加以改变的"。[①] 在小说文本中，常通过"戏仿"构成

---

① ［苏］巴赫金：《长篇小说话语的发端》，《巴赫金全集》（第3卷），白春仁译，河北教育出版社1998年版，第472页。

作品外层上怪诞、狂欢的风格，而在戏剧文本中，类似的手段只多不少。比如在帕克斯的《维纳斯》一剧中，作者就给赋予同一人物不同的风格的叙事话语："Mother-Showman 在开场介绍维纳斯时运用了富含修辞（押头韵）的语言……而当他威胁维纳斯时，他使用的语言让人感觉判若两人……变化的语言让读者和观众感到时而置身于 19 世纪的欧洲，时而身处 20 世纪的美国。"[①] 对于《维纳斯》这样一部时空较长、事件众多的戏剧来讲，叙述者语言风格的变化能够更好地帮助读者进入历史情境，同时也让历史情境的互文与戏仿在语言中呈现了出来，让观众生出"今夕何夕"之感，点出黑人的命运在今天仍然没有得到改变这一残酷事实。此外，在角色的反串中，或者不同演员扮演同一人物时对原有说话习惯的改变或者保留，均可视作对"说话口吻"的创新。

从叙事学的立场出发，我们要意识到不同人物口吻中所蕴含的巨大演绎空间，它可以脱离性格化的语言而具有更高的诗学标准，戏剧语言的重点是表达情节和突出主题，人物的语言是借作者的话来体现的，因此，戏剧语言本质是作者依据情节和主题需要对生活语言的提炼，并不能完全等同于生活语言。比如《茶馆》中借人物之口不断强调"大清要完了"，显然是对日常生活中人物对话的高度提纯，夸大了这一表达在日常生活中的功能。

四、长篇话语的组织

长篇话语分为抒情性话语与故事性话语两类，这两类中又夹杂着议论性话语。叙事性重在对事件的交代，而抒情性话语中虽然也常提到事件，但重在抒发情感。

雨果·鲍尔斯认为，在特定情况下，"讲故事"可以构成文本的主要部分。比如哈罗德·品特的戏剧中用讲故事来取代了戏剧动作，他

---

① 吕春媚：《反传统的艺术——论〈维纳斯〉之戏剧叙事结构》，《外语与外语教学》2013 年第 2 期。

"选择讲述一个故事而不是继续当前的对话本身，因为讲故事这才是真正的行动场景"①。人物真实的目的动机就在故事之后，故事情节也由此推进，同样的例子在《动物园的故事》中也可以看到。鲍尔斯认为，对于故事性话语来说，"可讲性"（tellability）是重要的叙事品质，这与故事的开始与结束、如何构建故事、如何让故事具有黏性有关。故事的开始有一问一答、共述前史和共同构建故事三种方式，结束时或者转入新话题，或者明示结束；讲述者运用话语标记（如"你知道""我的意思是说""哦"等）、提及其他故事参与者（通常为主要人物）和时间标记来掌控故事的结构，运用重复、约定俗成的常用语、韵律感、细节想象、省略、反讽、隐喻、夸张等来增加故事的黏度。②其中，省略部分话语能够引起读者／观众参与、共建故事的兴趣。鲍尔斯的"可讲性"中的韵律感、隐喻、夸张等也适用于抒情性话语。他所说的虽为二人以上对话的组织，对于单人长篇话语的创作也有帮助。

一般来说，在组织篇幅较长的叙事性话语时，首先服务于当前行动目的和情节需要。不可忽略情节和行动的需要，孤立静止地进行话语叙述，话语要富有动作性和悬念。雨果·鲍尔斯所认为的故事开始与结束时的方式，通过话语标记、时间标记等指涉当下情境，其目的正是将被讲述的故事置于外在情节框架也即文本情境中。

在孔尚任的《桃花扇》和洪升的《长生殿》中，均有风格类似的说唱文学。前者为"弹词"，后者为"听稗"，在这两折中，编剧采用的处理技巧各有差异。在《桃花扇》中，作者安排柳敬亭讲述一个孔子去鲁的历史故事：

（上坐敲鼓板说书介）问余何事栖碧山，笑而不答心自闲；桃花流水杳然去，别有天地非人间。（拍醒木说介）敢告列位，今日所说不是别的，是申鲁三家欺君之罪，表孔圣人正乐之功。当时鲁道衰微，人心僭窃，我夫子自卫反鲁，然后乐正。那些乐官恍然大悟，

---

① Hugo Bowles, Storytelling as interaction in The Homecoming [J], *Language and Literature* 18(1), 2009, pp.45–60.

② Hugo Bowles, Storytelling and Drama: Exploring Narrative Episode in Plays [M], *John Benjamins*, 2010, pp.68–89.

愧悔交集，一个个东奔西走，把那权臣势家闹哄哄的戏场，顷刻冰冷。你说圣人的手段利害呀不利害？神妙呀不神妙？（敲鼓板唱介）……

（拍醒木说介）击鼓的名方叔，入于河；播鼗的名武，入于汉；少师名阳，击磬的名襄，入于海。这四人另有个去法，听俺道来！

（敲鼓板唱介）

〔鼓词四〕这击磬擂鼓的三四位，他说："你丢下这乱纷纷的排场俺也干不成。您嫌这里乱鬼当家别处寻主，只怕到那里低三下四还干旧营生。俺们一叶扁舟桃源路，这才是江湖满地，几个渔翁。"

在孔尚任的笔下，柳敬亭的整个说书过程是无人打断的，符合现实中说书这一行为的真实情况。说书的内容影射了大明分崩离析在即、文武众臣各怀异志的现实。不过，这一段叙述与后文的情节没有直接的联系，只是概述了四公子听柳敬亭说书一事，放在剧作开头显得缺乏悬念与戏剧张力，有些游离在剧情之外。而《长生殿》的"弹词"发生在全剧中段的"马嵬之乱"之后，由李龟年饱含沧桑、充满情感的叙述作为之前情节的总结，是较为适宜。再加上叙述者每一段落的弹唱结束之后，均会与在场的听众如小生、外等进行交流，使得这一段落与具体情境情节的联系较为紧密，在情感的抒发上更为酣畅，对人物和事件的评价也更为多元和全面。

另一个例子可以在李玉的《清忠谱》中看到。在该剧的第二出《书闹》中，说书人讲述内容是宋金交战、韩世忠被孙总兵陷害的故事。这段叙事很长，也没有"听稗"和"弹词"中的唱段，因此，只能靠故事的悬念和曲折来吸引听众。评书的叙述者先交代了孙总兵与韩世忠的过节，又交代了孙总兵轻敌致败的过程，最后再说韩世忠有功都被绑的结果，情节跌宕有致，因此，虽然没有听者的参与，只是说者单方向的讲述，仍然具有较强的戏剧张力。在评书说至最紧要的关头，也即韩世忠受绑时，听者按捺不住拍案而起：

〔净拍桌怒嚷介〕讲这样歪书！讲这样歪书！〔众共惊介〕却是为何，这般乱嚷？〔净〕可恼！可恼！童贯这豵狗，作恶异常，教我那里按捺得定！〔付〕从来说书，有好有歹，何须动得肝经。

〔净〕这等恶人，说他怎么？〔付〕既是恶人，你不要听他便了。〔净踢翻书桌介〕〔付〕这是那里说起？〔净〕我就打你这狗弟子。〔众拦劝介〕他是说书的先生，为何打他？〔付〕可笑，可笑。〔外、小生扯付介〕去！去！去！我们自到寒山寺开讲去。〔丑扯介〕〔付〕我自去了，省得在这里淘气。〔外、小生〕此处不留人。〔付〕自有留人处。〔外、小生同付下〕〔丑怒指净介〕好好一个书场，被你这狗头撒野火，赶散了我们的生意。我就打死你这狗头。〔赶上打净介〕〔净〕来！来！来！你敢和我放么？

"净"的"拍案而起"发生在说书人的故事尚未讲述完之时，作者此时的叙事目的不是故事中的韩世忠如何受冤，而是故事外的颜佩韦对忠良受害一事的义愤填膺，从而刻画疾恶如仇的人物性格，为后文颜义士挺身而出营救周顺昌做好铺垫。可见，长篇叙述话语段落的安排要服务于整体的情节，不可游离于整个文本之外。

其次，篇幅较长的交代式话语的组织需要遵循从简至繁、由轻至重、由次及主的原则，将印象深刻的事件放置最后或者加以强调以强化观众的印象，必要时结合舞台灯光、音效等舞台效果增加叙述的变化。请看《玻璃动物园》中的一段：

阿曼达　　……来找我的男客人是上等人——全是上等人！在来找我的男客人当中有几个是密西西比河三角洲最显赫的年轻种植园主——种植园主和种植园主的儿子！

【汤姆做手势，招呼奏音乐和把一道聚光灯照在阿曼达身上。她抬起眼睛，脸上发出亮光，声音变得低沉起来，像是在唱挽歌。

有个年轻的钱普·劳林，他后来是三角洲种植园主银行副行长。哈德利·史蒂文森淹死在月湖里，给他的妻子留下了十五万公债。还有卡特里兄弟俩，韦斯利和贝茨。那些盯着我一个劲献殷勤的机灵小伙子当中，就有贝茨！他跟温赖特家那个野小子闹翻了。他们在月湖娱乐场里用手枪火并。贝茨的肚子上挨了子弹。死在开往孟菲斯的救护车上。他的妻子也得到了一大笔遗产，到手八千到一万英亩地，就是这么回事。她利用他情绪一时波动嫁给了他——他从来没有爱过她——死的那一晚身上还带着我的相片！还有那个小伙子，三角洲一带的姑娘个个看到他都一心要讨他欢喜！那个从格林县来的俊俏、神奇的小伙子菲茨休！

汤　姆　他留了些什么给他的妻子？

阿曼达　他从来没有结婚！唉，瞧你说的，好像早先那些喜欢我的人都咽了气，死得一个不剩啦。

汤　姆　这不是你头一个提到还活着的人吗？

阿曼达　那个小伙子菲茨休到北方去，发了大财——得了个外号，叫华尔街的狼！他简直像有点金术似的，不管什么东西，只要给他一摸，就变成金子！别忘啦，我本来可能成为邓肯·丁·菲茨休夫人的！可是……我选中了你爸爸！

　　叙述者阿曼达对年轻时追求者的讲述，其重点是"多金"。一开始的钱普·劳林、哈德利·史蒂文森、卡特里、韦斯利均一笔带过，节省笔墨。轮到贝茨时，内容变得紧张、惊险，决斗的情节增加了事件的趣味，而后面的"死的那一晚上还带着我的相片"更是这段故事的神来之笔，而这也是阿曼达对追求者描述中的突转。到了最后的"神奇"的菲茨休，阿曼达减少了叙述篇幅，仅强调"我本来可能成为邓肯·丁·菲茨休夫人"，具体原因却不予说明，给了读者想象的空间，更是有欲说还休的悲凉在内。这里关于被叙述事件的安排是遵循由简至繁原则的。

　　最后，要采用丰富的修辞手段。雨果·鲍尔斯提到的韵律感、细节想象、省略、反讽、隐喻、夸张等手法，是让长篇话语富有魅力的主要工具。在中国本土编剧理论中，最典型的是借景抒情、托物寓志。以中国戏曲为例，它的事件安排常不遵循冲突和事件的原则，而是遵循抒情的原则，通过人物的独唱、独白来借景抒情、托物寓志，是叙事与抒情结合的特殊表达方式。比如在昆剧折子戏《林冲夜奔》中，一面是林冲"怀揣着雪刃刀，怀揣着雪刃刀，行一步哎呀哭，哭号啕，急走羊肠去路遥"的有国难投、有家难归的直抒胸臆；另一面通过"且喜得明星下照，一霎时云迷雾罩。忽喇喇风吹叶落，震山林阵阵虎啸。又听得哀哀猿叫"的自然环境细节来感染读者，共同强化、烘托了人物情绪上离家去国的无奈和对奸党的痛恨。

再如传奇《长生殿》中杨贵妃被逐出宫、思念皇上也是借景抒情，通过杨玉环远眺宫中，想象昔日恩爱、对比今日落寞来表达她的悔恨与哀怨。除了借景之外，借物也是中国戏曲表达情感的手法之一。比如锡剧《珍珠塔》中表姐叮嘱方卿一路之上多多注意、好好爱惜"包中的点心"，实则借对包中宝贝的关心，来隐晦地表达对方卿一路起居的关心。

需要注意的是，在借景借物抒情中，景和物通常不再是自然的景物，而是寄托了人物的特定情感，成为一种主观事物。顾瑛提出，"曲词"应该"以意为主"，作者制曲"必在心传。传以心会意"。也即是说"作者制曲乃是用主体的'心'观来传达客体的物象，这样传达给观听者的已不是物的客观本相，而是经过主体的'心'重新组合过了的、附着了主体意识的新的形象"。[1] 这里的主体看上去是作者，但其实是作者体会人物而得出的印象。比如话剧《李白》（郭启宏）中，借对长江这一事物的描绘来表达内心的澎湃：

李　白　（走至悬崖上，面对长江，缓缓跪拜）长江，不舍昼夜的长江！我不能忘记你，这万水争流的夔门，漩涡起伏的淹滪堆，激扬了我多少文字！我不能忘记你，就在这白帝城，我第一次辞别了巴蜀父老，走向神州寥廓的天地！我不能忘记你呀，你的山山水水印下了我的足迹，你用甘美的乳汁，还有恢宏磅礴的阳刚之气，造就了堂堂七尺李太白……啊不！长江！我必须忘记你，世道难行，如同夔门，人心险恶，又好比淹滪堆！我必须忘记你，还是在这白帝城，我将最后一次辞别巴蜀父老，踏入夜郎蛮荒的绝国！我必须忘记你呀，你的一草一木洒满了我的血泪，你又用香洌的酒使我清醒，使我终于看清了人世的污浊！啊，长江，永别了！从今以后，你和我都将形神两异！除非在梦里，用翩翩的浮想去追寻你往日的三千弱水、十万

---

① 陈竹：《中国古代剧学史》，武汉出版社1999年版，第127页。

高山！永别了，长江！

这里的长江不再是自然形态的长江，它具有了作者赋予人物的"李白气质"，那就是澎湃激扬，磅礴阳刚。中国传统叙事中借事、借景、借物在表达情感上蕴藉含蓄，潜移默化中打动观众和读者，胜过直白的直抒胸臆。编剧此处借助长江自身的壮阔浩荡来倾吐自己激烈的胸怀，概括波澜的一生，具有极强的感染力，同时又令人回味无穷。

与此类似，《西厢记》中借黄河之景来烘托人物的不凡之志：

【仙吕】【点绛唇】游艺中原，脚跟无线，如蓬转。望眼连天，日近长安远。

【混江龙】向诗书经传，蠹鱼似不出费钻研。将棘围守暖，把铁砚磨穿。投至得云路鹏程九万里，先受了雪窗萤火二十年。才高难入俗人机，时乖不遂男儿愿。空雕虫篆刻，缀断简残编。行路之间，早到蒲津。这黄河有九曲，此正古河内之地，你看好形势也呵！

【油葫芦】九曲风涛何处显，则除是此地偏。这河带齐梁分秦晋隘幽燕。雪浪拍长空，天际秋云卷；竹索缆浮桥，水上苍龙偃；东西溃九州，南北串百川。归舟紧不紧如何见？却便似弩箭乍离弦。

【天下乐】只疑是银河落九天。渊泉、云外悬，入东洋不离此径穿。滋洛阳千种花，润梁园万顷田，也曾泛浮槎到日月边。

先借蠹鱼、铁砚、雪窗萤火等代指苦读，"脚跟无线"说明人物洒脱不羁、江湖浪迹，"才高难入俗人机，时乖不遂男儿愿"与"空雕虫篆刻，缀断简残编"写出了人物并不以功名科举为念的存志高远；后用"雪浪拍长空，天际秋云卷"借景托志，写出张生的磊落阔大。这与文本中"无意求官""湖海飘零"对莺莺一见倾心、解白马之围的那个风流倜傥、有胆有识、敢作敢当的张生形象是吻合的。

西方话剧中也存在通过景物描写来抒发情感的例子，比如《那年我学开车》中小贝开场时，对农场昔日的夏夜进行了一番描述：

小　贝　……这是个停车场，它俯瞰着马里兰市郊的贝尔兹维尔农场。

不到一英里外，一号国道斑驳的水泥路穿过一幢幢重建的单室教堂、色情书刊店和几家挂着"出售"招牌的汽车旅馆。

是的，这是一个暖和的夏日傍晚。

在这片农业部所属的田地上，弥漫着牲畜浓浓沉睡的气息。野花、干草和皮质仪表板的气味交织着。你能想象在许多大商场进驻之前马里兰州的景象。这乡间星星点点地坐落着一户户农舍——这些门廊依然见证了南北战争的炮火与硝烟。

是啊，今晚马里兰一轮明月，月光照着车上坐着的我和一位中年男人——我说过这夜是那么宁静吗？湿润的土地，安谧的气氛。这种夜晚让一个身负房贷的中年男子又成了毛头小伙。

这是一九六九年。我很世故，愤世嫉俗，玩世不恭。总之，我十七岁了，在这初夏的夜晚，和一个已婚男人把车停在一条黑暗的小路旁。

在她的描述里，教室、汽车旅馆、战争依次出现，这些无聊又庸常的事物，在她的生命中扮演着重要角色。接下来她又提到"牲畜浓浓沉睡的气息""野花、干草和皮质仪表板的味道"，这令人感到一种生命的搏动与现代科技相违和的困惑，象征着理性与情感的冲突，营造出一种躁动不安的情境。

长篇叙述话语的组织，是戏剧文本创作中的重要议题，它某种程度上决定着戏剧文本的诗学质量。曼弗雷德·普菲斯特指出，在戏剧文本中，可以从不同人物的视角来描述事物，人物的台词也有多有少，然而决定对读者影响力大小的，不仅仅是台词的多寡和视角的选择，还有"某一角色视角赖以形成的方式的紧迫性和诗学质量"。如果说"紧迫性"指台词发生的情境压迫的等方面，"诗学质量"则意味着台词的艺术性与感染力。《麦克白》一剧中"麦克白的语言不仅在戏剧文本中占了大部分——而且是以饱含着激情的诗意加以表达的"，因此让观众对这一人物包含怜悯、同情，而不是单一的厌恶。[①] 这说明了长篇话语美

---

① ［德］曼弗雷德·普菲斯特：《戏剧理论与戏剧分析》，周靖波、李安定译，北京广播学院出版社2004年版，第80—81页。

学质量的重要性。

　　戏剧文本中的戏剧对话并不能等同于真实生活中的日常对话，而只是日常对话的模拟，实质仍为作者—虚拟作者精心结构的文本，且包含各种不同的类型。舞台话语与对话文本，直接引语、间接引语，普通对话文本与特殊对话类型，不同人物的语言风格与不同文体的语言类型等，既构成了戏剧对话多姿多彩的外在风貌，也给编剧以艺术想象与发挥的空间。

结论　编剧叙事学的未来展望

　　长期以来，编剧们运用编剧学理论来创作戏剧文本，而编剧理论研究者在分析文本时，也常引用这套理论——从编剧学视角解析戏剧文本，总结戏剧发展态势已经成为一种惯性。这不仅体现在一些经典的剧作法著作中，如英国的威廉·阿契尔的《剧作法》(1964)；美国的乔治·贝克的《戏剧技巧》(1985)，也体现在近年来的编剧书籍中，如拉约什·埃格里的《编剧的艺术》、保罗·约瑟夫·古林诺的《序列编剧法》中。即使是广义的戏剧理论和戏剧史著作，也常常用主题、人物、结构、行动、冲突等编剧学术语去分析剧目。这样做的优点是易于上手，便于理解，缺点也很明显——仍在亚里士多德的《诗学》理论框架内，这一套方法适合于"场景展示"的部分，而对"话语叙述"的叙事有所忽略。此外，上述做法重"技"轻"理"，主要从创作实践中总结创作规则，而对规则背后深层学理的探讨不足。

　　随着观念的更新，"叙述"在当代剧作家的笔下越发常见。早在2009年，研究者弗罗德尼克就指出，戏剧文本中的"叙述"在今天已经司空见惯了，"当代剧作家越来越转向讲故事 (storytelling)"。[1] 事实亦是如此。无论是国外的汤姆·斯托帕德 (Tom Stoppard)、哈罗德·品特 (Harold Pinte)、保拉·沃格尔 (Paula Vogel)，还是我国剧作家曹禺、刘树纲、高行健、锦云等的剧作中，均有大量的被叙述而非被展示的故事，甚至出现了如《豪华，宁静》这样大部分由话语叙述而非场景展示构成的文本。

　　叙述中介的出现、运用叙述切割时空、引领结构等叙事因素可追溯

---

[1]　Fludernik Monika, An Introduction to Narratology [M]，*London: Routledge*, 2009, p.59.

至古希腊戏剧和莎翁的经典作品。莎翁的作品中运用独白来揭示人物的内在精神世界，20世纪出现在戏剧文本的叙述片段是其同类，这种叙述片段给予了人物自我揭示的机会，如果只从外在的戏剧性和外在行动分析文本，必然对古今中外剧作中广泛存在的"话语叙述"认识不足，只有解释这些新的创作现象，才能对未来的创作提供前瞻性的理论指导。同样，孤立、静止地研究戏剧文本中的"叙述"现象是远远不够的，仍然没有将戏剧文本当作叙事文本，仍然是一种局部的研究。只有将叙事学与编剧学结合，才可能进行针对戏剧文本的叙事研究，这就是编剧叙事学。

叙事学按照发展阶段可以分为经典叙事学与后经典叙事学，后经典叙事学从女性主义批评、后现代主义批评等领域汲取了概念、视角和批评方式，其长处在于解读文本与社会之间的关系，经典叙事学分析文本构成的方法更适合于戏剧创作。申丹教授认为，经典叙事学并没有过时，它的分析方法照样可以用来分析叙事文本。"实际上，经典叙事（诗）学既没有死亡，也没有演化成'后结构'或'后经典'的形式。经典叙事（诗）学与后结构主义叙事理论构成一种'叙事学'与'反叙事学'的对立，与后经典叙事学在叙事学内部形成一种互为促进、互为补充的共存关系。"[①] 二者的结合有助于打破经典叙事学分析的封闭性，也有助于弥补后经典叙事学失于机械浅薄的不足。

编剧叙事学的提出，为从另一外角度分析和评判戏剧文本的叙事方式和叙事效果提供了思路。本书从叙事而非单一叙述出发，较为全面地探讨了戏剧文本中广泛存在的叙事现象，这是通过案例分析来实现的。《文学理论》一书中认为，尽管每一部艺术作品都拥有"独一无二"的"个性"，但是，"任何艺术作用都不可能是'独一无二'的，否则就会令人无法理解"。[②] 这说明，通过个体案例去把握某类艺术作品的艺术共性是可行的。在本书中，我们使用了各种各样的文本例子，旨在说明诸如视角、视点、叙事者、叙事声音在戏剧文本中的广泛存在，而且这些

---

① 申丹：《经典叙事学究竟是否已经过时?》，《外国文学评论》2003年第2期。
② [美]雷内·韦勒克、奥·沃伦：《文学理论》，刘象愚等译，生活·读书·新知三联书店1984年版，第5页。

现象之间是普遍联系的。

戏剧文本中的叙事是一种包含场景展示和话语叙述在内的整体存在，二者互为交织构成了戏剧的叙事文本。场景展示要用到大量的话语叙述，而话语叙述也通常带有人物的性格特征、意志目的，具有场景展示的特征。戏剧冲突、戏剧行动、戏剧场面、戏剧情节等均是隐藏在叙事话语之下的戏剧元素，是要通过人物的对话、独白、旁白等叙述话语来实现的。作者—虚拟作者隐身于文本之后，通过不同类型、不同层次的叙述者，影响着观众对人物的理解和认知。人物视角、聚焦、视点是作者—虚拟作者掌控叙事、实现叙事目的的主要手段，同时也是推进戏剧冲突、戏剧悬念、戏剧突转的物质外壳。

因此，本书首先分析了戏剧中的两种叙事模式，场景叙事与话语叙事。这为我们继前人的步伐，将戏剧文本纳入叙事领域，并进一步展开深层分析提供了前提。随后，我们将小说中的叙述者这一概念扩大，认为戏剧中存在着不同的叙事层次，也存在着不同类型的叙述者。这些叙述者的地位不同、功能也不同。这为我们进一步厘清戏剧中的叙事现象提供了帮助，借助叙述者这一概念，我们也得以展开视角、视点和聚焦的分析。这一组概念常被混用，而这给研究和实践均带来了极大的混淆。如果不厘清它们彼此之间的界限，就无法实现对编剧理论的革新。随后，我们从"谁看"的角度研究视角，探讨了不同人物视角对于塑造人物的作用；从"如何看"的角度研究视点，探讨了戏剧文本中的复调意识及混杂的观点表达是如何实现的；从"看到什么"的角度研究聚焦，探讨了戏剧文本中的情节是如何在视角之下得以聚焦和变化的。此外，本书还探讨了戏剧文本的叙事时间、空间和话语。戏剧结构与叙事时间密切相关，是由叙事时间对故事时间的选择方式，而不是单一的情节驱动模式决定的。叙事空间提供了戏剧情节得以发生发展的情境，同时也生产着主题意义，空间也成为打破线性叙事、突破时间结构的重要武器。戏剧文本本身就是多种话语的综合。

经典叙事学的概念与编剧学原有概念加以整合，有助于突破传统的编剧学体系的理论局限，带来戏剧文本叙事理论上的变革，对广义的戏剧史、戏剧理论研究乃至编剧教学都有推进作用。在今后的研究中，我们仍然需要注意以下问题：

1. 必须将编剧学与叙事学相结合。

将二者视为衡量一部剧作艺术价值的不同坐标，建立兼顾外在戏剧性与内在叙事性的科学体系，提高剧作的艺术质量。既不能只谈编剧元素不谈叙事元素，也不能只谈叙事元素不谈编剧元素，打通叙事学与编剧学的壁垒，是建立编剧叙事学的重要前提。以"叙事聚焦"为例，它在叙事学中与"视角""视点"等概念三位一体、互相依存，主要应指所视角所涉及的内容，戏剧文本中主题的聚焦、人物的聚焦是应有之义，然而，只在人物对话中聚焦主题、聚焦人物，仍为"说"剧而非"演"剧。叙事学或者说在戏剧文本中使用"叙述"，目的并不是掩盖"演"剧的性质，而恰恰相反，是要运用恰当的叙事手段、叙事策略去强化戏剧张力和完善剧作的戏剧性，解决剧情散漫、表达浅薄的问题，通过情节、行动、冲突的聚焦去实现主题和人物的聚焦。如此一来，叙事学与编剧学的结合就找到了基点，叙事学的理论将不再是形而上的演绎，而成为扎实的剧作方法论。同样，叙事学理论的介入将为编剧理论插上宏观的双翼，既谈"技"也谈"理"，在紧张激烈的冲突和富有张力的行动之后，必须实现对"主题"的聚焦，才能让行动更加深刻和富有意味。

2. 从戏剧文本实际出发来发展经典叙事学的相关术语，避免机械片面。

经典叙事学的相关概念主要用于分析小说文本，在用于分析戏剧文本时，必须重新界定其内涵和外延。作为舞台演出基础的戏剧文本，仍必须依靠人物交流、场景展示来呈现故事推动情节，这意味着戏剧中的叙述必然不同于小说中的叙述，需要我们在吸收借鉴小说叙事理论的前提下，具有开拓视野地对戏剧中的叙述加以研究，避免生搬硬套现有的叙事学概念。要在充分尊重小说叙事的研究成果基础上，结合戏剧文本中的相关案例进行新的界定与阐释，使之能够说明戏剧创作中的问题，并随着戏剧实践的进展不断进行调整。既要通过叙述话语充分表情达意，也要重视戏剧文学本身的戏剧美学价值，克服原有编剧技法只重视行动冲突而不重视思想意蕴的弊病，也克服重视思想意蕴而忽略戏剧性的不足。

3. 要充分借鉴吸收中国古典文论与传统编剧理论的成果。

古典文论与剧作理论中蕴含的大量术语、技法，既是一种创作规范或美学风格，也是一种叙事技巧。

如点评《琵琶记》的"中秋望月"一出，李渔对此评价说："同一月也，牛氏有牛氏之月，伯喈有伯喈之月。所言者月，所寓者心。"小姐、丫头、状元面对同一明月的感受不同，这涉及不同的视角和视点。毛声山在说到"小姐结语正说一'双'字，状元开口便说一'孤'字，苦乐大异"后又云："小姐以婵娟为可爱，惜春以婵娟为可怜，又打动状元心事。"① 这更加说明人物的视点不同与个人境遇有关，还通过这样的方式起到了烘托、渲染的叙事效果。"文章有步骤不可失，秩序不可阙者"② 就是关于情节次序的要求。情节的主次埋伏、因果对比、正写侧写、"顺补""逆补"等，虽然在论者看来只是情节的生发问题，但事实上造成了叙事时间的调整。场面的冷热调剂、疏密的互补已经不仅仅是如何讲故事，而涉及情节的不同穿插方式带来的不同叙事效果。此外，"气韵生动""含不尽之意见于言外""象外之象"等，表面看是对整体美学风格的规范，其实在叙事技巧上均是有迹可循的。杨义先生的《中国叙事学》已经做出了突破性贡献，但是在与"戏剧叙事"相关的中国方法、中国方案的梳理上，还有大量的资源可供挖掘。

4. 要以发展的眼光看待编剧叙事学。

戏剧文本是编剧叙事学分析的主要对象，随着创作观念的发展，必然会有越来越多具有叙事特色的文本纳入到研究对象中来，因此，需要在基本理论框架不变的情况下，不断根据变化了的实践调整研究范围，修正研究理论，丰富研究范式；既需要考虑经典文本的叙事实践，也需

---

① 〔清〕毛纶：《毛声山评第七才子书琵琶记》，侯百朋编《〈琵琶记〉资料汇编》，书目文献出版社 1989 年版，第 295 页。
② 〔清〕毛纶：《毛声山评第七才子书琵琶记》，侯百朋编《〈琵琶记〉资料汇编》，书目文献出版社 1989 年版，第 284 页。

要照顾到最新的戏剧创作实践提供的案例，努力做到全面、客观，切忌以偏概全。在某种程度上，所收集的剧本质量决定着研究结论的质量。因此，必须收集和分析古今中外的大量戏剧（含戏曲）剧本，尤其是国内外最新的剧本。同时，由于戏剧文本是为演出准备的，必须要结合舞台叙事的效果进行论述。需要注意的是，关于戏剧舞台的分析更适合运用符号学的理论，在研究中必须把属于文本的叙事与舞台叙事加以适当的区分。既不能局限于以上研究在戏剧领域的既有成果，也要从剧本实际出发，归并一些内涵重复、没有必要存在的研究，以更好地服务于剧作创作的目的。

文学文本是一座观之不尽的迷宫。雷内·韦勒克与奥·沃伦说过："……就是最具有自然主义本色的戏剧，其场景的构架、空间和时间的处置、对白的选择以至于各个角色上下场的方式诸方面都有严格的程式。"[①] 就戏剧创作而言，每个戏剧文本都是剧作者刻意选择的结果，而作为剧作者，也要善于运用种种叙事手段去表情达意。尽管叙事学已经经过长期的发展，未来潜力仍然可期。2005 年，申丹教授在接受乔国强教授采访时，引用布赖恩·理查逊的观点认为，现在的叙事理论正在达到一个更为重要、更为复杂、更为全面的层次。"由于后结构主义已经开始消退，而一个新的（至少是不同的）批评范式正在努力占领前台，叙事理论很可能会在文学批评研究中处于越来越中心的地位。"[②] 虽然布赖恩指的是后经典叙事的理论，但经典叙事学在分析文本结构上的优势并不会消退，这不仅包括理论本身的革新，还包括理论应用领域的革新。随着戏剧内涵的扩大和戏剧观念的改变，各种新型的戏剧样式层出不穷，在现实生活中，心理治疗戏剧、博物馆戏剧、文旅戏剧等层出不穷，甚至出现了并不具备文本的后戏剧剧场、后文本戏剧。在此背景下，我们的编剧叙事理论理应随之改进。当然，编剧叙事学无法回应、难以驾驭的新情况、新现象，也不妨诉诸编剧叙

---

① [美] 雷内·韦勒克、奥·沃伦：《文学理论》，刘象愚等译，生活·读书·新知三联书店 1984 年版，第 14 页。
② 申丹、乔国强：《叙事学与文学批评——申丹教授访谈录》，《外国文学研究》2005 年第 3 期。

事学与其他学科的交叉研究，把单个文本的创作感性经验上升到一般的、通用的叙事规则，建造适应当代戏剧发展并能为未来戏剧发展提供前瞻性理论指导的编剧叙事学体系。

后　记

古人云："十年磨一剑"。在节奏越来越快，科研周期短则三年长则五年的今天，"十年磨一剑"变得越来越奢侈了。

然而，从2013年酝酿针对戏曲剧作的叙事特征展开研究开始，到今天十年尚有余。

如果说，出版于2016年的《戏曲剧作思维》，是在"戏曲剧本"的范围之内，主要从编剧学的理论视角出发，适度地运用了叙事学理论，对戏曲剧本的剧作特征进行了初步探索的话，那么本书《编剧叙事学导论》则可视作一种进阶的探索。

两者的相同之处在于，仍然都是从丰富多样的戏剧创作实践出发，到戏剧文本中的发现问题和寻求答案，不是从理论到理论的纯理性推演；论述中的点滴发现，均有剧作实践为背景和基础，不是空洞无物的纸上想象。

其不同之处在于，一是讨论的对象从戏曲扩展到了戏剧，将话剧融入其中，较为全面地认识了舞台剧文本的叙事特征；二是努力从编剧学与叙事学结合的"编剧叙事学"的全新视角来看待戏剧的叙事。

本书努力建立起一个编剧叙事学的理论框架，让叙事学的观念与编剧学的观念实现融合。这个探索过程充满了迷茫、挑战，但也乐在其中。因为除了理论的深度学习，还可以带着新鲜的目光再一次走进经典的名著，同时拜读了许多新的作家和他们的剧作。

在本书末尾，为本书仍有可能存在的不足表达歉意。此外，还要表达深深的谢意：

感谢带我走进戏剧世界，并关心支持我成长、勇于挑战不可能的陆军教授。

感谢在戏剧编剧领域不断探索未知、充满好奇童心的姚扣根教授。

感谢在"戏曲剧作思维""英美当代戏剧选读"课堂上与我同频共振的同学们，本书许多小小的构想正来自一遍遍的讲授之中。

感谢本书责编赵蔚华女士！虽然未曾谋面，她的专业、细心和敬业早已给我留下难以磨灭的印象。

感谢在本书写作过程中，一句话给我以醍醐灌顶，或者以其著作给我以智慧滋养的前辈们！他们对我的帮助和启迪，始终铭记在心。

2024 年 10 月 8 日

编剧叙事学导论

后 记

索 引

参考文献

中文著作

〔清〕李渔：《闲情偶寄》，中国古籍出版社 2000 年版。

王国维：《宋元戏曲史》，叶长海导读，上海古籍出版社 1998 年版。

中国戏曲研究院编：《中国古典戏曲论著集成》，中国戏剧出版社 1959 年版。

隗芾、吴毓华编：《古典戏曲美学资料集》，文化艺术出版社 1992 年版。

〔明〕王骥德：《曲律注释》，上海古籍出版社 2021 年版。

吴梅：《中国戏曲概论 词学通论》，吉林出版集团 2022 年版。

任中敏：《唐戏弄》（上、下），凤凰出版社 2013 年版。

《中国历代剧论选注（修订本）》，陈多、叶长海注，上海古籍出版社 2022 年版。

〔元〕王实甫：《贯华堂第六才子书〈西厢记〉》，〔明〕金圣叹评，江苏古籍出版社 1985 年版。

〔清〕施耐庵：《水浒传》（会评本），陈曦钟等辑校，北京大学出版社 1987 年版。

〔清〕施耐庵：《三国演义》（会评本），陈曦钟等辑校，北京大学出版社 1998 年版。

侯百朋编：《〈琵琶记〉资料汇编》，书目文献出版社 1989 年版。

北京大学哲学系美学教研室编：《中国美学史资料选编》（上下），中华书局，1982 年版。

叶朗：《中国小说美学》，北京大学出版社 1982 年版。

叶长海：《曲学与戏剧学》，上海古籍出版社 2013 年版。

叶长海、张福海：《插图本中国戏剧史》，上海古籍出版社 2004 年版。

朱立元编著：《当代西方文艺理论》，华东师范大学出版社 1997 年版。

张寅德编：《叙述学研究》，中国社会科学出版社 1989 年版。

胡亚敏：《叙事学》，华中师范大学出版社 2004 年版。

赵毅衡：《广义叙述学》，四川大学出版社 2013 年版。

赵毅衡：《当说者被说的时候：比较叙述学导论》，广西师范大学出版社 2022 年版。

申丹：《叙述学与小说文体学研究》，北京大学出版社 1998 年版。

申丹、王丽亚：《西方叙事学：经典与后经典》，北京大学出版社 2010 年版。

谭君强：《叙事学导论——从经典叙事学到后经典叙事学》，高等教育出版社 2008 年版。

李幼蒸：《理论符号学导论》，中国人民大学出版社 2007 年版。

傅修延：《先秦叙事研究——关于中国叙事传统的形成》，东方出版社 1999 年版。

傅修延：《叙事：意义与策略》，江西高校出版社 1999 年版。

徐岱：《小说叙事学》，中国社会科学出版社 1992 年版。

徐德明：《中国现代小说叙事的诗学践行》，社会科学文学出版社 2008 年版。

杨义：《中国叙事学》，人民出版社 2009 年版。

董小英：《叙述学》，社会科学文献出版社 2001 年版。

汤逸佩：《叙事者的舞台》，中国戏剧出版社 2006 年版。

苏永旭主编：《戏剧叙事学研究》，中国戏剧出版社 2004 年版。

龙迪勇：《空间叙事研究》，三联书店出版社 2014 年版。

宋光祖：《戏曲写作教程》，人民日报出版社 1992 年版。

姚扣根、陆军主编：《编剧学词典》，上海文汇出版社 2020 年版。

陆军：《编剧理论与技法》，上海人民出版社 2017 年版。

姚扣根：《电视剧创作手册》，云南人民出版社 2002 年版。

谭霈生：《论戏剧性》，中国国际广播出版社 2013 年版。

孙祖平：《戏剧小品剧作教程》，中国戏剧出版社 2009 年版。

李显杰：《电影叙事学：理论和实例》，中国电影出版社 2000 年版。

范钧宏：《戏曲编剧论集》，上海文艺出版社 1982 年版。

刘艳卉：《戏曲剧作思维》，上海人民出版社 2016 年版。

陈竹：《中国古代剧学史》，武汉出版社 1999 年版。

译著与英文专著

[古希腊] 亚里士多德：《诗学·诗艺》，罗念生译，人民文学出版社 1962 年版。

[古希腊] 柏拉图：《柏拉图文艺对话录》，朱光潜译，人民文学出版社 1983 年版。

[德] 莱辛：《拉奥孔》，朱光潜译，人民文学出版社 1984 年版。

[古罗马] 奥古斯丁：《忏悔录》，周士良译，商务印书馆 1981 年版。

[美] 雷内·韦勒克、奥·沃伦：《文学理论》，刘象愚等译，生活·读书·新知三联书店 1984 年版。

[意] 克罗齐：《美学原理》，朱光潜译，外国文学出版社 1983 年版。

[德] 尼采：《悲剧的诞生》，潘秀珍译，中国华侨出版社 2022 年版。

[荷] 佛克马、易布斯：《二十世纪文学理论》，林书武、袁鹤翔译，生活·读书·新知三联书店 1988 年版。

[英] 特雷·伊格尔顿：《文学原理引论》，刘峰等译，文化艺术出版社 1987 年版。

[法] 热拉尔·热奈特：《叙事话语　新叙事话语》，王文融译，中国社会科学出版社 1990 年版。

　　[荷] 米克·巴尔：《叙述学：叙事理论导论》（第二版），谭君强译，中国社会科学出版社 2003 年版。

　　[美] 西摩·查特曼：《故事与话语：小说和电影的叙事结构》，徐强译，中国人民大学出版社 2013 年版。

　　[美] 戴维·赫尔曼编：《新叙事学》，马海良译，北京大学出版社 2002 年版。

　　[荷] 米克·巴尔：《叙述学：叙事理论导论》（第二版），谭君强译，中国社会科学出版社 2003 年版。

　　[美] 杰拉德·普林斯：《叙事学：叙事的形式与功能》，徐强译，中国人民大学出版社 2013 年版。

　　[美] J.希利斯·米勒：《解读叙事》，北京大学出版社 2002 年版。

　　[美] 杰拉德·普林斯：《叙述学词典》，乔国强、李孝弟译，上海译文出版社 2016 年版。

　　[美] 蒲安迪：《中国叙事学》，北京大学出版社 1996 年版。

　　[美] 罗伯特·斯科尔斯、詹姆斯·费伦、罗伯特·凯洛格：《叙事的本质》，于雷译，南京大学出版社 2015 年版。

　　[美] 韦恩·C.布思：《小说修辞学》，华明、胡晓苏、周宪译，北京大学出版社 1986 年版。

　　[美] 华莱士·马丁：《当代叙事学》，伍晓明译，北京大学出版社 2006 年版。

　　[德] 曼弗雷德·普菲斯特：《戏剧理论与戏剧分析》，周靖波、李安定译，北京广播学院出版社 2004 年版。

　　[以] 里蒙-凯南：《叙事虚构作品》，姚锦清等译，新华书店出版社 1989 年版。

　　[荷] 米克·巴尔：《叙事理论导论》，谭君强译，中国社会科学出版社 2003 年版。

　　[美] 戴维·赫尔曼等：《叙事理论：核心概念与批评性辨析》，谭君强译，北京师范大学出版社 2016 年版。

　　[美] H.伯特·阿波特：《剑桥叙事学导论》，北京大学出版社 2007 年版。

[意] 基尔·拉姆：《符号学与戏剧理论》，王坤译，（台湾）骆驼出版社 1998 年版。

[德] 黑格尔：《美学》，朱光潜译，商务印书馆出版社 1979 年版。

[法] 狄德罗：《狄德罗美学论文选》，张冠尧、桂裕芳译，人民文学出版社 1984 年版。

[苏] 巴赫金：《巴赫金全集》（第 3 卷），白春仁译，河北教育出版社 1998 年版

[美] 约瑟夫·弗兰克等：《现代小说中的空间形式》，秦林芳译，北京大学出版社 1991 年版。

[德] 沃尔夫冈·伊瑟尔：《阅读活动——审美反应理论》，金元浦、周宁译，中国社科出版社 1991 年版。

[英] 阿诺德·欣奇利夫：《荒诞说——从存在主义到荒诞派》，刘国彬译，中国戏剧出版社 1992 年版。

[美] 布罗凯特：《世界戏剧艺术欣赏———世界戏剧史》，胡耀恒译，中国戏剧出版社 1987 年版。

[德] 克里斯托弗·巴尔姆：《剑桥剧场学导论》，李竞爽、孙晓雷译，中国文联出版社 2022 年版。

ARONSON A., *American Avant-garde Theatre: a History* [M]. London: Routledge Press, 2000.

STEIN G., *Lectures in America* [M]. Boston: Beacon Press, 1985.

Theorizing Narrativity [C]. Berlin: Walter de Gruyter, 2008.

Dan McIntyre., *Point of View in Plays: A cognitive stylistic approach to viewpoint in drama and other text-types* [M]. John Benjamins, 2006.

Hugo Bowles, *Storytelling and Drama: Exploring Narrative Episode in Plays*. John Benjamins, 2010.

Robert Knopf, *Theater of the Avant-Garde, 1950—2000: A Critical Anthology* [M]. Yale University Press, 2011.

FUCHS E., *The Death of Character* [M]. Bloomington: Indiana University Press, 1996.

Henri Lefebvre, Trans. by Donald Nicholson Smith, *The Production of*

Space [M] . Oxford, UK: Basil Blackwell Ltd., 1991.

Monika, Fludernik, *An Introduction to Narratology* [M] . London: Routledge, 2009.

David Herman, *Routledge Encyclopedia of Narravtive Theory* [M] . London and New York: Routledge, 2005.

Mark Fortier, *Theory/Theatre: An Introduction* [M] . London and New York: Routledge, 1997.

Kristin Morrison, *Canters and Chronicles: The Use of Narrative in the Plays of Samuel Beckett and Harold Pinter* [M] , The University of Chicago Press, 1983.

图书在版编目(CIP)数据

编剧叙事学导论/刘艳卉著. —上海：上海人民出版社，2024
ISBN 978 - 7 - 208 - 18759 - 7

Ⅰ. ①编⋯　Ⅱ. ①刘⋯　Ⅲ. ①戏剧-编剧　Ⅳ.
①I053

中国国家版本馆 CIP 数据核字(2024)第 038568 号

责任编辑　赵蔚华
封面设计　陈　晔

编剧叙事学导论

刘艳卉　著

出　　版　上海人民出版社
　　　　　（201101　上海市闵行区号景路 159 弄 C 座）
发　　行　上海人民出版社发行中心
印　　刷　上海商务联西印刷有限公司
开　　本　890×1240　1/32
印　　张　13.25
插　　页　2
字　　数　389,000
版　　次　2024 年 12 月第 1 版
印　　次　2024 年 12 月第 1 次印刷
ISBN 978 - 7 - 208 - 18759 - 7/J·702
定　　价　65.00 元